孙绍振《文学文本解读学》简释

赖瑞云 著

人民出版社

责任编辑：詹素娟
装帧设计：东方天地

图书在版编目（CIP）数据

孙绍振《文学文本解读学》简释/赖瑞云 著. —北京：人民出版社，2024.12
ISBN 978－7－01－024182－1

Ⅰ.①孙… Ⅱ.①赖… Ⅲ.①中国文学-文学研究 Ⅳ.①I206

中国版本图书馆 CIP 数据核字（2021）第 253616 号

孙绍振《文学文本解读学》简释
SUN SHAOZHEN WENXUE WENBEN JIEDUXUE JIANSHI

赖瑞云　著

人民出版社 出版发行
（100706　北京市东城区隆福寺街 99 号）

北京中科印刷有限公司印刷　新华书店经销

2024 年 12 月第 1 版　2024 年 12 月北京第 1 次印刷
开本：710 毫米×1000 毫米 1/16　印张：30
字数：500 千字

ISBN 978－7－01－024182－1　定价：99.00 元

邮购地址 100706　北京市东城区隆福寺街 99 号
人民东方图书销售中心　电话（010）65250042　65289539

前　言

　　孙绍振、孙彦君 2015 年获国家社科基金资助出版、2020 年获教育部社科优秀成果二等奖的《文学文本解读学》，是孙绍振先生文本解读的实践探索与理论建构承前启后的主要代表作。孙绍振先生凝结于"文学文本解读学"的理论建构与实践探索，是正在崛起的中国学派当代文本解读学的一支劲旅和重要代表之一。

　　改革开放以来，特别是跨入 21 世纪、基础教育新课程改革不断深入的近20 年来，包括大批大学学者在内的广大语文教育工作者，积极引导青少年研读经典作品，引导莘莘学子继承和弘扬中华优秀传统文化、革命文化和社会主义先进文化，吸收世界各民族文化精华，在这前所未有广泛、深入地嵌入头脑、成为基因的经典阅读、学习中，文本解读已成为声势日益广大的实践活动和新兴的重点研究对象，文本解读学亦成为我国当代与那些"理论空转型"的西方文论迥然有别的新兴本土学科。在如此堪称波澜壮阔的探索、建构中，孙绍振先生是最重要的探索者之一。孙先生的个人著述逾 1000 万字（包括理论专著、学术论文、文学创作），还主编了总计近 2000 万字的两部中学语文教材。孙先生文本解读的理论与实践主要体现在其下列著述和活动中：早期名著《文学创作论》、2015 年的拓荒性著作《文学文本解读学》、先后解读的不下于 800 篇（部）的文学和非文学作品（其中作为个案完整解读的单篇作品不少于 600 篇，其中中学课文近 500 篇）、在《中国社会科学》等重要刊物上发表的 300 多篇论文 [①]、各出版社结集出版的 12 部解读专集（其中多部多次重印，《名作细读》重印 23 次），以及主编的两部中学教材（北师大版初中语文课标实验教材、台湾地区出版的两岸合编高中语文教材）和近千课时的各地讲座、评课。

　　拙著《孙绍振〈文学文本解读学〉简释》涉及上述各方面内容，并不仅限于《文学文本解读学》一书，也不限于文学文本。

　　孙绍振坚持以马克思主义的实践论和矛盾论开展其文本解读的实践探索和理论建构；在探索和建构中，坚持以辩证分析的方法对待东西方文论和古今文论，对其精华予以吸取和运用，对当代西方文论脱离实践的错误倾向予以坚决批判；以坚定的文化自信，为中国学派文学理论的灿烂前景进行了持续不懈的艰辛求索。拙著的内容仅仅是孙先生数十年奋斗历程的一个侧影，愿此侧影能成为当代文本解读学崛起征程中的一道风景线。

---

　　① 　孙绍振发表在各种报刊的论文、文章，据冀爱莲博士统计，至 2019 年 6 月底，共 806 篇，详见孙绍振、孙剑秋主编《高中国文·教师手册》第六册，南亿兴业股份有限公司 2019 年版，第 275 页；其后至 2023 年 4 月，又发表了 40 多篇。按笔者浅见，属解读学的论文为 500 多篇，其中 300 多篇发表于重要刊物。

目　录
CONTENTS

第一章
孙绍振解"写"论

　　文本包括文学文本和非文学文本,孙绍振文本解读的理论与实践,两类文本都涉及,而以文学文本为主,为核心,故其 2015 年由北京大学出版社出版的国家社会科学基金后期资助的结项成果,取名为《文学文本解读学》。

　　孙绍振所探索建构的"文学文本解读学"的基础是文学创作论。孙绍振先生经常说,他是从创作论的角度解读文本,是以作者的身份和作品对话的。文本是作者创作出来的,站在作者,站在创作尤其是创作过程的角度解读文本,就像数理化等自然学科能揭示自然奥秘那样,意在揭示,也才可能揭示文本产生,尤其是文学作品产生的艺术奥秘。而我们一般的解读实践,是站在读者的角度解读文本,与成品而不是创作过程对话的。这是孙氏解读与一般解读实践及解读理论的根本区别。无疑,无论怎么站在作者角度,都必然带上解读者即读者的个人色彩,故以作者身份,站在作者角度的解读,实际上作者、读者两者兼具。而仅仅站在读者角度的解读,就不一定会去考虑作者是怎样创作出这个作品的,因而,就往往可能产生这样的结果:第一,它无意、无法揭示作品的创作奥秘、艺术奥秘,这既与解读的最主要目的相悖,也与解读所可能产生的最妙效果无缘。第二,它虽因读者的不同,虽因多元解读带来对文本的更为丰富、全面、互补的理解,但因无统一的指向(作者是唯一的,站在作者创作作品的角度,才较可能有统一指向),就较易各说各话,而不利于发现真理。第三,不能揭示创作奥秘的解读,于创作实践并无多少指导作用。

　　近年,孙绍振先生又多次在学术研讨、讲座、讲课中进一步提出了在解读中"文本第一性(相对于读者、作者)、作者第一性(相对于读者)"的观点。

　　为简便起见,本书在特定情况阐述时,会把孙绍振从创作论的角度解读文本,以作者身份和作品对话,以及文本第一性、作者第一性的解读实践及相关解读理论,称为孙绍振解"写"论。

孙绍振解写论最早见于孙先生20世纪80年代初中期的课堂教学，包括在福建师范大学中文系、解放军艺术学院文学系军旅作家学员班上的讲课，以及发表于1982年第4期《文学评论》上的《论诗的想象》等论文、1987年春风文艺出版社出版的《文学创作论》①和同年花城出版社出版的《论变异》等专著中。随后数十年，特别是最近十几年间，孙绍振在许多论文、著作中不断就此命题做了深化、发展，2015年出版的《文学文本解读学》不仅就此做了系统阐述，而且又有重要发展。其解写论的主要提法，先后出现过五说：揭示奥秘说、教练说、三层揭秘说、生成机制说、作者身份（作者角度）说。

---

① 孙绍振《文学创作论》最早由春风文艺出版社出版，版权页标示为1987年，实际1986年已面世；后来海峡文艺出版社多次再版，2009年有精装本第4版。本书引述文字主要引自1987年版，少许文字表述参照了2009年版，故均注为1987年版，后文不再另做说明。

第一节　揭示奥秘说

最早见于孙绍振的早期代表作《文学创作论》。该书后记①中,孙绍振详尽、生动阐述了他在中学、大学时代寻找艺术奥秘的心路历程。他说他被令人心醉神迷的文学作品所震慑,切望理论告诉他文学形象构成的奥秘,然而有关的理论和评论文章往往令他大失所望,不是一笔带过就是空谈一气。在《后记》中他以文学中的核心范畴——"形象"为例具体说:

> 有那么多的文章异口同声地说形象是如何重要,可是没有一篇文章告诉我,形象是怎样构成的。当时我已经在化学课本上读到门捷列夫的周期表。一想到元素周期表,我对人的聪明和智慧就惊叹不已,可是一看到文学理论,作为一个人我又变得自卑。一个最蹩脚的化学家都知道水是由二分氢、一分氧化合而成的,一旦成为水,氢的自然性质、氧的助燃性质就走向了反面——灭火。可是当时的文艺理论告诉我形象就是生活。可是,形象既然与生活没有区别,为什么那么多有生活的人又不能创造形象呢? 形象与生活的区别究竟在哪里呢?……所有理论都在强调生活与形象的统一性,当时我几乎有点愤懑,在我看来这就好象没完没了地强调氢和氧的性质与水的性质没有区别一样。我深深感到强调形象与生活的共同性就掩盖了形象与生活的特殊矛盾,这样的理论事实上都是一些系

---

① 凡有关文字片段、文章所在著述名称在上下文中已明确出现的,一般不再另注引文或引述内容的出处。

统的空话,对培养作家构成形象的能力是没有什么切实效用的。任何统一性都是矛盾的统一,事物的本质在于特殊矛盾之中,掩盖了矛盾就混淆了本质。我开始怀疑这些理论出了大问题,但是当我向同学诉说这种怀疑时,我被告知,理论就是理论,它不能管那么多实践的事;而且不管苏联人、美国人都是这样主张的。

最后几句话所涉及的文学理论能否指导创作实践,以及西方文论的重大缺憾问题,我们留待"教练说"及第七章中阐述。现在首先要理解,为什么孙绍振要联系自然科学,联系门捷列夫元素周期表,来说明揭示艺术奥秘对于文学理论的重要性? 这就是学科的任务究竟是什么的问题。原复旦校长、化学家杨玉良说,学科是能使学习者"获得探索未知世界的基本能力","从中体验到发现的愉快"[1]。这就是学科的基本任务、普及性的任务。一个学习化学的人,不一定成为化学家,但他学习了元素周期表,获得了探索物质构成的一种能力,并且体验到洞察物质奥秘的愉悦,从而才对这门知识、这门学科向往崇拜,有热情有兴趣了解它,希图努力掌握它。同样,学习文学理论及其下位的语文学科的人,不一定成为作家,但应该从中获得探索作品怎样形成的能力,体验到洞察作品创作奥秘即艺术奥秘的快感。正是在学科的这一基本任务、普及性任务的角度上,孙绍振以能否揭示创作奥秘、艺术奥秘作为检验文学理论和语文学科的试金石,作为建构新一代文学理论和语文学科的圭臬。

在《文学创作论》之后,孙绍振就此有过许多精辟、生动,给人留下鲜明、深刻印象的表述。如:"年青的时候,我对于评论家曾经有过相当热烈的期待,许多权威评论文章,我莫不细心研读再三,然而其结果不免是大失所望。我所期待于评论家的是艺术的奥秘,但是那些权威评论家常常对此毫无兴趣,每当涉及艺术特点之时,则以三言两语搪塞过去。"[2] "在阅读当代西方文论中,我很少享受到对百思不解的艺术奥秘恍然大悟的幸福。"[3] "任何一个文学理论家,必须有两种功夫,第一是对理论文本的理解力,第二是对文学文本的悟性,而这后一点,即对文学奥秘的洞察却更为重要。"[4] "自然科学或者外语教师的

---

[1]　杨玉良:《关于学科和学科建设的思考》,《科学时报》2009 年 9 月 8 日。

[2]　孙绍振:《挑剔文坛》,福建人民出版社 2001 年版,第 3 页。

[3]　孙绍振:《审美价值结构与情感逻辑》,华中师范大学出版社 2000 年版,第 11 页。

[4]　同上。

权威建立在使学生从不懂到懂,从未知到已知。而语文教师却没有这样便宜。他们面对的不是惶惑的未知者,而是自以为是的'已知者'。如果不能从已知中揭示出未知,……再雄辩地揭示深刻的奥秘,让他们恍然大悟,就可能辜负了教师这个光荣称号。"①

孙绍振的揭秘说,在无比重视科技创新的当代中国,尤具现实意义。习近平总书记在最近一次有关科技创新的讲话中,四次谈到"探究自然奥秘的好奇心"的重要性,说"好奇心是人的天性,对科学兴趣的引导和培养要从娃娃抓起"。② 当我们的语文教育、文学教育,也像自然科学的教育那样,从娃娃抓起,引导和培养学生探索艺术奥秘的兴趣和方法时,我们才无愧于这个时代的教师的光荣称号。

在《文学创作论》及其随后数十年的总数逾 1000 万字的论著中,孙绍振除了质疑、深究文学理论的上述缺憾外,更主要是锲而不舍、努力构建能揭示创作奥秘的文学理论新体系,其中,海量的个案文本解读是其最重要的基础和区别于其他文学理论著述的最鲜明特色,这些,均容后详述。

---

① 　孙绍振:《名作细读》自序,上海教育出版社 2006 年版,第 1 页。
② 　见新华社 2020 年 9 月 11 日电:《习近平:在科学家座谈会上的讲话》。

第二节　教练说

最早亦见于《文学创作论》。该书《后记》中,孙绍振认为,"文艺理论的生命来自于创作实践,理论的权威应该在指导实践的过程中确立。当创作都对理论采取敬而远之的态度时,不是创作者愚昧,而是理论的架空。"他说他后来得到一个信息,"说是绝大部分作家都对这种理论采取调侃态度,有世界闻名的大作家甚至把这种理论家比作牛虻、虱子,我有一种心花怒放的感觉。"《后记》中接着描述了他给大学生们上文学理论课时的心情:"我总是怀着某种不安的心情,每当我意识到我所讲的与我在大学里所不能忍受的那些空话有某种共同性时,我总禁不住感到心慌、脸红,甚至有某种冒汗的感觉。"当时,正是孙绍振撰写《文学创作论》的 20 世纪 80 年代初期,所讲内容即后来成书的"初稿"。他的学生对象包括福建师大中文系的学生和解放军艺术学院文学系作家创作学习班的学员,后者中就有当年初出道的莫言。莫言与孙绍振的故事,我们将在第二章专门介绍。他接着坚定地说:

> 我的信条是凡于创作无用的于理论也无用。

他说他"当然也追求理论的系统性、严密性、自洽性",但"为了于创作有用,我宁愿牺牲一点理论的森严性,宁可败坏理论家的胃口,我决不败坏作家的胃口。"他认为"文艺理论与文艺创作的脱离,不管有多少理由,都不是可以夸耀的事"。当然,孙绍振很清楚,"理论家和作家一样有表述自己看到的世界的权利","理论可以是理论家世界观的一种表现",但他指出,理论家仅停留

在表现自己上是不够的,他说:

> 最好的理论应该是既表现了理论家自己,又能给作家以具体的帮助。

孙绍振这样说,是很客气的。为了让大家有更大一点触动,又保留这样的君子之风,他在《后记》中提出了"教练说"。当年女排连续夺冠,轰动华夏,孙绍振就用体育运动作比,他说:

> 最大的功勋并不属于评论郎平的评论员,而属于培养了郎平的教练员。……如果一个国家一个教练员也没有,却充满了见解独特的评论员,那这个国家的体育运动水平是很难迅速提高的。

当然,脑力劳动的创作与运动员的竞技还是有所不同的,但如果这是有用的理论,于脑力劳动的创作必有独特的意义,理论与实践关系的基本规律是一致的。因此孙绍振在《后记》中总结性地指出:

> 最好的评论员不应该为自己只会评论而不会当教练而自豪。

于是,他那 65 万字的《文学创作论》就致力于构建能揭示创作奥秘、能像好教练那样能指导他人创作,于作家有具体帮助的理论体系。这一目的,后来果宏愿竟酬,且高标中的。这就是前面提到的,第二章将专门介绍的莫言与孙绍振的故事。

教练说随后的重大发展,就是转移到指导他人进行有效的文本解读,孙绍振为此构建了一系列的可供一般解读者掌握的文本解读的具体方法,并且在实践上取得了重大成功。我们不仅在第三章将作介绍,而且在后面的其他章节将作详述。

第三节　三层揭秘说

这指的是孙绍振先生从揭示创作奥秘的角度对歌德著名的"秘密三层说"的解释。我们先介绍歌德的原文。歌德言：

> 内容人人可见，意蕴只有经过一番努力才能找到，而形式对于大多数人是一个秘密。

这段译文，综合了朱光潜、宗白华、李泽厚及报刊上的流行译法。[①] 朱光潜的译文最可靠，它是唯一有歌德原文出处的译文，并且它是朱光潜《西方美学史·歌德章》中侧重介绍的歌德文艺理论观点之一，在该章中还有歌德类似的系列说法。朱光潜的译文如下：

> 材料是每个人面前可以见到的，意蕴只有在实践中须和它打交道的人才能找到，而形式对于多数人却是一个秘密（朱光潜注明，原文出自歌德《关于艺术的格言和感想》）。[②]

朱光潜是这样解释的：材料，即取自自然的素材；意蕴，亦译为"内容"，指在素

---

① 朱光潜、宗白华译文见下文相关处。李泽厚译文为："艺术作品的内容人人都看得见，其含义则有心人得之，而形式却对大多数人是秘密。"李译无歌德原文出处，故有标明是"记得歌德说过"（见其《美学三书》，安徽人民出版社 1996 年版，第 524 页）。报刊流行的译文为："内容人人看得见，涵义只有有心人得之，而形式对于大多数人是一个秘密"，更无歌德原文出处。参见孙绍振、孙彦君：《文学文本解读学》，北京大学出版社 2015 年版，第 28 页。

② 朱光潜：《西方美学史（第十三章·歌德章）》，人民文学出版社 1979 年版，第 420 页。

材中见到的意义;形式,指作品完成后的完整模样(呈现的样子);并指出,一般把头二个因素译为"内容"①。这显然是从创作的角度说的,即先有某种素材,素材加工后成为包含有某种意义的内容,最后必然通过某种艺术形式(如文学作品的文字)实现这一完整模样的呈现。歌德类似的从创作角度表述这一素材、意蕴、形式三者关系的言论不止一处,如:

> 音乐最充分地显出艺术的价值,因为它没有材料须考虑(注意:是考虑,亦即创作),它完全是形式和意蕴。(歌德《关于艺术的格言和感想》)②

> 如果形式特别是天才的事,它就须是经过认识和思考的,这就要求灵心妙运,使形式、材料和意蕴互相适合,互相结合,互相渗透。(歌德《东西合集》注释)③

> 如果特殊表现了一般,……是把它表现为奥秘不可测的东西在一瞬间的生动的显现。(歌德《关于艺术的格言和感想》)④

> ……

上述言论,第一,如上所述,均是从创作角度说的;第二,重心在秘密,言论中的"秘密""找到""考虑""特别是天才的事""灵心妙运""奥秘不可测"等,均是"秘密"的同义词,作家只有找到了这一创作奥秘,才能成就其作品,哪怕他可能在理性上并不能清晰表达这一意蕴的内涵、这一艺术形式的规范称谓,但他实际表现了它(意蕴),实际运用了它(形式),他就是找到了创作奥秘;第三,更大的重心在"艺术形式",每段言论的重点都在形式,这是文学艺术与所有其他学科的最根本区别,最大的创作奥秘。那么,歌德这些言论能否用于解读呢? 可以。朱光潜在《西方美学史·歌德章》中着重介绍了歌德关于艺术的整体概念和辩证观念,歌德强调理性与感性、主观与客观、艺术与自然、自然性与社会性、形象思维与抽象思维,包括内容与形式、欣赏与创作的统一。上引歌德的所有言论,朱光潜都是把它统辖在歌德整体概念和辩证观

---

① 朱光潜:《西方美学史(第十三章·歌德章)》,人民文学出版社 1979 年版,第 420 页。
② 同上。
③ 同上。
④ 同上书,第 408 页。

念的范畴内。也就是说,歌德这些言论,既是对创作者而言的,也是对鉴赏者说的。换句话说,鉴赏、解读,主要就是揭示创作奥秘,这就是所谓欣赏与创作的统一。但是,朱光潜的译文"材料……"如上所述,显然是指向创作的,朱光潜再将"材料"解释为"素材",更明白无误是指创作了。而开头所引译文:"内容人人可见……"则明白无误指向阅读、鉴赏、解读。能否将"材料"译为"内容"?前文已交代,朱光潜自己就说"一般把头二个因素译为'内容'"。这与我们通常的理解是一致的,素材也罢,作品中的表层内容也罢,深层意蕴也罢,人们习惯上都是把它们看成内容的。所以,指向阅读、鉴赏、解读的"内容人人可见……"译文完全可以。看来,歌德"秘密三层说"的本意,就是创作、解读皆涉及的。宗白华的译文,实际就徘徊在二者之中。其译文为"文艺作品的题材是人人可以看见的,内容意义经过一番努力才能把握,至于形式对大多数人是一个秘密。"此译出自宗白华的《形式美的秘密》①一文。从宗先生的文章所举例子,即举出《浮士德》的故事题材本已流传久远,英国作家马洛早就写过,而歌德以新形式使其面貌一新的例子看,"题材"一词也是既指素材也指成为作品后的表层内容,即创作、阅读皆涉及。

但是,朱先生以歌德类似的系列言论雄辩证明,歌德"秘密三层说"首先的、主要的意思是指创作,是指欣赏(解读)要与创作统一,主要是要发现作品的创作奥秘。

我们在实际应用上,可以分开引用。用于创作时,引用朱光潜的译文;用于解读时,引用李泽厚的,或报刊上流行的,或本小节开头的译法。但重要的是,用于解读时,要与歌德本意相符,要有揭示创作奥秘的强烈意识。正是在这一重要关键上,孙绍振在其2010年出版的《解读语文》(该书为钱理群、孙绍振、王富仁合著,福建人民出版社2010年版)序言中对歌德"秘密三层说"作出了指向创作奥秘的更为精准的表述,在后来的《文学文本解读学》绪论以及相关的讲座中,又使之进一步明晰。

孙绍振在引用了歌德名论后,提出的"三层揭秘说"为:第一层是一望而知的显性的表层内容和外部形式,如小说、诗歌、散文(笔者按:"外部形式"

---

① 此文及上引译文转引自《当代人》2011年第6期,或见宗白华:《美学漫话》,长江文艺出版社2008年版,但宗译无歌德原文出处。

一般读者能看懂,加上它,第一层的"人人可见"就更准确了);第二层是隐性的意脉(笔者按:意蕴是秘密,已如前所述,但点明"隐性",表述更明确。"意蕴"变"意脉",表明这意蕴不是局部的,而是贯通全文的内在有机联系,这既是成功作品的创作奥秘,也是揭秘的正确方向,更制约了解读者不从创作角度,而从自身角度的任意读解);第三层是最隐秘的艺术形式和风格特点(笔者按:加了"风格特点",表明个性化的表现手段、表现艺术,才是成就作品的"最后一里路";也是揭示创作奥秘的更为要紧也是更难实现的目标)。

　　孙绍振的"三层揭秘说",表明揭秘的要害是揭示创作奥秘。孙绍振在《文学文本解读学》绪论中举了一个例子:上海世博会上展出的《清明上河图》,这是一幅美术杰作,表现了宋代汴京市井的繁华,这样的表层结构,一般观众都能看懂。其第二层次隐含的意脉,则为北宋盛世的颂歌,在当时社会、政治、经济、军事危机之中,这样的艺术只是一种抒情,如缺乏一定的背景知识,这一内在意脉就不一定能看出来。这揭示的,正是北宋画家张择端"盛世危机"的创作意图,据说宋徽宗正是看出了这一意图,只是题签后转赠臣子,而未把它收藏入宫。第三层次最为隐秘的艺术形式和风格特点,是指它是国画中的界画、工笔画、长卷,和西洋画的一眼全收的焦点透视不同,它把国画特有的散点透视(艺术形式规范)发挥到极致(风格特点),视点可以顺序移动,但又不是杂乱无章。孙绍振指出,能够欣赏这种艺术家创作时运用的特殊规范形式和表现的独特艺术风格的可能是凤毛麟角。也就是说,要立足于揭示创作奥秘,掌握有关的背景文化知识,特别是要有一定的国画修养(艺术形式规范知识),才可能解读出其中的内在意涵和艺术创作风格。[①]

　　哪怕是短小的艺术品,其最主要的创作奥秘,也是作家的风格特点。如孙绍振2014至2019年率领团队与台湾学者合作编写出版的语文教材中,解读《世说新语》中谢道韫《咏絮之才》即此例。这则故事中,谢安问"白雪纷纷何所似?"答句的"未若柳絮因风起"胜过了"撒盐空中差可拟",前者用飞絮比喻飞雪,更为形象、贴切,更富诗意,更具视觉美感,这些,一般都能分析出。而孙绍振指出,更重要的是一样要抓住作者运用的艺术形式和风格特点,

---

① 以上材料详见钱理群、孙绍振、王富仁:《解读语文》序,福建人民出版社2010年版,第6—10页;孙绍振、孙彦君:《文学文本解读学》,北京大学出版社2015年版,第27—28页。

也就是这不是孤立的修辞问题,这是诗的比喻,更与谢道韫的女性身份相"切至",因而充满了雅致高贵的风格,如果换一个人,关西大汉,这样的比喻就可能不够"切至",如古人咏雪诗曰:"战罢玉龙三百万,残鳞败甲满天飞",就含着男性雄浑气质的联想。① 这就是,作者的艺术风格特点是"最后一里路"。

还有深层意蕴、风格特点同时揭示的。如孙绍振 2019 年前后,多次在《中华读书报》发文参与经典诗作解读的讨论。他从被称为唐人绝句"压卷之作"的王翰《凉州词》说起,指出其最深厚最强烈的民族精神就在"醉卧沙场君莫笑,古来征战几人回",这种视死如归和尽情饮酒一样浪漫的豪迈精神风格,在中华诗国中源源不绝,屈原的《国殇》、文天祥的"人生自古谁无死,留取丹心照汗青"、李清照的"生当作人杰,死亦为鬼雄"、林则徐的"苟利国家生死以"、谭嗣同的"我自横刀向天笑"、鲁迅的"我以我血荐轩辕"、陈毅的"此头当向国门悬"、夏明翰的"杀了夏明翰,还有后来人",都是以生命为诗。② 生命为诗,这就是深层意脉、民族诗风的双重揭示,是孙先生"三层揭秘说"生动运用。

以上就是孙绍振立足创作奥秘对歌德"秘密三层说"的解释、发展和运用。

---

① 见孙绍振、孙剑秋主编:《普通高级中学国文·教师手册》第一册第十三课"世说新语·绝妙好辞"主编解读,台北:育本数位出版公司 2016 年版。

② 见孙绍振:《经典诗作与大众文化融合的要务》,《中华读书报》2019 年 9 月 25 日。

第四节 生成机制说

如同《文学创作论》里用元素周期表比喻艺术奥秘那样,孙绍振在2012年发表于国家权威刊物的著名论文《西方文学理论的危机和文学文本解读学的建构》,以及后来成书的《文学文本解读学》中又一次用自然奥秘比喻艺术密码。而此次比方,不像元素周期表那次,仅仅是比喻而已,这一次,是对解读的本质就是解"写"的形象论证,是对揭示创作奥秘的极端重要性的深刻描述,是对如何实现这一揭示的极具操作性的生动说明。孙绍振是这样说的:

> 创作实践,尤其是经典文本的创作实践是一个过程,艺术的深邃奥秘并不存在于经典显性的表层,而是在反复提炼的过程中。过程决定结果,决定性质和功能,高于结果,一切事物的性质在结果中显现的是很表面和片面的,而在其生成的过程中则是很深刻和全面的。最终成果对其生成过程是一种遮蔽,正如水果对其从种子、枝芽、花朵生长过程具有遮蔽性一样,这在自然、社会、思想、文学中是普遍规律。对于文学来说,文本生成以后,其生成机制,其艺术奥秘蜕化为隐性的、潜在的密码。从隐秘的生成过程中去探寻艺术的奥秘,是进入有效解读之门。[①]

这真正是对文本解读根本规律的一次精彩洞察。

---

① 孙绍振、孙彦君:《文学文本解读学》,北京大学出版社2015年版,第5页。下述"草船借箭"例同此页。此段话更早见于孙绍振发表于《中国社会科学》2012年第5期的《西方文学理论的危机和文学文本解读学的建构》一文,但可能限于篇幅,水果生长过程的生动比方被删去。生成机制说的早期表述,还见孙绍振:《美国新批评"细读"批判》,《中国比较文学》2011年第2期(详见后文)。

我们面前的作品,就像手里的苹果,这只是结果,就结果研究结果,就既成作品(成品)研究作品,就苹果研究苹果,会知道它是红的、甜的、多汁的、有香味的、富含营养的,最多深入一点,可能还知道它的营养成分等,但是,并不会知道或很难知道它从种子入土、浇水施肥、长成大树、开花结果的整个生长过程、生成机制。这对于志在揭秘和志在学习创作的研究者而言是远远不够的,关键是揭示其艺术的隐秘生成过程。这就不仅为文本解读清晰指明了方向,而且为如何解"写"提供了具体的操作性。同时,不仅使有效解读之门一目了然,也使破解创作奥秘的艰巨性一展无遗。书中所举《草船借箭》解读例极能说明这一点。孙先生分析说:故事的原生素材在史书《三国志》里是孙权之船中箭,船体因此倾歪,孙权掉转船体受箭,"箭均船平",转危为安。到了小说《三国志平话》里,主人公变为周瑜,并增加一个情节:周瑜因此获得了数百万支箭,周瑜向曹操高呼:"丞相,谢箭!"孙先生说,这二则故事都只是孤立表现孙、周之机智,到了《三国演义》变为"孔明借箭"时,增加了周瑜多妒、曹操多疑的关键要素。由于周瑜对孔明的多智深怀嫉妒,逼其短期内造出十万枝箭。这一逼,使孔明想出了利用多疑的曹操在大雾中不敢出战,必以箭射船,通过借箭,完成了本不可能的造箭任务。这就使本来仅仅只是体现实用价值的简单的斗智故事,变成了深刻得多的多妒、多智、多疑性格冲突的经典。后来,瑜、亮间的妒、智矛盾不断发展,周瑜处处算计,诸葛亮处处棋高一着,化险为夷,于是多妒的更多妒,多智的更多智,最后多妒的感到自己智不如人就不想活了,发出"既生瑜,何生亮"的悲鸣。著名的"瑜亮情结"——这一表现深层微妙人性的艺术经典,就这样经过作家对原生故事的改造、创新,生成了。这就是通过解"写",通过经典作品的生成过程的"回放",使文本的创作奥秘昭然若揭。

无疑,这"回放"绝非轻而易举。仅分析中涉及的那些文献资料,如无相应方法的引导和相关专业的准备,就会像孙先生在同类解读案例中说过的——"两眼一抹黑"[①]。当然,作品生成过程丰富多样,解"写"的手段自然绝非一种,并非篇篇都如《草船借箭》解读那样,需查阅历史文献资料(此即运用后面章节所称的"专业化解读"方法),但只要是揭示作品形成过程、

---

① 钱理群、孙绍振、王富仁:《解读语文》序,福建人民出版社2010年版,第14页。

生成机制,即使凭生活经验推想,也比感想式解读来得艰辛,同时,效果又来得显著。

　　比如《背影》,最动人的一幕是父亲为儿子买橘子攀爬月台场景:父亲"用两手攀着上面,两脚再向上缩;他肥胖的身子向左微倾,显出努力的样子。这时我看见他的背影,我的泪很快地流下来了。"我们凭经验想象一下:"攀"的动作,表明月台墙体比人高,或至少与人体齐胸(否则就只能叫撑或抓),而如果墙体上没有脚踩、脚蹬的着力点、着力处,没有这个动作,就是年青人,没有经过运动体能锻炼的,手再怎么努力攀,脚再怎么努力缩,悬空引体,是引体不上去的,何况一个身体肥胖、穿着厚棉袍,身子如此笨重的老年人。所以,这是有矛盾的。实际情况可能是,应有其他辅助动作,如加上了脚踩、脚蹬,乃至还抓住了其他辅助物,才攀上月台去的。但作者当时瞬间的记忆,只记住了最具吃力感的"攀、缩"以及"倾"几个动作,为老父亲如此努力为自己做这件事而感动得流泪。或者后来成文时(朱自清是七年后写作《背影》的),只能回忆起印象最深的几个最吃力的动作。这些在人们的经验中是常有的事[①],无需查阅历史文献,无需什么专业背景,只凭经验推想,就可得知。这就是自然科学里称为的"思想实验"。自然,这种思想实验,也需解读者一番努力,并非随随便便的感想式解读能奏效的。还有一种可能,就是作者写作过程中,有意把那些他认为不那么吃力的辅助动作、辅助物排除在文章之外了,如写进去,吃力感就减弱了。这也是创作过程的"回放",也无需查阅专业文献,但同样其付出的努力以及达到的解读效果不是任意性的感想式解读可比的,它同样要有强烈的方法意识,才会如此想象作者的创作过程。这就是我们后文及后面章节将介绍的鲁迅的"知道了'不应该那么写',这才会明白原来'应该这么写'的"还原法、替换法解读方法。

　　还有一种情况,"回放"创作过程时也查阅了文献资料,但此资料非《草船借箭》那样的原生故事素材之资料,而实质上也是生活经验之推想,如孙绍振解读杜牧的《江南春》,引入了两则资料:一是明代的杨慎,说:"千里莺啼,

---

　　①　孙绍振把这称为"心像",他说:"……就是叙事作品,都不可能是绝对客观的描绘。一切描绘表面上是物象,是景象,但是,事实上是作者的心象在起作用。"(见孙绍振、孙彦君《文学文本解读学》,北京大学出版社 2015 年版,第 179 页)。它涉及的心理学依据,我们将在第五章的有关"还原法"部分,再做具体介绍。

谁人听得? 千里绿映红,谁人见得?"认为"若作十里",则都听得见,看得见了。二是清代的何文焕,驳道:"即作'十里',亦未必听得着,看得见";认为此诗"不得专指一处",而是诗人觉得江南春天,处处都是鸟语花香,"故总而名曰'江南春'"。这两人的"千里""十里"之质疑,就是凭生活经验推想的,只是杨是错的,何是对的。何文焕为什么对? 孙绍振指出,何的原则与杨有根本的区别,何的意思是,诗人是根据自己的感觉、感受、感情来写诗的,因而就有了想象、夸张的自由,而不是写实,"专指一处"。[①] 这实际说的,就是何文焕揭示的是作品隐秘的生成过程。

---

① 见孙绍振主编北师大版初中语文教材七下册2007年版教师教学用书"八首诗词"主编导读。

第五节　作者身份（作者角度）说

　　作者创作的过程和读者解读的过程，正"相反"。作家是要把意蕴（意脉）和形式隐藏起来。"作者的见解越隐蔽，对艺术作品来说就逾好（恩格斯语）[①]"，"倾向应当从场面和情节中自然而然地流露出来，而不应当把它特别指点出来（恩格斯语）[②]"。至于艺术形式、表现手法，更无作家把它标示在作品中，就像孙绍振引述清代评论家张竹坡评点《金瓶梅》时说的，作者的"匠心"是要"瞒过"读者的[③]；或者这些形式、手法，连作家本人都不知晓，对他们也是秘密。或者如上述生成机制说指出的，作品形成后，"天然"地把创作过程、生成机制遮蔽了。解读者则应把这些创作秘密揭示出来。在孙绍振看来，以作者身份，站在作者角度，才能更有效达到这一目的。

　　孙绍振在《文学文本解读学》中指出，要揭示创作奥秘，就要"以作者的身份和作品对话"，亦即"把自己当作作者，设想其为什么这样写而不那样写"，"有了作为作者的想象，才有可能突破封闭在文本深层的……生成奥秘"，"把作品还原到创作过程中去"，才可能"从隐秘的生成过程中去探寻艺术的奥秘"[④]。上举《背影》例是这样，站在朱自清的角度，设想其可能存在的创作

[①]　《马克思恩格斯选集》第4卷（致玛·哈克奈斯），人民出版社1972年版，第462页。

[②]　《马克思恩格斯选集》第4卷（致敏·考茨基），人民出版社1972年版，第454页。

[③]　见孙绍振：《与西方文论的平等对话和争鸣——孙绍振文艺学文选》序一，山东文艺出版社2021年版，第6页。

[④]　孙绍振、孙彦君：《文学文本解读学》，北京大学出版社2015年版，第5、35、36、37、38页。

过程;何文焕例也是这样,站在杜牧的角度,设想其为什么不实写,而要夸张地写,写成 "千里" 隐藏着怎样的奥秘;《草船借箭》例更是如此,站在罗贯中的角度,回放了作者利用原生素材,但不取原生素材写法,而采取人性冲突的写法后,才创造了不朽的艺术经典;即使高度概括的 "以生命为诗",本质上都是站在作者角度的奥秘揭示。所以,作者身份说与生成机制说有异曲同工之效。

孙绍振引述了多位名家的言论,说明这一解 "写" 观的根本性意义。如朱光潜说:"读诗就是再做诗"[①];克罗齐说:"要了解但丁,我们必须把自己提升到但丁的水准"[②];海德格尔说:作品 "只有在创作过程中才能为我们所把握,在这一事实的强迫下,我们不得不深入领会艺术家的活动,以便达到艺术作品的本源。"[③]孙绍振许多论著中,包括他的早期著述中,引述得最多次的,也是最能使人理解——为何站在作者创作的立场上,最可能发现艺术的奥秘——的言论,就是鲁迅在《不应该那么写》中的这段著名表述:

> 凡是已有定评的大作家,他的作品,全部就说明着 "应该怎样写"。只是读者很不容易看出,也就不能领悟。因为在学习者一方面,是必须知道了 "不应该那么写",这才会明白原来 "应该这么写" 的。这 "不应该那么写",如何知道呢?惠列赛耶夫(亦译华西里耶夫)的《果戈理研究》第六章里,答复着这问题——"应该这么写,必须从大作家们的完成了的作品去领会。那么,不应该那么写这一面,恐怕最好是从那同一作品的未定稿本去学习了。在这里,简直好像艺术家在对我们用实物教授。恰如他指着每一行,直接对我们这样说——'你看——哪,这是应该删去的。这要缩短,这要改作,因为不自然了。在这里,还得加些渲染,使形象更加显豁些。'"[④]

《文学文本解读学》绪论中,引完鲁迅这段话后,孙绍振介绍了惠列赛耶

---

① 朱光潜:《谈美》,《朱光潜美学文集》第一卷,上海文艺出版社 1982 年版,第 497 页;转引自孙绍振、孙彦君:《文学文本解读学》,北京大学出版社 2015 年版,第 35 页。

② 见朱光潜:《克罗齐哲学述评》,《朱光潜全集》第四卷,安徽教育出版社 1988 年版,第 337 页;转引自孙绍振、孙彦君:《文学文本解读学》,北京大学出版社 2015 年版,第 35 页。

③ 海德格尔:《艺术作品的本源》,《海德格尔选集》(上),上海三联书店 1996 年版,第 297 页;转引自孙绍振:《文学的坚守与理论的突围》,人民出版社 2015 年版,第 41 页。

④ 文载《且介亭杂文二集》,见《鲁迅全集》第 6 卷,人民文学出版社 2005 年版,第 321 页。鲁迅引文及下举《外套》解读例同时见孙绍振、孙彦君:《文学文本解读学》,北京大学出版社 2015 年版,第 35、36 页。

夫的《果戈理研究》第六章里分析果戈理创作《外套》的过程。原始素材是彼得堡的小公务员,千方百计节约,终于买了一枝猎枪,结果在芬兰湾打猎时被湾边的芦苇把横在船头的枪带到水底去了。从此他一提此事面如土色。果戈里为突出其悲剧性,并形成喜剧性与悲剧性的交融,把猎枪改成了"外套"(即大衣,在寒冷的彼得堡,大衣是必要的行头,而猎枪则是奢侈品),虚构了一连串的情节。小公务员失去了大衣以后,先是向大人物申请补助,遭到呵斥,郁郁而终。小公务员的阴魂,一直徘徊彼得堡卡林金桥附近,打劫行人的大衣。直到呵斥小公务员的大人物被这个幽灵抢走了大衣,幽灵才销声匿迹。孙绍振通过这个创作过程的实例,说明了他通过上文列举的名家观点,推出的"以作者身份和作品对话"的解"写"观的重要性。

作者身份(作者角度)说与生成机制说不仅异曲同工,而且应互为表里、互为犄角。孙绍振以《外套》解读例提炼出的"这就要求读者,把作品还原到创作过程中去"①,实际就是要求站在作者角度与文本对话;"把自己当作作者设想其为什么这样写而不那样写",实际就是要求还原到创作过程去解读文本。前文提到的《草船借箭》《背影》和《江南春》等例亦如是,既是站在作者角度,又是还原到创作过程解读文本。

作者身份说不仅与生成机制说、三层揭秘说有异曲同工之效,而且在孙先生看来,是更为根本的。他在解读《隆中对》(孙指出,实际上这是陈寿《三国志》中的《草庐对》)时,以生活经验推想和文献资料考证相结合的办法,指出诸葛亮与刘备隆中密谈(因屏人曰),没有旁人在场,没有留下记录,最可靠的文献就是诸葛亮的《出师表》,但文中也没有二人对话的具体内容,裴松之为《三国志》作注,也没有隆中对话的直接史料,因此这段精彩的对话,实际上是陈寿根据诸葛亮后来的事业所作的总结,也就是钱锺书说的"代言"。这就是站在作者陈寿的角度,对隆中对话生成过程的还原。为了更充分说明,以作者身份揭示创作过程的重要性,孙绍振还引入了钱锺书的著名论述:"史家追叙真人实事,每须遥体人情,悬想事势,设身局中,潜心腔内,忖之度之,以揣以摩,庶几入情合理。盖与小说、院本之臆造人物、虚构境地,不尽同而可相通"。原因也是钱锺书指出的"上古既无录音之具,又乏速记之方",密室私

---

① 本段两句引文见孙绍振、孙彦君:《文学文本解读学》,北京大学出版社 2015 年版,第37、38 页。

语,"盖非记言也,乃代言也",但能"庶几入情合理",能"适如其人、适合其事","则亦何可厚非"。① 也就是,在当时的创作条件下,在不违背基本史实的前提下,对那些历史细节的"缺失之环"作出"被迫"虚构,有其合理性。这就是站在史书作者的角度,才能对其作品生成过程作出合理的揭示。相反,不是以作者身份,即使是创作过程的揭示,也可能以今天的条件苛求司马迁;也可能有失误,如孙绍振举过对李白"孤帆远影碧空尽"的解读,指出一些很有艺术感染力的论者,也只能指出黄鹤楼下的长江不可能只有一片孤帆,而是李白的目光只集中于朋友的孤帆上,这算是对创作过程的揭示,但正确的解读,孙绍振认为,应该是:情聚则帆孤,目随则远影,失神则孤帆消失在碧天空尽处 ②,这才是站在作者角度,对创作过程的正确揭示。

　　总之,文本是作者创作出来的,某种意义上,作者身份说最重要,是能否解"写"的关键。而不少常见的解读,是站在读者的角度解读文本,与成品而不是创作过程对话,即使以为是在解读创作过程,其实也是以自己的想象去代替作者的创作。这是孙氏文本解读与不少常见的解读理论及实践的根本区别。无疑,无论怎么站在作者角度,都必然带上解读者即读者的个人色彩,故以作者身份,站在作者角度的解读,实际上作者、读者两者兼具。而仅仅站在读者角度的解读,就可能产生这样的结果:第一,它无意揭示创作奥秘,这既与解读的最主要目的相悖,也与解读所可能产生的最妙效果无缘。第二,它虽因读者的多元解读带来对文本的更为丰富、全面、互补的理解,但因无统一指向(作者是唯一的,站在作者角度,才较可能有统一指向),就较易各说各话,而不利于发现真理。第三,不能揭示创作奥秘的解读,于创作实践并无多少指导作用,这是孙绍振的揭示奥秘说和教练说最不希望出现的。

　　上述例证还表明,作者身份(作者角度)说与生成机制说不仅是其解写论的重要指导思想、重要观点,而且也是具体的可操作的解读方法。但它同时,往往还须有更具体的方法,才能走完解读的"最后一里路"。就上举诸例就涉及四种更具体的解读方法。第一种是像鲁迅提出的用未定稿与定稿对比及惠列赛耶夫《果戈理研究》中的创作过程研究资料的"引入相关文献,还

---

　　① 　见孙绍振:《孙绍振解读经典散文》《隆中对》解读",中华书局 2015 年版。钱锺书言论详见钱锺书:《管锥编(一)》"左传正义",三联书店 2008 年版,第 271—273 页。

　　② 　见孙绍振、孙彦君:《文学文本解读学》,北京大学出版社 2015 年版,第 180 页。

原创作过程"的文献解读法,这就是孙绍振指出的:"这时文献资源就显得十分必要。"①而文献解读法属于孙绍振非常重视的专业化解读法。第二种,由于像上述第一种这样的直接告知创作过程的文献资源很少,尤其是未定稿在古代中国作家,乃至许多现代作家的留存资料中更少,所以运用这种方法的解读不多。于是,就产生了如《草船借箭》解读那样的,自己搜集有关资料,研究、推理创作过程的文献解读法(同样归属专业化解读法)。孙先生论著中的多数案例,如郭沫若《凤凰涅槃》解读、郦道元《三峡》解读、《花木兰》解读,等等,都属于运用了这种方法的案例。第三种就是如《背影》"攀、缩"解读及《江南春》解读那样的凭经验推想的"思想实验",其所涉及方法为还原法和替换法。这些,我们都将在"解读方法"章中详述。第四种,文献资料与经验推想二结合,上述《隆中对》解读就属此种。

以作者身份和文本对话,并不是迟至近年的《文学文本解读学》才出现,早在其《文学创作论》中,就引入了《外套》创作过程例,还运用鲁迅《不应该那么写》中的观点及其未定稿与定稿比较的方法,细致分析了托尔斯泰《复活》、肖洛霍夫《静静的顿河》经多次修改使艺术形象走向完整的创作过程。虽然当时孙先生致力于创作论,是为创作构建文学理论体系,但其创作论是以解剖大量作品亦即丰富的文本解读实践为基础的,并且实际上就是以作者身份不断与文本对话。后来他转向解读学,可以说其转向既轻而易举,又是新的长征。第一,其创作论中已包含丰富的解读实践和解读学基因,其解读的理论又是他常说的,是建立在创作论基础上的,他一下子抓住了揭示创作奥秘这一解读之要害,所以其解读案例甫一问世就与众不同,闪亮登场,独步一时,滔滔不绝,给人"多快好省"之感,所以说是轻松转向。第二,创作论的解读实践与解读学的解读实践,实际有很大不同。前者,可以仅作为观点的例证,不一定是个案文本的完整解读,虽然它要有一定量的完整解读,而后者,必须有相当量乃至海量的个案文本的完整解读实践,才能发生这一解读学的蜕变,才有资格说出那些具有根本规律意义的观点。孙绍振正是后来完整解读了近500篇的中学课文,才成就了他2015年出版的《文学文本解读学》。这在许多同行中是难以想象的,绝不亚于完成一部长篇小说。第三,所以,以作者身

---

①　孙绍振、孙彦君:《文学文本解读学》,北京大学出版社 2015 年版,第 5 页。

份和文本对话,虽然实践上早就存在,但作为理论观点有意识提出来,不仅是后来大量的个案文本的完整解读实践催生的,而且是有意识积极参与当代文本解读学建设时的建树。明确提出这一解读指导思想的论文,应是孙绍振发表于 2011 年《中国比较文学》第 2 期上的《美国新批评"细读"批判》一文。生成机制说也是 2012 年发表在《中国社会科学》上那篇著名论文中才明确形成的。第四,其间,他为建构作者身份说而引用的名家观点,也是在创著《文学文本解读学》时不断丰富的。早先,最主要引用并且是多次引用的就是鲁迅的《不应该那么写》。而且,前期的引用还主要是"以作者身份和文本对话"的实践自觉而不是理论自觉。当这一引用升华为作者身份说,发生这一质变时,就引用了更多的名家之论以佐证其观点,上述克罗齐、海德格尔、朱光潜观点的引入就由此而来。在 2014 年发表于《语文建设》第 2 期的《以作者身份与文本对话》一文中,孙绍振还引述过夏丏尊的说法。夏丏尊说,读文章的时候,要把自己放入所读文章中去两相比较,如果叫我来写将怎样? 如果我也能写,是平常的东西;如果我心中早有此意见或感想,可是说不出来,现在却由作家代我说出了,觉得是一种快悦。[①]孙绍振认为,这也是以作者身份和文本对话。

不仅作者身份说,上述五说,实际都是创作论中就已明确提出或有此基因,并且以此实际指导了自己的作品分析实践。其区别在于:揭示奥秘说和教练说明确出现于孙先生的《文学创作论》中,后来在建构《文学文本解读学》时,被不断丰富和发展。三层揭秘说、生成机制说、作者身份说,作为鲜明的理论观点,是著述《文学文本解读学》时才明确形成的。而且,后三说的操作性更强,不仅是指导思想,而且是文本解读实践的具体方法。

同样,孙绍振的解读理论的基础是创作论,这在孙先生的解读实践中一直如此。但明确意识到自己解读实践的成功奥秘在于自己的解读是从创作论进入的,则是在主动建构《文学文本解读学》时出现的。孙先生还经常说,是潘新和(他的学生,写作学的著名学者)提醒他才意识到这一点。这既是孙先生谦虚,更是这"无心插柳柳成荫""水到渠成"说明了事物发展往往是必然与偶然的结合。还说明了,这一理论的自觉,正是孙绍振从创作论转向有意建

---

① 见夏丏尊:《夏丏尊文集》第 2 卷,浙江文艺出版社 1983 年版,第 531 页。

构解读理论的重要发展。孙先生 2011 年所说的这段话,极能说明问题:

> 我的解读与新批评最大的区别是理论基础不同。这个分歧,不仅仅是我与新批评的,而且是我与几乎所有解读人士的分歧。我坚信文学理论的基础是创作论,而百年来的文艺理论,包括西方的和中国的,却是以哲学本源论和本体论为主导的,可以说脱离创作越来越远。就是某些本体论的甚至鉴赏论的文艺理论,也都毫无例外地把作品当作成品,所谓与作品对话,也只是与不可改变的成品对话。但是,成品解读最大的局限是,只能看到现存的结果,而看不到成品中大量被提炼了的成分。沉迷于结果,就看不到建构结果的过程。分析,不完全是和作品对话,而是和作者对话,不满足于做被动的读者,就要设想自己是作者。还原之所以必要,就是把作者未曾创造的原生状态想象出来,与作品现存状态对比,把作品还原到它历史的、个体的建构过程中去。在客体对象,在主体情致,在形式的、流派的、风格的建构中,首先要看出它排除了的东西,其次要看出它变形变质了的东西,最后要看出它凝聚起来的过程。①

这是对自己大量成功解读实践的理论总结,也是对日益兴盛的我国当代文本解读学贡献其探索之果的概括。这段话里,我们已经看到了生成机制说、作者身份说、三层揭秘说,当然,此三说的更精致、严密的表述,见于其同时期的专门论述,特别是集大成的《文学文本解读学》,我们前文已就此做了介绍。这段话里,我们还看到了孙先生对当代西方文论及流行解读理论、解读实践的批判和超越,以及建构本土文艺学和独树一帜的解读学的宏远征程,还看到了还原法等具体解读方法对完成个案文本最后解读的无比重要,这一切,我们都将在后续的章节里逐步阐述。

---

① 孙绍振:《月迷津渡——古典诗词个案微观分析》自序之二,上海教育出版社 2012 年版,第 14 页;最早出自孙绍振:《美国新批评"细读"批判》,《中国比较文学》2011 年第 2 期。

第二章
文学理论教育的奇迹

孙绍振《文学文本解读学》的基础是创作论,其创作论又是要像教练指导运动员那样能指导他人创作。这是孙氏创作论与当时乃至现今流行的许多文学理论最大的不同。在一般人的认识里,文学是神秘的,成功之作不是天才之花,就是实践之果;课堂培养不出作家,理论是指导不了文学创作的,理论最多只能指导一般的写作;理论虽也是智慧之果,但却是另一个领域里的智慧结晶。然而,孙绍振创造了奇迹,创造了神话。他的文学创作论,正如王光明先生说的:"在文学理论与个人写作之间架设了一道桥梁,这是不可思议的事情;他……几乎要让人们相信,文学其实不那么神秘,并非都是天才的专利,作家也是可以通过课堂来培养的,至少,是可以从课堂上得到启发的。"①

我们即将介绍的莫言与孙绍振之间的"故事",孙绍振创作论对莫言的具体影响,已经不是一般意义上的"启发",而是理论所能创造的最好奇迹了,并且是可以载入文学史的佳话、史实。

作为基础的创作论尚能如此,其衍生的孙绍振解读方面的理论、方法与实践在一线教师中所引起的近乎风暴般的热烈反响,就毫不奇怪了。本章就先介绍孙绍振的文学创作论创造的奇迹般的重大实践作用。

---

① 见汪文顶等主编:《孙绍振诗学思想研究文集》,社会科学文献出版社 2016 年版,第 150 页。

第一节　莫言们的"最高票"和莫言四谈孙绍振

孙绍振撰写文学创作论时,曾应邀到解放军艺术学院为该校文学系的军旅作家学员上课。讲稿就是后来出版的《文学创作论》。学员个个身手不凡。改革开放之初,文艺迎来历史的春天,著名的作家群体有不少,如王蒙、张贤亮这样的"右派"作家,如梁晓声、舒婷这样的知青作家,再如军旅作家。当时孙绍振上课对象的军旅作家里,有孙绍振称为当时就名满天下的李存葆、钱钢,有后来名盖群雄、获得诺奖的莫言。

孙绍振刚去上课时,也领教过学生们给的"下马威"。孙先生回忆说,"当时上课是很自由的,学生可以来,也可以不来,……有时一个偌大的阶梯教室,才来几个人,这样,对专家就太不尊重了。系里,也许是班上决定,无论如何,组长都要来。""当时大概有8个组,所以经常只有8个人来听课。等到我上第一节课的时候,也比较惨,只有8个人来听,我只好硬着头皮讲……一堂课上完以后,同学们开始纷纷转告说'昨天那个人讲得好'。等到我第二次再上课时,大家都来了,一下子有点座无虚席的样子,我的虚荣心得到很大的满足。"一周上两个上午,一个月八次……就这样,孙教授得到了学生们的认可。到了第二年,学校的经费就比较紧张,机票的费用似乎也涨了,北京地区以外的老师就全免了,只有孙教授一人是例外。"我连着去了五年,每年讲一门课,我觉得非常荣幸。到了

1986年,我的《文学创作论》出版,当时在班上每人发了一本,就等于是课本了。莫言承认我,还可能是因为,其它专家都是(只作)一次两次讲座,而我讲的是一门课吧!"

上引表述,是《东南快报》记者在莫言2013年12月26日、27日来福建参加"福清元素文学创作沙龙"活动后,采访孙绍振的通讯稿中的一段话。①孙绍振先生说的"莫言承认我",指的就是莫言12月26日、27日两次发言的开场白都以"亲爱的孙绍振老师和各位来宾"开头,没有他人开场白惯常有的"尊敬的某某领导",提到名字的就是孙绍振一人。并且,在26日的发言中,花了好长一段时间专讲孙绍振老师在解放军艺术学院讲课给他留下的深刻印象,给予他的"非常大的影响"。莫言的发言如下:

……几十年前,我是一个文学爱好者,充满热情地向全国的刊物投稿。总是被退稿,好不容易,我的第一篇小说《春夜雨霏霏》发表在刊物上了,当我第一次看到自己的小说变成铅字出版,后来经历的所有事情都不会有这种欣喜。刚开始学写作,还是有一些基本规律,无论什么样的天才,都是会碰到各种各样的困难,需要很多老师的帮助。一个人从文学爱好者变为文学读者,再发展到作者再到作家,有个人的奋斗,这是必然的,也有老师的重要作用。刚才,我为什么特别提起孙绍振老师?就是1984年到1986年,我在北京的解放军艺术学院上学期间,孙老师给我们讲过七次或者八次课,给我留下了非常深刻的印象。孙老师在课堂上跟我们讲诗歌,讲台湾的诗歌,讲余光中的诗歌,讲唐诗,讲宋词。我虽然是写小说的,但是,孙老师的课给了我很多的感受,很多的启发。孙老师对很多诗歌意境、诗意的分析,对我文学语言的改善、对我小说意境的营造,发挥了非常大的作用。我最早发表的小说,当时的编辑也是福建人,毛兆晃老师,发表在河北保定一家文学刊物上。所以,我对福建是很有感情的。在我们解放军艺术学院文学系里,在我一个班的同学里边,提到孙绍振老师的课,大家都记忆犹新。在每个学期结束的时候,学校会做调查问卷,

---

① 筱娅:《孙绍振莫言的1984》,《东南快报》2014年2月24日。筱娅此文记孙绍振1984年在军艺上课记为6月,经与孙先生核对,孙认为,因连续五年去军艺上课,时间可能错乱,应以莫、朱回忆为准(见后文)的1984年秋天为准。

"本学期,哪位老师的课给你印象最深? 受到的教益最大?"孙老师的得票最高。①

第二天（12 月 27 日）,莫言在讲话中又将孙老师的讲授"对我文学语言的改善、对我小说意境的营造,起到了非常大的作用"以及"孙老师的得票率是最高的"这最重要的两点重复了一遍。

显然,莫言这发言不是客套了。26 日那天,莫言是邂逅孙先生,是突然遭遇,会议主办方对孙绍振与莫言的这段师生情完全不知晓,孙先生又迟到了,差点挤不进去,坐在第一排的边角。但是,莫言却发现了他。一讲又那么动情,那么具体。莫言如此具体深情回忆孙先生讲授的《文学创作论》,不止这一次,在获奖前后见之于文字的至少有四次。这一次是当着孙先生和广大听众的面,郑重其事说的,而且事先并不知晓孙先生的到来,是毫无准备情况下的突然喷发,而且最重要之点（孙绍振的课对他文学语言的改善、小说意境的营造起到了非常大的作用以及获得最高票的肯定）在第二天再次重复,可见这是长期积淀其心中的肺腑之言。见于文字的另外三次分别是:

一是苏州大学出版社 2003 年出版的《莫言王尧对话录》中所载莫言就"超越故乡"的发言中提到的"同化生活的能力"。这个创作观就是从孙绍振那边获得的,莫言说:

> 我记得在军艺读书时,福建来的孙绍振先生对我们讲:一个作家有没有潜能,就在于他有没有同化生活的能力。有很多作家,包括"红色经典"时期的作家,往往一本书写完以后自己就完蛋了,就不能再写了,再写也是重复。他把自己的生活经历写完以后,再往下写就是炒剩饭。顶多把第一部书里的边边角角再来写一下。新的生活,别人的生活很难进入他们的头脑,进入了也不能被同化……②

莫言就"同化"创作观做了长篇大论的、深入具体的发言,可见这个问题在莫

---

① 据《福建日报》2014 年 1 月 7 日《"学生"莫言》及其"视频连接·莫言在福清谈孙绍振"所载 2013 年 12 月 26 日莫言在"福清元素文学创作沙龙"活动会上的发言录音,以及《东南快报》2014 年 2 月 24 日筱娅《孙绍振莫言的 1984》一文中记载的 2013 年 12 月 27 日莫言在上述沙龙活动会上的发言,综合而成。

② 莫言、王尧:《莫言王尧对话录》,苏州大学出版社 2003 年版,第 204 页。

言创作中的重要,而提到的理论来源和理论家就孙绍振的同化论(详见第四节)。这大概是最早一次明确见之于文字的莫言提及孙绍振的创作论对其创作的影响。

二是见于著名文学评论家、作家朱向前发表于《解放军艺术学院学报》2013年第4期上的《超越"更有难度的写作"》一文。文中谈道:

> 记得近30年前——1984年秋,由于我的引荐,徐怀中先生特邀福建师大的孙绍振教授北上首届军艺文学系,讲述他那本即将问世的洋洋60万言的填补当代文学理论批评空白的开山巨作《文学创作论》。在我看来,孙著是一本"在森严壁垒的理论之间戳了一个窟窿的于创作切实有用的好书",为此还应《文学评论》之邀撰写了万字书评《"灰"与"绿"——关于〈文学创作论〉的自我对话》(载《文学评论》1988年第2期)。孙绍振亦藉此创造了一个在军艺文学系讲课最系统持久(一连5个半天)的记录,至今无人能及(一般情况下,任何专家、教授、作家都只给每届讲一堂课),而且深受好评。此后多年,莫言等人都曾著文忆及当年听孙先生讲课时所受到的震动和启发。[①]

朱向前文章发表于2013年7月初[②],文中提及的莫言著文回忆,从时间上,肯定不是上述2013年底福清活动那次,而可能是2003年《莫言王尧对话录》那次,但是,文中提及的《文学评论》1988年第2期也说到了孙绍振对莫言的影响,从该文表述看(见后文),至少还另有一次,甚至不止一次莫言谈及孙绍振创作论对他的影响,但因手头无另外的实证材料,我们就把1988年第2期《文学评论》上朱文的表述做一次记。

三是《人民文学》2017年8月号上徐怀中、莫言、朱向前《不忘初期许可待:三十年后重回军艺座谈实录》记载了莫言新近一次,也就是见之于文字的莫言第四次就孙绍振1984年讲课对自己创作直接影响的回顾:

> 莫言:刚才我们老主任(徐怀中)列举了这么多名字,听到这些名字的时候,他们讲课的形象生动地在我脑海里浮现出来。我觉得我可以列

---

① 转引自汪文顶等主编:《孙绍振诗学思想研究文集》,社会科学文献出版社2016年版,第381页。
② 同上。

出很多个名字,他们的讲课直接对我的创作产生了影响。

比如说孙绍振,来自福建师范大学,我记不清他给我们讲了四课还是五课,其中有一课里面讲到五官通感的问题。他讲诗歌,比如说我们写诗,湖上飘来一缕清风,清风里有缕缕花香,仿佛高楼上飘来的歌声。清香是闻到的,歌声是听到的,但是他把荷花的清香比喻成从高楼飘来的歌声。还讲一个人曼妙的歌声余音绕梁三日不绝。绕梁是能够看的一个现象,也就是把视觉和听觉打通了。讲一个人的歌声甜美,甜实际上是味觉,美是视觉,他用味觉词来形容声音。他给我们讲诗歌创作中的通感现象,这样一种非常高级的修辞手法,我在写作《透明的红萝卜》这一篇小说的时候用上了,这个小说里的主人公是小黑孩,他就具有这样一种超常的能力,他可以看到声音在远处飘荡,他可以听到别人听不到的声音,甚至可以听到气味,这样一种超出了常规、打破了常规的写法是受到了孙先生这一课的启发。这样的通感现象现在来讲是有科学依据的,我前不久看《挑战不可能》,撒贝宁主持的节目,看到一个视力有障碍的女孩儿,可以听到物体的形状,她对着目标物拍手就可以听出来哪个是真人,哪个是假人,哪个人身上穿的服装质地比较厚,哪个人身上穿的服装质地比较柔软。她的听力已经部分替代了视觉,这样一种现象生活当中是存在的,在文学当中应该大胆地使用。[1]

莫言当时的发言,当然还提到1984年给军艺文学系首届作家班上课的其他名家的课对他创作的影响。但多数不是理论本身的直接具体的指导,而是有关内容给予他的启发、影响。如中央美院的孙景波教授的《美术简史》课上,展示了一个人类生殖时期的胸部和臀部被夸张了的女陶俑,对他创作《丰乳肥臀》有很大启发;孙景波教授讲到了凡高的作品,他就去图书馆借来很多凡高的画,那色彩的强烈、笔触的大胆,莫言说《红高粱》里大量的色彩描写就是受到凡高画的启发和影响。又如著名指挥家李德伦的课上放了一段《牧神午后》的音乐,那充满欲念、欲望的曲调,启发了他用语言表现类似的意境。再如北大吴小如教授讲了庄子的《马蹄》《秋水》,这两篇文章虽然是讲哲学、

---

[1] 徐怀中、莫言、朱向前:《不忘初期许可待:三十年后重回军艺座谈实录》,《人民文学》2017年第8期。

人生道理的，但莫言说，对他创作的影响也蛮大。他就写过一篇叫《马蹄》的散文，获得过"解放军文艺奖"。他说他小说里经常出现的秋水泛滥、洪水滔天、一望无际的高粱被淹没在很深水里的景象，就实际来自于庄子的《秋水》。所讲理论对他创作产生直接具体指导作用的，除了孙绍振的创作论，还有叶朗先生讲的《中国小说美学》。该课特别强调了中国小说特别重要的修辞手段"白描"，这是与西方意识流完全不同的写法，寥寥数语就把人物活灵活现地呈现在读者面前，莫言说，"我想这在我的写作过程中也发挥了非常重要的作用。"莫言不仅是文学天才，而且据徐怀中、朱向前在座谈会上介绍，莫言是极认真、勤奋的人，没有旷过一次课，考试的卷面最干净，答题一次写完。所以老师教学中于其创作有帮助的，直接的、间接的、点点滴滴，他可能都记在心头。座谈会时间有限，所以莫言最后会说："类似课程很多，不能一一历数。总而言之，我们文学系请来的确实是各个领域里的高手或者领军人物，他们确实像主任讲的，都是把多年的研究心得和研究成果以最集中的方式传授给我们。我们认真听讲就受益匪浅，不认真听讲就一晃而过。"不仅在此次座谈会上，莫言在其他有关的回忆文字里，早在获诺奖前的有关著述如上述的《莫言王尧对话录》里，都不止一次提到过对他的创作和成长有过帮助的人和事，包括他首先最感恩的发现、培养、多次力荐其作品的第一伯乐、时任军艺文学系主任的大作家徐怀中先生（徐看了莫言自荐作品，说这个人一定要招进军艺；开学第一天，专门评论、推荐了莫言的作品，一时莫言名声大振；力荐其成名之作《透明的红萝卜》《红高粱》等），包括其他著名作家、著名评论家孙犁、汪曾祺、冯牧、王蒙、张洁、刘心武、史铁生、李陀、雷达、曾镇南……包括许多刊物的编辑……①

　　正因为如此，莫言屡屡提及孙绍振具体理论对其创作的直接影响，于我们理解理论与实践的关系就有特别的意义。那天座谈会上，徐怀中先生先介绍军艺文学系为作家学员们设置的一些短线课程，是徐先生特别去请的一些大名家让学员增长知识、广开思路的所谓"闲课"。不少学员急着出创作成果，经常缺课，莫言却没有拉下一节。徐先生介绍完这些短线"闲课"后，莫言说

---

　　①　见徐怀中、莫言、朱向前：《不忘初期许可待：三十年后重回军艺座谈实录》和莫言、王尧：《莫言王尧对话录》的"发现民间"部分；参见筱娅：《孙绍振莫言的1984》，《东南快报》2014年2月24日。

他是得益匪浅,接着就谈了如上介绍的孙景波、李德伦课的有关内容对他创作的启发和影响。随后,徐先生介绍了当时的师资,说主要靠外聘,于是念了一串名单,包括著名作家丁玲、刘白羽、魏巍、汪曾祺、林斤澜、王蒙、张洁、刘心武⋯⋯著名学者教授吴祖缃、王瑶、李泽厚、吴小如、袁行霈、严家炎、张炯、谢冕、叶朗⋯⋯包括张炯、谢冕的同学孙绍振在内(但并非与张、谢北大同班才被邀请,原因见后)共 45 人。徐怀中用的是"等等",即实际所聘不止这些念到名字的。紧接着,莫言发言,开头即如上所引"刚才我们老主任列举了这么多名字⋯⋯"这段话,首先具体忆起的就是孙绍振的通感论,接着谈了吴小如讲授的庄子《秋水》、叶朗讲授的"白描",最后表明"类似课程很多,不能一一历数"。由此可见,如此认真的莫言在如此多大家的讲课中,首先提起孙绍振通感论对其创作的指导作用是绝非偶然之举的。

朱向前是被称为预言莫言获诺奖的第一人,在军艺那天的座谈会上,他随即作了补充。他介绍说,老主任是不拘一格用人才,刚才念的名单中绝大部分是当时的大家,是全国领军的人物,但孙绍振是一个例外,刚刚评上副教授,名气和资历在当时最不起眼,其他人统统是北京的,孙绍振先生是唯一的京外人士,来自福建(福建师范大学中文系)。当时,朱向前向徐怀中先生力荐孙绍振,说他 60 万字的《文学创作论》(当时尚未出版,只有一个打印的上半册,送到徐怀中的办公桌上)是全国第一本文学创作论,是最贴近创作实践的。徐怀中看了,就请他去讲课。而且一上七八个半天,最后获得了学员的"最高票",被莫言多次提起。①

这无论从那一方面讲,都是很特别的。徐怀中发现了莫言,又发现了孙绍振(当然离不开朱向前),并且"无意"间使他们产生了某种特殊的联结。无疑,莫言的成功,其自身的奋斗是第一位的、决定性的,他人的作用,包括大量文学作品和理论书籍的作用,直接的、间接的、有意无意起作用的,也是众多的,绝不仅仅是孙绍振的文学创作论,也不是孙绍振创作理论的全部都对莫言创作产生了影响,但是,作为具有如此优越素质和巨大成就的莫言如此主动多次地提起,在军艺座谈会和福清沙龙活动的公开正式场合上如此突出地提起,

---

① 见《不忘初期许可待:三十年后重回军艺座谈实录》、筱娅《孙绍振莫言的 1984》、朱向前《超越"更有难度的写作"》。

以及提起的内容又如此具体,足以说明,孙绍振创建其文学创作论的初衷,相当程度得到了体现。

在此,不能不提起前文引述到的朱向前1988年初发表于《文学评论》上的《"灰"与"绿"——关于〈文学创作论〉的自我对话》一文中一段极重要的文字。朱向前当年就提到了莫言从孙绍振书中吸取营养之事,他是从自己研读《文学创作论》的体会说起的。他认为给予他启发、刺激的主要是:

> (孙绍振《文学创作论》中)大量的艺术感觉、审美经验和悟性把握。

紧接着,他说——

> 据说莫言成名前从这些东西里获益匪浅,成名后回过头来看《文学创作论》,获益匪浅的还是靠这些东西。

又紧接着,作者说"从这个意义上说,下面一种评价过于消极。"什么评价?就是认为孙绍振的文学创作论仅仅是为步入文学创作领域的一代青年解除了不少困惑。翻译成通俗的话,就是把孙氏创作论仅仅看成创作入门书,在朱向前看来是不够的。这自然是因《红高粱》而名重天下的莫言不可小觑的体会摆在那里,朱向前的"从这个意义上说",就是成名前后的莫言都说"获益匪浅",这是不可回避的重要事实。故作者接着指出,那些"不读任何理论,一凭着灵气和感觉包打天下"的作家是"不可救药","家里看理论,出来骂理论,心里受益,口头不认账"的作家是"泼皮无赖"。但紧接着,当时的朱向前又产生了困惑:一方面觉得"理论多少还可以指导一点创作,想当'文学教练员'也并非奢望",另一方面又认为"理论家与创作家的关系与其说是指导与被指导,莫如说是互相碰撞与启发;与其说是教练员与运动员,莫如说是运动场上的蓝队与红队"。这后一种想法,当时作者自己也认为"骨子里还是不太认账"理论对实践的指导作用。产生这种想法的部分原因,是作者当时尚不太认可孙绍振创作论中关于"艺术形式规范"作用的理论,作者文中有一句话"给我以启发和刺激的主要不是那些'三三制'式的条条道道(指孙书中对诗歌形式规范的发现)",其引述莫言之说,也暗含莫言"获益匪浅"的也不是"条条道道"。并且就其不太认账理论对创作实践作用的想法引述了一段当时颇具权威的依据——"这种看法代表了一种世界性的思潮。据说美国、苏联文学界都有人持类似观点"。最后,困惑的作者留下了一个并不困惑的结论:"我看只好存疑,留待实践去检验吧。"①

上段文字,包含的信息太多了。第一,后来的实践作出了回答,莫言2003年之后已多次见之于文字的忆及孙绍振创作论的具体直接的作用(而且是"很大作用")已回答了这个疑问。前引朱向前2013年《解放军艺术学院学报》上那篇论文和2017年军艺座谈会上的发言,也回答了这个问题。不过,朱向前1988年《文学评论》论文中说的"不是这块料的人打死也成不了作家"是对的,但仅仅说理论作用是"启发和刺激"又欠准妥。第二,有关艺术形式规范的作用,是孙氏《文学创作论》和《文学文本解读学》中非常重要的核心理论,我们留待第六章讨论;那个所谓"世界性思潮"则恰恰是西方文论的重大错误、重大缺憾,也留待第七章讨论。第三,这至少应该是上述四次之中的一次,并且从莫言"成名前、成名后"的表述,又是说于1988年,很可能这是四次之外,莫言还另有某次谈到了孙先生的创作论对他的影响(参见前文),并且这些都是莫言最早对孙绍振的创作理论的反应。第四,以朱向前与莫言的关系和身份(朱向前是军旅作品的著名评论家、著名军旅作家,是莫言军艺时期最要好的同窗,是预言莫言获诺贝尔文学奖的第一人),这应是有根据的,只是这究竟是见于莫言文字,还是莫言口头表述、文友间口耳相传,朱文未说明。总之,综上所述,见之于文字,莫言至少四次(包括朱向前1988年《文学评论》论文、《莫言王尧对话录》、2017年军艺座谈会上的发言、2013年底"福清沙龙活动"发言)谈到孙绍振的创作论对其创作产生了具体直接的影响。第五,最重要的是,这正是孙绍振的特点,以对海量作品的解读分析使其创作理论令人折服,而孙氏解读又从创作角度切入,立足于能指导他人创作。莫言在军艺座谈会和福清沙龙上的发言都着重说到了孙绍振对相关作品和创作现象的分析。第六,莫言从"孙绍振《文学创作论》的大量艺术感觉、审美经验和悟性把握"中"获益匪浅",看来包含的不仅是前文提到的"同化""通感""文学语言的改善""小说意境的营造",甚至还有别的具体影响。

莫言是一个典型,但不是孤例,朱向前文章已表明是一批军旅作家,比如宋学武就直接以孙绍振的"心口误差"理论为题写就了一篇小说,发表于

---

① 转引自汪文顶等主编:《孙绍振诗学思想研究文集》,社会科学文献出版社2016年版,第136页。

1985 年第 2 期的《上海文学》上 ①。至于广大的文学青年,正如王光明说的"武汉大学的写作讲习班,坊间传说孙绍振的课堂有上千人听讲",福建师大中文系的学生"听孙先生的课是学生们的节日"②。谁能确证,当年的文学青年、后来的名家中没有一个像莫言那样"获益匪浅"?

　　以上是作家原话、数字等富有冲击力的事实。下文各节将就孙绍振有关通感、同化的各理论及莫言的有关言论、莫言小说的相关内容等试分析孙、莫的关联,以进一步说明孙氏有关理论的实践价值。

---

①　参见邢孔辉:《"心口误差"——写作技巧谈片》,《阅读与写作》2003 年第 4 期。
②　转引自汪文顶等主编:《孙绍振诗学思想研究文集》,社会科学文献出版社 2016 年版,第 150 页。

第二节 莫言的"通感"与孙绍振有关 "通感"的各理论

莫言明确提到,他创作观念和创作实践上的"通感"是受孙绍振先生直接影响的。从其自身回忆、朱向前回忆及孙绍振的相关回忆,莫言系统听过孙先生"文学创作论"课(主要是诗歌部分及相关理论部分),看过孙先生的《文学创作论》。我们的任务,就是试梳理二者之间的关联。

一、莫言的"通感"超出了通常的五官通感, 击倒了无数文学爱好者

上述莫言军艺座谈会的发言,实际已超出了我们通常说的五官通感。在《莫言与王尧对话录》中,莫言同样如此谈到了《透明的红萝卜》中的"通感"问题。莫言先说了他的创作起因。他在军艺时做了一个梦,梦见一片很开阔的大红萝卜地,很鲜艳,很大的一轮红日冉冉升起,一个很丰满的红衣少女,用手里的鱼叉叉起一个红萝卜,朝着红太阳走去。梦醒后,他就把这写下来,把自己少年时代在水利工地当打铁的小帮工的一段经历写进去了。莫言接着说:

> 写完以后,我自己也拿不准,这个小说能发表吗?而且里面很多是通感的东西,像小男孩奇异的感受,超出常人的嗅觉、听觉。以及在铁匠炉

看到的萝卜的变换啊,红萝卜在他眼睛里变成一个很神奇的东西。①

本段及军艺座谈会发言这两段话综合起来,莫言说的通感内容有这么几点:(1)通常说的五官通感,如用歌声比喻花香,听觉与嗅觉的接通,等等。(2)超常的感觉能力,如小男孩超出常人的嗅觉、听觉,可以听到别人听不到的声音。(3)超常感觉能力与五官通感交混,如小男孩可以看到声音在远处飘荡,这既是说他感觉能力超常,又是视觉(飘荡)与听觉(声音)的接通;可以听到气味,也是既说其感觉能力超常,又是听觉与嗅觉(气味)的接通。(4)幻觉、变异的感觉、奇异的想象,如铁匠炉里萝卜的变换,红萝卜变成一个很神奇的东西。这既可以说是感觉能力超常,也可以说是在特定条件下,常人也可能出现的一种幻觉。或者说,这属于荒诞手法的变异感觉、奇异想象。(5)这些东西不是杂乱无章的,而是合起来要表达一个中心意思。莫言前头说的梦,红萝卜、红太阳、红衣少女,红衣姑娘举着红萝卜朝着红太阳走去,象征着一种希望,一种不可压抑的富有生命力的新鲜力量。有人、有植物、有无生命的自然物,合力表现这个希望,不过都是视觉罢了。小说里,就打通五官感觉,打通日常和超常感觉,加上幻觉、变异感觉、奇异想象,一起跨界融通,合力来为他写的故事服务。这就是莫言的"通感",一种"大通感"。(6)当时最重要的是,这样一种超出了常规、打破了常规的"大通感"写法,能不能发表?然而恰恰是,从"文革"岁月走出来不久,刚刚开始改革开放的八十年代初期,如此令人耳目一新的写法,成就了莫言的最初成名作——《透明的红萝卜》;同年,莫言十余部超常规写法的中、短篇,如《金发婴儿》《枯河》《大风》《秋水》,特别是《爆炸》集中问世,引起了广泛的关注,尤其引起了具有高度艺术敏锐的著名作家徐怀中、王蒙等的赞赏,张洁甚至对德国记者说:如果说1985年的中国文坛发生了什么大事的话,那就是出现了莫言。②

莫言的"通感"观及其创作中的"通感"现象,不仅实践了当时极少作品涉及的五官通感手法,而且显然超出了狭义的五官通感,出现了许多奇异感觉的融通际会。后来奠定其文坛地位的《红高粱》,莫言式"通感"的超常表达更是成倍涌现,骤然爆发,一系列闻所未闻的写法瞬间击倒了当时无数的文学爱好

---

① 莫言、王尧:《莫言王尧对话录》,苏州大学出版社2003年版,第117页。

② 转引自马超:《〈透明的红萝卜〉新解》,《许昌学院学报》2004年第3期;徐怀中、王蒙等赞赏见《莫言王尧对话录》,第117—121页。

者。莫言无疑是重大创新型作家，但任何惊世骇俗的名家，都是文学发展链上的一环，都是在对过往艺术形式规范的遵循与突破中推出其卓杰名篇，形成其创作风格的。从《莫言王尧对话录》中，我们可以看到，莫言的文学成长道路上，读过大量的文学作品，接触过相当多的文学理论，而且莫言是勤奋、认真，具有自己独立思考、独特思想的作家，从前述的军艺读书的三年中，从未拉下一次课，30年后的座谈会发言，竟如此清晰记得老师们上课的点点滴滴，就足见一斑。[1] 我们不能说，莫言每一创作灵感都是对既有文学作品、文学理论的某一规律规范的遵循与突破、传承与发展，有些，莫言大约是意识到的主动运作，有些，大约是读书、生活阅历潜入积淀其脑海后的下意识、潜意识行为，有些则是其与生俱来的基因之果、天才之花。当然，即使天才之作，也是人类发展成果在作家身上的呈现，莫言毕竟不是天外来客。本书不是专门探讨莫言创作成因的，只就其"通感"创作观与创作实践，从文学史上的创作实践现象、孙绍振的"通感论"等文学创作论理论，尤其是莫言主动提及的孙绍振的创作理论，试做一些解释。

二、莫言"通感"创作观、创作实践是对文学史上由来有据的创作形态（艺术形式规范）的继承与创新

描述客观对象，大概有二种形态：

第一种形态是单一的、"如实"的，视觉就是视觉，听觉就是听觉，今天就是今天，昨天就是昨天，第一人称就是第一人称，第二人称就是第二人称，动植物就是动植物，人就是人，乃至只出现一种或两种感官（最常见是视觉及听觉）、一种人称（最常见是第三人称）、一种时态（最常见是现在时）。这第一形态似较易得，但并不意味低级、平庸。而且第一形态，还有不少极致状态的名篇，如孙绍振 1987 年花城出版社出版的《论变异》的第四、九章中就说过，有一类被称为诗中神品的古典汉诗，如陶潜、王维的诗，就像生活原生态本身一样，无变异地以原始的素朴形态呈现，台湾地区现代派诗人和大陆"北岛以后"的年青诗人中的许多作品也都是这样的例子；孙绍振的《文学文本解读学》的第七、八、十一章中除重申上述观点和介绍有关内容外，还指出，俄语英

语诗歌中亦不乏其例。叙述文本，按孙绍振上述两书中的介绍，以非陌生化和日常语义为特点，也是现代小说的一种普遍追求，著名的海明威就是代表，海明威甚至追求像"白痴一样的叙述"。按孙先生无变异地以原始的素朴形态呈现的"标准"，古今现实主义小说，古代"寓褒贬"于客观叙述中的史家笔法，今日常见的"纪实性"规范新闻和记人记事散文，都不乏这第一形态的极品，如史书中像《鸿门宴》这样相对独立的传记、文学中像《范进中举》这样相对独立的小说，如朱自清自称为"写实"的《背影》、开明版教材编者称为几乎全为叙述的吴晗的《少年时代的朱元璋》，如后人认为最好的回忆鲁迅的散文——萧红的《回忆鲁迅先生》，如几乎拥有最多读者的路遥的《平凡的世界》等都是基本为第一形态的典范篇章。

第二种形态是跨界融通现实、超现实，不仅几种感官、人称、时态同时使用，还有五官通感，人称交混，时空错杂，幻觉纷呈，至于大跨度的以物喻人、以人拟物（不仅仅是一般的比喻、拟人）等等则是家常便饭。古代浪漫主义经典诗歌于此特别突出，如第二形态之极品《离骚》，由视、听、嗅等多种感官，我、你、他等三种人称，天国、人间、幻境、过去、现在、未来、现实、超现实等多维时空，香草美人等贯通动植物、凡人、神鬼的奇幻比喻、象征等跨界融汇成了瑰丽境界。类似的还有李白接通人间、仙境，有大量奇特比喻、拟人的《蜀道难》《梦游天姥吟留别》等。

实际上，大量作品一般是较多运用第一形态（或称第一形态为主），部分运用第二形态，如或多种人称并用（即多种叙述视角交织），或现在、过去、未来时态交错（即顺叙中或插叙或预叙或倒叙或补叙或多种叙述顺序并举），或比喻或拟人或通感（仅仅只是视听觉接通亦可）为常见之事。古今小说、散文多属此"一"多"二"少类，因此，也可以把这"一"多"二"少类称为第三种形态。如鲁迅的《孔乙己》，以第三人称为主，但突出运用了兼有第三人称作用的第一人称"我"（小伙计）；"我"（小伙计）既是故事中人物又代替作者，以第三人称叙述孔乙己、看客们的言行。又如从《左传》始至宋元话本、《三国演义》《红楼梦》等明清古典长篇的预叙（闪前），再如《庆余年》等当代穿越小说的现在、未来穿越到古代，乃此"一"多"二"少形态的独特形式。

至于《搜神记》、唐传奇、明清笔记、《聊斋志异》等人神杂处的古代小说，鲁迅《故事新编》古今错综的现代名篇，是否反过来达到了"二"多"一"少？则要视具体作品而定，如聊斋中的《席方平》《促织》及好些鬼狐故事,如渗入了较多现代性思考的鲁迅的《铸剑》等,大概可归此类。又如当年明月的七卷本历史小说《明朝那些事儿》,第一、第二、第三人称,过去、现在、未来三种时态,现代书面语、文言话语、当代口语三种语汇大量交错出现,亦属此类。总的来说,第二形态的多种手段并举,或某一超常手段特别突出,而臻此极境者,小说、散文中较少。因为少,就觉得珍贵了,反常、超常、创新了,也因此习惯上,把较多较常见的第一形态或第一形态为主的作品称为传统。

第三节、第四节,我们将详述,莫言的《透明的红萝卜》,尽管严格讲,还只是"一"多"二"少类,但它是作家首次有"艺术自觉意识"地显眼运用了第二形态;同年发表的《金发婴儿》等十余部中、短篇均不同程度有意识部分运用了第二形态,特别是《爆炸》,第二形态明显超过了第一形态;《红高粱》更是破空而来,万众瞩目,成为第二形态的极品;《红高粱家族》及其后的大量长篇不管是"一"多"二"少还是"二"多"一"少,仍持续以不同方式有意识突出运用了第二形态,甚至有更为纷纭复杂跨界交织的突破性实验。

像莫言、当年明月如此第二形态较多,乃至为第二形态极品,莫言的创作观、创作实践中统称为"通感"即跨界融通的超常规"大通感"小说,在问世当年自然独步一时,其轰动文坛的创新手法,自然引起了如上所述的著名作家们的极大关注和高度肯定。

自然科学界的许多创新,也往往是跨界之"作",如爱因斯坦,既是科学家,也是哲学家、音乐家和文学爱好者;开普勒也是涉猎了不同学科的知识并建立了它们之间的连接,才得出了划时代的理论;信息论的开创者香农,大学学的是电气工程,同时选修了哲学,接触了布尔逻辑系统,于是发明了电子编码和电子信息传输;乔布斯说,苹果电脑之所以有那么优美的字体,得益于在大学旁听的书法课。①

莫言"大通感"之创新突破,同样是科学规律之反映。具体说来,既有艺术形式规范的历史渊源,即文学创作实践史上由来有据的第二形态表现手法的继承与创新,莫言就曾长篇大论说过自己深受蒲松龄的影响②,也是莫言的艺术自觉,莫言在《生死疲劳》第三十六章中就曾借小说中"人物"之口表达了这种艺术自觉:"我要与那种所谓的'白痴叙述'对抗。"而这艺术自觉,既源自作家天生的潜质,自小想象力丰富,"显露出极强的说话能力和极大的

---

① 转引自 2020 年 10 月 10 日"博雅人文"网站《这是一个通才战胜专家的时代》一文。
② 详见莫言:《我的文学经验》,《蒲松龄研究》2013 年第 1、2 期。

说话欲望"①,又来自作家自觉接受理论方面影响,具体而言,或者最主要的具体理论影响就是本章第一节介绍的莫言四谈孙绍振。

孙绍振1984年在军艺给莫言他们所上的创作论系列课,一是主要讲的是想象特别丰富、通感及与通感特别有关的交感、聚合现象特别突出的诗歌创作与诗歌理论;二是立足于对作家的创作有具体帮助和影响的"教练说",而莫言又是认真听课、善于转化为实践、又具备天生创新潜质的作家,因此,一拍即合,诞生了那"大通感"。因此,我们看到了第一节介绍的,多少年后,在毫不知情、毫无准备情况下,"遭遇"孙先生时,莫言发自内心说出的最主要的话是"孙老师对很多诗歌意境、诗意的分析,对我文学语言的改善、对我小说意境的营造,发挥了非常大的作用";在郑重其事的30年后重回军艺的座谈会上,他首先感谢的是他《透明的红萝卜》的超常规写法,亦即其创作风格诞生作是受孙先生诗歌通感理论这一课的启发;他在与王尧完全自由的对话中,说到他最大成就之一的创造了"高密东北乡文学王国"时,理论的来源与指导,不由自主就只谈到了孙绍振的"同化说",而同化,将他乡的"故事"化到"故乡",实际也是跨界大通感的变种。

后文,我们一一试述二者的具体关系。

三、莫言"通感"创作观、创作实践与孙绍振的"通感论" "交感论""感觉论""聚合论""同化论"的密切关系

（一）从"莫言四谈孙绍振"看莫言"通感"创作观及与孙绍振的创作论的关系

首先,我们再看看"莫言四谈孙绍振"中所讲的孙绍振"通感课"对其影响的要点:(1)莫言介绍的孙先生所讲通感,所举嗅觉(花香)与听觉(歌声)、听觉(歌声)与视觉(绕梁)、听觉(歌声)与味觉(甜美)接通的例子均为通常意义上的五官通感。(2)说他在写作《透明的红萝卜》时用上了"这样一种非常高级的修辞手法"。也就是这通常的五官通感,也不是随便可通的,一般作品不常见,而一旦打通诸感觉,效果就非同一般。(3)但他紧接

---

① 摘自莫言获诺奖演讲辞,该演讲辞见中新网2012年12月8日电。

说的"用上了"这手法的主要例证,乃是小黑孩有超常的能力,能"看到"声音的飘荡,"听到"别人听不到的声音,甚至"听到"气味,这已经超出了通常的五官通感,而是指感觉能力超常、异常,当然包含了五官"通"感,即视觉(飘荡)与听觉(声音)以及听觉与嗅觉(气味)接通了。可见莫言说的是"大通感",不仅有通常的五官通感,更包含超常感觉及"受到了孙先生这一课的启发"而形成的"超出了常规、打破了常规的写法",自然这些都要与正常感觉、正常写法融通,不致被当做异质排除。

必须着重指出,五官通感既是人的正常生理感觉,也是人的超常感觉,它实际是正常与超常感觉的融通,如钱锺书《通感》说的,"冷暖似乎会有重量"等通感,既是人们的"日常经验",也是诗人突破逻辑思维的"五官各有所司,不兼差也不越职","突破了一般经验的感受"的"新奇的字法",因此其《通感》才会以近万字篇幅论述这一中国古典文学源远流长的重要艺术手法①。所以,具有敏锐艺术感觉和丰富想象力的莫言,才会仅受孙绍振这一课的启发,就产生了自己更多更大幅度的超常感觉与正常感觉融通的超常规的写法。换句话说,孙绍振"通感课"对莫言的影响,绝不应仅仅局限在通常五官通感这一范围上,它更多激发的是莫言超常感觉、超常表达的丰富想象。这也就是为什么莫言在军艺座谈会上,回顾其创作风格诞生时,第一个要感谢的是孙先生这一"通感课"。

我们再看看《莫言王尧对话录》中,同样谈到《透明的红萝卜》中的"通感"时,事情就更为清楚了。莫言说:

> 写完以后,我自己也拿不准,这个小说能发表吗?而且里面很多是通感的东西,像小男孩奇异的感受,超出常人的嗅觉、听觉。以及在铁匠炉看到的萝卜的变换啊,红萝卜在他眼睛里变成一个很神奇的东西。

很明显,其一,这里的"通感"主要不是正常生理感觉的五官通感,而主要是超常感觉,并且,不仅有如前所述的"超出常人的嗅觉、听觉"的超常能力,还有"奇异的感受",更有普通萝卜变为神奇的透明的红萝卜的变异感觉或者说幻觉;其二,莫言说"里面很多是通感的东西",换句话就是小说里还有很多

---

①　钱锺书《通感》原文见钱锺书:《七缀集》,上海古籍出版社 1985 年版;三联书店 2002 年版。本段引述见钱锺书:《七缀集》,三联书店 2002 年版,第 62、63 页。

非超常的而属于正常感觉、正常写法的东西,但正、超二者无冲突地融通在一起,也就是超常感觉、超常写法可与正常感觉、正常写法接通,这就是莫言说的"通感",大于五官通感的"大通感"。

莫言"大通感"起源于《透明的红萝卜》,起源于孙绍振说的那个"通感",这"通感"的作用如此有效,如此重要,原因就是钱锺书阐释的,"通感"实际是超常与正常融通的真正诗人的出色感觉。我们还可看看莫言在瑞典获诺奖演讲辞中就《透明的红萝卜》专门讲的一段话:

> 很多朋友说《透明的红萝卜》是我最好的小说,对此我不反驳,也不认同,但我认为《透明的红萝卜》是我的作品中最有象征性、最意味深长的一部。那个浑身漆黑、具有超人的忍受痛苦的能力和超人的感受能力的孩子,是我全部小说的灵魂,尽管在后来的小说里,我写了很多的人物,但没有一个人物,比他更贴近我的灵魂。或者可以说,一个作家所塑造的若干人物中,总有一个领头的,这个沉默的孩子就是一个领头的,他一言不发,但却有力地领导着形形色色的人物,在高密东北乡这个舞台上,尽情地表演。①

就作品的实际水准而言,莫言是对的。就作家创作观、创作思想、艺术手法起源、发展、灵魂而言,莫言的朋友们是对的。莫言实际很大部分认同朋友们的说法里,也包含多种意思,人们可以有多种理解,而我以为,结合莫言 30 年后重回母校的感恩发言中郑重其事首提孙先生"通感课",莫言那超常与正常融通的"大通感"源于该篇,源于黑孩,源于孙先生那天的"通感课",风起于青萍之末,风暴始于蝴蝶的第一次振翅,莫言说的"灵魂"和"领头"离不开这"通感",应是确凿无疑的。

其次,我们再说说"莫言四谈孙绍振"中所讲的孙绍振阐述的诗歌文体对其小说的影响,这涉及的就是不同文体、不同艺术语言的融通。孙绍振在军艺讲七八次课时,作为讲稿的《文学创作论》上半部分书稿主要是讲诗歌。孙先生的《文学创作论》及其讲课的最大特点就是作品个案的分析解读特别丰富,而诗歌想落天外的奇异意象又特别多,与"通感"有关的理论又特别突出(此点详见后文),不难推想,听课认真、富于想象、善于学习的莫言大约印象很深刻,所以邂然邂逅孙先生,会说:"孙老师对很多诗歌意境、诗意的分析,

---

① 莫言获诺奖演讲辞,见中新网 2012 年 12 月 8 日电。下文获诺奖发言引文,出处同。

对我文学语言的改善、对我小说意境的营造,发挥了非常大的作用";也不难推想,除了引入、改造了孙所述的诗歌通感外,当年轰动一时的《红高粱》中表现得特别明显的诗意语言、诗样意境(此详见第三节)当与此密切相关。也似可推论,20多年后,莫言获诺奖在瑞典文学院演讲时才会特别指出:"小说领域的所谓创新, ……不仅仅是本国文学传统与外国小说技巧的混合,也是小说与其他的艺术门类的混合"。乃至30多年后,莫言跨界写作剧本、诗歌时,又在其新作研讨会上,做了题为"跨界写作"的发言,他说:"我希望通过多种文体的尝试,使自己的小说写作变得更丰富一点","语言艺术本来就是触类旁通,没有高低贵贱之分,都可以跨行来尝试。"[1] 实际上,莫言早就将也一直将不同的文学艺术形式跨界贯通到了他的小说,只是后来才作了"跨界"的命名。

又次,我们再看"莫言四谈孙绍振"中对其建构"文学王国"起了指导作用的孙绍振同化论,本质更是跨界融通。莫言有关阐述很多,如"可以把一些天南海北的、四面八方的、古今中外的,你认为引起你创作冲动的故事材料,移植到你熟悉的故乡背景里来,但是,这要靠个人的经验把这些外来的故事同化,用你的想象力变成好像你亲身经历过的一样","把从别人书上看到的,从别人嘴里听到的,用自己的感情、用自己的想象力给它插上翅膀"[2],这不单是以作家情感思想为中心汇聚、融通多种时空、不同界域至其故乡"文学王国",且是以此同化论化通不同感觉、不同文体于其小说。

综上所述,就"莫言四谈孙绍振"及相关材料看,莫言实际形成了重在跨界融通的"大通感"创作观,不仅实践了当时一般作品较少涉足的五官通感,且超出了狭义的五官通感,创造了人物的超常能力与正常能力的融通,奇异感觉、变异感觉、幻觉与正常感觉的融合汇通,诗歌等不同艺术形式向小说文体的贯通,不同时空、界域、视角的际会交通,总之是种种超常写法与常规写法的大融通。而这一创作观的形成,孙绍振的创作论对其具体、直接的影响是显而易见的。

(二)莫言创作经历佐证其"通感"创作观的形成与孙绍振军艺所上理论课关系密切

除了上述明显、具体指认孙绍振的创作理论对其形成"跨界通感"的启

---

[1]　莫言:《跨界写作——在新作研讨会上的发言》,《中国文学批评》2019年第1期。

[2]　莫言、王尧:《莫言王尧对话录》,苏州大学出版社2003年版,第201页。

发、影响、指导作用外,莫言就自身创作经历的重要回忆也是有力佐证。莫言在与王尧对话中说,到军艺读书是他"创作生活中的一个巨大转折"。在这之前,莫言说他也发表过一些小说,在军内文艺界小有名气,其中的《黑沙滩》后来还成为当年整党的形象化教材。1984年到军艺后,才知道那完全是一种图解。其时,军艺文学系"请了北大、北师大等大学的教师来讲课,我脑子才渐渐开窍了,开始知道应该写些什么东西",知道身边的普通事情"也能变成小说",起初"怎么写还是不太清楚,不知道什么是小说的结构、语言",但到1984年冬以超常写法令人耳目一新的《透明的红萝卜》诞生时,"怎么写"破茧而出了。就此,王尧与其对话,王尧先说:

> 《透明的红萝卜》让你发现了童年生活的意义,发现了童年的梦境。

莫言的对答却是:

> 这和后来学到的文学知识结合在一块了。

王尧说的是内容(知道应该写些什么),莫言没有否定王尧所说的,但所说"文学知识"的侧重点显然在对应上述的"小说的结构、语言"等艺术形式,在"怎么写"。再看看他具体谈到最初一批成名作如何诞生的表述过程就更明确了:莫言首先总括地说:"这篇小说(《透》)实际上使我信心大增,野心大增。"也就是《透》的成功使他欲以超常写法大展身手,直至创造出了更为惊世骇俗的《红高粱》。接着就介绍了前文所引的因《透》里面很多通感的东西,拿不准,担心不能发表那段话。接着说自己送给徐怀中先生看,徐先生看后高兴地连说很好很好。再接着介绍《红高粱》投给了《人民文学》,主编王蒙说很喜欢、很感叹,莫言最后说:"被王蒙赞赏,我心里面沾沾自喜,信心大增。"①

很显然,这主要是解决了"怎么写",创造了独步一时、令人惊叹的艺术表现形式,而这"巨大转折"是"和后来学到的文学知识结合在一块"的结果。无疑,这包括当年涌入的西方技法,但军艺的课是主要的,上述那段莫、王关于《透明的红萝卜》的对话,是顺着军艺读书是他"创作生活中的一个巨大转折",听大学老师课,"脑子才渐渐开窍了"这些重要回忆而出现的。而孙绍振正是

① 以上引述内容、引文见莫言、王尧:《莫言王尧对话录》,苏州大学出版社2003年版,第107—112页。

外请老师中讲得最系统、获得学员最高票、令几十年后的莫言记忆犹新的老师。

我们完全可以合理推测，莫言记忆中印象更深的"文学知识"就具体包含了他后来自觉、主动提起的孙绍振的"通感论"及与通感相关的诗歌语言、诗歌意境对其小说的跨界改造，以及同化论对其构建"高密东北乡文学王国"的启发、指导。

并可以有力证明，1988年朱向前说的，莫言成名前后都认为从孙绍振《文学创作论》的大量艺术感觉、审美经验和悟性把握中获益匪浅，乃绝非虚言——我们反复说过，孙绍振的理论和教学的最大特色是对大量作品的一个个文本的极富艺术感觉的精彩的个案分析，这才能使理论不抽象，使"教练说"落到实处，这正是孙绍振立志而为，莫言想认真学习的。

也完全可以合理认为，此有关"巨大转折""文学知识"的莫、王对话是莫言见之于文字的说到孙绍振的创作理论对其具体影响的又一次（只是没有具体点出授课者孙先生的名字，我们未列入统计），所以我们前面会说，莫言见于文字提及孙绍振影响的，至少有四次。

（三）孙绍振《文学创作论》中有关"通感"各理论与莫言"大通感"高度对应

孙绍振当年在军艺上了七或八个半天的理论课，足够把其当时带去的《文学创作论》上半部分书稿的重点内容讲充分。那么，我们就具体展开看看，孙绍振创作论中的哪些内容与莫言之"通感"是对应的。

孙绍振《文学创作论》上半部分中与莫言"通感"创作观、创作实践有关的理论主要是"通感论""交感论""感觉论""聚合论""同化论"，主要见于其《文学创作论》第七章（2009年版为第五章）"诗歌的审美规范"部分，以及第四章（2009年版为第二章）"形象论"、第五章（2009年版为第三章）"智能论"、第一章"真实论"。

1. 通感论

孙绍振指出，通感是感觉的动态的挪移（按：修辞学上也称"移觉"），是一种感觉向另一种感觉的转移，转化，目的是追求感觉的立体效果，使感觉对读者的刺激更强烈，但联想的过渡层次要自然、流畅，因此，它是有条件的。其条件，一是有相似、相近、相通之点。如其举例，波特莱尔《契合》一诗："有些芳香如新鲜的孩肌，／婉转如清笛，青绿如草地"，用视觉、听觉的美来表现嗅觉的美,其过渡联想的关键是几种感觉都是清新的、柔美的。又引吴景旭的《历代诗话》,古人称为"本色之外,笔补造化"。吴举例"竹初无香,杜甫有'雨洗涓涓静,风吹细细香'。"类似的,孙绍振还举艾青的"太阳有轰响的光彩",因阳光的照射有瀑布泻落之感,使视觉转向了听觉;余光中的"掌声必如四起的鸽群",掌声和鸽群四处飞散都有腾起之感。二是如运用到有关词语,这表现联想程序的词语已经千百年的积淀而固定下来了,如"红杏枝头春意闹",视觉向听觉的联想,是"由红联想到火,由火联想到热,由热联想到热闹",红火、火热、热闹,"联想程序已由词语固定下来了。"而"白热"是晚起的词语,"尚未来得及溶入民族心理积淀中成为联想的自发规范",因此,"'白杏枝头春意闹',就很难得到欣赏和称赞。"① 据孙先生回忆,在军艺上课时,他还补充举了莫言座谈发言中提到用歌声比喻花香的听、嗅觉通感等其他例子。

孙绍振上述言论说明,挪移不是自由任意的,但一旦"通"感就会使感觉达到立体的更强烈的效果。如钱锺书《通感》说:"把'小星闹如沸'、'明星切切如私语'和'星如撒沙出,争头事光大'(《卢仝残月蚀诗》)比较,立刻看出虽然事物的景象是相近或相同的,而描写的方法很有差别。一个只写视觉范围里的固有印象,一个是写视觉超越了本身的局限而领会到听觉里的印象。"② 也就是前文提到的,实际是突破了"五官各有所司"的跨界"借官"的新奇表述、超常感觉,才会达到那判然有别的艺术效果。所以莫言说,这是非常高级的修辞手段,并由此激发了他种种可与正常感觉、正常写法融通的超常感觉、超常写法。

2. 交感论

孙绍振认为,诗的感觉结构是多维复合的。(1)多维结构有种种情况:有时是同类的,如"江流天地外,山色有无中",都是视觉。有时是不同类的,如"无边落木萧萧下,不尽长江滚滚来",前者是听觉,后者是视觉。更有包含两种以上感觉的,如李瑛的《雨》:"满山是野草的清香,/满山是发光的新绿,/满山是喧闹的小溪",嗅觉、视觉、听觉并在。交感往往既包含静态的感觉契合,如上述三种,这些感觉契合"是一种呼应,一种共鸣,是静态的感觉之间的

---

① 孙绍振:《文学创作论》,春风文艺出版社 1987 年版,第 400—404 页。
② 钱锺书:《七缀集·通感》,三联书店 2002 年版,第 64 页。

一种交响,一种张力系统,相异的各方没有一方往另一方接近的动势";又包含前文所述的一方向另一方接近,被另一方同化的动态的通感挪移,如前例"有些芳香如新鲜的孩肌, / 婉转如清笛,青绿如草地",既是视觉、听觉、嗅觉的三维复合,又是嗅觉向视觉、听觉之美的挪移;还可能包含后文将介绍的幻觉（错觉、奇异感觉）、画境、心境等。（2）孙绍振在该章节中用系统论和格式塔学派理论反复强调,结构的功能"大于组成它的要素之和"（即所谓 1+1 大于 2）;多维"不是平面上的简单相加,而是立体的相乘";"知觉的整体大于感觉之和";几种感觉"互相感应和互相渗透","交织起来就形成了一种感觉的'场'","任何一种感觉都没有的那种神秘感","许多奇异的功能就在诗行的空白处产生了"。如上述《雨》的处处充满生机的、水分充盈的、新鲜剔透的感觉,《契合》的特别清新、特别柔美的感觉,都不是单单一句能奏效的。（3）孙绍振进一步反复指出,不论交感还是通感,"都是为了摆脱感觉的平面罗列,为了追求感觉的立体效果",而且不是为立体而立体,为感觉而立体,而是要到"心灵的即情感的领域";并且这"心灵的综合"不止于情感,孙绍振认为,"生活的感觉处于感性认识的低层次",诗的感觉"综合着感情和智性","渗透着诗人的审美经验（包括对诗歌形式的审美规范的驾驭）和人生经验,所以蔡其矫说每一首诗都是人生经验的一次巨大的支付",也就是好诗的深层要到"智性"（详见后文）。孙绍振还介绍,"交感"为上述《契合》诗的作者、法国象征派代表人物波特莱尔命名。诗人又称这种感觉与感觉的立体相乘为"特殊的交响效果",为"契合",并为此创作了体现这一理论的十四行诗《契合》,《契合》的最后一句——将充满全诗的那种清新、柔美、渺茫、浩荡、深沉、神秘之感,归结为是为了"歌唱心灵与官能的热狂",这就是点题,点出诗要表现的情感与思考。①

　　孙绍振上述多种感觉的交感、契合、交织、立体交响、立体相乘而形成的感觉之"场"、立体之"场","场"中的空白产生了任何一种单一感觉都没有的那种特别强烈的感觉、那种神秘感、那种奇异功能,以及那种直抵心灵深层次的情感和智性的"特殊的交响效果"——也许对莫言形成"跨界通感"特别有启发。也许莫言正如此在《透明的红萝卜》中把视觉（飘荡）与听觉（声音）以及听觉与嗅觉（气味）接通,再与种种超

---

① 孙绍振:《文学创作论》,春风文艺出版社 1987 年版,第 398—407 页。

常感觉、奇异感觉、幻觉接通,使多种特别的感觉的交感交响形成立体的"场",使小黑孩异于常人的奇异功能、异样情感、独特思考从中产生了。

3. 感觉论

感觉论是对孙绍振《文学创作论》第七章及第六章中所涉及的有关感觉问题的总称。它包含了上述的通感、交感,但内容远比上述二者丰富,且与它们密切相关。这里主要介绍上述二者未阐述到的但又相关的,并且与莫言"通感"较有关的主要问题。此外,有的内容如诗(及其他文学作品)是感觉、感情、智性(1987 年版称为"理性")的三位一体,特别要注意的是最深层的智性,前文已提及,后文亦将论及,不另介绍。

(1)感觉是文学的基础论。孙绍振用理论语言说,感官是"人的主体与客观世界交通的唯一要道",作家"不得不借助于感觉"来表述被心理学称为"黑暗的感觉"的情感。[①]

> 莫言以创作实践不止一次强调,在被人认为其小说没有思想只有感觉时,尤其强调:"小说就是应该从感觉出发","我要让小说充满了声音、气味、画面、温度。"[②] 在这最根本的感觉论上,孙、莫二人高度契合。

(2)幻觉、错觉、奇异感觉论。孙绍振引述闻一多的话:"奇异的感觉便是极度的喜悦,也便是一种炽热的幻觉,真诗没有不是从这里产生的。"[③] 孙绍振举李白的"疑是银河落九天"为例,指出这是幻觉,没有它,就不能强化表现李白对大自然景象的惊叹。又认为:"幻觉常常是变异之感,变异意味着对习惯了心理常态定势效应的冲击,常态常常是对感情的抑制,引不起强兴奋,而异常则迅速地形成一种优势兴奋中心,调动情感机制的活跃。正常与异常的误差越强大,调动感情的幅度越大。"孙还进一步指出:"智性越是重要,感觉越是以变异的形式呈现。有时产生了一种怪异的结果:歪曲的感觉和哲理式格言的互为表里",举出北岛描写天安门事件的《回答》:"卑鄙是卑鄙者的通行证, / 高尚

---

①　孙绍振:《文学创作论》,春风文艺出版社 1987 版,第 327 页。

②　见莫言 2005 年在香港大学公开的演讲视频,www.bilibili.com/video/BV1Qx4.;莫言:《我的文学经验》,《蒲松龄研究》2013 年第 1 期。

③　闻一多:《评本学年周刊里的新诗》。转引自孙绍振:《文学创作论》,春风文艺出版社 1987 年版,第 396 页。

是高尚者的墓志铭",认为这"更适于表现诗人那叛逆的感情和严峻的哲理概括。"孙又认为,"感觉的生动性往往得力于幻觉(幻视、幻听、幻嗅、幻闻、幻味)。……审美的抒情性的幻觉和错觉恰恰是通向更高智性的桥梁。"

　　莫言深知个中要妙,就是要以黑孩"透明的红萝卜"的奇异幻觉为其小说之高潮,强化表现黑孩向往新生活的兴奋中心,表现作家对生活的智性思考。

　(4)画境与心境论。孙绍振指出,"经过心灵综合",诗人可以"把五官不可感的忧愁化成五官可感的物象。在中国古典诗歌中这种清词丽句俯拾皆是",如贺方回的"试问闲愁都几许,一川烟草,满城风絮,梅子黄时雨"、李后主的"问君能有几多愁,恰似一江春水向东流","把愁绪化为一幅图画。把心境化为画境是中国古典诗歌的传统法门。"又指出,"也可以把具体的物象化作五官不能直接感知的心象,把画境变为心境:'自在轻花飞似梦,无边湿雨细如愁'",又如当代的贺敬之"把很具体的桂林山水比作五官不可直接感知的'情'和'梦':'情一样深啊梦一样美 / 如情似梦漓江水'。"孙绍振认为:"把具体的化作不具体的和把不可感的化作可感的是诗歌形象构成过程中的两条轨道,二种反应是可逆的、灵活的。"①

　　莫言同样深得其法,其"透明的红萝卜"这一高潮画境、核心画境,既是黑孩向往新生活的心境的外化,又以此画境的"奇美"折射出黑孩向往新生活的美好心象。

　(5)小说、散文、诗歌感觉相通相异论。完整的感觉论,必须包括诗歌、散文、小说的感觉,一方面,文学各品种的感觉是相通的,前文和后文所述源于诗歌感觉的各点基本上都可以在散文、小说中出现;另一方面,散文、小说的感觉又与诗歌有区别。《文学创作论》第六章"形式论"中,孙绍振以如下表述明确它们的主要不同:"在不同的形式面前,作家的主观感觉、知觉、想象的变异是不相同的。不同的形式要求作家将生活信息和感情信息化合为变异了的感觉和知觉时,要遵循不同的原则,在面对客观的物理属性和生理、心理感觉时,作家要掌握不同的超越方式。因而对于作家来说,最重要的不仅仅是从生活中吸取那些情感记忆,那些知觉和感觉的记忆,而且还在于把这种记忆加以变

---

① 孙绍振:《文学创作论》,春风文艺出版社 1987 年版,第 328 页。

幻,按不同的艺术形式的不同规律对之加以改造。沈从文先生说他童年对感
觉知觉的记忆能力很强,辨析力很高。例如死蛇的气味、腐草的气味、屠夫身
上的气味、蝙蝠的声音、鱼在水中拔刺的声音,他都能在分量上细细加以辨析。
这样过细的辨析力、准确的记忆力,幸亏被他用之于写小说和散文,如果要用
来写诗,那就糟了。在诗里不能容纳这么多带着量的准确性的特殊感觉和知
觉,在诗里就要求用一种概括的方法,把这些感觉和知觉单纯化。就是写小
说,这些感觉和知觉的记忆也不能照搬,也得使不同的人物有不同的感觉,否
则,人物性格就会模糊。"

　　莫言一样深得其道。孙先生当年既给莫言他们主要讲的是诗歌感觉,
又强调了诗歌、散文、小说感觉的相通相异。一方面,莫言抓住相通,大胆地
创造性地将诗的感觉引进了小说,这也正是他的《红高粱》系列小说,尤其
是《红高粱》充满诗意语言、诗样意境,而形成了明显不同于他人小说的鲜
明特色,这些,我们第三节将具体分析;另一方面,莫言又深知二者的区别,
他所有的小说,包括最具诗意的《红高粱》,都是地地道道的小说,绝没有
读者会把它当成诗歌、散文诗,更不用说《透明的红萝卜》,小黑孩能"看
到"声音的飘荡,"听到"别人听不到的声音,超出常人的嗅觉,看到红萝
卜奇异的变幻,就是典型的辨析力很高的小说的特殊感觉。

　　(6)中心感觉论。在立体交感中,中心感觉和自我感受特别重要。孙绍振
说:"诗的形象自然从诗的感觉开始,但是诗的感觉并不是诸多感觉要素的总和,
而是一种中心感觉焦点的凝聚,或局部感觉的弥漫扩散,这已经不是生理上的感
觉了,也不是一般的心理感觉了……创作论上叫做感受,感受是为诗人的自我个
性所净化的一系列独特的感觉。诗人的自我能不能得到表现,首先取决于能不
能找到属于自我特有的感受,找不到自己的感受,就不可能找到自我。"[①]

　　莫言与此论的对应,与后文聚合论、同化论并述。

4.聚合论

　　上述通感论、交感论、感觉论,尤其是其中的中心感觉、五官通感、立体交

---

　　① 本大点中,此段以上通感、交感、感觉诸论,凡未注明孙绍振言论出处者,均详见孙绍振:《文学
创作论》,春风文艺出版社1987年版,第391—415页。

响、直抵心灵、自我感受、幻觉错觉等,与《文学创作论》第五章（2009 年版为第三章）中"作家想象力"里的"聚合论"密切相关。孙绍振说:"一个有想象力的作家,当他的内在感情受到特殊生活形态刺激之时,马上就引起一种内心的翻腾,他记忆中贮存的有关的一切,会在朦胧中逐渐确立一个特殊的核心,一旦有了这个具体的,而不是抽象的核心,哪怕是在时间与空间上距离遥远的,都会奔赴而来,那怕是联系紧密的,都会骤然分解,凡与那特殊核心能呼应的,就会或早或迟聚合起来,而在这聚合的过程中,感情的特征也从弥漫状态中明确起来,和生活的特征汇合起来。这个过程,也许是迅猛的,也许是漫长的,但是在作家的想象中以特殊形态、性状、机遇为核心,像无规则的分子布朗运动一样去碰撞有关的特殊性状和形态是一个稳定的规律。"[①] 他后面在"诗歌的审美规范"章中列举舒婷的《路遇》,就是这种瞬间的强烈刺激,瞬间凝聚的强烈感情,瞬间打破时空,错觉、幻觉和打乱了的五官感觉奔涌而来的典型例子。《路遇》说:"凤凰树突然倾斜 / 自行车的铃声悬浮在空间 / 地球飞速地倒转 / 回到十年前的那一夜",孙绍振分析道:"路上遇见十年前的相知,一种突如其来的强烈刺激引起了感官的错乱,这种异常的生理错乱又是一种很深刻的感情错乱,如果不错乱就是不深刻的了,仅仅是一瞥就使感情震动得那样深,把十年的意识以下的积淀都搅动了,甚至连听觉、视觉（下面一段还有嗅觉）的正常功能都给打乱了。读者不但惊异于错觉的奇妙,而且惊异于感情的强烈。"[②]

5 同化论

孙绍振认为,每一个作家都可能有自己的生活敏感区,但是生活敏感区总是有限的;狭小的生活敏感区,不管是童年的回忆,还是乡土的风俗,都可能慢慢地枯竭,应该不断扩大视野[③];但扩大视野,引入敏感区后,要像丹纳《艺术哲学》说的,以主要特征同化非主要特征,因为"艺术之所以不同于生活的描红,就在于主要特征支配一切,一切与主要特征不统一的都要被排除",而主要特征是由作家此时占优势的主要观念、主要情趣选择、确定的[④]。这就是孙绍振说的"同化"。

莫言"大通感"所欲图汇聚五官通感、超常感觉、奇异感觉、幻觉,召

① 孙绍振:《文学创作论》,春风文艺出版社 1987 年版,第 208 页。
② 同上书,第 415 页。
③ 同上书,第 10—11 页。
④ 同上书,第 55、58、61、63、64 页。

唤并同化不同时空、界域、视角,乃至诗的语言、诗的意境等不同文体的范式,跨界融通共同为表达作家"自己的感情"、自我特有的感受服务的创作思想,与上述中心感觉论、聚合论、同化论尤其息息相通,其成名作《透明的红萝卜》、代表作《红高粱》等等,均是此三论的典型体现。

(四)孙绍振创作论与莫言大通感对应、影响关系的其他重要依据

前文,我们从莫言四谈孙绍振、其大通感风格诞生的肇始点五官通感实乃正常与超常感觉的融通、诗歌艺术形式跨界改造莫言小说、孙绍振诗歌"通感"诸理论与莫言"大通感"创作实践息息相通、莫言跨界通感是对源远流长的第二形态艺术表现形式的继承与创新、军艺时期的"巨大转折"、孙绍振理论课的特色是志在落实"教练说"的海量个案分析,等等各个方面,力图有依据地说明孙绍振的创作论具体、直接影响了莫言的大通感创作,二者具有高度对应的关系(当然,无论怎么影响,无论莫言如何比别人更认真更善于学习,莫言的创作观和创作成就主要是莫言自身决定的)。

下文补充的各依据,并非多余的话,可以说,也是重要的。

第一,孙绍振《文学创作论》论述到"交感"时指出,人们常常将感觉契合、交感交响与五官同感的感觉挪移统称为"通感",一方面,这二者其实是有区别的(见前),另一方面,这原因在中国古典诗歌中感觉挪移的传统比较丰厚,因而比较容易为人理解 [1]——孙先生指出的这一现象,对我们理解莫言之"通感"尤有意义。看来,莫言无论是有意还是无意使其"通感"超出了狭义的五官通感,又把一切超常与正常融通、一切跨界融通现象都称为"通感",是从便于理解出发的"命名"。

第二,莫言关于作家间的影响时曾经说过:"根本是因为影响者和被影响者灵魂深处的相似之处"[2],孙绍振的文学创作论大概正如此投缘地"震动"了莫言,使其投了"最高票",使其有意无意化为创作。

第三,上述孙绍振有关创作的"五论",孙绍振当年军艺课,应该都讲到,或者莫言从纸质本《文学创作论》上都阅看了(第一节已介绍,该书实出版于1986年,出版当年,孙绍振即分送给学员每人一本)。其一,孙绍振当年主

---

① 孙绍振:《文学创作论》,春风文艺出版社1987年版,第402页。
② 摘自莫言获诺奖演讲辞,该演讲辞见中新网2012年12月8日电。

要讲诗歌,通感论、交感论、感觉论均属诗歌部分,莫言没拉下一节课,全认真听了。其二,同化论,也在《文学创作论》上半部分,如前所述,莫言已亲自说过听孙先生讲的。以上四论,莫言的"四谈"都已画龙点睛说出了他所吸纳的部分及对他"跨界大通感"创作的"非常大的作用"等具体影响。其三,聚合论在诗歌前面的"作家的想象力"节,也在《文学创作论》前半部分书稿,很可能孙先生也讲了,或者莫言看了书,因该节里孙提到的《静静的顿河》里阿克西妮娅死时,其情人葛里高利眼前出现"黑色太阳"的著名幻觉,莫言在其长篇小说《生死疲劳》里有专述,并说这是大学教授常说的经典描写,这教授,很难不包括孙先生,因孙的书中明白写了这"黑色太阳"。具体情况如下:

《文学创作论》第五章(2009 年版为第三章)第五节"作家的想象力"节中,孙论述到"汹涌的感情激流会使人的感觉和知觉发生变异"时,举《静静的顿河》为例说:

> 当阿克西妮亚死之时,在葛里高利眼中,太阳是黑的。①

莫言《生死疲劳》尾章,在写到蓝解放与庞春苗历经苦难的爱情终成正果,庞春苗却因突如其来的车祸,不幸罹难时,莫言写道:

> 我不知道该如何描写蓝解放在那一时刻的心情,因为许多伟大的小说家,在处理此种情节时,已经为我们树立了无法逾越的高标。譬如被无数大学文学教授和作家们所称道的苏联作家肖洛霍夫的小说《静静的顿河》中,婀克西妮娅中流弹死后,他的情人葛利高里的心情和感觉的描写:"有一种莫名其妙的力量朝着他的胸膛推了一下,……","他好像从一场噩梦中醒了过来,抬起脑袋,看见自己头顶上是一片黑色的天空和一轮耀眼的黑色太阳。"
>
> 我怎么办?我难道也让蓝解放看到一轮耀眼的黑色太阳吗?……即便我……让他看到一轮……白色的灰色的红色的蓝色的太阳;那就算是我的独创吗?不,那依然是对经典的笨拙的摹仿。

这"无数大学文学教授"很难不包括孙绍振——乃有书为证。

---

① 孙绍振:《文学创作论》,春风文艺出版社 1987 年版,第 195 页。

　　第四,理论是为实践服务的,修辞和艺术形式规范的范畴称谓是人们对语言实践、语言现象、艺术形式表现行为的总结和命名。同一语言现象,不同的修辞、范畴理论的命名可能不同。如"寂寞的花朵""花朵寂寞",一种认为,都是拟人,凡是把事物人格化,使其具有人的外表、动作、个性、情感的修辞手段都叫拟人,通过形容词、动词或名词表现出来都可以;另一种则认为,前者叫移就(移人于物,把原来形容人的修饰语移用于物),常作定语(形容词、修饰语),后者才称拟人,多作谓语。显然,都称拟人更好,通俗易懂,便于掌握运用。某一语言现象可能兼用了多种修辞,但一般总有更突出、更主要、更重点的,记住了突出的,才能更好服务于实践。如"一阵响亮的香味迎着父亲的鼻子直叫唤",兼用了拟人、通感、移就三种修辞格。把"香味"当成能"叫唤"的人,是拟人。用"响亮"去修饰"香味",是移就(移物于物,把原来形容声音的修饰语移用于气味)。从嗅觉的"香味"诉诸听觉感受的"叫唤""响亮"的角度,是地道的通感。但最突出的是拟人,其次是通感。还有,五官通感、拟人、拟物、比喻、移就等等修辞现象,都是本体与修辞体之间有某一相似点、联系点,否则,不同界域的现象怎么能"共处一室"? 也许,莫言正是既符合上述三者,又化繁为简,抓住本质,牢记重点,便于自身实践,把一切可以跨界融通者,包括其小说中视觉、听觉、嗅觉、味觉、触觉之间二种或二种以上的五官通感,超常能力与正常能力之间的沟通,幻觉、变异感觉与正常感觉之间的汇通,超常规写法与常规写法之间的融通,以及多种人称、多种时空的交错并存,人与自然的多次融合等等更大量的跨界融通现象,都称为他的"通感"。所以,一方面,我们无须为莫言的"通感"所指与通常的"通感"内涵是否一致而纠结,我们只需弄清莫言的"跨界大通感"创作观是否有实践意义就行了,后文的第三、四节将充分证明,这"跨界大通感"正是造就了莫言成名作《透明的红萝卜》、代表作《红高粱》及其间其后大批中长篇名作,使其小说获得巨大成就的最主要造因之一,所以,莫言的"跨界通感"命名是可行的;另一方面,为了方便分析莫言的"大通感",我们又需要最必要的修辞细分的术语,下文,我们就依凭以上原则,讨论莫言作品中的"通感"现象。

第三节 莫言"跨界大通感"创作观在其小说中的成功实践

一、莫言《透明的红萝卜》中"大通感"现象试析

五官通感是有一定难度的,《透明的红萝卜》中主要是下面几例:

> ·这时他听到了前边的河水明亮地向前流动着。
>
> ·声音越来越低,象两只鱼儿在水面上吐水泡。
>
> ·声音细微如同毳毛纤毫毕现,有一根根又细又长的银丝儿,刺透河的明亮音乐穿过来。

这三例都是听觉向视觉(明亮、象两只鱼儿在水面上吐水泡、如毳毛纤毫毕现、有一根根又细又长的银丝儿、刺透、穿过来)的挪移,声音变得可见可视。第二例也是听觉本身的以物喻物(以吐水泡的微细声响比喻说话声的轻微)。此外,这三例正是前面"感觉论"提到的"能在分量上细细加以辨析"的小说、散文的感觉,下文中许多例亦如是。下面一例出现了比较多种的外部感官的通感:

> 河上传来的水声越加明亮起来,似乎它既有形状又有颜色,不但可闻,而且可见。……

不仅是听觉(水声)向多种视觉(明亮、形状、颜色)的挪移,还移向了嗅觉(可闻)。前面的第三例也是用多种视觉形象来表现不可见的细微声音。视听

觉之间的通感挪移较常见,难度较小,视觉或听觉向嗅、味、触觉的通感挪移,难度较大,较少见。前面向嗅觉的挪移,虽未出现具体的嗅觉,不过我们知道这表现了小黑孩感觉的灵敏与奇异。下面一例,就具体写出了视觉向触觉的挪移:

> 他眼睛一遍遍地抚摸红炉、铁钳、大锤、小锤、铁桶、煤铲,甚至每块煤,甚至每块煤渣。

两种以上的感觉(包括同类的或不同类的)组成结构,就形成了立体交感。感觉越多,立体的效果越突出。跨度越大,立体的效果也越突出。不同类的感觉并在,是跨度大的一种。五官通感,如前面的听觉向视觉、嗅觉,视觉向触觉的挪移,是跨度大的另一种,尤其是比较少见的向嗅觉、触觉的挪移,是跨度更大的一种。前面的第三例、第四例在原文中是同在一个文字片段里的,并且还夹杂了其他听觉、视觉、触觉的比喻、描写:

> 夜已经很深了,黑孩温柔地拉着风箱,风箱吹出的风犹如婴孩的鼾声。河上传来的水声越加明亮起来,似乎它既有形状又有颜色,不但可闻,而且可见。河滩上影影绰绰,如有小兽在追逐,尖细的趾爪踩在细沙上,声音细微如同毳毛纤毫毕现,有一根根又细又长的银丝儿,刺透河的明亮音乐穿过来。

如此丰富的感觉,同类的、不同类的,除了味觉,视、听、嗅、触诸觉并在,并且有多种外部感觉的通感挪移,突显的立体交感效果以及诸感觉之间的相似点就构成了一种不可名状却又清晰可辨的微细、柔细的意境。微细到远处河滩上小兽"尖细的趾爪踩在细沙上"的触感、声感都清晰可辨,为了表现这清晰可辨,不可见的微细声感的听觉挪移到视觉,"如同毳毛纤毫毕现",毳毛又变为"一根根又细又长的银丝儿"(多细多亮啊!)"刺透河的明亮音乐穿过来"。"明亮音乐"就是前面有形有色可闻可见的"河上传来的水声",这又是一个听觉(水声)向视觉(明亮)的挪移,表明河水声很大很响亮。银丝儿刺透由响亮水声变成的明亮色传过来(视觉),实际就是远处极细的触感、声感居然穿过响亮水声传到他的耳朵(触觉、听觉),如此多重感觉造就的微细意境、微妙的感觉"场",透露了黑孩感觉能力的超常、灵敏和奇异。

有时仅一句话,就把多种感觉以及多种感觉之间的通感挪移囊括其中:

你狗日的好口福。要是让我捞到她那条白嫩胳膊,我像吃黄瓜一样啃着吃了。

白嫩胳膊,主要是视觉,也包含隐秘的触觉,乃至嗅觉,而"吃黄瓜一样啃着吃了"就向突显的触觉、味觉、嗅觉,以及内部的机体觉、欲望感挪移了,生动表现了她(菊子姑娘)秀色可餐的青春美丽,以及小铁匠的内心欲望和粗野粗直的个性。这里还用了借代(以"白嫩胳膊"代指她全人)、拟物(以"吃黄瓜一样啃着吃了"这一具体可感的行为比拟小铁匠对菊子姑娘垂涎欲滴这一抽象的内心欲望)等多种修辞手法。必须区分的是,这句话中虽然有如此丰富多样的感觉、通感和修辞手段,却未构成意境,主要是前者代指的青春美丽与后者表现的粗直欲望形不成深层意味的统一,前一分句的作用主要是作为后一分句的条件。当然,全句旨趣本非在"意境",而全在于生动传神表现主人公的内心欲望和鲜明个性。

这句话还告诉我们,只要不断裂,而有某种联系(该句中前者为后者的条件),跨度越大、越不常见,对读者就越有新鲜感、吸引感,内心引起的交感交响立体效果就越明显。比喻是最常见,某种意义也是跨度最小的跨界融通现象,往往是一般作品中最常用的。但如喻体是很少见的,跨度也就大了。如前文第六例中"吹出的风犹如婴孩的鼾声"就是不常见之比。《透明的红萝卜》中比喻用了不少,既有常见的,如"他(黑孩)象只大鸟一样飞到小石匠背后,用他那两只鸡爪一样的黑手抓住小石匠的腮帮子使劲往后扳",两个比喻都是常见之比,更有比喻是少见之比,如"婴孩的鼾声",又如下二例:

· 黑孩的眼睛转了几下,眼白象灰蛾儿扑棱。
· 他的眼睛就更加动人,当他闭紧嘴角看着谁的时候,谁的心就象被热铁烙着一样难受。

也是较少见的比喻。一般而言,拟人以及拟物中的以物比拟人,跨度比比喻大。以物比拟人,我们在《红高粱家族》中再着重举例。《透明的红萝卜》中主要是大量运用了拟人,如下述 11 个句段中总共 16 处运用了拟人:

· 他抽了一支烟,那只独眼古噜噜地转着,射出迷茫暴躁的光线。
· 小石匠浑身立时爆起一层幸福的鸡皮疙瘩。

·铁屑引燃了一根草梗,草梗悠闲地冒着袅袅的白烟。

·尽管这个伤疤不象一只眼睛,但小石匠却觉得这个紫疤象一只古怪的眼睛盯着自己。

·待了好长一会儿,她们才如梦初醒,重新砸起石子来,锤声寥落单调,透出了一股无可奈何的情绪。

·扒了一会儿,他的手指上有什么东西掉下,打得地瓜叶儿哆嗦着响了一声。他用右手摸摸左手,才知道那个被打碎的指甲盖儿整个儿脱落了。

·河水在雾下伤感地呜咽着。几只早起的鸭子站在河边,忧悒地盯着滚动的雾。有一只大胆的鸭子耐不住了,蹒跚着朝河里走。在蓬生的水草前,浓雾像帐子一样挡住了它。……它只好退回来,"呷呷"地发着牢骚。

·他望见了河对岸的鸭子,鸭子也用高贵的目光看着他。

·小铁匠在铁砧子旁边以他一贯的姿势立着,双手拄着锤柄,头歪着,眼睛瞪着,像一只深思熟虑的小公鸡。

·他半蹲起来,歪着头,左眼几乎竖了起来,目光像一只爪子,在姑娘的脸上撕着,抓着。

·那些四个棱的狗蛋子草好奇地望着他,开着紫色花朵的水芡和擎着咖啡色头颅的香附草贪婪地嗅着他满身的煤烟味儿。河上飘逸着水草的清香和鲢鱼的微腥,他的鼻翅扇动着,肺叶像活泼的斑鸠在展翅飞翔。

最后三例还用了比喻。

上述跨度较大、不常见的向触觉、嗅觉、味觉的挪移,跨度亦较大的种种拟人、以物比拟人以及部分少见之比喻等,对于熟悉的语言现象而言,它们是陌生化的,是前述第二形态创作实践的重要体现,是更富表现力的语言手段,也是很重要的赢得读者的手法。从修辞的角度,往往也被称为变异搭配、异常搭配。当然,不是凡使用上述几种修辞的就一定比较陌生,好些词语,如"桌脚""椅腿子""瓶颈""河口"等,诞生之初是拟人,跨度亦大,有陌生感,但长期使用后已见怪不怪,习以为常,陌生感就消失了。所以,采取第二形态的作家,一般总是力求新异之语,就像前文说到五官通感,钱锺书所言的"突破了一般经验的感受"的"新奇的字法"。即使没有明显运用上述修辞,亦可能是变异搭配、异常搭配。下述二例,就不是挪移通感,拟人或拟物亦较模糊,但都变异搭配、异常搭配十分明显：

> ·黑孩双手拉着风箱，动作轻柔舒展，好象不是他拉着风箱而是风箱拉着他。
>
> ·姑娘目瞪口呆地欣赏着小铁匠的好手段，同时也忘不了看着黑孩和老铁匠。打得最精彩的时候，是黑孩最麻木的时候（他连眼睛都闭上了，呼吸和风箱同步），也是老铁匠最悲哀的时候，仿佛小铁匠不是打钢钻而是打他的尊严。

风箱怎么能拉人呢？"尊严"怎么能像打钢钻那样用铁锤打呢？前者似可称拟人，后者亦似可称拟物，但都不如叫变异搭配、异常搭配好，或者称为奇异感觉、错觉好。正是这些"异常""变异"的语言现象极好表现了对象的内涵，极有效吸引了读者的眼球。下述片段，更为怪异，它不是简单的拟人，它在表现现实生活的故事里插进了一个童话片段，应归为荒诞手法：

> 老头子走了，又来了一个光背赤脚的黑孩子。那只公鸭子跟它身边那只母鸭子交换了一个眼神，意思是说：记得？那次就是他，水桶撞翻柳树滚下河，人在堤上做狗趴，最后也下了河拖着桶残水，那只水桶差点没把麻鸭那个臊包砸死……母鸭子连忙回应：是呀是呀是呀，麻鸭那个讨厌家伙，天天追着我说下流话，砸死它倒利索……

插入童话是荒诞，表现的意涵是现实的，它隐晦、含蓄暗示了小石匠、菊子姑娘、小铁匠三人之间明争暗斗的情爱关系。

跨度更大的跨界现象是小说中不止一处出现了黑孩的奇异感觉、幻觉，其中下述二例最为突出：

> ·黑孩的眼睛本来是专注地看着石头的，但是他听到了河上传来了一种奇异的声音，很象鱼群在喋喋，声音细微，忽远忽近，他用力地捕捉着，眼睛与耳朵并用，他看到了河上有发亮的气体起伏上升，声音就藏在气体里（按：这就是莫言说的，黑孩能看到声音在飘荡）。只要他看着那神奇的气体，美妙的声音就逃跑不了。他的脸色渐渐红润起来，嘴角上漾起动人的微笑。
>
> ·黑孩的眼睛原本大而亮，这时更变得如同电光源。他看到了一幅奇特美丽的图画：光滑的铁砧子。泛着青幽幽蓝幽幽的光。泛着青蓝幽幽

光的铁砧子上，有一个金色的红萝卜。红萝卜的形状和大小都像一个大个阳梨，还拖着一条长尾巴，尾巴上的根根须须像金色的羊毛。红萝卜晶莹透明，玲珑别透。透明的、金色的外壳里苞孕着活泼的银色液体。红萝卜的线条流畅优美，从美丽的弧线上泛出一圈金色的光芒。光芒有长有短，长的如麦芒，短的如睫毛，全是金色……

这二例就是莫言在《莫言王尧对话录》及在军艺座谈会等重点提到的受孙绍振"通感论"影响，成为其《透明的红萝卜》的核心意象的著名的小黑孩超常能力及透明红萝卜、金色红萝卜的奇异幻觉。前文多次说明，莫言的"通感"超出了一般的五官通感，是跨界融通，种种奇特感觉不是为了猎奇，跨界和奇感都服务于作家要表现的中心意思。此两核心意象即为此典型。

先说透明的、金色的红萝卜。这是整篇小说的分水岭。故事的前半部分里，小黑孩被分派去做铁匠的小帮工。小黑孩是没有家庭温暖的苦命孩子，铁匠小帮工又是艰辛活计，此时他遇上了善良美丽的菊子姑娘，菊子给了小黑孩大姐般、母亲般的种种关爱。小石匠是小黑孩的同村青年，同被派去水利工地，算是小黑孩的领班，道义上负有关照黑孩的责任，小石匠又恋上了菊子，更是不时与菊子结伴去看望小黑孩。他俩担心黑孩吃不了铁匠炉活计的苦，受人欺负，时不时以监护人的身份与小铁匠论短长。小铁匠粗直、暴躁、刁钻，既会以大徒弟的身份使唤小黑孩，又仍不失江湖大哥的底线和恻隐之心。历尽世事的老铁匠更是给予了小黑孩师傅的仁爱和温暖。这一切，慢慢累积，使苦涩、艰辛日子里的小黑孩燃起了生活美好一面的向往。小石匠和菊子日渐升温的关系，也给小黑孩朦胧的美丽幻想。透明的、金色的红萝卜的奇异美丽的幻觉就是在这背景下产生的。莫言创作起因中的幻觉之梦全是红色的，遍地红萝卜、红日东升、红衣姑娘，举着红萝卜向红太阳走去，也是充满新鲜、希望，象征着不可压抑的生命力和生活向往。小说中则更为灿烂更富活力了。放在铁砧子上，在青幽幽蓝幽幽光芒衬托下的红萝卜照旧遍身通红，遍身的根须和射出的光芒则全是金色的，更为璀璨，又通体透明，晶莹剔透，里面的液体则全是银色的，所有的线条又都活泼流畅、玲珑优美，这真是无比奇特美丽的七彩斑斓的图景。小说中明言，这不是梦，而是小黑孩眼前出现的幻觉。就像前面孙绍振"感觉论""聚合论"中指出的，奇异的感觉便是极度的喜悦、炽热的幻觉,突如其来的强烈刺激所引起的奇妙幻觉,往往是通向更强烈感情和更高智性的桥梁。小黑孩生活中的变化,虽然是累积的,桩桩是小事,对他而言却是巨大的、震撼性的。黑孩十岁前的人生是悲惨的,亲爹闯关东去了,一去杳无音信;后娘只是打他,按小石匠的说法"生被你后娘给打傻了";平日食不果腹、衣不蔽体、发育不全,按村里人说法,是放个屁都怕把他震倒的稻草人;是孤儿、弃儿都不如(孤儿们还不会遭后娘殴打)的天生可怜虫。现在来到工地,突然遇上一群好人。哪怕菊子姑娘一声嘘寒问暖、几根黄瓜、几个窝窝头,老铁匠一件御寒的褂子、一句手艺上的嘱咐,小石匠一次仗义护弱的出手相助,小铁匠眼看他攥住冒烟的钢钻而发出的猫叫一样的"扔、扔掉"的喊叫,都是他十岁以前的人生从未经历过的。石匠与菊子的卿卿我我又给予了他某种幸福的朦胧想象。这一切,对于小黑孩是突然的巨变,是从未有过的温暖冲击,突然产生的异常绮丽的幻觉不过是这巨大感情冲击的产物。而对作家而言,则是借助这一突显的幻觉,表达了他对人生、人性的智性思考。

　　幻觉之后,小说进入了下半部分。小铁匠与小石匠"情敌"之间的明争暗斗,在故事前头已露端倪。在石匠与菊子数度幽会于麻黄地里的秘密被发现后,两位血性男儿的公开决斗终于爆发了。在屡战屡败,第三次被最惨地摔倒在地后,菊子哭着扑上去,扶起了石匠。菊子的哭声使小铁匠顿时喜色消逝,呆呆站立。小石匠则突然抓起一把沙土撒向小铁匠,迷住了他的眼睛(这手段是不正当的,但情人哭声也刺激了屡败男儿)。正当石匠趁机扑上,按倒小铁匠乱擂其脑袋时,小黑孩冲了出去,奋力将小石匠扳倒。黑孩不助朋友(小说里把小石匠称为黑孩的朋友)而助师兄,原因简单而又似复杂。简单是石匠的手段不正当,男儿的血性激起黑孩出手。复杂在应当夹杂了石匠"专有"菊子的因素:他俩自天天幽会后,一连十几天再也不来看黑孩。他俩第一次野地里野合,也是黑孩无意中第一个发现的,那天也是黑孩性意识的第一次朦胧觉醒,兴许怨恨就在那天朦胧起始。甚至决斗当场,菊子哭着扑去扶起石匠,都刺激了黑孩。事情不止于此,眼睛迷住的小铁匠突然摸起地上的碎石片叫骂着向四周抛撒,飞散石片中的一块插进了近旁的菊子的眼睛。姑娘的惨叫,使所有人都变色惊呆了,人群一片纷乱;小铁匠怪叫一声,捂着眼睛,躺在地上痛苦地扭动着;黑孩趁着人们的慌乱,跑回桥洞,蹲在最黑暗的角落上,牙齿"的的"地打颤。遗憾的又是,最能不动声色消弭矛盾于肇端中的老铁匠又离开了工地（原因是，刁钻的小铁匠以狡猾的手段学到了师傅老铁匠的"独门绝活"，获得了出师资格，老铁匠主动让位给徒弟，离开了工地），一时无人能化解他们之间的矛盾。第二天，整个工地气氛阴惨。异常难受的小铁匠哭叫着要徒弟再去拔个萝卜来救救师傅（前头的红萝卜，就是小铁匠派黑孩去偷挖来给大家加餐、解渴的）。这回，小黑孩在红萝卜地里，拔出一个萝卜，举起来对着阳光察看，他希望还能看到那天晚上的奇异景象，但是这个幻觉再也没有出现。他拔出一个，失望一个，扔掉一个，拔、举、看、扔……几乎把半地里半生不熟的红萝卜全拔出来了。他几乎进入了一种疯呆的状态。

这个奇美幻觉未再出现的对比、象征意义是深刻的。故事不无悲剧意义，但却是正剧。苦涩的生活、艰辛的年代、后娘的恶行，更多普通人的善良行径和对弱者的同情，生活中总是存在的正义、美好与希望，又总有可能遭遇的不幸、破灭与失望，原始的欲望与冲突，人性的优点与弱点，干部的威风与通达，百姓的苦楚与乐趣，血性、粗野、老到、美丽、鄙俗，安于现状与欲图变化，并行不悖出现在下层人们的素朴生活中。重要的不是小说写出了那个特殊年代的一角图景和原生态的世态百相，而是作家借此，借黑孩的经历，尤其是借黑孩的奇美幻觉的出现和消失所表达的对生活、社会、人性的深入思考和深切希望。

再说小黑孩的超常能力。这比前面的作家的思考、希望更为重要。这超常能力包括前文引述的种种奇异感觉——能听到别人听不到的奇异声音、远处极微细声音，感觉到别人感觉不到远处的微细触感，看到藏在气体里飘荡的声音，看到别人看不到的"红萝卜"的奇特幻觉；包括前文未引述的黑孩的耳朵里，雾气碰撞黄麻会"发出震耳欲聋的声响"，"蚂蚱剪动翅羽的声音像火车过铁桥"，"头发落地时声音很响"（这些都是莫言经常挂在嘴边说黑孩超常能力的例子），还包括小说中多数出现于他身上的五官通感，等等。小说本质上是现实主义作品，如果仅仅如此，仅仅是写出了特殊年代的一角世态，哪怕表达了作家思考的深入，它与当时的许多名篇无甚区别，它之异于他者就在于突出融入了浪漫主义乃至荒诞手法，而这超常与正常是高度融通的。这就是上述小黑孩的种种超常能力，这贯穿全文的线索、支撑全篇的构架，它的出现是合理的，作品以它的自洽逻辑，让读者相信这些非现实现象的合理性，这超现实与现实的跨界融通的创新手法，才是最重要的。比如，小说里的黑孩有双异于常人的灵敏的大耳朵，这是黑孩能听到许多别人听不到的声音的一个客观条件。又如,前文引述的听到远处河滩地的微细声感,不仅因为黑孩的大耳朵的"特异"功能,且它发生在"夜已经很深了"、还似有"婴孩鼾声"的人定寂静之夜,所以其超常与正常现实是融通的。但以上客观条件都不是主要的,最主要的是,小说塑造了一个奇特的小孩,他那异于常人的苦难成就了异于常人的个性。他不是哑巴,却从头到尾没说一句话,他异于常人的内向,使他的全部精神活动几乎集中于、专注于脑海中的感觉、想象、思索中,加之他前后温暖判若天地的异于他人的深切经历,因此其感觉、想象、思索往往比别人敏锐、丰富、深入,乃至奇特。除了如前所述的十岁人儿就意识到菊子与石匠的异常幽会,出手相助小铁匠,人事、友情出现意外变故后几近疯呆等事实,证明了黑孩的异常思维外,小说中还有不少细节,很能说明这个问题。如菊子姑娘以为他在铁匠炉那里会受苦,强拉他回打石工地,他死活不回去,狠咬姑娘一口,挣脱跑回铁匠炉边了。他衣不蔽体,寒冬已至,其他宿地,尤其他家的狗窝(还要受后娘殴打)哪能比得上温暖的铁匠炉?正如小铁匠一语道破的"怪不得你死活不离开铁匠炉,原来是图着烤火暖和哩,妈的,人小心眼儿不少。"当他感觉到小铁匠要作弄朋友小石匠时,他心里特别的害怕。当老铁匠被小铁匠"挤兑"离开工地那天,"整整一个上午,黑孩就象丢了魂一样,动作杂乱,活儿毛草"。他比同龄小孩敏感、灵慧。因此他的种种超常感觉能力,包括透明的金色的红萝卜的奇特幻觉,就完全可能。小说的合理还在于,他毕竟是十岁的小孩,他的异常思维常常是寄托于幻想、幻觉。小说写道,当他正沉湎于透明金色的红萝卜的幻觉中时,小铁匠却要将那根特殊的红萝卜吃了,黑孩不顾一切奋力抢夺,最后这根红萝卜被小铁匠抛到河里去了。从此,黑孩老想那河里的红萝卜,小说写道,黑孩总是想:"那是个什么样的萝卜呀。金色的,透明。他一会儿好象站在河水中,一会儿又站在萝卜地里,他到处找呀,到处找……"因为这寄托着他的希望、美好、梦想,寄托着他对生活、对人们的理解。这就是小孩的思维、小孩的逻辑。

所以,说到底,是作家艺术表现形式的成功。他让浪漫、荒诞与现实成功结合,让超常与正常巧妙交织,让五官感觉打通,让奇异感觉、超常感觉、幻觉、错觉与常态感觉奇妙交汇,他把这一切跨界融通称为"通感"。这是他对文学史上既有艺术形式规范的遵循与突破,对经典浪漫主义作品的借鉴与创新,对孙绍振有关"通感"的各理论的实践与创造。不止于上述的语言、意象、内容上的跨界融通,还有跨界融通所臻达的意境。莫言说,孙绍振对很多诗歌意

境、诗意的分析,对他"小说意境的营造,发挥了非常大的作用。"《透明的红萝卜》中最具意境感的至少有下述二例:

一例是菊子和小石匠来寻找小黑孩,大声喊叫终于把睡在黄麻地里的黑孩从梦幻中唤醒。但此时,黑孩听到了如下的对话,不经意闯入如下的情境:

> "这孩子,睡着了吗?"
>
> "不会的,我们这么大声喊。他肯定是溜回家去了。"
>
> "这小东西……"
>
> "这里真好……"
>
> "是好……"
>
> 声音越来越低,象两只鱼儿在水面上吐水泡。黑孩身上象有细小的电流通过,他有点紧张,双膝跪着,扭动着耳朵,调整着视线,目光终于通过了无数障碍,看到了他的朋友被麻秆分割得影影绰绰的身躯。一时间极静了的黄麻地里掠过了一阵小风,风吹动了部分麻叶,麻秆儿全没动。又有几个叶片落下来,黑孩听到了它们振动空气的声音。他很惊异很新鲜地看到一根紫红色头巾轻飘飘地落到黄麻秆上,麻秆上的刺儿挂住了围巾,像挑着一面沉默的旗帜,那件红格儿上衣也落到地上。成片的黄麻像浪潮一样对着他涌过来。他慢慢地站起来,背过身,一直向前走,一种异样的感觉猛烈冲击着他。

由他敏感微细的、强烈的感觉,由配合这感觉的一会儿全没动,一会儿像浪潮一样涌过来的黄麻叶秆以及紫红色头巾、围巾、红格儿上衣构成的境界,不无诗意地含蓄告知了黄麻地里正在发生的故事和小黑孩朦胧的性觉醒。

再一例是决斗之后、菊子受伤、人事变故的第二天上午:

> 第二天,滞洪闸工地上消失了小石匠和菊子姑娘的影子,整个工地笼罩着沉闷压抑的气氛。太阳象抽疯般颤抖着,一股股肃杀(原文萧杀)的秋风把黄麻吹得象大海一样波浪起伏,一群群麻雀惊恐不安地在黄麻梢头噪叫。风穿过桥洞,扬起尘土,把半边天都染黄了。一直到九点多钟,风才停住,太阳也慢慢恢复正常。

这显然是人化的自然,太阳、秋风、黄麻、鸟雀、尘土、空气、人群,整个氛围一齐为这善良人们间的悲剧变故悲鸣。

这样的意境将在《红高粱家族》的红高粱地里更精彩地重现。

二、莫言《红高粱》《红高粱家族》中"跨界大通感"综述

莫言的《透明的红萝卜》成稿于1984年冬,徐怀中看后当即大加肯定,正式发表于《中国作家》1985年第2期。为配合发表,发表前还由徐怀中主持了座谈会。按莫言的说法,《透明的红萝卜》的成功"使我信心大增,野心大增"。那时期,他一鼓作气、接二连三写了七八部中篇,《红高粱》就是其中最重要的作品,是莫言"跨界融通大通感"高潮期的代表作。该篇草稿成于1985年春天,正式发表于1986年第3期的《人民文学》。如果说,《透明的红萝卜》是他的成名作,《红高粱》则如王尧所言"横空出世",奠定了他在文坛独立风格的地位。《红高粱》产生重大影响后,莫言一口气写了《高粱酒》《狗道》《高粱殡》《狗皮》四个中篇,后来又写了《野种》《野人》,构成了他的《红高粱家族》小说。拙作不是对篇幅宏大的《红高粱家族》的整体研究,也不是其中"跨界大通感"现象的全部梳理,但将梳理其"通感"的主要方面,例子以《红高粱》为主。

(一)内容上大幅度的跨界融通

作为20世纪80年代中期诞生的《红高粱》,正如文坛评价的,其颠覆意义是很强的。仅就内容而言,它把一个土匪司令的野蛮与抗日英雄的雄豪,正义的反抗与自由的欲望,民族大义的英勇悲壮与民间世界的侠骨决绝,战争的惨烈与爱情的浓烈,爱者的热情奔放与战士的无畏无惧,豪气盖天、敢作敢为的人性优点与放荡粗俗、无法无天的人性缺点,结合在一起,就像小说一开头说的,"高密东北乡无疑是地球上最美丽最丑陋、最超脱最世俗、最圣洁最龌龊、最英雄好汉最王八蛋、最能喝酒最能爱的地方。……他们杀人越货,精忠报国,他们演出过一幕幕英勇悲壮的舞剧。"作品的跨界融通仅就内容上就几乎达到了一个极致。这内容跨界融通甚至外溢到自然界的红高粱:"无边无际的高粱红成洸洋的血海。高粱高密辉煌,高粱凄婉可人,高粱爱情激荡",如此的红高粱与如此的内容结合得完美无缺,从头到尾贯穿始终,融洽无隙。如此大幅度的跨界,其结合、融通点就在那个像野生的片片红高粱那样的原始而真实的生命、鲜活而本然

的人性。另一结合、融通点就在小说的核心内容上，即凝结在一个极其悲壮惨烈的英勇反抗残暴的日本侵略者的动人故事里。日本鬼子烧杀抢掠，极其残忍地当众活剐了不肯屈服、不肯就范的铁骨铮铮的罗汉大爷（小说极为详细地描述了罗汉大爷殉难的经过。罗汉大爷是作品中"我奶奶（作品中名戴凤莲）"酿酒作坊里的长工领班与管家）。为反抗侵略者的残暴，高密东北乡的血性野性的男儿们，由土匪头子出身的余占鳌（作品中的"我爷爷"）和女中豪杰戴凤莲自发拉起了一支抗日队伍。这支抗日队伍进行了一次伏击日本汽车运输队的战斗（这是全书的主干故事），最后，当场击毙领队的日军少将，全歼日军，缴获大量物资枪械，取得了重大胜利，但余司令的抗日队伍也几乎全军覆没。

如果说，《透明的红萝卜》里莫言式的"大通感"主要表现在修辞上的跨界融通，那么，《红高粱》的更大幅度的跨界融通首先表现在内容上。"横空出世"首先就是这一点吸引、震撼了无数读者。

（二）人与自然的跨界交响

与上述"英勇悲壮舞剧"融通的自然界就是一开篇所言的"无边无际的高粱红成洸洋的血海。高粱高密辉煌，高粱凄婉可人，高粱爱情激荡"。这是全篇基调、色彩的写照，每每使人想起张艺谋导演的同名电影《红高粱》红成一片血海的红高粱情境的震撼场面。这是特殊的拟人，独特的跨界通感，小说赋予自然界以人的生命，根据不同的内容、意象，赋予自然物不同的情感、思想、神态、动作，与人的相应精神活动交融交感交响，使人的活动更为形象更丰满，更富诗意更传神。其中最突出者就是红高粱，它以不同的拟人形象出现在相应句段中，与人性相通，像一个智者，审视、评判着人间的活动；它点染其间，使相关情境更具意境之味。

红高粱的拟人形象的有关句段如：

- 一穗一穗被露水打得精湿的高粱在雾洞里忧悒地注视着我父亲。
- 高粱与人一起等待着时间的花朵结出果实。
- 三天中又长高了一节的高粱，嘲弄地注视着我奶奶。
- 无边的高粱迎着更高更亮的太阳，脸庞鲜红，不胜娇羞。
- 去年初夏的高粱在堤外忧悒沉重地发着呆。
- 遍野的高粱都在痛哭。
- 风利飕有力，高粱前推后拥，一波一波地动，路一侧的高粱把头伸到路当中,向着我奶奶弯腰致敬。

·"汽车来啦!"父亲的话像一把刀,仿佛把所有的人斩了似的,高粱地里笼罩着痴呆呆的平静。

·八挺歪把子机枪,射出的子弹,织成一束束干硬的光带,交叉出一个破碎的扇面,又交叉成一个破碎的扇面,时而在路东,时而在路西,高粱齐声哀鸣。

·当时为他们的革命行动呐喊助威的是生气蓬勃的高粱。(其他①)

·路两边依旧是坦坦荡荡、大智若愚的红高粱集体。(其他)

·爷爷也过来了。奶奶尸体周围燃着几十根火把,被火把引燃了的高粱叶子滋溜溜地跳着,一大片高粱间火蛇飞窜,高粱穗子痛苦万端,不忍卒视。(其他)

·父亲张着两只手,像飞腾的小鸟,向奶奶扑去。河堤上很安静,落尘有声,河水只亮不流,堤外的高粱安详庄重。父亲瘦弱的身体在河堤上跑着,父亲高大雄伟漂亮,父亲高叫着:"娘——娘——娘",这一声声"娘"里渗透了人间的血泪,骨肉的深情,崇高的原由。

上述红高粱的几乎每一拟人形象,都使相关句段染上了一点意境感。最后一则情境比较完整,意境感最突出。小说情节说,当一贯养尊处优的"奶奶"艰难地挑着担子,为抗日战士们送来饭食,不幸在河堤上中弹倒地,"父亲"("我爷爷"和"我奶奶"的儿子、少年余豆官)哭喊着向"奶奶"扑去时,河堤安静得"落尘有声","堤外的高粱安详庄重",人间万物一齐向这人人为之动容的血泪情深、不幸献身庄严致敬。这就是通人性的红高粱,这就是人与自然跨界交响产生的意境之效。又如后文"幻觉"节的引文中,在说到"奶奶"和"爷爷"当年在生机勃勃的高粱地里相亲相爱时,高粱的形象是"宽容温暖的、慈母般的",这实际就是代表善良的人们悲悯"奶奶"当年的不幸,对"奶奶"当年的叛逆行径深表同情;在说到"奶奶"即将走向天国时,高粱们时而像魔鬼哈哈大笑,时而像亲人号啕大哭,悲剧的氛围顿时笼罩其中。还有开篇所言的无边无际的高粱血海,还有前文所引的"遍野的高粱都在痛哭""高粱前推后拥,……向着我奶奶弯腰致敬"……这样的形似高粱、神似人性、天人交感、天人合一的拟人形象随处可见,孙绍振说的画境、心境兼具兼容。

---

① 凡标"其他",是指除《红高粱》外,《红高粱家族》中的其他中篇。未标"其他"者均出自《红高粱》,下同。

有时,不一定拟人,但当它们与人的活动相通,所起的立体交感交响效果是一样的,如:

> ·一群年轻女人,簇拥着奶奶的身体,前有火把引导,左右有火把映照,高粱地恍若仙境,人人身体周围,都闪烁着奇异的光。(其他)
> ·命中注定她死在日本人的枪弹下,命中注定她的死像成熟的红高粱一样灿烂辉煌。(其他)

不仅红高粱,作品中许多自然物都与人性相通,为情境染色。如"村头那棵郁郁青青已逾百年的白果树,严肃地迎接着父亲""公路黄中透出白来,疲惫不堪""那四盘横断了道路的连环耙……父亲想它们也一定等得不耐烦了""(我奶奶)望见了墨水河中凄惨的大石桥""天上的太阳,被汽车的火焰烤得红绿间杂,萎萎缩缩"……

还有动物的拟人。《红高粱家族》中的《野种》篇中"父亲"隆冬赤身渡河故事里,就有一节描写人、驴相通的动物拟人形象。军粮过河后,驮军粮的驴子得全部赶过河。但小说说:"毛驴是一种复杂的动物,它既胆小又倔强,既聪明又愚蠢,父亲坐骑的蛋黄色小母驴(按:"父亲"因腿被打伤无法持续行军)是匹得了道的超驴,基本上不能算驴。毛驴们畏水,死活不下河。"后来想出一计,像磨面那样把驴眼蒙起来,然后拉着它们不断转圈,转迷糊后就趁机赶过河去。但这办法对得道的小母驴不行。小说写道:

> 小母驴焦灼地叫起来,父亲一招手,她摇头摆尾跑过来,弯曲着身体蹭父亲的肚子。
> 父亲拍拍她的脖子,说:"黄花鱼儿,该我们过了。"
> 她点点头,叫了一声。
> 父亲说:"要蒙眼吗?"
> 她摇摇头,叫了一声。
> 父亲说:"河水很凉,你怕吗?"
> 她点点头,叫了一声。
> 父亲说:"要我扛你过去?"
> 她点点头,叫了三声,四蹄刨动。

　　父亲搔搔头，说："妈的，随便说说你竟当了真，自古都是人骑驴，哪个国里驴骑人？"

　　她撅起嘴巴，一副好不高兴的样子。

　　父亲拍着她，劝道："走吧走吧，别耍驴脾气了，不是我不扛你，是怕人家笑话你。"

　　她拧着头不走，嘴里还咕咕噜噜说些不中听的话，惹得父亲性起，攥起大拳头，在她脸前晃晃，威胁道："走不走？不走送你见阎王。"

　　她咧嘴哭着，跟着父亲向河中走去。河里的冷气如箭，射中她的肚皮，她翻着嘴唇，夹着尾巴，耳朵高高竖起，好似两柄尖刀。

　　更震撼人的是，过河以后，极度饥饿、疲惫的民夫们到处找不到可以果腹的食物，又不愿吃军粮，民夫队长"我父亲"决定斩杀自己的坐骑小母驴。小说又有一段撼人的人、驴"对话"……

　　这是唯一一匹和人一样，以其清醒意识和超常意志战胜了极寒，又是唯一一匹和整个人、驴运输队伍不一样，以其自身意识到的耶稣精神，"牺牲一人救大家"的最通人性的毛驴。

　　加上这些更大幅度的乃至荒诞手法的跨界融通情节，作品的立体交感效果，通向情感、智性亦即作品要高扬的某种重要精神的交响效果，就达到了一个小高潮。

（三）异常搭配

　　《红高粱》《红高粱家族》中单独使用某一修辞手法的很少，一般是多种修辞手段并用，这在修辞学上称为"兼格"。而且多是新异的、陌生的，或用的喻体很少见，或用跨度较大、难度较大的拟人、以物比拟人等，或出现异常感觉、幻觉。总之多为如前所述的变异搭配、异常搭配。在孙绍振的理论话语里，就是包含通感、幻觉、异常感觉在内的多种感觉并存的立体交感交响。在莫言的"跨界大通感"观里就是各种异常、超常的与正常的交融在一起，跨界幅度大，跨及界域多。总的就是异样新颖，给人深刻印象。如：

　　奶奶鲜嫩茂盛，水分充足。

全句是视觉，又包含鲜明的触觉感（鲜嫩、水分充足），更重要的是用了不常见的、难度较大的以物拟人,以植物比拟青年时代的奶奶靓丽光鲜的外表和旺盛鲜活的青春年华,由此才将视觉与触觉融通起来。其实就是水灵灵。水灵灵本身就是视觉和触觉的融通,就是以物比拟人,只是像如前所述的,长期使用,习以为常,不觉其视觉中交融了触觉,亦不觉其拟物、不觉其新异了。而"奶奶鲜嫩茂盛,水分充足"给人强烈刺激、强烈印象,既直露又含蓄地表达了对少女、少妇时代"奶奶"的夺目的美感、性感。如此异常搭配写女性,很可能是首创的。跟这句有点类似,主要用了少见的以物比拟人,还有这句:

> 父亲告诉过我,王文义的妻子生了三个阶梯式的儿子。这三个儿子被高粱米饭催得肥头大耳,生动茂盛。

其中"三个阶梯式"的比喻,也很新鲜。下面这句,比较复杂,更为陌生:

> 奶奶丰腴的青春年华辐射着强烈的焦虑和淡淡的孤寂。

这里有狭义的五官通感,即焦虑和孤寂是神态、神情,本属视觉效果,辐射着,就挪移到触觉,可感性更强了。丰腴本是形容身体的,现在通过拟物(以物拟物)或移用(移物于物)手法,用来形容抽象的青春年华,其青春年华的旺盛饱满亦更为突显可感。在如许风华绝代的年岁竟然有着"强烈的焦虑和淡淡的孤寂",对比之下,这焦虑和孤寂也更突出了。抽象的青春年华本不具有实物那样的辐射功能,现在有了,这又用了二重的以物拟物,先以具体可感的年青身体比拟抽象的青春年华,再以自然物的实物比拟人的身体。作者调动了如此多个不同界域的现象(或者说,运用了如此多修辞手段),合力表现了主人公的焦虑和孤寂是非同寻常、值得关注的。下面这句则是并存了较多的外部感觉:

> 她的湿漉漉的睫毛上像刷了一层蜂蜜,根根粗壮丰满,交叉着碰成一线,在眼睑间燕尾般剪出来。(其他)

湿漉漉、粗壮丰满都是视觉、触觉兼有。蜂蜜,既有味觉又有嗅觉。粗壮丰满,还用了拟人形容睫毛。

> ·冰凉的月光照着沉重如伟大笨拙的汉文化的墨水河。(其他)
> ·和尚的血温暖可人,柔软光滑,像鸟类的羽毛一样。(其他)

这两例的比喻都是少见之比,尤其是前例。后例主要是触觉,温暖可人还是拟人。下例更是罕见、复杂、新颖:

> 民夫们站在水里咬牙切齿,没有动弹,仿佛在一齐赌气。父亲看到了他们的思想,这个思想如几百朵花瓣旋转成一朵美丽的花朵,充实而饱满地悬挂在河道上空,父亲用思想看着它的鲜艳,用思想嗅着它的芬芳,用思想触摸着它润泽的肌体,寒冷和饥饿通通被排挤到意识之外,只有这朵花,这朵奇异的花,还有馨香醉人的音乐。父亲感到自己的灵魂舒展开形成澎湃的逐渐升高的浪花,热泪顿时盈满了他霸蛮如电的黑眼睛。(其他)

这整个是如同《透明的红萝卜》中的小黑孩那样呈现出的超常能力、超常感觉,是孙绍振说的突如其来的强烈刺激所引起的奇妙感觉,乃至幻觉。故事是《野种》中篇临近结尾的部分。送军粮的民夫们在"父亲"余豆官及指导员的带头作用下,全部赤身露体跳进隆冬的冰凉河水里,排成人链,准备传送军粮,却发现必须留一部分人在岸上,军粮才能送上岸,但此时没有一个民夫愿意上岸,"父亲"一再喊叫,民夫们竟没有动弹。此时,"父亲"的脑海里呈现出了这奇异的一幕,实际就是"父亲"用自己的思想去思考、赞美民夫们的思想。作品用美丽花朵这一具体可感的事物比拟那抽象的令人感动的思想,民夫们看不见的思想可见了。思想本也无感觉功能,通过拟物,"父亲"可以用自己的思想去具体感觉民夫们思想的花朵了。这思想之花,不仅有视觉形象(鲜艳),还有嗅觉形象(芬芳)、触觉形象(润泽的肌体)、听觉形象(醉人的音乐),这醉人的音乐的听觉还向嗅觉(馨香)挪移通感。作品再用拟物手法,使"父亲"抽象的灵魂变成了澎湃的浪花。最后的拟人 + 比喻也是特别的,霸蛮的黑眼睛是拟人,霸蛮如电是比喻,形容其霸蛮之极致。如此多的异常搭配,如此鲜明的跨界交感,如此强烈的立体交响,乃至形成了一种意境。像这样的乃至更精彩的意境,我们后面再举例。

(四)幻觉与现实交融

上例所说出现的幻觉,并不典型纯粹,它更多还是在表现其他修辞手法的作用。下面诸例就比较典型纯粹了。小说中写到年青时的"奶奶"坐在花轿里,从轿夫们有意让她知道真相的议论中,得悉她即将嫁与的男人单家少爷真是麻风病人。花轿就要到达单家,"奶奶"只觉得死期临近,顷刻悲痛欲绝:

> 奶奶在唢呐声中停住哭，像聆听天籁一般，听着这似乎从天国传来的音乐。奶奶粉面凋零，珠泪点点，从悲婉的曲调里，她听到了死的声音，嗅到了死的气息，看到了死神的高粱般深红的嘴唇和玉米般金黄的笑脸。

这才真正是突如其来的强烈刺激下的极度悲愤情感中产生的幻觉。

下面系列的幻觉（共六次）是"奶奶"为正在伏击日本鬼子的余占鳌队伍送饭，但在即将到达目的地时，不幸被鬼子机枪射倒，"我父亲"跑过去救"奶奶"，就要离去的"奶奶"脑海里几度出现的幻觉。第一次的幻觉是：

> 父亲从高粱根下抓起黑土，堵在奶奶的伤口上，血很快洇出，父亲又抓一把。奶奶欣慰地微笑着，看着湛蓝的、深不可测的天空，看着宽容温暖的、慈母般的高粱。奶奶的脑海里，出现了一条绿油油的缀满小白花的小路，在这条小路上，奶奶骑着小毛驴，悠闲地行走。高粱深处，那个伟岸坚硬的男子，顿喉高歌，声越高粱。奶奶循声而去，脚踩高粱梢头，像腾着一片绿云……

幻觉中重现了当年她成亲三天后，回门路上，被余占鳌（即上文幻觉中的"伟岸男子"）劫掠至高粱地里，"在生机勃勃的高粱地里相亲相爱，两颗蔑视人间法规的不羁心灵……在高粱地里耕云播雨"，从此改变了她一生，也为"高密东北乡丰富多彩的历史上，抹了一道酥红"的往事。这同样是绝境来临时，才会重现的承载自己一生情感、命运的极度欢乐的幻觉情景。接着，"奶奶"在走向天国的路上，努力回忆过去，极力想留住现在，挽回生命，在真切而又模糊的现实感觉、思考中，幻觉不时出现：

> 奶奶躺着，沐浴着高粱地里清丽的温暖，她感到自己轻捷如燕，贴着高粱穗子潇洒地滑行。那些走马转蓬般的图像运动减缓……多少仇视的、感激的、凶残的、敦厚的面容都已经出现过又都消逝了。奶奶三十年的历史，正由她自己写着最后一笔，过去的一切，像一颗颗香气馥郁的果子，箭矢般坠落在地，而未来的一切，奶奶只能模模糊糊地看到一些稍纵即逝的光圈。只有短暂的又粘又滑的现在，奶奶还拼命抓住不放。奶奶感到我父亲那两只兽爪般的小手正在抚摸着她，父亲胆怯的叫娘声，让奶奶恨爱湮灭、恩仇并泯的意识里，又灭出几束眷恋人生的火花。奶奶极力想抬起手臂，爱抚一下我父亲的脸，手臂却怎么也抬不起来了。奶奶正向

上飞奔,她看到了从天国射下来的一束五彩的强光,她听到了来自天国的、用唢呐、大喇叭、小喇叭合奏出的庄严的音乐。

这里交错着幻觉和现实,"父亲"的小手抚摸"奶奶"到"奶奶"的手臂抬不起来,是"奶奶"的现实感觉,前后的"轻捷如燕,贴着高粱穗子潇洒地滑行……"和"奶奶正向上飞奔……"是幻觉,第二、第三次幻觉。正当"奶奶""向上飞奔",离天国越来越近时,"奶奶"又收回幻觉,挣扎着苏醒过来,对自己一生作了庄严的审视:

> 奶奶感到疲乏极了,那个滑溜溜的现在的把柄、人生世界的把柄,就要从她手里滑脱。这就是死吗? 我就要死了吗? 再也见不到这天,这地,这高粱,这儿子,这正在带兵打仗的情人? 枪声响得那么遥远,一切都隔着一层厚重的烟雾。豆官! 豆官! 我的儿,你来帮娘一把,你拉住娘,娘不想死,天哪! 天……天赐我情人,天赐我儿子,天赐我财富,天赐我三十年红高粱般充实的生活。天,你既然给了我,就不要再收回,你宽恕了我吧,你放了我吧! 天,你认为我有罪吗? ……我只有按着我自己的想法去办,我爱幸福,我爱力量,我爱美,我的身体是我的,我为自己做主,我不怕罪,不怕罚,我不怕进你的十八层地狱。我该做的都做了,该干的都干了,我什么都不怕。但我不想死,我要活,我要多看几眼这个世界,我的天哪……

小说说,"奶奶的真诚感动上天","奶奶"出现回光返照,又回到现实,年少的"父亲"以为他用黑土真把母亲的血堵住了,母亲有救了,就跑回去叫他爹余占鳌来看母亲。儿子一走,戴凤莲再度昏迷,复又苏醒。当她觉得自己真要离开人世时,脑海中就出现了魔鬼与亲人不断交替的幻觉:

> 父亲跑走了。父亲的脚步声变成了轻柔的低语,变成了方才听到过的来自天国的音乐。(又转入幻觉,第四次幻觉) 奶奶听到了宇宙的声音,那声音来自一株株红高粱。奶奶注视着红高粱,在她蒙眬的眼睛里,高粱们奇谲瑰丽,奇形怪状。它们呻吟着,扭曲着,呼号着,缠绕着,时而像魔鬼,时而像亲人,它们在奶奶眼里盘结成蛇样的一团,又忽啦啦地伸展开来,奶奶无法说出它们的光彩了。它们红红绿绿,白白黑黑,蓝蓝绿绿,它们哈哈大笑,它们号啕大哭,哭出的眼泪像雨点一样打在奶奶心中那一片苍凉的沙滩上……

当她再度被野鸽子的叫声唤醒时,弥留之际的"奶奶"以对生命、亲人、爱情的留恋和热爱,高喊道:我的亲人,我舍不得离开你们! 但是,她在死亡边缘的努力挣扎,没能斗得过死神,她再度昏迷,完全的幻觉（第五次幻觉）再次出现:

> 奶奶的眼睛又朦胧起来,鸽子们扑棱棱一起飞起,合着一首相当熟悉的歌曲的节拍,在海一样的蓝天里翱翔,鸽翅与空气相接,发出飕飕的风响。奶奶飘然而起,跟着鸽子,划动着新生的羽翼,轻盈地旋转。黑土在身下,高粱在身下。奶奶眷恋地看着破破烂烂的村庄,弯弯曲曲的河流,交叉纵横的道路;看着被灼热的枪弹划破的混沌的空间和在死与生的十字路口犹豫不决的芸芸众生。奶奶最后一次嗅着高粱酒的味道,嗅着腥甜的热血味道,奶奶的脑海里忽然闪过了一个从未见过的场面:在几万发子弹的钻击下,几百个衣衫褴褛的乡亲,手舞足蹈躺在高粱地里……

最后的时刻终于到了,作品这样表述戴凤莲的最后时刻:

> 最后一丝与人世间的联系即将挣断,所有的忧虑、痛苦、紧张、沮丧都落在了高粱地里,都冰雹般打在高粱梢头,在黑土上扎根开花,结出酸涩的果实,让下一代又一代承受。奶奶完成了自己的解放,她跟着鸽子飞着（又开始幻觉,第六次幻觉）,她的缩得只如一拳头那么大的思维空间里,盛着满溢的快乐、宁静、温暖、舒适、和谐。奶奶心满意足,她虔诚地说:
> "天哪! 我的天……"

这已经分不清是主人公的幻觉还是真实感觉、真实呼喊,分不清是主人公的最后思考,还是作者的思考,或者说是这几者的交织。作者要的怕就是这样的效果。正是这样的幻觉与真实感觉的交错,主人公情感、思想与作家情感、思想的交混,才更巧妙通过故事画面寄寓作家要表达的思想感情。正是这样的上述六次幻觉与"奶奶"真实感觉、"奶奶"对自己过往人生的庄严审视,还有"父亲"的观察以及莫言以叙述者身份对"奶奶"的描述、评价,等等如此多种感觉、多种视角的跨界交汇,才更巧妙地总结了"奶奶"短暂传奇的一生,为"奶奶"塑造了一座立体雕像,表现了"奶奶"无限眷恋生命、亲人、故土的强烈情感。

戴凤莲是作品塑造的民间女豪杰。她掌管酒坊,心有主见,刚强坚毅,豪迈决断,富甲一方。她演出了风情万种的爱情悲喜剧。她面对侵略者带来的灾难,面对日寇用凌迟刀剐残暴杀害像亲爹一样的罗汉大爷的深仇大恨,坚决支持余占鳌拉起队伍,抗击日寇。余占鳌的叔叔余大牙酒后强奸民女,任副官认为要严肃军纪,枪毙余大牙。余大牙对余占鳌有养育之恩,余占鳌不愿杀他。任副官愤而出走。任副官能文能武、富有韬略、一身正气,拿余占鳌的话,是"纯种好汉"。戴凤莲认为"千军易得,一将难求",坚决主张留住任副官。余占鳌心烦意乱,竟拔出手枪,威胁道:"你是不是活够了?"让戴凤莲闭嘴。戴凤莲撕开胸脯:"开枪吧!"余占鳌终于冷静下来,听从了戴凤莲的劝告,留住了任副官,枪毙了亲叔叔。伏击战中用铁耙挡住鬼子汽车退路的巧计,就是戴凤莲想出来的。余司令传话要送战地饭,她立马指挥乡亲擀饼,并毫不犹豫,和王文义妻子一起挑饼上前线。不料,牺牲于前线。幻觉中那些亲人们的号啕大哭、数百乡亲的遇难、对生命的留恋、对亲人的热爱、对故土的眷恋、对自己一生的心满意足(对应的就是她弥留之际对自己一生的庄严审视),就是作品作家对这位女中豪杰有声有色、短暂传奇一生的评价。

与《透明的红萝卜》比,《红高粱》里的幻觉有了明显的发展,更充分体现了孙绍振说的,这是通向强烈感情和更高智性的桥梁。

(五)时空交错

时空交错是将现在、过去、未来的事情,或其中两个时空里发生的事情交织在一起叙述,是一种典型的跨界融通。现代叙事学将旧说的倒叙、预叙、追叙、补叙、插叙简化为闪前(提前叙述未来之事)、闪回(回头叙述过去之事)。闪前、闪回,与传统叙述中的倒叙、插叙还不同。倒叙是提前叙述事件的结果。插叙一般是插入叙述与事件相关的过去发生的事情,也有插叙以后发生的相关之事的,但这种情况较少。传统的倒叙、插叙一般都是主体事件不可缺少的,特别是倒叙,它是故事情节本身的一环。而闪前、闪回之事,不一定是主体事件必不可少之环。如《红高粱》中下述这段文句:

> 父亲常走这条路,后来他在日本炭窑中苦熬岁月时,眼前常常闪过这条路。父亲不知道我的奶奶在这条土路上主演过多少风流悲喜剧,我知道。父亲也不知道在高粱阴影遮掩着的黑土上,曾经躺过奶奶洁白如玉的光滑肉体,我也知道。

这是主干事件"父亲"跟"爷爷"余司令去打伏击战，走在行军路上的一段插入。"父亲常走这条路"，"这条路"是指当下的行军路，时间是现在，"常走"表明是过去，是闪回，于主干故事而言，可讲可不讲。"后来他在日本炭窑中苦熬岁月时，眼前常常闪过这条路"是闪前，与主干事件无关，更可不讲。以下几句，总体是闪前，"我知道"是指"我"后来为了弄清家族史而采访了健在的前辈老人，才知道"奶奶"当年那些故事（而"父亲"并不知道其母亲生他之前的这些风流韵事），即使这与主干故事的主人公余司令有密切关系，在小说的第二章中也另有叙述，因此在这里亦可讲可不讲。其中，"奶奶"的风流悲喜剧、"奶奶"躺在黑土地上的故事，又是这总体闪前中的闪回，这些"奶奶"故事，不仅第二章，后面其他章节中都有不断插入细叙。总之，上述这段文字，并非是主干情节必不可少的一环，似乎可以删去。

但是，这段文字，会使读者产生悬念和好奇，当读到后面的相关章节时，就知它虽于主干故事非必不可少，但于整篇小说还是相关。再说，它于传统叙述而言，有一种新鲜感，尤其是"我知道""我也知道"，用法不仅新鲜、陌生，且由于"我"的在场，增加了故事的真实感、现实感；于表述笔法而言，则既有一种随机感、趣味感，又有一种密度感，短短几句话就融通了过去、现在和未来，包含了那么多家族大事。因而，于文字魅力，它不是冗余之笔。

上述这段微型时空交错是《红高粱家族》时空交错、闪回、闪前笔法的一个缩影。在一段独立文字中，包含过去、现在、未来，有闪回、闪前，有单独的闪前，有包含了闪回的闪前（即叙事学说的"闪前中的闪回"）。就《红高粱》全篇，主干故事伏击战之外的大大小小的闪回、闪前共出现47处（上述引文只计入了两个闪前，未将"父亲常走这条路"及"奶奶风流韵事"两个未展开的闪回计入。全篇类似情况者亦未计入）。其中，"闪回中的闪回""闪回中的闪前""闪前中的闪回"的"戏中戏"者出现19处。如此多量出现融通过去、现在、未来的复杂的时空交错，出现闪回、闪前及戏中戏的小说，在当年是罕见的，当年称誉《红高粱》"横空出世"，大约离不开这令人耳目一新的写法。其妙处，正如王先霈的《文学批评原理》指出的："《红高粱》中那恣意而为的叙述正体现了叙述者对时间的独到处理。叙述者把故事时间牢牢地掌握在自己手中，充分发挥叙述时间灵活多变的优势，在叙述中不仅分别运用了闪回、闪前、交错的叙述技巧，而且创造性地运用了闪回中的闪回、闪回中的闪前、闪前中的闪回等新奇的叙述手段，从而建立了一种复杂且更具凝聚力的叙述结构。"① 也就是孙绍振"聚合论"所言的"哪怕是在时间与空间上距离遥远的，都会奔赴而来"的立体交感交响。

就《红高粱》的主干故事伏击战而言，与之密切相关的大事件即前文提到的罗汉大爷惨烈殉难、余占鳌与戴凤莲惊世骇俗的爱情、纯种汉子任副官整治军纪三件大事及前文未提到的冷麻子的国军队伍未按原定时间到达伏击地点一事。如果这"1+4"五件事，完全按时间顺序叙述下来，不是不能成为杰作（那是另一种功力），但最可能失手的，就是成为冗长沉闷的流水账，就是凝聚力不足，不仅是内容紧凑的凝聚，更重要的是意义的凝聚，可能因此减色。现在的《红高粱》，就全篇而言，凝聚于伏击战，因之另四件事不仅是伏击战的成因，且因此提升了意义。余占鳌在余、戴爱情中敢作敢为，以大事为重、敢冒风险，在伏击战中，就有不因冷麻子爽约，失去右翼支持而动摇歼敌决心的杰出表现，并因为后者，余之形象，少了匪气，多了英雄本色。罗汉大爷殉难的价值意义，任副官整治军纪的深远作用，戴凤莲不负自身、活出人样、短暂绚丽的一生，都因伏击战而成正果。比如，戴凤莲不顾余占鳌威胁，坚决支持任副官处决强占民女的余之亲叔叔，就是以闪回插到伏击战中戴凤莲组织村民做饭并亲自往前线送饭，不幸中弹倒地情节中的，"奶奶"敢作敢为、豪迈决断的巾帼英豪本色由此更为亮丽动人。所以，这四件事，就被切割成大大小小的若干块，以闪回、闪前、戏中戏等，不断插入主干故事伏击战中，主干故事也因此切成若干段，或隐或显，走脉千里。同时，每一闪回、闪前、戏中戏，自身又是一个凝聚，又生出自身的意义（如上述戴凤莲坚决支持任副官，如上述"我知道"段所产生多种独特意味）。由此，全篇摇曳多姿、高潮迭起、悬念丛生、紧凑热烈，完全没有那种流水账式叙述可能出现的冗长沉闷。

另一方面，上述"我知道"段微型时空交错又只是《红高粱》《红高粱家族》时空交错、闪回、闪前笔法的一种形态，并不能由此推及其他。

如《红高粱》第五章开头道：

> 我奶奶刚满十六岁时，就由她的父亲做主，嫁给了高密东北乡有名的财主单廷秀的独生子单扁郎。（这于主干故事而言，是闪回。接着道：）单家开

---

① 王先霈：《文学批评原理》，华中师范大学出版社 1999 年版，第 169 页。

着烧酒锅，以廉价高粱为原料酿造优质白酒，方圆百里都有名……（原文细述了单家如何善于经营持家，如何富甲一方，多少人家都渴望和单家攀亲，尽管风传单扁郎有麻风病。又说"奶奶"被单家看中也是天意，十六岁那年的清明节如何穿着艳丽，踩着小脚出门踏春。——这是闪回中的闪回。接着道：）曾外祖母是个破落地主的女儿，知道小脚对于女人的重要意义。奶奶不到六岁就开始缠脚，日日加紧。一根裹脚布，长一丈余，曾外祖母用它，勒断了奶奶的脚骨，把八个脚趾，折断在脚底，真惨！（这是第二个闪回中的闪回。接着写道：）我的母亲也是小脚，我每次看到她的脚，就心中难过，就恨不得高呼，打倒封建主义！人脚自由万岁！（这是第三个闪回中的闪前。紧接道：）奶奶受尽苦难，终于裹就一双三寸金莲（第三个闪回结束）。十六岁那年，奶奶已经出落得丰满秀丽，走起路来双臂挥舞，身腰扭动，好似风中招飐的杨柳。单廷秀那天挎着粪筐子到我曾外祖父村里转圈，从众多的花朵中，一眼看中了我奶奶。三个月后，一乘花轿就把我奶奶抬走了（第二个闪回结束）。奶奶坐在憋闷的花轿里，头晕眼眩……（继续开头的第一个闪回）

这个片段的时空交错、闪回、闪前与"我知道"片段比，显然是另一个形态了。一是主要是闪回。二是更为复杂。三是除那个闪前外，基本上与主干故事的主人公戴凤莲、余占鳌都是有关的，说明了命运的某种必然与偶然，"风传单扁郎有麻风病"也正是后来戴凤莲婚姻、爱情悲喜剧的伏笔。全篇与戴凤莲、罗汉大爷、任副官、冷麻子等主要人物、重要人物相关的故事，一般均如此，闪回为主，交错的复杂性则不像上述二则。

　　但也有好些以闪前交代人物命运的，如伏击战已接近尾声时，"父亲"告诉"爷爷"，"奶奶"还活着，于是，一起去看望"奶奶"。"奶奶"已牺牲，但未合眼，小说写道：

　　　　爷爷跪在奶奶身旁，用那只没受伤的手，把奶奶的眼皮合上了。
　　　　一九七六年，我爷爷死的时候，父亲用他缺了两个指头的左手，把爷爷圆睁的双眼合上。（这是闪前。接着出现闪前中的闪回：）爷爷一九五八年从日本北海道的荒山野岭中回来时，已经不太会说话，每个字都像沉重的石块一样从他口里往外吐。爷爷从日本回来时，村里举行了盛大的典礼，连县长都来参加了。那时候我两岁，我记得在村头的百果树下，一字儿排开八张八仙桌，每张桌子上摆着一坛酒，十几个大白碗。县长搬起坛子，倒出一碗酒，双手捧给爷爷。县长说："老英雄，敬您一碗酒，您给全县人民带来了光荣！"爷爷笨拙地站起来，灰白的眼珠转动着，说："喔——喔——枪——枪"……（接着，继续叙述后来岁月里"爷爷"经常带着小时候的"我"到当年伏击战的战场，到"奶奶"遇难的地方转悠。接着，再续回伏击战最后的结局。）

余占鳌的英雄事迹获得了回报，载入了史册，使关心他的读者心满意足，这自然只能以闪前的方式交代。同时，又带出一个悬念，他为什么去日本？经历了怎样的苦难？这就促使读者去《红高粱家族》的其他中篇中寻找答案。

本大点中，一开头引述的"高密东北乡最美丽最丑陋"句段，是既类似上例及第一例"我知道"片段，引起悬念，并在后续章节或同系列其他中篇中找到"答案"，但方式不一样的闪前。该片段有关的文字补引如下：

> 我曾经对高密东北乡极端热爱，曾经对高密东北乡极端仇恨，长大后努力学习马克思主义，我终于悟到：高密东北乡无疑是地球上最美丽最丑陋……最能喝酒最能爱的地方。

开篇就这样破空而来，如此矛盾地评价故乡，自然会抓住读者的阅读兴趣，看看作者笔下的故乡究竟如何这样伟大又这样不堪。但书中给你的疑问和答案都不是具体的，然而，一样给你好奇和释然。

在《红高粱家族》的其他中篇也有类似的闪前片段：

> ·高密东北乡是土匪猖獗之地，土匪的组成成分相当复杂，我有为高密东北乡的土匪写一部大书的宏图大志，并进行过相当程度的努力——这也是先把大话说出来，能唬几个人就唬几个人。（其他）
>
> ·据说我这个二奶奶（作品中名为恋儿，原为戴凤莲雇佣的丫头，后被余占鳌收为二房）也不是盏省油的灯，奶奶惧他五分——这都是以后一定要完全彻底说清楚的事情——二奶奶为我生过一个小姑姑，一九三八年，日本兵用刺刀把我小姑姑挑了，一群日本兵把我二奶奶给轮奸了——这也是以后要完全彻底说清楚的事情。（其他）
>
> ·父亲对大规模的战争有着强烈的兴趣也有着淡淡的恐惧，他虽然从

小就跟着爷爷玩枪杀人，基本上不畏生死，但对于这种集团大战还不太适应。父亲成为一名出类拔萃的战士，在淮海战场上、在渡江战役中、在朝鲜战场上建立功勋，那是后事。他的成功得力于他的素质。名震四海的粟司令夸奖他是"天生的战士"也是后事。现在，他从稻草堆上爬起来……（其他）

这三个片段的闪前悬念不复杂，但其指向或笼统或具体或涉及多方面内容。

总之，《红高粱》及《红高粱家族》中的时空交错、闪回、闪前的形态琳琅满目，为全书的跨界融通、交感交响构建了一个立体的五色斑斓的网络。

（六）多视角人称

《红高粱》发表之初，另一最引人注目的就是大量使用了"奶奶""我奶奶""爷爷""我爷爷""父亲""我父亲"这些特别新颖的人称表述。随便摘引一段一句，都如此。《红高粱家族》其他中篇亦如此。前文已引述许多例句，不赘述。其妙处、作用如下：

第一，就是莫言在《莫言与王尧对话录》中说的："一旦用'我奶奶''我爷爷'，就使我变得博古通今，非常自由地出入历史，非常自由地、方便地出入我所描写的人物的心灵，我也可以知道他们怎么想的，我也可以看到、听到他们亲身经历过的一些事情。"[①] 这个道理，叙事学有讲，许多人也懂得。"我奶奶"或"奶奶"实际是第三人称。第三人称是全知视角，无所不在，无所不知，可以自由进出一切领域，但传统的第三人称的缺点是真实感、现场感较弱。而"我奶奶""奶奶"则隐含了、带上了第一人称，似乎是爷爷、奶奶亲自告诉"我"的，甚至错觉为"我"也在场，真实感、现场感就增强了。并且，还有一种单独使用"他（她、人物指称）"和"我"时所缺乏的亲切感。还必须指出的是，"奶奶"比"我奶奶"更亲切些，"我"的在场感更强，所以，《红高粱》中，"爷爷""奶奶""父亲"使用得更多。这就是莫言总结的："仿佛以一种自己亲眼见到的亲切和真切来描写历史上发生的事件"。[②]

第二，还是莫言在《莫言与王尧对话录》中说的："《红高粱》通过'我爷

① 莫言、王尧：《莫言王尧对话录》，苏州大学出版社 2003 年版，第 139 页。
② 同上；莫言：《我的文学经验》，《蒲松龄研究》2013 年第 1 期。

爷'建立了'我'和祖先的一种联系,打通了过去和现在的一个通道。"①莫言此论,就不一定许多人都意识到了。这里包含了两个重要的意思。其一,《红高粱》《红高粱家族》就与一般小说区别了开来,似乎带上了家族史、家庭史、自传体小说及地方史的色彩,其真实感、历史感又增添了几分,并且将"实录"笔法贯通到小说了,这又是一个文体跨界。其二,某种意义是更重要的,即"我爷爷""我奶奶"是"打通过去和现在的一个通道",这就与前面说的时空交错、将过去和现在交织起来联系上了,或者说强化了,或者说是将过去和现在交织起来一起叙述的一种特殊形式,亦即典型跨界融通的一种特殊表现。

第三,仍然是莫言在《莫言与王尧对话录》中说的:"所谓人称变化,视角变换,实际上就是小说的结构。"②这就涉及所有出现的人称。《红高粱》中除了如前所举的"奶奶""我奶奶""爷爷""我爷爷""父亲""我父亲",还有余司令、余占鳌、戴凤莲等人物指称,我、他、她等第一、三人称,除了第二人称(不含人物语言中的称呼)外,出现了其他许多小说所未曾有的多人称现象。每一人称,每一种称呼就是立体交感网络中的一条线,人称、称呼越多,网线就越多,立体感就越强。

第四,总之,莫言深知第三、第一人称各自的优缺点,而创造了二者合一的新人称。莫言说:"这个叙事的视角我认为是我的发明"③,而这正是其"跨界大融通"创作观才催生了这一创新发明,后来的许多小说家都用上了这一手法,仅此可见莫言"跨界大融通"及当年孙绍振"通感课"的启发作用在小说艺术形式规范发展史上的独特意义。

(七)多种语言

《红高粱》及《红高粱家族》主要有四种语言:

一是故事情节、事件、景象的叙述、描述、描写语言,又主要是叙述语言。如前面时空交错节中引述到"奶奶十六岁出嫁""爷爷一九五八年回乡"两个片段。

二是对话中的人物语言。如前文"幻觉"节提到的余占鳌拔出手枪,威胁戴凤莲道:"你是不是活够了?"戴凤莲撕开胸脯回应:"开枪吧!"又如"人称"节

---

① 莫言、王尧:《莫言王尧对话录》,苏州大学出版社2003年版,第139页。
② 同上。
③ 莫言:《我的文学经验》,《蒲松龄研究》2013年第1期。

最后引述的人、驴对话中"父亲"余豆官说的话。这些语言都极具人物个性。

以上两种语言是各小说均有的,也是构成一般小说的主体语言结构,自然都篇幅较多。但不是《红高粱》及《红高粱家族》的语言特色。其特色突出的语言主要是下述两种:

一是非常规表述。《红高粱》本质上是严肃的高扬正义的现实主义小说,但其内容是讲一支由土匪出身的枭雄统领的自发抗日队伍的故事,是正统与非正统、英雄与土匪、主流与非主流的结合,因此其表述语也是以常规语为主同时掺杂许多非常规表述。这些非常规表述,虽不占主体地位,但很抢眼,哪怕三言两语也极引人注目。其体现又有两种。

其一是余司令本身的对话语,充满江湖头子的霸气,说话干脆,动不动"老子""滚你娘的",粗野之语不时冒出。如王文义耳朵挂彩后,以为头没有了,大喊大叫,余占鳌骂一句:"你娘个蛋!没有头还会说话!"又如冷麻子在伏击战即将结束时,才带部队过来追打逃跑的鬼子,而余占鳌的队伍已基本拼光。战事完全结束后,二人对话如下:"余司令,打得好!""狗娘养的!""兄弟晚到了一步。""狗娘养的!""不是我们赶来,你们就完了。""狗娘养的!"连骂三句"狗娘养的",冷麻子一句都不敢回。余司令是小说中说话最多的,因而其粗野语显得突出。类似的还有轿夫们诸如"颠不出她的话就颠出她的尿"之类的粗俗口语。

其二是有多处或故作大言,或故作极端,或故作荒诞,或故作一本正经,或故意开玩笑,或故显油腔滑调,或故不按常理说话,或故意前人说今语,等等幽默或准幽默语言。如前文引述到的"长大后努力学习马克思主义""打倒封建主义""曾经对高密东北乡极端热爱、极端仇恨""最美丽最丑陋、最英雄好汉最王八蛋、最能喝酒最能爱"等。类似的,还有:

　　·所有的高粱合成一个壮大的集体,形成一个大度的思想。——我父亲那时还小,想不到这些花言巧语,这是我想的。

　　·一九三九年古历八月初九,我父亲这个土匪种十四岁多一点……

　　·刘罗汉大爷是我们家历史上的一个重要的人物。关于他与我奶奶之间是否有染,现已无法查清,诚然,从心里说,我不愿承认这是事实。

　　·我奶奶也应该是抗日的先锋,民族的英雄。

　　·她老人家不仅仅是抗日英雄,也是个性解放的先驱,妇女自立的典范。

・余占鳌就是因为握了一下我奶奶的脚唤醒了他心中伟大的创造新生活的灵感。

・奶奶的花轿行走到蛤蟆坑被劫的事,在我的家族的传说中占有一个显要的位置。

前文如"奶奶鲜嫩茂盛,水分充足""三个阶梯式的儿子""被高粱米饭催得肥头大耳,生动茂盛"之类的异常搭配,实际也是这种不按常理的表述。

《红高粱家族》的其他中篇,此类语言甚至更多。如前文"拟人"节中人、驴对话段里"我父亲"余豆官如他爹一样说话带"妈的"的匪气语言;如"时空交错"节中的"这也是先把大话说出来,能唬几个人就唬几个人""这都是以后一定要完全彻底说清楚的事情""基本上不畏生死"等。如下述这则被张艺谋编入电影《红高粱》中,来自《高粱酒》的著名开场白:

> 高密东北乡红高粱怎样变成了香气馥郁、饮后有蜂蜜一样的甘饴回味、醉后不损伤大脑细胞的高粱酒?母亲曾经告诉过我。母亲反复叮咛我:家传秘诀,决不能轻易泄露,传出去第一是有损我家的声誉,第二万一有朝一日后代子孙重开烧酒公司,失去独家经营的优势。我们那地方的手艺人家,但凡有点绝活,向来是宁传媳妇也不传闺女,这规矩严肃得像某些国家法律一样。……正像许多重大发现是因了偶然性、是因了恶作剧一样,我家的高粱酒之所以独具特色,是因为我爷爷往酒篓里撒了一泡尿。为什么一泡尿竟能使一篓普通高粱酒变成一篓风格鲜明的高级高粱酒?这是科学,我不敢胡说,留待酿造科学家去研究吧。——后来,我奶奶和罗汉大爷他们进一步试验,反复摸索,总结经验,创造了用老尿罐上附着的尿碱来代替尿液的更加简单、精密、准确的勾兑工艺。这是绝对机密,当时只有我奶奶、我爷爷和罗汉大爷知道。据说勾兑时都是半夜三更,人脚安静,……故意张扬示从,做出无限神秘状,使偷窥者毛发森森,以为我家通神入魔,是天助的买卖。于是我们家的高粱酒压倒群芳,几乎垄断了市场。

再如《狗道》中如下二例雅词俗用、大词小用:

・不紧不忙、下下停停的秋雨把尸首泡肿了,洼子里渐渐散出质量优异的臭气。

· 狗体在空中舒展开,借着灰银色的天光,亮出狗中领袖的漂亮弧线。

　　所有这些非常规表述,虽突出,但不突兀,虽抢眼但不抢位,不喧宾夺主,因为它是夹在主体的常规表述中自然而然带出来的。我们读到"打倒封建主义""基本不畏生死"时,只是莞尔一笑,并不会认为其小说是幽默作品、荒诞作品(可能《狗道》篇是例外)。这就是常规表述与非常规表述的跨界融通之妙。

　　二是诗意语言。这在悲剧气氛浓厚的两节情境中,即"奶奶"出嫁去单家和"奶奶"牺牲前弥留之际中特别突出,尤其是幻觉部分。它得力于抒情性很强的诗行语言、类诗语言、散文诗式语言。如前文"幻觉"节引文中的——

· 奶奶粉面凋零,珠泪点点。

· 她听到了死的声音,嗅到了死的气息,看到了死神的高粱般深红的嘴唇和玉米般金黄的笑脸。

· 奶奶欣慰地微笑着,看着湛蓝的、深不可测的天空,看着宽容温暖的、慈母般的高粱。

· 那个伟岸坚硬的男子,顿喉高歌,声越高粱。

· 奶奶三十年的历史,正由她自己写着最后一笔,过去的一切,像一颗颗香气馥郁的果子,箭矢般坠落在地,而未来的一切,奶奶只能模模糊糊地看到一些稍纵即逝的光圈。

· 她看到了从天国射下来的一束五彩的强光,她听到了来自天国的、用唢呐、大喇叭、小喇叭合奏出的庄严的音乐。

· 天赐我情人,天赐我儿子,天赐我财富,天赐我三十年红高粱般充实的生活。

· 你宽恕了我吧,你放了我吧! 天,你认为我有罪吗?

· 我爱力量,我爱美,我的身体是我的,我为自己做主,我不怕罪,不怕罚,我不怕进你的十八层地狱。我该做的都做了,该干的都干了,我什么都不怕。但我不想死,我要活,我要多看几眼这个世界,我的天哪……

· 高粱们奇谲瑰丽,奇形怪状。它们呻吟着,扭曲着,呼号着,缠绕着,时而像魔鬼,时而像亲人……它们红红绿绿,白白黑黑,蓝蓝绿绿,它们哈哈大笑,它们号响大哭,哭出的眼泪像雨点一样打在奶奶心中那一片苍凉的沙滩上……

·黑土在身下,高粱在身下。奶奶眷恋地看着破破烂烂的村庄,弯弯曲曲的河流,交叉纵横的道路。

·所有的忧虑、痛苦、紧张、沮丧都落在了高粱地里,都冰雹般打在高粱梢头……奶奶完成了自己的解放,她跟着鸽子飞着……盛着满溢的快乐、宁静、温暖、舒适、和谐。奶奶心满意足,她虔诚地说:"天哪!我的天……"

再如"奶奶"悲凄的出嫁路上的如下文句,也是诗意语言占主导的:

·花轿又起行,喇叭吹出一个猿啼般的长音,便无声无息。起风了,东北风,天上云朵麇集,遮住了阳光,轿子里更加昏暗。奶奶听到风吹高粱,哗哗哗啦啦啦,一浪赶着一浪,响到远方。奶奶听到东北方向有隆隆雷声响起。轿夫们加快了步伐。轿子离单家还有多远,奶奶不知道,她如同一只被绑的羔羊,愈近死期,心里愈平静。

·蛤蟆坑是大洼子里的大洼子,土壤尤其肥沃,水分尤其充足,高粱尤其茂密。奶奶的花轿行到这里,东北天空抖着一个血红的闪电,一道残缺的杏黄色阳光,从浓云中,嘶叫着射向道路。轿夫们气喘吁吁,热汗淋淋。走进蛤蟆坑,空气沉重,路边的高粱乌黑发亮,深不见底,路上的野草杂花几乎长死了路。……高粱深处,蛤蟆的叫声忧伤,蝈蝈的唧唧凄凉,狐狸的哀鸣悠怅。

即使是非悲剧性情节的部分,也有诗意语言融于其中的表述。如小说一开头第二段:

天地混沌,景物影影绰绰,队伍的杂沓脚步声已响出很远。父亲眼前挂着蓝白色的雾幔,挡住他的视线,只闻队伍脚步声,不见队伍形和影。父亲紧紧扯住余司令的衣角,双腿快速挪动。奶奶像岸愈离愈远,雾像海水愈近愈汹涌,父亲抓住余司令,就像抓住一条船舷。

当然,这段文字里,散文式语言似乎更多点,但二者融洽无隙,下面类似之例,散文句又似略多些,但都难分伯仲:

轿夫们沉默无言,步履沉重。轿里牺牲的哽咽和轿后唢呐的伴奏,使他们心中萍翻桨乱,雨打魂幡。走在高粱小径上的,已不像迎亲的队伍,倒像送葬的仪仗。在奶奶脚前的那个轿夫——我后来的爷爷余占鳌,他的心里，有一种不寻常的预感，像熊熊燃烧的火焰一样，把他未来的道路照亮了。奶奶的哭声，唤起他心底早就蕴藏着的怜爱之情。

总的来说，《红高粱》中，诗意语言占主导或诗意语言与散文式语言难分伯仲的句段为数不少，但如同非常规表述一样，虽显眼但不喧宾夺主。更主要的，它与主体的散文叙述语言融洽无隙，对接无缝，相通无碍，根本的原因仍在内容，故事主要内容是由余、戴爱情悲喜剧和抗日悲壮剧构成的，大悲大喜本具浓重抒情性，更适诗意语言畅行其间。

前面的例子还是"小儿科"，跨度更大的无缝对接是罗汉大爷殉难部分。这部分文字不少，包括罗汉大爷被活剐剥皮的过程在内，都叙述、描写得很详细，是全文中最惨烈、最激起仇恨、反抗的核心情节。这样惨烈的程度、刚性的散文句式叙述，怎么降下来，与后面的叙述，乃至抒情语句对接？ 小说写道：

> 人群里的女人们全都跪倒在地上，哭声震野。当天夜里，天降大雨，把骡马场上的血迹冲洗得干干净净，罗汉大爷的尸体和皮肤无影无踪。村里流传着罗汉大爷尸体失踪的消息，一传十，十传百，一代传一代，竟成了一个美丽的神话故事。

真是举重若轻，化惨烈为壮烈，借神助祛恐惧，化悲痛为力量，小说紧接着写道：

> "他要是胆敢耍弄老子，我拧下他的脑袋做尿壶！"

这也是程度强烈的刚性叙述，是余占鳌因时近晌午，冷麻子人马一直未出现而发出的愤怒骂声。与罗汉大爷殉难的内在关联也不言而喻。余占鳌的粗野语不仅是个性使然，更是情节发展的必然结果。接着，余占鳌吩咐儿子余豆官（"父亲"）去村里告诉她娘（"奶奶"）组织村人做饭、送饭。于是由"奶奶"引发闪回，开始叙述前面介绍过的"奶奶"16 岁时如何被单家看上，出嫁路上如何凄惶，如何涌起悲情幻觉，如何感动众轿夫和余占鳌，如何又有了抒情性很强的"轿夫们"段、"花轿"段、"蛤蟆坑"段。这个从刚性叙述到柔性抒情的下降转弯是缓坡式的。所有的刚性叙述、散文语言与诗意语言、抒情语段之间的过渡、衔接都是这样自然而然，天衣无缝的，如同前面的常规表述与非常规表述的融洽一样，都体现了跨界融通之妙。

　　我们是否可以这样认为,莫言使变异很大、跨度很大的两类语言并存交接,是一种有意为之的行为? 在莫言看来,一切感觉、语言之间都可以找到贯通的渠道。从根本上,就是前述的主体内容,因为是悲壮剧,严肃的散文叙述自可与诗意抒情融通。从技巧上,要找到合适的"中介"内容,上述罗汉大爷殉难应是这样"降维"的:惨烈、恐惧、哭声震野都是大力度事件,感天动地、普降大雨也是大力度事件。"大"使之自然对接。再由"感天动地"这神助,很自然地转到神话。又再由这神话,很自然地转到美丽。而美丽的神话既抚平人们的剧痛,又可与后文将展开的"奶奶"的年轻美丽、爱情悲喜剧的诗意抒情相接。同时,那惨烈之"惨"又通向了另一个愤怒,余司令对冷麻子的愤怒。不知莫言是否这样"暗度陈仓"?

　　我们还可看到差异更大的两种语言之间的贯通。这就是上述非常规表述与诗意语言之间的关系。莫言作品中的非常规表述,除人物语言的粗野语外,大体属于幽默类语言,这与诗意语言在风格上相去甚远。二者的融通方式大体有两种。一种是通过常规表述过渡到诗意语言。如前所述,莫言小说中的非常规表述是由常规表述自然而然带出来的,它镶嵌在常规表述中。而其作品中的诗意语言本来就不是诗歌,而是融入散文句式中的诗行语言、类诗语言、散文诗式语句,如前面所引的许多例句均如是。所以,这些散文句式自然易于与主体的叙述、描写散句对接。这是《红高粱》等《红高粱家族》各中篇最常见的这两类语言的融通、对接。但是,还有另一种融通,就是直接将幽默类语言与诗意语言交错融洽在一起。其典型例子就是一开头"内容融通"节提到的,也是后面从不同角度多次重现的"极端热爱、极端仇恨、最美丽最丑陋、最英雄好汉最王八蛋、最能喝酒最能爱"等故作极端、故呈荒诞及"努力学习马克思主义"等故意开玩笑的话语与"高粱高密辉煌,高粱凄婉可人,高粱爱情激荡"等诗意语言的完美融洽。它出现于《红高粱》开篇的第四段。它横空出世,骤然震撼了无数读者,并预示了本篇小说乃至《红高粱家族》各篇可能呈现的非凡语言样式。看看《高粱酒》中这个片段:

　　　　父亲一把把抹开高粱棵子,露出了平躺着、仰面朝着幽远的、星斗灿烂的高密东北乡独特天空的奶奶。奶奶临逝前用灵魂深处的声音高声呼天,天也动容长叹。奶奶死后面如美玉,微启的唇缝里、皓洁的牙齿上、托着雪白的鸽子用翠绿的嘴巴啄下来的珍珠般的高粱米粒。奶奶被子弹洞穿过的乳房挺拔傲岸，蔑视着人间的道德和堂皇的说教，表现着人的力量和人的自由、生的伟大爱的光荣，奶奶永垂不朽！

这比《红高粱》第四段更为短小的片段，将诗意语言、非常规表述、常规表述融洽得多么完美！

看似相去甚远的幽默话语、诗意语言能并行不悖，融洽共鸣，根本的原因还是内容：亦因全篇内容就是文野妙合的"最英雄好汉最王八蛋、最能喝酒最能爱"。

当然，各种语言之间的结合、融通并非一定要有自然过渡，一定要交混在一起，它也可以像古代小说那样，花开两朵，各表一枝，中间突然中断，空白中二者的关系、暗通的管道，由读者自行填空。如《高粱酒》开头有关高粱酒勾兑秘密的幽默片段，就并不是由常规表述自然而然带出来的，它破空而来，其后也没有过渡，而是突然断开，开始了另一内容的常规表述。至于这二者之间的关联，乃至要读完全篇，才会了然。

此外，与莫言其他小说一样，汪洋恣肆的铺叙是《红高粱》叙述语言的基本特色。

（八）意境

前文我们已多次提起意境，当年，《红高粱》的意境感明显比别人作品突出，这是《红高粱》独步一时的重要特色。

意境是从古代诗歌来的，根据孙绍振及其他专家的研究，它至少有几个条件：一是意和境分得很清楚，却又融洽无隙，一般而言，境实意虚，我们可以清楚知道存在这两方面的东西。二是意充分弥漫于其间一切对象、景象、语句，形成了孙绍振称为的"场"①，它往往很难被人准确说清——这个意、这个场究竟是什么？但我们实实在在可以感觉到它的存在，感觉其不仅全部文句有机统一且有其凝聚点，有其主要特征。三是其中的物象总是染上了意的色彩，移情于物也好，一切景语皆情语也好，总是人悲山河也失色；故拟人是常见之象，所谓"河水只亮不流，高粱安详庄重"为的就是那"人间的血泪，骨肉的深情，崇高的原

---

① 孙绍振：《文学性讲演录》，广西师范大学出版社 2006 年版，第 246 页。

由"。四是它是从诗歌来的，如果散文、小说片段也有意境感，往往少不了抒情诗行、类诗语言交织其中。五是，它一般要有充分的饱和度，三言两语，或成分不足，往往难成其"境"其"场"，当然，冗余成分越少越好，最好无冗余。下面这则片段，其后半部分几句已在"幻觉"节引述，意境感还不那么突出，加上其原文中的前半部分，饱和度较充分且无冗余，意境感骤然增强：

> 奶奶放声大哭，高粱深深震动。轿夫们不再癫狂，推波助澜、兴风作浪的吹鼓手们也停嘴不吹。只剩下奶奶的呜咽，又和进了一支悲泣的小唢呐，唢呐的哭声比所有的女人哭泣都优美。奶奶在唢呐声中停住哭，像聆听天籁一般，听着这似乎从天国传来的音乐。奶奶粉面凋零，珠泪点点，从悲婉的曲调里，她听到了死的声音，嗅到了死的气息，看到了死神的高粱般深红的嘴唇和玉米般金黄的笑脸。

此段，应当是何为小说意境及上述五要点在小说中的极妙体现。以此例及上述五要点观之，前面引述的不少句段，包括"语言"节的"轿夫们"段、"花轿"段、"蛤蟆坑"段、"奶奶牺牲"段、"天地混沌"段，"幻觉"节各段，乃至"拟人"节中好些句段，以及《红高粱》和《红高粱家族》其他中篇中没有摘引出来的许多片段，都不同程度具有意境感或意境味。

无疑，其一，不是文句越多就越好，文句多了，就可能影响无冗余的有机统一感；其二，小说之意境与诗歌之意境是不同的。看看下面紧联的两段：

> 风利飕有力，高粱前推后拥，一波一波地动，路一侧的高粱把头伸到路当中，向着我奶奶弯腰致敬。轿夫们飞马流星，轿子出奇的平稳，像浪尖上飞快滑动的小船。蛙类们兴奋地鸣叫着，迎接着即将来临的盛夏的暴雨。低垂的天幕，阴沉地注视着银灰色的高粱脸庞，一道压一道的血红闪电在高粱头上裂开，雷声强大，震动耳膜。奶奶心中亢奋，无畏地注视着黑色的风掀起的绿色的浪潮，云声像推磨一样旋转着过来，风向变幻不定，高粱四面摇摆，田野凌乱不堪。最先一批凶狠的雨点打得高粱颤抖，打得野草戳觫，打得道上的细土凝聚成团后又立即迸裂，打得轿顶啪啪响。雨点打在奶奶的绣花鞋上，打在余占鳌的头上，斜射到奶奶的脸上。
>
> 余占鳌他们像兔子一样疾跑，还是未能躲过这场午前的雷阵雨。雨

打倒了无数的高粱,雨在田野里狂欢,蛤蟆躲在高粱根下,哈达哈达地抖着颌下雪白的皮肤,狐狸蹲在幽暗的洞里,看着从高粱上飞溅而下的细小水珠,道路很快就泥泞不堪,杂草伏地,矢车菊清醒地擎着湿漉漉的头。轿夫们肥大的黑裤子紧贴在肉上,人都变得苗条流畅。余占鳌的头皮被冲刷得光洁明媚,像奶奶眼中的一颗圆月。雨水把奶奶的衣服也打湿了,她本来可以挂上轿帘遮挡雨水,她没有挂,她不想挂,奶奶通过敞亮的轿门,看到了纷乱不安的宏大世界。

仅有上段或下段,意境都似有欠缺,合之则意境更鲜明,更令人心动。但从诗歌意境及上述五要点的角度,不够凝练,似有冗余。然而,这是小说。小说不能由一个个诗歌一样的凝练意境连缀而成,它有其自身统一的叙事构架和表述风格。在某一片段中,从意境的角度可能是冗余之笔,在上下文中,在小说全篇中恰恰可能是必要之笔,比如,许多故事情节、事件进程的叙述文字。何况《红高粱》本身就有鲜明的铺陈酣畅的风格。

重要的不是区别,而是《红高粱》具有鲜明意境是其区别于别人,在当年令人耳目一新、获得巨大反响的重要特征。

这应是莫言福清文学沙龙会上突遇孙先生时,发自内心迸发"孙老师对很多诗歌意境、诗意的分析,对我文学语言的改善、对我小说意境的营造,发挥了非常大的作用"的一个重要原因。也应是莫言受孙绍振通感、交感、聚合、中心感觉等理论影响,更是发挥其丰富想象力,实际已形成"跨界大通感"创作观,意境实乃《红高粱》纵横驰骋、立体交响网络的缩影。所以,第一,莫言是着意营造小说意境的;第二,他直接吸纳诗歌意境、诗歌语言跨界融入其小说中,创造了许多既为小说本身情节、场景的一部分,又意境感浓郁的抒情蕴意片段;第三,因而形成了它与别的小说的很大区别,不仅意境片段多,且《红高粱》等整部小说都具意境感,其中贯穿始终的红高粱拟人形象是这大意境的最具特征的意象,然而它又是地地道道的小说。

如此既顾及诗歌更顾及小说,既顾及片段更顾及全篇,跨界融通创造意境是很不容易的。

莫言的"通感"是大通感,以上八个方面是其"大通感"的主要体现、主要构件,每一要件又包含众多要素、线索,由此建构了他如《红高粱》那样的跨界融通、八方着力、五彩斑斓、交汇深广的交感交响立体网络。

如此统筹八方，创造他"大通感"小说，非大手笔大格局，无一定理论养育，难臻此非凡之功。

《红高粱》之后，莫言一口气创作了《高粱酒》等四个中篇，一如既往以其"跨界大通感"经天纬地，上述八大手段悉数出招，有的点到为止，有的甚至有增无减，例子已如前所举。莫言因此把这五部中篇整合成了《红高粱家族》这一独特长篇。

（九）《红高粱》及《红高粱家族》"跨界大通感"的重要意义

莫言小说最主要的英译者葛浩文在莫言获得诺贝尔文学奖的当年，接受了《纽约客》杂志的采访。简短的采访报道中葛浩文主要提到四件事：首先是谈及了莫言的"幻觉现实主义"（即魔幻现实主义），但葛浩文只有如下一句阐释：说莫言是"寓言与幻象、多重叙述和风格变换的大师"。这实际就是如上梳理的八大方面的"跨界大通感"的另一种表述，而如上所述，《红高粱》及《红高粱家族》是莫言这一独特艺术手法产生轰动效应的高潮期的代表性作品。接着说到获悉莫言获奖时，葛浩文的兴奋心情。三是回忆了七年前他接受读书报专访时，他说："我愿意提一提我翻译而销得最好的作品。详细数字我不知道，可是莫言的《红高粱》12 年来一直未绝版，销路该算很不错。"只提到《红高粱》，这说明无论在最主要英译者葛浩文心中还是西方普通大众读者眼里，《红高粱》同样是莫言这一独特艺术手法的主要代表，而且在西方文化界成为广受欢迎的畅销书。四是更有意义的是，葛浩文特地批评了某些"欧洲中心"人士，说他们"用非常狭隘的、西方的文学标准来衡量中国文学。一旦发现有不同之处，并不认为是中国文学的特色，而是贬为中国文学不如西方／欧洲文学。"① 这至少包涵了二重意思：一重是《红高粱》及其"跨界大通感"风格是明显区别于西方的中国特色的艺术品。第二重是，那些"欧洲中心"人士不甘心，贬低它够不上特色，不如其西方／欧洲文学，大概是指不如其西方魔幻现实主义作品，而我们应把它读成"不是"，事实也正是：《红高粱》及《红高粱家族》的"跨界大通感"是中国式的"魔幻现实主

---

① 以上报道内容见康慨：《葛浩文：大师莫言》，《中华读书报》2012 年 11 月 28 日。

义",它的产生,除了作家自身的艺术素养外,所受的影响,主要是本国的创作理论和文学资源,我们前文已就此有介绍,后文第四部分还将继续阐述。

三、莫言"跨界大通感"的早期体现及《红高粱家族》之后的表现

(一)"跨界大通感"有意识运用于早期作品

《透明的红萝卜》之前,莫言的小说是第一形态为主的,也就是习惯上说的传统写法。虽然《黑沙滩》有时空交错,《民间音乐》有类似诗样意境的空灵、迷离感和跨界融通感,但它们都还只是对第二形态的少量运用,且都还不是有意识的运用。《透明的红萝卜》,如前所述,作家已有"艺术自觉意识"地运用了具有明显跨界通感的第二形态。同年发表的十余部中、短篇均不同程度有意识部分运用了第二形态,如《球状闪电》有多角度的叙述结构;《金发婴儿》有时空交错、意境及其他类似《透明的红萝卜》的跨界通感;《枯河》有时空交错及变异感觉、奇异感觉、幻觉的交织;《大风》有精致的听觉、嗅觉、视觉及其通感、交感之意;《秋水》出现了"爷爷""奶奶"及《红高粱》的某些跨界通感;特别是《爆炸》,更是把过去、现在,把许多风马牛不相及的事物、事件联系在一起,揉成一团,烩为一锅,跨界融通的第二形态明显超过了第一形态。

(二)"跨界大通感"持续实践于《红高粱家族》之后的作品

《红高粱》乃至《红高粱家族》是莫言"跨界大通感"高潮期的代表作。《红高粱家族》之后,莫言创作的大量小说都以不同方式积极实践着他的跨界融通创作。以其主要几部长篇为例:

1988年的《天堂蒜薹之歌》,故事主体虽然是天堂蒜薹事件,但更多的内容是以闪回方式,不断插断主体,叙述描写主要人物在事件之前的有关经历、情感性格及其引发事件的深层原因,也因此,不同时空不断交错。还出现与现实交混在一起的超现实的想象、幻觉、梦境。人称也不时变换,第三、第一乃至第二人称均有出现。也有多种感觉并存的类似意境的场景。

1993年的《酒国》是多文体、多形式融洽最突出的"实验性小说"。其

主体事件侦查"婴儿宴"疑案仍是常规的叙述笔法,而大量插入的相关内容有书信体、文言小说体、演讲体、评论笔法、戏仿笔法(包括对鲁迅《药》、《聊斋》、先锋小说的戏仿)。叙述者有作家莫言、小说人物"莫言"、莫言的粉丝,真实与虚构的"莫言"交混。还有荒诞与现实交织;戏谑、反讽、悖谬等幽默语言为主,交错常规语言;第三人称为主,交杂第一、第二人称;鲜明的视、听、嗅、味、触诸觉交感为主,交融幻觉、错觉。种种交汇形成了这风景独特的跨界大交响。

1995 年的《丰乳肥臀》,主人公"母亲"及其九个儿女的人生故事主要采用时间为序的传统叙述法,即使她们命运中的一些独特遭际也是放在最后的几章及补阙里补叙,但是,主体部分仍有许多闪回、闪前交错其中,常规叙述中仍交融着大量幽默语言,人称不断变换,多视角错纵交织,荒诞、幻觉与现实的交汇不时突显,形象化、拟人化的五官感觉及其诸觉交感使意境感不时呈现。

2001 的《檀香刑》,传统技法突出,犹如章回小说,各章故事相对完整、情节连贯、扣人心弦,全书所有事件、人物行为都有因果关联,都与主干故事德国侵略者及袁世凯对义和团首领施行酷刑有照应,还有个伏脉千里的大谜底,无愧为莫言称为回归面对听众讲故事的叙事传统的标志性作品。但它又是 1988 年后时空交错最多最鲜明的长篇,全书 18 章,章章有闪回,总计闪回、闪前、闪回中的闪回等不下 50 处;还有民间戏曲、民间说书、幽默话语、常规表述、文言书面语等各种语言形式杂处交融,以及叙述者众多、不断变换,第一、第三人称交替并存等跨界融通现象。

2003 年的《四十一炮》,跨界交错最复杂,闪回、闪前不断穿插于当下,没有一件事完全了结了,故有许多悬念引人终览,也有好些疑问终篇仍不得其详,令人掩卷沉思,但大多数事件相对完整,使人释然;想象与实为、荒诞与现实似真似幻糅合一起,漫画笔法与严肃写实各行其是并处一书;幽默语言为主,串起各种常规表述;以《红高粱》式的"我""我父亲""母亲"糅合第三、第一人称;全书叙述者"我",混合了孩子气口吻、成人思维、江湖小混混、超常感觉、超人、幻想症等多种视角。

2006 年的《生死疲劳》仿传统章回小说,有对仗回目,且基本按时间次序顺叙,但叙述者复杂奇特,既有知悉前世今生的托胎婴儿与一位早他半个世纪出生的人物的对话,又有由人转世的驴、牛、猪、狗的述说,作家"莫言"既是小说中的人物,也是叙述者,其作品也不时被引入,因此,跨界交融更显无拘无束,过去、现在、未来不断交错,众多视角不断交织,现实与梦境与荒诞不时交汇,三种人称及幽默、铺排、常规语言自由转换。

2009 年的《蛙》,主体部分更明显是传统笔法,但形式上由四封长信和一部戏剧组成,这是文体跨界融通;还有小至五官通感交感,大至不少怪诞场景、奇异幻觉、白日梦境与严肃现实内容的水乳交融;依旧是《红高粱》式跨时空、多视角人称及三种人称并用,依旧是正经与不正经话语天衣无缝的交织,总之,跨界现象仍触目可见。

(三)获诺奖后的莫言新作,"跨界大通感"进入了更自觉、更成熟的阶段

前文已介绍,莫言实际一直在自觉进行跨界大通感的创作实践。在获诺奖演讲中虽已明确说到,小说领域的创新"也是小说与其他的艺术门类的混合"①,但是,"跨界"的理论命名,是在获诺奖后,准备再创作一批新作时提出的。这就是 2019 年初,莫言在其新作研讨会上将自己的发言稿标题称为"跨界写作",并说:"我希望通过多种文体的尝试,使自己的小说写作变得更丰富一点"②。因此其新作不仅更自觉在运用这一艺术形式,而且有发展、有突破。最值得一提的就是《锦衣》和《左镰》两篇新作。《锦衣》是戏剧文学剧本,陈晓明说它是"以小说笔法入戏剧,即以刻画人物性格为中心和推动力,由人物的性格带动情节发展,显示了莫言把小说和戏剧二种艺术形式杂糅交合的艺术才能。"③张清华甚至说它"在艺术的谱系上……有关汉卿和莎士比亚的影子,有《水浒传》的胚子,有鲁迅和老舍的骨架子,更有民间戏曲的各种元素与壳子。"④尤其《左镰》,其跨界融合,我认为达到了更加炉火纯青的境界。第一,《左镰》是地地道道的短篇小说,但钟情于戏剧艺术的莫言又巧妙融入了戏剧手法。除了第一小节对走村串乡打铁铺子的介绍较难呈现于舞台外,其余打造农具节、欺负傻子节、告状节及只露了个端倪的最惊心动魄的砍掉儿

---

① 莫言获诺奖演讲辞见中新网 2012 年 12 月 8 日电。
② 莫言:《跨界写作——在新作研讨会上的发言》,《中国文学批评》2019 年第 1 期。
③ 陈晓明:《莫言近作的艺术取向:他的左镰,他的笔》,《文艺报》2020 年 8 月 19 日。
④ 张清华:《莫言新作〈锦衣〉读记:说不尽锦衣夜行警世真幻》,《光明日报》2017 年 9 月 4 日。

子田奎右手的隐藏节，均充满戏剧冲突；师徒三人奋力打造左镰的劳动场面、田奎对媒婆询问的斩钉截铁的回答、坟场蛇穴的神秘场景、多位特征鲜明的人物形象，都适于舞台造型，且都富有戏剧张力。第二，莫言擅长的时空交错、闪前、闪回等跨界通感在《左镰》中表现得很充分，若以第二小节的打镰场面为情节的起点，那至少有六个闪回和一个闪前。第三，莫言受孙绍振的创作论影响，常将诗意意境、诗意语言融入小说，第六小节左镰锻造场面的抒情描写："……最柔软的和最坚硬的，最冷的和最热的，最残酷的和最温柔的，混合在一起，像一首激昂高亢又婉转低徊的音乐。……少年就这样成长……爱恨情仇都在这样一场轰轰烈烈的锻打中得到了呈现与消解"，就是这种浑然一体的诗意意境和诗意语言。第四，还有第一人称"我"与第三人称交错叙事的不同视角的融通。但这一切"跨界"都因其叙事逻辑的合情合理、天衣无缝而使一般的阅读，感觉不到它们的存在，致使不少论者赞誉其是传统的回归，而实乃是其"跨界"的更上层楼。

顺便指出，莫言新作不仅在艺术表现形式，而且在思想境界上也进入了一个新的阶段。莫言2011年底在解放军艺术学院演讲中反复说："文学应该歌颂真善美，应该鞭挞揭露假恶丑。好的文学应该让人从黑暗中看到光明，也应该让人在绝望中看到希望"[①]。这在该演讲中至少说了四遍的创作主张，就是作家在思想内容方面有意识的自我反思、纠偏和提升。许多论者大概都持有这样的看法：就艺术形式（主要指其"跨界大通感"）和思想境界双臻完美而言，其成名作《透明的红萝卜》、代表作《红高粱》乃至《红高粱家族》，读者少有异议；而其之后的11部长篇（上文仅列出了其主要的7部），难以获得如《红高粱》那样的一致好评。笔者以为，原因在其多数长篇虽有其深刻性，但压抑感过强，问题不在悲剧结局，《红高粱》中的"我奶奶""罗汉大爷"都是悲剧作结，但给人荡气回肠的"光明"和"希望"，也不在写了黑暗，而在积极因素少，既写现实（即使以魔幻写现实也是现实），就应看到：如果不是现实中一直存在的积极因素，哪有改革开放的巨大成就？《红高粱家族》之后莫言发表的11部长篇之最后一部问世于2009年，故上述2011年底演讲中的"光

---

① 莫言：《文学与时代——2011年12月7日在解放军艺术学院的演讲》，《解放军艺术学院学报》2012年第4期。

明""希望"说,当是作家的自觉反省和提升。正因为如此,莫言新作在思想境界上出现了可喜的重要变化。这些结集为《晚熟的人》的十几篇新作,或以凛然正气或以幽默或以大团圆一扫那种压抑。最佳者又是《左镰》,不仅以真正男子汉的富有担当、责任感、同情心给人"光明"和"希望",而且毫不做作,且水乳交融地写入了他一贯的深刻性。加上前文所述的艺术形式上"跨界通感"的更上层楼,窃以为,作家把它作为《晚熟的人》新作集的第一篇,陈晓明论文不仅赞其"是一篇力透纸背的小说",而且论文题目就取《莫言近作的艺术取向:他的左镰,他的笔》,——均昭告了一个新的开始。拙著主要是探讨其"跨界大通感"艺术表现形式的,思想内容方面,仅就以上略述一二。

四、西方魔幻现实主义对莫言创作的影响,
并不是最主要的

莫言有意无意接受的影响是多方面的,在许多人的印象中莫言小说是西方魔幻现实主义在中国的硕果,但实际上,西魔对莫言创作的影响并不是最主要的。同时,所谓西魔影响,在莫言的话语中,主要指美国的诺奖得主福克纳及其代表作《喧哗与骚动》、哥伦比亚的诺奖得主马尔克斯及其代表作《百年孤独》。我们要重点回答的是,《透明的红萝卜》《红高粱》、其他作品、创立"高密东北乡文学王国"等,到底受西魔多大影响。

(一)《透明的红萝卜》,福克纳的影响至少不是最主要的

1992年冬,莫言在其《说说福克纳这个老头儿》一文中说道:

八年前的一个风雪之夜,我坐在桌子前,翻开了一本刚买来的《喧哗与骚动》……读到第四页的最末两行:"我已经一点也不觉得铁门冷了,不过我还能闻到耀眼的冷的气味。"我看到这里就把书合上了,好像福克纳老头拍着我的肩膀说:行了,不用再读了,写吧!……福克纳让他小说中的人物闻到了"耀眼的冷的味道",冷不但有味道而且还耀眼,一种对世界的奇妙感觉方式诞生了。而那时我已经写出了中篇小说《透明的红萝卜》,其中有个小黑孩能听到头发落地的声音,我正为这种打破常规志

忐不安呢,福克纳鼓励我:就这样干!让他们全晕了吧……①

这就是莫言具体说到福克纳对《透明的红萝卜》的具体影响。前面章节我们已经介绍过二个影响:一是孙绍振1984年军艺课上的通感说启发莫言形成了自己的"大通感"式超常规写法,并运用于该篇的创作,这是创作过程中的技法影响;二是写完后,没有把握,拿给恩师徐怀中看,徐先生看后连说很好很好,这是创作过程最后的拍板。后来才是上文说的完稿后的那年冬天(即1984年冬,1992年的八年前),福克纳的通感写法(闻到了"耀眼的冷的味道"即味、视、触三觉的融通)打消了他最后一丝忧虑。莫言其实还说过《聊斋志异》的影响。2012年他到位处淄博(蒲松龄的家乡)的山东理工大学演讲,他说:"由于他(小黑孩)这种极其丰富的感受能力和想象力,使他跟所有的孩子都不一样,用现在的话来说这个孩子实际上具备了很多特异功能。他可以听到头发落到地上的声音,他可以隔着几百米听到鱼在水里面吐气泡的声音……这样的小说我刚开始写的时候心里也完全没有把握。小说里难道可以写这样的人物吗?因为现实生活当中基本上是不存在这样的人的。这个时候也正是蒲松龄给了我一种巨大的鼓舞。因为我想我们的老祖宗既然可以写狐狸变成人,既然可以写蚂蚱……都可以变成人,为什么我不可以写这样一个特异功能的小男孩呢?……我个人的写作的勇气实际上还是要感谢我们的祖师爷蒲松龄先生。"② 这与孙通感说一样,同属创作过程中的技法影响。

以上,莫言说了四个影响,作一个不太恰当的比喻,莫言自身的潜质与孙之通感说、蒲之超常技法,乃《透明的红萝卜》的孕育;徐之拍板是助产婆;福之"佐证"好比是给予了出生证、身份证,《透》不是没户口的黑孩子了。四者都重要,但无论如何,孙、蒲的"十月怀胎"中的影响和徐的"助产婆"作用,比"出生"后的福之作用来得重要。

(二)《红高粱》及《红高粱家族》的创作,并没有受到《百年孤独》的影响

在与王尧对话中,当谈到有人认为,《红高粱家族》系列小说受了马尔

---

① 莫言:《说说福克纳这个老头儿》,《当代作家评论》1992年第5期。
② 莫言:《我的文学经验》,《蒲松龄研究》2013年第1期。

克斯的影响,莫言回答:"这是想当然的猜测。"莫言明确说:"我写《红高粱家族》第三部《狗道》时才读到《百年孤独》。假如在动笔之前看到了马尔克斯的作品,《红高粱家族》可能会是另外的样子。"这就是,不仅作为第一部完成的《红高粱》没有受《百年孤独》影响,连整部《红高粱家族》都没有受影响。此事涉及《红高粱》何时完稿的问题。对话中,王尧说看过莫言过去一篇文章是说 1984 年年底写的,莫言接着说:"是 1984 年年底写的。写了个草稿,我当时也放了一段时间,没有把握,然后就把它誊抄出来了。……这是《人民文学》朱伟约的稿,……后来我 1985 年回去过年的时候,收到朱伟的一封信,说《人民文学》主编王蒙看了《红高粱》,很喜欢,明年第 3 期头条发表。"①《红高粱》后来发表在《人民文学》1986 年第 3 期,按"明年"说,收到朱伟的信当为 1985 年,按"过年"说,当为 1985 年春天,而不可能是 1986 年春天,否则,明年发表就是 1987 年第 3 期了。也一般不太可能是 1985 年冬天即 12 或 11 月,因其时莫言在军艺读书,放寒假惯例是挨近春节的 1 月或 2 月份(1984 年的春节是 2 月 2 号,1985 年的春节是 2 月 20 号,1986 年的春节是 2 月 9 号),当然,也可能莫言提前于 12 月(不太可能再提前至 11 月)返乡,即"1985 年回去过年的时候"指的是 1985 年冬天(12 月)回乡准备过 1986 年的春节。

后来,在前述的 2012 年的淄博演讲中,莫言说:"我曾经记忆有误,把《红高粱》的写作时间说成是 1984 年。今年上海华东师范大学的一个博士写了一本《莫言传记》,他做了很多的研究工作,最后证明《红高粱》是在 1985 年写作的。……这个博士就说,莫言之所以把写作《红高粱》推前到 84 年,就是因为 1984 年的时候马尔克斯的《百年孤独》还没有翻译成中文,他提前一年,就避开了《红高粱》受到了《百年孤独》的影响嫌疑。后来我想了想,可能在我的潜意识里面确实有这种想法,但是至今我仍然要说《红高粱》确实没有受到《百年孤独》的影响,写完了《红高粱》之后我才读到了《百年孤独》。"博士还讲了个理由:"因为有很多的评论家认为《红高粱》开头的第一句跟马尔克斯著名的小说《百年孤独》的第一句很像。"② 第一,作为比较文学研究,当然可以作此推理,如果作家没表态,也可权当结论,但是,莫言自己明确表态了,就应当以莫言所说为准。何况《百年孤独》中译本 1985 年出版

① 以上见莫言、王尧:《莫言王尧对话录》,苏州大学出版社 2003 年版,第 120—122 页。

② 本段淄博演讲引文见莫言:《我的文学经验》,《蒲松龄研究》2013 年第 1 期。

了,不等于莫言当即就读了,也不等于读完后就开始写作《红高粱》。第二,即使二者第一句很像(《百年孤独》第一句为:"多年以后,奥雷连诺上校站在行刑队面前,准会想起父亲带他去参观冰块的那个遥远的下午。"《红高粱》第一句为:"一九三九年古历八月初九,我父亲这个土匪种十四岁多一点。他跟着后来名满天下的传奇英雄余占鳌司令的队伍去胶平公路伏击日本人的汽车队。"相似在都是说跟着自己父亲去干什么,且都包含一个"闪前"表述,前者在前半句,后者在后半句),也尽管《百年孤独》也有许多闪回及部分闪前表述,但比较全文,二者风格迥异,一是《红高粱》上述八大方面的"跨界大融通",尤其是贯通全篇的红高粱拟人形象、诗意语言、诗样意境、幽默语、粗野语等,《百年孤独》都不是这样的风格;二是《百年孤独》更无《红高粱》里贯穿全篇的献身国难的英雄气概。第三,至于《红高粱》的创作时间,按莫言前述,有可能是1984年冬写了个草稿,1985年春天或冬天(含)以前在边誊抄边修改中全篇完稿。

2002年周罡访谈他时,莫言亦曾明确回答《红高粱》"是在我读到《百年孤独》之前创作的"①

(三)莫言小说,受西方魔幻现实主义文学的影响并不强过本土文学资源的影响

1. 福克纳通感技法对其影响虽重要但不是最主要的

上述福克纳《喧哗与骚动》通感笔法对完稿后《透明的红萝卜》的鼓励作用当然也是重要的,有意义的。福克纳是1949年的诺奖得主,改革开放初正值大批西方作品、理论涌入中国的年代,福之"通感"无疑对莫言尔后放开手脚运用有关技法起了重要作用。但是,莫言后来的跨界大通感创作,不是只一个五官通感的问题,我们前面章节已就孙绍振《文学创作论》、我国传统技法(如《聊斋志异》)的多项影响及莫言作品的多方面表现作了详细介绍,也就是,对莫"大通感"的影响,福克纳并不是最主要的,甚至不是主要的,远不如前二者。

2. 福克纳的意识流写法没有影响莫言

前文说到,《喧哗与骚动》,莫言只读到第四页,这正说明福克纳影响的有

---

① 周罡、莫言:《发现故乡与表现自我——莫言访谈录》,《小说评论》2002年第6期。

限性。此事,莫言不止一次讲过,在瑞典演讲中还重提,并且说明了原因:"根据我的体会,一个作家之所以会受到某一位作家的影响,其根本是因为影响者和被影响者灵魂深处的相似之处。正所谓'心有灵犀一点通'。所以,尽管我没有很好地去读他们(指福、马)的书,但只读过几页,我就明白了他们干了什么,也明白了他们是怎样干的,随即我也就明白了我该干什么和我该怎样干。"①《喧哗与骚动》是西方意识流的经典,读起来比较费劲,与莫言明快、鲜活的故事叙说风格迥异。假设莫言不是仅读了前几页,而是哪怕只读了前两章,那种整章整章的意识流表述,更证明莫言没受此影响。莫言明白他不该干那个意识流,他的灵魂深处与福克纳主要相似在前述的五官通感,他从福克纳表述风格里真正所受的有限影响就是这个五官通感。

3. 西方魔幻现实主义文学影响的有限与本国魔幻等文学资源影响的显见和可能

(1)莫言明确说到写法受西魔影响的只有少数几篇。如与周罡对话中,他说:"我的小说受《百年孤独》影响最明显的是《金发婴儿》。《金发婴儿》里有一个长着羽毛的要飞的老头就是这种影响下的产物"(该篇创作迟于《红高粱》,发表早于《红》)。

(2)宏观意义上的西魔影响,具体直接的魔幻技法、写法主要源自本国传统。在与周罡对话中,莫言说:"八十年代出现的一批作家,如果说没有受过拉美文学的影响,应该说是不坦率的",这些作品铺天盖地涌进来时,"对每一个作家的震动都是非常强烈的"。又说1986年又意识到"不应该跟人家后面爬行",并且发文"说要避开马尔克斯和福克纳这两座灼热的高炉,否则就像冰一样被化掉了";"至于编一个魔幻的鬼怪的故事,对一个在农村生活了二十年的人来讲不是特别难,而且我们高密靠着蒲松龄老家很近的地方。当年荒无人烟,大量的战乱导致人们大量非正常死亡……结果就导致了鬼和怪的故事、动物成精的故事、狐狸的故事非常发达。"② 把这个问题的两方面说得更清楚的,是2013年与张旭东关于《酒国》《生死疲劳》的对话,一方面,宏观意义上的影响说得更明确:"魔幻现实主义最直接的效应是解放了我们的思想,把我

---

① 摘自莫言获诺奖演讲辞,该辞见中新网2012年12月8日电。

② 以上与周罡对话见周罡、莫言:《发现故乡与表现自我——莫言访谈录》,《小说评论》2002年第6期。

们过去认为不可以写到小说里的一些东西也写到小说里去了,过去认为不可以使用的一些方法也使用了";另一方面,对于有人认为《生死疲劳》是魔幻现实主义作品时,莫言回答:

> 拉美有拉美的魔幻资源,我们东方有东方的魔幻资源。我使用的是东方自己的魔幻资源。①

这也许是莫言极而言之的形象表述,但套用莫言的一句口头禅,"基本"如此。

（3）可能来自《百年孤独》,也可能源自本土文学资源的具体情况。

《百年孤独》可读性更强,莫言应该读得更多些,印象更深些,瑞典演讲说的"只读过几页"应是偏指《喧哗与骚动》,因《百》中好些超现实的魔幻情景（有的不一定属魔幻）,似乎可在《红高粱家族》之后的作品中找到影子。比如《百》中出现了喜欢吃泥土和石灰的人,半生绑在树上的疯子,《丰乳肥臀》则有吃蚂蚱、萤火虫并说着鸟语的人,半生喝人奶、羊奶为生的人;《百》中有人穿着整整14年没脱下来过的羊毛背心,《生死疲劳》则有人穿着五冬六夏都不换洗的制服;《百》中有饕餮比赛,每人喝了50杯橙子汁、8升咖啡和30只生鸡蛋,号称"母象"的冠军吃掉一头小牛外加配菜,《四十一炮》则有每人吃5斤肉的吃肉比赛以及类似的吃辣椒大赛、吃油条比赛,吃了8米肉肠、两条狗腿外加10根猪尾巴的吃肉冠军;《百》的百岁老祖母哺育了六代人,《丰乳肥臀》的90多岁的老母亲哺育了三代人。《百》和莫作中都有不少混乱的性爱、性关系。特别是《百年孤独》和《生死疲劳》结尾,都是在不知情的情况下血亲性爱的悲剧故事,《百》是侄儿与姑姑,生下了有猪尾巴的婴儿;《生》是堂兄与堂妹,生下了大头婴儿;生完怪胎后的产妇都大出血而死。

之所以说是可能,一是这只是一种比较研究;二是也可能同时受本土魔幻或就只是受本土资源的影响。如饕餮故事,我们代代都有,《史记》就有记载,传说纪晓岚就"日食肉数十斤";混乱的性关系,《红楼梦》中就有,不知情下的"乱伦",《聊斋》中的《韦公子》即是,近亲结婚可能生怪胎,民间都

---

① 以上转引自马云:《莫言〈生死疲劳〉的超验想象与叙事狂欢》,《文艺争鸣》2014年第6期。上述与周罡、张旭东两个对话的基本表述在《莫言王尧对话录》(第124—125页)中也都有,在与王尧对话还说到初期肯定会带有借鉴甚至模仿痕迹,其《金发婴儿》《球状闪电》就带有明显的魔幻现实主义色彩,又意识到一个作家要想成功,还是要从民族文化里吸取营养,创作出有中国气派的作品。

知道。还有,哺育了几代人的老祖母、老母亲,只是现象,本质是:《百》的百岁老祖母,突出的是她"不死鸟"的百年存在形象,是她知悉许多家族秘密,而《丰乳肥臀》老母亲的坚强哺育者、牺牲者形象,恐怕更多是受莫言非常熟悉的、写《红高粱》时就突出提到的红色经典《苦菜花》中母亲的影响①。

（4）牵强附会或根据不足的《百年孤独》影响。如说《百年孤独》的马孔多小镇与莫言的东北乡的开镇建乡都有一个家族传说,其实在《红高粱》之前,即莫言尚未看到《百年孤独》前,在《秋水》中东北乡的建乡传说就有了。又如说《百年孤独》与《丰乳肥臀》都是女强男弱,都有一个女性崇拜,其实二部作品也都有男主人公强者,都有不值得崇拜的女性;而且《丰》里的男性强者和女性不值得崇拜者更是比比皆是,要说崇拜,《丰》应是母亲崇拜,所受影响更可能是如上所述的《苦菜花》。再如说二人都有一个会讲故事的老祖母,其实莫言2001年在悉尼大学演讲《用耳朵阅读》中就说"许多作家都有一个会讲故事的老祖母"②,这不存在谁影响谁的问题。

（5）可能就是源自本国的魔幻资源。如,《檀香刑》中看到人的虎、蛇、豹子、狼、狗等本相,应源自聊斋的《梦狼》;《丰乳肥臀》中的娜塔莎坐在山人舌头上,应源自《搜神记》中口中可以吐出美人的故事;《酒国》中婴儿宴、稀汤薄水里发酵着酒国人呕出来的酒肉和屙出来的肉酒,应与殷纣"酒池肉林"传说以及《水浒传》里吃人肉的故事有关;还有其他小说中泥娃娃变成真人娃娃,牛会倒立、通人性,公猪会上树、会救落水儿童,八个黄鼠狼子抬着一根大萝卜,等等都可说是受《搜神记》等志怪小说或唐传奇、聊斋中类似故事的启发,莫言说过十来部古典文学"在正式创作以前构成了我的知识素养"③。

（6）直接言明是受本国魔幻资源的影响。莫言在淄博演讲中说,《生死疲劳》中有一个被误杀的地主感到很冤枉,就去阎王那里上诉,很多评论家又认为这是学习了西方魔幻现实主义;莫言指出,聊斋里的《席方平》,写了一个人为他的父亲鸣冤叫屈,在地狱里跟阎王讨说法,终于碰到了二郎神,使他父亲的冤案得到了昭雪,我这部小说一开始就写这么一个人在地狱里面鸣冤叫

---

① 莫言、王尧:《莫言王尧对话录》,苏州大学出版社2003年版,第303—305页。

② 转引自朱晓琳:《马尔克斯与莫言的魔幻小说比较研究》,扬州大学比较文学与世界文学专业2014届硕士学位论文。

③ 莫言、王尧:《莫言王尧对话录》,苏州大学出版社2003年版,第226页。

屈,确实在写的时候想到用这样的方式向我们的祖师爷蒲松龄致敬,马瑞芳老师一眼就看出来了,说我是向蒲松龄学习;莫言又说,像《生死疲劳》写一个人死后,一会变成猪,一会变成狗,一会变成牛,一会变成驴,其实大家一想都知道,这就是蒲松龄的故事。① 有的,莫言在小说中会直接言明,如《蛙》,"姑姑"在不知情的情况下吃了青蛙肉剁成的丸子,恶心到河边呕出了一些绿色小东西,那些东西一落水就变成了青蛙,小说中说:"就像你大爷爷跟我讲过的,周文王在不知情的情况下,吃了自己的儿子的肉剁成的丸子。后来周文王逃出朝歌,一低头,吐出了几个丸子,那些丸子落地后就变成了兔子,兔子就是'吐子'啊!"莫言的《好谈鬼怪神魔》说过:"我们无法去步马尔克斯的后尘,但向老祖父蒲松龄学点什么却是可以的也是可能的"②;甚至还写过一首打油诗:"装神胜过装洋葱,弄鬼胜似玩深沉。问我师从哪一个,淄川爷爷蒲松龄。"③

（7）在创建"高密东北乡文学王国"中,莫言受到福克纳、马尔克斯的重要影响,但也不是起决定作用的,此点详见后文第四节。

（四）小说三大要素"结构、语言、人物"创新方面,西方魔幻影响更非主要

莫言说:"在小说的人物塑造、小说的语言和小说的结构方面如果能够全面出新的话,肯定会成为一个非常好的作家。"④ 这涉及的就是小说最根本的艺术形式规范。在此小说三大要素的创新上,西方魔幻的影响,更非是主要的。

莫言的结构出新,即前面章节反复介绍的"跨界大通感",包括不同时空、地域、文体、语言、视角、感觉（含五官感觉、五官通感、超常感觉、奇异感觉、幻觉）,包括人与自然,现实与荒诞、梦境等几乎全方位的跨界大融通。魔幻因隐含现实生活因果,乃超现实与现实的融通,《百年孤独》可谓当年这方面的登顶者⑤,但在上述跨界大融通结构中,仅是其中一"通",即使吸纳了魔幻,如前所述,莫言借助的最主要还是本国资源。且前面章节阐明过,莫言之跨界大

---

① 莫言:《我的文学经验（续）》,《蒲松龄研究》2013 年第 2 期。

② 转引自刘勇、张弛:《20 世纪中国文学现实与魔幻的交融——从莫言到鲁迅的文学史回望》,《北京联合大学学报》2013 年第 1 期。

③ 莫言:《我的文学经验（续）》,《蒲松龄研究》2013 年第 2 期。

④ 莫言:《我的文学经验》,《蒲松龄研究》2013 年第 1 期。

⑤ 参见孙绍振:《文学创作论》,春风文艺出版社 1987 年版,第 709—710 页。

融通在理论方面所受的影响主要是本土文论,包括孙绍振创作论及我国传统的浪漫、奇幻、跨界技法,其起手作为《透明的红萝卜》、高潮作为《红高粱》,如前介绍,《透》完稿后才接触福克纳,《红》与马尔克斯无缘。当然,西方魔幻的时空颠倒也影响了莫言的结构创新,即使立志要创作中国气派作品时,莫言也很清楚,当代要完全避开西方技法,"搞一个纯粹的民族文学是不可能的"①。但主要影响并非西魔。

语言创新,中外影响都有,莫言说过:"(《百年孤独》)一读之下,被那种语言气势给迷住了——这样写小说真是太痛快了"②;同时又说过:"在很长一段时间内,我对元曲十分入迷,迷恋那种一韵到底的语言气势。"③ 但这些也是前述的"心有灵犀一点通"的影响,因莫言语言最突出的汪洋恣肆的铺排特色,根本上乃源于莫言自小就"显露出极强的说话能力和极大的说话欲望"④。其另一语言特色是极富幽默感,《喧哗与骚动》《百年孤独》的主要风格都不是这样,这亦乃莫言自身天生"风趣"难自弃。

莫言小说最出新的人物形象就是《红高粱》说的"最英雄好汉最王八蛋最能喝酒最能爱"。这些最男子汉最江湖、最巾帼豪杰最离经叛道形象,《红高粱家族》是典型,其他许多作品都有类似或大体接近的人物。这既是"正反"跨界融通在人物塑造上的体现,亦即莫言常说的把坏人当好人写,把好人当坏人写⑤,也是魔幻(超世俗)的特殊形式。但这更是本国传统的传承创新之果。如上介绍,莫言说过十来部古典文学"在正式创作以前构成了我的知识素养。"⑥除了大家常提的《水浒传》那些大块吃肉、大碗喝酒的江湖好汉外,就是聊斋中那些敢爱能爱勇于牺牲、嬉笑怒骂皆成文章的狐狸精了。这后一点特别有意义,《水浒传》几乎没有爱情,这正是对莫言塑造爱恨情仇中的女性形象在资源上的重大弥补,正如孙绍振说的,莫言"更多的是深受中国传统文化的影响,他反复强调《聊斋志异》里那些鬼鬼怪怪的故事,并与《水浒传》里的

---

① 莫言、王尧:《莫言王尧对话录》,苏州大学出版社 2003 年版,第 126 页;参见周罡、莫言:《发现故乡与表现自我——莫言访谈录》,《小说评论》2002 年第 6 期。

② 周罡、莫言:《发现故乡与表现自我——莫言访谈录》。

③ 莫言、王尧:《莫言王尧对话录》,苏州大学出版社 2003 年版,第 226 页。

④ 摘自莫言获诺奖演讲辞,该辞见中新网 2012 年 12 月 8 日电。

⑤ 莫言:《我的文学经验(续)》,《蒲松龄研究》2013 年第 2 期。

⑥ 莫言、王尧:《莫言王尧对话录》,苏州大学出版社 2003 年版,第 226 页。

那种英雄气概相结合。"① 另一独特的本土资源就是红色经典。少年时代，莫言如饥似渴阅读了从他的老师、乡人、亲友那里借来的大量作品，他说他"在几年里，把那批'红色经典'差不多看完了"②。我猜想他在大量的阅读中感悟、触摸到了某种艺术范式，其中，我认为他是深受红色经典的"革命＋爱情"模式（亦是跨界融通之一种）影响的。最典型的一例，他说最激动人心是读《三家巷》，读到区桃牺牲时，他"感到世界末日到了"，哭得稀里哗啦，在课本的空格处写满了"区桃"二字。③ 谁曾接触过这样的红色经典，恐怕都有过类似感触。莫言大概又从中作出了自己"刚柔兼具"跨界融通的范式提炼、改造，在他看来，英雄、枭雄都应有动人人性的一面，所以他《红高粱》等大量作品都有几乎最令读者心动感慨的爱情抒写，这更无需借助西方魔幻了。

（五）东西方魔幻、文学传统影响小结

莫言名重天下后，必须向包围他的人们，就其所受的文学传统影响作出有关回答。他完全可能"到什么山唱什么歌"，在获诺奖回母校军艺时他侧重讲老师们的课；在淄博侧重讲蒲松龄；在瑞典侧重讲了福克纳和马尔克斯，诺奖颁奖辞把他和马尔克斯相提并论，他必须作出回答。就是在郑重的瑞典获奖演讲辞中，他关于福、马的影响，主要就是对其创立"高密东北乡文学王国"所起的作用（见第四节）。而且演讲辞中，他照样提到他是"讲故事的伟大天才蒲松龄""的传人"；感谢军艺文学系"恩师著名作家徐怀中的启发指导"；强调他的"跨界融通"创作观——"小说领域的所谓创新，基本上都是这种混合的产物。不仅仅是本国文学传统与外国小说技巧的混合，也是小说与其他的艺术门类的混合"④。其他门类艺术，主要之一就是诗歌，在此，孙绍振诗歌创作理论的作用已如前所述。

特别是前文提到的，据莫言小说最主要的英译者葛浩文的介绍，莫言小说以明显别于西方的鲜明中国特色引起西方读者广泛喜好的，实际主要就是《红高粱》；《红高粱》横空出世的独异风格，无论是我们的概括还是葛浩文的

---

① 筱娅《孙绍振莫言的1984》，《东南快报》2014年2月24日。
② 莫言、王尧：《莫言王尧对话录》，苏州大学出版社2003年版，第64—67页。
③ 同上书，第67—68页。
④ 见莫言获诺奖演讲辞，中新网2012年12月8日电。

表述,本质就是"跨界大通感"。而这一获得了中外读者普遍激赏,改编为电影后红遍全国,家喻户晓,多少年后人们仍记忆犹新的、确立了莫言文学地位的标志作品和标志风格,前文亦已反复阐明,除了作家自身素养,所受的影响主要是本国的创作理论和文学资源。这一点,非常重要,莫言获诺奖后,一些西方论者欲图把莫言小说归到西方魔幻现实主义旗下,认为是西魔在中国的硕果,而从其代表作《红高粱》看,显然牵强附会,葛浩文显然也是这个意思,而葛浩文应是西方研究莫言的汉学家中最有发言权的。

总之,西方魔幻现实主义对莫言创作的影响,至少不是最主要的。或如徐怀中更本质地指出的,莫言的超常想象力、敏锐艺术感觉完全是先天设定的,莫言多次坦言受到了福克纳和马尔克斯的影响,但莫言作品的字里行间浸润着淳厚的中华文化底蕴,与西方文学景观形成鲜明反差,可谓别有洞天。①

五、文学理论教育的奇迹,"教练说"宏愿竟酬, 建构本土文论的愿景

纯理论学习方面,莫言很少提到当代西方文论,前述的西方魔幻现实主义,他实际说的是作品及其从中感悟到的艺术范式。原因在于大量当代西方文论沉迷于理论空转,而与创作隔膜甚至无缘;不是其中没有真理的光芒,但必须打起精神研读,才能从中发现,这于作家们是很不讨喜的。但莫言不仅不漠视理论,而且是天才 + 勤奋的典型。因此,与当代西方文论理论空转完全相反,立志于当"教练"的孙绍振文学创作论,就以其海量的鲜活的案例展示,获得了莫言等当年军旅作家"最高票"的激赏。莫言明确说"受益匪浅",且认真付之实践,且多少年后还能那么具体清楚、主动多次地谈及孙绍振通感论、同化论、诗歌语言、诗歌意境、艺术感觉对其创作的具体影响,且产生了前文已详述的至今仍有重要创新突破意义的"跨界大通感"的艺术成就,当然,这艺术成就,根本上是莫言自身的创造。

而作为外因的孙绍振创作论的影响作用,不仅胜过了那些空谈理论,而且

---

① 徐怀中:《"尽管他作品中描写的只是自己故乡那个小村庄"》,《解放军艺术学院学报》2013年第 1 期。

胜过了许多人想当然认为应坐"头把交椅"的西方魔幻文学;这在多少年来,都认为"课堂"和"理论"培养不出作家的天经地义的"信条"中,无疑成了文学理论教育的一大奇迹。

莫言不仅富有天才的创造性,而且是认真的,这就是我们第一节就介绍的,军艺文学系的老师同学们对他众口一词的肯定。孙绍振理论的创造性是大家公认的,他立下当"教练"的宏愿时,同样是认真的、诚惶诚恐的,这就是我们在第一章介绍的,他在给包括军艺文学系作家学员们在内的学生们上课时,"总是怀着某种不安的心情",如果意识到自己也是在讲空话时,"总禁不住感到心慌、脸红,甚至有某种冒汗的感觉。"①

正是这样的两个认真,两个创造,就产生了窃以为可以载入当代文学史的"文学理论教育的奇迹"。孙绍振当年播下的也许不是"龙种",收获的却堪称"飞龙",孙先生当年的"教练说",可谓宏愿竟酬。

孙绍振没有停顿他探索的脚步,他继续解读文学文本,完善丰富理论,至今完整解读的小说、诗歌、散文,总计已不下600篇(部)。特别是最近七八年,他在《中国社会科学》、人民日报、光明日报、新华文摘等接二连三发文批判当代西方文论迷失于概念演绎,在创作实践、阅读实践面前无效的重大弊端,揭示其"已经走投无路""霸权已经坍塌"的现状,指出"在西方理论宣称自己已经失败之时,建构文学理论和批评的中国学派的历史机遇摆在我们面前"②。我们无疑应继续开放,吸纳一切文明成果,现当代的许许多多有用理论,我们都曾吸纳外域文明的养分,像鲁迅说的乃"拿来"之果。我们有源远流长的"五官通感"的艺术实践,但"通感"的概念是钱锺书从西方引入的。我们有像鲁迅那样将整个"旧中国"浓缩至其绍兴、其"鲁镇"的典型的"同化"创作实践,但孙绍振《文学创作论》中的"同化论",是化用、借重了丹纳、皮亚杰、马克思的理论而创建的。但今天,我们更要有自信,建构我们本土文论的愿景:我们有与创作实践紧密联系的古代文论的丰厚资源,有从厚重文学创作传统中形成的具有中国精神的艺术形式规范,有实践第一性的马克思主义文论的强大优势,还有像孙绍振与莫言那样,理论家与实践家结合互动、成效显著的成功探索,我们应当展开我们大胆丰富的想象,擘画中国学派文学理论的灿烂未来、光明前景。

---

① 孙绍振:《文学创作论》,春风文艺出版社1987年版,第806页。

② 孙绍振:《文学批评"西方霸权"的终结》,《人民日报》2018年3月20日。

第四节　莫言"同化"创作观、创作实践与孙绍振的"同化论"

前文已介绍,莫言在与王尧的对话中,将"同化"作为他的重要创作观(也实际是其"跨界大通感"创作观的一部分),就此阐述了他的具体见解,提到的理论来源和理论家就是孙绍振的"同化论",并且不是一句简单的交代,而是转述了孙绍振同化论的要点,说明了是在军艺读书时,即其《透明的红萝卜》《红高粱》等成名作、代表作喷发的前夕,听孙绍振介绍同化论的。看来,二者的关联同"通感论"一样,同样比较重要。现在我们也试着梳理二者的具体关联。

一、莫言"同化观"的要点及其与孙绍振"同化论"的关联

下文是《莫言王尧对话录》的"超越故乡"一章中,莫言有关"同化观"的发言内容的摘录(摘录按其发言顺序,其中最后一则就是涉及孙绍振的"同化论"的):

> ·上了军艺、鲁艺,接触了西方的小说和理论,它起到了发现自我的作用。
> ·一个作家哪怕在农村生活30年、40年,他的个人经验毕竟有限。这些东西长期的写,总还有面临枯竭的一天。……可以在这些经历的基础上扩展、编造。当作家的创作技术成熟以后,我想他就具备了扩展故乡的条件了。这时候,他可以把一些天南海北的、四面八方的、古今中外的,你

认为引起你创作冲动的故事材料,移植到你熟悉的故乡背景里来,但是,这要靠个人的经验把这些外来的故事同化,用你的想象力变成好像你亲身经历过的一样,不是在叙述故事,而是在经历故事。

·故乡确实是无边无垠的,……是完全突破地理界限的。

·它是没有围墙甚至是没有国界的。……如果说高密东北乡是一个文学的王国,那么我这个开国君王就应该不断地扩展它的疆域。

·我想,一个作家能同化别人的生活,能把天南海北有趣的生活纳入自己的"故乡",就可以持续不断地写下去。

·作家大多数都有自己的这么一块土地(发言中举到鲁迅的绍兴、沈从文的湘西、王安忆的上海、作家自己的高密东北乡)。

·一个作家能不能走得更远,能不能源源不断地写出富有新意的作品来,就看他这种"超越故乡"的能力。超越故乡的能力。实际上也就是同化生活的能力。你能不能把从别人书上看到的,从别人嘴里听到的,用自己的感情、用自己的想象力给它插上翅膀,就决定了你的创作资源能否得到源源不断的补充。

·我记得在军艺读书时,福建来的孙绍振先生对我们讲:一个作家有没有潜能,就在于他有没有同化生活的能力。有很多作家,包括"红色经典"时期的作家,往往一本书写完以后自己就完蛋了,就不能再写了,再写也是重复。他把自己的生活经历写完以后,再往下写就是炒剩饭。顶多把第一部书里的边边角角再来写一下。新的生活,别人的生活很难进入他们的头脑,进入了也不能被同化……①

上述莫言有关"同化观"的发言摘录,要点如下:第一,多数作家都有自己文学上的故乡,但如囿于封闭的"故乡",不仅创作资源将枯竭,也因自我重复将失去读者,因此,作家要善于将别人的生活,将引起自己创作冲动的材料移植到熟悉的故乡背景里,创作吸引读者的新故事。这实际就是超越故乡,不断扩展故乡文学王国的领域,貌似写故乡,实际在写更广阔的社会。所谓同化,就是将别人的生活化到自己的"故乡"中。第二,同化的成功在于用自己的感情、自己的想象力、自己成熟的创作技术,总之以"自我主体"去发现新素材,处理新素材。无疑,富有新意的作品,不仅作品表层内容是不断更新的,深层

---

① 莫言、王尧:《莫言王尧对话录》,苏州大学出版社 2003 年版,第 197—204 页。

意蕴也是不断发展的，"自我主体"也是不断前进的。第三，明确说明，这样的同化论是从孙绍振的军艺课中听来的（即1984年秋天，莫言成名作、代表作产生前）。前文我们介绍过，莫言明言，军艺读书使他的创作产生了一次巨大的转折，不仅知道了应该写些什么，而且知道了应该怎么写。这巨大转折应当就包含了他对"同化论"的深入认识。第四，这同化，实际就是地域、生活、视野、素材、文化等等的跨界融汇，是其"跨界大通感"的独特体现。

二、孙绍振《文学创作论》中有关"同化论"的主要观点

1.生活敏感区的确定和扩展

孙绍振认为，每一个作家都可能有自己的生活敏感区……在这个领域中，他应该有特别深入的体验，有特别强烈的感受，有特别幽微的洞察。……但是生活敏感区总是有限的，作家长期局限于一个基点，可能导致心灵空间的狭小。应该不断扩大视野……生活的辽阔领域时常呼唤作家突破固有的生活圈子的局限。狭小的生活敏感区，不管是童年的回忆，还是乡土的风俗，都可能慢慢地枯竭。[①]

2.同化论核心观

孙绍振的"同化论"有两个理论来源，一是丹纳《艺术哲学》中的"主要特征"理论，二是皮亚杰的"同化作用说"，由此构成了其"同化论"的核心观，其中重点又是丹纳的"主要特征"理论。孙绍振在《文学创作论》中多次引用到丹纳《艺术哲学》中的"主要特征"理论。笔者就此曾问过孙先生，他认为，丹纳这一理论是他构建文学创作论时引入的比较主要的理论。而皮亚杰的同化作用说是孙绍振"同化论"的自然科学、心理学基础。

3.主要特征同化非主要特征

孙绍振在《文学创作论》的"形象论"一章中，先引入了丹纳在《艺术哲学》中的这段话："艺术的目的是表现事物的主要特征，表现事物某个凸出而显著的属性，某个重要观点，某个重点状态。"[②]接着，又引述了丹纳在同一著作中说的："在现实界，特征不过居于主要地位，艺术却要使特征支配一

---

① 孙绍振：《文学创作论》，春风文艺出版社1987年版，第10—11页。

② 丹纳：《艺术哲学》，傅雷译，人民文学出版社1981年版，第23页；转引自孙绍振：《文学创作论》，春风文艺出版社1987年版，第55页。

切。"① 孙绍振接着指出："艺术之所以不同于生活的描红,就在于主要特征支配一切,一切与主要特征不统一的都要被排除,排除得越彻底,艺术的境界愈能顺利的构成。"孙绍振把这称为"同化",他说："可以说,主要特征对于自身和对于与之相联系的事物会起一种'同化'作用。"并举例说,托尔斯泰在《复活》中写少女时代的喀秋莎的形象也用这种"同化"来强调统一性。他引入了《复活》中的原文:

> 她还是跟从前一样,只是越发妩媚了。……仍旧系着干净的白色围裙。她从她姑姑那儿拿来一块刚刚拆掉包皮纸的香皂和两条毛巾,一条俄国式的大浴巾和一条毛茸茸的浴巾。不论是那块没有动用过的,刻着字的香皂也罢,那两条毛巾也罢,一律都干净、新鲜、整齐、招人喜欢。

接着,孙绍振指出："这里写的虽然是香皂、毛巾、浴巾给人的印象,实际上主要是这个天真纯洁美好的姑娘给人的印象,香皂、毛巾、浴巾的特征不过是因为与姑娘的特征相同才得到这么突出的强调。"②

4. 主要观念和情趣选择主要特征

在"形象论"章中,孙绍振根据丹纳的观点,认为主要特征是由作家此时占优势的主要观念、主要情趣选择、确定的。他引述了丹纳的话："艺术家改变各个部门的关系,一定是向一个方向改变,而且是有意改变的,目的在于使对象的某一个'主要特征',也就是艺术家对那对象所抱的主要观念,显得特别清楚。"③ 孙绍振解释说："在确定主要特征和非主要特征之间关系的时候,作家主要观念,包括作家独有的情趣就成了'同化'的标准。主要特征之所以能成为主要的,就是因为它是和作家的主要观念、情趣一致,因为是一致的,才能把其它特征向这个方向引导。"④

5. 心理学的"同化"作用说及文学上的"同化"现象

在《文学创作论》的"智能论"章中,孙绍振先介绍了马克思的名言:

---

① 丹纳:《艺术哲学》,傅雷译,人民文学出版社 1981 年版,第 25 页;转引自孙绍振:《文学创作论》,春风文艺出版社 1987 年版,第 58 页。

② 孙绍振:《文学创作论》,春风文艺出版社 1987 年版,第 55、58、61 页。本小节中所引丹纳言论均转引自上述《文学创作论》所在页。

③ 丹纳:《艺术哲学》,傅雷译,第 22 页。

④ 孙绍振:《文学创作论》,第 63—64 页。

"对于没有音乐感的耳朵说来,最美的音乐也毫无意义。"[①] 他指出,马克思的这个著名观点到了 20 世纪,就有了心理学的系统的经验材料作为基础了。这就是瑞士心理学家皮亚杰的研究。孙绍振介绍并解释了皮亚杰的理论。他说:"根据皮亚杰的研究,人的认识并不是单向的,一有刺激立即引起反应的结构(即 $S \rightarrow R$ 公式),而是双向的,刺激和反应相互作用的。也就是人的大脑并不是完全被动的,一定的刺激只有被主体'同化'(assimilateion)于认识'格局'(scheme, 又译:图式)之中,大脑才能顺利地对刺激作出反应,当外界刺激不能与主体的'格局'相'同化',就只能有不正确的反应,或者竟至没有反应。不懂交响乐的人觉得它没意思,不懂京剧的人不耐烦看下去,就是因为它不能'同化'"。

孙绍振进一步解释说:"'同化'就是把客观信息纳入主体的'格局'(图式)之中,人遇到新事物总是用固有的'格局'(图式)去'同化',如二者相适应,则达于平衡获得成功,如果新事物与旧'格局'(图式)不相适应,不能达于平衡,认识暂时还不能成功。作家在感受生活时也一样,他对于来自生活的丰富信息,总是不由自主地用固有的感情、趣味去'同化',如果他的思想、趣味很丰富,则他'同化'的成果就多,如果他思想、感情、趣味很贫乏,发生'同化'的可能性就比较小。"

孙绍振又介绍和解释了皮亚杰的"顺应":"当然,生活反复刺激,也会打破旧的平衡,引起大脑中'格局'(图式)的'调节'(accommodation 或译'顺应')产生新的适应性更大的'格局'。在主客体的相互作用下,不断打破平衡,经过'调节'产生新的'同化'达到新的平衡,这就是人的认识发生,发展的过程,不管如何大幅度的调节,人的认识都只能在'同化'作用的限度之内。"

于是,孙先生得出了文学上的几种"同化"现象:

第一,正是由于这种动态的"同化"作用,作家才能把自己的个性和独特的感情趣味深深地铸进他们新创造的形象中。

第二,这种主体与客体的"同化"、结合、交融,正是作家艺术感受的心理基础。

---

① 马克思:《1844 年经济学—哲学手稿》,《马克思恩格斯全集》第四十二卷,人民出版社 1979 年版,第 125—126 页。

第三，当作家与客观对象在某一点上"同化"的时候，艺术感受就产生了。这种主观特点与客观特点的汇合有一种猝然遇合，豁然贯通的性质，一旦遇合了，贯通了，事物的特点就带着个性的特点了，就有了独特的感受了，如果不贯通，就是没有感受。

最后举例说："'下雨了'，光这么一句就没有感受，没有与作家个性贯通。如果说'凉雨温柔地打着我滚热的面颊。'这'温柔'并不完全是'凉雨'本身的特征，这是从作家心里'吐'出来的感情特征，'同化'了凉雨的特征。当然这也不完全是主观的，毕竟还是与凉雨的性状相通的，如果是倾盆大雨，则客观事物的特征与温柔的感情不能相容，硬要'同化'，那就牵强了，粗糙了，不艺术了。"[①]

6. 增强心灵对生活的吸收力

在"智能论"中，孙绍振还就作家丰富自己的情感，发展自己的新情趣，以增强心灵对生活的吸收力提出了如下观点：

第一，从可能性来说，生活有多宽广，艺术就应该有多宽广，但是生活必须与感情发生火一样的关系，才能升华为艺术形象，在作家感情世界以外的生活就很难进入艺术的境界，因而从现实性来说，在艺术中得到表现的仅仅是作家的心灵为之激动的有过独特感受的那一部分。

第二，要成为一个优秀的作家，在生活面前，要具备独特新颖的感受力，就要丰富自己的感情，增强心灵对生活的吸收力。

第三，推动文学发展的不仅仅是新的题材、新的人物、新的生活，而且还有伴之而来的新的感情新的艺术趣味。[②]

上述孙绍振"同化论"的主要观点包括同化论核心观（其中又包含主要特征同化非主要特征、主要观念和情趣选择主要特征、心理学的"同化"作用说及文学上的"同化"现象）以及作为两翼的生活敏感区的确定和扩展、增强心灵对生活的吸收力。孙绍振这一"同化论"与莫言"同化观"、莫言对孙绍振"同化论"的回忆，三者所言之本质极为一致，只是或详或略，或科学或通俗，或全面精到或有所侧重。这本质包括下述四点：

第一，孙绍振说既要有生活敏感区的确定基点，又要有生活视野、区域的

---

① 本小节引自孙绍振：《文学创作论》，春风文艺出版社 1987 年版，第 168—170 页。本小节中所引马克思言论转引自上述《文学创作论》，第 168 页。文中皮亚杰理论为转述，系孙著原文的表述。

② 本小节引自孙绍振：《文学创作论》，春风文艺出版社 1987 年版，第 183—184 页。

不断扩展,莫言则说,既有文学的故乡又要超越故乡。

　　第二,同化是化他为己,化外为内,化次为主,化生活为文学。孙绍振是从整个艺术创作说的,以作家的主要观念情趣选择主要特征,又以主要特征同化非主要特征,使作品中的一切都带上主要情思、主要特征的色彩,当然包括同化别人的生活在内的同化全部生活素材。莫言侧重讲同化别人生活,将别人生活纳入自己的"故乡",外表是"故乡背景",实则是以"主体自我"去同化,其高密东北乡已是文学上的"高密东北乡",已超越地理学的东北乡,已成为作家情思的外化物。其回忆中说的孙绍振所言"进入了也不能被同化",所指即不能以主体自我、主要情思去改造生活,使一切生活素材真正为我创作主体所用的作者。也就是,扩大生活视野,很多人可能都知其重要,但以主体情思同化他人生活并不一定许多人都知道,这可能是孙绍振"同化论"、莫言"同化观"与其他扩大视野者的一个根本区别。

　　第三,孙绍振说,作家要不断丰富自己的情感,发展自己的新情趣,并引用皮亚杰的"顺应"说,解释了这种不断扩大自己大脑"图式"的必然性与重要性,莫言的"新意"亦包含了此层意思。

　　第四,还值得思考的是,孙绍振这一同化"一切"的创作观,与莫言的"跨界大通感"创作观息息相通。像前例香皂、毛巾、浴巾如少女喀秋莎那样新鲜干净,凉雨温柔地打着我的面颊,《红高粱》不也这样?那贯穿始终的红高粱,或庄严肃穆,或灿烂辉煌,或不胜娇羞,或狰狞或凄惶或狂舞,不也就是主体情感同化红高粱的结果?同时,不也是莫言"大通感"里将植物与人跨界融通创设的意象?只不过同化观侧重于地域、生活等等的跨界大融通。

　　由此观之,莫言在阐述其"同化观"时,唯一具体提到了孙绍振的"同化论",重要的原因是二者之间密切相连,息息相通,或是莫言受孙绍振同化论具体、直接影响,或至少是着重吸纳了孙绍振的同化论,创造性地构建起其"同化观"并付诸于创作实践。

三、莫言作品"同化观"创作实践举隅

　　莫言大量以"高密东北乡"为背景,实则纳入了各地风光、他乡故事,蕴含的意蕴、表现的作家情思各不相同的名篇杰作已足以作为其"同化观"及

孙绍振"同化论"的有力例证。莫言在《莫言王尧对话录》中的"超越故乡"章中已有两万多字的详细阐述，前文篇幅很小的发言内容摘录仅仅是其要点的略述。仅此，已足以说明问题。

现再举隅略谈一二。

莫言前期的作品，许多都有故乡中的某种原型。如作者说《透明的红萝卜》"把我少年时代在水利工地上当小工帮人家打铁的一段事情写进去了"[①]，"在《红高粱》时期的某些故事还是有原型的。"[②] 其实就《红高粱》而言，还不是某些故事有原型，读读《莫言王尧对话录》就知道，故事中的许多传奇人物、传奇性格，以及土匪、游击队、单家烧酒坊、"奶奶"嫁给麻风病人等等，都可以在莫言对家族，对东北乡的回忆中找到影子。当然，这仅仅是影子、原型，进入作品后已面目全非。但说明，小说的许多素材是取自故乡的。然而，即使前期作品，原型、素材较多的，作家都还从故乡以外，纳入了许多别人的生活。例如《红高粱》中至少有两点移植改造是显而易见的。一是莫言自己说的：

> 小说（指《苦菜花》）中关于战争描写的技术性的问题，譬如日本人用的是什么样的枪炮和子弹，八路军穿的什么样的服装等，我从《苦菜花》中得益很多。如果我没有读过《苦菜花》，我就不知道自己写出来的《红高粱》是什么样子了。[③]

另一点，是《红高粱》中这段情节：余占鳌将带队伍去打鬼子，"奶奶"叫"父亲"随其干爹（当时尚未揭示真实身份）一起出发，小说写道：

> 余司令看看我父亲，笑着问："干儿子，有种吗？"
>
> 父亲轻蔑地看着余司令双唇间露出的土黄色坚固牙齿，一句话也不说。
>
> 余司令拿过一只酒盅，放在我父亲头顶上，让我父亲退到门口站定。他抄起勃朗宁手枪，走向墙角。
>
> 父亲看着余司令往墙角前跨了三步，每一步都那么大、那么缓慢。奶奶脸色苍白。冷支队长嘴角上竖着两根嘲弄的笑纹。
>
> 余司令走到墙角后，立定，猛一个急转身，父亲看到他的胳膊平举，眼

---

① 莫言、王尧：《莫言王尧对话录》，苏州大学出版社 2003 年版，第 117 页。

② 同上书，第 202 页。

③ 同上书，第 305 页。

睛黑得出红光,勃朗宁枪口吐出一缕烟。父亲头上一声巨响,酒盅炸成碎片。一块小瓷片掉在父亲的脖子上,父亲一耸头,那块瓷片就滑到了裤腰里。父亲什么也没说。奶奶的脸色更加苍白。冷支队长一屁股坐在板凳上,半晌才说:"好枪法。"

余司令说:"好小子!"

这不就是出自《庄子·徐无鬼》的"运斤成风"的著名典故吗——

庄子送葬,过惠子墓,顾谓从者曰:"郢人垩慢其鼻端,若蝇翼,使匠石斫之。匠石运斤成风,听而斫之,尽垩而鼻不伤,郢人立不失容。宋元君闻之,召匠石曰:'尝试为寡人为之。'匠石曰:'臣则尝能斫之。虽然臣之质死久矣。'自夫子之死也,吾无以为质矣!吾无与言之矣。"

将其移植、改造到这里,则极妙表现了余占鳌和儿子余豆官的性格,表现了父子俩剽悍野性的传承,乃至表现了冷麻子支队长的尴尬和害怕、"奶奶"出于母性的本能的极度紧张的神情。

类似的移植改造非常多,例如《天台蒜薹事件》,事件的原型发生在鲁南苍山县,山东《大众日报》有过专门报道,莫言把它移植到高密东北乡。再如大江健三郎造访他,想看莫言《秋水》里描写的奔腾的河水,结果只是条早已干枯的河床;《丰乳肥臀》的日文译者画了地图,按图索骥到高密找沙丘,找沼泽,结果什么也找不到,这些都是别地"移栽"来的。前文所引那句"能把天南海北有趣的生活纳入自己的'故乡',就可以持续不断地写下去"的莫言之言①,就是在举完上述例子后说的。

至于后来更多并无什么故乡原型,即莫言说的"到了《丰乳肥臀》就突破了所谓的'真实'"②之类的作品,高密东北乡只是一个"故乡背景",超越故乡、借故乡扩大视野,写广大社会生活场景的意义就更明显了。

更主要又是同化,是跨界融通。一方面是在外在内容上,让外来的故事、别人的生活、广阔的社会历史画面都带上故乡的色彩,化为故乡的故事,形式上重返故乡,如《红高粱》讲的是抗日战争的故事,《野种》讲的是淮海战役

① 莫言、王尧:《莫言王尧对话录》,苏州大学出版社 2003 年版,第 136、217、202 页。

② 同上书,第 202 页。

的故事,此类伏击战、送军粮的故事放到别的地方一样可以讲,但这里的主人公却都是高密东北乡人,都带着高密东北乡人的强悍。另一更重要的方面是在深层意蕴上,以作家的主体情思同化、融通所有的生活素材,比如,《透明的红萝卜》《红高粱》《野种》,故事的具体内容完全不同,但讲的都是对人性问题的深深思考。同时,作家具体的主体情思情趣又丰富多样,时有新意,且不断有所提升发展。如同是关注人性,《透明的红萝卜》表现了对善良、正义的热切希望和对人性正当欲望的朦胧渴求;《红高粱》写出了原始而真实的生命、鲜活而本然的人性,表现了剽悍野性的复杂人性中的野性欲求、野蛮本性以及更值得歌颂的正义、担当、血性、果敢;《野种》则表现了不拘礼法的野性中蕴藏着可以并应当积极加以引导使之成为正能量的优秀品质。

　　正因为如此,不仅外在故事内容不同,内蕴深层思考也不同,冠以高密东北乡名义的莫言小说,才篇篇无重复感,篇篇使人欲罢不能,即使《红高粱家族》各篇间关联较紧的系列中篇亦如是。如与《红高粱》最挨近的《高粱酒》,实际是《红高粱》中除了伏击战外,许多没有展开的重要细节的展开,如余占鳌刺杀单家父子,或者是借题发挥的新扩展,如前文引述到的高粱酒的酿造秘密。所以其主题——原来《红高粱》中还有一个主题是抗日,到了《高粱酒》中淡化了,而主要是对原始人性的更为集中充分的展示和思考,因而全篇的悲喜剧意义更为突出了。至于内容和意蕴距离更远的《野种》则更是如此。

　　《野种》故事说,由高密东北乡人组成的运送军粮的民夫队伍中,只有两名正规军的战士,一名任指导员,一名任连长(民夫队长),但指导员身患重病,时不时咳血,后来基本上只能躺在推车上。队伍原先管理简单,连长做事更为简单,凡开小差偷跑者,抓回一律枪毙,队伍因而死气沉沉,前进速度很慢。"父亲"余豆官继承了余占鳌的匪气、大胆、武艺高强、血性、担当,只是更为油腔滑调。他就敢开小差,结果被指导员开枪击中腿部被抓回。余豆官称说他是夜游症不是逃跑。按规定,一旦问清实情,就得执行枪毙。在这磨蹭拖延的过程中,余豆官巧施小计,加上身手极快,竟把指导员、连长的盒子枪都夺在手了。为与前面的辩解相称,江湖义气十足的余豆官不能再跑,但枪也不能还给他们,否则必死无疑。此时,余豆官说由他带领民夫队完成送军粮任务。指导员和连长只好默认。村里人都知道传奇人物余豆官的武艺和胆略,没有人敢反抗。余豆官也废除了使民夫恐惧的枪毙,改为违纪者割耳朵处罚。加上他的幽默风趣，小说说，在他的英明而混账的领导下，队伍生气焕发，行军速度极快。后来，队伍所带口粮将尽，有人主张吃军粮，余豆官不同意，认为这将前功尽弃，主张赶快过河再找吃的，指导员此时站出来明确支持余豆官，并由默认改为明确表态请他带领队伍完成任务。余豆官觉得指导员不错，是非分明，就把一把盒子枪还给他，表明你我二人一起领队伍渡过难关。但桥梁已被冲垮，指导员提出下河探探，如水不深就涉水过去，不能放弃最后一线希望。但询问之下，望着凝滞的冰河，民夫们个个面生畏难之色。此时，指导员剥掉棉袄，瘦骨铮铮裸体着，说："余代连长，你照顾连队，我下去探河。"小说写道：

> 父亲心里一阵滚烫，大声吼叫："指导员，胡闹什么，你下河去见阎王爷？要探河道也轮不到你，快穿上衣裳吧，要探我去探，谁让我抢了个连长呢？余代连长？伙计你是共产党无疑，你封我代连长，就等于共产党封我代连长是不是？"

于是激动之下的余豆官跳进冰河里，骂着令人发笑的流氓口号，终于探明可以徒步涉水，但上岸时，已冻得不能动弹。看到这种惨状，民夫们又犹疑了，一个民夫说："豆官，散伙吧，回老家过年。"指导员突然掏出枪来，对准那人就是一枪，当然没有击中，众民夫却骇得目瞪口呆，大气不敢出。此时——

> 父亲讪讪地说："指导员好大的脾气。"
> 指导员轻蔑地扫了父亲一眼，冷冷地说："我一直认为你是条好汉子！"
> 父亲被他说得脸皮发烧。
> 指导员挥舞着盒子炮发表演说。他的脸上洇出两团酡红，像玫瑰花苞，暂时不咳嗽了，嗓音尖利高昂，每句话后拖着一条长长的呼哨，如同流星的尾巴。金色的阳光照着他的脸，使他一时辉煌如画，他的眼里闪烁着两点星火，灼灼逼人，他说："你们还是些生蛋子的男人吗？解放军在前线冒着枪林弹雨不怕流血牺牲饿着肚子为你们的土地牛马打仗，你们竟想扔下粮食逃跑，良心哪里去了？卸下粮食，一袋袋扛过河，谁再敢说泄气话，我就枪毙谁！"
> 过于激动，使指导员喷出一股鲜血，眼看就要栽倒。余豆官抢上去扶住了他说："指导员别生气，运粮过河小意思，俺东北乡人都是有种的，发句牢骚你别在意，气死你可了不得。"又对民夫们说"水不深，好过，冷是冷点，比挨枪子儿舒服多了。不为别的，为指导员这番话，别叫这个小 × 养的嘲

笑咱。"并立即命令大家快脱衣裳快过河。此时,指导员又叫大家停住,改为排成两路纵队,组成人链,一个传一个,这样才又快又安全。小说写道:

父亲说:"不行不行,这样不公平!站在河中央的吃大亏了。"

指导员说:"共产党员和希望入党的同志们,跟我到河中央深水里去。"

父亲说:"去你奶奶的那条腿,共产党员长着钢筋铁骨,轮班轮班!"

指导员大踏步往河水中走去,父亲说:"我说二大爷,你在岸上歇着吧,冻死你怎么办?"

指导员坚定地说:"放心吧,我的老弟!"

父亲紧跟着指导员往深水中走,这个黑瘦咳血的骨头人表现出来的坚忍精神让他佩服。父亲感到从指导员脊梁上发出一股强烈的吸引力,好象温暖。指导员背上有两个酒盅大的疤痕,绝对的枪疤,标志着他的光荣历史……他伸手捏住了指导员的手,指导员用迷迷的目光看了父亲一眼。父亲感到指导员的手僵冷如铁,不由地心生几分怜悯。他暗下决心,从今后应该向共产党学习。

……

一袋袋小米在人链上运行着,动作迅速而有节奏。父亲沉浸在神圣乐章里……

众所周知,父亲身材高大,幼年时他吃了大量的狗肉,而那些狗又是用人肉催肥了的野狗,我坚信这种狗肉对父亲的精神和肉体都产生了巨大的影响。他的耐力、他的敏捷超于常人。在河中人链上,他是最光辉最灿烂的一个环节。指导员早已面色灰白、气喘不叠了。父亲立在他的上水,减缓了河水对他的冲激,他依然站立不稳。指导员一头撞在父亲胸脯上,把父亲从梦幻中惊醒。链条嘎吱吱停住。父亲扶住指导员,吩咐身边两个民夫把他送上岸……链条闪开一条大空缺,父亲舒开长臂,弥补了空缺。他大臂轮转,动作优美潇洒,一袋袋米落到他手中,又从他手中飞出,一点也不耽搁。父亲大显身手,民夫们赞叹不止。最后一袋米过了河,民夫们竟直直地立在水中,没有人想离开。直到北岸有人吼叫:"米运完了,快上来呀!"

这篇几近神奇的故事,与《红高粱》比,具体故事内容完全不同,风格和意蕴既像又不像,风格上是多了点油腔滑调,于不正经中写正经;意蕴更不相同,那野性之人与正规组织中的成员如何在"性本善"的某一点上可以重合,如何恰切引导使之为我所用,这是《红高粱》所未营造的。有哪一位读者读之会有重复感呢?

据说当年还是有专家认为《红高粱家族》多有重复,认为叙事风格、语言风格没有变化,认为如一开始就构建为长篇,这问题就不存在了。[①]殊不知这是完全不同的两类结构。系列中篇之间必不可少的人物、衔接等等的重复是难免的,读者不会为此锱铢必较;叙事及语言风格虽有小变但无大变,读者只会觉得这才是一个作家正常的统一而多彩的风格。就像《史记》,涉及"鸿门宴"故事的项羽、刘邦、张良、项伯、樊哙、陈平诸人的传记,必有交叉重复之内容,更有各为重点的不同详述,叙事语言风格更是基本一致,没有人会说,把《史记》改成一部长篇好了。

莫言以他的创作实践雄辩证明了他的重返故乡更是超越故乡,以其不断发展的主体自我、主体情趣情思同化自己及别人的生活,同化一切素材的"同化"创作观是成功的,是极为重要的,是其"跨界大通感"创作观及创作实践的重要有机组成部分,有力说明了他多少年后还提及孙绍振的"同化论"是郑重其事的有意之为。

《红高粱家族》之后的长篇,凡打着"高密"旗号的,都如《天台蒜薹事件》那样,充分表现了同化论的将他乡、他人的材料任意同化到其"文学王国"的跨界融通,不一一细述。

四、莫言创建"高密东北乡文学王国"所受的影响

创建"高密东北乡文学王国"是莫言最大的文学成就之一,在中外文坛均影响广远。早在获诺奖前,就有大江健三郎等外国作家前去"探秘"。在瑞典获诺奖演讲中,莫言就福克纳、马尔克斯的影响,除了前面介绍的作家间的影响乃"心有灵犀一点通",他明白他应该向他们学习什么,以及追随他们又必须尽快逃离他们外,最主要提及的影响,就是创建"高密东北乡文学王国":

---

① 莫言、王尧:《莫言王尧对话录》,苏州大学出版社 2003 年版,第 152 页。

我必须承认,在创建我的文学领地"高密东北乡"的过程中,美国的威廉·福克纳和哥伦比亚的加西亚·马尔克斯给了我重要启发。我对他们的阅读并不认真,但他们开天辟地的豪迈精神激励了我,使我明白了一个作家必须要有一块属于自己的地方。①

在本章第三节介绍的莫言1992年发表的《说说福克纳这个老头儿》一文中,还有下述这些相关表述:

> 我首先读的是该书译者李文俊先生写的漫长的、妙趣横生的前言,……李先生两万字的前言隔三差五地读罢,我觉得读不读《喧哗与骚动》已经无所谓了。李先生在序里说:福克纳不断地写"家乡的那块邮票般大小的地方",终于"创造出自己的一个天地"。我立刻感到受到了巨大的鼓舞,不由自主地在房子里转起圈来,恨不得立即也为自己"创造一个新天地"。……
>
> 我立即明白了摆在我面前的工作是:我应该举起"高密东北乡"这面旗帜,把那里的土地、气候、河流、树木、庄稼、花鸟虫鱼、痴男浪女、地痞流氓、刁民泼妇、英雄好汉……统统写进我的小说,创建一个文学的共和国。当然我就是开国的皇帝,这里的一切都由我主宰,所有的人都是我的臣民,都要听从我的调遣指挥,有胆敢抗令者,斩无赦!……

注意,恰恰福、马对莫言的这一最重要影响,并非魔幻现实主义标志性的特征——超现实的"魔幻"现象。也同时另有(或至少是并存的)一个源头,此即瑞典演讲辞中,他说的:

> 在《秋水》这篇小说里,第一次出现了"高密东北乡"这个字眼,从此,就如同一个四处游荡的农民有了一片土地,我这样一个文学的流浪汉,终于有了一个可以安身立命的场所。②

接着,才是前引的"我必须承认……"这段话。笔者甚至猜测,因为把他看成西方魔幻现实主义文学在中国的硕果,甚至代表,在一些西方论者中似乎已成定论,莫言当然不否认西魔技法的影响,但如前面章节介绍的,西魔技法对其

---

① 摘自莫言获诺奖演讲辞,该辞见中新网2012年12月8日电。
② 同上。

影响并非最主要,并且是有限的,所以莫言必须利用这个庄严的场合,告诉大家,人们一直言说的其创作所受西方魔幻文学的影响,其实主要在此。而这,恰恰又并非福、马之专利,恰恰本国传统更丰厚、影响更直接,莫言2003年在与王尧的对话中谈到"作家大多数都有自己的这么一块土地"时,反复所举者并不是福、马,而是鲁迅的绍兴、沈从文的湘西、王安忆的上海。① 更重要的,前文已反复阐明,莫言不是仅在家乡那块地方不断写,而是善于"同化",善于把他乡、他人、他书中可以被他同化的一切化到故乡。否则,就像当年的"神童"刘绍棠的"一口井"创作那样,也是在其运河岸边的故乡领地任意编织才子佳人、精忠报国的民间故事,但因仅仅固守一口井深挖,最终作品出现了自我重复、时代感不强等局限。② 而莫言的同化,理论源于孙绍振而非福、马,本节已经说得很充分,也不是源于与此有关的丹纳、皮亚杰的理论,莫言没有说过源自于此,更重要的是,丹纳、皮亚杰的原初理论已经经过孙绍振的几度转换,才成为一听就明、直截了当的孙氏同化生活论。并且,前面章节的有关内容表明,孙先生同化论影响莫言,亦即超越故乡,同化他乡于故乡,莫言很可能起意于1984年孙先生军艺课中的某次课上。

　　应当指出,拙著是从研究的角度,分别细述了孙绍振的创作理论和莫言创作的有关内容可能发生对接的部分,而莫言的理论背景、作品背景当然不止孙绍振一人,即使所有的理论确实能解释莫言创作现象,莫言也不可能那样亦步亦趋去实践理论,不可能像自然科学的成果转化那样去制作小说,何况我们的分析甚至只是一种猜测。但任何大作家都必有大背景,都不可能从天而降。莫言应是以他天才的、创造性的、化境式的感悟汲取了孙先生有关理论的养分。但能如此,理论就是幸福的了。

---

① 莫言、王尧:《莫言王尧对话录》,苏州大学出版社2003年版,第200—207页。
② 赖瑞云:《独创与局限——刘绍棠创作道路得失刍议》,《当代作家评论》1984年第5期。

第三章
语文教育的突围

　　前文说过,作为孙绍振《文学文本解读学》基础的创作论尚能创造文学理论教育的奇迹,其衍生的孙绍振的解读理论、方法在一线实践领域所引起的近乎风暴般的热烈反响,就毫不奇怪了。①

---

　　① 本章主要内容,最早分别见赖瑞云:《孙绍振解读学对理论和实践的多维贡献——从语文教育的视角》,《福建师范大学学报》2016年第2期;赖瑞云主编:《文本解读与语文教学新论》第二章第五节,北京师范大学出版社2013年版;赖瑞云:《讨论课与文本解读的缘起、发展及其两岸的交流互补》,《福建基础教育研究》2017年第4期。根据本章结构及新的研究、新的资料,对上述内容进行了重构和增删。

第一节　孙绍振文本解读的热烈反响

　　从狭隘的、直接的意义上,孙绍振《文学文本解读学》是孙先生介入语文课改的产物。

　　语文课改启动的 21 世纪初,孙绍振先生决定主编中学语文课本,随即获教育部立项。孙先生是大格局的智者,绝非事必躬亲之人。但孙先生当主编,又绝不是挂名主编。他所主编的初中语文课本,最初版的 289 篇课文,每一篇选文、每一个单元组合,他都要亲自过目拍板。其中的传统经典选文,当然是编写团队全体成员,也是各版教材的共识,而大量的新选文（没有新选文,就无以区别不同版本的新教材）中的多数篇目,来自于孙先生博闻强记的大脑,有不少篇目,编写团队成员是第一次阅读接触的。与他原有专业最无关的是每篇课文后的练习题,但他放下身段,几乎每一篇课文都去编练习,至少编写了数百道题,供团队集体讨论,最后定稿时,还一一审读,润色文字。与他原有专业最相关的是每篇课文的解读,相当于文艺学里的鉴赏、评论,团队成员望而却步,写一篇都颇费力气,甚至要绞尽脑汁,况且写出来还可能很一般,而我们当初的编写理念,最重要就是希望编写出有水平、有特色的新颖解读,一改过去教参资料比较平庸、落后的状况。此事,团队成员都希望孙先生亲自动手,故取一他版教材所无之名:"主编导读"。孙先生二话不说,主动操刀,孙先生当时至少是技痒。结果,近 290 篇作品的解读,孙先生全扛下来了,这至少在数量上,迄今为止是语文课本编写史上仅有的。他的解读,不是三言两语,而是一篇篇完整的论文,少则一般也有五六千字,长则七八千,乃至上万字。通常,一般人能发表五六篇解读,当小有得意;发表三五十篇,足有资本吹牛。孙绍振不仅完成了全套课本的解读,而且,从此一发不可收拾。当时语文界最缺最需要的就是有水平的课文解读,孙绍振文章的精彩,本就众所周知,自此,许多报刊、出版社向他约稿,其他语文教材也请他写解读,还有后文将谈到的主编两岸合编教材的解读,孙绍振发表的不重复的单篇作品解读到底有多少?就他近 20 年间出版的 12 部解读专集 ① 和其他十几部包含解读内容的理论专著(包括改革开放以来的著述),以及尚未收入专集的发表于刊物上的论文在内,不完全统计,不下 600 篇,其中大部分都是中学课文;又其中,以完整文章形态出现的近 500 篇;如果加上某个章节、某篇论文涉及多个作品的,所解读作品八九百篇(部),包括长篇名著、诗词散文、论说时文,凡语文界所及文类,他都涉足了,大陆十几种中学课本的约三分之一的课文、台湾各版高中课本的近一半的课文,他都解读了。孙先生还有相当多未成文的"口头解读"。近十几年间,他经常被各地请去做学术报告,各中学请去评课,常年奔走于大江南北、海峡两岸。每到一处,那精彩的即席点评,那听众难得一遇的精神盛宴,每每使听众绝倒、笑翻,然而,却很少能像几年前发表于《中华读书报》上轰动一时的《中华诗国》那样被及时整理成文。到底流失了多少?就笔者在场的,至少数十次。而非常遗憾,其中涉及的许多是他过去未解读的课文。孙先生还有不断推出的解读新作,《语文建设》给他辟了个专栏,每期一篇;福建师范大学两岸文化发展研究中心、福建师范大学文学院聘他与台湾学者一起合编台湾版的高中语文教材,照旧命名"主编解读"劳他动笔,拙著初版(台湾繁体字版)的 2017 年底,孙先生刚写完合编教材 30 多篇"主编解读",尚有数十篇需要他继续写解读,孙先生开玩笑说,你们要榨干我的全部剩余价值了;2019 年 9 月,合编高中教材完稿出版,孙先生并未停下解读之笔,又合编初中教材,2020 年疫情期间,他在《中华读书报》连发多篇解读诗词的文章,又有许多新解读,脍炙人口。据孙先生转发来的该报编辑短信,一些重要见解,王蒙深表赞同,托编辑向孙绍振致意。

　　孙先生的文章向来就因其犀利、雄辩、明快、风趣,说出了人们没有想到却随之豁然开朗的前沿观点、创新见解而受人热捧,粉丝众多。他的解读专集,乃至

---

① 　孙绍振 12 部文本解读专集为:《直谏中学语文教学》《名作细读》《挑剔文坛》《孙绍振如是解读作品》《演说经典之美》《名作细读修订版》《新的美学原则在崛起》《月迷津渡——古典诗词个案微观分析》《孙绍振解读经典散文》《经典小说解读》《演说〈红楼〉〈三国〉〈雷雨〉之魅》《出口成诗的民族》。2021 年,上海教育出版社又选编出版了孙绍振的《孙绍振古典散文解读全编》,新收入了孙绍振不少新发表的且未入选前面解读专集的文章。

他的理论学术专著，常是书市的畅销书，出版社一版再版，真正洛阳纸贵。其中的《名作细读》重印 23 次，《孙绍振如是解读作品》2012 年时网上统计的点击率就已高达 1200 万次。老一辈的著名特级教师于漪、钱梦龙向他讨书。福建省著名特级教师陈日亮、王立根是孙绍振主编的北师大版初中语文教材编写团队的成员，当年，每看完一篇孙先生的解读，就一番赞叹。像对《孔乙己》解读，近万字，孙绍振揭示说，给人带来欢乐的孔乙己，自己是没有欢乐，是笑不起来的，孔乙己全部的努力就是试图维护他最后一点残存的读书人的自尊，但却偏偏这一点可怜的自尊也遭到人们反复残酷的摧残、打击，而发出残酷笑声的人们却又并无多少恶意，只是为了打发无聊、寂寞的日子，而鲁迅是以没有描写、没有渲染的精简到无以复加的叙述笔调完成这部震撼人心的悲剧的，是一曲没有悲剧感的悲剧，没有喜剧感的喜剧，正所谓鲁迅自言的"不慌不忙的""大家风格"。陈日亮、王立根从 20 世纪 80 年代初看过许多有关《孔乙己》的分析、解读，他们说，是读过的解读中说得最好的。江苏省著名特级教师黄厚江说，孙绍振先生、钱理群先生的许多新颖解读是值得引入我们中学课堂的。年青人更是追星族，或直接照搬，或活学活用，由此而胜出者不胜枚举。一位研究生，在教师招聘的面试上，将孙老师 2010 年发表在《文学遗产》上的解读《赤壁怀古》的长篇论文中的核心解读，"搬到"15 分钟的片段教学中，评委听后，惊叹莫名，打出了远远高于第二名成绩的夺冠分数。一位 2007 年本科毕业的年青人，在多次公开课中都运用孙老师教给的"还原法""换词比较法""矛盾法"解读课文，如解读《雨巷》，他问，为什么是"雨巷"而不是"雨街"？（没有"巷"，就没有了悠长的孤独）为什么不是"巷子"而必须是"雨巷"？（没有"雨"，就没有了迷茫、凄清）为什么只能是蒙蒙细雨而不是瓢泼大雨？（大雨就落荒而逃，就容不得诗人走走停停地彷徨，悠长悠长地思索，如雨丝如梦幻地幻想）他还直接引入了孙先生解读中说的"长的巷子才适宜漫步思考"。这位年青教师的成功教学，使他获得了福建省荣誉极高的"'五一'劳动奖章"。孙绍振的解读传到海峡对岸，台湾语文教师读后大开眼界、爱不释手，一位博士青年教师得到了孙老师的《月迷津渡——古典诗词个案微观分析》，转手间就被大家抢去复印了几十本。孙绍振解读在语文界形成的影响，已经有点近乎神话。山东省一次召开全省教师的课改工作会议，把他请去作大会学术报告，主持人介绍说："传说中的孙老师，我们请来了！"全场热烈鼓掌，他的一位铁杆粉丝，不远千里给笔者挂电话描述现场的兴奋情景。

第二节　孙绍振文本解读热烈反响的深刻渊源

孙绍振解读在语文界引起的这种近乎风暴般的反响,有其深刻的渊源。语文教育长久以来不被人看好,课改前那场肇端于《北京文学》,持续近三年,连当时主管教育的国务院领导都参与其中的"大批判、大讨论",人们至今记忆犹新。当时,最尖锐的话语是"天怨人怒"。其实,早在改革开放初,吕叔湘、叶圣陶就对语文教育费时最多却效率最低的现象提出过发人深省的询问。更早在20世纪30年代就有过国文教育为何效率低下的讨论。究其根本原因就是文本解读缺位。拿著名特级教师欧阳黛娜的形象描述是:新课本一到,90%以上的学生鸦雀无声看的是语文课本,因为课文中的美深深攫住了学生的心,但是随着教学的推移,学生们觉得语文"没劲"了,因为教师把原本课文中固有的美讲解得面目全非,因此她说语文教学艺术的第一个任务就是把原文中的美原原本本交还给学生。① 欧阳黛娜说的"交还",就是孙绍振一直倡导的并身体力行的揭示艺术奥秘、创作奥秘的文本解读。欧阳黛娜批评的那个"讲解",并不是这样的文本解读,而是当年语文界普遍存在的四种教学状态:

第一是叶圣陶早年多次批评过的,把文言翻成白话,把白话翻成另一套说法的白话的最要不得的教学。② 拿孙绍振的说法,就是在一望而知的表层滑行。

① 欧阳黛娜等:《欧阳黛娜中学语文教学艺术初探》,山东教育出版社 1997 年版,第 11 页。

② 本段叶圣陶言论见叶圣陶:《谈语文教本》,中央教育科学研究所编《叶圣陶语文教育论集》上册,教育科学出版社 1980 年版,第 183 页。

最常见的做法就是用自己的话把课文的内容重述一遍，"先说了什么……接着又讲了什么……这一段讲的是……最后又强调……"这就是叶圣陶点破的"另一个说法的白话"。文言文的翻译还算做了件实事，白话文这样教就是浪费时间了。内容人人可见（歌德语），好文章一看就懂（王富仁语）。所以叶圣陶说，"老师不是来讲书的，尤其不是来'逐句逐句的翻'"，"他的任务在指导学生的精读"（即我们今天说的文本解读），只有那些连人人都能懂却"实在搅不明白"的人，你才"给他们讲解"。然而，多少年来，这些没有多大有效信息量的，还美其名曰"内容梳理"的教学却大行其道。

第二是按 20 世纪八九十年代的知识点教材进行教学。这些知识点往往不是从文本本身的艺术奥秘出发，而是按外加的知识体系的编排，就其人为设置的知识点开展教学，因而往往与作品最精彩的艺术奥秘冲撞。比如 1993 年版的初中统编课本，如是安排鲁迅作品的学习：

> 第一册:《从百草园到三味书屋》,语言的感情色彩
> 第二册:《社戏》,叙事有详有略
> 第四册:《故乡》,运用对比突出主题
> 第五册:《孔乙己》,精巧含蓄的结构

熟悉鲁迅作品的读者，一看就觉得不对味。鲁迅的小说，包括这四篇在内，最突出的艺术特色，就是鲁迅自己也十分赞赏的"白描"，不慌不忙，从容不迫，"有大家风格"（鲁迅语）。然而，按知识体系的编排，只能如此牺牲白描。这个问题，课改后已解决，课标本取消了干扰文本解读的外加知识体系；现行统编本新教材，虽有知识体系（知识当然是必需的，知识成体系，学习更有效率），但仅作为副线，不干扰课文的第一解读。①

第三是种种低效、无效、负效的所谓"分析"，或为支离破碎的机械拆解，或为当年苏联"红领巾教学"遗传下来的背景、作家、分段、主题、写法的套路教学，或搬来平庸教参，不得要领讲解一通。当然，教参中也有收入精彩或比较精彩的评论文章，如叶圣陶的《背影》解读，但为数不多；学界当年也有好解读，如戴不凡的《西厢记》研究和孙绍振的《致橡树》分析，但旧教参并未

---

① 详见赖瑞云主编:《文本解读与语文教学新论》第二章第五节,北京师范大学出版社 2013 年版。

收录有关观点。

第四是教学方法至上，错以为著名特级教师的成功之道就在于教学设计、教学技巧，殊不知钱梦龙多次提醒，首先是抓住作品特点，其次才是教学设计，于漪反复强调，最主要是讲出作品的语言奥妙、思想奥秘，甚至要穷尽其中的奥妙。[①]

上述四种状态，某种意义上，第四种影响最烈。由于语文教学长期以来令人不满，人们向教育学求救，或者说是教育学"乘虚而入"。教学方法无疑对教学效果有重要影响，在同一内容的条件下，甚至有决定性的、致命的影响，孙绍振讲课特有的犀利、雄辩、幽默、酣畅所强化的轰动效果就是最好的证明。但无论如何，内容是第一位的，极端一点讲，如果学科教育的内容是正确的，不怎么讲究方法，哪怕照本宣科，也可凑合上完一堂课，如果内容是错误的，方法越佳，南辕北辙，离目标越远。这是"皮之不存毛将焉附"的皮、毛关系，"如虎添翼"的虎、翼关系问题。关于这二者之间关系的理论论争、语文界当时"方法至上"的实际状况以及"教学内容第一性"的详尽论述，王荣生教授的语文教学论专著有专门论及。我想强调的是下述两方面：

其一，为什么这个从理论和实践上看来都比较明确的问题，在语文教育领域曾长时间造成盲点？根源是，真正的语文教学内容应该是揭示奥秘尤其是创作奥秘的文本解读，然而多数人并未认识到这一点，结果就产生了如上所述的第一、第二种语文教学，在碰壁之后就转而求助方法。少数意识到这一点的，又因为揭秘解读绝非轻而易举，就弃而转向方法。结果，不检讨内容而检讨方法成为当时语文界的主流。进一步的结果就是，明明是文本解读问题没有解决，却怪罪于著名特级教师的教学技巧是个性化的艺术，很难转化为一般教师的教学，为教学的普遍低效找到了冠冕堂皇的理由。再加上应试教育雪上加霜，于是，语文教学低效率的世纪难题就一直处于无解状态，乃至引来世纪末"天怨人怒"的责难。

其二，21世纪启动语文课改后，上述问题在课改前期仍继续存在，实际上仍然是从教育学、教学论的角度去解决问题。最明显的就是对钱梦龙"教师为主导、学生为主体"的批判、否定。批判者认为，一提教师主导，学生就不能真正成为学习的主人，于是引来西方的"平等对话"，一时间热闹的对话教学遍及各地。无疑，对话对于"满堂灌"的否定，对于调动学生积极性的作用，

---

① 详见赖瑞云：《混沌阅读》，福建教育出版社2003年版，第218—228页。

自不待言。然而吊诡的是，20世纪八九十年代涌现的一批著名特级教师恰恰是最少满堂灌，最善于调动学生积极性的。阅读过钱梦龙数十个经典教学案例的人都知道，钱梦龙的课，与学生的对话最多，也最善于表扬、鼓励学生，学生的发言时间往往超过了钱先生，钱先生的发言总是少而精，但钱先生的"教师适时引导、指导的作用"从未缺位。"教师为主导、学生为主体"本来是很辨证的（2010年制定的《国家中长期教育发展、改革规划》就明确写上这句话了，这是后话），但当时不少批判者并不真正了解八九十年代语文教学的状况，并未研读过钱梦龙的教例。而当一个不辨证的极端口号未在实践中撞墙时，往往会变本加厉呈现怪象：明知学生发言有错，也不敢纠偏指正；规定学生的发言必须保证多少分钟，限制教师的发言不得超过多少分钟；学生中心主义、教师尾巴主义，一时大行其道；表面热热闹闹，实质浪费青春的对话，一时充斥课堂；最匪夷所思的是，出现了诸如"愚公搬家不就得了""焦母官司打赢了刘兰芝""《皇帝的新装》中的骗子是'义骗'"等脱离文本、亵渎文本的荒腔走板的对话教学。上述问题的持续时间不算太长，也不太短，但它的后果是严重的。温儒敏2007年、2008年有过二次课改调查，结果之一是"语文仍然可能是最令学生反感的学科"，调查对象包括北大中文系的两届新生200人，温先生说，按理这些语文尖子生是最热爱语文的，又是经历课改后进大学的，这样的结果实在发人深省。① 笔者认为，最值得反省的就是上述极端的"平等对话"，就是仍然"方法至上"。其实，中学一线的许多教师一开始对此就有疑虑，但他们不敢随便发声，不知道问题的真正症结在哪里？出路在哪里？这个时候，孙绍振先生站了出来，在21世纪初于无锡召开的一次教学会议上，当着钱先生的面，提出了"保卫钱梦龙"的口号。随后又以其对西方教育理论、实践的深切了解，以鞭辟入里的学理分析和生动的案例，在多次重要会议上和多篇重要论文中深入地对"批判'教师为主导、学生为主体'"进行了反批判，对钱梦龙的正确教学观作出了有力的辩护。② 这个时候，也正是孙绍振大量文本解读论文的"喷发期"，接二连三解读专集盛销市面的黄金岁月。人们在大

---

①　见《光明日报》2009年7月8日、《语文学习》2008年第1期。

②　"保卫钱梦龙"口号见孙绍振未刊稿《钱梦龙的原创性：把学生自发主体提升到自觉层次》（此文为全国中语会2015年12月19日召开的"钱梦龙教学艺术研讨会"会议论文稿）；重要会议和重要论文见孙绍振《批判与探寻：文本中心的突围和建构》中的《语文教学中的主体性和主体间性》《理顺传统、遵从实践，修正西方教育理念》等文，山东教育出版社2012年版。

开眼界的同时,亦醍醐灌顶,语文原来应该这么教!正如时任全国教育学会中学语文专业委员会理事长（民间俗称"中语会会长"）顾之川在福建省语文学会 2014 年年会说的,文本解读已成为语文学科最重要的基本理念。鲁迅先生曾用"暗胡同",叶圣陶先生曾用"暗中摸索"比喻过语文学习,个中之味,广大献身语文教育事业的探索者尤能体会。如今,这漫长的黑暗中的摸索可能结束,怎不令人欢欣鼓舞?

当然,推动这一变革的绝不仅仅是孙绍振一人。钱理群先生更早涉足这一领域, 20 世纪 90 年代初,他在《语文学习》上连发十几篇"名作重读",对中学教参（教师教学用书,俗称教参）中的问题重炮猛轰,一时大快人心,争相传阅。嗣后,从解读的角度质疑语文教学的学界论文时有闪现,预示着未来变革的风暴。课改后,钱理群先生重放异彩,与孙先生南北呼应,发表了一篇又一篇的解读佳作。还有王富仁先生,还有北大、北师大、南大、华东师大等许多大学的深入参与课改、直接编写中学课本的大批学者。还有始终坚持自己正确教学实践与理念的于漪、钱梦龙们及其粉丝军团。还有语文界不计其数的立志改革者和探索者,包括 20 世纪末,为民族素质计,猛烈炮轰语文的各界各阶层的忧国忧民者。还要上溯至 20 世纪前期夏丏尊、叶圣陶等前辈大师试图一扫语文教学玄妙笼统状态的种种努力,包括叶圣陶的《文章例话》、朱自清的《文言读本》……所有这些的合力作用,渐行渐进,走到了这一历史的转折点。但孙绍振,无疑是近 20 年来,对文本解读的显位登堂,作出贡献的第一人,因为他不仅在解读的数量上遥遥领先、质量上令人拍案,而且他原创性地建构了体系庞大的"文本解读学"。

这就是孙绍振的解读论著受人热捧,在语文界引起热烈反响的深刻渊源,也是孙绍振创建的文本解读学及其解读实践对语文实践领域和现代语文学建设的杰出贡献。

孙绍振备受语文界热捧的另一重要原因,是他作为文学研究领域最上位的文艺学的著名理论家,对最基层的语文教学的深深介入（包括上文提到的众多大学大腕学者介入课改）,使中学教师和语文教学论教师顿生"我辈岂是蓬蒿人"的美好感觉。过去,就语文学科而言,大学与中学双向脱节。孙绍振认为,主要的责任是大学,大学里主要的责任又是最上位的文学理论。过去,"语文课程与教学论（旧称中学语文教材教法）"不仅在综合性大学里被不屑一顾,就是在师范大学里也被边缘化,更不用说中学的语文学科,有多少理论家过问了。然而又吊诡的是,所有的理论家,所有的作家、学者,除了少数例外,都经过了长达12年的语文教育阶段,如果最接地的语文学科的土壤是肥沃的而不是贫瘠的,是否更有利于整体上提升上位学界的素质而值得人们去关注呢?答案本来是很清楚的,当年叶圣陶、朱自清、陈望道等数十位大师级的学者、作家亲自操刀主编、编写中小学教材,就是最好的说明。按孙绍振的研究,主要原因是西方文论(包括苏联的文学理论)引入后带来了近半个世纪出现的这一重大缺位,包括下述的文本解读在大学的缺位。过去,一篇篇中学课文的具体解读,不仅文艺学不太管,古典、现代等各专业学科也不太管,因为在众人的眼里这是"小儿科"。孙绍振多次以他惯有的幽默风格、生动白描、春秋笔法说过一个故事:他最初动笔撰写中学课文解读时,不无心虚地询问一位造诣很深的古典文学学者:"这是不是小儿科?"不料这位学者脱口而出:"哪里?这是大学问,不是随便能写好的。"孙绍振说他大受鼓舞,从此乐此不疲,欲罢不能,以至他的诗歌界的朋友们说他都不关心他们了(其实这期间他照样写了不少诗歌评论,出版了诗歌选集和研究专著)。现在,不仅这位理论大家视之为要事、难事,亲自耕耘播种,人称"草根博导",而且在他的带动下,许多人,如他所在的福建师大文学院各专业的不少学者都分身投入了这项"小儿科"式的"大学问"工作。最高兴的自然是准语文教师的师范大学的学生们,孙先生至今还作为"保留节目"的,在福建师大不时"献艺"的文本解读课,是学生们最兴奋、期盼的课程之一,就像王光明先生在"孙绍振诗学思想研讨会"上形容的,是学生们的节日。[①]

---

① 转引自汪文顶等主编:《孙绍振诗学思想研究文集》,社会科学文献出版社2016年版,第150页。

第三节 孙绍振文本解读的理论、实践以及语文教育突围的历史溯源

现代语文教育诞生于 20 世纪初,但教学的普遍低效成为长久困惑的世纪难题。它与古代中国的语文教育缺憾有密切关联。问题自然没那么简单,古代语文教育传承千年,自有其优点,现代语文教育也自有其自身问题。本书并不专论古代教育,在涉及有关情况时,我们再顺带说明。本节主要从文本解读的角度,简要梳理其历史的轨迹。

一、鲁迅、叶圣陶、朱自清的文本解读教学思想和实践

现代语文教育初起的 20 世纪上半叶(主要是 20 至 40 年代),有一大批著名学者直接参与了语文教育的理论研究与实践。其动因之一就是试图改变语文教育的低效状态。仅仅编写语文教材方面,就有夏丏尊等十几位大学者。种种探索中,对今天的突围最有意义的就是鲁迅、叶圣陶、朱自清的文本解读教学思想和实践。

(一)鲁迅对"暗胡同"式语文教育缺点的批评;鲁迅的《中国小说史略》、《中国小说的历史的变迁》教学讲稿中的解读教学范式

鲁迅在《人生识字胡涂始》《做古文和做好人的秘诀》中批评了旧式学堂"教师并不讲解,只要你死读,自己去记住,分析,比较去。弄得好,是终于

能够有些懂"，"然而到底弄不通的也多得很"，"大概是似懂非懂的居多"，"一任你自己去摸索，走得通与否，大家听天由命"的"暗胡同"教学。①

鲁迅自己的文学教学则是使听者茅塞顿开的解读典范。比如《中国小说史略》是鲁迅在北京大学的教学讲稿，这部宏大的讲稿，主要部分就是具体作品的解读。鲁迅的解读不是下大而无当的判断，而是文本创作奥妙豁然洞见的具体精准的点评，并且是深入作品微观细节的又必定引述原作相应文字以为分析对象的非常具体的评点。如解读《儒林外史》里范进母丧丁忧期间的假道学丑态。鲁迅引述了范进吃虾圆那段令人喷饭的著名细节，即范进中举后和张静斋一起到汤知县家拜谢，知县知悉范进因"先母见背，遵制丁忧"而未去参加会试，落座入席后，又见其先是不用银镶筷子，换成象牙筷子后还是不敢举箸，直到换成竹筷子后范才安心，"知县疑惑：'他居丧如此尽礼，倘或不用荤酒，却是不曾备办'，落座后看见他在燕窝碗里拣了一个大虾圆子送在嘴里，方才放心。"鲁迅指出作者的这一描写手段为"无一贬词，而情伪毕露，诚微辞之妙选，亦狙击之辣手"②。这就是后人津津乐道的白描式讽刺笔法，揭示的正是创作之奥秘。又偌大一部《红楼梦》，鲁迅概述了它的主要内容，简笔列数了其"外面的架子虽未甚倒，内囊却也尽上来了"的"颓运方至"的渐多变故，引述了原文中几段"仅露'悲音'"的关键情节，评点道："悲凉之雾，遍被华林，然呼吸而领会之者，独宝玉而已。"③ 李泽厚认为："关于《红楼梦》，人们已经说过了千言万语，大概也还有万语千言要说，……却仍然是鲁迅几句话比较精辟。"④鲁迅就《儒林外史》和《红楼梦》的评点解读都不止上举的各一例，都各有三四则，而但凡所评，笔笔如此评法，如许佳妙。

整部《中国小说史略》讲稿都是这样。一是所下评语，入木三分，常常被后人直接引用，其中最精彩的一批，就像海德格尔说的是"照亮世界的第一次命名"。二是所引述原作中的相关内容，关键而贴切，如上述《儒林外史》之引，我们看到那里，就会不由自主笑出声了。以上是鲁迅解读表述上的二个特点。

《中国小说的历史的变迁》是在西安讲学的记录稿，内容相对简略，但因多是对某部作品的总评性解读，表述略长些，往往夹带着些点到为止的分析。如："至

---

① 《鲁迅全集》第六卷，人民文学出版社 2005 年版，第 305、306 页；第四卷，人民文学出版社 2005 年版，第 276 页。

② 《鲁迅全集》第九卷，人民文学出版社 2005 年版，第 231—232 页。

③ 同上书，第 235—239 页。

④ 李泽厚：《美学三书》，安徽文艺出版社 1999 年版，第 201 页。

于说到《红楼梦》的价值，可是在中国底小说中实在是不可多得的。其要点在敢于如实描写，并无伪饰，和从前的小说叙好人完全是好，坏人完全是坏的，大不相同，所以其中所叙的人物，都是真的人物。总之自有《红楼梦》出来以后，传统的思想和写法都打破了。——它那文章的旖旎和缠绵，倒是还在其次的事。"① 这一点和上述白描式讽刺，主要揭示创作奥秘，是鲁迅解读文本的第三个特点。

上述三个特点，就使听者（学习者）当下就体会到伟大作品的艺术奥秘、创作奥秘。难怪鲁迅初到北大上《中国小说史略》，一身补丁的土装和浓重的绍兴乡音，一进教室便引起学生们的窃窃私语和哄笑，但随着观点的亮出，教室便鸦雀无声。鲁迅一课成名，使得他后来每次上课都"人满为患"，教室和窗外都站满了人。② 这就是鲁迅解读教学的范式及其效果，虽然不是针对中学生的，但却是立足教学的，因之将此借鉴、迁移到中学教学，必定能使中学的文本解读教学更为深入浅出，更为明快易懂。

（二）叶圣陶对"暗中摸索"语文教学的批评，叶圣陶的《文章例话》解读教学范式

叶圣陶也是非常反对那种一任学生自己摸索去的，他称之为"暗中摸索"的教学。在那篇专批"暗中摸索"的《认识国文教学》一文中指出："让学生自己在暗中摸索，结果是多数人摸索不通或是没有去摸索"，"即使人人能够在暗中摸索，渐渐达到能看能作，也不能说这个问题不严重；因为暗中摸索所费的功力比较多"，"如果暗中摸索就可以，也就无需乎什么教育了"。③ 很明显，叶圣陶的意思就是教师要讲解，要解读。

他于是身体力行，当年那本影响巨大的《文章例话》就是他为全体语文教师做出的榜样。

全书分析、解读了《背影》等 27 篇作品的艺术奥秘、创作奥秘（叶圣陶称之为好文章的"好处""作法"），其解读之精彩、分析之细致，讲解之明白易懂，多少年后，其他人的同篇鉴赏都难出其右。我们以《背影》解读为例，主要看看他立足教学，他的解读希望学生注意学习文本的什么？他的解读是怎么表述，

---

① 《鲁迅全集》第九卷，人民文学出版社 2005 年版，第 348 页。

② 引自 www.163.com：《鲁迅第一次到北大上课》。

③ 中央教育科学研究所编：《叶圣陶语文教育论集》，教育科学出版社 1980 年版，第 89、87 页。

怎么使人听懂的。下面是叶圣陶对"父亲攀爬月台一幕"的解读表述：

> ……叙述一个人的动作当然先得看清楚他的动作。看清楚了，还得用最适当的话写出来，才能使读者宛如看见这些动作一样。这篇文章叙述父亲去买橘子，从走过铁路去到回到车上来，动作不少。作者所用的话都很适当，排列又有条理，使我们宛如看见这些动作，还觉得那位父亲真做了一番艰难而愉快的工作。还有，所有叙述动作的地方都是实写，惟有加在"扑扑衣上的泥土"下面的"心里很轻松似的"一语是作者眼睛里看出来的，是虚写。这一语很有关系，把"扑扑衣上的泥土"的动作衬托得非常生动，而且把父亲情愿去做一番艰难工作的心情完全点明白了。[①]

这是全篇解读中最重要的一处，把攀爬月台一幕为什么最感人点清楚了。

叶圣陶的解读及其解读"表述"的"要诀"在哪里呢？其一，他的叙述话语很有条理很明晰。其二，"艰难而愉快"这一断语，有如鲁迅的命名式评语，引起了所有读者的共鸣，赞许。其三，他是从创作角度去分析，去揭示的，好像在叙述作家的写作过程，这是最重要的一条。你看——先是要看清楚了动作，接着得用"最适当的词"（注意，不是一般的合适，是"最"，像福楼拜说的"唯一的词"，即非"攀""缩""微倾"不可，换任何一个词都不行），还得排列有条理（即"攀""缩""微倾"三词，顺序不能错乱）；最妙是连用几个"宛如看见""觉得真做了"，这就是告诉你语言的奥妙，文字的魔力，朱自清这些用语使读者的脑海生动重现了这一幕；还有要懂得"虚写"，写出主人公的感觉、感受。——如此从写作角度剖析文章，不仅使人对语言表现形式的"秘密"恍然大悟，而且对表层文字并未言明的意蕴（心甘情愿、心情愉快做这番艰难的工作）豁然洞见，所谓"把父亲……的心情完全点明白了"，实际就是叶圣陶的解读使读者完全领会了父亲此时轻松愉快的心情。

这就是叶圣陶解读教学的三条"要诀"。它使读者（或者是听者）心服口服。《文章例话》几乎全书均如此，可说是形成了叶圣陶文本解读教学的范式。所以叶圣陶在该书序言中很有把握地说，读者看了他所写的这些"例话"，犹如是在听国语教师讲解一篇文章。

说它是范式，是很有意识立足教学的文本解读，除了上述的三条"要诀"，

---

① 叶圣陶:《文章例话》，三联书店 1983 年版，第 6 页。

还有第四条,即在讲解每一篇文章时,不时都会或隐或显教给学生一些"能看""能写"的道道,插进一些分析文章及写作的具体方法,这就是他在序言中开宗明义说的:

> 读者看了这些话(即上述他的讲解),犹如听了国语教师讲解一篇文章之后,再来一个概要的总述。以后,自己读其它文章,眼光就会比较明亮,比较敏锐,不待别人指说就能够把好处和作法等等看出来。……这既有益于眼光,也有益于手腕。……总之,我写这本书的意思和国语教师所怀的志愿一样,希望对读者的阅读和写作有一点帮助。①

叶圣陶是这样明确说的,也在每一篇文章的解读里明确地这样做。仍是《背影》,上述"要诀"的第二、第三条,就是隐性的但却是很清晰地告诉你从写作的角度切入的解读文本、分析文章的方法,同时也是在教人怎么写。《背影》解读中显性的方法指点就更多了,如说:"读一篇文章,如果不明白它的主旨,而只知道一点零零碎碎的事情,那就等于白读"②——这是教你怎么读;"凡是和父亲的背影没有关系的事情都不用写;凡是要写出来的事情都和父亲的背影有关系"③——这是教你怎么写。又如《看戏(《社戏》节选)》的解读说:"有修养的作者能够象写出自己当时的感觉那样写出来,使读者随时有如临其境的乐趣。本篇用这个方法写的不止前面提出的两句。读者不妨逐一检查出来,并体会它们的好处。"④——这同样是教你应从揭示文本的创作奥秘的角度解读文本,也教你写作的叶氏解读范式。

还有其五,叶圣陶这一有意识建构的指导文本解读的教学范式,没有止于《文章例话》,没有止于仅上升到"方法",几年后,他又在多篇文章如《〈略读指导举隅〉前言》《论国文精读指导不只是逐句讲解》《认识国文教学》中把这一问题上升到观念层面,强调学习者(无论师生)应在观念上明确认识到精读、文本分析(他称为"分析的研究")、文本细读、文本钻研(他称为"细琢细磨的研读")的极端重要性;他还强调指出,光是死记硬背,那就是"人型鹦鹉""活书橱"。⑤

---

① 中央教育科学研究所编:《叶圣陶语文教育论集》,教育科学出版社 1980 年版,第 226 页。
② 叶圣陶:《文章例话》,三联书店 1983 年版,第 5 页。
③ 同上书,第 4 页。
④ 同上书,第 125 页。
⑤ 本段所举叶圣陶文章见中央教育科学研究所编:《叶圣陶语文教育论集》上册,教育科学出版社 1980 年版。

叶圣陶介入中小学语文教育,远比鲁迅主动、直接、具体、深入,其与上述论题有关的实践和理论,还有很多,仅就上述介绍说明,那些似乎本是大学里的"文本解读、作品分析"是必须,也能进入中学教学的,关键就是要像叶圣陶那样,观念上要明确,方法上要转化为浅显易懂的处理和表述。

(三)朱自清对无读法、无作法的语文教育的批评,对欣赏课文只下抽象、笼统判断的反对,朱自清《开明文言读本》的解读教学范式

朱自清对语文教育的介入,恐怕不亚于叶圣陶。他同样对任由学生自我摸索的语文教育极不赞成,他的批评重点之一在"无读法、无作法"。夏丏尊、叶圣陶的《文心》出版时,他盛赞、推崇《文心》是关于读写方法的好书。朱自清为其作序,在《文心·序》里他说,过去"大家只是茫然地读,茫然地写,有了指点方法的书,仿佛夜行有了电棒"。还批评过去论读法的书太少,"按照老看法,这类书至多只能指示童蒙,不登大雅。所以真配写的人都不肯写,流行的很少像样的";又说,新文学运动起来,这些书多了,但真好的还是少,往往泛而不切,大而化之,太无边际①。批评的重点之二,是朱自清非常反对欣赏课文、解读文本时只给作品下"美""雅""精致""豪放"之类的抽象、笼统的评语。他强调在语文教学中要一字一句不放松,要咬文嚼字,要透彻了解,要从词汇、修辞、句法、章法,从作者着意的和用力的地方,"找出那创新的或变古、独特的东西,去体会,去领略"。即使是了解思想内容,他认为"不止于要了解大意,还要领会那话中的话、字里行间的话,也就是言外之意",这就"得仔细吟味,这就更需要咬文嚼字的工夫"。朱自清的结论是:欣赏是建立在透彻的了解基础上的,透彻的了解之中就有着欣赏。朱自清认为,只有这样,对于读者,尤其对于中学生"才是切实的受用",也就是才能真正懂得艺术的语言、美好的文字究竟是怎么一回事,文章的精华、作品的精髓究竟是什么。②

朱自清反对无读法,反对只下抽象的评语,提出了自己的咬文嚼字读法,此三者三位一体,即极力主张其咬文嚼字、透彻了解,并重点在了解创作奥秘的细读式文本解读教学观。为了实践、贯彻他的这一主张,朱自清不仅在自己的理论著述中有文本解读的范例,而且亲自编写了多种中学课本,并亲自编写

---

① 夏丏尊、叶圣陶:《文心》,浙江文艺出版社 1983 年版,第 1 页。

② 以上引述见朱自清《再论中学生的国文程度》《论百读不厌》《写作杂谈》《语文零拾·序》等文。

包括练习在内的各种解读设计。其每课练习之多之细,解读评点之微观具体,包括其中隐含的许多语言奥妙、艺术奥秘、创作奥秘的揭示,是同时期乃至大陆尔后的诸种语文教材中极少见到的。其代表性实践就是《开明文言读本》教材的编写。我们以其中的《桃花源记》解读教学设计为例。《桃花源记》常被冠以"简洁凝练、通俗流畅"八个字的评语,这自然是对的,但在朱自清看来这就只是抽象、笼统的评判,是不解渴的。我们常见的教材也有就这八个字的风格作出些分析,但远没有朱自清解读的精细。看看他文后所列的第五条评点:

> 这一篇的文体跟笔记文相似。用语助词很少,没有一个"矣"字,只有二个"也"字跟一个"焉"字,那个"焉"字严格说还不能算是语助词。最常见的连接词"而"和"则",这里也一个都没有。(试与《为学》比较,那一篇的字数只有这一篇的一半,可是语助词跟连接词多得多。)口语成分也很有一些,例如"便"字前前后后有四个,"问"字有两个,还有一个"是"字(问今是何世),一个代"他"字的"其"字(随其往——依一般文言的用例,"随之往"更加合适些)。但就大体而论,这里边的词语和文法还是文言文的……①

我们看到这里,已经接近奥秘的揭示了,原来《桃花源记》不像正统文言文那样满篇"之乎者也",却又多了正统文言很少出现的口语词。有哪一部教材,哪一个解读,注意到了这么细微的区别,使我们对《桃花源记》的创作奥妙恍然大悟?这还不是朱自清揭秘的全部内容。朱自清的《文言读本》很特别,有一个长达53页的"导言"。"导言"中有一部分内容介绍了汉语言的书面表达的发展史,一方面由晚周两汉形成的"正统文言"一直占据统治地位,直到被白话文取代;另一方面,两汉开始出现了或多或少接纳口语的"通俗文言"(如笔记小说、官文书等),这条向口语靠拢的表达方式也不断演变发展,唐以后出现了更接近口语的文体(如一些诗词、佛、道家的语录等),宋出现的评话简直就是语体文了,……一直到白话文运动,语体文终于由附庸变为大国,取代了正统文言的地位。"导言"中还有一部分内容着重介绍了近200个文言虚词和实词与现代汉语的语义差异,比如"也"字不是现代的"也"(我也十五岁),而相当于现代的"啊"(孺子可教也);并且这些内容都一一对应落实的到相关的课文

---

① 朱自清、吕叔湘、叶圣陶:《开明文言读本》第一册,开明书店 1947 年版,第 91 页。

中。朱自清是以如此厚重的专业知识背景解读《桃花源记》的语言奥妙的，读者于是明白了，《桃花源记》少了那么多"之乎者也"，为什么会向日常表达靠拢，原来这是汉语言发展历程中向语体靠拢的重要作品，原来"也""矣"等是感叹、抒情词汇，而人们的日常说话是很少随便密集地发出这些感叹、抒情词语的（至少在陶渊明的时代就已经出现了这种情况）。事情还没有完，除了细读出"之乎者也"比正统文言少，（当时的）日常口语比其他文言文多外，朱自清还注意到了《桃花源记》"多用短句，三个字四个字的最多"，并为此设计了相关的练习、讨论，而这也正是日常口语的鲜明特点。[①] 在所有这些专业性的解读、细读下，"简洁凝练、通俗流畅"才不是仅凭感觉作出的判断，而是令人信服的科学分析；才会因了这语言的发展史更加体会到陶渊明大家手笔、《桃花源记》别致文笔的迷人魅力，乃至领悟到了如何写作那些简洁、流畅的文章。

《文言读本》通篇都是这样专业性的以揭示创作奥秘为主的咬文嚼字、细读分析。正因为很专业，就把问题看得很透彻，某篇的表达特点、语言魅力就说得很清楚，设计出的讨论、练习就更为简明、浅出。

细读如无专业知识作背景，就难免繁复、啰嗦，咬文嚼字、透彻理解也实际无从谈起。有专业知识背景的细读才是真正有意义的。朱自清以他的《文言读本》中学教材的实践表明，如此专业性的咬文嚼字、细读分析——这似乎本只属于大学里的东西，一样可以通过深入浅出的转化，进入中学课堂。

（四）鲁迅、叶圣陶、朱自清三位前驱文本解读教学思想和实践的当代意义

鲁迅、叶圣陶、朱自清，是我国现代语文教育的前驱、开拓者、大师、泰斗，他们上述的文本解读教学思想和实践，在今天尤有现实意义。他们反对暗胡同、暗中摸索、无读法、无作法，反对放弃指导的教学思想，尤具当代意义。习近平总书记在 2014 年教师节前夕视察北师大时，在说到他"很不赞成把古代经典诗词和散文从课本中去掉"时，强调指出：

> 应该把这些经典嵌在学生脑子里，成为中华民族文化的基因。[②]

成为基因，就当化入头脑，溶于血液，就应像前辈大师那样，担负起教师的天

---

① 以上见朱自清、吕叔湘、叶圣陶：《开明文言读本》第一册，开明书店 1947 年版，第 2、3、25、91 页。
② 引自人民网北京 2014 年 9 月 9 日电：《习近平：我很不赞成把古代经典诗词和散文从课本中去掉》。

职，既要明确观念，又要方法得当，根据不同学段，摄经典之精华，入学生之头脑，让中华民族的伟大文化基因代代传承，绵延不绝。孙绍振的文本解读学和解读实践，课改以来，广大语文人所进行的堪称波澜壮阔的语文教育突围，其历史的源头，就始于鲁迅、叶圣陶、朱自清等等前驱们的严肃思考与卓越实践。

二、20 世纪上半叶并未解决普遍的低效问题

如果能将鲁迅、叶圣陶、朱自清三人的文本解读教学普及化，20 世纪上半叶的语文教育就可能出现革命性的变化了，然而并没有，直到 21 世纪的头 20 年，由于孙绍振等等大学学者的介入，这个变化才发生。原因是多方面的。

一是鲁迅、叶圣陶、朱自清三人并未形成合力。鲁迅并不专攻语文教育，逝世也较早。叶圣陶应当是当时语文界最有影响的泰斗之一，但他的观点是多方向的。叶圣陶或独著或领衔或与人合编的语文教材中，就包含着多种教学思想，从后文第三点就约略可见。其当时的著述也是并列了多种改革的举措。比较突出文本解读的朱自清因此孤掌难鸣。

二是文本解读及其教学并未形成群众性的追求，好的解读更少。情形就是前文中朱自清指出的，"过去论读法的书太少"，后来多了，"但真好的还是少"，"流行的很少像样的"。其原因，第一还是朱自清指出的"按照老看法，这类书至多只能指示童蒙，不登大雅"，也就是前文孙绍振说过的被人所讥的"小儿科"，后文将提到的"文学作品谁都看得懂"，所以"真配写的人都不肯写"；第二是当时的风气并不如今天这样容易形成群众性的热潮。朱先生说这些话时是 1948 年，基本上就是对 20 世纪上半叶的情况的总结。

三是 20 世纪上半叶语文教育的另两项改革甚至更为突出。其一，追求语文教育的科学化。夏丏尊是当时语文界最有影响的另一位泰斗，是力主科学化的学者。认为语文教育的落后就是不像数理化那样有严密的知识体系，因而决心"一扫其玄妙笼统"，构建语文知识体系的教材和教学，主编了包括 108 个知识点的《国文百八课》，前述 20 世纪八九十年代的统编本知识体系教材就是受其影响的产物。叶圣陶作为夏丏尊最主要的盟军亦积极参与其中。发展到极端时，有人主张像做数学题一样按知识点上课。[①] 其二，认为主要是缺乏学

---

① 详见赖瑞云：《混沌阅读》第一章，福建教育出版社 2003 年版、2010 年版。

生的主动积极参与,因而包括叶圣陶在内,大力倡导讨论课,此事详见后文。

三、20世纪上半叶叶圣陶"讨论课 + 文本解读"的重要意义

尽管叶圣陶、鲁迅、朱自清等当年没有普及文本解读教学,尽管叶圣陶的改革观点是多向度的,但由于他的《文章例话》的重要价值,他提出的"讨论课 + 文本解读"模式的重大实践意义,他后来在语文界的特殊地位和影响等,其"讨论课 + 文本解读"模式成了语文教育突围史上重要一页。

(一)《文章例话》

《文章例话》的主要情况见前文。总的就是以揭示文本创作奥秘为主要任务。

孙绍振先生多次说过,在中学语文教育史上,叶圣陶的《文章例话》是最早开始文本解读的,当时做得最好的也是叶圣陶。①

孙绍振《文学文本解读学》的基础是创作论,是站在创作尤其是创作过程的角度解读文本的,这在第一章里已有详细阐述。这是孙绍振解读与其他许多文本解读理论、解读实践的根本区别,也是孙绍振的解读理论和解读实践获得极大成功的根本原因。《文章例话》出版于1936年,在孙绍振看来,一出手就切中要害,以揭示文本创作奥秘为主要任务,这应是孙绍振特别推崇《文章例话》和叶圣陶解读观念、解读实践的根本原因。孙绍振不止一次在有关学术报告和著述中说,《文章例话》当年的一个版本还有一个副标题"——叶圣陶的二十七堂作文课",这表明,叶圣陶自己及当时人就认为叶圣陶的解读思想就是旨在揭示创作奥秘。

我们在后文中将不断阐明,叶圣陶后来阐述的文本解读思想亦如是;文本解读实践的不断发展,语文教育终于突围的根本原因,亦在这个要害上。

(二)讨论课与满堂灌

当代的语文教学,讨论课已成为主打课型。我们必须面对这个现实。与其让讨论课流于形式,信口开河,或者承载的教学内容不得要领,那还不如让文本解读与其紧密结合。所以,在阐述"史"实之前,须先约略了解讨论课与

———————
① 笔者就此问题多次请教孙先生,孙先生都明确指出了这一点。

满堂灌各自的优缺点。

满堂灌也自有其优长。最典型的满堂灌，就是风靡大陆多年，至今魅力不减的百家讲坛，稍有文化的平头百姓都听得津津有味，乃至激起了阅读《三国》、孔孟、唐诗宋词，阅读历史典籍的兴趣。如果教师的一言堂讲授能使学生兴味盎然，激起他们向往文学，热爱经典，不畏文言的效果，这样的满堂灌有何不可？这实际也是对话。按对话理论创始人巴赫金的说法，人们一说话就有对话。因为听者头脑里必有反应，你说得好，不好，不断对接，这叫"潜对话"。讲授法，本是最基本的教法，不仅在于人不能一切从零开始，知识总是先接受后探讨，在于讲授的知识系统性，且好的讲授，就像漂亮的文章、精彩的演讲，更能使学生沉迷、激动，更能顾及全体听众；缺点是并非自己探索的，遗忘率较高，甚至过耳即忘。而以问答法、谈话法、讨论法为主的讨论课的优点是学生亲身参与，头脑里"划痕"较深，知识是自己建构的，遗忘率较低，且利于培养思辨、质疑等能力，在到处都强调创新的当今世界，讨论课的这一优点尤有意义；缺点就是与讲授法的优点比，它这方面有差距。当然，以上是就好的讲授和好的讨论而言的。而差讲授，则使人昏昏欲睡；差讨论，则误人青春。各教法均有优长欠缺，正确的做法应是两种模式互补运用，或交替出现，或你中有我，我中有你。

另一方面，真正好的讲授、精彩的满堂灌是颇不容易的，即使不令人昏昏欲睡也使人不时走神者，比比皆是。此时，讨论课就显示了它的独特优势，换句话说，把"责任"分担，或曰调动全体师生的积极性，把课堂变为师生共同表演的舞台，就成为讨论课盛行的潜在动力。讨论课会成为当今主打课型，恐怕这是更重要的原因。

面对这样的现实情况，让文本解读与讨论课紧密结合，某种意义上，就是"借船出海"，让文本解读尤其是揭示创作奥秘的文本解读能真正落实到中学乃至小学课堂。

（三）叶圣陶的理想，"讨论课＋文本解读"的缘起

讨论课自古有之，《论语》中的不少篇章就是孔子与弟子的对话，古代书院甚至有辩论。但传统文言文教学中相当于今天中学阶段的主要教学形态，不是讨论课，而是叶圣陶所说的"教师逐句讲解"。叶圣陶20世纪40年代发表的重要文章《论国文精读指导不只是逐句讲解》是专论此事的，并且就是

讨论课与文本解读（即他所说的精读）同时提出。叶先生指出："教师逐句讲解，是从前书塾里的老法子"。叶圣陶不厌其烦地阐述了老法子的两大弊端。第一是学生无需动脑。打开课本后，只需听老师"读一句，讲一句，逐句读讲下去，直到完篇，别无其它工作"，无需"动天君（动脑）"，"从形式上看，他们太舒服了"，但是，探讨思索、切磋琢磨、独创成功的快感，"几种有价值的心理过程都没有经历到"，学生自身的阅读能力更没有得到实战训练，"从实际上看，他们太吃亏了"。第二是仅到口译为止，不作精读指导。叶圣陶指出"逐句讲解"只包括三件事：解释字词，说明典故，在上面两项的基础上把书面文句译作口头语言，实际就是一件事：口译。如此一讲到底的口译，叶圣陶认为其害有二：其一，深浅无别，平均看待，学生看得懂的文句，教师"照例口译"，学生想进一步了解其引申义，想寻根究底的文句，教师又仅到口译为止，成年累月听如此口译，学生厌倦之情必生。其二，现代国文教学明确提出的"培植欣赏文学的能力"等目标"就很难达到"。叶圣陶指出，当时，不仅文言文，连语体文的教学也像文言一样，逐句"口译"（或者"认为语体没有什么可教，便撇开语体，专讲文言"）。叶圣陶当时就说白话文还需"口译"，这"实在可笑"，"那无非逐句复读一遍而已"，或如他在另一篇文章《谈语文教本》里讽刺的"把白话翻为另一个说法的白话"。为了改变这些流弊甚久的荒唐现象（按：至今仍变相存在），叶圣陶在文中郑重提出并举例详述了讨论和精读两大教学策略。①

1. 精读

首先与此相关的就是叶圣陶先生在文中反复提到的国文教学目标："培植欣赏文学的能力"。他指出能力"不能凭空培植"，要以课文"作为凭借"，因此课文要精读，学生从精读中获得了种种经验，将来就能自己欣赏短什长篇（这就是叶圣陶著名的"教是为了不需要教"）。其次，如何欣赏、精读，叶圣陶提出的种种见解，几乎就是当今文本解读领域常见之说法。如"细琢细磨的研读""分析、综合、体会、审度"，"辨得出它的言外之意"，"用分析的方法，解剖作品的各部，再求其综合"。尤其是多次强调的——

第一步在对于整篇文章有透彻的了解；第二步在体会作者意念发展

① 本点（含下文）有关叶圣陶的引述内容及引文，除已说明出自《谈语文教本》外，均引自叶圣陶《论国文精读指导不只是逐句讲解》，两文文句均引自教育科学出版社1980年版《叶圣陶语文教育论集》。

的途径及其辛苦经营的功力。

　　体会而有所得，那踌躇满志，与作者完成一篇作品的时候不相上下；这就是欣赏，这就是有了欣赏的能力。

这和他十年前在《文章例话》里提出的主要是揭示创作奥秘的思想是完全一致的，更简直就是我们在第一章详细介绍的孙绍振构建的，解读就是"把作品还原到创作过程中去"，发现其"生成奥秘"的上世纪版。

　　再次，文章的题目叫"精读指导"，文中多次强调，如此精读、欣赏需"内行家的指点与诱导"，需"教师指点门径"，而"决不是冥心盲索，信口乱说的事"——也简直是本章前文提到的钱梦龙、孙绍振们着力坚持，今日终成主流意见的"教师主导"，以及第七章里我们将介绍的今天终成绝大多数人共识的"多元有界"的叶圣陶的世纪预言。

　　叶圣陶半个多世纪前就提出了上述文本解读的精辟见解，为什么半个多世纪来竟湮没无闻？为什么叶圣陶自己以及叶圣陶研究界都没有就此着力阐发？致使语文教育在 20 世纪末前曾长期处于低效率的死胡同，需要孙绍振、钱梦龙、于漪们大声疾呼，拨乱反正，才实现了今日之突围？这和我们后文即将讨论的 20 世纪下半叶的文本解读的曲折发展有密切关联。同时也表明，敢于直面现实本质，一切从实践事实出发的人们，他们的见解往往不谋而合，英雄所见略同，尤其是他们中的领军人物。

2. 讨论课

　　第一，强调讨论不可替代的独特作用。首先叶圣陶并未一概否定满堂灌。文章一开篇，叶圣陶就特别指出，在当时，也有少数"不凡的教师，不但逐句讲解，还从虚字方面仔细咬嚼"，"作意方面（注意，是"作意"，也就是创作角度）尽心阐发"；"神情理趣"方面，"让学生""得到深切的了解"，"这种教师往往使学生终身不忘"。这表明，叶圣陶对这种一样体现了精读、欣赏要旨的精彩满堂灌是持肯定态度的。但是，叶圣陶强调指出，"纵使教师的讲解尽是欣赏的妙旨"，而学生始终不训练自己的欣赏能力，这能力就终究是教师的。所以，叶圣陶认为讨论课的独特作用不可代替，故将其与精读（文本解读）相伴推出。

　　第二，为此，叶圣陶在文中为讨论课提出了种种建议，要学生"自己动天君"；要组织"学生与学生的讨论，学生与教师的讨论"；要"排列讨论的程序"，

"归纳讨论结果";要纠错补缺,要指出和阐发学生没有注意到的欣赏要旨;尤其要学生在讨论前要认真预习,为此,叶圣陶花了很多笔墨阐述预习对学生获得探讨、思索、独创的快感,养成正确的阅读习惯,培植欣赏能力方面的众多好处;还强调教师要当上述一切活动的主席。所有这些讨论策略,就今天而言也充满生命力。

叶圣陶并不是仅此篇文章阐述了上述问题,就收进《叶圣陶语文教育论集》上册第一部分中的,就有同时期发表的《略谈学习国文》等十几篇论文各有侧重论及此事。也不止就叶圣陶一人,至少还有朱自清、吕叔湘等被时人称为新派人物的大师泰斗在当时发表了类似新见,当然,最着力最突出者是叶圣陶。讨论课和文本解读,实际就缘起 20 世纪上半叶的叶圣陶们。其中,"讨论课 + 文本解读"就是叶圣陶的语文教学理想。

四、20 世纪下半叶至今,两岸讨论课与文本解读的发展历程

20 世纪下半叶至今的七十年,两岸的讨论课与文本解读的发展历程都不是一帆风顺的。

(一)大陆的"讨论课与文本解读"的发展历程

1. 大陆在 20 世纪 80 年代之前的三十年,就讨论课方面,曾有过几度小高潮

如 1953 年在当时苏联专家肯定的著名的"《红领巾》观摩教学"影响下,北京师范大学主持过两次教改实验,随后类似实验广泛开展,接着甚至一度出现"堂堂谈话法"的现象。又如 60 年代初期,出现过反对满堂灌教学,而提倡"精讲多练"的教改。还有不少个人自发开展的讨论课教改,如上海的钱梦龙,福建的程力夫,等等。至于反对满堂灌的改革呼声则一直不绝于耳,一直占据道义的制高点。但是,由于种种复杂的原因,讨论课又始终未成大气候,主编大陆第一部《中学语文教学法》的于满川先生在 80 年代初根据有关调查指出:"满堂灌的教法,还占有绝对的优势。"叶圣陶本人则说的更为感慨:"从一九二三年到如今(按:即 1978 年),五十五年了,……教法也有所变更,从逐句讲解发展到讲主题思想,讲时代背景,讲段落大意,讲词法句法篇法(按:实际还有讲写作特点),等等,大概三十来年了。可是也可以说有一点没有变,就是离不开教师的'讲'。"叶先生当时强烈呼吁,"再不能继承或者变相继

承"这种"教师只管讲""学生只管听"的"从前塾师教学的老传统了"。①

叶圣陶上述"几讲"教学是对流行了 30 年的《红领巾》教学模式的形象概括。这首先是教学内容变了,大大超越了仅为"口译"的逐句讲解,这无疑是一大进步,叶圣陶期望的精读、欣赏,即文本解读教学出现了,但绝大多数人实施这一模式的真正内涵又并不是叶圣陶当年提出的探究创作奥秘的精读、欣赏,而是苏联专家首肯的那种大卸八块的肢解式作品分析,何况当年也没有多少人具有"解读乃揭示文本艺术奥秘、创作奥秘"的意识,亦即当年出现的只是一种低水平的文本解读。

2. 大陆真正较大的教学变革开始于 20 世纪 70 年代末的改革开放之后

引爆点之一是钱梦龙在上海市内外几次展示的文言文《愚公移山》教学。这是典型的讨论课,又真正是揭秘式文本解读教学。奥秘就在人们对愚公移山的不同态度。按孙绍振《文学文本解读学》的说法,故事中的事情要"越出常轨",相关人物对此要有不同反应,拉开的差距越大,故事就越有魅力,表现的内涵、性格往往越为深刻丰富,这实际就是创作奥秘。② 移山,大大"越出常轨",但如故事仅此而已,愚公一声令下,应者云集,这寓言不过是一篇简单的说教。但故事出现了忧虑派(愚公妻)、反对派(智叟)、坚定派(愚公)、拥护者(子孙等)、感动者(天帝等),各色人等反应不一,乃至截然相反。按黑格尔《美学》的说法,就是"有冲突的情境"。这就使这简短故事不仅波澜多姿,而且才能借愚公驳斥智叟,推出人定胜天主旨。钱梦龙就引导学生讨论人物的不同态度,其中最精彩的,就是引导学生讨论出了愚公妻和智叟看似差不多的话里所表现的五个不同。比如,愚公妻是说:"且焉置土石?"河曲智叟是说:"其如土石何?"前者是关心、担心,献疑,后者是嘲笑,"其"字加重了这一轻蔑口吻③。这既无需逐句逐字口译,又巧妙落实了重要字句的教学。讨论、揭秘、词语,一石三鸟,叶圣陶当年的设想变为了现实。其引起的轰动效应不言而喻,当然效法者各取所需,或欢呼其讨论之妙,或喝彩其设计之巧,或为"文""言"结合叫好,或为抓住精要(即揭秘解读的当年说法)点赞,而影响

---

① 以上详见人民教育出版社 1984 年版、刘国正主编《我和语文教学》中叶苍岑、张孝纯、罗大同、于漪川、钱梦龙、程力夫、叶圣陶等人著文。

② 见孙绍振、孙彦君:《文学文本解读学》第九章"把人物打出常规的功能之一、之二",北京大学出版社 2015 年版。

③ 见钱梦龙:《钱梦龙经典课例品读》,《愚公移山》课例,华东师范大学出版社 2015 年版。

最大的是讨论。自然，偌大的大陆并不止钱梦龙一个点火者，只要看看刘国正1984年主编的《语文教学在前进》，就能一睹改革初年的盛景。

其后，以2001年启动的新课改为界，大陆20世纪八九十年代的20年主要是讨论课获得发展，21世纪的20年主要是文本解读获得发展，总情况则纷繁复杂，总趋势是越来越好。

3. 20世纪八九十年代20年的主要情况

（1）钱式"讨论课（或其变式：讨论为主）+揭秘式解读（时称抓住课文精要施教）"成为最具榜样力量、影响最大、也是难度最高的教学模式，主要是一批教学名师在实践。

（2）"讲授+揭秘式解读"，也是难以望其项背的名师杰作（如北京老一辈名师时雁行），人数更少。

（3）"讨论课+文本解读"，其解读教学介于钱式课型与"《红领巾》'几讲'教学"之间，实践者有意效法第1模式，但又并未完全领会第1模式的解读奥妙。

（4）讨论课为主，其内容，或+"《红领巾》'几讲'教学"，或+教材设置的知识点学习，或+文言文的释字译文，或+应试题海训练。

（5）仍以满堂灌为主，其内容同第3模式。第4、5这后两种模式几乎势均力敌，并且"联手"占据"大部山河"，原因是设计好的讨论题很难，揭秘解读更难，揭示创作奥秘的解读似乎更是难上加难，大部分人不敢问津前三种模式。但毕竟讨论课已登堂入室，成为流行课型之一。

综上观之，就文本解读教学而言，20世纪下半叶，已经出现并逐步发展，并终于有了钱梦龙、于漪等一批名师如叶圣陶所理想的高水平的"讨论课+文本解读"，而且亦有不少追随效法者，但并未普及，语文教学低效率的世纪难题仍然没有根本解决。造成这一状况的原因，除了前述的知识体系教材、教法至上的错误影响外，须补充的主要原因有二：一是肢解式的《红领巾》"几讲"教学仍对许多教师有影响；二是大学高水平的文本解读没有介入语文教育。而这后一点更为重要。布鲁纳在著名的《教育过程》中说过，提供给基础教育的一般教师的教材必须由这个学科的最具远见卓识、最有水平能力的专家编制。[1]就像中学数学课本应当由数学学科的权威专家编制那样，大学中文学科的高

---

[1] 参见李明德、金锵主编：《教育名著评介·外国卷》，福建教育出版社1992年版，第485页。

水平专家应当为语文教育提供高水平的文本解读资源。长期以来,一直有一个误区,以为文学作品谁都能看得懂,数学课本确要由数学家编定,数学教学确是数学家在背后指导着,语文教育何劳你这些名家? 这就是前文已多次着重指出的,朱自清一语道破的:

> 按照老看法,这类书(读法之书)至多只能指示童蒙,不登大雅。所以真配写的人都不肯写,流行的很少像样的。

因此,包括前述的鲁迅解读、叶圣陶解读、朱自清解读,后人都没有把它当一回事。正是这样的重大缺位,造成了大部分人无缘问津揭秘解读,形成了八九十年代非常奇怪的悖论现象——一方面着力高扬于漪、钱梦龙等著名特级教师,一方面又说他们的教学经验是无法转化的,出现了解读水平普遍低位、世纪难题无法破解的历史困局。

直到新课改启动后的 21 世纪,这一状况才逐步好转,开始了语文教育的历史性突围。

4. 21 世纪开头的 20 年(2001—2020)的主要情况

第一,由于课改,大批大学专家介入了中学的文本解读,孙绍振等的高水平解读大量涌入语文界,出现了如前所述的风暴般的热烈反响,开始了热火朝天的解读变革,文本解读已成为语文界的基本共识和基本理念,同时,人们也重新认识了钱梦龙等名师"揭秘式解读"的要义,揭秘式解读已成为许多人的追求目标,"讨论课 + 揭秘式解读"有了新生代,"讨论课 + 文本解读"的解读质量明显提高,实践者越来越多。

第二,在大力倡导平等对话,既批判令人昏昏欲睡的一言堂,又纠偏信口开河的多元解读背景下,讨论课更为盛行,逐步成为主打课型。

第三,在铁粉无数的大学专家讲授式解读、长盛不衰的百家讲坛以及"教学内容比教学方法更重要"观念的影响下,"讲授 + 揭秘式解读"的实践者明显增多,出现了在著书立说基础上讲授为主的中学名师(如复旦附中的著名特级教师黄玉峰,著有《说李白》《说杜甫》《说苏轼》等专著,其课型之一就有百家讲坛式的讲授),大有与"讨论 + 揭秘解读"并峙之势。

第四,课改教材的讨论题,设计得越来越好。前期 15 年,以北师大版孙绍振主编的初中实验教材、人教版北大袁行霈主编的高中实验教材,还有苏教版实验教材等,出现了许多精彩的"讨论+揭秘解读"讨论题。后期即最近五六年以来,部编(统编)初高中教材(北大温儒敏总主编),综合了上述各实验教材的优点,精彩的"讨论+揭秘解读"讨论题越来越多。[1]

第五,近年颁发的新版课标强化了鉴赏(即解读)要求,有关表述,高中从旧版的40多项翻番至近100项;小学初中从15项猛增至40项,且从娃娃抓起,将小学一二年级目标总名"阅读"改为"阅读与鉴赏"。

这些,就是语文教育正在突围的主要标志。

无疑,突围远未结束,战斗正酣。不仅揭示创作奥秘的解读尚需花巨大力气大力普及,前文介绍朱自清时着重提到的专业化解读,更需化大力气促进提高,在这后一点上,大陆语文界需向台湾语文界学习,正像在讨论课和文本解读上,台湾语文界曾经和正在向大陆语文界学习那样(见后文)。

(二)台湾地区的"讨论课与文本解读"的发展状况

1.台湾地区这七十余年,讨论课与文本解读的发展虽不一帆风顺,但不像大陆那么复杂,总的来说,讨论课比较晚起,并且是两岸开放交流后,向大陆学习的结果

有几个数据:

(1)贵州省教育科学研究所的专家杨永明于2010年11月在台湾康桥双语实验高中和台北中仑高中随堂听了《训俭示康》《春夜宴从弟桃花园序》《再别康桥》三篇课文的教学,总的是以传统的教师讲授为主,多数情况都是少有提问,更无互动。[2]

(2)台湾地区的课程改革是与大陆差不多时候的2000年前后启动的,与放开民间编写教材同时,教法也开始变革,此时期的情况,按台湾专家王慧茹的说法:"以学生为主体'的课程设计","是打破过去'上行下效'的传统式教学,……邀请学生参与、对话、沟通。"[3]

(3)笔者2014年6月赴台考察时,与数十位教师、专家有过座谈,同样了解到,是近十几年的课改后,开始流行师生互动的创意教学,并认为,其师生互

---

① 　详细参见赖瑞云主编:《文本解读与语文教学新论》(第2版)第一章(绪论)、第二章第五节、第五章第三节、第十二章第一节等,北京师范大学出版社2021年版。

② 　杨永明:《台湾国文教学一瞥》,《贵州师范学院学报》2011年第10期。

③ 　王慧茹:《国文教材教法及阅读指导》,台北:万卷楼图书公司2014年版。

动就是从大陆学来的。① 笔者当时收集的十数份 2010 年左右的台湾名师教学录像,讨论课略多于全讲授,我已各举一个教例(《赤壁赋》《髻》教学)载于下注中所举的拙文中。相应时期的教参已有不少活动设计。

以上当然是很不完全的查考,但成为一种流行课型,应是最近十几年的事。虽然晚起,但一问世就展现了鲜明特色,此详见后文。

2. 台湾地区的文本解读教学则一直比较稳定,优缺点都比较明显

原因在:

第一,一直有共同的特色模式。即孙绍振说的,是作家中心,是孟子"知人论世"为主要手段的解读模式。知人论世是揭秘解读极重要甚至是决定性的一环,如时任新北市立丹凤高中教务主任的女教师宋怡慧在武夷山市一中上的《再别康桥》,不断引入徐志摩的康桥经历、新月派经历,与林徽因、陆小曼的情感,与新诗、西方浪漫派的关系,同时期创作的《我所知道的康桥》等,深入解读了诗中的意象和意涵。同时,运用知人论世解读并不排斥其他手段。这就是知人论世一直有生命力的原因。

第二是供教师使用的教材带来的结果。此教材有两种,其一为"教师手册"(大陆称为"教师教学用书",俗称教参),其繁富、巨量和专业性是大陆教参无法想象的,它基本上把文学史上有关该课文作者的生平事迹、文学成就、作品特色、创作主张、奇闻轶事,以及该课文的创作背景资料、评论鉴赏深究,涉及的文体、手法、修辞、文化知识,各种教学设计,悉数网罗其中,一篇课文的参考资料最多的竟达五、六万字。这不是堆砌资料,而是服务于文本解读,用孙绍振的话,叫专业性解读,是远比感想式解读重要得多,也是远离信口开河的基本解读方法。孙先生说过,缺乏专业准备,解读就是两眼一抹黑。② 这对文言文和经典作品的解读尤为重要。其二是另一配套的教材:"教师用书",将上述手册中的大部分内容转换成了中学的教学形式,按教学流程编写,教师一拿起"用书"几乎就可以施教,台湾教师甚至开玩笑说,头晚喝醉了酒,第二天照样上课。由于好用,管用,就爱用,用久了就成为模式,可称之为"知人论世·专业性解读"模式。

第三,课文少,每篇课文教时较足。如高中每册(即一学期如此细读的)不

---

① 赖瑞云:《台湾语文教学"深耕细作"刍议》,《语文建设》2014 年第 9 期。后文所述情况亦参见该文。

② 见钱理群、孙绍振、王富仁:《解读语文》序,福建人民出版社 2009 年版。

超14课（每课多数为一篇课文），而课时与大陆差不多，总的不会少于大陆，这样，一般每课可上五节，甚至六节，杨永明论文提到的三篇课文都是教五节，由于教时足，确保了繁富的材料都能用上。同时，正式课文外，还有延伸阅读篇目。

第四，教考不分离，高考卷题目50%左右出自课本（含延伸阅读篇目），你敢不上？近几年，虽然台湾地区民进党当局处心积虑"去中国化"，压缩了文言文比例，高考卷出自课本的比例也下降了，但仍占35%左右，其实，即使只占20%，师生都还不敢忽视课本。当然，真下降到5%左右，可能就将课本丢掉了。

第五，优点是：文本解读和专业学习都可能较扎实。缺点是：由于教参资料较充分，较对应课堂教学，师生都可能主动思考较少；如果文本解读、文本中心意识不强，就很可能把培养读写能力为主的语文课上成了作家生平介绍或文学史课。

3.上述稳定的"知人论世·专业性解读"与讨论、讲授两式并重的教学结合，就产生了台湾地区常见的两种课型

其一，"讲授＋知人论世·专业性解读"。包括两阶段：一是作家事迹、成就及创作背景介绍。（1）时间多。大陆类似的内容一般在5分钟左右，甚至略去。台湾往往花20—30分钟左右，大半节课，甚至不止。前文提到的笔者《深耕细作》一文中举例的《五柳先生传》《世说新语》作者介绍均如是。杨永明论文中的《训俭示康》花了近15分钟。《再别康桥》则第一节课基本上是介绍徐志摩，第二节课还介绍了剑桥大学背景资料。（2）作家介绍与文本解读并不是两张皮，体现了专业性解读的优势。如杨永明文指出，教者详述了司马光生平、逸闻、成就，"内容之丰富，信息量之大，文化含量之厚重足见一斑"，但都与文中表现的"司马光以俭素为美的人格特质完全契合"，且娓娓道来，并无游词，所论皆关键，体现了做学问的真功夫，听者亦毫不枯燥。前述笔者的《深耕细作》一文也具述了与此相仿的《五柳先生传》《世说新语》的作者介绍。二是课文鉴赏深究。由于课时充裕，又几乎全是讲授，如果原有《教师手册》提供的资料深入揭示了文本奥秘，教学将尽显风采。如笔者《深耕细作》文中以1500字的长篇幅详述了教者以全讲授生动描述了《赤壁赋》全文天衣无缝、圆融巧转的起承转合笔法（即苏子问洞箫客何以把箫吹得"如泣如诉"？客答：我们在月明星稀之夜，来到"赤壁"之地，因而想起曹操"月明星稀"短歌行。"一世之雄"的曹操"而今安在哉？"何况"吾与

子"无足轻重小人物。曹操越发英雄——舳舻千里,旌旗蔽空,吾辈驾一叶之
扁舟、与鱼虾麋鹿为伍的小人物更是卑微得如沧海一粟,人生更是短暂得如朝
生暮死的蜉蝣。因而"哀吾生之须臾,羡长江之无穷",故把悲伤的心情寄托
于悲凉的秋风。于是,面对"客"之悲凉,苏子作出了"变与不变"人生哲理
的旷达回答)。

其二,"讨论课+知人论世·专业性解读"。分两部分:一是各种各样的互
动、热身、辅助、延伸活动;二是课文鉴赏深究。它们不是先后两阶段,而是可交
错、交融的两部分。由于第一项占据了时间,解读、鉴赏花时必然不如全讲授课。
即使有五节课,一不小心,也可能文本解读仓促。后文将细述第二种课型。

4. 台湾地区语文教育同样有待继续发展,换句话说,也是需要突围

首先要有突围意识,此方面,可学习、借鉴大陆的优势。主要是三点:一是
知人论世解读无论多么重要,多么专业,还只是一种解读方式,并且属于作者
中心论的解读观,而文本中心解读观才是根本的,因为后者可以包含前者,前
者却不能,而大陆总体而言,是文本中心为主的,在这一点上,台湾地区语文界
需向大陆语文界学习。二是大陆专家基数大,高水平解读的资源比台湾丰富,
是值得台湾同仁借重的。三是针对前述的文本解读教学方面的优缺点,扬长
避短,进行教改。后面将举到的一些课例,就有这方面做得比较好的。

其次,积极开展、参加两岸的语文教育教学交流合作。因为,最根本的问
题是文本解读,大陆语文教学,无论存在多少问题,但在文本解读及其教学方
面,因为如上所述的人才基数大,较可能冒出顶尖的解读专家,因而可能略胜
一筹。本章第一节介绍的孙绍振的台湾"粉丝",是体现之一。后文将谈到的
一些情况,是体现之二。

以上两岸讨论课与文本解读的发展历程的梳理表明,两岸语文教育教学
各自要扬长补短,要继续突围,以提高读写教学质量,并为继承、弘扬中华优秀
传统文化作出更大贡献,都要各有侧重地继续解决文本解读及其教学方面存
在的问题。同时表明,深化两岸融合发展,加强两岸语文界的深度交流合作,
互相取长补短,是解决上述问题的有效而独特的措施。

孙绍振文本解读的理论与实践,又正切合、顺应了上述历史发展,尤其在
后一个"表明"上,作出了独特的贡献,后文(包括第七章第四节),我们将具
体介绍。

第四节 孙绍振文本解读的方法、理论诠释或指导下的突围典例

首先说明几点：第一，由于前述的种种原因，海峡两岸中小学当代的主打课型都是讨论课，我们看文本解读教学的突围，需从这一现实出发，主要看"讨论课＋文本解读"的水平发展到了什么程度，这恰好又与叶圣陶当年的理想实现了接轨。两岸讨论课有利于文本解读的发展状态，也一并在此介绍。第二，推动语文教育突围的，有各方面的代表人物，绝不仅仅是孙绍振一人，但本书是研究孙绍振的，主要谈孙绍振解读的影响。第三，近十几年，孙绍振多部解读专集都是一版再版的畅销书，赴各地讲学又不计其数，私淑弟子、铁杆粉丝更难以胜数，与他有学术交往的语文界名师也以两位数计，因此，我们的研究，只能举隅介绍，试图达"窥一斑而知全豹"之效。第四，之所以分为诠释与指导，前者指与他有深厚学术交往的语文界名师的经典课例，说是诠释，换个角度，也是对孙绍振解读的方法、理论的实践检验；后者主要指直接受惠于孙先生的优秀课例，包括近几年，孙先生率领团队与台湾同仁合编高中语文教材所开展的教学交流中的课例。

一、孙绍振解读的方法、理论对中学名师名课的诠释

于漪、钱梦龙等老一辈著名特级教师是当今语文界的典范代表。孙先生

与这批全国名师中的许多人都有长期的学术交往,声气相求,息息相通,他们中的许多经典课例都可以用孙先生的解读的方法、理论,尤其是第一章所述的解"写"论作出精彩的解释,孙先生在多篇论文及学术演讲中都有举过精彩的例子。能获得著名理论的回应与升华,这是任何实践领域的权威都不会拒绝,相反是引为佳话的美事,类似于第二章介绍的莫言故事。当然,这首先是他们以其极具代表性的实践给予了孙绍振的"最高"实践检验、"最高"实践肯定,同样类似于第二章所介绍的莫言们的"最高票",它有力回答了"大学专家的解读能否以及怎样搬到中学课堂"的世纪疑问。这些著名实践与著名理论的双向肯定,正是于漪、钱梦龙们的经验可以普遍推广,语文教育必能突围的定海神针。

仅以钱梦龙为例。我们前面已举过其《愚公移山》课例,现再举钱先生上的《中国石拱桥》。钱先生先出示赵州桥的挂图(此即原生素材),请学生用一句话表述大拱与四个小拱的关系。学生们的"大拱的两边(两端、两旁、两侧……)各有两个小拱"等句子,都无法将小拱"画"到原图位置。钱先生请学生翻开课文,原来是"大拱的两肩各有两个小拱"的"肩"字,于是指出,"准确"是说明语言最主要特点,请学生把文中所有准确用语都找出来。这就是第一章所粗略介绍过的孙绍振的还原法、换词法(替换法中的一种)、艺术形式规范知识(此处为说明文形式规范知识)分析法及揭示写作奥秘之教学的巧妙运用。2015 年 12 月"中语会"等十几家单位联办"钱梦龙教学研讨会"千人大会上,孙绍振应邀做主题报告,重点介绍的钱先生《死海不死》教学亦如是。钱先生将辞海中关于死海的说明文字与文艺随笔的《死海不死》比较(这实际就是换词法),让学生发现《死海不死》"文字富有趣味"的表达特点。钱先生许多名课都是如此实际上运用了或者说包含了还原法、替换法、艺术形式规范知识分析法及揭示写作奥秘的范例。孙先生与这些代表性人物在文本解读教学上的高度一致性,有力证明了前面所说的诠释、检验、定海神针诸说。

二、孙绍振解读的方法、理论指导下的闽派语文 教学中的名例

闽派语文以文本解读及大学、中学界的长期合作为特色,孙氏解"写"法

因此而普及。2017年3月24日福建教育学院培训班上,省级名师应永恒上《卖油翁》,青年新秀郑燕上《泥人张》,不约而同都主要运用了替换法及相关艺术形式知识。教学效果极佳,尤其是来听课的数十位广西教师赞不绝口。窥一斑而见全豹,这反映了日常实践的自觉追求、自觉传承。此处只简要介绍应老师的课(孙绍振是指导应永恒晋升"省级名师"的首席导师)。他运用孙绍振的替换法,将课文换成如下表述与原文比较:

> 卖油翁释担而立,睨陈尧咨射于家圃,久而不去。见其发矢十中八九,但微颔之。以为无他,但手熟尔。以其酌油知之。见其取一葫芦置于地,以钱覆其口,徐以杓酌油沥之,自钱孔入,而钱不湿。因曰:"我亦无他,惟手熟尔。"

而欧阳修原文,第一是有冲突,有性格。当卖油翁"但微颔之"时,陈尧咨疑惑这老翁也懂得射艺,接连发问二句,急于知悉端底。听到老翁的答复无非是众人皆知的熟能生巧之理时,不由忿然曰:"尔安敢轻吾射!"称呼也由"汝"变为"尔"。直到老翁当场展示了手艺,并淡淡重复"我亦无他,惟手熟尔"后,陈即转怒为笑。陈之直率、翁之淡定跃然纸上。按孙氏理论,就是通过冲突,拉开心理距离,才能暴露性格。第二,谜底置后。冲突中有悬念,直到陈"笑而遣之",读者才释然而笑。按孙氏理论,就是要"折磨"读者。而改文,这些都没有了。应永恒引导学生讨论完上述比较后,又将几篇是否有冲突的学生作文引入讨论,使此写作奥秘留给学生很深印象。

福州市第三中学高级教师陈原的三个教例。陈原是孙先生手把手指导的福建师大文学院的学生,其硕士学位论文导师就是孙绍振先生,由于教学优异,参加工作第七年就获得福建省五一劳动奖章。其第一个教例即前文提到的《雨巷》课。第二、三教例是下文将提到的《将进酒》及《陌上桑》教学。

三、运用孙绍振的解读方法实施《将进酒》教学二课例

一例是上海市青浦区教师进修学院副院长、特级教师关景双。他自称是孙绍振先生的铁粉。2017年11月17日,他应邀到福建师大文学院举办的"闽派语文再出发"论坛做学术报告。他根据他的实践,认为所谓的语文能力就

是解读能力。他展示了他的《李白·将进酒》的讨论课的教学设计。他用孙绍振的"三层秘密说"及艺术形式知识分析法解读《将进酒》。认为《将进酒》的奔放豪迈、跌宕起伏的风格,从最隐秘的艺术形式看,就是乐府诗歌的文体张力,诗人充分运用了七言为主,杂以三言、五言、十言(君不见黄河之水天上来)的表现形式的结果。这确实是很好的创作奥秘的解读教学。我们知道,《将进酒》属于七言歌行。七言歌行出自古乐府,由曹丕《燕歌行》首创,兴盛于唐代。其形式特点是七言为主,杂以三、五言,便于更为酣畅地抒情。著名的《燕歌行》、白居易的《琵琶行》《长恨歌》、岑参的《白雪歌送武判官归京》都还是七言,而《将进酒》不仅明显运用了三言、五言,而且出现了十言,这就因为句式变化对比明显,自由率性、奔放豪迈、跌宕起伏更为突出了。

　　另一例是陈原于 2015 年 11 月间在福州市十一中,应邀与台湾专家交流时展示的《将进酒》教学。教学中,给专家们印象最深的就是运用孙绍振的换词法、还原法展开的讨论。如引导学生讨论能不能将"君不见黄河之水天上来"换成"君不见黄河之水青海来"(既是还原法、又是换词法),"千金散尽还复来"换成"百两散尽还复来"(换词法),"烹羊宰牛且为乐,会须一饮三百杯"换成"杀鸡宰鸭且为乐,会须一饮三大杯"(换词法)。显然,这样一换,那种奔放的豪情就没有了。

四、孙绍振与台湾合编教材及所开展的两岸教学交流活动中的教例

(一)合编教材及交流活动

　　前文说过,台湾地区教材是作家中心,知人论世、资料丰富、专业性解读是其特色。孙绍振认为,光有知人论世不够,文本毕竟为第一位,所有方法都服务于解读文本。虽然台湾地区同行在实际教学中并不会仅限于知人论世一种手段,但是,有无文本中心的牢固意识是不一样的。也不能说,大陆的文本中心观就牢固了,读者中心论就曾严重干扰过。但大陆教材是以文本为中心组织资料,名师的教学传统也是文本中心,但资料的丰富、专业性解读又不如台湾地区。让两岸优势互补,取长去短是孙绍振及其团队和台湾地区语文界有

识之士形成的共识。再说,前文说过,孙绍振的解读专著在台湾地区也是抢手货,于是,福建师大两岸文化发展研究中心、福建师大文学院与台湾中华文化教育学会合作,由孙绍振和台湾中华文化教育学会会长孙剑秋教授领衔,率领两岸编写团队,2014年至2019年,奋战五年,编写出版在台使用的《高中国文》六册,含课本、教师手册、教师用书,以及《中华文化基本教材》《国学常识》,总计34分册,1000余万字。合编本由孙绍振亲自撰写每一篇课文的解读,并仿台湾地区教材,搜集文学史上的丰富资料,再将所有资料围绕文本中心,围绕孙绍振的解读文章重新组合编写。合编本一些更具体的情况见第七章第四节。

在编写过程中和合编本在台湾地区出版使用后,合编团队组织两岸有关教师、专家先后于2015年11月间、2016年6月10日和12月9日、2017年10月2日和11月20日,分别在福州市十一中、武夷山市一中、台北天主教达人女子高级中学、高雄师范大学附设高级中学、台北万芳高中、厦门双十中学漳州分校开展了多场以“讨论课和文本解读教学”为主的教学交流、研讨活动,两岸共有八位教师上了10堂观摩交流课。2018年和2019年,还分别在福州、泉州、厦门、桃园、台北、高雄、新北、台东、台南等地有关中学进行了多场教学交流、研讨活动,两岸教师共上了20堂观摩交流课。2021年12月17日,又以视频方式进行了线上教学交流研讨,两岸教师又提供了18堂观摩交流课。

孙绍振先生及两岸合编团队成员对每一堂课均做了详尽的点评,不仅点评了其中的文本解读教学,而且点评了讨论课。教学中运用了合编教材和孙绍振解读材料的,无疑体现了孙绍振文本解读的方法、理论。没有运用到孙绍振的解读材料,或者课文本身,孙绍振没有解读过的,孙绍振和团队成员则用孙绍振文本解读的理论或其他的文本解读教学理论作出了评析。无论合编教材本身还是有关的交流课及其点评,都是孙绍振文本解读的方法、理论以及两岸语文教学融合发展的一次实践,都是语文教育突围路上的鲜活例子,更是在认真实践习总书记说的:“两岸同胞要加强文化交流,发挥各自优势,共同传承中华文化优秀传统,建设共同精神家园,实现心灵契合。”[①]

下文,择要对上述活动进行一些介绍。

[①] 引自(记者)陈斌华:《习近平总书记会见中国国民党主席朱立伦》,新华网2015年5月4日电。

（二）两岸参与交流的讨论课的若干特点

总的来说，这是"讨论课+文本解读"教学中的讨论课，都能围绕文本解读教学展开讨论，而不是为讨论而讨论。

1. 台湾地区教师讨论课的总特点是善于缩短师生间的心理距离

包括调动学生参与互动的花样多，降低学习难度的措施多，课堂的生动性、学生的积极性较明显胜过大陆的一般讨论课。具体如下：

（1）与解读课文相关的有趣活动多。如：①杨晓箐（女，时任台湾戏曲学院华语文中心主任，原政治大学附属中学教师，曾获台湾地区 super 教师奖）在台北天主教达人女子高级中学所上的《赤壁赋》第五节课。主要内容是《赤壁赋》与《后赤壁赋》的比较阅读，为帮助学生理解这一比较，引入了马致远《天净沙》与白朴《天净沙》的比较；还播放了两则电影短片，通过导演根据自己的创作意图安排素材，建立场景，让学生更好读懂同是赤壁，同一个"导演"，却因企图表现的思想情感不同，建构了前后《赤壁赋》的不同"镜头"。②易理玉（女，时任台北市立第一女子中学教师，曾获台湾地区师铎奖和 super 教师奖）在武夷山市一中上《项脊轩志》。相关的有趣的活动更多，如猜书斋（归有光的书斋是项脊轩，欧阳修的是六一堂，饮冰室的主人是梁启超）、为《项脊轩志》《陋室铭》按赞（要学生说出为什么喜欢《项脊轩志》）、"抢救老屋（项脊轩）一字师"抢答（室仅方丈：小；百年老屋：老；雨泽下注：破；每移案，顾视无可置者：窄；不能得日：暗）、播放和讨论小电影《前尘往事》（加深体会《项脊轩志》物是人非的沧桑感）。③吴慧君（女，时任高雄市立前镇高级中学教师，曾任台湾地区教学卓越奖复选观察员）在高雄师范大学附设高级中学上《我的书斋》（钟理和），整节课主要就是一个大活动：学生分组深入进行《我的书斋》与《项脊轩志》空间配置、物质条件、精神象征、励志精神、人格特质、生命故事等 10 多个方面的全方位比较，使学生了解他们（钟理和、归有光）都是贫穷的，又都有高贵之处，思考自己能否也成为作者这样的人。

（2）激励措施多。如易理玉整节课开展的计分抢答竞赛。老师即时宣布分数，最后公布获胜小组，场面十分"火爆"。易理玉应邀到北京某中学上《礼记》时，方式是有奖问答。在武夷山市一中开课的宋怡慧，课后还补送

"奖品"给学生。老师们还有各种即席推出的抢答、挑战活动。至于掌声鼓励则是每位台湾老师最常用的手段。

（3）热情风趣的话语多，很是"煽情"，许多还极有助解读课文。如"太厉害了"；"给自己掌声，不要不好意思"；"爱上归有光了（对学生阅读体悟的赞词）"；"请这位目光炯炯的'刘禹锡'回答（对一位流利背出了《陋室铭》的男生的美称）"；"你将来一定是个好妈妈（对一位回答"归有光的母亲为什么用'扣'而不用'推'"的女生的赞誉）。如果学生一时回答不出，教师会说"你平时跟谁有'仇'，你把问题甩给他"，学生们大笑；如果一时回答不了的学生是班长，教师会说"你是班长，你有权命令任何一个同学起来回答"，学生们又笑了。

（4）易答问题多，不易冷场，又降低难度，最后汇聚到某个总问题或总结论。①杨晓箐用一连串的小问题——所写景物不同，实景还是虚景不同，出现人物不同，苏子与客的对话不同，寄寓的情感思想不同等，使学生充分理解了同一"导演"面对同一赤壁，却因创作企图不同，写出了不同的《赤壁赋》。②易理玉最重要的一组问题是诸如"为什么母亲用'扣'而不用'推'"（对下人的尊重，不惊吓婴儿），"'变篱变墙'的背后是什么"（亲情越来越隔膜），最后的大结论是"重要的东西是眼睛看不见的"，但"凡是经过的，都会留下痕迹"。③吴慧君的系列比较，实质也是化大为小的讨论。

2. 大陆教师讨论课的总特点是紧扣文本解读教学

（1）大陆教师可能因课时紧，一般而言，讨论课里的招数、套路不如台湾教师多，主要靠个人素质掌控课堂，调动积极性。如2017年前参与交流的陈原，话语风趣幽默、施教行云流水，叶鹿（时任武夷山市一中语文教研组组长）教风沉稳清晰、有条不紊，陈华良（时任厦门双十中学漳州分校语文教研组组长）扎实稳重、书卷气强，都因此达到了吸引学生专注投入学习的效果。

（2）上述三人主要特点都是直奔主要问题，展开施教。陈原在达人女高上《陌上桑》，突出该作品的"效果手法"。叶鹿在自己学校与易理玉"同课异构"教《项脊轩志》，紧扣该文的细节描写。陈华良在自己学校上《论语·侍坐章》，侧重该篇的人物出场和体现的性格。

（3）都不同程度传承了老一辈名师解读亮点与设计亮点结合的教学模式。解读是基础，设计是技巧。前文介绍的钱梦龙的《愚公移山》《中国石拱

桥》《死海不死》等课例，就是这方面的典范。如《中国石拱桥》《死海不死》
的解读亮点分别是说明语言的准确和文字富有趣味，设计亮点分别是出示赵
州桥的挂图，请学生用一句话表述大拱与四个小拱的关系和用辞海中死海表
述与课文中死海描述相比较。解读亮点针对的是"语文"。设计亮点针对的
是"教学"，一般而言，学生是学习者，需要教师引导、点拨；特殊而言，正是大
陆语文课课时较紧，催生了技巧设计的风行。数十年来，尽管文本解读教学在
大陆并非一帆风顺，但涌现了一批于漪、钱梦龙这样的著名特级教师，他们在
文本解读与教学设计的两大亮点的结合上，创造了一大批可以效法的名课、模
式。上述参与交流的大陆青年教师，都不同程度学习了前辈的教学范式。我
们后文还将具体分析。

　　3. 两岸"讨论课 + 文本解读"教学的优势融合、共享、互补，取长补短

　　按孙绍振的口语交际理论和幽默理论，缩短心理距离是现场即席交流最
重要的手段之一，幽默风趣话语是最有效的方法之一。具体的花样、措施、风
格，因地因人而异，无需千篇一律，也不必照搬，因而，台湾地区老师形式丰富
的讨论课背后善于缩短心理距离的理念是值得大陆同行借鉴学习的。台湾地
区讨论课晚起于大陆，借鉴于大陆，在互动效果上胜过了大陆，这更值得大陆
老师思考。而大陆老师的讨论课把时间和活动集中在文本解读上，同样值得
台湾地区同行思考。当然，台湾地区课时多，在五节课的安排里，有足够的教
时对付文本解读，可能不成问题，但如果热身、外围、延伸活动过多，一不小心
就可能使解读捉襟见肘。再说，文本解读毕竟是主体的教学任务，课时越多，
可以把解读做得越深入到位，何况如前所述，台湾地区的教参里资料十分丰
富，尤其是孙绍振主编的两岸合编教材里引入了大量源自大陆学术界的新颖
资料，正可以在解读上大显身手，从这个意义上，更有必要向大陆同行学习文
本解读教学的成功模式。

　　孙先生正是针对上述的优势融合、共享、互补，取长补短，进行现场评点的。

（三）从孙绍振文本解读的有关方法、理论的角度，评析交流观摩课

　　宋怡慧老师在武夷山市一中上合编本中的《再别康桥》。孙绍振就该
诗"独享的秘密、独享的甜蜜"这一艺术奥秘已提供了详尽的解读。宋老师
紧紧围绕孙先生的解读，所提出的十几个系列讨论题，全部指向那"不能与别

人分享的'独享的秘密''独享的快乐'"。宋老师同时充分利用合编本中的丰富资源,引入大量历史资料,实践孙先生解"写"法。如引入徐志摩的康桥经历,与林徽因、陆小曼的情感经历时,说诗人很想回到过去的美好,而林徽因和康桥是美好的,陆小曼是使他难过的,也就是诗人原生态的复杂经历进入诗中已做筛选,这就是运用孙先生的还原法,使学生了解该诗的创作奥秘。教师又提醒,虫叫,诗人没听到,沉浸在美好回忆中,所以"沉默是今晚的康桥",这就是还原为自然对象,发现其变成艺术对象时变异了。在如此这般与学生的研讨中,学生对这独享的甜蜜已心领神会,当解读到徐志摩在母校的夜晚,独享那不能与人分享的秘密时,教师对参与研讨的一男生说:"你有没有? 愿意不愿意与大家分享?"又说这"秘密""一中(指武夷山一中)的同学都不知道。"全堂会心地笑了,在笑声中,学生们轻松地领悟了《再别康桥》的奥义。

陈原上的《陌上桑》和陈华良上的《侍坐章》也都是合编本中的课文,孙先生同样有详尽的解读和丰富的资料提供给两位任课者参考,两人都创造性地"照搬"到教学中。陈原上过很多次的公开课,算是久经沙场的年青老兵,但拿到这份合编本的教参资料时,还是甚为吃惊,他说,这样的资料从来没有见过,对教师备课太有用了。在他看来,资料不怕多,而要好,而在于备课者自己的挑拣和设计。他围绕孙先生的解读设计了一系列的讨论题。所有讨论题都指向孙先生解读的作品如何表现罗敷的外在、内在美上,尤其是指向孙先生反复强调由余光中命名的"效果手法"。他重点挑选了资料中余光中就效果手法说的"直接描写美人,有时不如间接描写观者惊羡之色"、托尔斯泰的"描写一个人本身是不可能的,但可以描写他给我的印象",以及他自己找来的"从此君王不早朝"等同类资料,一并提供给学生结合文本,集中讨论《陌上桑》中观者的有趣失态反应,讨论诗人这一表现罗敷惊人之美的巧妙手法。由于讨论题的集中和有趣,助读资料的精准和权威,加上他幽默的教学语言,课堂笑声不断,高潮迭起。陈原上完交流课后,前来听课的高雄市教育局的领队当即邀请他下午到高雄向老师们介绍他的教学经验。

《项脊轩志》也是合编本中的课文,孙绍振亦已有完整解读,有关资料也已基本编写好,只是当时尚未最后成形,未及时提供给两位任课者。但他们都熟悉孙先生的解读思想,叶鹿在福建师大读研究生,听过孙老师许多课;易理玉在台湾听过孙先生的多次讲座。他们凭借自己领悟,解读了文本奥秘。比如前文提到的易理玉设计的系列讨论题及热情风趣的教学语言均指向关键词语所隐含的意义，又如叶鹿的八个讨论题都是围绕作品最重要的细节描写背后的悲、喜之情展开的，这些都获得了孙先生的首肯。但如使用了合编教材的解读资料，将更上层楼。比如，孙绍振评课时说，易理玉的教学把一个归有光带出来了，非常成功、很专业。但按孙先生的解读和参与合编的汤化先生考证，题目是有意识不用"记"而用"志"的，正暗含立志重振家族荣光，这就是立足文本的解读。又如，易理玉总结说，重要的东西是眼睛看不见的，但又留下了痕迹，叶鹿说，细节暗示了整体，孙绍振评价都很高，认为都切进了最重要的奥秘。但都还有值得提高之处，孙绍振说，这是著名的"寓褒贬"于客观叙述中的史家笔法，只写那些看得见的，故意不写那些隐含的东西，要发议论，作者另外说，于是就有了太史公曰、异史氏曰，归有光就是学史记这个传统笔法，故文章分为两部分，前面就写细节，后面就有项脊生曰。如二位老师能这样讲文体笔法，就进入了叶圣陶、孙绍振说的创作奥秘。很可惜，都就差这么一点。这些，孙先生在评点时都指出来了。

2018 年，许家豪（女，莆田二中）、衷颖（女，福州四中）前往台湾地区中山大学附属高级中学、台北达人女子中学进行教学交流时，有关课文所在的合编教材册次已出版发行，她们的任务，不仅要将合编本中精彩的解读资料选择有关重点实施于课堂教学（这就保证了解读亮点），而且要根据学情，考虑好教学设计亮点。前者上郑板桥的题画诗《竹石》（咬定青山不放松，立根原在破岩中；千磨万击还坚劲，任尔东西南北风），教者准备问学生"有哪些文字不是我们能在画面上直接看到的？"准备的答案是"咬定""不放松""千磨万击还坚劲""任尔东西南北风"，以及古人说的题画诗"当在切与不切之间"；答案的原生资料是合编教材的《教师手册》里有的，所问的问题是教者设计的。后者上《孔明借箭借东风》，孙绍振的"主编解读"的亮点之一是，嫉妒往往发生在近距离的、有现成可比性的人之间，周瑜为什么不去嫉妒曹操、刘备，偏偏嫉妒诸葛亮？因诸葛亮既是盟友又地位、智谋（尤其是智谋）和他最挨近；教者准备除直接也将此问题问学生外，加上一问：你们女同学，会不会去嫉妒某某明星比你长得好看？会不会在班上就某方面嫉妒某同学？二者当时的实际教学，都因上述的并不复杂的解读亮点和设计亮点，达到了很好的效果。评点中，获得了孙先生和团队成员的充分肯定。

杨晓箐在漳州的厦门双十中学分校是重上《赤壁赋》,听过上次课的合编团队成员都感到这次上得更好更精彩。她依旧是与《后赤壁赋》比较阅读,依旧是如前介绍的上次那样的设计了各种活动。但是,她加了三个讨论活动:一是说有两种阅读方法,一个是通过苏轼的经历来了解文章的风格、意蕴,一个是就文章本身读出它的内涵、风格,哪一个更好?结论是后者,并指出,前者是作者中心的读法,后者是文本中心的读法。二是,文中所有的景物是否都是人的投影?结论:是。三是,就前文提到的延伸活动:马致远《天净沙》与白朴《天净沙》的比较,再进行换词比较,一换词,原词不悲伤了。这些更为精彩的讨论设计,显然是她重读了孙先生的解读后,更上层楼的文本解读教学。

任何人都是在对过去的不断肯定又不断否定,不断删除又不断新建中前进的,甚至往往更多是新建,在新建的曙光指引下,愉快自觉地离开旧地。语文教育的突围和孙绍振的文本解读理论的建构也一样,两岸不少语文教师正是在孙绍振大量"新建"解读吸引下,自觉自愿告别旧的教学模式。

具体的例子是举不完的,而"文学理论教育的奇迹"和"语文教育的突围"则是最大的例证。这两大例证,足以表明孙绍振的文本解读有关理论最具现实意义的贡献、最富特色的实践意义和最为独特的学术价值。

这两大例证以及以 500 篇中学课文解读这一罕见的海量案例为基础所创建的《文学文本解读学》,表明它是实践急需的理论学说,是与西方文论那些从概念到概念的空转理论迥然有别的本土化、实践化、行动型、操作型的学说,是马克思"人应该在实践中证明自己思维的真理性"[1] 以及恩格斯"社会一旦有技术上的需要,则这种需要就会比十所大学更能把科学推向前进"[2] 的生动写照。它像朱光潜特别肯定的歌德理论那样:"和一般的美学家从哲学系统和概念出发不同,歌德的美学言论全是创作实践与对各门艺术的深刻体会的总结。"[3] 它是文学理论领域首次出现的体系崭新的专论文本解读的理论专著。它的面世,将可能激荡、催生我国文学理论产生重要变革。

从如此具有重要理论贡献的学说中要学习的内容太多了。《文学文本解

---

①　《马克思恩格斯选集》第 2 版第 1 卷,人民出版社 1995 年版,第 55 页。

②　转引自习近平:《在科学家座谈会上的讲话》,北京 2020 年 9 月 11 日电。

③　朱光潜:《西方美学史》第 2 版,人民文学出版社 1979 年版,第 401 页。

读学》是该学说的基本完成形态,它的内容远应追溯到孙先生早期的《文学创作论》,广应涵盖他近 40 年研究中的大部分相关著述,总字数逾千万。与语文教育比较有关者如:

创立与原有文学创作方法体系相呼应的文本解读的系列方法;

创建未被以往学术界揭示的艺术形式规范的崭新范畴;

建构明显区别于西方文论的本土特色的文学理论;

构建关系民族未来一代素养能力的基础教育教材,等等。

拙作除前三章已经涉及者外,后面几章将继续试述。但是,仅能挂一漏万,略谈一二,因为,孙绍振《文学文本解读学》绝不仅仅是为语文教育建构理论的,它于文艺理论方面的深广意义以及涉及的相关理论的专业性,笔者无法一概胜任,即使语文教育方面,笔者亦可能以偏概全;并且,所谈很可能肤浅,如下文将介绍的"形象三维组合解读(分析)法"涉及原有《文学创作论》的部分,往少里讲也至少好几万字,但我们只能以几百字说明其与解读有关的内容。即便如此,由于孙绍振文本解读的理论的重要现实意义,笔者还是不自量力,抛砖引玉,供方家饱学批判。

第四章
创立文本解读的方法体系

　　从第一章,我们知道,孙绍振的《文学文本解读学》,包括它的方法体系是建立在创作论的基础上的,创作和解读是一块硬币的两面,因此,我们分两章,分别从创作角度和解读角度,阐述它的具体方法。

第一节 方法的重要

一、无方法、慢方法、快方法

孙绍振说:"要进行具体分析,如果没有一定的方法论的自觉,则有如狗咬乌龟,无从下口。……因为文学的形象,天衣无缝,水乳交融。"[①]

这就好比一个密封的器皿,一个是凭力气打开,一个是靠工具打开,一般而言,是要靠工具的。文学作品,过去在似乎不讲方法的时代,大家就是反复看,终于看出一点名堂。但如此幸运者只是少数人,比如钱梦龙谈到自己备课体会,就是反复看多遍,终于看出作品的特点是什么[②],指的就是这种情况。其实背后是有方法的,这就是古人说的"读书百遍,其义自见"。就是一种专心致志,排除干扰,反复阅读之后的顿悟、妙悟、阅读所得,这就是方法。同时,还要有其它手段辅助,如看同类作品,比较能发现其中共同的奥秘,推而广之,就是要多读书,"读书破万卷,下笔如有神","破"者"解"也,连写作都有所心领神会,何况阅读? 古人基本上靠这种方法阅读领悟,后人称之为印象主义批评或审美直觉批评[③]。这种读书、解读方法,速度是慢的,方法也单一,更重要的是它要靠耐心、意志和时间,所以绝大多数人,读几遍后,仍然不得要领,

---

① 孙绍振:《孙绍振如是解读作品》序,福建教育出版社 2007 年版。
② 见赖瑞云:《混沌阅读》,福建教育出版社 2010 年版,第 228 页。
③ 参见王先霈:《文学批评原理》,华中师范大学出版社 2002 年版,第 88 页;童庆炳:《文学理论教程》,高等教育出版社 1998 年版,第 459—460 页。

茫然一片，就放弃了。说到底，这种传统方法，较多是凭"力气"，而这"力气"也实际有如上所述的一定规律，只不过一般人连这规律也不了解或者不愿意去遵循，结果就是无方法。孙先生说的"无从下口"者，就是这种情况。此外，钱梦龙等人，或许还凭自己个体的阅读经验，总结出自己很个体化的看书门道，这其实也是方法。

方法就是掌握某种规律。任何时候，方法都是提高效率的正道。而我们今天要说的，是能更快速发现作品艺术奥秘、效率更高、能更普遍地推广，并呈显性状态而非古代那种"玄妙"状态的科学方法。孙绍振的解读方法体系，就属于这种科学方法、快方法。

二、必要的说明

首先要说明的是，在孙绍振的文本解读学说中，由于其理论是行动型的，实践性、操作性强，基本上许多概念、表述都具有方法论的意义。如后文将谈到的"以创作论为武器，解读文本"就是这种情况。又如第一章提到的"文本第一性"（第七章里还表述为"文本为第一中心"）"揭示艺术奥秘"（或"以揭示创作奥秘为第一要务"）"秘密三层说"等，是总纲，是基本理念，是指导思想，同时也是方法，依此也可解读文本。再如，一般方法论上强调的力求发现别人没有发现的东西，也是既为指导思想也为方法。只是上述这些比较高度概括性的概念，仅凭此解读，难度较大。反之，由于其学说中许多概念所具有的普遍意义，反映了某种客观规律，即使称"法"的，如"还原法"，也同时是解读的一种基本理念、一种指导思想，也因此，其著述中显性称"法"的概念少。"错位"理论更是如此，它首先是孙绍振的学说中的基本理论、核心理论概念，在方法体系中称其为"错位法"，就是从操作性的角度命名的。

其次，由于这样的伸缩性、弹性，孙绍振的解读理论中可以作为方法用于解读的概念，即使限定在操作性较强的角度考虑，也是数量可观。比如，在《文学文本解读学》中，最明显冠以方法、方法论含义的是最后六章（第十一至十六章），分别称为"具体分析之一：隐性矛盾""具体分析之二：价值还原""具体分析之三：历史语境还原""具体分析之四：隐性矛盾的分析""具体分析之五：流派与风格""具体分析之六：想象在创作过程中与作者对话"。

但是,每一章(类)里差不多都是一个小系列,里面都包含一些更具体的方法,如第十一章里的"原生态还原""逻辑还原"乃至"无理而妙",第十三章里的"关键词还原",第十六章里的"心口错位"……都是操作性很强的解读方法。这六章之外的其他章节也还有颇多可视为方法的,特别是有关小说、诗歌、散文的章节中涉及具体形式特征、形式规范的各种命名。如关于小说的第九章,标题中"打出常规和情感错位"两个概念就是两个解读方法。该章中关于因果律的系列概念,几乎每一个都可作为分析的方法,如"荒谬性因果"。还有,该章中深入阐述时出现的一些更具体的术语,都可能是一种解读手段,如其中第2节和第4节中对《项链》的玛蒂尔德做了深入分析,用到了佐拉"试剂法分析感情"这一术语,意即通过项链的得失变化,把人物内心潜藏的另一面(英雄气概、自尊性格)揭示了出来,而"试剂法"照样可以用来解读《范进中举》中胡屠夫情感的变化。甚至,在一些比较理论性的章节中,都有一些精彩的术语命名,具有解读方法的意义,如第四章在批判西方文论中过分极端的"意图谬误"(《文学文本解读学》中指出,新批评最初提出此说时,并未走向极端)时,孙绍振提出了"意图无误""意图升华"说,意即作家的意图在作品中得以实现(无误),乃至在创作的过程中得以提升(升华),他以此解读了《岳阳楼记》《醉翁亭记》的奥秘。这两个孙氏术语,同样可以用来解读其他作品,如《游褒禅山记》等古文经典。

拙作试图简要梳理这一知识谱系。比如,还原法中的原生态还原,放到错位法中就是美与真的错位。又如,试剂分析法,在孙绍振的话语里就是"越出常轨(打出常规)"。再如,意图谬误、意图无误,可归到孟子说的知人论世,而"知人论世"在孙绍振的方法体系中属于"专业化解读"范畴。还有,小说、诗歌、散文等各文体的具体艺术形式规范的各种命名、术语,如打出常规、情感错位、荒谬性因果等,都可以归到"艺术形式知识分析法"这个总旗号下。当然,我们后文的分类可能会有一些交叉,对于一个如此庞大的理论体系,恐怕是难免的。因此,拙作试图从方便语文界操作运用的角度,归纳出了一个十二法的孙绍振文本解读方法谱系。

最后,还必须特别说明,孙先生是上位的文艺理论家,研究文学创作理论,指导文学创作是他原本的主要学术工作。他不少可以载入当代文学史的,影响卓著的学术成果都是这方面的,如"新的美学原则在崛起"就是诗歌理论领域的。孙先生介入语文教育，最初乃无意为之，乃至是他的学术副业（随便说及，孙先生不少成果都是"无心插柳柳成荫"的产物）。许多学术概念、术语，本是从上位的文艺理论，从美学角度，并且许多是严峻的学术论辩中，特别是他坚持不懈批判当代西方文论的严肃学术工作的背景下提出的。包括拙作作为主要理论源头之一的孙先生的近著《文学文本解读学》，其最主要的学术背景，是对严重脱离实践，且对当前学术界又影响甚巨的当代西方文论的批判，是试图构建本土文艺学的努力探索，许多学术话语、体系构建，包括上述六个系列的"具体分析方法"，都是如此学术背景下的产物。加之具体的学术概念、体系命名，一个人在长期的探索研究中，又会不断修改完善，还会从不同的学术目的形成不同的组合，这是任何理论家都概莫能外的。当然，上位的概念涵盖了下位的概念，正因为此，拙作可以也仅从下位的语文教育的角度，试图从孙先生的学术研究宝库中，汲取一二。如果拙作的试释暗合了孙先生庞大学术体系的某一侧面，或者抛砖引玉，其他同仁，从另一个角度，作出了另一种梳理，则心愿足矣。

第二节 以创作论为核心武器的文本解读方法体系谱系

一、解读和创作是一块硬币的两面

这句话中"创作论为核心武器"也可表述为:以揭示创作奥秘为核心。

第一章里,我们详细阐述了孙绍振《文学文本解读学》的基础是文学创作论。无论从孙绍振的大量解读实践还是他相应的理论著述,以及他后来的总结,孙绍振是从创作论的角度解读文本,是从创作论进入的,其核心是揭示文本的创作奥秘。这是孙绍振能较快进入解读,能发现很多人未能发现的文本奥秘的解读奥秘。

无论是孙绍振的创作论,还是解读学,"揭秘(主要是创作奥秘)"都是它的一个总纲,一个基本理念,但呈现的形式却"相反",这是一块硬币的两面。作家是要把这些秘密隐藏起来,"见解(即意蕴)越隐蔽,对艺术作品来说就越好(恩格斯语)[1]",更无作家把其表现手法标示在作品中,如清人张竹坡说的,作者的"匠心"是要"瞒过"读者[2],或者这些手法,连作家本人都不知晓,对他们也是秘密。解读者则相反,应把这些秘密揭示出来。

这个硬币的核心是揭示创作奥秘。

---

① 《马克思恩格斯选集》第 2 版第 4 卷,人民出版社 1995 年版,第 683 页。
② 转引自孙绍振:《与西方文论的平等对话和争鸣——孙绍振文艺学文选》序一,山东文艺出版社 2021 年版,第 6 页。

孙绍振从《文学创作论》到《文学文本解读学》，从创作的角度提出的创作奥秘中，可以转化为解读操作的主要理论范畴有：形象三维组合说、三层揭秘说、艺术形式规范说、错位论、感觉论、表达论。注意：这并不涵盖有关创作的全部理论，比如想象力，于创作自然十分重要，于解读就显得笼统，虽然解读作品也需要想象力，但从方法的角度，操作性不强。又如作家的智能素质，天分、勤奋等等，于创作同样十分重要，于解读也一样有意义，可作为解读的背景因素、指导思想，譬如与创作比，更可能以勤奋弥补天分之不足，但同样无法作为具体的解读方法，因为它没有与被解读出的具体内容挂钩。这六项，创作时，可以以此命名的理论指导创作；解读时，可以将此概念转化为指导解读的方法术语。但是，在表述上宜作如下变动：三维组合解读（分析）法、三层揭秘解读（分析）法、艺术形式规范知识解读（分析）法、错位解读（分析）法、感觉解读（分析）法、关键词语解读（分析）法。括号内外的用语，表明取一种即可，或解读或分析。在实际使用时，可以简称为：三维法、三层法、艺术形式法、错位法、感觉法、关键词语法。这些称呼，有的是孙绍振著述中早已使用习惯的，如错位法、关键词语法，其余多为我们为研究和表述的方便，给予的命名。

从解读的角度提出的直击创作奥秘的主要解读方法有：以作者身份和作品对话（可简称为作者身份法）、还原法、替换法、矛盾法、专业化解读法、比较法。这六项，不是从指导创作的角度提出的。比如还原法，其硬币的另一面是错位法，美与真错位、美与善错位，才是指导创作的，还原，则是把创作时错位的情况还原出来，故是用于指导解读。替换法与关键词语法的对应关系也一样。以作者身份和作品对话，则是与创作层面的所有六法对应的。而"矛盾法、专业化解读法、比较法"三项，一般而言，没有作家是以此来创作的，更是专为解读而设立。这些方法的命名，均是孙绍振著述中原有的。

上述解读法的名称，在使用时，一般以孙绍振著述原有表述为主，拙作首次命名的，在初次阐述时先出现详称，至于具体行文中用详还是用简，则随上下语境需要而定，比如，下文简表，为整齐起见，用简称。

二、孙绍振解读方法体系的谱系简表

以下是这个"解读硬币"两面、孙绍振解读方法体系的谱系简表：

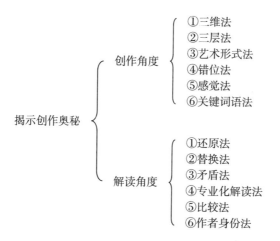

揭示创作奥秘
　创作角度
①三维法
②三层法
③艺术形式法
④错位法
⑤感觉法
⑥关键词语法

　解读角度
①还原法
②替换法
③矛盾法
④专业化解读法
⑤比较法
⑥作者身份法

上述两大角度、层面的十二法,涵盖了孙绍振文本解读学建构30多年的进程中出现的绝大部分具体的解读方法,其中多数,一法中又是一个小系列,下文展开阐述时再做说明。

上述十二法,从理论讲,既是规律,就应贯于一切作品,但因为实际解读时的难易,任何一法都不能包打天下。如何更好使用这些方法,我们在介绍完十二法后再予说明。

三、切入口

除了这十二法,孙绍振文本解读方法体系中还有一个非常重要的"切入法",即解读者阅读文本时,第一感觉是文本中有异常现象还是无异常现象?孙绍振分别称之为"'变异''陌生'"与"'非陌生''日常语义'",其1987年出版的《论变异》中早已对此做过详尽阐述。这是有助于较快、较准妥解读出文本奥秘的方法,但它是切入之法,即切入口,往往还要依靠十二法中的其他有关方法才能解读文本,或者解读得更为到位。本来,作为切入法、切入口,应当先介绍,但考虑到两点:第一,它往往还要运用其他方法,因此放在十二法之后,其他方法的名称、内涵已知晓之后再介绍,更为合适。第二,并非每一篇作品的解读,每一次的解读都有如此切入点的问题,许多时候,解读者很可能直接就运用了某一方法解读文本了。因此,本书将其放至十二法介绍完后再阐述。

第三节 创作角度、层面的解读六法

创作角度、层面的解读六法,除三层法外,其他均未做过较详细的介绍。

一、形象三维组合解读（分析）法

形象三维组合是指艺术形象是主体特征、客体特征、艺术形式特征三维组合（猝然遇合）的产物。孙绍振原表述是情感特征、生活特征、艺术形式特征的三维组合,由于创作主体的主观特征也包含智性,故后来把它改为主体特征,这就将情感、智性都包含进去了,相应的,将生活特征改为客体特征。[①] 这也正是歌德说的“使形式、材料和意蕴互相适合,互相结合,互相渗透”,“形式是生气灌注、显示特征的,是与内容融为一体的”。[②] 分析作品,解读文本可以由此入手。

这无疑是非常简略的表述,《文学创作论》涉及三维组合说的文字至少有好几万字,分别从主、客观是如何结合,又如何与形式结合才最后构建成形象,特别是形式规范的特殊性、重要性,《文学创作论》中阐述甚详。我们不是指导创作,而是谈解读,可以从解读的需要,抓住如下几点,揭示作品的创作奥秘:第一,抓住这个结果,一切文学形象都是三维组合的结果,找出它的三维,而不是一般哲学认识论、机械唯物论说的主、客观二维结合。而且这三维

---

① 见孙绍振:《文论危机与文学文本的有效解读》,《中国社会科学》2012年第5期,文中（该期第180页）指出,主体特征包含智性。实际在其《文学创作论》中已提出,当时孙绍振称为理性。此外,许多作品更突出表现的可能是情感,如接着所举二例。所以,情感特征的提法,仍然可保留。

② 歌德引文出处见第一章。

不是一般性的，而是特征鲜明的，三者的特征是完全融洽的。第二，进入作品的生活特征已经不完全是生活的原生态，而受"人的情感影响最大"，人对客观生活、客观事物的感觉、知觉，会受情感的冲击，"发生量和质的变异"①。所以，要抓住它如何变异了才与相应的主体特征、情感特征结合。第三，所以，作家所运用的特征鲜明的某一形式，是在"变异了的感觉和知觉上去起作用"②的。换句话说，"形式就是再现生活表现自我的语言形态"③，如孙绍振举例的"作家具有了在动乱社会中的复杂经历，只有叙事文学形式才能对之作现实性的再现"，如果用简短的抒情诗去表现，必然使内容受损④。

比如李白的《早发白帝城（又名：白帝下江陵、下江陵）》⑤。

情感特征（主体特征），是政治上获得大赦的诗人特别轻松愉悦的心情。史载，安史之乱爆发后第二年，永王李璘以平乱为号召起兵，李白应招参加其幕府。唐肃宗认为李璘起兵是同他争夺帝位，下诏讨伐，李璘兵败被杀，李白受牵连被流放至夜郎，在巫山途中遇赦。

生活特征（客体特征），即湍急三峡，顺流而下，船行轻快，这是一面。另一方面，当时的三峡行船并不能一天走一千多里，从白帝（今重庆奉节县境内）直到江陵（今湖北荆州市）。历来解释此句"现实性"的唯一依据就是《荆州记》（后录入《太平御览》）有关三峡的一段文字（即后来郦道元录入《水经注·三峡》里的一段）说了可以"朝发白帝，暮到江陵"。但《水经注》是转录，《荆州记》也只是说"有时云"，而且此情况有严格的前提，是夏天发大水，水流极快，且"王命急宣"，只好不顾本已封航（"沿溯阻绝"），冒险东下。李白写诗时不是这季节⑥，没有这条件，更没有冒此险的必要。可见"千里江陵一日还"不是纪实，客观原状进入作品时发生了变异，然而正是这"无比轻快"的夸张变异更渲染、突出了诗人心情的无比愉悦轻松。这就是前文所说的受情感冲击，客体发生了变异（亦即后文将谈到的美与真的错位），这才是诗人心中鲜明的客

①　孙绍振：《文学创作论》，春风文艺出版社 1987 年版，第 327 页。
②　同上书，第 328 页。
③　同上书，第 329 页。
④　同上。
⑤　以下关于《下江陵》解读及绝句特征，主要取自孙绍振：《论李白〈下江陵〉》，《文学遗产》2007 年第 1 期。
⑥　李白另一首表达了同样心情的《江夏赠韦南陵冰》，据有关学者考证，是被赦当年的三月在江夏与友人韦冰相会。见《李白诗选注》编选组：《李白诗选注》，上海古籍出版社 1978 年版，第 193 页。

体"特征"。当然,它又不是毫无根据,三峡毕竟是最著名的湍急水系。

艺术形式特征,是指李白的《下江陵》绝句是绝句中"最自由"流畅的一种,"朝辞白帝彩云间,千里江陵一日还;两岸猿声啼不住,轻舟已过万重山",四句全为流水句式,没有一句是对仗的,束缚最少,行云流水,一泻而下。于是,相对"最自由"的形式特征、表达方式与李白当时最轻松愉悦的情感特征,以及夸张、变异了的轻快迅捷的船行特征猝然遇合,互相适合,融为一体,极生动地展现了李白当时自由无碍的奔放心境。

绝句比律诗自由,据孙绍振在前人有关资料基础上的研究,其不同于律诗的关键是:(1)前两句也不一定对仗。(2)第三和第四句绝大多数为流水句式。所谓流水句式即两句之间不讲究对仗,采用有如自由叙述的句式(上句意思未表达完,需下句才能自足),前后句之间又句意相连,于是流水般串意而下,顺流而成。(3)其中又有三种形式(不含少数全对仗的):A、头二句对仗,后二句流水句式:回乐峰前沙似雪,受降城外月如霜。不知何处吹芦管,一夜征人尽望乡(李益)。B、头二句不对仗,后二句流水句式:如杜牧的《江南春》,头二句"千里莺啼绿映红,水村山郭酒旗风",不对仗也非流水句式,即似乎各讲各的,似乎两幅"独立"的画面,句意不相连(但实际内涵相连);后二句"南朝四百八十寺,多少楼台烟雨中"句意相连,为流水句式。——以上两种情形较多。C、全不对仗,全为流水句式,表达上最自由,但如诗意和意象一般,将无形式的韵味弥补,所以不易写好,较少见。

李白有了情感特征和生活特征这些非常自由奔放的诗意和意象,于是选择了这种"最自由"的形式。或者说,诗人选择的这种"最自由"的形式,是在"变异了的感觉和知觉上去起作用"的,是"再现生活表现自我的语言形态"。

非文学作品也可以运用这一"三维法"解读、分析。现以《我三十万大军胜利南渡长江》①为例。

　　　新华社长江前线二十二日二时电　英勇的人民解放军二十一日已有大约三十万人渡过长江。渡江战斗于二十日午夜开始,地点在芜湖、安庆之间。国民党反动派经营了三个半月的长江防线,遇着人民解放军好

①　本文选自温儒敏总主编:《义务教育教科书·语文·八年级上册》,人民教育出版社2017年版,第3页。

似摧枯拉朽,军无斗志,纷纷溃退。长江风平浪静,我军万船齐放,直取对岸,不到二十四小时,三十万人民解放军即已突破敌阵,占领南岸广大地区,现正向繁昌、铜陵、青阳、荻港、鲁港诸城进击中。人民解放军正以自己的英雄式的战斗,坚决地执行毛主席朱总司令的命令。(课文注释:这是毛泽东为 1949 年 4 月 22 日出版的《人民日报》撰写的新闻)

该篇情感特征是:历史性胜利的豪迈情感,简称胜利豪情。生活特征是:不到二十四小时,我三十万人民解放军已突破敌阵,胜利渡过长江,占领南岸广大地区。

艺术形式特征如下:(1)消息报道类新闻的完整结构包括标题、电头、导语、主体、结尾、背景,这篇新闻全具备了。标题:我三十万大军胜利南渡长江。电头:新华社长江前线二十二日二时电。导语:英勇的人民解放军二十一日已有大约三十万人渡过长江。主体:渡江战斗于二十日午夜开始,……现正向繁昌、铜陵、青阳、荻港、鲁港诸城进击中。而这主体文字中又包含了"国民党反动派经营了三个半月的长江防线"这样一个历史背景,因这不是渡江当日发生的,而引入此背景,更突出表现了我军的势如破竹和反动派的不堪一击。文末的"人民解放军正以自己的英雄式的战斗,坚决地执行毛主席朱总司令的命令",则是结尾,这句话,既是对渡江战役中解放军指战员英勇战斗的总结评价,又是对指战员们在继续推进的伟大战斗中英勇表现的展望。这么短的新闻却表现了这么完整的新闻结构,在新闻写作上,并不常见。如下面这篇报道也是当时的新闻名篇,但它就既无导语,也无结尾和背景,除电头外,正文全篇仅有主体。

我军横渡长江情景 ①（节录）

新华社长江前线 1949 年 4 月 23 日电 前线记者阎吾报道　人民解放军在安庆、芜湖间某地敌前强渡长江时的情景称:21 日黄昏,江北某地解放军的阵地上空,突然升起银光四射的发光弹,……从解放军的炮兵阵地上,无数道火线飞向南岸,……接着,从各个港口涌出了无数只大小船只。

---

①　本篇转引自《九年义务教育三年制初级中学语文第五册·教师教学用书》,人民教育出版社 1994 年版,第 7 页。

它们立即散布江面,像箭似地向南飞驶而去。……在大江南岸,布满着无数匆匆登岸的解放军,到处可以听到船工们和解放军战士们兴奋而亲热的告别声:"同志们,再见了!""老乡们,辛苦了! 南京再见!"

并非好新闻都要上述结构要素全具备,原因乃消息报道把及时性放第一位,倚马可待,所以,既及时又结构要素完备,难度较大,尤其是短消息,而毛泽东这篇乃极短消息(比阎吾的也属短消息的 500 多字的报道整整少了一半多),却诸要素齐备,故成为新闻史上及时报道重大题材、艺术形式臻美的典范之作。(2)新闻要以事实说话。上述情感特征,胜利豪情,文中一句话都没出现,而是全部以当天发生的这一历史巨变的事实表现蕴涵其中的豪迈情感。(3)新闻事实并非表面现象的机械照录,而要真正写出事物的本质特点。为此,第一,写新闻,并不是事无巨细皆录,而是有所选择,取舍。如阎吾当年有篇回忆文章提到一个细节:"船过江心,蒋军弹如雨发,船上的白帆被子弹打穿了,碎布直往头上掉"[①],也就是,在实际渡江战斗中,局部的激烈战斗是发生过的,但是,毛泽东和阎吾的报道都未采用此类细节,因为,对于如此压倒性的对敌碾压,这些都不值一提了。第二,即使同样表现了历史的本质规律,也有优中更优者。上述两篇都是名新闻,阎吾的报道注重细节,富有立体感,毛泽东的报道着眼于战略性大场面,寥寥几笔,勾画了翻天覆地的巨变,无论是当时还是后来的历史意义上,毛泽东的报道都胜过了阎吾。第三,抒写新闻事实,一般较少有带倾向性的描写,而上述两篇报道带倾向性的描写都明显,而这样写,恰恰更为精彩呈现了历史本质。尤其是毛泽东这篇,正文 176 字中就有"国民党反动派经营了三个半月的长江防线,遇着人民解放军好似摧枯拉朽,军无斗志,纷纷溃退。长江风平浪静,我军万船齐放,直取对岸"共 55 字,三分之一篇幅为倾向性明显的精彩描述,而实际上,战斗并非全"风平浪静",敌军并非全无抵抗(如上述的"蒋军弹如雨发"),但就二十一日的渡江战斗而言,这 55 字的描写、这"摧枯拉朽"等形容又毫不为过,相反,正是这倾向鲜明的描写更反映了我军势如破竹和人民大众"箪食壶浆,以迎王师"的兴奋心情,这就叫"壮词更得喻其真"。所以,往往是大手笔,才在可以倾向性描写

---

① 转引自《九年义务教育三年制初级中学语文第五册·教师教学用书》,人民教育出版社 1994 年版,第 10 页。

处敢于描写,而毛泽东,正是这样的大手笔。这与作者丰厚的新闻理论修养和创作实践密切相关。毛泽东青年时代就在蔡元培创办的新闻学研究会"听讲半年",认真听过著名报人邵飘萍的新闻课,他说:"特别是邵飘萍,对我帮助很大。"毛泽东又非常注重研究报纸,亲自撰稿,仅在解放战争中,就写过6篇新闻名稿。① 这充分说明,正是作者扎实的理论和实践基础,才将情感、生活、艺术形式三特征结合得如此巧妙精彩。因此,不仅非文学作品一样可用创作论解读,而且,一样有本篇这样的典范案例。

三维组合的主体对客体特征的"改造""选择",也可用第二章的"主要特征同化次要特征""主要情趣选择主要特征"来解释,就像《复活》中的香皂、毛巾如喀秋莎一样新鲜干净那样,船行速度和李白心情一样轻快,风平浪静、万船齐放的长江似乎也在迎接这历史巨变。

朱光潜《谈美书简》里介绍的移情作用说,把人的生命和情趣外射或移注到对象里去,使本来无生命和情趣的外物仿佛具有人的生命活动,如"数峰清苦,商略黄昏雨"②,但用三维法更到位,即关键是"清苦"一词用得好(形式特征),使黄昏的景色单调的山峰以及山雨欲来的景象(生活特征)与诗人苦涩心情(情感特征)"互相结合""猝然遇合"了。

三维法无疑可以用于分析所有的作品,但实际运用时,其最关键的艺术形式规范知识,如果解读时不熟悉,比如绝句的知识就不是人人都很了解的,解读《下江陵》就将明显打折扣。又如果对船行千里并不可能的客观事实不了解(没有查找历史文献,就无法还原这一真相),解读的效果又将再打折扣。这时,就需要其他解读方法相助,或者改用其他方法解读。下文各法,都可能会面临一样的实践"局限",我们将根据具体情况,或举例说明,或待全部方法介绍完后,一并说明。

二、三层揭秘解读(分析)法

第一章已就三层揭秘法做了详细介绍,并举了孙绍振有关《清明上河图》

---

① 新闻学研究会等资料见尹均生:《毛泽东同志怎样写新闻导语》,《福建日报通讯》(内刊)1981年第4期。

② 朱光潜:《谈美书简》,上海文艺出版社1980年版,第81页。

及《咏絮之才》的两个解读案例。

现在试用三层法分析《早发白帝城》《南渡长江》。

先说《南渡长江》。第一层表层内容（胜利渡江），第二层意脉（胜利豪情），都不难。第三层艺术形式、风格涉及的新闻结构形式知识，一般教师都应具备，也不难，较难在分析其对客观事实做了"加工"，而这正是本文大手笔风格的体现，但只要查阅比较了当时的同类新闻及相关资料，就可能发现这一艺术奥秘，如前介绍，这些，语文教参里基本上提供了；只毛泽东的新闻理论修养和创作经验，需要读者有这方面的阅读积累，而如果有查找相关文献的强烈意识（这就涉及后文将介绍的专业化解读法和还原法），也可望解决。

《早发白帝城》就没有那么便宜了。第一层，看到的只是三峡风光的描写。第二层，如果不知道李白遇赦的创作背景，凭文本本身是无法解读出那个"轻松愉悦"的意脉的，是完全想不到这一点的。第三层，如果不具备绝句的知识，即没有这方面的专业准备的解读者，或者没有养成查找相关知识理论的习惯的解读者，对这种绝句中"最自由"但也最难写好的艺术形式，完全可能"两眼一抹黑"。

三、艺术形式规范知识解读（分析）法

前文多次阐述过，艺术形式是最大的奥秘。艺术形式法也就和前二法一样，既属于总纲性、根本指导思想方面的，又可用于具体解读作品。但本法不同在于，它所包含的具体内容是所有各法中最为丰富的。艺术形式规范知识是整个文学语言学科的基础，各文体，小说、诗歌、散文及非文学作品的艺术形式规范的知识体系非常庞大，但凡能揭秘的具体知识，都可以视为一种具体的解读方法，前文"必要说明"中提到的"打出常规""情感错位""荒谬性因果"等等概念术语，都属于艺术形式规范知识家族中的具体一员。从这个意义上，孙绍振庞大丰富的解读方法体系又可分为两大类：一是艺术形式规范知识，二是还原法等专门的文本解读方法。或者说，艺术形式法是解读的基本方法，其余的都是具体专门的解读方法。

这些具体知识必须是能揭秘的，尤其是能揭示创作奥秘，并且相对而言，揭秘效果较突出者，才能成为一种方法。难道有揭秘效果差的甚至无效的艺术形式知识？有，且不止一二。知识是人们根据实际的文学现象总结出来的，总结不到位，此知识就成为低效乃至无效、负效知识。如小说的情节理论，过去搬来苏联20世纪50年代的文学理论，流行的是"开端、发展、高潮、结局"或"情节是性格的发展史"。它能否揭秘，能否指导创作？能否解"写"？有这种能力，但也有限。如，按此可知道许多小说（不是全部小说）是逐步展开的，人物性格是逐步亮相的，高潮中性格亮相最明显。仅此而已，远不如孙绍振根据亚里士多德和福斯特的理论而发展出的情节"因果律""因果法"。孙绍振从《文学创作论》到《文学文本解读学》的数十部著作和五六百篇论文所努力构建的正是这样的能揭示创作奥秘的形式理论。孙绍振是如何创建艺术形式规范的崭新知识范畴的，我们将在"创建艺术形式规范新范畴"章中再做介绍。其富有特色的丰富的艺术形式规范知识，文学作品方面详见孙绍振《文学文本解读学》（主要见第六章至第十章）《文学性讲演录》《文学解读基础》及《文学创作论》等；非文学作品，议论文见《孙绍振论高考语文与作文之道》《基础写作概论》（林可夫主编）等，演讲见《漫话幽默谈吐》《幽默学全书》及《演讲体散文》等。

面对如此庞大的体系，既然无法遍举，就只举前文所述的孙绍振提出的因果律、因果法。

小说类文本于此特别突出。小说一般最后都有一个结果。解读分析时，可直接抓住结果，分析作品中产生这一结果的"因"。这个因果关系的所有的"因"总是被作家安排得天衣无缝、丝丝入扣、针脚绵密，表现出了高度的因果统一，展现了作家高超的艺术手法。我们分析时就是要百般敲打，严加拷问，越是经典文本，越是成熟的虚构，越经得起横挑鼻子竖挑眼。它又分为内容因果和写法因果。下文中的例子仅就遵循这一因果律作出解读，并不涉及该作品可能存在的艺术形式突破。

莫泊桑的《项链》，孙先生有过全面精彩的解读，其核心，就是揭示出主人公玛蒂尔德的核心性格是"自尊"，由这一自尊产生了她过分虚荣和坚强勇敢诚信地面对灾难的"英雄气概"。这两方面的矛盾性格有机统一在她自尊这一核心人格上①。这是过去有关《项链》的解读从未如此深刻揭示的。这是导

---

① 见孙绍振主编、北师大版初中课标语文教材九上册《教师教学用书》中《项链》"主编导读"，或孙绍振《经典小说解读》中《项链：一个女人心灵的两个侧面》，上海教育出版社2016年版。

致《项链》一系列悲喜剧结果的根本原因,是内容因果。

其一,我们先从得知这是假项链的结果说起(这不是生活中的最后结局,真项链将拿回来后,故事将怎样演进,小说没有讲,戛然而止)。我们首先觉得命运所开的"玩笑"太残酷了,一条假项链居然付出了一个年青貌美女性的十年青春的代价,几分钟内一个不经意的偶然过失,改变了人一生的命运。原因自然是女主人公好出风头、追慕虚荣的结果。玛蒂尔德一直对自己的有出众美貌而未能过上更好的生活忿忿不平。正是如此日思夜想,忽然一天,得到部长舞会请柬,太兴奋了,丈夫说,一条裙子打扮就得了,她非得要去借条项链。舞会上,她最漂亮、跳得最好,最引人注目,成为当晚舞会皇后,虚荣心得到极度满足,在得意忘形的飘飘然中,可能项链就在此时丢失。更可能的是,舞会结束后,临出门,丈夫把披风披在她身上,她一看到这件与自己刚刚舞会皇后形象极不相称的寒碜的披风,立马用力挣脱丈夫,夺门而逃,冲向门外,很可能就是这个幅度过大的动作,把项链弄丢了。怎么弄丢,小说没有说,无论怎么弄丢,都跟她的好出风头的虚荣心密切相关。这些具体之因,既是虚荣心的体现,是内容因果的具体体现,又是写法之因,铺垫了那么多细节,都可能是导致丢失项链的悲剧结果。这个残酷的玩笑(居然是假项链!)又为什么会让她知道?这个结果之因就是她自尊性格和自尊性格的另一面带来的。悲剧发生后,她的自尊心,使她不愿在同学面前失信,不愿贵族同学看轻自己,她借债归还项链。接着又勇敢挑起生活的重担,十年艰辛,含辛茹苦,不事打扮,还清债务。十年后,一个勤劳俭朴的新玛蒂尔德出现了。她回顾往事,在心酸之余又是自豪,她对得起同学,对得起自己。这时,一个戏剧性的一幕出现了。依旧年轻漂亮的同学佛莱思节贵夫人出现在她面前,要不要上去打招呼?自己已是粗壮的劳动妇女,这真是强烈的对比,命运对人的捉弄。她稍事犹疑就立即决定,为什么不呢?她内心很自豪,她对得起自己,对得起同学,该陪的陪,该还的还,该自己吃苦自己吃苦,从未哭哭啼啼、低三下四向同学求情,向命运低头。她的自尊使她从容走上前去,把十年来发生的一切告诉了同学。才得知那是一条假项链!如果不是强大的自尊,不会有后十年的玛蒂尔德,也不会走到同学面前告知这一切,也就不会知道那是条假项链。这就是假项链结果的内容(性格)之因,也是写法之因:安排一个同学邂逅。命运某方面又是公平的,真项链将换回,这是意外的补偿、未曾料到的惊喜,但十年青春的代价太大了,这样的"惊喜补偿",没有谁愿意尝试,故事又太"余味无穷"了,让读者对后续的故事可以作出种种想象,这些可能的新结果都是前面的内容(性格)之因、写法之因可能导致的。

其二,倒回去再分析产生这一结果的其他原因,必然、偶然、伏笔、铺垫……并不止上述那些。如假项链是完全经得起推敲的:在当时金钱至上的虚荣的法国上流社会,佛莱思节夫人也不例外,她要摆阔,把假项链装在真盒子里借给同学。正因为是假的,所以她并不在意,归还时,未打开看,以后的十年也从未去仔细检查,致使十年来一直未发现同学归还的是真项链。当然,这种"未去检查"也可以看成是一种偶然行为,偶然同样是完全可能发生的,包括玛蒂尔德在报上登了寻物启事,佛莱思节夫人竟然没有看到——这样的偶然同样在生活中完全可能出现。而"偶然"造成的悲剧,更令人感慨,这同样是小说要表现的主题之一。而那个真盒子,珠宝店告诉玛蒂尔德时说,盒子是这边卖出的,但没有卖项链。这个"有盒无链"伏笔,就与后面的结果接上了。故事编得天衣无缝、丝丝入扣、合情合理、无懈可击,这是小说成功的奥秘,也是因果法分析因其关注前后联系、着眼全局、深入挖"因"而远胜于简单、粗疏、机械的"开端、发展、高潮、结局"分析法的好处。

莫泊桑的另一篇《我的叔叔于勒》,孙绍振主要以写法因果,作出了精彩解读。孙先生分析道:于勒的兄嫂无情,不认乞丐于勒。于勒仍有良心,潦倒后,不忍心再麻烦兄嫂。侄儿约瑟夫有情,同情于勒叔叔。但必须让三方"相会",这深刻人性和社会现象之"因"才能展现。于勒思念家乡,又不敢回乡,只好呆在来往于哲尔赛岛与法国的船上聊解乡愁。那只有让兄嫂一家出国。但穷人出国,至少得两个条件:一是理由充足,刚好要庆祝二女儿订婚(男方最后因看了发财后的于勒写给兄嫂的信,才确定这门婚事,这真是环环相扣),理由自然过硬。二是经济实惠,刚好英属之地哲尔赛岛近在咫尺,算是出国,如此,三方"相会"了。这一严丝合缝的巧妙安排、因果关联,孙绍振说,古代中国小说称为"针脚绵密"。[①] 过去没有一篇解读,如此精彩地揭示了这一创作奥秘,因为它们运用的是旧情节理论。孙绍振所有重建的形式理论,包括在以往先进理论基础上的发展,包括根据自己和他人的创作、解读实践而提炼出来的新形式论,都致

---

① 孙绍振:《经典小说解读》中该篇解读,上海教育出版社 2016 年版;或钱理群、孙绍振、王富仁:《解读语文》中该篇孙绍振解读,福建人民出版社 2009 年版。

力于此,仅小说部分,就还有越出常轨说、情感逆行说、拉开心理距离说,等等。

因果律是小说构成的最重要规律之一。用因果法可以解读许许多多的小说。《林教头风雪山神庙》里越下越大的大雪导致林冲与三位放火歹徒在山神庙前"相会",因而有林冲隔门偷听,方知这一阴谋,最后怒杀歹徒之果。《林黛玉进贾府》的"果"是"步步留心,时时在意""惟恐被人耻笑了他去"的性格,其原因是外祖母家"与别家不一样"的等级森严、规矩极大的独特社会环境,也就是常言的"性格是环境逼出来的"。把这些展现独特环境的细节找出来,林黛玉这一自尊而又多虑的性格之因就明了了。

许多具有突出的小说手法、明显的因果关系的作品也可以用此法解读。如《鸿门宴》中刘邦的能屈能伸、权变虚心,项羽的虚荣短视、用人唯亲,两人的不同性格导致了刘邦死里逃生之果。《荆轲刺秦王》里,荆轲缘何失败?荆轲原计划中能真正助其一臂之力的助手(文中没出现的"客"),因太子丹的不沉稳不大气和荆轲的声誉至上、受不住别人怀疑的各自品性,导致未等"客"至,而临时改派秦舞阳当助手。秦舞阳却临场"色变振恐",被秦方挡在殿外。荆轲只身上殿,单打独斗,结果刺秦流产。《孔雀东南飞》,不仅是专横的家长制,更是刘兰芝替人作想又行事果决,焦仲卿痴情却无能的各自性格导致了双双殉情的悲剧之果。

甚至,可以扩充到一切有人物、有某种结果的散文。如《陈情表》《烛之武退秦师》,一封信、一席话,都转危为安,因果法可以使解读很快切入。《背影》为什么"攀爬月台"?为什么"眼泪很快留下来"?留下了又为什么赶快擦干净?……问出这些大大小小结果的背后原因,大约就解读出了它的深层意脉。

甚至可以扩充到一些诗词:"春色满园关不住"是"果","一枝红杏出墙来"是"因";"莫愁前路无知己"是"果","天下谁人不识君"是"因";"停车坐爱枫林晚"是"果","霜叶红于二月花"是"因"——这些是从内容因果的角度考虑的。如果从写法因果,这些绝句的第三句的转折是关键,于是才推出了第四句,所以第三句才是"因",是艺术成功的"造因"、创作的奥秘,这就是钱钟书更看重这第三句"春色满园关不住"的原因。所以又说,绝句、七律是微型文章,起承转合,尽在其中。老舍就曾对人说过,把《唐诗三百首》背得滚瓜烂熟,就懂得做文章了。

如果把这"造因"——写法因果,推广去探索一切诗文的成因,譬如问问《背影》为什么不写父亲的脸貌而二次写他的体胖?又为什么直到攀爬月台时才强调他穿了棉袍？《记承天寺夜游》为什么将原因"盖竹柏影也"置于其结果"庭下如积水空明"之后？既然"羽扇纶巾"是诸葛亮的招牌打扮,为什么不干脆把周瑜改成诸葛亮写进《赤壁怀古》？这些探问,不也是破解创作秘密的一条路？

即便如此似乎可以贯通无数诗文的因果律、因果法,同样不是所向无敌的。仅就小说本身,有的意识流等现代小说,或因果模糊,或多因多果,运用此法,难度更大;有的作品,可能因果法解读出的,并非该文最重要的东西,著名的例子就是孙先生解读鲁迅所写的阿Q、孔乙己、祥林嫂等八种死亡,并不是去探讨其死因,而是分析鲁迅笔下不同死亡的特点,这才是孙绍振认为的最重要的艺术价值 [①]。如此等等,不一而足。

现在谈谈艺术形式规范的突破。

艺术形式规范,不仅有遵循,也有突破。遵循是首要的,某种意义上是前提,作家首先得遵循前辈无数作家摸索积淀下来的规范形式,任何人的创作都不是从零开始的。但同时,成功的杰出的作品往往又有某种突破,甚至是大的突破,积许多大的突破,就可能引发某一艺术形式的重要变革,形成新的艺术形式规范,就像余秋雨散文的大突破以及紧接着一些散文家的相应突破,引发当代散文形式的重要变革那样。这遵循与突破间的互动关系是非常复杂的,乃至细微的,即使遵循中,也可能有一般的规范所未涵盖的艺术细节,因而成了某一具体作品的风格特点。即使同一作家,创作同一类型的作品,都可能此篇与彼篇有所不同,其间的细微艺术差别,孙绍振常称之为"间不容发" [②]。

分析具体作品的形式突破,亦可解读出作品的创作奥秘。

《岳阳楼记》的语言特色是骈散自由交错的文笔之美。孙绍振认为,这一文字表达的重要特色,是范仲淹不受当时流行文风束缚的表现。[③] 胡云翼先生也说其"文体亦骈亦散,用骈语描绘,以散文论叙,自成一格"。胡先生说的"自成一格"不仅是指优点,并同时包含了范文相对当时文风的创新意义。[④]

---

① 见孙绍振:《经典小说解读》,上海教育出版社 2016 年版,第 30—34 页。

② 参见孙绍振:《文学创作论》第六章,春风文艺出版社 1987 年版;孙绍振、孙彦君:《文学文本解读学》第十五章,北京大学出版社 2015 年版。

③ 见孙绍振主编:《义务教育课程标准实验教科书 语文教师教学用书》九年级上册,《岳阳楼记》主编解读,北京师范大学出版社 2007 年版,第 163 页。

④ 见朱东润主编:《中国历代文学作品选》中编第二册《岳阳楼记·解题》,上海古籍出版社2002 年版。

　　我们看看下面的资料,就会明白,今天看来篇篇古代散文差不多都如此骈散结合的文风,在当时为什么是创新? 同时明白,《岳阳楼记》成功之道在哪里?

　　陈师道《后山诗话》曾说:"范文正为《岳阳楼记》,用对语说时景,世以为奇。尹师鲁读之曰:'传奇体尔。'传奇,唐裴铏所著之小说也。"这段话的意思和背景是:唐传奇是唐人小说,用一种带有浓厚骈俪色彩的散文体写成,而当时正值古文革新运动,反对浮艳,倡导纯正古文、朴实文风,力主这种文风的人们,如尹师鲁(尹洙)、欧阳修等认为,对于时景(当下的实景),宜用纪实简约笔法,而《岳阳楼记》却用唐人小说那样的虚构的想象和大量的对语(骈语、对偶句)描绘洞庭湖景色(即中间悲、喜两段的描写),包括尹洙在内的当时的人们感到惊讶,尹洙并表示了他的反对意见[1]。但《岳阳楼记》却经受住了千年历史的检验,今天的人们都作出了肯定的评价。如:

　　钱锺书在《管锥编》中有详尽的溯源辨识,周振甫在《文章例话》中对钱之评论有解释有例证。钱、周之论主要意见是:用对偶句写景是完全可以的,唐以前如后汉张衡的《归田赋》、西晋陶渊明的文章中都已有先例,并非唐传奇才有这种表述方式,而且实际上唐传奇也不是全如此,只是在写人写景时,会穿插使用骈语对句,一看到用对语写景就说是唐人小说,这是"强作解事",是"不应有的讥议"。[2]

　　吴小如说,"传奇"指唐人小说,那是一种带有浓厚骈俪色彩的散文体,"在立志作古文的尹洙看来是不够纯粹的,所以很不以此文为然。清代桐城派古文家姚鼐也正由于这个原因,在他编选《古文辞类纂》时才有意不选《岳阳楼记》。后来受桐城派影响的选家,虽把这篇文章收进选本里,却仍旧批评它'稍近俗艳'"。"其实这是门户之见,从今天的角度看,反而应该说这是文章优点才对。"[3]

---

　　①　陈师道之论见钱锺书:《管锥编》(四),三联书店 2008 年版,第 2192 页,并见中华书局四库全书影印本。有关陈师道、尹洙的这段公案,还可参见张高评《岳阳楼记赏析》、李伟国《〈岳阳楼记〉事考》等文。张文等见孙绍振、孙剑秋主编:《中华文学经典文本教材·古代散文选读②上卷》《岳阳楼记》参考资料,台南:南億兴业股份有限公司 2021 版。李文载《新华文摘》2007 年第 19 期。

　　②　钱锺书之论见钱著《管锥编》(四)中"全梁文卷三三·丽色赋",三联书店 2008 年版,第 2190—2192 页;周振甫之论见周著《文章例话》中"修辞 # 对语"节,中国青年出版社 2006 年版,第 267—269 页。

　　③　吴小如:《介绍范仲淹的〈岳阳楼记〉》,载《中国历代文学名篇欣赏》,转引自孙绍振主编、北师大版《义务教育课程标准实验教科书 语文教师教学用书》九年级上册中《岳阳楼记》参考资料·辑评部分。

张高评《岳阳楼记赏析》在引介了陈师道、尹洙有关言论,姚鼐不选《岳阳楼记》,以及高步瀛《唐宋文举要》评本文为"稍近俗艳"后认为,这些都不是公允之论,试观唐代韩愈、柳宗元古文,以及宋代欧阳修所作,散文多不乏骈偶文句,辞藻华美,句式雅洁是其优点;文体复合,是作品新生的途径之一,一味排斥,殊不可取;本文结构,运用许多辞赋手法,亦当作如是观。

此外,张中行等不少论者还提到两点:(1)这种骈散交错的文笔中使用了大量浅显形象、朗朗上口的四字词,许多成了今天的成语或准成语,如政通人和、百废具(俱)兴、波澜不惊、一碧万顷、浩浩汤汤、横无际涯、朝晖夕阴、气象万千,等等。(2)这种自由流畅的文笔是与其巧妙的转折结构相结合的,其文笔之美使全文一路无碍,十分流畅自然,该骈则骈,该散则散,顺着暗藏的结构布局(转折之巧),走到了最后一步,于是卒章显志,千古命名赫然出场。所谓转折结构,就是本来是应朋友滕子京之请,为其写写重修一新的岳阳楼。但范仲淹楼没有说几句,就说"余观乎巴陵胜状在洞庭一湖"。而写湖又只写了几句,就说:"此则岳阳楼之大观也,前人之述备矣",转而言情,接着就写了不同遭遇的人,或为己悲或为己喜的悲喜两段情。然后一个大转折,转而言志,提出古仁人"不以物喜,不以己悲",是"进亦忧,退亦忧",再转折,"然则何时而乐耶?"最后推出:"其必曰:'先天下之忧而忧,后天下之乐而乐'欤!"那么多的转折,文字的流畅,骈散的自由交错,就成了最好的润滑剂。所以,这个创造,是言志的实践需要,是敢于突破流行的形式规范的产物。

《前赤壁赋》,除了遵循宋代文赋这一艺术形式规范外,至少还有五个形式特征起作用,形成了自己区别于他人的独特风格。朱东润《中国历代文学作品选》中编第二册《前赤壁赋》解题中说:通过主客问答,议论风生,表现出主人公胸襟旷达,不以得失为怀。给他这种精神支柱的是"物与我皆无尽"、"造物者无尽藏"的观点。这五个形式特征如下:

一是众所周知的"主客问答"结构,这是起源于先秦、兴盛于汉代的赋体的传统手法,但后人已经很少使用,苏轼引进这一主客对话,正便于自己借此议理。

二是情、景、事、理四者交融,且议论风生,以理取胜,如果不是那最后说出的"变与不变"的"物与我皆无尽",那"惟江上之清风,与山间之明月,耳得之而为声,目遇之而成色;取之无禁,用之不竭"的"造物者无尽藏"的旷达深刻的哲理,《赤壁赋》就列不进最有光芒的千古经典。这就是康德、李泽厚、孙绍振等讲过的，也是马克思主义文学理论指出的，审美的最高境界是智慧、思想带来的愉悦，而不是许多一般化的解读、评论说的是"侧重抒情"的"充满诗情画意的文献"。

三是其议论的雄辩达到了那个时代的高峰。这首先就是关于不变的道理。苏轼说："自其不变者而观之，物与我皆无尽。"我们现代人去理解是难点。但是，古人一听，当是豁然开朗，而且很有说服力。宋代的周密在《浩然斋雅谈》卷一 ① 中就这样作出他的理解：

> ……又用《楞严经》意，佛（佛陀，释迦牟尼）告波斯匿王言："汝今自伤发白面皱，其面必定皱于童年。则汝今时，观此恒河，与昔童时观河之见，有童耄（耄耋，八九十岁）不？"王言："不也，世尊。"佛言："汝面虽皱，而此见精，性未曾皱。皱者为变，不皱非变，变者受灭。彼不变者，元无生灭。……"（见《楞严经》卷二，《禅宗七经》，宗教文化出版社 1997 年版。）

周密认为苏轼在这里引用了佛的指意、智慧，结合起来的意思就是：我们观看河水的"观河之见"的性能、功能，即精神方面的东西是没有变化的，从少到老都一样（无童耄不）。身体是会变化的，正如月有圆缺，水有逝者，它们也有变的一面那样。而日月、河水的本体始终没有变化，月还是那个月，河还是那条河。我们人的性能、精神，譬如"观河之见"也还是原来的那个"观河之见"，这个性能、精神本体也没有变。任何存在物，包括我们人、自然万物，都有两部分，一部分是时时刻刻在变的，另一部分是永远不变的本体，而变的东西当然有生有灭，不变的东西，无所谓生无所谓灭（元无生灭），是永恒永在的。这实际上就是佛家的灵魂不灭说。苏轼是否用的就是此意？很可能的。当时人，包括苏轼，对儒道佛都很熟悉，一听就懂，觉得苏轼讲得很有道理，豁然开朗，认为不必为身体的衰老而悲观。苏轼也很可能是借用此意，而转化为自己的精神本体——精神永恒，苏轼很可能就是由此想通，以可以传之名山的文学事业，作为走出逆境，实现自己的人生突围、人生永存的目的。苏轼言"问汝平生功业，黄州惠州儋州"，他的确是从此走出了困境，创造了自己最辉煌的文学时期，实现了精神的永存、"苏东坡"的不朽。我们后人，早已见不到苏轼的躯体了，但永远还能见到苏轼的文学。我们宁可相信苏轼对佛的"元无生灭"的领悟、借用就是这后者（精

---

① 文渊阁《四库全书》，上海古籍出版社 2003 年版。

神永恒）。苏轼是否直接暗用了《楞严经》？也很有可能，"惟江上之清风，与山间之明月，耳得之而为声，目遇之而成色"不就是"观河之见"吗？苏轼又用了佛家的随缘自得和道家的重视当世、重视今生、重视当下的重生说，这是比较明确，比较能为今天的人所理解的，这就是"惟江上之清风……用之不竭"的好好享用这些人人可以欣赏不尽的无尽藏的自然万物。孙绍振在解读中就着重指出了这一点。所以，苏轼引入当时人很熟悉的、很权威、一听就懂的道佛思想，并且与眼前的水、月变化、山河欣赏结合在一起，很形象很独特很旷达地解释了千古困扰人们的生死观问题，所以是很雄辩、很有高度的。比起他之前的无数议论同类问题的不无悲调郁闷的诗文，如《古诗十九首》《兰亭集序》，哪怕《短歌行》，境界都高出很多。因而是那个时代的高峰之论。

四是虽总体为文赋，但杂以两两相对的俳句，且类似于《离骚》"长太息以掩涕兮，哀民生之多艰"的四节拍或三节拍半的咏叹句式，如"哀吾生之须臾，羡长江之无穷""挟飞仙以遨游，抱明月而长终"，共有20多句，密集时是一连4句，乃至一连10句连续推出，因节拍放慢，增强了思索、思考、议论的成分和感觉，而且篇中的议论风生正是借此推出的（即客曰："……驾一叶之扁舟，……托遗响于悲风"连续10句咏叹句式所表达的人生短促的悲凉感叹、沉郁思索，及苏子应答时，"……惟江上之清风，与山间之明月，耳得之而为声，目遇之而成色……"连续4句所展示的开阔思考、乐观情调）。而《后赤壁赋》就只有2句是《离骚》式咏叹句。

五是特别婉转、不见痕迹的转折（起承转合）之妙，就是不断地承接，不断地转折，不断地对比、铺衬，前面的内容不断地推出、突显出后面要讲的，最后推出、对比、突显出那个旷达乐观的人生态度。笼而统之地说"乐—悲—喜"这人人可见、一望而知的"起承转合"是远远不够的，而要细析出如孙绍振所说的文章"潜在'意脉'的变化、流动过程"。这就是——

因既望之夜，乘兴夜游赤壁，客却吹起了"如泣如诉"洞箫声。苏子问客何以如此，客作出了一番问答：月明星稀之夜，我们来到这个叫"赤壁"的地方，自然可以联想起赤壁之战，想起曹操"月明星稀，乌鹊南飞"的《短歌行》，想起了一世英雄的曹操。如此英雄的曹操"而今安在哉"？更何况我们（"吾与子"）这些无足轻重的小人物。（以下是台北"名师教院"一位老师的教学实录。此为笔者2014年6月赴台考察时所获现场教学录音）：

下面苏东坡的朋友往前推了一步，"况吾与子"，凡是"况"在发问都是"何况是"，这"何况是"以下就是为了突出与曹操的不同。人家曹操是英雄，我们是两只小狗熊。真是两只小狗熊啰，渔樵于江渚之上，侣鱼虾而友麋鹿，说明我们好平凡。人家做大事，我们只能做做小事，只能在江渚，渚，念zhu，在沙洲上打打鱼砍砍柴，与鱼虾交朋友。侣、友，名词转动词，还可以交互使用，与鱼虾、麋鹿交朋友、作伴侣，人家曹操是与英雄交朋友。还有人家舳舻千里，光军舰就那么多，我们总财产小船一条，驾一叶之扁舟，扁舟，小船，强调小，小如一叶。接着我们的活动多吗？非也。我们最多只能"举匏樽以相属"，喝喝酒，属，和前面的"缪"字一样，音随义转（前头有指出，古代"音随义转"），读zhu，代替祝酒的祝。所以我们卑微，我们平凡。……我们这些无足轻重的小人物就更为悲叹自己卑微得如沧海一粟，人生短暂得如朝生暮死的蜉蝣。（《古文观止》就以"无有曹公舳舻千里，旌旗蔽空也"点出了这一对比。）我"羡长江之无穷"，欲"抱明月而长终"，但"知不可乎骤得"，万古长存实现不了，乃把自己悲伤的心情寄托于悲凉的秋风（"托遗响于悲风"）。于是苏子对此作出了他旷达人生态度的回答。

其逻辑关系就是：第一，为什么要写曹操、周瑜的英雄气象，乃是要推出"而今安在哉"。第二，进一步乃是为了衬托、突显"吾与子"更无足轻重；因而把曹操写得越发英雄（舳舻千里，旌旗蔽空，横槊赋诗，一世之雄），对比出的"吾与子"就越发渺小，就更为悲叹吾辈小人物卑微得如沧海一粟，人生短暂得如朝生暮死的蜉蝣。第三，而这一切又是为了推出"羡长江之无穷"，欲"抱明月而长终"，实际这仍是过渡，最后的目的是转到"知不可乎骤得"，万古长存实现不了，乃把自己悲伤的心情寄托于悲凉的秋风，由此呼应了前面的苏子之问——为何把洞箫吹得"如泣如诉"？第四，而想起周瑜、曹操，想起"月明星稀，乌鹊南飞"的短歌行的合理性，就是前面说的，我们在月明星稀之夜，来到这个叫"赤壁"的地方……

一切借题发挥、联想承接、圆融暗转、遵循与突破文赋的艺术形式规范，都显得天衣无缝。

艺术形式法，说到底，都是内容与形式的关系问题，如何最富表现力地表现内容，作者就将取最富表现力的形式，遵循规范和突破规范都由此而来。运用艺术形式法解读作品，要尽可能把握好这个关系。同时，艺术形式规范的知识,尤其是像孙绍振创建的那些崭新范畴那样的能揭秘的知识,要尽可能熟悉,积淀在"前见""内存图式"中。此法的难度,某种意义上,就在专业知识的积累是否丰富、是否有用。

四、错位解读(分析)法

错位理论或者错位美理论是孙绍振 20 世纪 80 年代初中期,早于《文学创作论》提出的理论观念,在 80 年代中后期就有多篇重要论文对这一理论进行了详尽的阐述。孙绍振在《文学文本解读学》中介绍这一理论时,是用他 1987 年的《美的结构》一书的表述。该书把真善美三者的关系归结为"错位","亦即既非完全统一,或者只有量的差异,亦非完全脱离,而是交错的三个圆圈,部分重合,部分分离。在不完全脱离的前提下,错位的幅度越大,审美价值越高,反之错位幅度越小,则审美价值越小,而完全重合则趋近于零。"① 换句更简单一点的表述就是:真、善、美三者并不是完全统一,也不是断裂,而是有限统一的错位关系,在不断裂的情况下,错位幅度越大,审美价值越高。再简单一点就是:真、善、美三者并不是完全统一的,而是既互相联系又有矛盾的有限统一。最简单就是:真善美错位或真善美有限统一。

孙先生在《审美价值结构与情感逻辑》一书的自序中回顾说,"从此,'错位'就成了我日后整个学术思想的核心范畴。"它在孙绍振有关理论的体系中,既运用于解释、分析一般的文学现象,更运用于创作论和解读学。孙绍振创建的这一最重要的理论范畴,涉及康德的理论、朱光潜的文论,涉及心理学、结构主义等西方理论,还涉及哲学和古代文论,也与马克思主义文论有关。它是在孙绍振自身对经典文本、文学现象深入体悟、分析的基础上,经过长时期的探索、思考产生的。这一理论范畴提出后,在学术界产生了很大的影响。在孙绍振的文本解读实践中,到处都能看到他在运用这一理论分析艺术的奥秘,因此它也是一种可以操作的解读方法。正因为它的可操作性,它在语文界也很有影响。人们最熟悉的的就是他关于《背影》的解读以及就"父亲爬月台违反交通规则"所引起的两次论争。一次是某省中学生因这交通规则问题要求把《背影》从课本

---

① 见孙绍振:《美的结构》序,人民文学出版社 1987 年版。又见孙绍振:《审美价值结构与情感逻辑》,华中师范大学出版社 2000 年版,第 126 页;下文所引孙绍振自序中的话见该书自序第 3 页。

中撤下来，另一次是某大学一位副教授仍然发网文表达这一看法。人们普遍知道这一看法是错误可笑的，当时，还引起了90%以上的家长的义愤，表示要捍卫《背影》的地位。但是，道理在哪里？许多人都说不清楚。孙绍振运用错位美的分析法为此写了多篇文章。他指出，遵守交通规则、考虑安全是实用价值（善），父爱是情感价值、审美价值（美），美与善在这里出现了错位、矛盾，就实用价值来说，老父亲去为年轻的儿子买橘子，还不如儿子自己去买，父亲去买，比儿子费劲多了，但是，正是父亲执着地要自己去买，不考虑儿子去更合算，不顾交通规则，不考虑自己的安全，越是这样无功利的行为，就越是显示出深厚的父爱。还有一次，有文章说，父亲当时的穿戴很朴素，孙绍振指出，父亲的长袍马褂是当时的礼服，有如今天的西装，穿着礼服攀爬月台也是未从实用价值出发，心中只有儿子。孙先生用错位法解读《背影》还不止这些，不能一一尽述。①

　　错位理论的康德等东西方理论的来源及其对它们的创新，我们将在"建构本土文艺学"章中再做具体探讨。此外，孙绍振的错位理论并不限于真善美的错位，他的小说理论、幽默学等理论体系中都有不少衍生的错位概念，但真善美错位是其错位理论的核心。此处，就真善美错位先作一简要的说明。

　　错位理论、错位法的难度主要在美与善的错位。美、善错位的最简单的表达是：往往越不实用、越无功利的越动人，审美价值、情感价值、思想价值越大。如上举的《背影》之例。又如《杜十娘怒沉百宝箱》，当发现李甲被孙富所骗负心后，杜十娘把李甲并不知道的百宝箱拿出来。你不是担心身无一文了，害怕回去见父亲吗？好，我现在给你看。杜十娘一件一件展示，件件都价值千金，一件比一件珍贵，直至价值连城的珠宝，拿出一件就丢一件到江里，直至全部投进江水中，每丢一件，岸上围观的百姓就惊呼一声，边惊叹边纷纷谴责李甲之负心、孙富之可恶。投到最后，突然，恩情已绝的杜十娘纵身一跃，投进江中，告别了这个不值得她留恋的世界。这是最不实用、最无功利的激烈行径，然而却是最为壮烈的情感控诉，最是动人的情感宣言。《麦琪的礼物》里，穷困的年轻夫妇，决定圣诞节送自己心爱人一件珍贵的礼物。丈夫把自己唯一

---

① 孙绍振有关《背影》的解读论文如孙绍振著《直谏中学语文教学》（南方日报出版社2003年版）中的《个案分析2:背影》，《解读语文》（与钱理群等合著，福建人民出版社2010年版）中的《〈背影〉背后的美学与方法问题》，《审美、审丑与审智》（广东人民出版社2014年版）中的《爱的隔膜与难言之隐》，《孙绍振解读经典散文》（中华书局2015年版）中的《〈背影〉解读的理论基础审美价值和历史语境》等。

财产怀表卖掉,换来漂亮的发夹。妻子把自己最自豪的金长发卖掉,换来贵重的表链。当两人展示各自送给对方的礼物时,都已毫无实用价值了,然而这却是最不实用最有情最动人的经典爱情。[①]

但是,许多人可能会有疑惑,这不都是高扬了道德价值吗? 道德不是善吗? 不都有极大的教育意义,教育不是社会的大功利吗? 这不就是美、善统一,美与功利一致吗? 怎么变成错位了呢? 这的确是一致。错位理论就包含了这些。但是,错位理论又远不止这些,善也不仅指道德。

更重要的是,它是从文学创作的曲折历史道路上发展来的理论。过去一度讲真、善、美的完全统一,但这样一来,孙绍振指出:"那样天地就太狭小了,美的价值完全局限在科学(真)和道德规范(善)之中……那只能产生高大全的绝对精神","产生公式化概念化的图解,高大全式的英雄和漫画式的小丑。"持此文学观,还无法解释古今中外名篇杰作中的大量悲剧作品,大量有缺点人物、中间人物、小人物;也与现实生活的丰富多彩相悖,与马克思主义辩证法的矛盾统一规律,以及实事求是的实践原则相悖。文学上真、善、美的完全交集重合,孙绍振指出,只占很少很少一部分。而真善美错位或者说有限统一,才是普遍现象。[②] 其中,美与善的错位是难点,下文,我们重点先介绍美善错位,然后介绍美与真的错位。

美与善错位幅度越大,越与文学之美和道德之善相通。

错位理论是这样理解美与善的关系的:

其一,美的心理基础是愉悦、快感、动人,但这不是生理感官的快感。生理感官快感涉及人的欲念,与个人利害、功利有关,如喝酒,有人爱喝,有人不爱,有人多喝,有人少喝,会喝的人,每一个人量都不一样,因此,某一个人喝酒的快感状态无普遍的传达意义;而美感、审美与此无关,与个人欲念无关,是超功利的、无功利的快感,因此具有普遍的可传达性,对任何人都是一样的。这个观点就是康德[③]提

---

① 《杜十娘怒沉百宝箱》《麦琪的礼物》的解读,可参见孙绍振:《经典小说的解读》中相关篇目的解读,上海教育出版社 2016 年版。

② 本段中孙绍振引文、言论见孙绍振:《审美价值结构与情感逻辑》,华中师范大学出版社 2000 年版,第 126、128 页。

③ 本小节有关康德的观点,均转引自康德:《判断力的批判》,伍蠡甫、胡经之主编《西方文艺理论名著选编》上卷,北京大学出版社 1985 年版。文中均用概括语句转述,有关原文参照"本土文艺学"章。孙绍振的有关观点主要引自孙绍振:《审美价值结构与情感逻辑》中"论审美价值结构及其升值和贬值运动"一文及孙绍振、孙彦君:《文学文本解读学》中"真善美不是绝对统一的,而是三维'错位'的"节。

出来的,是整个审美、美感的更重要的共同基础,也是孙绍振错位理论的基础。

其二,最能体现上述美感本质的,康德认为就是自然美、形式美,如色彩、线条(它们的和谐、鲜明),内含这些色彩、线条之美的花卉、山川、天地、海洋等;无主题的音乐、舞蹈、图案、文字的表现力,等等,康德称为纯粹美,其所说的美感是无功利、无目的的快感即指此。朱光潜著名的《一棵古松的三种态度》中说,一棵古松,画家看到的是艺术价值,木材商人看到的是经济实用的价值,科学家看到的是植物本性的研究价值。对此,孙绍振指出,指的就是木材商人是实用的求善(经济合算地利用),科学家是求真的认识(认识符合事物的本真、本质),只有画家的才是审美的价值,是无功利的,与内容本身无关,而商人、科学家都涉及了内容本身。文学作品中,极形象地表现了一个坏人,当我们仅指作家的艺术表现力时,就是指此不涉及内容的形式之美。

其三,形式美,在美感上主要是感知美(无功利、无欲望的审感)和智慧美(审智,尤其体现在文字的表现力)。

其四,形式美就涉及一个与"利"的关系,它与具体的利(功利、实用价值)无关,无具体的目的,但它有益于这个人的素养,于整个人类是有益的,所以,就纯粹的形式美而言,它也有益于个人素养,有益于整个人类,因而既是"无功利、无目的"的,但又是"合目的"的,康德称之为"无目的合目的性"。用孙绍振的理论,就是美与利是有限的统一,有联系,未断裂,不是完全无关,但更多的方面、主要的方面是无关,越是言及其纯粹形式美时,就越动人。如一个演员的演技、一部作品的文字表现力、一个作家的文字水平,与内容、内涵的关系,反差越大往往越动人。演员演的是反角,作品写的是坏人,作家人品有问题,反而其形式美更突出,相反,演员品德很好,演好人,作家人品高尚写好人,其形式美反而会被内容美、内涵美夺去光彩,以为是作品中的那个"好人"起的作用。同样,一部作品内容有问题,一个作家人品有问题,如它(他)文字好,我们不能因人废言(这个时候,我们会说,与利无关),而其文字好,又反过来,会影响人们对其(作品、作家)的评价(不是一无是处;这个时候,就与利有关了)。同样地,这形式美既与具体的功利、具体的利无关,无目的,但又是与对作品、对作家的总评价有关,是"合目的"的,亦是"无目的的合目的性"的体现。这里的"利"与"善"是什么关系,我们后面再谈。

其五,纯粹美、纯粹形式美,康德说是很少的,绝大多数都与内容连在一起,尤其是艺术作品,特别是文学作品,孤立的文字表现力是没有的,总是与内容连在一起,文字之美与内容之美,包括作品中的情感、思想、性格等等之美水乳交融在一起,难分难解(康德称为依存美)。而这内容美(依存美)与善的关系,情况就复杂了。孙绍振的创造主要就在这里。

从孙绍振大量相关理论著述,特别是他的大量解读案例看,他把善分成两类:

一类就是道德的善,这个概念内涵,大家很清楚,也是康德主要说的美与善有关,有统一的一面的"善",就是前面的例子,《背影》父亲的奉献、《麦琪的礼物》夫妇的牺牲、杜十娘的舍身、许多作品中英雄的献身,都是道德高尚的表现,就是前面说的,不是美与善本就统一吗?何来错位?内容美与道德善的关系,不仅源于康德,古代中国早有"美善相乐"说,许多文学理论著述都有阐述,所以不是孙绍振的创造,不是他关注的重点。

他重点关注的是第二类,他称为实用意义上的"善",即对有关各方均有用,经济、合算、合最大功利,亦即很理性地考虑问题,很经济地处理实务,双赢、共赢,你好、我好、大家好,利益均沾,大同世界。整个世界、整个人类不都在朝着这方面努力吗?各个单位、各个团体、各个家庭,不都要有这个基本出发点吗?尽管都不尽如人意,但这是一个原则、一个方向,其间有人可能要有牺牲,要有奉献,特别是当"头"的,可能要先奉献,但这是大目标、整体利益下必要的牺牲,并且,不是故意去牺牲,乃是不得不的,所谓"尽量避免不必要的牺牲",此之谓也。这些,是政治家、领导、家长要考虑的事,考虑的原则。而文学家、文学作品,恰恰相反,他(它)是"片面"的,不是双赢的,就是特意要让人物吃亏、牺牲,就是要让"父亲"去爬月台,让年青夫妇白白把头发剪掉,把表卖掉,让杜十娘死掉,在这方面,往往越不实用、越无功利的越动人,审美价值、情感价值、思想价值越大。就是要"无理"才能"妙"。

如果不是这样考虑,而是也像实际生活、社会那样很理性地乃至十全十美地处理故事,比如:

很经济,很合算,"很善"去考虑,父亲要去买,儿子认为他去更合算,父亲真诚地一再表示要去,儿子就是不同意,最后商量结果,儿子去,父子之情也都表达了,处理结果又很务实。

杜十娘也"很善"很周全去考虑,用其百宝箱里的珠宝先把孙富的钱退了,然后把李甲"休"了,另择良人,或者借此把李甲狠狠批评一番,教育好了,重归于好。

年青夫妇也很合算,很"善"去考虑,可以双方都去努力赚钱,各自偷偷买来表链、发夹,圣诞之夜突然互送对方,既惊喜又皆大欢喜。

所有上述假设,也是可能写出一篇作品,也有教育意义,更是合常情合常理的做法,但震撼人的效果没了。而我们今天的《背影》《杜十娘杜十娘怒沉百宝箱》《麦琪的礼物》都表现为不合常情、常理,古人说的"无理而妙",更是震撼人心。

并且与善没有断裂,与道德之善息息相通,这就是康德说过的,最高的审美与道德是一致的。

并且如前所述,都于教育有重要意义。而教育于国于民有大利,教育就可以归到第二类的"实用意义的善"的范畴。同样的道理,"第四点:形式美"里出现的"于个人素养,于整个人类有益"更可以归到"第二类:'实用意义的善'"的范畴。至于"第四点"中"于作家个人有利"者,它并不影响他人,同样可以归入第二类的善。

至此,所有的内容都分割完毕;并且表明,这是部分统一(与道德的善、教育意义上的"实用的善"统一),部分的不统一(人物的牺牲、不实用、无功利与"实用的善"相矛盾)。这就是文学作品中的美、善错位。

第二类善所罗列的内容是客观存在的事实,孙绍振的创造,就在于以"实用的求善""实用理性"命名之[①]。这个命名,与康德美学的关系,在概念上的依据,以及孙绍振所经历的一番历程,我们将在"建构本土文艺学"章再探讨。它主要是孙绍振根据大量的文学现象作出的超越康德、超越许多前人的重要理论创造。这样,名称上还是过去那个真、善、美,但它不仅涵盖了所有文学领域,更主要是它真善美三者间有限统一,与过去的完全统一有了本质的区别。最重要的是,"越无功利的越动人",它不仅更能有效指导文学创作,且尤其有效转化为解读操作方法,用此美善错位解读作品,更能引起对艺术奥秘的叹服。

在运用这错位法中的美善错位时,有三种情况宜注意:

其一,美善错位主要是针对内容美的,艺术形式美的分析当运用其他方法,如艺术形式法去分析更好。

其二,这审美的"动人"不是说都是如杜十娘,如《背影》父爱一样的好情感、好思想、好品质,而是指"强烈"亦可(杜十娘等也是强烈)。如孔乙己始

[①] 见孙绍振、孙彦君:《文学文本解读学》,北京大学出版社 2015 年版,第 189、191 页。

终穿着长衫,"是站着喝酒唯一穿长衫的人",还有诸如此类表明和保持他读书人身份的言行,这一切都于事无补(不实用),但孔乙己越如此不实用地坚持,他那份情感上的自尊、面子、自认读书人的底线就越强烈、越动人,越可悲可怜。

其三,从理论上讲,美善错位,应当和可以涉及一切作品,但同是解读内容美,很可能其他的方法更易见效。也有作品,再难也主要用美善错位更好。如:《杜十娘怒沉百宝箱》和《麦琪的礼物》用此法好。而《背影》,用还原法等其他方法更好(《背影》解读,最好综合用多种方法,包括美善错位在内,我们将在下文"解读切入口"处说明)。又如,前面"艺术形式法·因果法"举到的《荆轲刺秦王》,其导致失败原因之一是声誉至上,把自己声誉看得比性命,比"刺秦"这一"国家大事"还重要,这是不实用,但正如此,其节侠(不怕死不畏难,信义至上)的性格更为突出感人,用美善错位正可以分析。而如果把它和同类性质的《武松打虎》放在一起,后者更适于用此法。武松喝了18碗酒后上景阳冈,看到县衙门的布告,方知果然是有老虎!酒都惊醒了,退回去吗?当时在店家面前夸下海口,想一想,武松脑海里冒出一句经典的话:退回去"须吃他耻笑!"于是继续上山。孙绍振解读时说:这是典型的"死要面子活受罪",是非常动人的好汉性格[①],和荆轲毫无二致。和荆轲的区别是,武松已说出了那句精彩体现美善错位的名言——"须吃他耻笑!"所以,他比荆轲更方便用此法。

现在说美真错位:美与真错位幅度越大,越与文学之美和情感之强相通。

孙绍振在创立错位理论时说过一段很生动的话:"明明活着的,可以说是死了,对所敬爱的,明明是已经死了,公然说他仍然活着。甚至对一个英雄,可以说他既活着,又死了,不如此就不能表达情感的强度。……对所偏爱的,可以自由地美化,'故乡的风是甜的',完全凭着直觉,超越了充足理由律。如果把理由讲充足了,感情的强度、色彩、生动、感情的美就消失了。"[②]孙绍振常举之例如"月是故乡明"(美),实际上月是一样明的(真);"情人眼里出西施"(美),实际上没有几个人的情人够得上西施(真);"海内存知己,天涯若比邻"(美),实际上,天涯、比邻相去十万八千里(真),如此等等(后二者也是美善错位)。

文学是虚构的,这人人皆知,所以,美真错位比美善错位好理解。它也和马克思的"人化自然"说及马克思主义文论说的"艺术真实高于生活真实"

---

① 见孙绍振:《经典小说解读》"武松打虎"部分,上海教育出版社2016年版。

② 孙绍振:《审美价值结构与情感逻辑》,华中师范大学出版社2000年版,第130页。

有关。它与美善错位一样,二者不能断裂,月还是明的,情人总有动人之处,知己也有沟通之道,"白发三千丈,缘愁似个长"不能说成"黑发三千丈"。孙绍振错位理论在这个虚构问题上的创造性,与一般理论谈及这一问题的区别所在是:在不断裂的前提下,强调错位幅度越大,审美价值越高,越能呈现情感的强度,越具有文学的魅力;就是强调要有魄力,敢于拉大差距;认为作家应当这样,当然不同的艺术形式有不同的比例规范;解读者更应该关注杰出作品中的这些重要变异现象,并且要找到"证据",说明这个变异的艺术价值、创作奥秘。

有的要查找历史文献,很专业地解读这个美真错位。如前面的"三维法"部分,我们举到孙绍振解读李白《早发白帝城》。孙先生发表于《文学遗产》2007年第1期的《论李白〈下江陵〉》长篇论文中,为了考证"千里江陵一日还"的船速问题,查阅了郦道元的《水经注》、有关民谣、杜甫的诗、刘白羽的纪实性散文,还专门请教了《水经注》的研究专家陈庆元。其中有一则考证特别重要,白帝至江陵,必经黄牛滩,《水经注》言:"江水又东,迳黄牛山下……此岩既高,加以江湍纡回,虽途迳信宿,犹望见此物……故行者谣曰:'朝发黄牛,暮宿黄牛,三朝三暮,黄牛如故',言水路纡深,回望如一矣。"孙先生引了上则资料和有关专家研究,指出"又东"就是顺流而下,"信宿"就是两夜,民谣"三朝三暮"虽有些夸张,但其迂回曲折,非一日可以抵达,则是确证。还有关于黄牛滩等水流峡谷凶险的资料,充分说明了李白《下江陵》的美真错位。我们还可以补充一则材料:李白流放途中,尚未遇赦时,行船逆流而上经黄牛滩,写《上三峡》诗一首,诗云:"三朝上黄牛,三暮行太迟。三朝又三暮,不觉鬓成丝。"[①] 不仅民谣属实,而且戴罪之身,心情不好,一夜之间,竟两鬓斑白。这同样是美真错位。既有黄牛滩路程艰难,"三朝三暮,黄牛如故"的"真"之由头,又将其变异为一夜之间愁白了头。下文"关键词语法"部分所举的孙绍振对苏轼《赤壁怀古》的解读也一样,引证历史上周瑜、诸葛亮的资料,以说明诗中美真错位之妙。

有的则凭经验可以推断、想象作家的美真错位的变异现象。如鲁迅《社戏》的最后两句话是全文的点睛之笔:"再没有吃过那夜似的好豆,——也不再看到那夜似的好戏。"孙先生说:"从科学的认识价值来说,罗汉豆的基本味道是一样的,可是鲁迅在《社戏》里却写只有撑着航船去看社戏回来的孩子从田里

---

① 引自《李白诗选注》编选组:《李白诗选注》,上海古籍出版社1978年版,第191页。

偷来的罗汉豆最好吃"①,这就是通过美真错位,表达了对乡间人性美的怀念。

美善错位、美真错位与下文将介绍的还原法有交叉。错位法是从创作的角度创设的,我们运用它于解读时,可侧重于审美价值的产生。还原法是专门从解读的角度创设的,我们运用时可着眼于客观对象的变异。

无论美善错位还是美真错位,发现和抓住这些错位,都是揭示创作奥秘的成功之道。

最后应当说明的是,如果真是指根本意义上追求和符合客观世界的本质规律,善仅指道德的善,那么杰出作品的真善美三者当然是统一的。②并且也说明,孙绍振错位理论里的真,实际也分两类,一是如上所述的真,一类是具体对象的真(如三峡船速无法一日千里)。同时需再次强调,如果用过去的真善美完全统一说,就只能创作和解读"高大全"人物,无法创作和解读反面人物、小人物、有缺点的人物;而用美善错位(有限统一),不仅很好解释了反面人物、小人物、有缺点的人物,而且"高大全"英雄因其牺牲、无功利,既与"实用的善"矛盾,又与"道德的善"统一,也涵盖到了。

五、感觉解读(分析)法

在第二章中,已对孙绍振的感觉理论做了基本的介绍(包括"感觉论"及文中标明的包含了前面的"通感论""交感论"),虽然侧重于诗歌方面的,但一方面是所介绍的内容,基本上也可用于小说、散文,另一方面也顾及了小说、散文的感觉。这里,做些强调和补充:

其一,首先要补充:感觉是整个文学的基础,受情感的影响最大。孙绍振认为,第一,作家主体和生活客体要统一,"统一于什么呢? 统一于情感。但是情感是一种'黑暗的感觉',要表达它是很困难的。……而且由于情感依赖内在的机体觉,不能定位,甚至很难定性,即使表达出来也很难达到某种精确度。这就使作家们不得不转而借助于感觉和知觉。因为感觉器官是人的主体与客观世界交通的唯一要道,感觉和知觉不像情感所依附的机体觉那样飘忽,

---

① 孙绍振:《审美价值结构与情感逻辑》,华中师范大学出版社2000年版,第124页。

② 参见马克思主义理论研究和建设工程重点教材:《文学理论》,高等教育出版社、人民出版社2009年版,第112—113页。

感觉和知觉能很明确地定位、定性,甚至能作量的比较。"第二,"人的知觉和感觉的相对性受人的情感的影响最大。情感会冲击感觉和知觉使之发生量的和质的变异。……'情人眼里出西施'也是感情改变感觉和知觉的结果。情感使知觉和感觉像万花筒那样变化万千。这就为艺术家表达自我,展开想象提供了方便。"① 按照这样的理论,解读作品时,要特别注意感觉背后的情感乃至智性的、思想的因素。

其二,文学作品往往是多种感觉,包括同类的(例如都是视觉)、不同类的多种感觉形成的立体交感交响。其中,中心感觉特别重要,才不会是芜杂的混乱的感觉堆砌。分析时就是注意它是否具有既丰富又集中统一的感觉,达到了什么样的交感效果。

其三,一般而言,五官感觉中视觉占绝大多数,其次是听觉,别的感觉能引入作品,就显得独特、新颖。李泽厚讲过,视觉是被人类改造得最好的,是人化的眼睛,而触、嗅、味觉带着较多的动物性,特别是触觉。② 因此,能进入作品,往往是一个亮点。

其四,要注意出现的五官通感。

其五,既是人化的问题,又是受情感影响,所以,就有不同人的不同感觉问题,一些新颖、独特的感觉,如小孩子的感觉,等等。就要注意加以分析。

其六,要注意奇异感觉、错觉、幻觉,它们的出现,往往是通向强烈感情,乃至智性的桥梁。

其七,要注意机体觉和心理情绪这些内部感觉的出现,包括痛感、郁闷感、悲凉感、愉悦感、兴奋感、紧张感等,背后总有情感的、思想的、行为的因素。

其八,不同的艺术形式所容纳的感觉是不同的,散文、小说的感觉是比较多地带着量的准确性的特殊感觉和知觉,甚至有很细微的感觉区别,而诗里的感觉一般比较概括。如果成功的作品出现了感觉的移用,那一定是很有特色的部分,如《红高粱》中时而辉煌时而清丽时而凄惶的红高粱,就是诗的感觉进入了小说。

运用感觉法解读作品,第二章中对莫言小说《透明的红萝卜》《红高粱》等的分析已是一个集中体现的大例子。

---

① 孙绍振:《文学创作论》,春风文艺出版社 1987 年版,第 327 页。
② 李泽厚:《美学三书》,安徽文艺出版社 1999 年版,第 514 页。

现在以孙绍振对朱自清的《春》的解读为例①，看看感觉法如何解读作品。

第一，表面上看，这篇散文写的是春天的一般景色，春草、春花、春风、春雨……，几种有代表性的景物，这样写，为什么没有导致平铺直叙，罗列现象呢？孙绍振认为，就是写出了景物背后的微妙的感觉、精致的感觉、诗意的感觉，写出了初春分外美的感觉。他说，第一句"盼望着，盼望着，东风来了，春天的脚步近了"，"就和我们不太一样"，"字里行间流露出对春天有一种急迫期待的感情。""小草偷偷地从土地里钻出来"，"偷偷地"，不仅是一种突然的发现，而且"透露出一种无言的喜悦，喜悦春天来了，同时喜悦自己的喜悦。"孙绍振指出，这些当然是作者自己的感觉，但是，全文更重要的是，主要通过孩子的感觉来表现这种对初春到来的喜悦。同时，调动了全部五官感觉。

第二，先说五官感觉及中心感觉（初春感、视听觉）。全用上是不容易的，而本篇较明显的全用上了。（1）最突出是孙绍振着重分析的第五段。先用了触觉，春风"像母亲的手抚摸着你"。接着转为嗅觉："风里带着些新翻的泥土的气息，混着青草味儿"，"各种花的香，都在微微润湿的空气里酝酿"。再接着转向了听觉：鸟儿歌唱，流水应和，牧笛嘹亮。还有视觉：鸟儿将巢安在繁花嫩叶当中，呼朋引伴地卖弄清脆的歌喉；牛背上吹着短笛的牧童。孙绍振说："这一切综合起来，构成了一种多种感觉的交响。"这个交响的中心感觉当然还是视听觉，因为它们更为鲜明更为突出。触觉和嗅觉是向视听觉带来的愉悦清新的感觉靠拢的。作者选择的嗅觉都突出一个"新"字，新翻泥土的气息、正在酝酿的花香，还有一个初春原野的气息感，包括青草味儿、微微润湿的空气。触觉"像母亲的手抚摸着你"，也是儿童的感觉，新生的感触。这些清新、初生、原野，与鲜明视听觉的画面的、声响背后的更大的中心感觉——"初春感"是非常融和的。（2）另两处较少人使用的外部感觉是"草软绵绵的"的触觉，"花里带着甜味"的味觉。包括前面的"像母亲的手抚摸着你"的触觉，这三处选择的生理感觉都和上下文中初春的愉悦、清新、惬意感相一致、相融合的，所以，不仅用得好，且在视觉为主的感觉系统中，显得突出，尤其"像母亲的手抚摸着你"，已成为比喻的名句。（3）孙绍振认为，全篇"最拿手

---

① 见孙绍振主编北师大版初中语文七下册《教师教学用书》中《春》的主编导读，解读内容以孙绍振的分析为主，并结合孙绍振的感觉论有关观点，加以阐释。

的还是视觉意象",特别是"小草也青得逼你的眼"的"逼"字,"肯定是苦心经营的结果"。

第三,最突出是孩子的感觉,充满全篇,与全文的初春感非常协调,成为最大亮色。孙绍振认为"读者感受得最深刻的,大都是优雅的、天真的、孩子气的单纯。"孩子与初春是最靠近的,孩子的纯洁美好与初春的纯洁美好是最相似的。而且全文中这些"有儿童趣味"的"地方比较精彩","是朱先生想象中孩子的激动,孩子气的欢欣,或许是朱先生儿童时代的回忆","激起的童心的向往","用自己想象中纯洁的儿童的眼睛、天真的感觉来感觉春天"。这就是朱自清不仅成功选择了而且成功地使孩子感觉与初春感产生了交感交响,或者说,向前面说的中心感觉初春感靠拢,被中心感觉初春感所同化。把孩子感觉与初春感打通、交融,有点类似莫言的"大通感"。具体表现如:(1)"坐着,躺着,打两个滚,踢几脚球,赛几趟跑,捉几回迷藏。风轻悄悄的,草软绵绵的。"孙绍振指出,"这里的喜悦,是调皮的,活泼的,天真的,淘气的,顽皮的";"打两个滚、捉几回迷藏""都是孩子们的事"。(2)"桃树,杏树,梨树,你不让我,我不让你,都开满了花赶趟儿。……闭了眼,树上仿佛已经满是桃儿,杏儿,梨儿。花下成千成百的蜜蜂嗡嗡的闹着,大小的蝴蝶飞来飞去。"孙先生说:"这些话语,都有一种孩子气的感觉渗透其间。为什么呢? 这其中有一种热闹的感觉,开心的感觉。这种感觉,成人也是有的,但是,成人没有那么单纯,成人的春天经验多了,不像孩子那么'少见多喜'。"(3)"野花遍地是:杂样儿,有名字的,没名字的,散在草丛里像眼睛像星星,还眨呀眨。"孙先生分析道:"有名字的,没名字的,是词汇不够吗? 不是,……这是为了表现儿童的知识和经验的有限。像眼睛像星星,太俗套了吗? 显然他是不想超越儿童感觉的限度,特别是'还眨呀眨的',是儿童口气的模仿。"(4)还有,"像母亲的手抚摸着你","也和孩子的感觉和经验有密切的联系";"牛背上吹着短笛的牧童","和儿童的感觉是可能交融的"。(5)"春天像小姑娘,花枝招展的笑着走着",孙绍振认为,"符合全文的整体形象",亦即和初春感、孩子感觉都是相符的。

第四,文中仍有不少有文化趣味的成人的感觉,包括儿童感觉里,也有是成人一样有类似感觉的。但是孙绍振认为:(1)好些两种趣味水乳交融,分不清是成人的还是儿童的。(2)一些是不作痕迹地和儿童话语结合起来了,如

"在微微润湿的空气里酝酿",是在描述到处是那种清新、新生感的初春景象里的,而全篇中初春感和儿童感已是水乳交融;又如"写到雨时,儿童的视觉趣味仍然很活跃:'像牛毛,像花针,像细丝',在儿童式的短句中,成人的话语、古典的诗情画意(指'密密地斜织着,人家屋顶上全笼着一层薄烟')悄悄地渗透进来",但是,"并不太古奥,完全在儿童的认知格局可以同化的边缘上"。包括"小草也青得逼你的眼"也是老少咸宜的境界。(3)快末了,上灯时分,乡村安静平和之夜的静默图,孙绍振认为,这感觉和前面热闹的孩子感觉为主的图景不一样,是作者有意为之,起一种调节的变化的,避免单调的效果。

第五,感觉的背后都是人的情感、思想,都是人的无限丰富的心灵世界中的一种。孙绍振在另一篇解读林斤澜《春风》的文章中对此做了分析。在林斤澜看来,朱先生笔下的江南春色,于他却是"牛尾蒙蒙的阴雨,整天好比穿着湿布衫,墙角里发霉,长蘑菇,有死耗子的气味"。这里也用上了触觉、嗅觉,但感觉是不一样的。作者的不喜欢当然是一种手法,他要借此写他要赞美的北方的"好不解气""好不痛快人也"的春风。

第六,文中运用了大量的修辞手法,这些修辞都是与全文的初春到来的美好、喜悦感觉相统一的。如"小草偷偷地从土里钻出来,嫩嫩的,绿绿的。园子里,田野里,瞧去,一大片一大片满是的。坐着,躺着,打两个滚,踢几脚球,赛几趟跑,捉几回迷藏。风轻悄悄的,草软绵绵的。"第一句的拟人、叠词、定语后置,突出了嫩绿清新的初春之景,不经意间来到了你的眼前。整个句段中的许多"的字句""几字句",有一种弱化、轻化、柔化的效果,使初春的软和、惬意、舒适感更突出了。还有大量短句子,也给人轻快的感觉。这些,与孩子的舒心喜悦感也是相统一的。

感觉法,常常是和别的解读方法一起使用,既会促使解读者留意细微之处,更敏锐发现一些艺术细节,也会使解读时更注意文本整体的基调。

六、关键词语解读(分析)法

文字对于作品的根本意义,是所有读者最清楚最有共识的。就像孙绍振的《文学创作论》专论此问题的"作家表达力"章节一开头讲的:"不管作家的观察力、感受力、想象力多么强大,如果没有与之相应的语言加以表达,一切都会落空。"① 关于语言文字的这种"伟大"作用,以及人们重视杰出作品的文字魅力,类似杜甫的"语不惊人死不休"的近世今人名论中最引人注目者如:

福楼拜的"一词说(一语说)":"不论一个作家所要描写的东西是什么,只有一个名词可供他使用,用一个动词要使对象生动,一个形容词要使对象的性质鲜明。因此就得用心去寻找,直至找到那一个名词,那一个动词和那一个形容词。决不应满足于近似的,决不应利用蒙混,甚至是高明的蒙混手法。"②

朱自清关于创作的"一字一句不放松"说:"我做到的一件事,就是不放松文字。……尽力教文字将他们尽量表达,不留遗憾。"相应,从解读角度,他就说"精读更须让学生一字一句不放松,在可能的范围内,务必得其确解。"③

叶圣陶的"一字一语不放过"说:"一字一语都不轻轻放过,务必发现他的特性。惟有这样阅读,才能够发掘文章的蕴蓄,没有一点含胡。也惟有这样阅读,才能够养成用字造语的好习惯,下笔不至有误失。"④

余秋雨的"首次性和唯一性"说:"艺术家的这种表现具有首次性和唯一性。他不重复别人,也不应被别人重复",它"几乎要绞尽人类最智慧的代表者们的脑汁。"⑤

李泽厚"天壤之别"说:"审美感受经常是朦胧而多义,但它同时又异常细致而精确。……在艺术作品中,经常可以看到,一字之差、半拍之慢(快)、一笔之误,便有天壤之别。"⑥

……

---

① 孙绍振:《文学创作论》,春风文艺出版社 1987 年版,第 238 页。

② 福楼拜一词说的译法有多种,此译文引自"有道词典"网·汉英互译"居斯达夫·福楼拜"材料及"当当网"2008 年 4 月 7 日"福楼拜对莫泊桑创作的影响"一文,参照"天涯网·天涯问答"2009 年 1 月 5 日"福楼拜和莫泊桑"一文。童庆炳:《文体与文体的创造》,云南人民出版社 1994 年版,第 80 页转引《文艺理论译丛》1958 年第 3 期则认此段话为莫泊桑言,最后一句译为"而决不要满足于'差不多'"。

③ 见《朱自清论语文教育》,河南教育出版社 1986 年版,第 47 页;转引自赖瑞云指导、郑瑜辉硕士学位论文《朱自清、金圣叹"文本细读"比较研究》。朱自清类似话不止一处,如《再论中学生的国文程度》中说:"'不求甚解'而能了解主要的意思,还得靠早年的训练,那一字一句不放松的、咬文嚼字的功夫。"(转引自张圣华总主编:《大师背影书系·朱自清语文教学经验》,教育科学出版社 2007 年版,第 71 页)

④ 中央教育科学研究所编:《叶圣陶语文教育论集》上册,教育科学出版社 1980 年版,第 59 页。

⑤ 余秋雨:《艺术创造工程》,上海文艺出版社 1987 年版,第 71 页。

⑥ 李泽厚:《美学三书》,安徽文艺出版社 1999 年版,第 530—531 页。

这些名言告诉人们,杰出作品的文字是作家苦心经营的结果;也似乎告诉人们,它们的文字就如古人说的"字字珠玑"。但孙绍振却认为:

> 作品的精彩,并不如某些传统文论所说的那样"字字珠玑"。事实上,字字珠玑是不可能的,只在大量非珠玑的字句的有机构成中,有些关键的字眼成了诗眼,可以称为珠玑。解读文本的唯一性,有时就是在一望而知的作品中,发现少数关键词中凝聚着诗的奥秘,因此,抓住关键词对解读就具有非常的挑战性。①

这是不是两相矛盾了呢? 不矛盾。

第一,任何杰出作品都是作家力求最完美的结果,它成形后的完美形态的每一有机构成成分都是必要的,但正如世间一切事物一样,所有成分不是平均重要、平分秋色,它必有最核心的部分,最重要的、次重要的、次次重要……的部分。例如鲁迅的《从百草园到三味书屋》中写到闰土父亲时有一句:"他只静静地笑道",原稿"只"字为"却"字,但"只"字才生动地表现出闰土的父亲既富捕鸟经验,又不炫耀,似乎在说"不过如此"的一副朴实、憨厚的神态。故"只"在此处是唯一的表达,是鲁迅像福楼拜、朱自清说的,"用心去寻找""一字一句不放松"的结果,你把它美誉为"珠玑"亦可。但对于全文的主要艺术奥秘而言,这不是要紧的,相对更重要"珠玑"者,它就算不上"珠玑",而是孙绍振说的"大量非珠玑的字句的有机构成"中不可少的"有机"成分之一。因此,从相对性的角度,即使是绝句短诗都并非从第一个字到最后一个字都当做珠玑细读细品。在前文所引叶圣陶"一字一语都不轻轻放过"的那段话之后,叶圣陶也接着指出:"阅读方法又因阅读材料而不同。就分量说,单篇与整部的书有异,单篇宜作精细的剖析,整部书却在得其大概。就文体来说……同是记叙文,一篇属于文艺的小说与一篇普通的记叙文又该用不同的眼光。小说是常常需要辨认那文字以外的意味。"② 同样说明了"珠玑"的相对性。

第二,作品的完成是一个动态过程。孙绍振在《文学创作论》"作家表

---

① 孙绍振、孙彦君:《文学文本解读学》,北京大学出版社 2015 年版,第 396—397 页。引文个别字参照电子稿改。

② 中央教育科学研究所编:《叶圣陶语文教育论集》上册,教育科学出版社 1980 年版,第 59 页。

达力"部分,非常详尽阐述了这个过程。指出,如不把既有思维成果语词化,
"哪怕是粗糙的语词化,人的感知就无法进一步精确化","哪怕是巴尔扎克那
样的大作家,也得凭借最初的并不细致的语言,把想象的成果固定下来"。他
举了果戈理、巴尔扎克说的"绝对要把一切""想到的""尽管很坏很散乱的
一切""不假思索地写出来"以及在这基础上反反复复修改,最后成稿的诸多
例子,得出"语词化是一个不断精确化的过程"的结论。[①] 这个论断,于成形
问世之作亦可能适用。朱自清的《春》,他逝世后,一直被收入各种出版物,后
人编辑时一直对其中的文字有做小修改,其中一种教材,共改动 22 处。其中绝
大部分是没有必要动的,但确有部分文字、标点符号,或因白话文兴起初期,一
些词汇不够规范,或确是使用欠妥,宜做改动。至于长篇巨著,这种情况就更
多了。前人存世的《红楼梦》有 11 种版本,随便找两种版本粗对一下,都觉
不少文字甚有差异。即使大家比较公认的程乙本、庚辰本也有不少差异。但
没有人因此否定它(包括其余多数版本)是那个《红楼梦》。比如前文举到
的《林黛玉进贾府》中"惟恐被人耻笑了他去"那句,另一版本则为"恐被
人耻笑了去",直觉之下,前一句总体更好,因有一个加以强调的"惟"字,但
似"他"字又多余,此类纠结不在少数,但两个版本都是人民文学出版社先后
推出的。即使其中有一个是错误,这也是现代系统论说的"容错结构",一栋
大楼,可能有瑕疵,但没有人因此否定大楼。精确化是动态的,恐怕曹雪芹复
活,还会对他的《红楼梦》不断修改。

　　正是基于上述情况,孙绍振在《文学文本解读学》第十三章里,就"关键
词语法"提出了如上所述的既不拘泥于"字字珠玑",又深知必有不可改易之
核心词语的少数关键词的解读法。同时,又把关键词语的范围略放宽,即使在
短小诗词里也不是非得找到一个或两个字的诗眼不可,一切因文而异,往往是
一小组甚至是一个小系列,包括句子。如他主编的北师大版初中语文实验教
材,每一篇课文解读,都是他亲自撰写,都列出了或若干个、或一小组、或一小
系列的关键词语。如《春》,关键词语是:

　　　偷偷地　　你不让我,我不让你　　像母亲的手抚摸着你　　　酝酿
密密地斜织着　　逼　　春天像小姑娘

---

　　① 孙绍振:《文学创作论》,春风文艺出版社 1987 年版,第 238—241 页。

对应前文所引述的孙先生解读,不能说毫无改进之处,但总体确为关键。

再看一例。他在表述完上述那段"关键词"观点后,举出《赤壁怀古》为例,列出五个关键词:

风流　　豪杰　　小乔初嫁了　　羽扇纶巾　　梦

孙先生分析道:苏轼是要把周瑜塑造成向自己特质靠拢的英雄,那么,周瑜越成功越年青越是志得意满,相衬"早生华发"的47岁的自己,就越是壮志未酬心不甘。因此,词中的周瑜不仅是指挥赤壁大捷的英雄豪杰,而且是像张良那样羽扇纶巾、运筹帷幄、谈笑风生,甚至漫不经心,决胜千里的儒帅,因此词中的风流是风流倜傥的潇洒状。不仅如此,在苏东坡看来,光有政治上军事上的雄才大略还不够,还潇洒得不够淋漓尽致,还得加上红袖添香夜读书,加上美女配英雄,要"小乔初嫁了",才尽兴才过瘾,才是苏轼心中向自己特质靠拢的豪杰风流的周郎,才是苏东坡心中的梦想。为此,苏轼把"小乔初嫁了"推迟了十年,周郎成为"事业、人生双美满"的青年统帅;把历史上公认的诸葛亮"羽扇纶巾"儒者名士的招牌打扮,移植给了史称"衔命出征,身当矢石,尽节用命,视死如归","亲跨马擽陈,会流矢中右胁""汉之信、布"的大将形象的周瑜。即使不用还原法,不查找历史文献,仅凭"风流、豪杰、小乔初嫁了、羽扇纶巾、梦"五个关键词语,主要的解读就可基本完成。①

叶圣陶文本解读代表作《文章例话》也是这样。如他解读《背影》。他说《背影》"通体干净,没有多余的话,没有多余的字眼,即使一个'的'字一个'了'也是必须用才用"。他特别重点分析了父亲攀爬月台一幕,说文章所用的"攀、缩、微倾"等表现当时动作的词,是"最适当的话"且"排列又有条理",使我们"觉得那位父亲真做了一番艰难而愉快的工作"。②叶圣陶还分析了"显出努力的样子""很轻松似的"等若干关键词语。总之,一方面认为每一个字都是"唯一的"词,另一方面,又只分析了很少几个关键词语。

现在试以关键词语法解读《记念刘和珍君》。

其关键词语就是系列关键词语,共三类:一是反复交替出现"无话可说"

---

① 孙绍振、孙彦君:《文学文本解读学》,北京大学出版社 2015 年版,第 397—403 页。

② 叶圣陶:《文章例话》,三联书店 1983 年版,第 6—7 页。

和"有话要说",二是表示强烈情感的副词、关联词,三是警句。由这些关键词语构筑起了全篇。

　　文中的无话可说共 7 处,如"我实在无话可说","那里还能有什么言语","长歌当哭(即写文章),是必须在痛定之后的(即我现在处于巨大的悲痛中,悲痛过度得说不出话呐)""惨象,已使我目不忍视;流言,尤使我耳不忍闻。我还有什么话可说呢?""呜呼,我说不出话"等等。文章反复讲他"无话可说(说不出话)",主要作用是借此说出了他愤怒至无以言表(即文中的"出离愤怒")的原因,表明自己愤怒得,气得说不出话来。实际就是借此把愤怒的理由说出,把要说的话都说出了。民间的愤怒者们(民间的吵架)常常就是这样表达自己心声的,类似于古人说的"罄竹难书"。文章又不断说"我有话要说",民间的怒斥也常常是这样"不说""要说"不断交替的,目的都在表达愤怒,整篇文章就这样巧妙构成的。鲁迅怎么会无话可说呢? 三一八惨案中,他一共写过六篇文章,《记念刘和珍君》按时间还只是中间的一篇。无话可说实乃表明自己无比愤怒的情状,除该文第一节中明白指出"我已经出离愤怒了"外,之前所写的《"死地"》一文中还有一句更明确的表达,即"三月十八日段政府惨杀徒手请愿的市民和学生的事,本已言语道断,只使我们觉得所住的并非人间",——什么叫"言语道断",《鲁迅全集》注释道:此为佛家语,"原意是不可言说,这里表示愤怒到无话可说。"[①]——所以,愤怒至极,无话可说,既是作者真实的情感状态,又是文章的巧妙表达结构。

　　正因为是一种结构手法,文中又适时变换,交替出现"有话要说",共四处。无论"无话""有话"都为言悲愤,而所言的悲愤内容又不断变换,不断具体、深入。如文章的第三、第四节,以具体的事实,以活生生的人,以他决不会料到手无寸铁的请愿的学生会遭到如此惨剧,更想不到 40 多位无辜青年牺牲后,又遭到许多流言蜚语,具象地说明了他愤怒得无言以对的原因后,紧接着的第五节又交替为"但是,我还有要说的话",进一步以更具体的细节展现了这一惨剧的骇人听闻。

　　总之,无话可说、有话要说都为言悲愤、悲痛、悲凉、悲哀,既是作者真实的

---

　　① 六篇文章为《无花的蔷薇之二》《"死地"》《可惨与可笑》《记念刘和珍君》《空谈》《如此"讨赤"》,均见收于《鲁迅全集》第三卷,"言语道断"注释见第 284 页,人民文学出版社 2005 年版。

情感状态,又是构成文章的巧妙结构。

鲁迅写文章是以惜墨如金著名的,但相反,该文却大量使用了似乎是多余的副词、关联词。但这些表达主观情感的关联词、程度副词,有力增强了情感的力度。如将它们删去,基本意思并不受影响,但情感力度就弱了。最典型的是第四节,如其第一段:

> 我在十八日早晨,才知道上午有群众向执政府请愿的事;下午便得到噩耗,说卫队居然开枪,死伤至数百人,而刘和珍君即在遇害者之列。但我对于这些传说,竟至于颇为怀疑。我向来是不惮以最坏的恶意,来推测中国人的,然而我还不料,也不信竟会下劣凶残到这地步。况且始终微笑着的和蔼的刘和珍君,更何至于无端在府门前喋血呢?

我们试将其中的"居然""而""但""竟至于""然而""也""竟""况且""更"等删去,文意基本上不受影响,但当把这些词加进去时,悲愤之情大大增强了。全文如此用语多达30多处。

文中还出现了十数句对人世、社会深刻洞察的著名警句,常被后人运用到文章中。它们不是"身外之物",而是作者忧愤至广、思索至深之后的产物。既是文章自然生发的有机组成部分和点睛之笔,又觉是可跳跃而出、独立为妙语名句的神来之笔,如第四节中的"不在沉默中爆发,就在沉默中灭亡"。其中第二、六、七节最多。

也有就抓住一二个关键词(诗眼)即可解读全篇的,如贾岛的"推敲"、王安石"春风又绿江南岸"的"绿"、孟浩然"波撼岳阳城"的"撼"和"还来就菊花"的"就"、王维"人闲桂花落"的"闲"及同篇中"月出惊山鸟"的"出",等等。

这就是该一两个词就一两个词,该一组一系列词语就一组一系列的孙绍振关键词语解读法的好处。

关键词语法还涉及文本解读中分析关键语句的言外之意的问题。这一解读点是读者最为熟悉的。主要又有两类:一般的言外之意和特殊的言外之意——话里有话。

第一类,一般的关键语句的言外之意:

如《孔乙己》中被叶圣陶称为最重要的那句话:"孔乙己是这样的使人快

活,可是没有他,别人也便这么过。"在一个百无聊赖的社会里,只有孔乙己的到来,酒店里人才有点笑声。可是没有这笑声,大家照样过那无聊的日子,没有人觉得有什么不好。这真是一个麻木不仁的,不想改变现状的死气沉沉的社会。这句话还告诉人们,唯一给大家带来欢乐的孔乙己,在众人心中是无足轻重的,他在与不在,没有人关心,唯一记挂他的就是掌柜,记挂孔乙己还欠店里十九文钱。孔乙己来了,一潭死水里起了点涟漪,孔乙己离开了,死水又恢复了死一样的平静,无人记得那引起涟漪的孔某人,这真是冷漠悲凉的人生。

又如《祝福》里的"大家仍然叫她祥林嫂"。祥林嫂的第二个丈夫明明叫贺老六,然而"大家仍然叫她祥林嫂"。这表明,在封建宗法社会里,妇女的地位最底下,不仅和男子一样受政权、神权的压迫,还要受夫权和族权的压迫。嫁人后,随丈夫的名字被人称呼,自己原有的姓名是不重要的(夫权)。丈夫死了,婆婆可以把她随便改嫁他人(这就是夫权加族权)。改嫁了,社会上或者说人们的潜意识里,也只承认第一个丈夫的合法性,"大家仍然叫她祥林嫂"(这还是夫权加族权)。而且,人们觉得这理所当然,连祥林嫂自己也如此,不觉得有什么不妥,可见几千年封建礼教,已使社会普遍的麻木。这就是鲁迅的"哀其不幸,怒其不争"。

鲁迅这两篇小说里的上述关键句,都是独立一段写进小说里的;其中,"大家仍然叫她祥林嫂",草稿中还没有,是定稿时加进去的,可见其重要,也正是鲁迅说的"不应该那么写"而"应该这么写"的典型例子。[①]鲁迅类似的有丰富含义的独立段的句子,还有如前文"错位法"部分举到的《社戏》的"再没有吃过那夜似的好豆,——也不再看到那夜似的好戏"等等。孙绍振对鲁迅作品中许多关键语句都有深到的解读,前面对鲁迅小说中关键句的解读主要就是根据孙先生的分析概括的。[②]

许多作品都有类似的关键语句,如《荷塘月色》里的"独处的妙处"。古诗词中这样的例子更多,如"一枝红杏出墙来""沉舟侧畔千帆过,病树前头万木春",等等。许多作品中这样的关键句还成为富有哲理意义的名句。这些,都值得抓住它,品析出它们丰富的言外之意。

---

① 详见第一章第五节。
② 见孙绍振:《经典小说解读》中相关篇目解读,上海教育出版社 2016 年版。

第二类,话里有话模式的言外之意:

话里有话模式,主要出现在小说的人物对话、人物的语言中。鲁迅在《看书琐记(一)》里,对巴尔扎克的对话描写十分赞赏,对《水浒》《红楼梦》的对话手段也多有肯定,说:"只摘出各人的有特色的谈话来,我想,就可以使别人从谈话里推见每个说话的人物。"①鲁迅这个观点,就包含了我们这里介绍的话里有话。孙绍振早在其《文学创作论》的"作家的表达力"节中,尤其是"心口误差"部分,就有详尽的阐述,嗣后的许多有关小说的著述中都有介绍。这实际上已经成为小说内部的一种艺术形式规范,重要的表现手段。当然,散文中也一样可以运用。

古典小说中,《红楼梦》里是特别丰富的。仅入选高中课本的《林黛玉进贾府》就有不少例子。如:在贾母招待林黛玉的接风宴上,王熙凤迟到了,一进门,未见其人,先闻其声,朗声道:"我来迟了!"一是表明她的重要,"我"来是值得一说的;二是表示她的道歉,表示她对林黛玉的重视,以博得贾母的欢心;三是在众人皆屏声敛气的场合,独她可以放声高言,表明她地位的特殊;四是如果和王夫人、李纨等人一起出现,不好也无由如此高声说"我来迟了",以引起林黛玉的注意;五是表明她事务缠身,一时脱身不了,总之,话里之"话"十分丰富,显示她心机极深的性格。见了黛玉,又说了一句著名的话,说林黛玉"倒像是老祖宗的嫡孙女儿",这就是经典的一石三鸟的奉承话,既赞美了林黛玉,又奉承了迎春三姐妹,更重要的是,讨好了贾母,再次显示她极有心机、八面玲珑的性格。林黛玉关于读过什么书的答话也是"话里有话",头次人问,她是实答,见贾母不喜欢女孩子读四书五经,第二次宝玉问时,她的回答"只认得几个字",言外之意就多了。

现当代小说中,入选中学课本的鲁迅作品、沈从文的《边城》、孙犁的《荷花淀》等,都有很多例子。精彩的对话与关键语句往往是重叠的,解读其言外之意,对分析全篇很有作用。如《祝福》中鲁四老爷说的"可恶……然而……"其含义就很丰富,既活现了鲁四老爷的个性,又反映了封建礼教深深渗透一般社会的状况。《边城》中翠翠说的许多话,于分析主人公的性格及悲剧的原因都是不可或缺的。《荷花淀》中水生妻子说的"你总是很积极",这

---

① 《鲁迅全集》第五卷,人民文学出版社2005年版,第559页。

句话所隐含的"肯定性的赞赏和否定性的哀怨几乎同样多"的言外之意,实际上是小说中所有"媳妇"心态的写照;孙绍振在《文学创作论》中就作为善写对话的例子专门举过。[①]

---

① 孙绍振:《文学创作论》,春风文艺出版社 1987 年版,第 244 页。

第五章
创立文本解读的方法体系
（续）

第一节　解读角度、层面的解读六法

既是从解读的角度，又是直击创作奥秘的解读六法为还原法、替换法、矛盾法、专业化解读法、比较法、作者身份法。这些概念，特别是还原法、替换法在前面章节中已多有出现，但并未展开介绍。现逐一说明。

一、还原法

前文说过，还原法，其硬币的另一面是错位法，并且错位法先于还原法产生。孙绍振1993年说明了这个过程："近10年来我在康德的哲学和价值美学中获得启示。深知审美情感价值与科学价值及实用价值之间不同。在我的美学著作《美的结构》中，我得出了真善美并非统一而是互相错位的结论。于为文为诗之时，我深感情感的美在逻辑上、价值上必须超越于真和善。而在评析艺术形象时则相反，我自觉地从超越中还原。我称这种方法为'还原法'，从感知还原、逻辑还原，直到价值还原。"[①]

这就是说，还原就是还原作品的创作过程，创作过程就是这段话说的"超越"，前面错位法中详释的美真错位、美善错位。孙绍振说，在感情冲击下对事物的感受"'形质俱变'是相当普遍的规律"，我们前文说他最常举的例子就是"月是故乡明""情人眼里出西施""海内存知己，天涯若比邻"等等。[②]"月

---

①　孙绍振：《挑剔文坛》，福建人民出版社2001年版，第286页。

②　孙绍振、孙彦君：《文学文本解读学》，北京大学出版社2015年版，第361页。

是故乡明"是美真错位。"情人眼里出西施""海内存知己,天涯若比邻"不仅是美真错位,还是美善错位。解读时,把实际上月是一样明,实际上没有几个人的情人够得上西施,实际上天涯、比邻相去十万八千里还原出来,再分析它为何这样变异的原因,这就是还原法。

孙绍振把还原法分为感知还原、逻辑还原、价值还原。但全部基础都是原生态还原,上述"三个实际上"就是原生态还原。其中,感知还原又是大家最熟悉、应用最多、也是最基础的原生态还原。所以,常常会将原生态还原与感知还原合为一谈。下文先介绍原生态还原,然后再说明感知还原、逻辑还原和价值还原的区别。

原生态还原法的表述见于孙先生多部论著,各表述略有差异,现以《文学文本解读学》第十一章中表述为主,参照孙绍振《挑剔文坛》自序等书文中的表述,综合如下:

把构成艺术形象的原生状态还原出来,看看作家对原生态如何选择排除,有什么变异,发现二者之间的差异或者说矛盾,从而进入分析,揭示作家创造了怎样的情感世界,怎样的审美境界。①

艺术形象与原生态之间的关系总的可称为"变异",它具体可分为下述几种情况,或者说,我们可以从下述几方面去发现、揭示二者之间的差异、矛盾。

1. 弱化与强化,排除与夸张,这往往同时发生

客观对象的一些特征、现象进入作品时被弱化乃至被排除,而另一些特征、现象则被强化乃至被夸张。这是原生态还原、感知还原面对的最多的变异情况。

如《背影》,父亲的面部长相未写,这是排除,因为跟攀爬月台无关;父亲的体胖、穿戴臃肿（厚棉袍）、走路蹒跚却突出地多次写,这是强化,目的就在表现父亲攀爬月台的艰难。20世纪上半叶叶圣陶编写开明版中学教材时有个著名的设计,说,父亲送儿子上火车,半天的勾留,一路上父亲一定说了很多话,但写进文中的只有四句话,为什么?叶圣陶说,因为这四句跟父爱有关,凡无关的都不写进来。叶圣陶说这叫"取舍"。② 按还原法,这就是排除与强化。第一章的"生成机制说"里举到的仅有"攀、缩、倾"动作,而无脚踩或脚蹬或有其他辅助物是无法爬上月台之例,也是强化最吃力的"攀、缩",排除不吃

---

① 孙绍振、孙彦君:《文学文本解读学》,北京大学出版社2015年版,第361页。

② 见叶圣陶:《文章例话》,《背影》讲解部分,三联书店1983年版。不写脸貌的教学设计,可参见台湾地区初中康熹版第二册、翰林版第一册课本及《教师手册》。

力的"脚踩、脚蹬"的变异"纪实"。

如《岳阳楼记》，除了"吞长江"一句留有洞庭湖的个性特征外，洞庭湖、岳阳楼的自然景观个性特征基本上没有写，也就是被弱化了，排除了。"吞长江"一句实际也是共性（大凡大湖泊都是"吞"某江的；是否无自然景观个性特征可言？不是的，看看后文比较法就知道）。全文所写的洞庭湖景观都是一切大湖巨泊浩大气象的共性现象（浩浩汤汤，横无际涯），并且强化甚至夸张了，如"阴风怒号、浊浪排空、日星隐耀、商旅不行、樯倾楫摧、虎啸猿啼"以及"波澜不惊、一碧万顷、皓月千里、渔歌互答"。更重要的是它突出和强化了此地的"迁客骚人，多会于此""览物之情"各不相同的人文景观个性特征。其用意就是作者也借此人文景观特征，表达其宏大情志，因而取浩大之景与此相配，因而弱化乃至排除自然景观的个性特征，就是范公之意不在景，在乎山水之外也，在乎寄托其间的思想情感之美。

如《故都的秋》，孙绍振的解读着重用了原生态还原，不厌其烦地比较了作者的取象，指出作者以独特的主观感情对记忆进行了筛选，对客观景象进行取舍。如文章不写文化古都游人如织的名胜古迹、熙来攘往的商业繁华、五光十色的政治生活，只取陶然亭、西山等幽静去处；也不取鲜艳夺目的西山红叶，而只取宁静、悠远、平淡的"陶然亭的芦花，钓鱼台的柳影，西山的虫唱，玉泉的夜月，潭柘寺的钟声"；不写漂亮的新屋，只写"一椽破屋"；逃避鲜艳的颜色，竭力追求淡雅的蓝、白色，觉得疏淡得不过瘾，还要教长着几根疏疏落落的衰草；不选生气勃勃的花树，只写快要死亡了、像花而又不是花的"落蕊"；不写大都市喧嚣的一面，只写悠闲的"都市闲人"。同样，只写寂静的清晨、秋蝉的残声、悲凉的秋雨；偏说枣子一完，西北风就起了；不写南国而只写北国之秋，北国又只写故都的秋，故都里重点细写的又是"一椽破屋"。都是主观情感的有意选择，都因为要清、静、悲凉够味，要表现悲凉之美和雅趣，要感怀不起眼的生命景象，因此对客观景象进行了大幅度的排除，筛选，弱化，强化。①

以上，事物的原生态本身并没有改变，而是作家有选择地把它写进了作品。三维法中举到的新闻作品《我三十万大军胜利南渡长江》并未将敌军的一些零星抵抗（如记者阎吾回忆文章中提到的"船过江心，蒋军弹如雨发，船

---

① 本段孙绍振解读参见孙绍振：《孙绍振解读经典散文》《故都的秋》：悲凉、雅趣和俗趣的交融美"有关内容，中华书局 2015 年版，第 244—253 页。

上的白帆被子弹打穿了"的情景）写进作品,因为对于我军压倒性的对敌碾压,这些螳臂当车般的抵抗,根本不值一提。这同样有强化、弱化、排除的撰写处理,同样是并未改变事物的原生态本身,而是作者做了必要的选择,并且这样处理更反映和突现了历史的本质,同样可用原生态还原去分析。

而"千里江陵一日还"(三维法、错位法中已做详细解读),以及"白发三千丈,缘愁似个长",也是强化、夸张,但事物的原生态被改变了,不过,这还只是形变。

2. 变质,客观事物的性质进入作品时改变了

如美真错位和关键词语法提到的《社戏》中"再也没有吃过那夜似的好豆和看过那夜似的好戏",就是实际情况的"变质"。罗汉豆的实际味道是一样的,那夜的戏实际是不好看的。

如关键词语法分析的《赤壁怀古》,将武将的周瑜变为儒帅,变为更年轻的周郎,就是一种质变。

如"月是故乡明""情人眼里出西施""海内存知己,天涯若比邻",都是质变。

3. 综合性的变异

如"结庐在人境,而无车马喧",不仅含排除,把车马喧声排除了,而且,闹市"不"闹,人境"无"人,可认为是性质、功能也变了。

4. 特殊的变异:变序

按"实"应此时出现,作品却按"需"出现于彼时。如《背影》中父亲的衣着,按说儿子第一眼就看到父亲的穿戴,按实录,应一开始就"记录"父亲的穿戴,但直到攀爬月台时才点明父亲穿了棉袍,目的就是突出父亲身子更臃肿,攀爬更艰难。

最常用的原生态还原有两种:

一是凭经验推想:除《赤壁怀古》外,上述诸例均可依凭生活经验或从阅读中获得的间接经验,就作品本身,进行推想。

在这里,涉及一个如何看待作者自称为"写实"的《背影》中出现的"心像"现象。我们在第一章的"生成机制说"里已引述过孙绍振有关观点的部分文字,现全录如下:"就第一个层次的最小单位（指孙氏'三层秘密说'的一望而知的表层）来说,不要说是抒情作品,就是叙事作品,都不可能是绝对客观的描绘。一切描绘表面上是物象,是景象,但是,事实上是作者的心象在起作用。"[1]

---

[1] 孙绍振、孙彦君:《文学文本解读学》,北京大学出版社 2015 年版,第 179 页。

孙绍振并用皮亚杰的心理学指出，人的心灵对外界的刺激不是全开放的，对于自己所关注的，自己头脑中原有"内存图式"的（如具备相关的知识），它是开放的；它所不关注的，无"内存图式"的，就可能对之封闭。心理学上还有一个著名的实验，说是一群人坐在教室里，突然闯进一个不速之客，然后叫大家当场写出自己的印象。结果是五花八门，没有一个是完全一样的，甚至有不少人的描述完全相反。上述心理学的观点、名例告诉我们，人对于外界事物的观感是受主观影响的，当然，有的更接近本质，有的远离本质，有的反映了本质的这一部分，有的反映了本质的那一部分。用这样的"心象"观去分析，上述父亲"穿戴"例，就可以这样解释：开头，儿子对父亲陪自己去车站厌烦，没有太注意父亲，父亲买橘子上下月台时特别辛苦，才被父爱感动，注意到父亲还穿了臃肿的长棉袍，更增加了行动的困难。这就是主观感觉的选择性记忆，心象作用下产生的物象。同样的道理，儿子（或者就是作者本人）特别关注了父亲最吃力的"攀、缩"两个动作。

二是凭经验无法推想的，引入历史文献、专业文献，还原历史事件，发现其变异和创作奥秘。某种意义，此法更重要，许多还原要靠此，特别是古典文本，此法属于专业化解读范畴，也是孟子"知人论世"解读法的重要体现。《赤壁怀古》的还原法解读即此。第一章"生成机制说"中所举"孔明借箭"，如何从史书《三国志》的表现智慧的原生素材演变为表现"瑜亮情结"的经典，运用的也是这样的专业文献还原法。这里，补充两点：

（1）关键词语法解读《赤壁怀古》时，已引入周瑜的大将（甚至是冲锋陷阵武将）形象而非儒帅形象的资料。现补充诸葛亮资料及相关分析如下：

羽扇纶巾的名士形象，苏轼之前的史书，指的都是诸葛亮。如孙绍振提到鲁迅在《古小说钩沉》引用的晋代裴启《裴子语林》云："诸葛武侯与宣王（司马懿）在渭滨，将战，宣王戎服莅事；使人观武侯。乘素舆，着葛巾，持白羽扇，指挥三军。众军皆随其进止，宣王闻而叹曰：'可谓名士矣。'"又如沈祖棻提到的成书于984年李昉主编的《太平御览》曾引用《蜀志》称诸葛亮"葛巾毛扇，指挥三军"。孙绍振还提到虞世南、欧阳询、徐坚、白居易、吴淑等所著书籍均有此记述。今本《三国志》虽无此用语，但通观书中《诸葛亮传》全文，无论陈寿原文还是裴松之注解，羽扇纶巾、指挥若定的名士儒帅形象已历历在目。如著名的三顾茅庐、著名的空城计。如与司马懿交战，粮尽，从容退兵，"宣王案行其营垒处所，曰：'天下奇才也！'"如称"其用兵也，止如山。进退如风；兵出之日，天下震动,而人心不忧。"如以召公、管仲、萧何比喻诸葛亮。如说:"孔子曰:'雍也可使南面',诸葛亮有焉。"以苏轼的学识不可能不知道史书和前人有关周瑜、诸葛亮的记述,苏轼这样塑造周瑜自然有他的创作意图。沈祖棻说,"魏晋以来,上层人物以风度潇洒、举止雍容为美,羽扇纶巾则代表着这样一种'名士'的派头。虽临战阵,也往往如此。"沈还举出了史书中的许多例子,并认为,在苏东坡看来,诸葛亮固然如此,也无妨让周瑜如此打扮,"以形容其作为一个统帅亲临前线时的从容镇静、风流儒雅。"袁行霈亦持此说。孙绍振的观点,就是关键词语法中转述的,向苏轼自己的政治理想、人生美学、身份特质靠拢,只有如此张良式"风流"人物,才越反衬自己空有盖世才华却遭贬于此的深深悲慨。①为什么不干脆改成主人公是诸葛亮? 一是周瑜是战场总指挥,战功远胜于诸葛亮;二是人生得意的"英雄美人"模式在诸葛亮身上跨度也太大（史称诸葛亮的妻子是有名的贤内助,但长得不好看）,错位法条件之一就是美与真不能断裂。

（2）鲁迅在《不应该那么写》中,鉴于"我们中国又偏偏缺少这样的教材",缺少如此合适的手稿,于是又提出从"可以写成一部文艺作品的""新闻上的记事,拙劣的小说"中去发现"不应该这样写"的"补救法"。②这实际就是原生态还原;就是鲁迅所言的一者"不应该那么写"（《三国志》"孙权脱险"）,一者"应该这么写"（《三国演义》"孔明借箭"）。

上述除《赤壁怀古》《孔明借箭》外,均为原生态还原中的感知还原。原生态还原操作性强、应用广泛,中学更易掌握（孙先生说,因为"道理并不神秘"）,很具普遍意义,某种意义上是理解孙绍振解读方法体系的一个切入口,一把钥匙,包括小学亦可引入这一解读方法。如:

小学四年级的《美丽的小兴安岭》,其内容要点及原生态还原解读（括号内）如下:

春天:小鹿在溪边散步。（此景别地罕见;而春暖花开,各地都有）

夏天:太阳出来了,千万缕像利剑一样的金光,穿过林梢。（小兴安岭到处是森林,朝阳阳光穿过高大茂密的林木,就产生此奇景。此景亦别地所无,而炎热则各地一样。）

---

① 以上《赤壁怀古》所引孙绍振解读见孙著、上海教育出版社 2012 年版《月迷津渡》,沈祖棻和袁行霈解读均转引自人教版高中语文必修 4 教师教学用书。所引陈著、裴注《三国志》为中华书局 1959 年版。

② 《鲁迅全集》第六卷,人民文学出版社 2005 年版,第 322 页。

秋天：森林向人们献出山葡萄、蘑菇、木耳、人参（不讲秋叶飘零，而讲此奇珍异物。此物别地亦少见）。

冬天：紫貂、黑熊、松鼠忙着"储粮"过冬（给人温暖感；而不讲冰天雪地，不讲暴风雪）。

现简要介绍逻辑还原、价值还原。①

逻辑还原，即情感逻辑还原，是指还原回正常的思维逻辑、理性逻辑。比如，用正常逻辑看《长恨歌》："在天愿作比翼鸟，在地愿为连理枝，天长地久有时尽，此恨绵绵无绝期"，如此绝对永恒的爱情，于唐明皇、杨贵妃是不合常理的，但正如此，无理而妙，感人至深。又如，臧克家纪念鲁迅的诗："有的人活着，他已经死了；有的人死了，他还活着"，一样是无理而妙。

价值还原，孙绍振举一例：《范进中举》来自一则素材。说一位秀才中举后，喜极而狂，大笑不止。袁姓医生说，你病没治了，赶快回去，路过镇江时，找何医生看看，并有一信致何医生。到达镇江后，此生"大笑不止"之病已好，但仍把信交何。何医生一看，原来信上说，此生心窍开张，吓他一下，估计到镇江闭合就好了。孙绍振指出，这是科学价值，《范进中举》变为完全不一样的艺术价值。三峡峡谷凶险，李白的《下江陵》只感觉船快而不觉凶险，前者是科学理性价值，后者是情感价值。

孙绍振指出，上述两类都不是直接诉诸感觉，故光用感知还原是不够的，故宜另列。由此，前文《孔明借箭》《赤壁怀古》类似于《范进中举》。但我们全部都可在做好原生态还原的基础上再行探讨。如《长恨歌》还原为历史上的唐明皇、杨贵妃，就不是这样绝对的爱情。

二、替换法

孙绍振说，替换法是朱德熙先生在北大讲授语法时提出的。它源于鲁迅那篇著名的《不应该那么写》（有关主要文句见第一章"作者身份说"及前文还原法中引文），包括鲁文说的未定稿与定稿，同一素材写成优、劣不同作品的比

---

① 此内容见孙绍振：《挑剔文坛》，福建人民出版社 2001 年版，第 8—16 页。本小节所谈三个还原，孙绍振说，都属于静态的，还有动态的历史还原。孙绍振冠以还原的还有流派还原、风格还原、关键词还原等等。详见其《文学文本解读学》绪论、第十一章、十二章、十三章等。

较。《文学文本解读学》第十六章专门谈了这个问题。孙绍振将其分为两种：

第一种是个别关键词句的优劣比较，可称为"换词法"。该章第二节里举了古代诗话、词话中大量例子，如著名的"推敲""春风又绿江南岸"，如"疏影横斜水深浅""暗香浮动月黄昏"是从"竹影横斜水深浅""桂香浮动月黄昏"改动一字成经典的。

第二种是大段文字的变动，包括其中的结构、手法、词句，比较其未定稿与定稿，见出定稿的改动之妙，可称为"换表述"，如该章及其他相关章节举到的《红楼梦》《水浒传》《复活》《安娜·卡列尼娜》《静静的顿河》以及其他单篇诗文中的修改名例；或同一素材写成不同作品的优劣比较，如该章第二节提到的《三国演义》与《三国志评话》之比。

上述两种都涉及未定稿等相关文献。没有文献，可以凭想象，想象出一个较差的表述，与原文相比，看出原文之妙。孙绍振自设的换词法之例，如将"谁知盘中餐，粒粒皆辛苦"中的"谁"改为"应"或"须"等——

锄禾日当午，汗滴禾下土。应知盘中餐，粒粒皆辛苦。

原诗（谁知盘中餐）承接上二句（锄禾日当午，汗滴禾下土）而出现的转折、疑问、询问、感叹、思考等种种微妙、丰富的意味就没有了。[1]

孙绍振的换表述例，如将上述的臧克家名句（有的人活着，他已经死了；有的人死了，他还活着）改为：

有的人死了，因为他为人民的幸福而献身，因而他永远活在人民心中……

孙绍振说，这不是诗了，"因为没有感情了，情感完全被严密的理性窒息了。"[2]

现在语文界大量流行的是换词法，拙作前面几章中已出现好些例子。当然，并不是随随便便找一个词去替换即可。但总的来说，换词法最为流行，在小学使用最多。

如小学名师窦桂梅经常这样做，如将"一枝红杏出墙来"改为"十枝红杏出墙来"，组织学生比较"一枝"比"十枝"好在哪里。

有的时候，可发动学生来换，如另一位小学名师王崧舟上《荷花》一课，

---

① 见孙绍振：《名作细读》（修订版）前言，上海教育出版社 2009 年版，第 19 页。
② 孙绍振：《挑剔文坛》，福建人民出版社 2001 年版，第 13 页。

请学生将"白荷花在这些大圆盘之间冒出来"的"冒"字换成别的字比较比较。学生们共想出了露、钻、长、顶、穿、伸,等等。比较之下,唯有"冒出来"才有争先恐后、急切、迫不及待、非常高兴、非常激动、欢天喜地、心花怒放、快快乐乐等等心情和样子。

而想象出大段文字乃至结构的换表述,难度较大,但仍有人在实践,

如钱梦龙所上的《驿路梨花》课。原文故事时间是二天,过去十年间发生的"学雷锋"的故事(建造、维护方便路人的小茅屋)用插叙的办法体现,因而因寻找小茅屋的主人而显得误会迭起。他设计出一个教学,让学生按故事原生态的时间顺序,从十年前当地驻军"学雷锋"建造小茅屋方便路人,部队移防后,当地群众一"代"接一"代"继续"学雷锋,做好事",维护小茅屋的顺叙去叙述,结果自然变得平淡无奇,以显出原文"误会迭起"之妙。①

最精彩的是黄厚江的《阿房宫赋》换表述教学。《阿房宫赋》最重要的手法是铺陈。这是赋的传统手法、基本手法,《阿房宫赋》作为赋的代表作之一,在这方面表现得十分出色,它并且把其他各种手法(比喻、想象等)融入到铺陈中。黄厚江课的最重要一点就是突出了这一铺陈,其文本解读教学的核心点是设计了一个缩写。其缩写如下:

> 阿房之宫,其形可谓雄矣,其制可谓大矣,宫中之女可谓众矣,宫中之宝可谓多矣,其费可谓靡矣,其奢可谓极矣,其亡可谓速矣!嗟乎!后人哀之而不鉴,亦可悲矣!

整个教学流程就是逐步展示这一缩写。实际上就是对其繁富的铺陈表达不断关注、强调。最后,在众生都非常肯定教师的缩写、改写,认为全文无非就是讲了这些意思,缩写的文句又像原文时,教师话锋一转,说:

> 一千年之后,肯定没有人记起我黄某人的改写,而记住的是杜牧的《阿房宫赋》。②

这一结语,使众生对《阿房宫赋》的精彩的铺陈手法留下了深刻的印象。

---

① 钱梦龙:《钱梦龙经典课例品读》,《驿路梨花》课例,华东师范大学出版社 2015 年版。

② 黄厚江教例详见王荣生总主编,郑桂华、王荣生主编:《1978—2005 语文教育研究大系·中学教学卷》《阿房宫赋》课例,上海教育出版社 2007 年版。

替换法还有两个重要的变形：

第一种是"补回法"。作品入选中学课本时，常有些相对而言比较次要的句段因种种原因会被删去，或被编者改动，我们正可以把被删改的原文找回，由此发现创作的奥秘。如：

《社戏》，各教材通常删去了前半部分（成年后在北京戏园子里两回看京戏的故事）。抓住它与后半部分不同的心情，就能更深刻体会作者所要批判的对人极不尊重的人际关系，所要赞美的美好人性。孙绍振主编的北师大版教材就恢复了全文。

《我的叔叔于勒》，课本删去了头尾"我"对故事来历的交代，钱理群的解读将其补回，深刻地分析出了"同情"的主题。①

《春》收入教材时，将原文的"水长（生长之"长"）起来了"，教材把它改为"水涨起来了"，其实，原文是一连串的拟人句法，即"东风来了，春天的脚步近了。一切都像刚睡醒的样子，欣欣然张开了眼。山朗润起来了，水长起来了，太阳的脸红起来了。小草偷偷地从土里钻出来……"这一开篇的拟人，像一个新生儿来到世间，把"长"改成不拟人的"涨"是值得商榷的。

外国作品进入课本被删改的情况，就更多了。删得最多的是《装在套子里的人》。这里补回一点（仅仅是删去部分的十分之一），比较比较看看。下面是原文中两人初次见面的情景：

> 说起来令人难以置信，但又确实是真的。一个名叫米哈伊尔·萨维奇·科瓦连科的人，乌克兰人，派到我们学校当史地教师。这个新史地教师不是一个人来的，还带着妹妹华连卡。他高高个头，……她呢，已经不年轻了，30 岁吧，也是大高个头，身材匀称，黑眉毛，红脸蛋——一句话，她更像水果软糖。她活泼开朗，谈笑风生，老是唱小俄罗斯地方的歌，老是笑，经常听到她发出响亮的笑声："哈哈！"我还记得我们初次正式认识科瓦连科兄妹是在校长命名日宴会上，在那些呆板的，装模作样的，死气沉沉的，甚至把赴命名日宴会也看做应差的教师中间，我们突然看见一个新的希腊爱神从大海的浪花里走出来；她双手叉腰，袅袅婷婷，开心地唱啊，跳啊！……她深情地唱起《凤儿》，又唱起一支情歌，又唱一支。她

---

① 详见第七章第二节第（四）部分。

把我们，包括别里科夫在内，都迷住了，别里科夫挨着她坐下来，甜甜地笑着，说道："小俄罗斯地方的语言听起来温柔悦耳，极像古希腊语。"这句话使她满心欢喜。她激情地向他述说她在加季阿契县有个小田庄，她亲爱的妈妈就住在那个小田庄里，那里也有这样的梨子，这样的甜瓜，这样的酒馆。乌克兰人管南瓜叫酒馆，管酒馆叫酒家，他们做的那道又红又紫的菜汤，可好吃了，可好吃了，好吃得要命！

我们听啊，听啊，不谋而合，大家都想到了同一件事。

这就是撮合他们的婚姻。后来，撮合成功，他们在这几乎是一见钟情的基础上果真谈起了恋爱，两人一起去看戏，天天一起去散步，别里科夫天天到她家里去，一坐就是半天，他明确对别人说他喜欢华连卡。华连卡心无城府、很阳光（或者很缺心眼）的性格，才不计较如此古怪的别里科夫，愿意与他结婚，二人几乎可说是热恋中，就差最后一步，正式求婚。但也正是如此开放、自由、不拘小节、口无遮拦的华连卡，使别里科夫又提心吊胆，忧心忡忡。所以后面的割舍才那么为难、矛盾、痛苦。原文才生动表现了主人公性格上"人性与反人性"的矛盾，才更像是现实生活中的人，而不是不食人间烟火的、漫画中的人。可惜课文把这一切都删去了。

第二种是"删除法"。把作品中、课文中一些相对次要的内容或文字删去，比较出作品的艺术奥秘。前面关键词语法部分介绍的删去《记念刘和珍君》第四节开头段的不影响段意、句意的关联词、副词，就是这一方法的体现。

替换法还可以与关键词语法紧密结合在一起，解读作品。如：

《人民解放军百万大军横渡长江》，其关键词语是一个大系列词语，包括一些重要句子。这些系列关键词语合力给了读者全文气势强盛的突出感受。具体如下：

（1）一连串简洁有力、富有气势、很有气魄的用语：百万、大军、横渡、冲破、突破、即已、业已、都已、广大、一切、所有、歼灭、击溃、控制、封锁、切断、占领、锐不可当、英勇善战、（敌）纷纷溃退、毫无斗志，等等。

（2）工整铿锵的四字词：百万大军、冲破敌阵、横渡长江、同日同时……共十五、六处。

（3）简洁有力的文言色彩表述：西起、东至、均是、渡至、即已、都已、业已、现已、余部、甚为，我军、我西路军、我东路各军，安庆、芜湖线，九江、安庆段，九江一线等。

（4）很有气魄的大数量词：百万、三十万、三十五万、一千余华里等。

（5）一一点出攻克之地，如"繁昌、青阳、荻港、鲁港"，计三处，给人战果辉煌、铁骑奔进、攻无不克之感。

（6）"至发电时止"，计二处，给人捷报频传、胜利在握，报道来不及反映战场迅速推进之感，正所谓"城头铁鼓声犹震，匣里金刀血未干"（王昌龄）。

以上综合起来，就给人铿锵有力、磅礴雄健、指挥若定、所向无敌的强大气势。有教学设计把上述六类气势词单独挑出来，一气读一遍，其气势感沛然突显。

我们再用替换法（换词和换表述均有），体味本篇富有气势的表述。注意：所想象的较差表述，意思要尽可能与原文挨近，这样才更能显示原文的唯一性。如：

导语原句：人民解放军百万大军，从一千余华里的战线上，冲破敌阵，横渡长江。西起九江（不含），东至江阴，均是人民解放军的渡江区域。

改句：人民解放军一百万官兵，在一千余华里的战线上，冲垮了敌人的阵地，渡过了长江。从西边的九江到东边的江阴，都是人民解放军的渡江区域。

西路军原句：二十一日下午五时起，我西路军开始渡江，地点在九江、安庆段。至发电时止，该路三十五万人民解放军已渡过三分之二。

改句：二十一日下午五时开始，我们的西路军开始了渡江，地点在九江、安庆一带。目前，西路军已经渡过三分之二。

东路军结尾段原句：我已歼灭及击溃一切抵抗之敌，占领扬中、镇江、江阴诸县的广大地区，并控制江阴要塞，封锁长江。我军前锋，业已切断镇江、无锡段铁路线。

改句：我们已经消灭抵抗的敌人，占领了扬中等县，并且控制了江阴要塞，长江已经不能随便通航。我们的前头部队，已经控制了镇江到无锡的铁路交通。

上述各改句均只是平实的告白，气势均弱了。各原句利落干脆，句子更有力度气势，笔锋似有情感，更有所向披靡场面感、庄重感，读起来更带劲，尤其是东路军结尾句似余音未尽，荡气回肠。

如把导语句均改为四字句：百万大军，千里战线，冲破敌阵，横渡长江，西起九江，东至江阴，均已过江。——虽更工整，气势亦强，但却给人不够庄重之感,必须如原句,散句与工整句式交错,才像是郑重其事的陈述。

三、矛盾法

孙绍振坚持辩证法,认为任何作品内部都包含着矛盾。矛盾法就是发现和抓住作品内部的矛盾深入分析,以揭示其奥秘。上述抓住变异(还原)、优劣(替换)、错位的解读,均是此法之特殊体现。

矛盾法,首先是孙绍振《文学文本解读学》的一个基本观念,是解读的一个指导思想。矛盾这个词,充满孙绍振的解读理论的各种论著中。如在《文学文本解读学》绪论介绍各种具体分析的操作方法前,孙先生说:"一切事物观念都是对立的统一体,都包含内在矛盾,形象自然也不例外。具体分析的对象,乃是矛盾和差异,然而文学形象是有机统一的,水乳交融的,天衣无缝的。矛盾是潜在的,因而,任何称得上是经典文本的作品,都是隐含着内在矛盾,问题在于把它还原出来,进入具体分析的操作层次。"[1] 正文部分第十一章开始,准备阐述各种解读方法前,也有类似的大段表述。在比较不同形式的不同规范时,他也说:"毫无疑问,具体分析形象的深层结构的难点是,揭示其内在矛盾,但是,内在矛盾是隐秘的。"[2] 在具体解读文本时,矛盾一词常跳跃而出,如前文的《早发白帝城》案例。在批判西方文论时,矛盾一词更未缺席,如他那篇发表于《中国社会科学》的著名论文,就是以形而上的超验追求与形而下的文本解读之间的矛盾切入论述的。

其次,矛盾法本身就是一种可操作的分析方法。按说,矛盾法可以贯穿一切文本解读,但实际有难有易,甚至仍无从下手,或者用其他方法更好。但毕竟有相当一部分作品,相对较易找到其矛盾。孙绍振《文学文本解读学》第十一章和第六章做了详细介绍。他把作品的矛盾现象分为两类。一类是隐性矛盾,常常得借助其他方法解读(见后)。另一类是比较显性的通向奥秘的可见矛盾,"有些矛盾直接存在于作品的词句之中"[3],但也不是一眼能看出,"因为在行文中不是直接对立的,而是在统一的意脉中行云流水似地滑行

---

① 孙绍振、孙彦君:《文学文本解读学》,北京大学出版社 2015 年版,第 38 页。

② 同上书,第 29 页。

③ 孙绍振、孙彦君:《文学文本解读学》,北京大学出版社 2015 年版,第 38、360 页。下文孙绍振解读《再别康桥》例出处同。

的，所以很容易被忽略。从这个意义上说，就是显性的矛盾，也带着隐性的性质。"① 办法唯有努力把字面矛盾找出来。孙先生着重向中学推荐的，就是这后一类寻找矛盾现象的解读法（亦即狭义的矛盾法）。

1. 文本中在字面上已出现矛盾双方，"写出了"矛盾，有矛盾话语置于作品中，但它又是作品中浑然天成、题中之意的一部分

鲁迅作品是比较典型的，在这方面特别突出（但对创作而言是比较难的，这正是鲁迅作品的经典之处）。下文所举鲁迅各篇作品，孙绍振均就这方面有过详尽分析②。此处主要根据孙先生的解读，概述如下：

《从百草园到三味书屋》，开头和文中都强调，"我"儿时的乐园是只有几根野草的人迹罕至的荒园，但那时却是"我"真正的乐园。"荒园"和"乐园"是矛盾的。这显见的矛盾表述道出了文章的主旨：作者所要强调的是，只要能"表达"儿童自由的天性，哪怕野草、砖头、小虫小鸟都无所谓，作者所怀念和歌颂的正是无拘无束的不受压抑的童年生活。

《孔乙己》最后说的："大约孔乙己的确死了。""大约"和"的确"是矛盾的。一方面表明在这样一个麻木不仁、无同情心的社会里，孔乙己这样一个不会营生又被打残了的苦人，许久不见，必死无疑。另一方面，说是"大约"，表明无人关心其死活，无人去考证其存在与否，只能是大约，仍然表明这是一个麻木不仁的冷漠的社会。这就是鲁迅自己说的，《孔乙己》写的是"一般社会对苦人的凉薄"。

《阿长与〈山海经〉》，比较难点。文章里阿长说："哥儿，有画儿的'三哼经'，我给你买来了。"阿长没有文化，不识字，连名字都没有，把山海经读成三哼经。但偏偏这个没有文化的、迅哥儿觉得帮不上忙的阿长却记住了迅哥儿所要书的最主要特点：有画儿的。——这就是矛盾话语。但分析好这个矛盾，要联系上下文，联系全文。

其一，迅哥儿问遍了别人，但偏偏从来没有主动和阿长说过，因为她没有文化，地位最低下，迅哥儿觉得"说了也无益"。但阿长并不计较这一点，反而主动来打听。迅哥儿告诉她了，但从未寄希望阿长能帮什么忙。阿长却真心

---

① 孙绍振、孙彦君：《文学文本解读学》，北京大学出版社 2015 年版，第 360 页。
② 孙绍振有关《从百草园到三味书屋》《阿长与〈山海经〉》的解读见孙绍振主编、北师大版初中语文教材七上《教师教学用书》中相关篇目 "主编导读"。《孔乙己》《社戏》《祝福》解读见孙绍振：《经典小说解读》中相关篇目解读，上海教育出版社 2016 年版。

记住了,并且办到了,而迅哥儿主动请教的人,统统都没把此事当一回事。

其二,阿长虽无文化,却记住迅哥儿所要书的最主要特点:有画儿的。——所以,文中此奇异插图说了三次:反复讲:人面的兽,九头的蛇……果然都在内,确是人面的兽……

其三,迅哥儿的反应是:我似乎遇到了一个霹雳,全体都震悚起来,赶紧去接过来。

其四,又反复讲:这是我最初得到的最为心爱的宝书。

其五,又升华为:别人不肯做,或不能做是事,她却能够做成功。她确有伟大的神力。

其六,由上述的一切,我们可以得出阿长的性格;得出"我"对阿长的情感;得出鲁迅在该篇中要表达的有关人性,有关关注弱者,有关对小人物的态度,有关博大人道主义的深刻思考。

鲁迅作品中类似的著名的矛盾话语,还有《社戏》结尾关于再也没有吃过那夜似的好豆和看过那夜似的好戏二句话,《祝福》里"大家仍然叫她祥林嫂"这句话,《孔乙己》中的"孔乙己是这样的使人快活,可是没有他,别人也便这么过"这句话。这些经典例子,前文各解读法中都有分析过,不赘述。

类似鲁迅作品写出了矛盾话语的其他作家的作品,如:

《再别康桥》:孙绍振分析道,"在星辉斑斓里放歌",接下来,矛盾出现了:"但我不能放歌,悄悄是别离的笙箫;夏虫也为我沉默,沉默是今晚的康桥!"孙绍振认为,这是理解这首诗的最为关键的矛盾,既是美好的,就值得大声歌唱,但是,又是不能唱;悄悄是无声的,而笙箫则是有声的(显见矛盾),在英语中,这属于矛盾修辞(paradox)。孙绍振指出,无声是回忆的特点,是独享的、秘密的特点,而独享的、秘密的才是最美妙最幸福的音乐,胜过有声的笙箫,和中国古典诗歌中此时无声胜有声是一类的效果,构成的意境就是:诗人默默地回味,自我陶醉,自我欣赏。孙绍振认为,正是这种不能公开的,不能和任何人共享的幸福的自我体悟、旧梦重温才是这首诗的艺术奥秘。

《荷塘月色》:文章头三段中说:"超出了平常的自己,什么都可以不想,什么都可以想,白天里一定要说的话,一定要做的事,现在都可不理。这是独处的妙处,我且受用这无边的荷香月色好了。"也是可见的矛盾话语。

其一,什么都可以不想。第三段说:他超出了平常的自己,是独处的自由的自己，是什么都可以不想的自己，是白天里一定要做、要说而现在都可以不理的自己（平常与超出平常的可见矛盾），于是把这几天的不宁静（这是平常的自己）排除了（超出平常的自己），进入了宁静的专心致志的赏景境界，写出了非常美妙的月下荷塘、塘上月色的第4、5、6段。换句话说，这第4、5、6段的美景，背后是一个人生哲理：超出平常的自己，日常的烦恼统统不管，才能专心赏鉴这美景，这就是独处的妙处。

其二，什么都可以想。光宁静还不能写出如此美景，还必须如作者宣称的进入"什么都可以想"的自由想象的、放手审美的情态（超出了平常的自己）。于是我们看到了"又如刚出浴的美人"这样的越轨的、大胆的（什么都可以想），却又正如此才更有感觉表现出荷花之耀眼洁白的生动比喻。还有想到"采莲赋"的"妖童媛女，荡舟心许"，也是"什么都可以想"的表现。

矛盾双方都见于字面的矛盾话语，是通向文本奥秘，深入分析的很好切入口。

2. 字面上出现了矛盾一方，另一方体现在（也可以说隐含在、藏在）**作品中，半现半隐"写出了"可见矛盾，"写出了"可见的异样关联**

不如前面比较显见的矛盾话语好分析，但只要留心细析，就能发现，并用矛盾法解读、分析。这也可称为矛盾内容。

比较容易的，如孙犁的《芦花荡》。矛盾一方：当老头子护送的女孩子过封锁线突然受伤时，老头子说："我不能带你们进去了"。矛盾的另一方：表现在前面的内容中，老头从未撂过担子，从来都是二话不说，就接过任务。抓住这个矛盾分析，可以看出，老头子不是害怕，而是极强的自尊自信心受到了打击，觉得没脸见人。

次容易一点的，如《荆轲刺秦王》。荆轲怒道："今日往而不返者，竖子也！今提一匕首入不测之强秦，仆所以留者，待吾客与俱。今太子迟之，请辞决矣！"不就是已经预告了很可能失败及失败的原因？这是矛盾之一方：不应该不等助手就提前出发，可荆轲一怒之下出发了。矛盾的另一方体现在前面的内容中，即前面情节里荆轲巧取樊将军头颅，并且已经一一准备好面见秦王及行刺的一切条件，这说明荆轲一向虑事周密。这就是：事事周密今何疏？冲冠一怒为哪般？

3. 字面上、文面上，没有矛盾话语，但全文中有显见而复杂的矛盾内容

《岳阳楼记》，内容上的文不对题之矛盾。朋友请记楼，请表扬他，他却写湖，结果又未真写湖，结果是言志，就是朱东润说的"转而言志"，《古文观止》

说的"翻出后文忧乐一段正论"。抓住这个内容矛盾,就可以揭示其艺术手法、创作奥秘乃不断转折的转折之妙。

《林黛玉进贾府》,内容上"谁是中心"之矛盾。表面上看,林黛玉今天是贵客,似乎是中心,其实是表象中心,大家很捧场,是表现给贾母看的。王熙凤最活跃,话语最多,似乎是今日活动的中心,其实王熙凤的句句话,处处行动主要是讨贾母喜欢,所以王熙凤是假象中心。真正的中心是贾母。而贾母后面还有一个可以随心所欲的未来的接班人——贾宝玉,这是潜在的中心。抓住这个内容矛盾,就可揭示贾府严格的等级关系,发现林黛玉未来生活的环境,知悉寄人篱下的林黛玉"时诗在意,步步留心"性格的由来。

4. 可见矛盾为主,兼有隐秘矛盾、隐秘的异样关联

贾岛的"鸟宿池边树,僧敲月下门",月黑之夜,怎知树上有夜宿的飞鸟?这是可见的字面矛盾,矛盾话语。是"僧敲月下门",夜归的僧人轻轻的敲门声,把树上眠宿的夜鸟惊起了,才知"鸟宿池边树",可见周边的一切是多么寂静,这又隐埋着以有声衬无声的哲理。这就叫隐秘的异样关联,隐秘的动、静矛盾。

王维的"人闲桂花落",花落的声音是听不见的,尤其桂花这样特别轻小的花,但诗人听见了;或者看见了,但月色朦胧之下(月出惊山鸟),怎能看见如此轻小桂花的掉落?这些都是可见的内容矛盾。孙绍振说,因为"人闲",心灵无比娴静,纤尘不染,连最无声无息的"声音"都听见了,这与王维走向佛教有关,这就同时揭示了隐秘的异样关联。

5. 隐秘矛盾、隐秘的异样关联,须借助有关解读方法,帮助解读

诗歌由于语句精炼、对仗、押韵、留白等等要求所形成的压缩、省略、跳跃等等表达方式,会使好些诗中的矛盾呈隐秘状态。

如孟浩然的《春晓》"春眠不觉晓,处处闻啼鸟。夜来风雨声,花落知多少。"简单地讲,前二句是喜春,后二句是怜花。由于中间的不少省略和跳跃,个中的特别动人的异样矛盾、异样关联更为隐秘了。诗是说春宵梦酣,直到鸟叫声才从梦中醒来;昨夜梦沉,不仅因为春梦好眠,还因为夜雨催眠,然而一夜的风雨不知吹落了多少花朵?怜惜心情、不安心情顿生心头;处处鸟啼,既提醒天晴了,又仿佛在询问:昨夜风雨,花落多少?孙绍振说,春眠的美好是以花木遭摧残为代价的,诗人刹那间产生了心灵颤动和人生感慨。事物就是这样矛盾而统一的。另一说,是说春天夜短,又因风雨难眠,故既入睡就不觉晓,直

到鸟叫才知觉，因而醒后想到昨夜风雨，为花木担忧。但显然没有前解的反差（矛盾）明显、微妙复杂的异样关联动人。一本作"欲知昨夜风，花落无多少"，可见诗人那种春宵夜雨好入眠，但愿花儿未受罪（落不多）的原罪感、自我安慰的复杂心境。①

要分析出《春晓》这样诗歌的隐秘矛盾、隐秘的异样关联，关键之一就是要了解诗歌语言表达的特点（这就关系前文谈到的艺术形式分析法，即借助此解读法）；关键之二是调动生活经验（直接经验或者间接经验即阅读经验），发挥想象，填补空白，这实际也运用了后文将介绍的"作者身份法"，即站在作者孟浩然的角度，推想他此时刹那间产生的心灵颤动和人生感慨。

四、专业化解读法

先看看孙先生关于《隆中对》的解读（摘要）:《隆中对》作为史书，非绝对是有实必录，而是有文学匠心的。如，文中诸葛亮说的话很有文采，但文中明明白白交代刘备"因屏人曰"，两个人关在密室里对谈，没有第三者在场，刘备和诸葛亮说的话，文献依据在哪里呢？作者陈寿所根据的，最可靠的就是诸葛亮在《出师表》所说的:"三顾臣于草庐之中。"但其中并没有三次谈话的具体内容。陈寿本是蜀汉的官员，耳濡目染，有比较丰富的见闻，可能听到过当时的一些故事传闻，也可能还解读过蜀汉某些官方文献，但是，这类官方文献很少，陈寿曾经批评过诸葛亮主治蜀国却不曾立史官，故《三国志》中《蜀书》最单薄。这就说明，二人对话，其实是陈寿替他们说的，但是，说得丝毫不亚于文学作品。陈寿让诸葛亮这样分析荆州:"荆州北据汉沔，利尽南海，东连吴会，西通巴蜀，此用武之地，而其主不能守。"陈寿让诸葛亮以这种高瞻远瞩、视通万里的气势和骈句的排比表述以局部统摄全国的策略，实在是情理交融。在骈体文尚未成为主流话语之时（骈体文在六朝才成为流行文体），居然大量运用骈句与散句结合，达到骈散自如的境地，把史家散文的文学性发挥到了时代的前沿。四个排比句，每句中间都有一个动词（据、尽、连、通），本来意

① 《春晓》多种解读分析参见吴熊和等:《唐宋诗词探胜》，浙江人民出版社 1981 年版，第 33 页；中国社会科学院文研所:《唐诗选·上》，人民文学出版社 1981 年版，第 64 页；孙绍振:《演说经典之美》，福建教育出版社 2009 年版，第 213—215 页。孙绍振对本点中有关诗词的解读可参见其《月迷津渡》解读专辑。

思是一样的,说的就是便于联系,取其便利,但,用词有变化,同中求异,成为序记性散文经典模式,为后世散文经典所追随。如,《滕王阁序》:"星分轸翼,地接衡庐,襟三江而带五湖,控蛮荆而引瓯越。"王勃几乎亦步亦趋地追随陈寿的以一地之微,总领东南西北,雄视九洲的风格,以天地配比三江五湖,甚至连骈句和动词对称(襟、带、控、引),也不避其似。在骈体文尚未充分成熟之时,这种用一类动词,关联起局部和全局的修辞手法,完全是陈寿的修辞原创。①

上述孙绍振这个解读,研究了那么多文献资料,并且把它们贯通起来,这就叫专业化解读。孙绍振在另一篇解读《隆中对》的论文中说,缺乏专业准备的外行,面对这样的经典文本,解读只能是两眼一抹黑。②

孙绍振关于郦道元《三峡》的解读更是这样。他引入袁山松《宜都记》和盛弘之《荆州记》等文献,进行详尽的比较分析,最后说:"从袁山松(?—401)的审美情趣经过盛弘之《荆州记》(成书约于432—439年间)的积累,再到郦道元(约470—527)的《水经注·江水》,古代中国作家呕心沥血,前赴后继,竟然不惜化了上百年工夫,才成就了这一段经典在情感上的有序和语言上的成熟。正是因为这样,《三峡》,或者以《三峡》为代表的《水经注》中的山水散文,成为古代中国散文史奇峰突起,得到后世的极高的评价,将其成就放在柳宗元之上。明人张岱曰'古人记山水,太上郦道元,其次柳子厚,近时袁中郎'。"③(《琅嬛文集》卷五)孙先生的许多文本解读都如此,所以才会发现经典文本的那么多精彩之处,我们每每读之,惊叹莫名。专业化解读,不是仅仅看相关文献,其他相关的艺术形式知识、相关的解读方法都应有所掌握,如《隆中对》解读,就涉及骈体文知识和还原法。

第三个例子,是孙绍振就《木兰辞》解读,与有关学者的讨论。有解读用文化分析法解读该文本,孙绍振指出了该分析所依据的文献有问题。有关分析依据的是汉代的"寓兵于农"制,即全农皆兵,每一个种田人随时都可能变为战士。而孙绍振根据钱穆的研究,北魏是"寓农于兵"制,即全兵皆农,每个军人都要种田,但不是要每个农人都当兵,下三等的民户没有当兵的资格,

---

① 孙绍振、孙彦君:《文学文本解读学》"《隆中对》和《三顾茅庐》:史家实录和文学想象",北京大学出版社2015年版,第113—117页。

② 钱理群、孙绍振、王富仁:《解读语文》序,福建人民出版社2010年版,第14页。

③ 孙绍振、孙彦君:《文学文本解读学》"《三峡》完成的历史工程",北京大学出版社2015年版,第488—496页。

只在上等、中等户中，自己愿当兵的，由政府挑选出来，给他兵当，并免除租庸调，立了军功将授勋，下等户没有当兵的资格，亦即没有授勋的机会，但一切随身武装由军人自办。[①] 这个背景，的确更合《木兰辞》中，木兰自己去买马，服役结束后，"归来见天子，天子坐明堂。策勋十二转，赏赐百千强。可汗问所欲，木兰不用尚书郎"的情况。所以尽管前者解读也很有知识，但比较之下，后者才叫专业化解读。

第四个例子，台湾地区语文教材的《教师手册》围绕作家中心，围绕知人论世，有非常丰富的系统的资料，这相对于大陆多数教材参考资料比较单薄、随意的状况，前者是比较专业化的。但大陆教材是文本中心，而文本中心毕竟是更根本的，如果把这二者结合起来，那专业化程度就更高了，此两结合的教材详见第七章。

第五个例子，钱锺书的《管锥编》《宋诗选注》，就一个用词、一句名句，溯源寻根，旁征博引，应是最专业化解读的一个独特形态。

此外，一般所说的专业化，是指达到有关领域的专业标准要求（不光文艺学、中文专业，也包括自然科学），很符合专业标准，是某一专业方面的深化。

从以上例子和一般要求看，我们所说的专业化解读法：

一是从解决具体问题而言，必须是专业性的解释，不仅不是感想式的，而且文不对题也不是专业化解读。

二是从一般性要求而言，（1）知人论世解读文本，即过去所言的作家作品背景；（2）具备相应的一定量的艺术形式规范知识和解读方法知识；（3）以文本为中心解读文本；（4）不是仅凭感想的解读文本；（5）往往是相对性的概念和要求，是比较而言的，就是同一个领域、群体，或面对同一类问题，相对地要求更专门更多的相关专业知识，更高的专业程度。这一相对性，某种意义上，特别重要，比如，大家都感想式发表解读意见，其中一人引用专业知识分析问题，虽然引用知识不多，但我们可以说，他的解读是专业化解读。相反，如果其他人比他引用的专业知识更多更好时，他的专业性解读程度就降低了。

三是从现实层面而言，（1）努力学习运用该法；（2）解读文本，不要蜻蜓点水，不要闭门造车，宁可少解几篇，但解一篇是一篇；（3）我们无法像孙先生及其他学者那样专业化地熟读那么多文献，专业化地解读那么多文本，但我们可以"拿来主义"，将孙绍振及其他学者的专业化解读资料搬来为我所用，这

---

① 孙绍振、孙彦君：《文学文本解读学》，北京大学出版社 2015 年版，第 176—177 页。

样的解读远比那些来路不明的教参（王荣生语）有价值。

按上述的相对性原则，我们自然不必都像上述《隆中对》《三峡》解读那样详尽，也可以如前文出现过的孙绍振解读《孔明借箭》《外套》等那样，较为简要。总之，或详或略，或全面或某一侧面，视实情而定。现举几个运用例子。

例1.《岳阳楼记》是借题发挥、因情取景、托物言志的虚构之作考证分析：

（1）有关的主要史实依据：

①据后世许多学者考证，范仲淹创作《岳阳楼记》时并未专程到岳阳楼。"当时未到实地"的历史依据有：A.滕子京的来信（名为《求记书》）介绍了重修岳阳楼的原因、经过，包括楼中刻写了哪些名人的诗赋，所以范文第一段的内容实际就是滕信中这些内容的概述（其他段关于洞庭湖的描述几乎都可以移植到别的大湖泊上）。信中没有一句是邀请来岳阳楼实地考察的（下文将谈到，写记者实际也无需到实地考察），反而考虑到"远托思于湖山数千里外"，故随信附送《洞庭秋晚图》，说"（此图）涉毫之际，或有所助"。显然，写记者不必来实地，求记者滕子京已充分考虑到了。①B.根据众所周知的李白、杜甫、韩愈、柳宗元、白居易等等岳阳楼、洞庭湖诗赋演化而来，尤其韩愈的洞庭湖诗，《唐宋诗醇》认为写景就脱胎于此。文中"前人之述备矣"亦可看成是一个证据。C.根据家乡太湖景观及过去到过的鄱阳湖等其他大湖泊的情状，做出的描述。如范仲淹有首写太湖的诗，云："有浪即山高，无浪还练静；秋宵谁与期，月华三万顷。晴岚起片云，晚水连秋月；渔父得意归，歌声等闲发。"《岳阳楼记》中不少诗句与此相仿。D.写记者不必亲到实地，根据有关资料形之于笔墨，并发挥一通议论，这至少在宋代已不鲜见，甚至已成惯例。如当时滕子京同时向欧阳修、尹洙索求的《偃虹堤记》《岳州学记》，从二记中可看出，两位作者也并未到实地。如欧阳修的《偃虹堤记》写道："有自岳阳至者，以滕侯之书，洞庭之图来告曰，愿有所记。予发书按图，自岳阳门两距金鸡之右，其外隐然隆高以长者曰偃虹堤。问其作而名者，曰吾滕侯之所为也。问其……，曰……问其……，曰……（随后，就大发了一通议论）"②可见，其"实景"部分不过是欧阳修与信使的问答录。E.南宋人楼钥《范文正公年谱》认为是在邓州任上写的。③F.上一章第三节"艺术形式法"

---

① 滕子京（宗谅）《求记书》见上海人民出版社电子版《钦定四库全书·湖广通志九十六卷》。

② 欧阳修《偃虹堤记》见上海人民出版社电子版《钦定四库全书·续文章正宗卷十四叙事·楼台……堤等》。

③ 《范文正公年谱》见上海人民出版社电子版《钦定四库全书·浙江通志卷二百四十四》。

部分引述陈师道《后山诗话》有关《岳阳楼记》"世以为奇"评价中所涉及尹洙话的完整表述是："尹师鲁读之曰:传奇体尔。传奇,唐裴铏所著之小说也。"此话除了尹洙不喜欢"骈俪"文笔之意外,还包含尹反对范文像小说一样虚构的意思。尹洙和欧阳修一样,应滕之约所写的《岳州学记》也是纪实笔法,凡没有见到听到的决不凭想象虚构进入文章。与此有关,欧阳修也有类似的批评。据尤焴为《可斋杂稿》所作的序,说"《岳阳楼记》精切高古,而欧公犹不以文章许之。然要皆磊磊落落,确实典重,凿凿乎如五谷之疗饥,与世之缔章绘句,不根事实者,不可同日而语也。"① 尹洙、欧阳修都是范仲淹交往最密切的友人,二人皆批评其虚构,正说明创作《岳阳楼记》的当时,作者并未到实地。

以上"虚构之作"的确凿事实,有力说明了作者借题发挥、因情取景、托物言志的妙心妙笔。

②从文章本身看:A.悲喜二段的"若夫""至若"表明这是假设,是想象他人分别遇上了这两种极端天气。B.除"衔远山,吞长江"有洞庭湖的个性特征外（这两句还是从韩愈的"潴为七百里,吞纳各殊状"及崔珏"湖中西日倒衔山"脱胎而来）,总的景观是一切大湖巨泽的共性特征（取其壮观景象为所表达的大悲大喜大志向服务）。C.即使有过"亲临实地"的经历,更说明其意不在写自然实景（作者无意写岳阳楼自然景观的个性特征,见下文比较法中材料）,而在借景抒情、托物言志、因情取景。

（2）有关《岳阳楼记》的当代评论至少有150篇,有关范仲淹的专书少则也有四五种。关于范仲淹是否到过岳阳楼或洞庭湖,这些论著比较一致的意见有两点:一是如上所述的写作《岳阳楼记》的当时,作者未到实地考察;二是少年或直到青年时代随其在洞庭湖西侧的安乡县任职的继父,在洞庭湖边生活过,并且写过描写洞庭湖的诗。且不说这经历还不能等同于创作《岳阳楼记》时登临了岳阳楼去实地体察,只说即便有此经历,更说明其创作本意不在写自然实景。

例2.钱锺书的专业性解读两例:

（1）《滕王阁序》的"落霞与孤鹜齐飞,秋水共长天一色":

宋人以为是以庾信《马射赋》的"落花与芝盖同飞,杨柳共春旗一色"为蓝本的。实际上,前人早有类似句式,古代早有人指出。钱锺书在《管锥编

---

① 转引自李伟国《范仲淹、〈岳阳楼记〉事考》,《新华文摘》2007 年第 19 期。又本段所引陈师道言亦见李文及北师大版初中语文九上册教参中钱钟书、周振甫、吴小如等评点。

（四）·全后周文卷八》有过总结，说王勃之前已有20多句，如"旌旗共云汉齐高，锋锷共霜天比净""白云与岭松张盖，明月共岩桂分丛"，庾信自己有"醴泉与甘露同飞，赤雁与斑麟俱下"；认为"此原六朝习调。但王勃二句'当时士无贤愚，以为警绝'（欧阳修）。"①

（2）钱锺书《管锥编（三）·全晋文卷二六》有关"《兰亭集序》'后之视今，亦犹今之视昔'"脱胎于前人之句的溯源分析摘要：

> 《兰亭诗序》："后之视今，亦犹今之视昔，悲夫！"按与孙绰《兰亭诗序》："今日之迹，明复陈矣"，命意相同，而语似借京房论国事者以叹人生。《汉书·京房传》汉元帝问周幽王、厉王事，房对："齐桓公、秦二世亦尝闻此君而非笑之，……何不以幽、厉卜之而觉寤乎？……夫前世之君皆然矣。臣恐后之视今，犹今之视前也"；《旧唐书·马周传》上疏："是以殷纣笑夏桀之亡，而幽、厉亦笑殷纣之灭；隋炀帝大业之初又笑齐、魏之失国，今之视炀帝，亦犹炀帝之视齐、魏也。故京房云云"，又《裴炎传》谏武则天曰："且独不见吕氏之败乎？臣恐后之视今，亦犹今之视昔"；杜牧《阿房宫赋》语益道峭："秦人不暇自哀，而后人哀之，后人哀之而不鉴之，亦使后人而复哀后人也！"《通鉴·汉纪》二一建昭二年载京房语，未尝笔削《汉书》之文，而《唐纪》一一贞观十一年撮马周疏曰："盖幽、厉尝笑桀、纣矣，炀帝亦笑周、齐矣，不可使后之笑今，如今之笑炀帝也"；则似意中有杜牧名句在，如法点窜，以"笑"字贯注而下，遂视马周原文为精警。余尝取《通鉴》与所据正史、野记相较，得百数十事，颇足示修词点铁、脱胎之法，至于昭信纪实是否出入，又当别论焉。②

例3.《沁园春·长沙》下片，引入权威资料，解读创作主体精神的例子：

解读下片者，常详细引证诗人青少年时代湖南的革命经历，这些资料并不在多，而在于引用最能体现该诗主体精神的材料，遗憾的是，过去教参和教学恰恰在这方面有所疏忽。陈一琴先生的《毛泽东诗词笺析》所引毛泽东当年在著名的《湘江评论》上所发两篇文章中的两段话，就是很好的却又未被人们注意到的权威资料。一段话为：

---

①　钱锺书：《钱锺书集·管锥编（四）》，中华书局2008年版，第2359页。

②　钱锺书《钱锺书集·管锥编（三）》，中华书局2008年版，第1770—1771页。

什么不要怕？天不要怕，鬼不要怕，死人不要怕，官僚不要怕，军阀不要怕，资本家不要怕。（《湘江评论》创刊号《创刊宣言》）

另一段话为：

我们知道了！我们觉醒了！天下者我们的天下，国家者我们的国家，社会者我们的社会，我们不说，谁说？我们不干，谁干？（《湘江评论》第四期《民众的大联合》）

这两段话和下片的"指点江山，激扬文字，粪土当年万户侯"及上片的"问苍茫大地，谁主沉浮"不就如出一辙？不就是《沁园春·长沙》的散文版？以此说明当年的毛泽东的气概、胸襟，不是极妙的创作背景？同时，一者是散文的表达，一者是诗歌的表达，这不是很有意思的比较阅读？

五、比较法

如果说，专业化解读法强调的是专业性，比较法强调的就是普及性。正因为如此，孙绍振 2001 年决定主编课标语文实验教材时，同时决定把比较法作为贯穿该教材的基本方法，包括文本解读、教学学习、课文组编、练习设计等，全方位一以贯之。孙绍振首先组织团队梳理前辈学者有关比较方面的观点、论述。主要有：

鲁迅《不应该那么写》中的有关观点、做法。鲁迅这篇文章中主要有两段话与比较有关。第一段是关于未定稿与定稿比较的，原文见第一章"作者身份说"。第二段是同样素材所写出的不同体裁、不同质量（优、劣小说）的比较，原文见前文还原法中鲁迅引文。这些都属于同中求异之比，重点在比出"优"者。又说明，在鲁迅的观念里，这是一个基本的辨别事物的办法，不怕不识货，就怕货比货，一比，高下自判。鲁迅还说过："只要一比较，许多事便明白；看书和画，亦复同然。"又说："比较，是最好的事情。"①

［俄］乌申斯基关于"比较是一切理解和思维的基础"，以及毛泽东关于"有比较才能有鉴别"的论断。包括上述鲁迅在内的这些名人名论说明，比较是最朴素的认识事物的方法。

① 《鲁迅全集》第八卷，第 310 页；第六卷，第 165 页，人民文学出版社 2005 年版。

　　就语文教育自身,叶圣陶说过:"某一体文章很多,手法未必一样,大同之中不能没有小异;必须多多接触,方能普遍领会某一体文章的各方面。"①

　　朱自清更具体说过:"讲散文时可用诗句做比较,讲诗时可用散文做比较。文中的语句可与口中的说话比较。读鲁迅先生的《秋夜》,便可与叶绍钧先生的《没有秋虫的地方》比较。比较的方法对于了解与欣赏是极有帮助的。"②这已经是具体说到文本解读教学了。

　　从更宏观的角度,还有费孝通说的:"没有分类,就是一团乱麻;没有比较,就选不出'最佳';没有归纳,就不能认识规律;没有提炼,就达不到升华。学习上的每一次'盘点',都会加强学习的针对性,减少盲目性,使学习更讲效益。"③

　　孙绍振根据解读实践,对前辈学者有关比较的观点做了发展,并使之具有操作性,主要为:一方面认为,比较是"适用性比较广泛"的方法④,另一方面,就提出了有关比较法的系列要点:(1)包括同类之比和异类之比,其中,异类之比难度大,要抽象到更高的层面,如《背影》与《荔枝蜜》就奉献精神比;而同类比较"往往有现成的可比性,难度是比较小的。"(2)"最基本的是异中求同和同中求异",前者层次比较低,后者层次较高。(3)综合起来,孙绍振的观点就是,同中求异之比是比较有意义的,是可以很好运用于文本解读的普及性较广的解读法,鲁迅的做法就是同中求异。⑤

　　根据孙绍振的上述研究及鲁迅等前辈学者的比较观,就文本解读的角度,比较法运用的要点如下:

　　其一,作为认识、鉴别事物的最朴素的基础方法,实际上,错位法、还原法、替换法等,都是比较法的特殊体现。

　　其二,同主题、同题材、同体裁或某方面有关联的相关作品的比较,发现有关作品的个性、特殊性等等。

　　孙绍振经常举到的就是同题材作品的比较。如同样是写秋天,多数的古典文学作品倾向于悲,而刘禹锡的"晴空一鹤排云上""我言秋日胜春朝",毛泽东的"不是春光,胜似春光"就是赞秋之作,情感特征就鲜明多了,审美价

---

①　中央教育科学研究所编:《叶圣陶语文教育论集》上册,教育科学出版社1980年版,第15页。

②　朱自清:《朱自清语文教学经验》,教育科学出版社2007年版,第92页。

③　转引自包智明:《比较社会学的历史与现状》,《社会学研究》1996年第5期。

④　见福建师大中文系编印的内部资料:《文学作品导读及方法》序言,1999年。

⑤　本段引文、引述观点见孙绍振:《直谏中学语文教学》,南方日报出版社2003年版,第169—172页。

值也更高了。又如同样写父爱，写母爱，写童年，总是情感特征、表现方式各不一样。甚至像《东郭先生与狼》和《渔夫的故事》十分相似其实大异其趣的东西方民间经典，更有一比之价值。这样运用比较法，有着广泛的实践面。

同题材之比，也可以比较专业、比较深入进行具体而微的比较解读，这就与专业化解读法结合在一起了。如：

《岳阳楼记》所写洞庭湖、岳阳楼的自然景观是："衔远山，吞长江，浩浩汤汤，横无际涯，朝晖夕阴，气象万千"，这是一切大湖泊的共性特征，后面的浊浪排空、一碧万顷，亦如是。岳阳楼的自然景观个性特征是什么？孟浩然的"气蒸云梦泽，波撼岳阳城"，一个"撼"字把岳阳城紧挨洞庭湖，湖水浩荡时，岳阳城仿佛被撼动的独特景象写出来了。更有袁中道的《游岳阳楼记》不仅写出了洞庭湖而且写出了岳阳楼的自然景观特征。袁文说，岳阳楼处于湖江（长江）交汇处，洪水期时，长江倒灌，洞庭湖及周边一切坑坑洼洼汪洋一片，登楼观之，洞庭湖"澄鲜宇宙，摇荡乾坤者八九百里"。"摇荡乾坤"是从杜甫句（吴楚东南坼，乾坤日夜浮）脱胎而来，但"澄鲜宇宙"则是其创造，虽然各大湖泊都可能有此景观，但"澄鲜"两字至少袁之前并无此类名句。更妙更独特的是枯水期，此时，洞庭湖显得单调，但妙在岳阳楼前有一湖中名山——君山，登楼观之，万水之中一小山（一片绿），得以"以文其陋"，所以岳阳楼的景观是"得水而壮，得山而妍"，这是别处绝无的独特风景。袁文的"澄鲜宇宙""得山而妍""以文其陋"等的确写出了洞庭湖尤其是岳阳楼上观洞庭湖的自然景观的个性特征。而范文没有（更准确说是无意去写）洞庭湖、岳阳楼的自然景观的个性特征。

然而范文着意写出了岳阳楼、洞庭湖的人文特征。"迁客骚人，多会于此"，遭贬流放者、重返政坛者，失意的和得意的，交会于此。以岳阳为界，往南往西是未开化的蛮荒之地，往北往东是中原发达之地、文化政治中心，岳阳成为风云人物的集散地，洞庭湖的壮阔气象、变幻风云，又易于激起人们的大悲大喜大志向。元稹《遭风二十韵》的"疑是阴兵至昏黑""自叹生涯看转烛，更悲商旅哭沉财"；李白的"雁引愁心去，山衔好月来；云间连下榻，天上接行杯""巴陵无限酒，醉杀洞庭秋"；杜甫的"亲朋无一字，老病有孤舟；戎马关山北，凭轩泪泗流"；——都寄托了他们面临洞庭湖、岳阳楼景观时不如意和得意时的人文思考。范仲淹充分看到了岳阳楼的这一人文特征，描述了不同类型的人在此触景生情，抒发的不同思想情感，并借此寄托了自己的人文思考，即其"先忧后乐"的宏大情志与岳阳楼、洞庭湖适于、便于抒情言志的人文特征及壮阔气象特点实现了猝然遇合。

其三,与其他表达样式比较。

（1）未定稿与定稿比。古代中国无保留手镐的习惯，20 世纪的大部分时间亦然。现在用电脑录入,可能产生两种情况,一是大多数情况,删改覆盖后,连草稿、修改过程的一丁点"痕迹"都不见了;二是仍有有心者,将每次稿样另以保留,这自然比过去纸质草稿易于保存。还有,现在不少书、文,均有原版、修改版,这当然是一种很好的未定稿与定稿之比。过去名人名作,很遗憾,未定稿散失太多了。幸运的是,福建教育出版社有出《鲁迅手稿全集》,值得作为运用此法的典例。如下述《从百草园到三味书屋》三例:

> ·初稿:如果用手指按住它的脊梁,便会剥的一声,从后身喷出一股烟雾。
> 定稿:倘若用手指按住它的脊梁,便会拍的一声,从后窍喷出一阵烟雾。
> ·初稿:有人说,何首乌的根是有像人形的,我常常拔起来,牵连不断地拔它起来……
> 定稿:有人说,何首乌根是有像人形的,吃了便可以成仙,我于是常常拔它起来,牵连不断地拔起来……
> ·初稿:我问他缘由,他却静静地笑道:你太性急,没有等到它走到中间去。
> 定稿:我曾经问他得失的缘由,他只静静地笑道:你太性急,来不及等它走到中间去。

定稿或更为形象,或更加准确,等等。前文多次提到的《祝福》中的"大家仍然叫她祥林嫂",也是定稿时才加上去的。

古代也有一些千古流传的草稿与定稿比较的名例:

如替换法中提到的韩愈和贾岛（僧敲月下门）、王安石（春风又绿江南岸）、林和靖（疏影横斜水深浅,暗香浮动月黄昏）改动一字成经典的故事;

又如范仲淹的《严先生祠堂记》的"先生之风,山高水长",是由原稿"先生之德,山高水长"改动一个"德"字成名句的;

再如欧阳修的《醉翁亭记》开头 20 多字,最后改成"环滁皆山也"五个字,等等。

从孙绍振解"写"论立足创作过程,揭示创作奥秘的角度,作家自身的修改是最有价值,最值得研究,最值得作为解读资源的。因此,研究者、解读者,要留心此类资料。当代作品中,不少一版再版的作品,都是作家自己改动的,作为比较法的运用就有十分重要的意义。事实上,这也已经不是普及性的比较,而是与专业化解读法结合在一起了。

（2）不同版本比。实际就是“未定稿与定稿”关系的变种。古代诗文存在的大量异文现象就属此类。如“白云生处有人家”,另一个版本为“白云深处有人家”,“深”就不如“生”好,生有动感,且为诞生处,也就是最深处或最高处。朱东润本、文研所《唐诗选》本以及其他著名学者如王双启、孙绍振的解读等等,均作“生处”。前述《春晓》的“夜来风雨声,花落知多少”,说有一本作“欲知昨夜风,花落无多少”,《唐诗选》评点说,后者显得平直,曲折不够,诗味不足。《红楼梦》的版本比较是红学中的有名研究,人民文学出版社依据程乙本或庚辰本为主,参考其他版本所出的《红楼梦》就比较好,与其他版本比,不少文字,粗看差别不大,细究文学性更强。现当代著名长篇作品都有版本问题,人民文学出版社2004年还专门出版了一部《中国现代长篇小说名著版本校评》（金宏宇著）。不同版本比草稿好找多了,量也特别大,利用不同版本,比较出最佳“版本”的好处,比较出最具表现力文字的妙处,是精细分析的好办法,是李泽厚说的“一字之差”的生动体现,是孙绍振说的同中求异的重要体现,更是其说的揭示作者创作奥秘的独特资源。孙绍振主编的北师大版语文教材就有此类设计。

尤其是,某一名篇,其从最初发表,到后来收进各个时期各种集子（包括教材）中时,都可能有一些改动,多数还不是作者本人的改动,这些系列改动点,就成了天然的“破绽”,成了解读的特殊切入口。

（3）不同译文比。道理和上面一样,且几乎所有编入各种专辑或入选各种中学课本的外国名篇都有不同的译文,高下差别更明显,更好比,北师大版课本同样有此类设计。如《最后一课》的主人公小男孩听到这是最后一堂法语课时,顿时感到“晴天霹雳”,这是著名的法语翻译家、法国文学的著名学者柳鸣九的译文,而人教版过去一直流行的无译者出处的译文是“万分难过”,显然,后者不如柳译形象、具体、生动、震撼力强;北师大版就设计了这道比较分析的练习。

（4）前文的替换法,就是基于表达样式比较的,最大好处是具体入微,而未定稿、版本、译文又毕竟有限,该法从而在语文界风行起来。

其四,比较法与专业化解读法相结合的钱锺书溯源分析。

钱锺书的《宋诗选注》《管锥编》等,对许多诗文名句进行了旁征博引、探微抉幽的溯源分析,实际就是比较法和专业化解读法的结合。我们在前面专业化解读法部分,已引入一些例子,但所引之例,比较分析方面着墨较少,现举两例,一例全是钱先生自己的;一例依据钱先生的溯源分析资料,我们另做的比较解读。

(1)钱锺书《宋诗选注》中对叶绍翁《游园不值》(应怜屐齿印苍苔,小扣柴扉久不开,春色满园关不住,一枝红杏出墙来)的评注:

> 这是古今传诵的诗,其实脱胎于陆游的《剑南诗稿》卷十八《马上作》:"平桥小陌雨初收,淡日穿云翠霭浮,杨柳不遮春色断,一枝红杏出墙头。"不过第三句写得比陆游的新警。《南宋群贤小集》第十册有另一位"江湖派"诗人张良臣的《雪窗小集》,里面的《偶题》说:"谁家池馆静萧萧,斜倚朱门不敢敲;一段好春藏不尽,粉墙斜露杏花梢。"第三句有闲字填衬,也不及叶绍翁的来得具体。这种景色,唐人也曾描写,例如温庭筠《杏花》:"杳杳艳歌春日午,出墙何处隔朱门";吴融《途中见杏花》:"一枝红杏出墙头,墙外行人正独愁";又《杏花》:"独照影时隔水畔,最含情处出墙头";李建勋《梅花寄所亲》:"云鬟自粘飘处粉,玉鞭谁指出墙枝";但或则和其它的情景搀杂排列,或则没有安放在一篇中留下印象最深的地位,都不及宋人写得这样醒豁。①

如此穷源溯流,比较品鉴,精细评点,使人们真正洞见了"一枝红杏出墙来"的创作奥秘。这是比较分析的细读也是专业性的词语溯源。整部《宋诗选注》多有这样的不同于一般感悟式就诗论诗的评点(钱锺书也有精彩的感悟诗评,亦即严羽说的"妙悟",但非本处介绍的重点,拙作亦非研究钱著的专论,故从略)。如此专业化的旁征博引、溯源探微、反复比较,才可能产生许多被后学奉为经典的见解,被大学者们赞为"极有特色"(胡适语)的诗评②。

(2)钱锺书《宋诗选注》中对王安石"春风又绿江南岸"可能脱胎于唐人诗句的评注,及我们就比较法对王安石诗(京口瓜洲一水间,钟山只隔数重山;春风又绿江南岸,明月何时照我还)、李白诗(东风已绿瀛洲草,紫殿红楼觉春好。池南柳色半青青,萦烟袅娜拂绮城。垂丝百尺挂雕楹,上有好鸟相和

---

① 钱锺书:《钱锺书集·宋诗选注》,三联书店 2002 年版,第 433 页。

② 胡适语,转引自孔繁茂:《钱锺书传》,江苏文艺出版社 1992 年版,第 175 页。

鸣,间关早得春风情。春风卷入碧云去,千门万户皆春声。是时君王在镐京,五云垂晖耀紫清。仗出金宫随日转,天回玉辇绕花行。始向蓬莱看舞鹤,还过苣石听新莺。新莺飞绕上林苑,愿入箫韶杂凤笙。)的分析。

人们都非常熟悉王安石的著名诗句"春风又绿江南岸"中的"绿"字与其手稿"到"字等等的比较。而钱锺书在《宋诗选注》中则告诉我们,"'绿'字这种用法在唐诗中早见而亦屡见",如李白早有:

东风已绿瀛州草。

钱锺书疑王诗是沿用李白等唐人诗句,在举完三个例证后说:"王安石的反复修改是忘记了唐人的诗句而白费心力呢? 还是明知道这些诗句而有心立异呢? 他的选定'绿'字是跟唐人暗合呢? 是最后想起了唐人诗句而欣然沿用呢? 还是自觉不能出奇制胜,终于向唐人认输呢?"[①] 即使如钱锺书说的是沿用,全诗比较,也是王诗比李诗好,情况犹如上举的叶绍翁。钱锺书没有像比较叶绍翁与陆游诗那样做具体分析,现我们试用比较法解读。

1. "江南岸"比"瀛州草"气魄大多了。瀛州为传说中的海外仙境,此处代指皇宫,和接下去的一句"紫殿红楼觉春好"的"紫殿红楼"所指相同,不仅所指远小于江南,且过于实指。江南不仅泛指南中国,而且可直觉为整个春回大地。

2. 春风与江南搭配,远比李诗更具新春降临、万象更新的画面感。

3. 李白原诗是一首歌功颂德的七古应制诗,较少情感性、哲理性的联想,不过是赞美春至皇宫;而王安石原诗是一首有人生、情感、哲理的思考的绝句,"春风又绿江南岸,明月何时照我还",引起的人生感慨远胜李白"东风"二句。所以,尽管"春风又绿江南岸"几乎是直接从"东风已绿瀛州草"沿用的,但引来李白全诗一比,高下自判,就如叶绍翁诗胜过所有"红杏出墙"诗句。

其五,同一作家同一题材、对象,不同作品比较——徐志摩康桥三诗文比较解读。

孙绍振关于《再别康桥》解读[②],一方面,和其他新诗研究的著名学者严家炎、孙玉石、蓝棣之一样,指出该诗不是那种古代别离诗的离愁别恨,都注意引入诗人康桥时期另两篇作品比较,另一方面,他提出的"独享的甜蜜""独

---

① 钱锺书:《钱锺书集·宋诗选注》,三联书店 2002 年版,第 77 页。
② 见孙绍振:《新的美学原则在崛起——孙绍振新诗论集》中"徐志摩《再别康桥》:无声的独享"一文,有关观点、引文均见该文,语文出版社 2009 年版。

享的秘密"说最能从三篇作品比较中获得印证。现主要据孙绍振有关解读，比较康桥三诗文。

先看《我所知道的康桥》，其与《再别康桥》诗意、诗味互相印证的文字太多了，如：

> ·康河，我敢说是全世界最秀丽的一条水。……有一个果子园，你可以躺在累累的桃李树荫下吃茶，花果会掉入你的茶杯，小雀子会到你的桌上来啄食，那真是别有一番天地。……在星光下听水声，听近村晚钟声，听河畔倦牛刍草声，是我康桥经验中最神秘的一种。大自然的优美、宁静、调谐在这星光与波光的默契中不期然的淹入你的性灵。

> ·尤其是那四五月间最渐缓最艳丽的黄昏，那才真是寸寸黄金。在康河边上过一个黄昏是一服灵魂的补剂。

——这神灵性美感的最神秘的康桥黄昏，不就是让诗人无限痴迷的最重要的意象——"那河畔的金柳，是夕阳中的新娘"！

> 桥的两端有斜倚的垂柳与榭荫护住。水是澈底的清澄，深不足四尺，匀匀的长着长条的水草。

——不就是《再别康桥》里的金柳、水草、清澈见底的康河？

> 你站在桥上去看人家撑，那多不费劲，多美！尤其在礼拜天有几个专家的女郎，穿一身缟素衣服，裙裾在风前悠悠的飘着，戴一顶宽边的薄纱帽，帽影在水草间颤动，你看她们出桥洞时的姿态，捻起一根竟像没有分量的长竿，只轻轻的，不经心的往波心里一点，身子微微的一蹲，这船身便波的转出了桥影，翠条鱼似的向前滑了去。她们那敏捷，那闲暇，那轻盈，真是值得歌咏的。

——你能说诗中"在我的心头荡漾"的"新娘""艳影"没有这撑船女郎轻盈的倩影？能说"我甘心做一条水草"与此完全无关？

> ·这岸边的草坪又是我的爱宠，……有时读书，有时看水；有时仰卧着看天空的行云，有时反扑着搂抱大地的温软。

> ·在初夏阳光渐暖时你去买一支小船，划去桥边荫下躺着念你的书或是做你的梦，槐花香在水面上飘浮，鱼群的唼喋声在你的耳边挑逗。或是

在初秋的黄昏，近着新月的寒光，望上流僻静处远去。爱热闹的少年们携着他们的女友，在船沿上支着双双的东洋彩纸灯，带着话匣子，船心里用软垫铺着，也开向无人迹处去享他们的野福——谁不爱听那水底翻的音乐在静定的河上描写梦意与春光！

　　·带一卷书，走十里路，选一块清静地，看天，听鸟，读书，倦了时，和身在草绵绵处寻梦去——你能想象更适情更适性的消遣吗？

——这不就是诗中所说的"青草更青处"？"撑一支长篙""满载一船星辉"的"寻梦"之旅？"沉淀着彩虹似的梦"的"榆阴下的一潭"？以及诗人真想"在星辉斑斓里放歌"的原因？那"女友"能不说就是林徽因？那仰看的"行云"不就是"西天的云彩"？

　　孙绍振着重解读的"独享的甜蜜""独享的秘密"在《我所知道的康桥》中则直接道白了，孙先生在解读中亦大量加以引证——

　　·啊！我那时密甜的单独，那时密甜的闲暇。
　　·啊，那些清晨，那些黄昏，我一个人发痴似的在康桥！绝对的单独。
　　·我那时有的是闲暇，有的是自由，有的是绝对单独的机会。说也奇怪，竟像是第一次，我辨认了星月的光明，草的青，花的香，流水的殷勤。我能忘记那初春的睥睨吗？曾经有多少个清晨我独自冒着冷去薄霜铺地的林子里闲步——为听鸟语，为盼朝阳，为寻泥土里渐次苏醒的花草，为体会最微细最神妙的春信。

于是，我们理解了，在重返康桥又将离别的最后一晚，他不要放歌，不要一星点干扰，他来也悄悄，忆也悄悄，告别的仪式也悄悄，他要再次单独回忆那新娘般圣洁、宁静、神秘的康桥黄昏，再次独自品味那最微细最神妙的康桥之美、初恋之美，再次独享心中的甜蜜、心中的秘密。

　　再看《康桥再会吧》，这是百行诗句的长诗，这里只选若干诗句，从中可看出它与后发的《再别康桥》及《我所知道的康桥》在深情、眷恋、纯美、独享的甜蜜，乃至美景的取景上的相通、相关之处。

　　　康桥！汝永为我精神依恋之乡！
　　　此去身虽万里，梦魂必常绕

汝左右,任地中海疾风东指,
我亦必纡道西回,瞻望颜色;
归家后我母若问海外交好,
我必首数康桥,……
设如我星明有福,素愿竟酬,
则来春花香时节,当复西航,
重来此地,再捡起诗针诗线,
绣我理想生命的鲜花,实现
年来梦境缠绵的销魂足迹,
散香柔韵节,增媚河上风流;

难忘七月的黄昏,远树凝寂,
象墨泼的山形,衬出轻柔螟色,
密稠稠,七分鹅黄,三分桔绿,
那妙意只可去秋梦边缘捕捉;
难忘村里姑娘的腮红颈白;
难忘屏绣康河的垂柳婆娑,
……
——但我如何能尽数,总之此地
人天妙合,虽微如寸芥残垣,
亦不乏纯美精神:流贯其间
……

但它太长了,没有人能记住,甚至很多徐志摩的粉丝都不知道此诗。在诗人的康桥三诗文中,只有《再别康桥》被几乎全世界喜欢徐志摩的读者都记住了,像唐诗宋词那样背下来了,正如孙先生指出的,《再别康桥》"把意象和情绪集中在一个心灵的焦点上","本来花一百五十多行都说不清的感情,用了三十几行,就很精致地表现出来了","这种凝聚式的表现模式,正是新诗从旧诗和散文的束缚中解放出来的里程碑。这不但是徐志摩的,而且是整个新诗的。"① 这种揭示,已属于下文要说的"以作者身份和作品对话"范畴了。

---

① 见孙绍振:《新的美学原则在崛起——孙绍振新诗论集》中"徐志摩《再别康桥》:无声的独享",语文出版社 2009 年版,第 233 页。

六、作者身份（作者角度）解读（分析）法

作者身份法，就是站在作者角度，想象作者的创作过程，把隐藏的创作奥秘展示出来，即以作者身份，和作品的创作过程对话，而不是以读者身份，和成品对话。和成品对话，往往就是读者的理解，而且往往主要是表现了何种思想情感方面的理解，于创作奥秘往往无关。而立足在创作过程、创作奥秘，必然包含作者企图表现的思想情感。作者身份法的以上要点及全部意思，第一章"作者身份（作者角度）说"已做了详细介绍。

以作者身份和作品的创作过程对话，就关系前面的 11 种方法，都力求是从这一角度出发去解读文本。我们前面各法中所举的大量案例，均是如此。刚刚介绍的徐志摩三诗文比较解读是这样，就是根据资料，"还原"诗人的创作过程，差不多的主旨、诗心诗意，甚至差不多的意象，但不同文体、不同艺术形式规范，结果不同，尤其是诗人找到了孙先生所说的"把意象和情绪集中在一个心灵焦点的凝聚式表现模式"时（这也是诗人突破、创造的新规范），经典的徐志摩、经典的新诗诞生了，这就是创作奥秘的揭示。仅就挨近本法的最后两法中的，《岳阳楼记》意在表现人文特征、意在言志及借题发挥的虚构之作，鲁迅手稿，钱锺书多个溯源分析，孙绍振的《隆中对》《三峡》解读，乃至更前面的《赤壁怀古》《孔明借箭》解读……莫不如是。

现在再就这个作者身份法的角度，举几例。

例 1. 以作者身份解读《雨巷》的创作过程。

第三章里举到本科毕业不久的一位年青教师 [①]，运用孙先生的还原法、换词法、比较法，以及直接取孙先生的"长的巷子才适宜漫步思考"，解读《雨巷》，设计的"为什么是雨巷而不是雨街？为什么不是巷子而必须是雨巷？"研讨题，实际就是作者身份法的解读。现略作展开如下：

雨巷能否换成雨街？（没有"巷"，就没有了悠长的孤独）

能否换成巷子？（没有"雨"，就没有了迷茫、凄清）

是小雨还是大雨？（大雨就落荒而逃，就容不得诗人彳亍即走走停停地

---

① 青年教师为福州市第三中学陈原，《雨巷》课为其于 2009 年 9 月 26 日在"中语会"与福建省语文学会共同主办的"首届文本解读研讨会"上的公开课，听课学生为泉州市一中高一学生。

彷徨,悠长悠长地幻想、思索,还有那梦幻般的飘忽）

丁香能否换成玫瑰、牡丹？（那就没有了百结愁肠,那热烈的玫瑰不是忧愁的诗人所爱）

油纸伞、颓圮的篱墙都不能换成别的什么。——换了,那种梦幻的、伤感的氛围都没了。

如此等意象替换的课堂研讨,实际用的是还原＋换词＋比较,就是通过联想、想象,还原设想诗人创作时,诗歌所取景象的原生态,及相邻景象的原生态,两相比较,决定了今天人们读到的《雨巷》。简言之,就是发现诗人取象的用意、创作的过程。

这就是以作者身份解读创作过程。

例2. 想象诗人《再别康桥》的创作过程：

> 那河畔的金柳,
> 是夕阳中的新娘;

是新娘,而不是女郎、美人、少女,这是女人最美的时刻,更是男人心中最幸福的时刻。在这有新娘艳影的康河柔波里,诗人"甘心做一条水草",永远只是陪伴在新娘艳影之旁,这是柏拉图说的"精神之恋",人们说的"梦中情人"呀！但是,诗人心甘情愿。

——诗人是在说追求林徽因的最美岁月？虽然风华绝代的才女已名花有主,"新娘"只是永远荡漾在自己心中的艳影,但诗人只祝心上人一生幸福,自己甘心做一条水草,只要艳影永远在心头荡漾！

——诗人是在说康桥？这是诗人心中的圣地,虽然不能永生永世待在那里,却可以永生永世留存于心中！

——是在说一切曾经经历的永生难忘、永远眷恋,虽不能永远在一起,却可以在精神上永远拥有的美的故事？

是的,都是的！如今重游故地,重返康桥,重新漫步于昔日漫步过的河畔金柳旁,睹物思情,充满甜蜜,充满幸福。

诗人开始了旧梦重温,那榆阴下的拜伦潭,那青草更青处的幽会地,那星辉斑斓的夏夜校园,那任船飘荡的康河之夜,多少往事,多少理想,多少师友,多少邂逅,多少欢聚,多少幽情,多少秘密,一齐涌上心头,这是何等令人心动的精神之旅，寻梦之旅！诗人真想放声歌唱了！——"但我不能放歌"，不要放歌，不要惊醒了过去的最美的回忆，还是和昔日的梦，和梦中的情人静静地多呆一会儿。在这告别之夜，让自己完全沉醉在这独享的甜蜜、独享的秘密、独享的幸福里，不能和任何人分享，不要有任何人打扰，不受任何干扰地回到最美的过去，悄悄才是母校送我的最好的告别礼物，让自己更多一分、更多一秒，更完全彻底地，在这最令诗人心仪的康桥岁月里再多呆一会，再和梦中的"林徽因"多呆一会。连夏虫也都知趣地不出声，不惊扰，哦，抑或是自己过于静心沉醉，连夏虫的叫声也听不见了？哦，整个康桥都沉默了，"沉默是今晚的康桥！"，为她远行归来又即将远行的学子腾出天地，让自己（让他）更多一刻待在母校的岁月里，更多一刻静静地回味那曾经经历的美好过去，独享那不与人分享的秘密，重温那不让人打扰的旧梦。

这是我们设想的诗人的创作过程的"回放"，这里还用了还原法、知人论世解读、错位法（美善错位，没有任何实际功利的审美情感）。

例3.《陈情表》何者先言、何者后言的写作过程的推想：

"陈情"实际上就是"说理"，一样要像其他的说理、议论性质的文章那样，理清其"推理的逻辑力量"。且《陈情表》又是给皇帝说理，更要拿捏好分寸，更要发挥好语言文字的表现魅力。

全文有三个关键、三对矛盾。解读的切入点正是这内部的可见矛盾，正是对其写作过程的推想。

第一对矛盾：利、理、情三者能否统一？

第一个关键是李密46岁，其祖母刘已96岁，这对皇帝是很有诱惑力的，但这句话不能先讲，更不能只讲此句，否则，显得皇帝和李密都很功利了，是假孝。

第二个关键是"圣朝以孝治天下"，这同样很有说服力，晋武帝听了也应当会高兴的，而且这有可能将自己的尽孝变为"忠"的一部分，如果忠、孝始终对立，朝廷是可以责成臣子"夺情"事忠的。但这"孝治天下"的大道理同样不能先讲和只讲这句话，否则，好像是在教训皇帝甚至威胁皇帝了。

第三个关键是李密的祖孙情。谁都有亲情，都讲孝，如是一般的情、孝，无疑遇到忠、孝矛盾时，如上所述，当"夺情"事忠。但李之祖孙情几乎是独一无二的，是很能打动人的，皇帝也是人，关键是要把它说得很清晰，很有依据，如说得过于简单、笼统，那是达不到效果的。

　　这样,如把第一个关键称为"利",第二个关键就是"理",第三个关键就是"情",于是就产生了第一对矛盾:这三者能否统一?《陈情表》显然把它统一了,而且巧妙在其所言乃"情之所至""理之所至",而好像不是"利之所至",实际同样是"利之所至",皇帝和李密都各得其所,得到实利了,因此其表达的要妙在——先言情,再说理,最后言利。

　　第二对矛盾是忠、孝两难全,其结果是做到了忠孝两全,办法是这两难不能说得一般化,如一般化、不尖锐,那就舍孝(夺情尽忠吧),而要把它说得很尖锐,也就是那"孝"不是无关紧要的,连皇帝听了都觉得左右为难,都很想找个两全其美的办法。

　　第三对矛盾是文情与实情是否完全一致。我们知道,西晋政权当时刚刚建立,司马氏集团又是靠篡权屠杀获得大位的,作为刚刚亡国的遗臣,对是否立即出仕新朝存有观望和顾虑,实属难免,后人研究的说法之一,就是李密未立即奉召,实包含此一"隐情"[①];但如这一点被坐实,势必招来杀身之祸。不管实情如何,李密都必须打消晋武帝的这一怀疑,《陈情表》的妙处就是勇敢面对了这一矛盾,且入情入理规避了这一怀疑。

　　所以,这三个关键、三对矛盾,文章都处理得很好,不仅叙述的先后顺序(即结构)很得法、很得体,很注意逐步亮出,步步深入,使"忠孝两难"越来越突出越难办(难办到变为皇帝的难题),为最后峰回路转做了最好的铺垫。

　　所以,最后,正当忠孝两难,皇帝也苦恼的当口,峰回路转,柳暗花明,万全之策出现了——"臣密今年四十有四,祖母今年九十有六,是臣尽节于陛下日长,报刘之日短也。"这不是于情于理于利,于忠于孝都顾及了吗?后面的客套话都不用看了。晋武帝干脆好人做到底,"赐奴婢二人,使郡县供祖母奉膳。"(《古文观止》)两年后刘氏病逝,李密服丧满,于是出仕。

　　而且语言很有感染力,很有魅力,创造了不少至今仍有很强生命力的成语、用语,这也是晋武帝能一口气看完《陈情表》的重要原因。

　　上述三个例子,都是不仅包含了艺术手法,也包含了思想情感的创作过程的"回放",创作奥秘的揭示。这样看来,所有解读,都可以如此以作者身份和作品的创作过程对话,它必然还要用上其他解读方法,也必然须在此基础上,补充其他一些尚未解读到的必要内容。

---

　　①　参见《中华活页文选》第五册《陈情表》说明,上海古籍出版社 1979 年版。

第二节　解读切入口与孙绍振文本解读的变异论、非陌生化论

文本有两类，一类初读之下无异常，一类有异常。异常者，解读者往往抓住异常切入，如一些诗词的突异的诗眼、句眼，但真正解读到位，宜有其他方法介入。无异常者，更需方法帮助。就异常、非异常现象，东西方文论、孙绍振理论都有系统论述。我们先介绍案例。①

一、两个案例

（一）《背影》

我们阅读《背影》时，就是很正常的感人的父爱，正如作者自己说过的，是"写实"，连手法、语言都觉得很朴实，都并无异常之感。硬要去找异常，就不叫异常。但我们的阅读会有一个兴奋点，就是最为吸引读者的，用孙绍振的话，称作焦点。《背影》的阅读兴奋点、焦点，就是大家公认的父亲攀爬月台那一幕。抓住这攀爬月台，先用关键词语法，抓住其最重要的"攀、缩"，体会其间表现的艰难而愉快，力不胜任却心甘情愿的父爱。再用换词法，换为"抓、提"都无此吃力感，都会减弱父爱的效果。接着用还原法（也是美真错位

---

① 本节主要内容及《芦花荡》解读案例，最早见赖瑞云：《论解读切入点、方法选用与孙绍振解读学的关系（上、下）》，《福建基础教育研究》2017第10、11期；引入本节时，做了删改。

法），为什么不写父亲的脸貌而两次说他体胖？为什么父亲的穿戴，儿子应该早已看到，开头不写，直到攀爬月台时才点明父亲穿了棉袍？原来这样写（体胖、棉袍）更突出了攀爬的吃力，表现了父爱，或者说，作者的主观记忆本来就是记住这些吃力的景象。父亲送儿子上火车，半天的勾留，一定说了很多话，文中就说到他和茶房讨价还价，但写进文中的只有四句话，也是只选择与父爱有关的话写进文中。甚至思考："攀"的动作，表明月台比人高或至少与胸齐平，如果只有"攀、缩"而无脚踩、脚蹬等其他辅助动作，年轻人都恐怕难以引体上去，何况身子如此笨重的老年人。但只有"攀、缩"尤其是"攀"字最显吃力最感人，这同样是儿子（作者）选择性记忆或有意为之的结果。接着用矛盾法，开头父亲送儿子上车站，挑拣座位，与茶房讲价钱，反复嘱咐，为儿子做这做那，儿子嫌父亲啰嗦，多余，办事不漂亮，不耐烦，但父亲坚持要去为自己买橘子，蹒跚地走去，吃力地攀爬，此时儿子感动得掉眼泪了，这前后就是矛盾；但父亲返回，儿子赶快把眼泪擦干净，不让父亲看见，这就更矛盾了；最后还要补上一段，说什么父亲忘记了我的不好等等，似乎父子间有过什么芥蒂，这矛盾就更复杂了。抓住这些矛盾，深入分析（甚至要查找有关资料），发现这不仅写了父爱，也写（甚至更是写）儿辈惭愧的觉醒、忏悔的爱、觉醒的感恩。再接着用错位法的美善错位解读，父亲买橘子不如儿子去买省事、划算，父亲去不实用，攀爬月台如此吃力更不合算，更无实用价值，越如此，审美价值、情感价值越高。开头父亲为儿子做这做那，儿子却不领情，不耐烦，甚至有点嫌弃，而父亲却毫无感觉，照旧心甘情愿为儿子做这做那，这于父亲更无实用功利，但作品表现的情感价值、审美价值更高。如此等等，运用各解读方法，即可解读此文本，尤其可以揭示该作品的创作奥秘。

（二）《芦花荡》

阅读一遍就会觉得有异常。其解读，则宜从异常切入。主人公老头子护送抗日人士过封锁线，进芦花荡，从不带一支枪，从未失手过，一向自信心极强，他说："你什么也靠给（依靠）我，我什么也靠给水上的能耐（本事），一切保险。"可这回护送两位女孩子，其中一位挂花了。老头子得知后，"手脚顿时失去了力量；他觉得两眼有些昏花；老头子无力地坐了下来。"一向这么自信、这么有本事的人竟然出现如此紧张、软弱的反应，这是第一个异常。接着,老头子对女孩子们说:"我不能送你们进去了（指进芦花荡）","我没脸见人。"一向接受任务二话不说,没有一次完不成任务的人,竟然半路撂担子,如此不合情理,这是第二个异常。这两个异常,不仅是解读的切入点,而且,抓住它们,几乎就可完成解读任务。具体如下:

老头子的异常表现,全部原因就是他极强的自信自尊。此个性源于其从未失手过,源于对敌人的蔑视,小说中称为"老头子过于自信和自尊",不是一般的,而是"过于"! 小说对老头子的"意外失手"做了心理描写:老头觉得"自己大江大海过了多少,……自己平日夸下口,这一次带着挂花的人进去,怎么张嘴说话? 这老脸呀!"所以,老头子的异常反应,不是他害怕、紧张,没有责任心,而是他的极强自信自尊心受到打击后的一种下意识反应。于是,有了后面极其精彩的一幕。老头说他不用枪,就能消灭十个敌人,报今日一箭之仇。果然,第二天,他以清香莲蓬为诱饵,将十来个下水洗澡的日本鬼子引到了荷塘深处,水底早已埋好的锋利铁钩将追逐过来的鬼子们全部钩住了,老头举起竹篙,把十几个侵略者全部砸死在水里。老头让女孩子隐蔽在芦花苇叶下,目睹了这场神奇战斗,挽回了自己全部的尊严。一句话,老头子在对敌斗争中所形成的极强自信自尊性格是《芦花荡》故事发生的根本原因。孙犁创造的这一独特的英雄形象在其他作品中是很少见的,这就是《芦花荡》最重要的艺术奥秘。

不从异常切入,不用异常法解读,能否揭示这一艺术奥秘? 可以。

简单一点,就是孙绍振提出的矛盾法,是比较显性的矛盾。上述两个异常就是两个显性矛盾。这么自信、有本事的人竟然变得如此紧张、软弱,这是矛盾一。没有一次完不成任务的人,竟然半路撂担子,这是矛盾二。抓住这两矛盾,照样可以解读出极强自信自尊性格。

复杂一点,也是更重要的,用小说艺术形式规范的因果法。《芦花荡》的结局就是那出乎意料的不费一枪一弹的神奇战斗。产生这一结果的全部原因就是老头子极强自信自尊的独特性格。如此性格,一方面使小说充满魅力;另一方面,英雄的行为并非全得直接表现为政治性的,如老头那样不容失败的自信自尊同样具有重要的社会意义,何况从深层讲,还源于老头对日本鬼子的极端蔑视。以上是内容因果。从写法因果,既有谜团（这么大年纪了,又不用枪,要杀十个敌人,简直不可思议）和谜底（果然出现了这一神奇的一幕）,

更是编得天衣无缝。前文反复交代了老头子水上本事超强,是芦花荡通、水上通,完成任务无数次,从未失手过,所以产生了他"过于自信和自尊",这是伏笔。所以老头子的水底埋铁钩,用莲蓬引诱鬼子中计,在侵略者解除武装,下水洗澡之时下手,这正是熟悉情况、本事超强的英雄既胆大又心细的必然表现。故事的合情合理还表现在女孩子(二菱)见证了这一幕。女孩子们觉得老头是夸海口。这更激起了老头决心要演出这一幕,并要求二菱到现场看热闹。正是二菱观看了这一英勇神奇的战斗,老头在女孩子面前恢复其极强自信自尊心的愿望才圆满实现。由此可见,因果法不仅比从异常切入解读来得更彻底、更到位,最重要的是用此写法因果,才能使创作奥秘豁然洞见。

上述两文的解读,第一,一篇从异常切入,并且几乎仅凭异常就能揭示其主要奥秘,但运用其他方法不仅亦可解读,且更为彻底到位;一篇不显异常者从阅读兴奋点、焦点切入,解读其奥秘依靠了有关方法。第二,小说、散文等文学作品,都有它们自身的艺术形式规范,即各文体的特定结构、特定手法等,以及由此形成的有关知识、术语;其每一知识、术语都可能是解读的具体方法,但作用因知识的解读含量而异,有的能很好解读其奥秘,甚至非此莫属,如因果法之于《芦花荡》;有的却不一定能揭示该作品的奥秘,如过去常说的散文的描写、形散神不散等陈旧知识,于《背影》解读,用处不大,甚至几乎毫无用处。第三,上述异常切入、关键词语法、替换法、矛盾法、错位法等,两文所侧重选用的解读方法很不相同。以上很不相同,仅为典型个案。下文,将介绍有关规律及理论。

二、古代"惊奇论"、"隐秀论"、"惊人语、浑漫与论"及西方文论所论及的异常之妙、平常之妙

(一) 惊奇论

古代中国的惊奇论 ① 与文学作品的外显异常、异常之妙最相关,著名言

---

① "惊奇论"节及下文西方文论段的有关言论及部分事例,未另注明出处的,均引自《文艺理论研究》2000 年第 2 期张晶《审美惊奇论》一文,以及贾文昭、徐召勋《中国古典小说艺术欣赏》(安徽人民出版社 1982 年版)"惊奇"节,括号内的引文出处为张文原注,理论梳理分析及部分事例为笔者所为。

论如：杜甫的"语不惊人死不休"；唐代皇甫湜的"夫意新则异于常，异于常则怪矣；词高则出众，出众则奇矣"（《答李生第二书》）；元代李渔的"文字莫不贵新，而词为尤甚。不新不可以作。意新为上，语新次之，字句之新又次之"（《窥词管见》）；桐城派领袖刘大櫆的："文贵奇，所谓'珍爱者必非常物'"（《论文偶记》）。陆机、韩愈、苏轼、吕本中、戴复、王国维、赵翼等都有类似言论。古代惊奇论的内涵大于"异常"，但包含了外显异常。异常是杰出作品中十分重要的现象，古代小说，包括经典，就大都以"奇"命名，如《唐宋传奇》《六朝志怪》《世说新语》《拍案惊奇》《今古奇观》、"汉宋奇书"（《三国》《水浒》）、"三大奇书"（《水浒》《西游记》《金瓶梅》），大都讲究意思奇、情节奇、文字奇。这大概跟古代中国小说以说书评话形式流传民间，需要吸引听众有很大关系。

惊奇论同时强调，惊奇绝非离奇之杜撰。

其一，反常合道。此论为苏轼评柳宗元名诗"欸乃一声山水绿"时提出："以奇趣为宗，反常合道为趣。"（《诗人玉屑》卷十）清代洪亮吉举出许多例证后认为："诗奇而入理，乃谓之奇。若奇而不入理，非奇也"。这一著名的"反常合道"论，包括最讲奇的神魔、武侠小说亦如是，尽管它们中确有不少荒诞之奇，但最普遍的是合道之奇，如《西游记》，不过是借神怪说人间，处处都是人性的反映。

其二，由上就推出了"日常、平常（含正常）之奇"。如上述《西游记》实乃正常社会百态的写照。又如皇甫湜说完上引那段"异常"说后，接着就说："虎豹之文，不得不炳于犬羊；鸾凤之音，不得不锵于乌鹊；金玉之光，不得不炫于瓦石，非有意先之也，乃自然也"（《答李生第二书》)，亦即虎豹等"异"于他者，乃本来如此也。对此"日常、平常"之事何以为"奇"？古代学者说了三方面的道理。一是写出了对象的深刻本质、鲜明特征，明末贺贻孙说："古今必传之诗，虽极平常，必有一段精光闪烁，使人不敢以平常目之。"（《诗筏》）二是找到了王国维所言的"人人心中有，个个笔下无"的表达，金圣叹亦言："吾尝谓眼前寻常景，家人琐俗事，说得明白，便是惊人之句。盖人所易道，即人之所不能道也。"（《诗筏》）。三是在上述二者基础上产生了动人、撼人的快感，即《文心雕龙·隐秀篇》所言"动心惊耳"。

其三，由此，外显异常就向正常妙文过渡。如杜甫的"江鸣夜雨悬"（《船下夔州郭宿,雨湿不得上岸,别王十二判官》)和"随风潜入夜,润物细无声"(《春夜喜雨》),无论是描写暴雨如注,还是喜人春雨,都是日常之物,都写出了对象的鲜明特征,都属"个个笔下无",都给人撼人快感(前者)、动人快感(后者),古代惊奇论者都把它们归入惊奇之列。但显然,前者为外显异常,惊叹于何以能用"悬"形容暴雨?(蔡邕《霖雨赋》有"悬长雨之霖霖",但毕竟极少人以此形容此罕见之暴雨,"江鸣夜雨悬"又更警策,故为异常),抓住它,即可进入解读;后者似无一异常,其所写春夜之细雨,无论内容和词句,就觉正应如此,人们只是惊叹于何以被诗人想到了,自己却没有想到(人人心中有,个个笔下无)。后者的解读,正如《背影》那样,要抓住兴奋点、焦点,即题目中的"喜"字,理出"润""无声""潜"等关键词语,用替换法等体味这些词语蕴含的"喜悦"之情。非要把这妙诗归入"奇",《春夜喜雨》只能是正常之"奇"而非异常之"奇"。最能说明这平常之"奇"非异常之"奇"的,就是苏轼著名的陶诗论:"渊明诗初看若散缓,熟读有奇趣。如曰:'暖暖远人村,依依墟里烟。狗吠深巷中,鸡鸣桑树颠。'又曰:'采菊东篱下,悠然见南山。'大率才高意远,则所寓得奇妙,遂能如此,如大匠运斤,无斧凿痕,不知者则疲精力,至死不悟。"(《诗人玉屑》卷十)——"至死不悟",就不叫异常了,异常就是外显的,甚至一望而知。陶诗"无斧凿痕",熟读才能知其"妙",知其"趣",这些"妙""趣"用"奇"称之尚可,但不能用"异"指称,亦即要说"奇",陶诗只是内蕴之奇,而非外显异常之奇。

奇、异如此纠缠不清,有无不从惊奇论而更明朗区分异常之妙、平常之妙的文论?有,那就是《文心雕龙·隐秀篇》与杜甫的"惊人语""浑漫与"论。

(二)隐秀论、惊人语及浑漫与论

刘勰说:"隐也者,文外之重旨者也;秀也者,篇中之独拔者也。隐以复意为工,秀以卓绝为巧。"当代《文心雕龙》专家指出,隐即含蓄,意在言外,以内容丰富另有深意为工;秀即鲜明警策,有突出的句子,以卓越独到为巧。[①]隐、秀大体对应的就是平常之妙、异常之妙,这就是《文心雕龙》的分类。

杜甫则说得更明白,其《江上值水如海势聊短述》开头四句云:"为人性

---

① 穆克宏、郭丹编著:《魏晋南北朝文论全编》,江苏教育出版社1996年版,第412、414页。

僻耽佳句,语不惊人死不休。老去诗篇浑漫与,春来花鸟莫深愁。"清初杜诗评注权威仇兆鳌评曰,杜甫"少年刻意求工,老则诗境渐熟,但随意付与,不须对花鸟而苦吟愁思矣。"[①] 后世研究者认为,杜甫作诗一向一丝不苟,老年作诗也并不轻率,不过功夫深了,他自己觉得有点近于随意罢了;或者,这实际就是杜甫 50 岁时对创作回顾总结后提出的两种创作风格:头两句即如前所述,求独拔突出之句,后两句为似乎任笔所之,自然天成。此两种风格更是对应异常之妙、平常之妙。

以刘勰、杜甫之论,陶诗,尤其是"采菊东篱下,悠然见南山"等诗句,堪称为"隐""浑漫与"及平常之妙的典范。又如,古代中国小说是从神魔传奇(《西游记》等)向英雄传奇(《三国》《水浒》等),再到平凡传奇(《红楼梦》等)演进而来的,奇异色彩不断减弱,不断从"神"走向凡间,尤其从民间说书变为文人小说《红楼梦》时,曹雪芹只是一吐为快,不着意以外显奇异吸引读者,脂砚斋称其"虽平常而至奇"的"奇"实已非外显奇异,而主要指内蕴魅力。

（三）西方文论中的相关理论

西方文论一样有类似惊奇论的理论与实践。柏拉图、亚里士多德、黑格尔、柯勒律治等等都有过相关论述。如狄德罗在《论戏剧艺术》中说:"重要的一点是做到惊奇而不失为逼真。"英国小说家菲尔丁说:"只要他遵循作品须能令人置信这条规则,那末他写得愈令读者惊奇,就愈会引起读者的注意,愈令读者神往。"(《汤姆·琼斯》)至于俄国形式主义理论家什克洛夫斯基的陌生化理论、德国布莱希特的"陌生化效果"理论、西马本雅明的"震惊"理论,就不仅是惊奇,而且重点就在外在异常了。总之,西方的"惊奇论"同样是大于但必然包含"异常"。不仅有上述的异常之妙,也有下文的平常之妙。如俄国形式主义的另一理论家埃亨鲍姆就不强调陌生化,而强调法国艺术的另一名言:"艺术就是把艺术隐藏起来。"[②] 托尔斯泰则有更精彩的不见技巧方为技巧的论述,他说:"(艺术家)必须把自己的技巧熟练地掌握到那种程度,以致工作过程中很少想到技巧,好似一个行走的人不去考虑行走的机械原理

---

① 仇兆鳌:《杜诗详注》卷之十,中华书局 1999 年版。
② 朱立元、李钧主编:《二十世纪西方文论选》上卷,高等教育出版社 2002 年版,第 200 页。

一样。"① 行走者不考虑行走原理，说得多妙，这不就是西方版的"大匠运斤、无斧凿痕、浑漫与说、平常之妙"？

三、孙绍振文本解读的变异论与非陌生化论

对异常与平常、陌生化与非陌生化作出系统、深刻论述的，是孙绍振的变异论与非陌生化论。基本观点早见其 1987 年出版的《论变异》名著（主要见第四、九章）。嗣后数十年，孙先生在其许多论著中做过独到阐发，特别是最近十年，他是学术界少见的对西方文论的极端陌生化作出系统批判的著名学者。2015 年出版的《文学文本解读学》的第七、八、十一章等②，不仅体系化地阐释了过去的主要观点，而且有许多重要发展和精彩新见。同样，孙氏变异论与非陌生化论的内容远大于我们要讨论的异常之妙、平常之妙，但它包含了这"两妙"。有关的主要论述为：

（一）外显变异，内有深意

1. 感觉、感知、词语变异

这在文学作品中最为普遍，孙绍振常举之例就是前面十二法中反复提到的"月是故乡明""情人眼里出西施"（类似的还有"酒逢知己千杯少""一日不见，如三秋兮"）等等。孙绍振指出，这是情感思想冲击下发生的变异，由此揭示异常背后的独特情、思，这是最基本的解读变异之法（即错位法）。还有原生态还原法，看看作家对原生态有什么变异，从而创造了怎样的情感世界、审美境界。这些，前面十二法已做详细介绍。

2. 仅仅词语异常

如前述"江鸣夜雨悬"，不仅暴雨如注，绵延不绝，甚至无休无止，通宵不绝于耳（童庆炳语）。这也是情感思想冲击下的变异。杜甫的最后十年，除几度受友人关照，境况稍好外，自称是"漂泊西南天地间"的人生苦旅。765 年 4 月，他的靠山剑南节度使严武病逝，杜甫失去依靠，不得不于五月离开成都迁

---

① 戴启篁译：《列夫·托尔斯泰论创作》，漓江出版社 1982 年版，前言及第 131 页。

② 本大点"孙绍振解读学的变异论与非陌生化论"中凡转述的孙绍振论述，均引自本段提及的孙氏《论变异》《文学文本解读学》两书中有关章节，不一一另加说明。

往夔州（今重庆奉节），因病又滞留旅途。写此诗时的 1766 年初,正自云安（今重庆云阳）移居夔州。题目"船下夔州郭宿,雨湿不得上岸……"中的"郭"指（云安）城外,"宿"指因无法上岸而在船上过夜。杜甫的心境可想而知,人生苦旅,前途渺渺,风雨交加,夜宿孤舟,即使感知没有变异,但愁苦的心境也使诗人冲破了日常用语的习惯,用"悬"（也许他想起了蔡邕）描述与其心境相谐的无休止的暴雨。原诗前一句为"风起春灯乱",这"乱"字更是异常,不仅词语,连感知也变异了。按实写,春灯只能是晃动,这"乱"字人格化了,是诗人心烦意乱的投影（童庆炳语）,更说明了诗人此时的恶劣心境。此例再次表明,抓住异常是解读的切入口,但运用了解读方法,才能真正揭示奥秘,仅为解读"悬"字,我们就运用了"情感思想冲击法（属错位法）"、"知人论世"解读法（属专业化解读法）、联系上下文解读法、还原法（就"悬"而言,是对暴雨感觉的强化;就"乱"而言,是对"春灯晃动"这一客观原生态的变质,从而突显了诗人愁苦烦乱的心境）。

3. 变动更大、更复杂的行为变异、心理变异,乃至全方位的变异

《芦花荡》的老头子就是行为变异。孙绍振揭示的《范进中举》里胡屠户所出现的由自尊自大,到范进中举后充满自卑感,再进一步变成负罪感,又说女婿中举了,他那里还用得着杀猪,变成可笑的自豪感,最后在范进面前奴颜婢膝,又回到自卑感,就是在势利思想情感冲击下的一系列心理、行为的极端异常。全方位变异最著名的例子之一,孙绍振认为是《安娜·卡列尼娜》中成为经典的"安娜回家看儿子"。孙绍振用近万字,分析了情变出走后,返回家"偷"看儿子的安娜的"动机与行为、感情与感知、语言与意识、视觉与听觉、近距离感觉与远距离感觉、直觉与理解之间""全方位"的"超常变异"。运用的解读方法除"情感思想冲击"说外,还有还原法、矛盾法,小说艺术形式规范中的"越出常轨"理论、性格逻辑理论,心理学的动机理论、意识理论、交流理论等。

（二）内隐深意，外无异常

1. 感知、词语均无变异,均非陌生化的诗歌

早在《论变异》中,孙先生就指出有一类中国古典诗歌像生活原生态本身一样,无变异地以原始的素朴形态呈现,且成为诗中神品,最具代表性的就

是陶潜、王维的诗。孙认为,台湾地区现代派诗人、大陆"北岛以后"的年青诗人中的许多作品都是这样的例子。在《文学文本解读学》里,孙绍振对此做了重要发展:(1)不仅汉语诗歌,而且俄语英语诗歌中,都有语言和感知并没有陌生化,而相反是熟悉化,所有语言,表面上都是日常平常的。在它们中寻找什么陌生奇特的,变异的词语和感知,无异于缘木求鱼。(2)它们往往具有深层哲理、情思,有精微玄妙的体悟,此时呈现的原生态已非纯粹自然本身,而是马克思说的人化自然,人与自然高度默契。孙绍振用参禅的三重境界来解释,先是"看山是山",接着"看山不是山",最后"看山还是山",但这"山"已经不是纯粹感知的自然之景;认为最能代表上述境界的就是王维的《辛夷坞》:

> 木末芙蓉花,山中发红萼,涧户寂无人,纷纷开且落。

表面无任何异常,就像自然本身。无异常可作切入口。而抓住无人干扰、自开自落这一焦点,用三重境界说、知人论世方法(王维深受佛禅影响,还有《鸟鸣涧》的"人闲桂花落"等类似名句)、朱光潜的"移情说"解读,就知这已非纯粹芙蓉自开自落,而寄寓人的随意自在,深蕴天人合一的微妙禅意。另一首孙先生更常作为案例的是陶潜的《饮酒其五》。开头四句:

> 结庐在人境,而无车马喧。问君何能尔,心远地自偏。

用孙绍振的话来说,这与陌生化沾点边:居住在闹市人境,却感受不到车马之喧?原来是心境远离官场。由此切入,亦可解读,但孙先生解读的重点,也是后世公认的重点在后六句:

> 采菊东篱下,悠然见南山。山气日夕佳,飞鸟相与还。此中有真意,
> 欲辨已忘言。

尤其是最著名的"悠然见南山"。这些诗句,没有一处是变异的,全部是自然而然的。简直天衣无缝,无从下口。孙先生从最有味的"悠然见南山"下手,用替换法引入苏轼之言"换成'望南山'神气索然矣",进而分析说,"望"隐含着有意寻觅的动机,而"见南山"是无意的,暗示着诗人悠然怡然、随意自如的自由心态,而一有目的,就不潇洒自由了。又用知人论世法进一步解

读：这叫"无心"，和陶氏《归去来辞》中的"云无心以出岫"的"无心"同一境界。"飞鸟相与还"亦如此，日落而还，天天如此，不在乎是否有欣赏的目光。这一"无心之自由"的"真意"正欲辨析，孙先生说："诗人却马上把话语全部忘记了，可见诗人无心之自由是多么强大，即使自己都不能战胜。"① 这无心之自由，这人与自然的高度默契才是全诗的深层意境，即使"人近（在人境）"，也是"心远"的。这说明，最重要的，不是有异常的前四句，而是无异常的后六句。仅前四句，解不出无心，而解出了无心，前四句就豁然开朗。

2. 以非陌生化和日常语义为特点，具有深层哲理情思的叙述文本

早见于《论变异》，《文学文本解读学》又做重要发展。孙绍振指出，这是现代小说的一种普遍追求，以海明威为代表，不依赖对读者好奇心的刺激，知觉变异更被当做无足轻重，表层局限于特殊事件本身的叙述，尽量废除主观形容，追求像"白痴一样的叙述"，尽量简约，追求"电报文体""冰山风格"，"八分之七是在水面以下"，深蕴某种哲思。如《老人与海》，表层是一个与大自然搏斗中失败了的硬汉的故事，深层是孤立无援但又不懈奋斗的精神写照。

按上述理论，许多文学典型就是一种社会普遍现象的反映，读者心理只觉得写到了我的心坎上，类似于王国维说的"字字为我心中所欲言"的共鸣，而并不觉异常② ；还有，像孙绍振经常说的"寓褒贬"于客观叙述中的史家笔法，像《背影》这样朱自清自称为"写实"的作品，像许多规范新闻，均属此类内隐深意、外无异常的"客观"文本。就像《背影》那样，需从焦点切入，并运用相关解读方法，解读它们。

---

① 此句另见孙绍振：《月迷津渡——古典诗词个案微观分析》，上海教育出版社 2012 年版，第199 页。

② 王国维原话为："夫境界之呈于吾心而见于外物者，皆须臾之物，唯诗人能以此须臾之物镌诸不朽之文字，使读者自得之，遂觉诗人之言，字字为我心中所欲言，而又非我之所能自言，此大诗人之秘妙也。"（原文出自王国维《清真先生遗事》，转引自吉林文史出版社 1999 年出版、滕咸惠译评《人间词话》第 132 页）。今人称为"人人心中有，个个笔下无"。例如宝黛爱情悲剧，孙绍振指出，这是家长制婚姻的悲剧，有爱情的没有婚姻（宝黛），有婚姻的没有爱情（宝玉宝钗）。这在当时是普遍现象，习以为常，就是后人读之，亦觉只有无限感慨。

第三节　解读切入口与十二法的关系及其运用

一、解读切入口与十二法关系及其运用注意事项

（一）简单小结

1. 外显异常,抓住异常切入,不显异常,抓住兴奋点、焦点切入;并因文而异,运用有关解读方法,才能真正揭示奥秘。

2. 因抓住并仅就"异常"解读,甚至可基本完成"异常"类文本的解读任务,故,亦可把切入口、切入点算一法,称为"1+12"或"12+1"法。

3. 十二法或"1+12"法,要因文因人去运用,并都需要在大量实践基础上,才能转化为自己手中的武器。

（二）展开说明

1. 感受到异常,可从异常点切入分析,但一般要运用其他方法方可解读到位,除了前文所举的《芦花荡》等例子外,再举一例:如《皇帝的新装》,抓住了"新衣乃无衣"及"小孩第一个说出真相"这些显见异常,分析下去,甚至解读就基本完成。但是,如再运用作者身份法,引入有关资料,分析此童话如何从类似的民间故事改造而成,就会揭示出作者在写法上及旨意上更精彩、更重要得多的艺术奥秘。

2. 较难感受或感受不到异常的,可从阅读时产生的正常兴奋点（焦点、关

注点、吸引点）切入，并运用有关方法解读。

3. 中小学实践一线，也许是吸引青少年阅读的潜意识，课本中异常之妙的文本可能偏多，越低年级，可能越多。此外，因考题难出，与此有关的一个现象是，中小学的阅读试题，也可能较多在异常点上出题。在解读实践上，一些敏锐且经验丰富的教师，就可能以寻找异常为主又不限于异常，如龙岩二中的特级教师徐飚就是从自身实践中总结出"异常"解读法的，在论文中提出了"发现异常，破解奥秘"及异常"并不是唯一的"的文本解读策略。笔者在为徐飚论文集作序时，介绍了他这值得肯定的解读策略。①

我们试将中学课文中的趋向异常与否作如下分类：

有的异常比较显见，甚至一望而"见"，如：皇帝的新装、木兰辞、口技、最后一课、范进中举、孔乙己、岳阳楼记、愚公移山、变色龙、芦花荡、项链、我的叔叔于勒……（以上为初中）、鸿门宴、烛之武退秦师、小狗包弟、记梁任公先生的一次演讲、奥斯维辛没有什么新闻、蜀道难、装在套子里的人、陈情表……

有的不显异常或较难发现其异常，如：背影、春、人民解放军百万大军横渡长江……（以上为初中）、师说、别了不列颠尼亚、兰亭集序、赤壁赋、劝学、雨霖铃、张衡传、林教头风雪山神庙、滕王阁序、京口北固亭怀古、饮酒其五、归园田居、记念刘和珍君、林黛玉进贾府……

有的因历史语境不同要做具体分析，如《岳阳楼记》，朋友请记楼，他却写湖，结果又借题发挥，"转而言志"，这个异常，算是比较显见的；但其骈散结合，今人看来是正常的常见的古代散文句式，而风行古文革新的当时人看来，却是异常的（世以为奇）；其"先天下之忧而忧，后天下之乐而乐"，今人读来，是以天下为己任者高尚情感的正常喷发，而在深知孟子的"乐以天下，忧以天下"的古代读书人读来，这是异常之妙，即明代探花王鏊说的："其先忧后乐之义，前人所未发。"

4. 异常点自然是兴奋点，但兴奋点不一定是异常点。异常，一般是共性；兴奋点，既有共性（如《背影》，大家的兴奋点一般都在攀爬月台部分），也有因人而异（如《春》，兴奋点或在小孩子的眼光，或在代表性的春天景象，或在大量的修辞手法，或在五官开放）；有的异常点也是因人而异；有的作品既可从正常兴奋点切入，也可从异常点切入。

5. 目的不是去分"异常不异常""兴奋不兴奋"，而是找到一个分析的切

① 见徐飚：《一瓢饮罢》中"培养敏感，关注异常"等论文及序，海峡文艺出版社2013年版。

入口,不至无从下手。因此,如果能直接进入解读(无论解读者运用了什么方法,或无所谓方法),那就无需多此一举,无需考虑什么兴奋不兴奋,异常不异常。或者既不产生什么兴奋点,也不关注什么异常点,就直接运用有关方法进入解读。这些,都是正常的文本解读状态。

6. 如果硬去找异常,那就不叫异常;如果产生了异常,而不抓住,也是浪费。一切都要从哪个方便解读,就从哪里下手。

7. 异常点或正常兴奋点,也可能不是就全文而言的,仅仅是文中的某一二句,这也可以单独就此解读。如"奶奶鲜嫩茂盛,水分充足"(莫言《红高粱》)、"最美最母亲的国土"(余光中《当我死时》),一些网络新语("厉害了我的哥"),这些,可用艺术形式知识中的修辞变异搭配等去解读。

8. 十二法在实际运用上,有难有易,亦各有应用上的优缺点。有的较简易较宽泛,如比较法;有的较具体较方便,如关键词语法、替换法;有的较深刻,如错位法、矛盾法;有的内容庞大,如艺术形式法;有的要求较高,如专业化解读法。在实践中,宜从最简便见效的替换法中的换词法做起。但是,不应停留于此,比如,要求较高、花时较多的专业化解读法,对于立志有所作为的语文教师,就值得多加实践。

9. 理论上,任何一法都是贯通所有作品的,但实际上,任何一法都无法包打天下,都有其难易。应一切从实际出发,哪一法管用就用那法。也许,只运用一法即可解读完文本,但往往要多种方法并用,才能完满解读某一文本。

10. 尽管孙绍振创建的解读方法比较全面,比较直面实践,但也不是灵丹妙药,只有学习者勇于实践,不断实践,丰富的实践,才会有感觉、有收获,实际体会到它的好处,真正转化为自己的理解和掌握。同时,笔者梳理出的"12+1"法,也只是对孙绍振解读方法体系的一家之说,更不能排斥其他理论家、实践家的解读方法,凡是于文本解读教学实践有用的方法,都值得引入实践中,每一个人自身解读方法体系的建构永远是动态开放的。

二、运用案例

本章介绍"12+1"法时,以及前面章节阐述有关问题时,已举过许多运用孙先生解读方法的案例,后面的章节还将举到不少案例,拙著文末将附检索页码,以便查找。

下文将介绍两个案例，一是孙绍振解读《岳阳楼记》，不仅运用了 11 个方法，几乎十二法都用上了，而且体现了力求发现别人没有发现的东西（即创新解读）的解读指导思想；二是笔者解读《河中石兽》，也运用了多个孙氏解读方法，尤其突出运用了专业化解读法，并且运用了自然科学的知识。现介绍如下：

（一）孙绍振如何解读《岳阳楼记》①

《岳阳楼记》本是应滕子京来信的应酬之作，"属予作文以记之"乃是主人希望作者写写岳阳楼的胜景并表扬表扬他"重修岳阳楼"的功德，但最终却成了作者表达自己宏远情志的名篇，这中间就需要转弯。用转弯艺术解读，属于**艺术形式法**。

孙绍振的解读一开始并未讲转弯艺术，而是说："不知内情者往往以为，如此雄文，必然身临其境，观察入微，通篇都是写实。其实不然。"孙绍振指出范仲淹收到滕子京写的《求记书》时，正在抗击西夏的陕西前线，一年后又被贬到邓州（在今河南），根本没有可能为一篇文章而擅离职守，远赴岳阳。这用的就是还原法中最主要的**原生态还原**。还原一下，范仲淹创作时未到岳阳楼，却写出了千古名篇。因自南宋楼钥的《范文正公年谱》认为该文是作者在邓州任上所作后，范其时未到岳阳楼就成为历史上多数人的共识，孙先生此文也不是论证此问题的，故未在此多花笔墨。退一步说，范仲淹其时真到了岳阳，但孙认为，要害并不在亲临其境，于是引入时任岳州太守，天天呆在岳阳楼边的滕子京的作品做比较。孙说："我们先看看身临其境的滕子京，是怎么写岳阳楼景观的"，这实际是**原生态还原的变种**，又用了**比较法**。更重要还体现了其解读作品的指导思想：**发现别人没有发现的东西**。我们知道，一般读者没有多少人知道事主滕子京居然写过一篇名不见经传的岳阳楼散文，也少有论者拿滕文做比较。做过比较且较有影响的还有台湾学者张高评。孙和张引入的滕文名为《岳阳楼诗集序》，最主要句段为"东南之国富山水，惟洞庭于江湖名最大。环占五湖，均视八百里；据湖面势，惟巴陵最胜。濒岸风物，日有万

① 原文载《语文建设》2019 年第 12 期（赖瑞云：《孙绍振怎样解读经典——以〈岳阳楼记〉解读为例》），收入本书，做了适当删改。又，孙绍振的《岳阳楼记》解读最早见北京师范大学出版社 2007 年版《初中语文九上册教师教学用书》，后略有修改，本文有关引述引自中华书局 2015 年版《孙绍振解读经典散文》。

态,虽渔樵云鸟,栖隐出没同一光影中,惟岳阳楼最绝。"孙认为,这与范文的"予观夫巴陵胜状,在洞庭一湖。衔远山,吞长江,浩浩汤汤,横无际涯,朝晖夕阴,气象万千"相比,"显得笔力稍弱","用笔甚拙"(即气势不够)。接着指出,原因是滕子京"缺乏自己独特的感受和表达这种感受的语词","能不能写出东西来,不仅仅在于眼睛看到了多少,而且更重要的是,心里有多少"。"心里有多少"即上述之"独特的感受和表达这种感受的语词",这就是创作的奥秘。张高评的点评是滕文"化虚为实",范文"化实为虚",二者"各有胜景"。张之虚实说与孙解有类似之处,但显然不如孙先生彻底地揭示了两文判若天地的根本原因乃在"独特的感受和表达这种感受的语词"。这就叫**发现了别人没有发现的东西**。这又涉及孙氏的三维法。孙先生说:"文学形象构成的关键,就是把客观的(山水的)特点和主体的(情志)特点结合起来,仅有观察力是不够的,最关键的是要以想象力构成虚拟的境界,以主体的情感、志气对于客观景观加以同化,进行重塑",范仲淹胜于滕子京的"正是这种审美主体的优势",以"气魄宏大的话语"概括了"气势如此宏大的自然景观"。这些话里隐含的**三维法**是:岳阳楼、洞庭湖本有宏大景观的客体特征,但滕文只把景观堆砌,而无气势,范文则写出了宏大气势,这实际是范仲淹以其最后将推出的"先天下之忧而忧,后天下之乐而乐"的伟大主体情志(主体特征)去重塑的结果,但如找不到"气魄宏大的话语"(形式特征、表达这种感受的语词)也是枉然,范仲淹自然找到了。孙进一步指出,一方面,"以豪迈、夸张的语言"把主体"精神聚焦在自然","是此类序记体文章的惯例",显得"目光远大,视野开阔,气魄雄豪",如"最早的《滕王阁序》"的"星分翼轸,地接衡庐,襟三江而带五湖,控蛮荆而引瓯越"就是这样三维遇合的名句,也就是范文的"浩浩汤汤,横无际涯"等乃是客体特征、主体特征、形式特征的精彩遇合,而滕文几乎只是客体特征的堆砌——这里又用了**错位法中的美、真错位**,如情人眼里出西施一样,在范仲淹眼里,岳阳楼、洞庭湖是气势雄阔的化身;另一方面,这"对于范仲淹来说,又不过是'小儿科'",因为"前人之述备矣",孙说,"范仲淹显然""从这样的话语模式中进行了胜利的突围"。

突围,就是转弯。接着,孙绍振运用多种方法深入分析了这转弯艺术。首先说,范仲淹说完"前人之述备矣",把自然景观"搁在一边"后,紧接着"气势凌厉地提出:北通巫峡,南极潇湘,迁客骚人,多会于此;览物之情,得无异乎？""这一句组，干净利索地从地理形胜，转入到人情的特殊性上来。"这说的就是巧妙转弯、顺利转弯，用的就是**艺术形式分析法**。接着指出，这"是政治上失意的、有才华的人士面临此境的感喟"，而且"不是一般的感情：'得无异乎？'有异于常的、有特点的感情，而不是模式化的感情"，"文章的立意之高，关键就在这个'异'字上，……在这样宏大的景观面前，开情感和志向的评述。关键词'异'字，不是单层次的，而是多层次的。作者从容不迫地、一层一层地揭示'异'所包含的情志的内涵。"这里运用的解读方法就多了：第一，**还原法**。即还原一下，岳阳楼的客体特征不仅有自然景观，还有政治景观，它是由政治中心的中原发配到"南极潇湘"，或是由贬谪之地重返中原（北通巫峡）的"迁客骚人，多会于此"的交通要冲。一般人眼中的岳阳楼客体特征只是自然景观，而范仲淹不仅看到了还有政治景观，而且此客观对象进入艺术作品时，发生了变异，政治景观强化了，强化了迁客骚人面临此境的独异感喟。这是范文的独特之处和亮点，亦是孙绍振解读的独特之处和亮点，即又一次**发现了别人没有发现的东西**。第二，**三维法**。所谓"人情的特殊性"既如前所述，是岳阳楼"政治景观"客体特征的题中之义，又包含范文最终将讲到的"先忧后乐"这一宏远情志，亦即它也是范仲淹主体特征（主体情志）的体现，而要最终亮出这宏远情志，又必须运用转弯艺术（形式特征），"从容不迫地、一层一层地揭示'异'所包含的情志的内涵"，最终到达孙所说的"本文的最亮点、最强音"。第三，反复强调"关键就在这个'异'字上"，用的就是**关键词语法**。

接着，孙先生将**艺术形式法**和**关键词语法**结合起来，继续解读转弯艺术。他说第一层"在悲凉的景色面前，岳阳楼上文人的""感极而悲者矣"的悲凉情感，自王粲《登楼赋》以来，就是诗文的母题，不同在范仲淹将其与"这么宏大的空间视野、这么壮阔的波澜相结合"：阴风怒号，浊浪排空……薄暮冥冥，虎啸猿啼。孙说，这"是很有一点特'异'气魄的"，特别是虎啸猿啼"透出某种豪迈胸襟"。过去的解读都没像孙先生那样如此强调其与"宏大""豪迈"结合的"特'异'气魄"，这又是一次**发现了别人没有发现的新东西**。第二层，孙说，作者笔锋一转，写出了"春和景明季节"产生的"完全相反的感情"："上下天光，一碧万顷……登斯楼也，则有心旷神怡，宠辱偕忘，把酒临风，其喜洋洋者矣。"此层"特异"在何处？孙说："在中国文学史上，写悲凉的成就是很高的，杰作比比皆是；而写欢乐的感情却寥寥无几。难得的是，范仲淹把欢乐写得气魄宏大,文采华赡。"这样的解读,过去同样没有。上述二层喜和悲尽管气魄宏大到如此特"异",孙绍振指出,"范仲淹却以为""都不是理想的境界。范仲淹提出,还有一种'或异二者之为'的境界,这种境界,'异'在什么地方呢? 正是我们要注意的第三层"。接着从"不以物喜,不以己悲"一直引述、分析到"先天下之忧而忧,后天下之乐而乐"这一最异于常人的,甚至连范仲淹自己也不够完全彻底但却是范追求的最高理想、最特"异"境界。范仲淹的"三层"乃一气呵成,几无"转弯"痕迹,孙绍振的解读更是给人统一之感,原因何在? 第一,解读三层都突出一个关键词"异"字,三层都境界特"异",就给人很强的统一感;第二,前二层突出了"宏大",就自然而然和第三层"先忧后乐"的宏远情志在气势、基调上浑然一体;第三,每层都解读出了别人没发现的东西,前二层如前所述,第三层的**创新解读**特别丰富,待后文专述。由于如此特"异"、宏大、创新三统一,转弯之"弯"几乎不见了,这既是范文原有之艺术奥秘,也是孙绍振又一**创新解读**。

现在,我们花点笔墨说说第三层。这是范文的重点,孙先生在此填补空白的**创新解读**也最多。对此第三层,一般解读就是一揽子讲,而孙先生却与众不同地再分为二个层次:

第一个层次是:"不以物喜,不以己悲。居庙堂之高,则忧其民;处江湖之远,则忧其君。是进亦忧,退亦忧。"孙指出,其特点是"不管在政治上得意还是失意,都是忧虑的",不是为自己,而是为国为民而忧,"不管在悲景还是乐景面前,都不能欢乐"。孙说,"甚至,这样高的标准,不要说一般文人所难达到,就连范仲淹自己也是做不到的。他自己就写过一系列的为景物而喜、以一己而悲的词。"孙先生举出了范仲淹的几首诗词,其中最著名的就是历来文学史必入选的范在戍边时的名篇《苏幕遮》,其中"碧云天,黄叶地""酒入愁肠,化作相思泪"尤为有名。孙分析道:这不是言行不一,虚伪吗? 没有。"近千年的阅读史"告诉我们,"相反,读者几乎无一例外地为其乡愁所感动。"孙的答案是:第一,创作《岳阳楼记》时,范仲淹处于被贬地位,以"古仁人""勉励自己,对自己的思想境界提出了比平时更为严苛的要求";第二,"在范仲淹那个时代,诗和文是有分工的。诗言志,'志'是独特的情感世界、个人的感情,甚至儿女私情……都是可以充分抒发的。而文以载道,文章的社会功能,比诗歌严肃得多,也沉重得多。'道'则不是个人的,而是主流的,是道德化的,甚至是政治化、规范化的意识形态。所以在散文中,人格往往带有理想化的色彩……除了为庙堂为百姓,就不能有个人的悲欢。"首先,引入范仲淹的表现儿女情长的诗词加以对比,这是**创新性**的,笔者至 2009 年所查阅的一百多篇解读《岳阳楼记》的论文,就无一做如是比较分析。其次,如果说,孙的第一点解释,其他解读者也能想到,第二点的诗文分工的艺术形式表现史的令人信服的阐释就很少解读者能想到了。

第二层次即"然则何时而乐耶? 其必曰'先天下之忧而忧,后天下之乐而乐'欤! "一般解读都只注意到其所表现的崇高伟大的思想情感,而孙绍振首次揭示道,这说明"不是不应该有自己的忧和乐,而是个人的忧和乐,只能在天下人的情感利益之后。"亦即范仲淹不是不食人间烟火的天生圣人,他同样有个人的利益和悲欢,但他情愿牺牲、立志献身。这样的解读,既更符合实际,也更看出范仲淹境界的崇高感人。孙绍振进一步指出,"什么时候才能确定天下人都感到快乐了? "实际上是无法确定的,也"就是永远也不可能快乐。至于天下人还没有感到忧愁,就应该提前感到忧愁,倒是永无限制的。从这个意义上来说,实际上是先天下之忧,是永恒的忧;后天下之乐,是绝对的不乐。"这种牺牲,孙说"是很绝对的,很感情用事的",这已经不仅仅是"道"的体现,而是"渗透着范仲淹对情感理想的追求"。也就是范仲淹已经把这种"我不下地狱,谁下地狱"的献身精神当做一种感动自己、一种享受的悲壮追求了。在《岳阳楼记》的解读史上,恐怕孙氏上述诸解是最具说服力地揭示了范文为何千百年来如此感人,为何当年宋仁宗"慨然称颂"、朝野盛赞,滕子京都忘记起初嘱范作文的目的而感动得将其刻石传世了。紧接着孙又引入孟子名句"乐以天下,忧以天下"比较。范句出自孟句,人教版教参早已引述,但孙先生首次在上述揭示的基础上,分析了"先天下之忧而忧,后天下之乐而乐"胜过孟句的原因。《孟子·梁惠王下》中此全句为:"乐民之乐者,民亦乐其乐;忧民之忧者,民亦忧其忧。乐以天下,忧以天下,然而不王者,未之有也。"孙先生指出:"这是孟子宝贵的民本思想的总结。但是从文章来说,这里没有感情,只是纯粹的'道',纯粹的政治哲理"。亦即范句才是"人"的献身,来自人间烟火,既承认个人利益,更看到个人的牺牲、自愿的担当,所以,孙说,范句"从理念上来说,更为彻底",这就是"范仲淹的名言完全来自于孟子,为什么却比孟子的更家喻户晓"的原因。这一**创新解读**尤有意义,它首次从人的价值上揭示了范句何以更为经典。最后,又在艺术价值方面**首次**分析了范句更为家喻户晓的道理。孙说,"乐以天下,忧以天下"句法上还比较简单,而范句在结构、语义、节奏和意味上都"更为丰富"。孙先生运用**替换法**,结合艺术形式法进行了巧妙分析:

> 如果是(即换为)"先天下而忧,后天下而乐",从语义上看,似乎没有多少差异;但是一旦写成:"先天下之忧而忧,后天下之乐而乐",就大为不同了。这里的"忧"和"乐",以语音而言,是重复了;但在语义上,却不是完全的重复。第一个"忧"和"乐",是名词;而第二个"忧"和"乐",则是谓语动词。语音上的全同,和语义上的微妙而重要的差异,造成一种短距离同与不同的张力;在两句之间,又构成一种对称而又有变化的效果。……同时在音节节奏上更为舒展上口了,构成了本文的最亮点、最强音,一唱三叹的抒情韵味,由于这种结构而得到强化。

"先天下而忧,后天下而乐"尚且如此,更不用说"乐以天下,忧以天下"难以匹敌"先天下之忧而忧,后天下之乐而乐"了。

我们再花点笔墨说说关键词"异"字。范文中"得无异乎"和"或异二者之为"中的"异"字,历来都解为"不同",即面对岳阳楼,迁客骚人"览物之情"各有不同,"古仁人"又与为一己而悲喜的迁客骚人不同。这无疑是对的。但孙先生的解读无意在这一望而知的表层内容上着笔,而着力于发掘深层意蕴,于是揭示出了上述三层的特"异"。想想看,这是何等独特之地——自然景观:浩浩汤汤,横无际涯,无限壮阔;人文景观:迁客骚人,多会于此,争相感喟。面对此情此景,悲者更悲,悲到至悲,"登斯楼也""阴风怒号,浊浪排空""满目萧然,感极而悲者矣";喜者更喜,喜到至乐,"登斯楼也""一碧万顷""皓月千里""心旷神怡""此乐何极";仁者更仁,仁到至仁,宏远的景观,激起的是超越悲喜的更为彻底的"先忧后乐"献身精神。孙绍振揭示了范仲淹创作的秘密:极致悲情要与宏大悲景结合,极致乐情要与宏大乐景结合,极致仁者更有"浩浩汤汤"相衬,悲、喜、仁均气魄特"异"。在孙绍振看来,或者我们完全有理由想象,范仲淹不仅在"不同"这一义项上使用了"异"字,同时在"奇特的""与众不同的"义项上使用了"异"字,前者是表层的,后者是深层的。在这里,孙绍振运用了从歌德名言改造为的**三层法**:迁客骚人"不同"的览物之情,古仁人又与迁客骚人"不同"的览物之情——"异"字这一"不同"之义项,乃是人人皆懂、一望而知的表层内容；而"异"字的"特异的""与众不同的"义项，即范文贯穿全文的特"异"气魄，这第二层的"隐性意脉"，只有如歌德说的"经过一番努力才能找到"，孙绍振找到了；而这一范仲淹使用关键词"异"字的真正奥秘，正是歌德说的第三层之"形式秘密"（歌德言："形式对于大多数人是一个秘密。"），现在，孙绍振把它揭示了。这也许是孙绍振解读《岳阳楼记》最异于他人的令人惊叹的发现——迄今有哪一篇论文如此解读了"异"的深层奥秘？这更是一个**发现了别人没有发现的新东西的创新解读**。

孙绍振在范文的骈散交错方面亦有独到解读，恕不细述。不仅在创新方面，而且其指导思想的其他方面，如文本乃第一中心、揭示创作奥秘乃第一要务，从上文的介绍看，同样表现得很明显。而解读方法，除上文提到的，还有：（1）**专业化解读法**，如阐述了滕子京向作者求"记"、作者处于被贬因此更严格要求自己、诗文分工等具体的创作动因和时代背景，引述了滕子京、王勃、王粲、孟子等文献资料。（2）**作者身份法**，孙氏《岳阳楼记》解读就是站在作者角度，分析了范仲淹不按滕子京的要求，而企图表达自己的宏远情志，又必须与岳阳楼景观紧密相连，看似岳阳楼之"记"，实乃"先忧后乐"之志，以及如何巧妙、顺利，乃至不露痕迹转弯，最后卒章显志，如何写出特"异"境界的总个创作过程和具体的创作奥秘。（3）**矛盾法**，范文开头明明交代了朋友"属予作文以记之"的目的乃记楼叙功，最后却成了表达自己崇高思想情感的名篇，这一矛盾内容，孙绍振不仅抓住了，而且揭示了范文如何使这矛盾双方实现统一的技巧。总之，对照孙氏解读的**十二法，除感觉法外，都用上了**，正因为**方法丰富，就更多地发现了别人没发现的东西**。

孙绍振运用多种方法解读经典，还表现在他主编的中学教材。论文有它的侧重性和篇幅的限制性，解读上许多内容往往挤不进一篇文章中，如是教材，就可以编入教参。具体到《岳阳楼记》，在其主编的在台湾使用的两岸合编本《高中国文》中，除将自己的论文作为"主编解读"外，孙又组织编写团队，围绕其解读要点编入了数万字的"相关重要资料"。仅就《岳阳楼记》之境界是作者主体情志、主体人格之反映，录入的资料就超万字，著名者如元好问赞其"在州县为能吏，在边境为名将，在朝廷则又孔子所谓大臣者。求之千百年之间，盖不一二见，非但为一代忠臣而已"；朱熹称其为"天地间气（指杰出之人才）第一流人物"；范是历史上创办义庄第一人，影响深远，时人及后人纷纷仿效，范氏义庄也绵延至近代,而购田千顷首创义庄者,生前却不曾置办房产,逝世时,全家70余口只能权居官舍守丧,服阙,家人仍只能借居官舍权住,真正是"后天下之乐而乐欤!"这就是**专业化解读法、作者身份法**的充分运用。

(二)《河中石兽》的科学性与文学性 ①

1.《河中石兽》的科学性

《河中石兽》新入选人教版初中语文七下册教读课文后,就其科学性有许多讨论。最具专业性的就是网上有人引述的沙玉清《泥沙运动学引论》这段文字 ②:

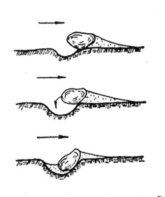

§5-3　明渠泥沙的开动　　[151]

6.石块在细沙上的运动

细沙河床上的石块,当细沙开动时,靠近石块的上游,常冲成深坑,而泥沙堆积在它的下游,见图5-7。深坑逐渐扩大,到了一定程度,石块失去平衡而翻嘶过来,跌进坑内。这样,反复冲跌,造成了石块溯流逆上的运动。

这一现象,久为我国劳动人民所认识。清代的纪昀,曾有一段掉入河中的石兽,逆水上移的记事❶,现在把全文抄录于下:

图 5-7　石块在细沙上运动

沧州南一寺临河干,山门圮于河,二石兽并沉焉。阅十余岁,僧募金重修,求二石兽于水中,竟不可得。以为顺流下矣,棹数小舟,曳铁钯,寻十余里,无迹。一讲学家设帐寺中,闻之笑曰:"尔辈不能究物理。是非木柿,岂能为暴涨携之去?乃石性坚重,沙性松浮,湮于沙上,渐沉渐深

---

① 原文载《福建基础教育研究》2019年第4期、第5期(赖瑞云:《〈河中石兽〉的科学性与文学性》),收入本书,做了较多压缩及适当删改。

② 沙玉清:《泥沙运动学引论》,中国工业出版社1965年版。网上最初仅出现下述这段文字,但无结合课文的说明、分析;后来有人又上传了二小节(少部分内容有关,但亦无结合课文的说明、分析),该网为 tieba.baidu.com/p/5726306110– 百度贴吧,下文提到的网上资料均出自该网跟帖。拙文所引沙著内容均直接引自沙著纸质版。后文提到的周魁一文章为拙文首次引入。

耳。沿河求之，不亦颠乎？"众服为确论。一老河兵闻之，又笑曰："凡河中失石，当求之于上流。盖石性坚重，沙性松浮，水不能冲石，其反激之力，必于石下迎水处啮沙为坎穴。渐激渐深，至石之半，石必倒掷坎穴中。如是再啮，石又再转。转转不已，遂反溯流逆上矣。求之下流，固颠；求之地中，不更颠乎？"如其言，果得于数里外。然则天下之事，但知其一，不知其二者多矣，可据理臆断欤？

应该指出，石块掉入河中，有逆水上移一定距离的可能，这是的确的。假如把这段记事的情节，尤其各种数据，都信以为真，那是缺乏根据的。

查阅沙先生的《引论》，未见相关的模型试验。笔者在研究中，查阅到周魁一先生发表于《自然科学史研究》1994年第2期的《中国古代河流泥沙运动力学的理论与实践》引述了相关试验。周文在介绍完"河中石兽"故事后，说：

其中老河兵分析石兽在沙质河床上的运动状态的文字尤为精彩和准确，并为现代泥沙运动模型试验研究所证实。当试验石块（相当于原型 38 厘米）沉于试验水槽的底沙之上，首先在石块上游底部产生回流，冲刷底沙，形成冲坑。冲出之底沙大半被水流带走，少部分堆积石块后部，起初形成沙唇，之后沙唇合并。当冲坑发展到足够大时，石块失去平衡，向前倾倒至冲坑中（图）。

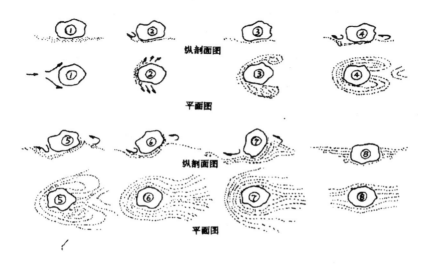

周文注 38 说明,该试验引自南京水利实验处 1955 年《研究试验报告汇编》中的《抛石研究试验报告》。

沙玉清(1907—1966)是著名的农田水利学家和泥沙运动学专家,我国现代农田水利学科创始人。早年任教清华并曾留德研读河工模型试验,1966年病逝前,为西北农学院土木系系主任并兼任西北水利科学研究所所长 10 年。为根治黄河,长期从事泥沙问题研究,在大量科学试验、生产实践、自然现象观察、国内外既有研究成果基础上形成的《泥沙运动学引论》等系列论著,为我国泥沙研究奠定了基础,改革开放初该成果曾获全国科学大会奖。周魁一(1938—　　)是著名的水利史研究专家,曾任中国水利水电科学研究院水利史研究室主任、中国水利史研究会会长等,著有《中国科学技术·水利卷》《中国水利史稿》《二十五史河渠志注释》等①。网上、刊物上讨论这一问题的作者,专业程度自然无法和沙、周两先生相比。简单地说,讨论河中石兽问题的科学性,只要认两位先生,尤其是泥沙运动学权威沙玉清的说法就行了,他们既肯定了河中石兽逆水上移的可能性和科学性,也表明了纪昀一些说法的非科学性和虚构性,并且网上、刊物文章所质疑的内容,他们的表述里都包含了。

沙先生 1947—1956 年曾在南京多所高校任职,又是泥沙研究的奠基人,其留德专业就是河工模型试验,其《引论》就是以试验为基础形成的,《引论》还专门感谢了南京水利科学研究所李昌华所提的宝贵意见,不太可能不知道周文中引述的试验,否则,他的表述口气不会如此肯定。也许,他的其他文章中有引用该试验(其《引论》就是在他的系列研究报告和论文基础上形成的)。笔者无法查阅到他的早期文章,但可综合沙、周的说法、介绍,展开我们的讨论。又,周先生的图示应是石块、泥沙、流水运动的细部过程,大概是试验原图,沙先生的图示大概是经过处理的阶段性运动状态"结果"图。沙、周的文字表述亦有不同,但主要方面一致。

网上、刊物文章最多人质疑的就是"至石之半"与上移"数里"的矛盾。各篇就此质疑的文字,大同小异。其中,汤化先生的《闲读随笔两则》的质疑

---

①　沙玉清、周魁一简介根据百度网整理。

是笔者迄今查阅到的质疑文字中推理得最有理有据的①。根据汤文的推理（恕不详述），我们可以概括并推演如右：假设石兽为正方体，"至石之半"翻转倒入坑内时，下陷的深度也是至石之半，翻转两次，刚好没顶，就无法阻水冲沙"挖"坑，上移就停止了，最后上移长度等于边长。如是长方体，因各边边长不等，翻转两次，下陷的深度为石体的八分之七，假如露出的八分之一石体仍能阻水冲沙，将翻转第三次，但至此石兽就完全被细沙覆盖，上移亦将终止，即使加上第三次翻转的前移长度，最后上移长度等于一又二分之一初始高度。总之，如按"至石之半"去翻转，最多前翻二三次，就算翻三次，石兽高按三米算（够高了吧），按最远的上移即初始竖立算，一又二分之一初始高度（三米），最多上移四米半，怎能到达数里外？

　　上述"至石之半"与"数里"的矛盾，沙、周的专业性表述和图示已包含。首先，他们都没有说"至石之半"才翻转。先看周表述及图示中的石块、泥沙、流水运动的细部过程：在回流冲刷底沙，形成冲坑，部分底沙堆积于石块后部，起初形成沙唇，之后沙唇合并（平面图展示了沙唇的形成与合并的全过程）的同时，石块就开始逐步翻转，但尚未跌进深坑，纵剖面图第5到第7图最明显。再看沙图示，中图与上图比，实际也已翻转一定程度了，左下方的边已由上翘下降为平放，石块后面的堆积泥沙也已扩大，同样，尚未跌进深坑而正处于跌入深坑的临界点，只不过沙图是阶段性运动状态的"结果"图，逐步翻转的过程要看周图的细部图示。其次，也都没有说"至石之半"才跌进深坑。沙先生是说"深坑逐渐扩大，到了一定程度，石块失去平衡而翻转过来，跌进坑内"；周先生是说"当冲坑发展到足够大时，石块失去平衡，向前倾倒至冲坑中"，关键都是深坑扩大至石块"失去平衡"。周图的第7图表明，石块翻转至竖立时，深坑只要再扩大一点，就足以使石块失去平衡，使其跌"向"、跌"进"深坑。沙图的阶段性状态"结果"图的中图里，则表明石块此时将跌"进"深坑，自然，深坑此时已扩大至超过"至石之半"了。再次，石块后面的堆沙（为什么会有这些堆积？后文再述）也有使石块翻转、跌"向"、跌"进"深坑

　　① 汤文初刊于福建师大《语文世界》（内刊）2011年第4期，后刊于福建师大文学院《细读》（以书代刊）2019年第4期。与汤先生的多次讨论，使本文研究走向深入，笔者告知找到相关试验时，汤肯定了笔者的探讨，并提供了许多宝贵意见。特向汤化致谢。此外，知网中质疑《河》篇的刊物文章有五六篇，网上的文字则很多，恕不一一详注。

的助推力。从沙图的下图看,图中堆沙缩小了,倾泻了一部分到坑中,表明有向前(向上游)的作用力。从周图的过程图,尤其是第 5 到第 7 图看,这个助推力则更明显,石块背后指向上游的反向箭头不仅表明了石块在向上游翻转,且表明了逐步隆起的沙堆指向上游的助推力。也许还有其他力和物体运动的综合效应,如细沙的松动、滑动、流动。总之,综合上述三点,不是机械的"至石之半",石块才翻转进深坑,而是在各种力的作用下,石块逐步向上游翻转,到了深坑扩大到使石块失去平衡,包括后面堆沙的助力,石块于是跌"向"、跌"进"深坑(即周文较细密表述的"向前倾倒至冲坑中"),加上堆沙也可能随之一部分倾泻于坑中,也因此下陷的深度往往并非石块底边之半,这样,露出沙面足以阻水冲沙的情况往往可能不止二三次(见沙图下图),即使如周图第 8 图,露出不多,但只要能阻水产生周文说的"回流"(注意,不是纪昀说的"反激之力",这后文再述),就有可能重复上述现象,因而有沙先生说的"反复冲跌",上移的距离就可能多于"至石之半"仅达的一米或几米。哪是否可以上移至"数里外"呢? 这里,汤化文章又有个极限推测:"换一种粗率的假设:石兽每前移 100 厘米,它自身在'坎穴'中只下陷 1 厘米","即使石兽只要露出泥沙就有'反激之力'也就能始终'匀速'前移并下陷,那么只要前移100 米,它也已经下陷 1 米,早已被泥沙埋住(汤文假设的石兽高为 80 厘米),又如何能转出'数里外'去?"汤文的驳难很有说服力,因为下陷 1 厘米,表明这是很浅的沙坑,最多足以使 80 厘米高、60 厘米宽的石兽失去平衡而倾斜,而不至倾倒,即使可能倾倒,重复 100 次,也顶多前移 100 米而远不到 1 里(500米)。即使石兽罕见至长、宽、高各 3 米,按比例,至少也要有每次下陷 3 厘米的坑,那前移 100 次,亦将下陷 3 米,被泥沙埋住,总前移也最多 300 米,亦不到500 米。理论上,石块越高大(比如数十米高)则前移越远,但河床沙层也要越深厚(比如数百米),否则翻转一次就触底了。数百米厚,这几乎是不可能的,即使黄河在开封的悬河段,水平面到河床底部才 155 米。因此,比较可能的情况是,既非"至石之半"仅达的几米,亦非 100 米或 300 米。到底多少米?沙先生没有说,但却明确而严谨地指出:"石块掉入河中,有逆水上移一定距离的可能,这是的确的。假如把这段记事的情节,尤其各种数据,都信以为真,那是缺乏根据的。"是"一定距离"而非"一点距离",是"可能"而非"必定"(为什么强调"可能",后文再解释),这二者都是"的确的",很肯定,但纪昀说的"情节"（如"至石之半"），"尤其各种数据"（如至石之"半""数里外"），不能"都信以为真"，因为"缺乏（实验的、实践的、科学的）根据"。至于周文说的"老河兵分析石兽在沙质河床上的运动状态的文字尤为精彩和准确"，应是水利史专家偏爱"史料"的溢美之词，因为其后关于试验的图文表述，既无"至石之半"，亦无"数里之外"，更无"反激之力"。

因此，沙先生说的，对纪昀"这段记事的情节"，不能"都信以为真"，还包括很重要的一点，即不是纪昀说的"其反激之力，必于石下迎水处啮沙为坎穴"，而是沙先生表述的"靠近石块的上游，常冲成深坑"，或周先生更细表述的"在石块上游底部产生回流，冲刷底沙，形成冲坑。"近几年讨论《河中石兽》的，又仅汤文对"反激之力"提出了质疑，并画了示意图：

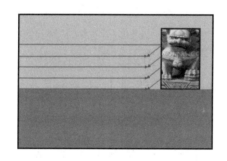

汤文认为："在河流中，这'反激之力'正与其所来自的水流正面冲力基本同步，甚至后者还大于前者，完全能抵消'反激之力'。（如图）因此，这个'啮沙为坎穴'是否真能发生，便大可怀疑。"网上有讨论者表述为："上游来水，遇到稳定的石兽，会改变原先的水流方向，一部分转向下的水流会冲击石兽迎水面下方的淤泥（应为细沙或泥沙）。"用周文的话就是改变方向的"回流"。或按物理学原理指出的，物体总是朝阻力较小的方向运动，石块（含石兽，下同）和连续不断的上游流水自然阻力较大，流水不能冲石，一部分可能腾空而起形成浪花，一部分可能顺着石块两侧向下游流去，另一部分可能转而向下冲击松散的、相对静止的河沙，而不是另外产生什么逆流而上抗衡的"反激之力"。因此，所谓"反激之力"正属于沙先生指出的不可信的"情节"之列。而"回流"，只要有阻流之物，哪怕像周图第8图露出不多，更不用说沙图下图露出很多，就可能产生，"回流"不绝，锲而不舍，就可能挖出深坑。①

　　冲起的河沙为什么会被搬到石块背面（下游面，下同）堆积？沙图为顺坡形，没有展示其形成过程。展示其形成过程的周图的纵剖面图表明，回流是沿着石块底部将底沙冲至石块背面，逐渐累积、隆起，至第7图时，也是顺坡形了；从平面图看，是分别从石块底部的两侧冲至石块背后的，起初是沙唇状，越积越多，沙唇完全闭合。至于冲来的底沙为何会在挨近石块背部沉积？沙玉清《引论》§7-14以及§6-8、§7-16小节有关内容指出：当来水中的含沙量大于不淤挟沙能力（即能把河沙挟带走的能力）时，一部分过剩泥沙就要淤积下来。不淤挟沙能力主要取决于水流流速，流速越快，此能力越强，反之越小。由于受石块阻挡，石块背面的水流流速变慢，越挨近石块越慢，越远越快，直至恢复正常流速，也就是石块背面的不淤挟沙能力起初突然变小，慢慢增大，直至恢复正常，与此同时，冲来的底沙使水流含沙量突然增大，大于突然变小的不淤挟沙能力，过剩泥沙开始淤积，淤积量依挨近石块的距离，越近越大，越远越小，直至消化尽过剩泥沙，于是，石块背面堆积的底沙就呈现顺坡形了。还有，上游的上层水面带来的河沙到达石块背面时，同样可能发生上述的顺坡形沉积。那么，被回流冲起的底沙，有无可能一部分"上浮"至上层水面呢？有可能。沙书§4-1和§5-4小节指出，水流的运动主要是两种基本形态：层流和紊流。层流是水流质点与附近质点作平行运动，彼此不混乱，仅在水库等水中遇到。紊流是水流、河流中最常见的运动形式，它是水流质点呈不规则运动，并且相互余合（沙注：投物入水称余合），而成旋涡（指无数的小旋涡）。在通常情况下，由于水和沙的交界面，流速梯度大，旋涡旋转剧烈，沙粒就可能脱离河床，卷入旋涡，一旦卷入后，当这种旋涡与上层旋涡相遇，就可以并成新的水团，这个水团再与更上层的水团互相余合，形成新的旋涡；这样反复地交替传递，底部的泥沙也就有可能逐层向上移动了。到了上层，流速梯度减小，旋涡旋转速度变缓，一部分沉速较大的沙粒，势将逸出，回落而下，但总有一部分细沙进入上层水面。以上还只是沙先生《引论》说的通常情况，而现在，受石块之阻的回流主动冲起了大量底沙，而旋涡互相余合的传递传送作用照样存在，于是，深坑中被挖起的细沙，除大部分被流水带至下游，一部分

---

① 泥沙运动学的"回流"术语似与此不全同，也更复杂，但我们只能按周文及其图示来简单理解。

沿石块底部堆积至石块背面，另一部分就可能被搬到上层水面，于是被水流裹挟，越过石块，来到石块背面，接着发生如上所述的顺坡形沉积。

此外，上游的河沙会不会跟着流水"回填"到沙坑，使沙坑随"挖"随"填"，无缘至"深"？不会。据沙书§6-2小节介绍，沙质河床最底层的床沙是静止不动的；之上一层称底沙，做着底的推移运动，包括滚动与滑动，因摩擦阻力，运动速度远小于流水；再上一层称跃沙（也可把其归入底沙，本段之前所称底沙，均含跃沙），作短时间跃离然后又落回床面的跃移运动，速度亦明显小于流水；再上称悬沙，悬浮在水流中随水流运动的细沙细泥，速度与水流差不多。悬沙既悬浮水中随水流动，自不会落入深坑。底沙（含跃沙）速度既明显小于流水，亦自不会随上流之水赶来填坑。

石块逆水上移的关键是阻水回流，冲出深坑。这不仅有前述的试验证实，亦有类似的自然现象。周魁一的文章介绍了古人借此总结的"束水攻沙"的治淤经验。明代官员万恭，负责治黄期间，有位秀才向他建议说："如欲深北，则南其堤，而北自深；如欲深南，则北其堤，而南自深"，这就是河床某部位淤积了，可在对应部位筑堤，挑动河流改变流态，冲向淤积地段，则淤积可除。万恭十分赞赏，付之实践，取得了很好的效果。

讨论中，还有些似是而非或值得质疑的资料。如有说河岸、山门崩塌，应是巨大洪水所致，石兽早被洪水冲走了。但完全可能是另一种情况：河岸、山门年久失修，河水长年浸淫，终于崩塌，石兽随之落水。又有位教师做了个"实验"，找来块有点像石兽的砖头，放在操场的沙堆上，用手模拟水冲激，掏空砖头底部的沙子，掏到砖头底部一半时，砖头不是往前翻倒在沙坑里，而是斜斜地滑了下去，再掏空砖头底部的沙子，砖头还是向下滑。这位教师说他恍然大悟，石头要翻倒在沙坑里，需要有一个从后面往前的推力，可《河中石兽》中不存在这样的推力，所以，石头不可能往前翻倒在沙坑里。这个所谓的"实验"验证，显然违背了"河中石兽"的现象是发生在动态河流中的，而非陆地，水流、河沙、石块运动的复杂关系，我们前面已经详细介绍了，何况这个后面的推力还真有呢（即堆沙，虽然不是决定作用的）。再说，水槽模型试验是一个专门的学问，有许多严格的条件，沙玉清的《引论》有专章阐述，他留德学习的就是这个专业，随便用陆地"实验"去代替，不说牛头不对马嘴，至少是不科学的。网上还有人引述了一则几乎是现代版"河中石兽"的趣闻。该资料出自学林出版社 1985 年版,作家吴德锋的《博物记趣》。趣闻说西双版纳有一条河中有两块大石,一半露在水面,十多年前,其中一块被炸碎,另一块也随之失踪,十多年后,有人在十多里的上游,发现了它,经核对,确是下游失踪的那块,且大石上"游"时经过之处,留下了一道明显的沟。说这一自然现象,1980 年 4 月当地的报纸作过详细报道,并说它"令人信服地说明,纪昀所记,确非虚言。"但网上又有人质疑,这到底是"纪实"还是"记趣"?它上"'游'"时留下的沟,十多年还"明显",按说十年流水冲刷,应早把沟填平。这个怀疑有一定道理。第一,如前所述,上移十多里即 5000 米以上,此巨石至少要 50 米高,底沙至少要数百米厚,这是不可思议的。第二,同一地质带相似的石头很多,除非晒出它十年前后的照片、特殊印记,如在人力作用下曾缺掉一角,否则凭什么认定十多里外的那块就是当年之石?第三,20 年纪的人都知道,《河中石兽》早广为人知。中华书局 1962 年曾出版一套五册合订本的《中华活页文选》,其中第三册就入选了《河中石兽》,在科学文化春天到来、渴望读书求知的 1979 年,该套文选再版,在当时颇具影响,许多人恐怕都读过。吴德锋 1985 年的《博物记趣》明确提到了纪昀之作,也许,这不无"仿作"之疑吧。

当然,如果这则趣闻经得起检验,或者真有现代版的"河中石兽"自然现象,那是最好不过的证据了。没有,则科学实验及其科学原理的推理,也就是前文介绍的沙、周两先生的图文表述以及沙玉清《引论》中相关的专业性解释,也可说明纪昀所述的真假成分。这就涉及沙先生表述中的"逆水上移一定距离是可能的"中的"可能"两字。也就是说,这是水槽模型试验得出的,自然界中河流和落石情况必须大体满足试验的基本条件,这"逆水上移一定距离"才会发生,否则就不会发生,或不完全发生,亦即只上移"一点距离"而不是"一定距离"。比如应是细沙为主的沙质河床,如果河床是卵石为主,回流就可能冲不动或冲不出深坑;如果是半液体的淤泥为主,石块就可能如讲学家说的慢慢下沉了(人教版练习中所附的黄河铁牛在原地沉入河滩,当属这种现象)。又如,石块太小,水流较急,可能早被流水冲走;太大如十几或数十米的巨石,河床沙层也不厚,冲出的沙坑可能过浅而不足以使巨石失去平衡或只是倾斜或倾倒一次就触底了。再如,该河流、河床都应是常态的,如是河床起伏过大,流态变动不居,上述现象也难以发生。总之,1955 年的科学实验及其沙、周的专业性解释，说明了《河》篇"逆水上移一定距离"现象的可能性和科学性，至少我们从《河》篇看到，该河是沙质河床，石兽也应不大不小；同时，也包含了文中"至石之半""反激之力""数里外"（"尤其各种数据"）的不可"信以为真"。

　　就科学性而言，纪文可以修改得更严谨。如修改为"水不能冲石，转而冲沙，……，至石不稳，……，果得于上游处。"有人说，"数里外"等是文学夸张，但这首先是科学，要使人信服，否则就不会引来那么多质疑。文学也必须有"真"的一面，情节可以虚构，逻辑不能是假，小说的夸张与诗歌也不同。经典小说为此反复修改的例子，举不胜举。《水浒传》定型前，流传了数百年，修改了数百年，其100回繁本好于115回简本，金圣叹的70回修改本，文字又好于100回繁本，鲁迅的《中国小说史略》对此有详细分析，故此才经得起后人百般敲打。即使不能苛求古人，后人可以改，或作出说明，至少应探讨其欠缺，否则反而可能对其科学性一面也否定了。

　　最后，也是更重要的，沙玉清说："假如把这段记事的情节，……都信以为真，那是缺乏根据的"，"记事的情节"显然包括引出"河中石兽"现象的有趣故事及其三人的对话，不能"都信以为真"的。这正是我们要解读的更重要之点：《河中石兽》的文学性和虚构性。

2.《河中石兽》的文学性

《河中石兽》的文学性，主要包括虚构、艺术形式、文辞三方面。文辞问题不复杂，鲁迅总结道："惟纪昀本长文笔，多见秘书，……叙述复雍容淡雅，天趣盎然，故后来无人能夺其席，固非仅借位高望重以传者矣。"[①] 赞其文笔简约隽永，意味无穷，无愧为文坛领袖，《河》篇展现了这一特点，亦无愧被课标推荐为背诵篇目。抓住这些就可以了。然而其虚构和艺术形式问题却复杂得多，二者又互相关联，优缺点均突出，下文一一探讨。

　　不是专门研究这个问题的读者会觉得很奇怪，纪昀《阅微草堂笔记》（以下简称《阅微》）故事共1200多则，大部分是鬼狐故事，这不明摆着是虚构？而《河》看上去倒像实录，甚至是当时的社会新闻，虚构在哪里呢？这涉及纪

---

① 　鲁迅：《中国小说史略》第二十二篇，《鲁迅全集》第九卷，人民文学出版社2005年版，第220页。

昀及其《阅微》的创作观和作品现实,故先从《阅微》说起。综合各有关论文 ① 及考察纪昀的有关言论、作品,总的来说,《阅微》的创作主张是容许虚构,但不过度虚构,是化虚构为耳闻目睹、如是我闻式的"实录",以利于宣传其思想。

（1）纪昀认为,正史尚且有虚构,有误传,何况是小说、野史。

《阅微》卷十一中,申苍岭告诉纪昀一件秀才被鬼嘲笑的故事,纪昀说:"这是先生您玩世不恭的寓言故事罢了。鬼的话,先生既没有亲自听到,旁边又没有别人听到,难道这秀才被鬼嘲笑了,还肯自己说出来吗?"申苍岭笑道:"春秋时,鉏麑撞槐树自杀时说的话,谁闻之欤? 你怎么只诘难我这个老头子呢!"鉏麑撞槐自杀是《左传》"晋灵公不君"条中很有名的记述。记述说:晋灵公荒淫无道,大臣赵盾多次劝谏,晋灵公很是讨厌,便派鉏麑去刺杀赵盾。鉏麑到了赵家,见赵盾已穿好礼服准备上朝,时间还早,在和衣打盹儿。鉏麑退了出来,感叹道:这种时候还不忘记恭敬国君,真是忠臣,不杀他,又失信于国君,还不如自己去死。于是,一头撞在槐树上死了。《左传》有关鉏麑自杀前自言自语的这段记载,后世有大量讨论,钱锺书著名的"代言、拟言"论也举了鉏麑之例。钱锺书原话很长,要点是:古代"无录音之具,无速记之方","史家追叙真人实事,每须遥体人情,悬想事势","补阙申隐",尤其是"言语之无征难稽,更逾于事迹",须"拟言、代言",但能"庶几入情合理",能"适如其人、适合其事","则亦何可厚非"。② 金克木也有类似见解。钱先生在另一处阐述此一问题时,既对司马迁"善设身处地","代作喉舌","绘声传神","曲传口角","对话栩栩欲活"等文学之笔渗入史笔持肯定态度,同时

① 笔者查阅了 20 多篇论文,按引述的先后（因拙文是压缩文稿,正文中恕不一一详述）,主要如:陈文新:《〈阅微草堂笔记〉与中国叙事传统》,《南京师范大学文学院学报》2006 年第 2 期;徐曙海、王成军:《中国小说的史传模式新论》,《江苏社会科学》2005 年第 1 期;杨子彦:《化虚构为见闻——论纪昀〈阅微草堂笔记〉的叙事特点》,《淮阴师范学院学报》2004 年第 6 期;齐心苑:《〈聊斋志异〉与〈阅微草堂笔记〉比较论》,山东大学元明清文学专业 2017 届博士学位论文;王同书:《从〈聊斋志异〉与〈阅微草堂笔记〉的比较看文言笔记小说创新的得失》,《复旦学报》1990 年第 2 期;刘勇强:《影印〈阅微草堂笔记〉序》;吴波:《攻讦道学与对程朱理学的修正——〈阅微草堂笔记〉思想文化意蕴研究之二》,《蒲松龄研究》2008 年第 1 期;张泓:《〈聊斋志异〉与〈阅微草堂笔记〉塾师形象之比较》,《延安大学学报》2014 年第 1 期;以及何继恒、王韬、许文博、胡光明等人论文。又,《阅微草堂笔记》采用《中国古典文学名著百部》,中国戏剧出版社 2002 年版;盛时彦跋纪昀《姑妄听之》,摘自 www.guoxuedashi.com/shijian/337518q...– 快照 – 国学大师。

② 详见钱锺书:《管锥编（一）》"左传正义",三联书店 2008 年版,第 271 —273 页。

认为班固《汉书》略去司马迁那些增饰的记言，其谨严笔法"亦无伤"。① 也就是，历史可以有两种叙述法，班固的写法和司马迁更吸引人、打动人的写法，都具有体裁上的合法性。其实，不要说古代，就是今天发生的重大社会事件，有谁能时时处处都带着录音机？许多重大事件"起于青萍之末"时，谁也不会料到后来会成为风暴，谁能那么留意过程中的一切细节？但是，尘埃落定后，后人追述时，在符合历史本质，甚至尽可能细节也符合原貌的同时，一些"缺失之环"的必要的"补阙申隐"，代言拟言，只要合乎事件发展的逻辑，同样"亦何可厚非"，与古人不同的仅仅是：当代人掌握历史本质之真、过程细节之详，胜于古人，须补作的"悬想事势""代言、拟言"可能少些罢了。总之，纪昀借申苍岭的话，表明自己的观点：正史尚且有虚构，何况小说。当然，虚构不是胡编乱造，连文学的虚构都必须合乎逻辑，何况史家的虚构。

《阅微》的最后一则，是记事或回忆录，说张浮槎的《秋坪新语》记载了纪昀家的两件事，其中一件是纪昀已故兄长纪晴湖家东楼的鬼，纪昀说"其事不虚，但委曲未详耳"；另一件是纪昀的儿子纪汝佶临死时的事，纪昀认为准确的程度不到六七分，并都举例做了说明。接着纪昀就大发议论，说张、纪两姓世代联姻，女眷们的相互传闻，不可能没有一点增减，都可能记错或不全知他人家事。于是纪昀感慨说：所见所闻所传闻的都是同一件事，但讲法不同，鲁国史书还这样，何况野史小说呢。纪昀又发挥说，只要"唯不失忠厚之意，稍存劝惩之旨""不颠倒是非""不怀挟恩怨"，不像《会真记》那样"描摹才子佳人"，不像《秘辛》那样描写男女淫乱，不致被君子唾弃就行了。有论者认为这最后一则"压卷之作"，可视为纪昀创作观的申明，即在纪昀看来，正史尚且难免误传（当然，对于存在的事实，史家不应误传，尽管误传难免，但不能认可误传的合理），对他"笔记"中的误传就应当宽容，关键是创作的主旨不能诲淫诲盗。

总的来说，《阅微》中的作品大致为两类。一类是小说，虽然总体而言，档次较低。小说的判定，一是虚构，包括虚构的程度和动机（是着意虚构而非"被迫"虚构）；二是艺术形式。像《史记》，其适度虚构是对"缺失之环"的"被迫"悬想，因此而来的许多引人入胜的写法为后世小说的艺术形式提供了

① 摘自钱锺书：《管锥编（一）》"史记会注考证·项羽本纪"，三联书店 2008 年版，第 451~452 页。

借鉴或者说开了先河,因此可说《史记》文学性很强或可称传记文学,但它基本是历史真实,是史书,而不是小说。而像申苍岭说的秀才遇鬼故事,全部内容是虚构,又有一定的曲折和悬念,具备小说的一定艺术形式,属小说,但档次低,属小说中的寓言,这纪昀在文中已经指明了(《阅微》中不少作品明确标明是寓言)。《河中石兽》也是小说,因其有相当程度的虚构和比秀才遇鬼故事更引人入胜的曲折和悬念,但档次也不高,这后文再述。另一类应属于或类似于野史、杂史,像本例的纪昀家事就应归此,因为它毫无小说艺术形式可言,只是家事逸闻的回忆。这类野史式的记事、回忆录,显然是纪昀所说应对其误传成分宽容的主要对象。后文将说明,纪昀认为他的"小说"也主要是"听来"的,那就难免误传误记。应当指出,误传,在实际效果上也是虚构。

(2)纪昀认为,只要"理所宜有",不必以子虚乌有视之。

这话出自《阅微》卷五"李玉典前辈"则,主干部分可说是篇小小说。纪昀所发议论的要害与前面秀才遇鬼故事例的既无旁人听到,自己也不会说是一样的,但升华的不是允许误传,而是"理所宜有","虚"可不视为"虚",也就是视"虚"为"实"。这就是现代文学理论说的"可能有的事",即艺术的真实,和前文钱锺书说的"入情合理"的虚构,孙绍振说的"假定的真实",本质是一样的。这"理所宜有"的升华和申明,对纪昀和《阅微》来说很重要,可以看成是纪昀对艺术虚构的自觉。许多研究论文都会引用到它,因而使纪昀这句话很出名。有论者认为,纪昀对此"理所宜有"是"反复地予以强调"的,举了一组类似的故事和说法。类似的说法如"理固有之""不为无因""非无因而作",等等。这些视"虚"为"实"的创作观申明,反映了纪昀对艺术虚构、艺术真实及其规律的相当程度的正确认知。

(3)纪昀把小说归入子部,把纯文学小说剔除于小说之列,其小说观既是有限虚构,又重在直露宣传思想,其作品文学性较弱。

《孟子》《墨子》《庄子》《韩非子》等子部作品是"以议论为宗",纪昀任《四库全书》总纂官时,把小说明确归入子部,其主要目的之一就是让小说负有论事说理的责任。确实,《阅微》大部分故事都有议论,因故事短小,议论就显得突出,特别是那些议论行数明显多于叙事行数的,甚至就像有论者说的,其一事一议,议论为主了。而《聊斋》志在传奇,虽有议论(异史氏曰),但明显是辅助性的(像《史记》一样),叙多议少,且《青凤》等主要的一批传奇力作无议论。《阅微》的议论问题，鲁迅说得最全面，最透彻。鲁迅说：

> 《阅微草堂笔记》虽"聊以遣日"之书，而立法甚严，举其体要，则在尚质黜华，追踪晋宋；自序云，"缅昔作者如王仲任应仲远引经据古，博辨宏通，陶渊明刘敬叔刘义庆简淡数言，自然妙远，诚不敢妄拟前修，然大旨期不乖于风教"（《阅微·姑妄听之》自序）者，即此之谓。其轨范如是，故与《聊斋》之取法传奇者途径自殊，然较以晋宋人书，则《阅微》又过偏于论议。盖不安于仅为小说，更欲有益人心，即与晋宋志怪精神，自然违隔；且末流加厉，易堕为报应因果之谈也。
>
> 惟纪昀本长文笔，多见秘书，又襟怀夷旷，故凡测鬼神之情状，发人间之幽微，托狐鬼以抒己见者，隽思妙语，时足解颐；间杂考辨，亦有灼见。……①

鲁迅这段评论中，与议论有关的，主要有如下几点：一是《阅微》的创作目的很明确，自我要求甚严，即"立法甚严""轨范如是"，一方面是"大旨期不乖于风教"，另一方面是力求"尚质黜华"。二是鲁迅虽然肯定了《阅微》中的议论，因其文笔及见多识广，有"隽思妙语"有"灼见"（如《河》所批判的"据理臆断"），但正因为过于明白、直露的"风教"创作观，其议论就更多表现为缺点，即"过偏于论议。盖不安于仅为小说，更欲有益人心，即与晋宋志怪精神，自然违隔"，也就是纯文学性降低了，小说的含蓄蕴藉精神不足了。而"作者的见解越隐蔽，对艺术作品来说就逾好（恩格斯语）"②，有责任的作家当然极为重视文学的教育功能，鲁迅就是高举"文学教育"大旗，弃医从文的，但他和王国维一样，更是反复强调，不要"把小说变成修身教科书"，变成宣传品，尤其反对历史上那些劝诫小说③，所以"报应因果之谈"的小说，被他称为"末流"。

《阅微》这种重在直露宣传思想、文学性较弱的特点和缺点（虽然鲁迅认为《阅微》在清代拟晋唐的文言小说中仅次于《聊斋》），还表现在他主编的

---

① 《中国小说史略》第二十二篇，《鲁迅全集》第九卷，人民文学出版社 2005 年版，第 220 页。

② 《致玛·哈克奈斯》，《马克思恩格斯选集》第 4 卷，人民出版社 1972 年版，第 462 页。

③ 参见赖瑞云：《鲁迅"不用之用"文学教育理论内涵探析》，《福建师大学报》2002 年第 4 期；赖瑞云：《王国维"无用之用"文学教育理论三层内涵试析》，《文艺理论研究》2003 年第 1 期。

《四库全书》是以寓劝诫、广见闻、资考证的重实用为小说收录标准的,这是乾隆思想控制的统治路线决定的。乾隆亲自制定了《四库全书》的搜集标准,作为总纂官的纪昀,无疑必须执行这一"圣意"。故《四库全书》的子部小说,收录的都是"雅驯"的文言小说,而不收文学性更强、更纯正的宋元明等话本白话小说、章回长篇小说,传奇也不入子部小说而被录入更偏重情节虚构的诗赋别集;最为独特的,也不收文学价值比那些入选文言小说高得多的《聊斋志异》,其时聊斋已产生很大影响,原因之一就是认为聊斋大量描写人与狐鬼的爱情故事有害世风。

　　与上述问题关系密切的,就是研究者必重点论及的纪昀对《聊斋》的批评。纪的批评,出自其门人盛时彦为《阅微》的《姑妄听之》集所作的跋,原文较长,一般论者转引自鲁迅做了精当节选及评点的下文:

> 《聊斋志异》风行逾百年,摹仿赞颂者众,顾至纪昀而有微辞。盛时彦(《姑妄听之》跋)述其语曰,"《聊斋志异》盛行一时,然才子之笔,非著书者之笔也。虞初以下天宝以上古书多佚矣;其可见完帙者,刘敬叔《异苑》陶潜《续搜神记》,小说类也,《飞燕外传》《会真记》,传记类也。《太平广记》事以类聚,故可并收;今一书而兼二体,所未解也。小说既述见闻,即属叙事,不比戏场关目,随意装点;⋯⋯今燕昵之词,媟狎之态,细微曲折,摹绘如生,使出自言,似无此理,使出作者代言,则何从而闻见之,又所未解也。"盖即訾其有唐人传奇之详,又杂以六朝志怪者之简,既非自叙之文,而尽描写之致而已。①

　　其一,大家最为关注的是"使出作者代言,则何从而闻见之",认为与上举纪昀"然其事为理所宜有,固不必以子虚乌有视之"的诸篇创作实践相矛盾。对此,鲁迅《怎么写》做了分析:"两人密语,决不肯泄,又不为第三人所闻,作者何从知之? 所以他的《阅微草堂笔记》,竭力只写事状,而避去心思和密语。但有时又落了自设的陷阱(按:即《阅微》实际有写私室密语),于是只得以《春秋左氏传》的'浑良夫梦中之噪'来解嘲(按:浑良夫系卫臣,被卫太子所杀,《左传》说卫侯在梦中见他披发大叫,亦如鉏麑自杀前之慨叹,有谁听

---

　　① 《中国小说史略》第二十二篇,《鲁迅全集》第九卷,人民文学出版社2005年版,第219页。

到？即前述的史书可代言，纪昀以此为自己的自相矛盾辩解）。他的支绌的原因，是在要使读者信一切所写为事实，靠事实来取得真实性，所以一与事实相左，那真实性也随即灭亡。如果他先意识到这一切是创作，即是他个人的造作，便自然没有一切挂碍了。"①要害就是纪昀"要使读者信一切所写为事实"。如何"信"其"一切"为"真"呢？纪昀之法就是不要过度虚构、自由想象。因此，就有了鲁迅指出的要害："訾其……既非自叙之文，而尽描写之致"，即纪昀是在批评《聊斋》过于自由的想象和虚构，而在"訾其……"这句引文的同一篇文章中，鲁迅恰恰认为这正是《聊斋》之长："然描写委曲，叙次井然，用传奇法，而以志怪，变幻之状，如在目前"②，赞《聊斋》用传奇的委曲详尽手法来写志怪类小说，已"有别于六朝志怪小说之粗陈梗概"（袁世硕语），"可称为'典型短篇小说'"（马瑞芳语）③。这就更需要想象的翅膀了，而这正是纪昀欠缺的或者他不愿意做的。其二，纪昀说的才子之笔与著书之笔，表明其《阅微》是经世实用之著述，而不是文学才子之想象。纪昀还说过"留仙之才，余诚莫逮其万一"（见盛跋），这既有自谦，又有不效法之意，也是事实；一半是纪昀文才虽上达天听，但"多见秘书"，一半是《阅微》乃其富贵人生的从容之书，而《聊斋》则是蒲松龄一生科举失意的发愤之作，故想象力的激发一温一火。

总之纪昀限制想象，目的就是让读者相信其故事乃实事，从而有利读者相信他宣传的思想（当然不乏灼见，包括《河》篇）。为了宣传，又需"理所宜有"的必要虚构。这就是问题的要害。《河》之虚构，其由来正源于此。

（4）各集自序及故事来源的表述，表明其《阅微》乃传闻之"实录"，进一步有利读者接受其宣传的思想。

《阅微》1200多则故事共二十四卷，先后集成五集：集一序为"追录见闻"；集二序为"补缀旧闻"；集三序为"忆（他人告知异闻）而杂书之"；集四序为"追录旧闻"；集五序为"或时有异闻，偶题片纸；或忽忆旧事，拟补前编"，总之是耳闻目睹之"实录"。在集一序中还开宗明义申明了他这耳闻目睹

---

① 《鲁迅全集》第四卷，人民文学出版社 2005 年版，第 23 页。
② 《中国小说史略》第二十二篇，《鲁迅全集》第九卷，人民文学出版社 2005 年版，第 216 页。
③ 见袁行霈：《中国文学史》第四卷，袁世硕：《第四章：聊斋志异》，高等教育出版社 2005 年版；马瑞芳：《幻由人生：蒲松龄传》，作家出版社 2014 年版。

"实录"的理论依托是"小说稗官,知无关于著述,街谈巷议,或有益于劝惩"。这一方面表明,他坚持源于班固《汉书·艺文志》的"小说家者流,盖出於稗官。街谈巷语,道听途说者之所造"的最"原始"素朴的小说创作路线,而不走后来发展出的更具想象、虚构自由,更具艺术创造性的唐传奇、宋元话本、明清章回小说的文艺小说路线,其目的,就是使读者更相信他说的是"事实"。另一方面又表明,纪昀不是被动"实录",而要"有益于劝惩",听来的故事,自然要选择;为了劝惩,自然有必要的加工,虚构。再一方面,就是与误传误记有关,上述各集自序表明,所闻(即他人告知的)多于亲历;集三序中还特地说到,刊行二集后,遂成影响,"缘是友朋聚集,多以异闻相告";集四序中还有总结性的话:"故已成《滦阳消夏录》等三书,复有此集。……以多得诸传闻也。"这也是实情,1200多个故事,哪能大多为亲历? 那么,按照之前介绍的纪昀的误传理论,口耳相传的东西,难免走样,并非他有意虚构。于是,作者对故事的必要加工、虚构,都可归到或混在误传误记里了。这种强调"实录"传闻又塞进"私货"的妙处,正如有论者指出的:这看似束缚,实则更大自由,使得虚中有实,实中有虚,化虚构为见闻,目的就是贯彻他"有益于劝惩"的创作意图。

与此对应,《阅微》中故事来源的表述有三式。第一式为"某某言"式,都实录了故事原生素材的讲述者,表明来源确凿,"使读者信一切所写为事实",此式占大多数,这既与"他人告知的居多"的实情对应,又使那些涉及心思密语和鬼狐等神异现象的,毕竟为他人所说,这就降低了作者的有意虚构。第二式为亲历式,在读者眼里,这更是事实了,但此式最少,也正符合听来故事才最多的实情。第三式是作者直接叙述故事,主人公或有名有姓有身份有籍贯(此情况最少),多数或是称谓不完全,缺这缺那,如《河》为"沧州僧人、讲学家、老河工",或只有身份,如卷一第3则为"有老学究"。为什么不干脆把第三式也写成第一式呢? 窃以为,这既是他的诚实也是他的狡黠。诚实在确如他集三自序中说的"有些事情回忆不起来了"。狡黠在,第三式中有一部分无主人公名姓的作品,有意虚构是很可能的,最突出表现在后文将重点介绍的他对道学先生(讲学家等)的批判上,而纪昀把这有意虚构混在他上述的诚实形式之下,给你貌似真实之感,这正是他的狡黠之处,又是他最具文学虚构的笔墨。《河》正是典型之一。

在阐述《河》的虚构问题前,先说说《阅微》中鬼狐神异现象。有关各论文都举例说明了纪昀既有相信的一面，又有怀疑、揭伪的一面。如他认为自己中进士二甲第四、被贬谪新疆，都被测字算准；说自己在福建任督学时，晚间散步时亲眼看见树梢上有两位红衣木魅，这是其"信"。又如他说地球上国家很多，应既有中土之鬼，亦有外域之鬼，但"何有冥司者，所见皆中土之鬼？"这是其"不信"。《阅微》中这样互相矛盾的例子不少。其实，测字、木魅，都可能是别人作假。究其原因，一是以当时的科学条件，口耳相传的鬼神现象，即使纪昀这样的一代智者也难以都否定；二是小说吸引读者的主要手段之一就是"奇"，鬼狐神异正是古代作品不竭的素材；三是鬼狐神仙既"通"人，又有人所没有的"法力"，《阅微》的许多作品就是借灵异之力，去实现人间实现不了的劝惩、报应；四是或者像鲁迅说的"据我看来，他自己是不信狐鬼的，不过他以为对于一般愚民，却不得不以神道设教。"[1] 总之，在纪昀的观念里，他笔下的鬼狐，往往属写实，活人的事，倒可能有意虚构，目的都是为了"劝惩"。《河中石兽》正属后者。

（5）《阅微》思想主旨之一是批判宋儒伪道学，塾师、讲学家多为负面形象，《河中石兽》是一个典型，文学虚构主要在此。

按鲁迅的研究，此事的起因涉及乾隆时的尹嘉铨案。此案鲁迅有详细介绍，简述如下：尹嘉铨是道学名儒，官也做得很大，因是有名的孝子，曾获乾隆赐诗褒扬，晚年退休后，仍欲得"名"，由其儿子出面，奏请乾隆让他从祀孔庙。乾隆对他这种"不安分"的行径大怒，下令严办。后又查出他其他一些沽名钓誉的行径，最后判处绞杀。何以仅仅"不安分"致此大祸？鲁迅指出"但大原因，却在既以名儒自居，又请将名臣从祀：这都是大'不可恕'的地方。清朝虽然尊崇朱子，但止于'尊崇'，却不许'学样'，因为一学样，就要讲学，于是而有学说，于是而有门徒，于是而有门户，于是而有门户之争，这就足为'太平盛世'之累。况且以这样的'名儒'而做官，便不免以'名臣'自居，'妄自尊大'。"又指出，乾隆认为自己是英主明君，"所以在他的统治之下"，"既没有特别坏的奸臣，也就没有特别好的名臣，一律都是不好不坏，无所谓好坏的奴子。"接着鲁迅说：

　　特别攻击道学先生，所以是那时的一种潮流，也就是"圣意"。我们

---

① 《鲁迅全集》，人民文学出版社2005年版，第344页。

所常见的，是纪昀总纂的《四库全书总目提要》和自著的《阅微草堂笔记》里的时时的排击。这就是迎合着这种潮流的，倘以为他秉性平易近人，所以憎恨了道学先生的谿刻，那是一种误解。①

大概鲁迅认为纪昀在贯彻"圣意"上特别着力，故在其《中国小说史略》评论《阅微》时还指出纪昀"其处事贵宽，论人欲恕，故于宋儒之苛察，特有违言，书中有触即发，与见于《四库总目提要》中者正等。且于不情之论，世间习而不察者，亦每设疑难，揭其拘迁，此先后诸作家所未有者也，而世人不喻，哓哓然竟以劝惩之佳作誉之。"接着，鲁迅举了《阅微》两则故事之例。一则是《如是我闻·三》中的"吴惠叔言"。故事说，一偷情女子怀孕，让人向医生买堕胎药，医生坚决不卖。半年后，"忽梦为冥司所拘，言有诉其杀人者。"原来告状者就是这女子的阴魂。医生以"理"为自己辩护。女子说："我乞药时，孕未成形，倘得堕之，我可不死：是破一无知之血块，而全一待尽之命也。既不得药，不能不产，以致子遭扼杀，受诸痛苦，我亦见逼而就缢：是汝欲全一命，反戕两命矣。罪不归汝，反谁归乎？"纪昀借冥官之口喟然曰："宋以来固执一理而不揆事势之利害者，独此人（医生）也哉？"另一则也是批判讲学家不揆情度事而拘迁死理的故事。②《阅微》对宋儒伪道学及有关的塾师形象的批判，各研究论文的观点大体都与鲁迅类似，无非是对迂腐玄虚、拘泥死理、道貌岸然、虚伪龌龊的挞伐。

这就是《阅微》重要的创作背景和创作心态。其结果就把承载了讲学任务的塾师作为其"特别攻击"的重点对象之一。塾师形象主要是负面的，在《阅微》中已形成一定规律，《河》的虚构正是这一规律的产物。

如一些论者特别提到的塾师负面形象涉及的卷一、卷二、卷四、卷十六为例。作品中的各种人物，基本上既有正面形象，也有负面形象，或只是配角的中性人物，不一而论，没有一定规律。有些人物，有特定的属性，如轻薄少年、恶少地痞、悍妇豪强，自是负面的；豪士、侠士、自是正面的，等等。至于大量出现的鬼狐，也正、负皆有，而且更多是作为善恶报应的化身，或者是非的裁判者。而塾师（包括讲学家、老学究、馆师等，共同特点是有在讲学），在上述四

---

① 　以上鲁迅言论、阐述详见《鲁迅全集》第六卷，人民文学出版社 2005 年版，第 55—58 页。

② 　以上鲁迅言论、举例详见《鲁迅全集》第九卷，人民文学出版社 2005 年版，第 221—223 页。

卷中共出现 19 次，其中，正面形象 0 次，中性形象 3 次，负面形象则 16 次，远远多于前两者，就像鲁迅说的"有触即发""时时排击"。这应是一个"大概率"事件。《河中石兽》正在卷十六中。我们完全有理由推想，恰好有了一个"逆水上移"这一不合"常理"却合实际的好素材，迎合"特别攻击道学先生"潮流的纪昀，大约毫不犹豫把对立面，把拘泥死理、不懂实际的负面形象派给了"设帐寺中的讲学家"。如果这个理由还不够充分，我们再看看《河中石兽》前一则（卷十六中第 13 则，《河》为第 14 则）就更清楚了。故事说魏环极（康熙朝左都御史、刑部尚书，能臣廉吏）在山寺中读书时，遇到一位天天隐形为魏整理书桌的狐狸。一天，魏隔空与狐对话，问它"我能不能成为圣贤？"狐狸答曰："我敬重先生的人品，但你讲习的是道学，和儒家圣贤是两回事。圣贤以实心励实行，以实学求实用。道学则求精微，重理气，薄事功。圣贤对人有是非心，无苛刻心。道学则各立门派，相互诋毁。"魏环极后来对门人说，此狐之论虽"非笃论，然其抉摘情伪（剔出虚假），固可警世之（道学）讲学者。"这等于是借魏、狐之口，申明了其创作纲领之一：批判宋儒伪道学和讲学家！于是，紧接着的《河中石兽》等于是实践此纲领的案例。因《河》"特别攻击"的就是讲学家的拘泥死理、不懂实际："求之下流，固颠；求之地中，不更颠乎？如其言，果得于数里外。然则天下之事，但知其一，不知其二者多矣，可据理臆断欤！"

而且它是成功的。首先成功在三个"真"：一是道理之真。抛开宋儒道学得失与否的讨论，它所批判的拘迁死理，今天仍有现实的真理性。从上文鲁迅所举两例，及鲁迅"隽思妙语"的评价，亦可看出纪昀许多见解值得肯定。二是生活本质之真。僧人是习惯性思维，讲学家只凭一般道理去推理，老河工一切从实际出发，简直就是今天说的经验主义、教条主义、辩证唯物主义（实践第一性）的矛盾冲突的古代版。三是最重要的"逆水上移"的科学之真，否则这作品就建在沙滩上。其次成功在符合文学作品的虚构规律。按孙绍振的创作论和解读学，文学作品不是美与真的完全统一，而是部分统一，部分不统一，叫做"美与真的错位"。如前所述，作品与上述三"真"是统一的。但如仅仅这样，它最多写成科技说明文或新闻通讯。而它至少在关键人物上作了虚构，这部分与"真"是不统一的。当然，如果僧人、老河工也是虚构的，更好，但我们今天没有依据和资料论证它。但只要讲学家虚构就够了，引入这关键因子就活了,上述的三"真"就全部活脱脱呈现了。这就叫错位之美,有真有假,高于生活真实的艺术真实。再次,成功在具备了小说引人入胜的艺术表现形式之美。小小故事,有矛盾的冲突和解决;简短的情节,有曲折起伏,有悬念和突转,谜底置后,结局令人意外。这就是孙绍振说的,小说情节的要害不在开端、发展、高潮、结局,而在于像福斯特《小说面面观》说的:"'王后死了,谁都不知道是什么缘故,后来才发现她是因国王之死死于心碎。'这非但是个情节,里面还加了个谜团","谜团对情节而言必不可少","它需要谜团,不过这些谜团在后文中一定要解决",小说家"成竹在胸,泰然自若地高踞于他的作品之上,在这里投下一束光,在那里又盖上一顶帽儿,为了达至最佳效果"。①《河》虽简单,但它具备了谜团和谜团破解的最基本艺术形式。你看,石兽找不到了,在下游找,在落水处找,终于在上游找到,谁都没有料到!这才引人入迷,才叫期待遇挫又豁然开朗。

也许故事的原型本来就这么引人入迷,本来就有讲学家。这很好,不是常有人说,这事像小说一样,这事比小说还精彩,这事怎么那么巧,江山如画,比画还美吗?艺术形式、艺术典型本来就是从生活中提炼升华的,如果真那么巧,那就用时下的术语:非虚构小说。

以上绝不是说,《河中石兽》的文学价值就很高了,哪怕反过来,除了"逆水上移一定距离"之真不能假外,其他全部人物、情节、细节都虚构,它也仍然是文学性有限。

(6)《河中石兽》的遗憾:想象虚构魄力不够,美、真错位幅度不大,审美价值有限。

孙绍振指出,美与真,在不断裂的情况下,错位幅度越大,审美价值越高。《河》与"真"不断裂的最主要条件就是确保"逆水上移"之真。僧人、讲学家、老河工三个主要人物也不必改变。在此情况下,可以试设想如下虚构、想象:(1)使情节更复杂,增加它的曲折、巧合、意外、伏笔、悬念,把谜底一直往后推。不说《聊斋》中那些传奇式摇曳多姿的人、狐爱情故事,就说同样是讲生活哲理、科学事理的著名的《狼》,短短篇幅中,惊险几起,似解又危,似危又解,意外与必然交织。至少,老河工不要急着出现,就有戏了。(2)使人物性

---

① 本段及后文中所引述孙绍振解读方法详见拙著第四章第三节、第五章第一节、第六章第二节。

格立体化。僧人、讲学家、老河工，是身份、经历迥然有别的人物，是塑造不同鲜明性格的好坯胎，然而在《河》中的形象是扁平的。仍然说《狼》，狼狡黠但智不如人，屠户先冷静后紧张，继而果断，跃然纸上。设或增加一些冲突场面，《河》的人物性格就可能立体化了。（3）把三位身份迥然有别人物的性格语言写出来。王同书说得好："《阅》象林琴南翻译外文，不管外国人怎么讲的，到了林文中则全成了文言。纪则是不管当事人怎么讲的，在《阅》中全由纪以文言出之。蒲松龄则不然，是从自己丰富的语汇库藏中选用最特色的语言描摹人物声口，并时夹一些俗谚口语，……《阅》实在是望尘莫及。"此外，可把作者的议论改由老河工说出，直露式议论就不见了。纪昀的问题，根本上就是鲁迅指出的，不用传奇法。如此好素材，假使是蒲松龄，不知会写出多么精彩的传奇篇章。不过《阅微》中同样讲科学事理的，不是没有比《河》更生动曲折的作品，如卷十一中的《唐打猎》，故事说旌德县有虎患，县令中涵请来著名的唐打猎除此患：

> 至则一老翁，须发皓然，时咯咯作嗽；一童子十六七耳。大失望，姑命具食。老翁察中涵意不满。半跪启曰：闻此虎距城不五里，先往捕之，赐食未晚也。遂命役导往。役至谷口，不敢行。老翁哂曰：我在，尔尚畏耶？入谷将半，老翁顾童子曰：此畜似尚睡，汝呼之醒。童子作虎啸声。果自林中出，径搏老翁。老翁手一短柄斧，纵八九寸，横半之，奋臂屹立。虎扑至，侧首让之。虎自顶上跃过，已血流仆地。视之，自颔下至尾闾，皆触斧裂矣。乃厚赠遣之。老翁自言炼臂十年，炼目十年。其目以毛帚扫之不瞬，其臂使壮夫攀之，悬身下缒不能动。庄子曰：习伏众神，巧者不过习者之门。信夫。（接着还有议论及类似现象）

孙绍振解读出了八个反差的情节之妙，其主编的北师大版教材，就是选此篇（名《老翁捕虎》）。

为何《阅微》中此类作品少？纪昀也许是用"传奇法"能力有限，也许是不愿多为。

3. 有关解读方法和教学处理

第五章介绍孙绍振的异常、非异常切入点时曾强调，即使发现了异常，往往还要依靠其他方法，解读才能深入到位。《河》的异常显而易见，就是逆水上移,但如仅此切入点,就无法出现如上所述的那么多解读。上述分析运用的孙绍振解读法,主要有:(1)专业化解读法,运用了有关的科技知识、文献,纪昀与《阅微》及鲁迅等等有关研究等大量资料,如无此,就像孙先生说的,解读将两眼一抹黑。(2)作者身份法,根据作者纪昀的"特别攻击道学先生"等创作背景、创作心态、创作观和相关作品等,站在作者角度,设想《河》篇的创作过程,发现其生成奥秘。(3)艺术形式分析法,上述悬念、突转、意外、谜团,尤其谜团,就是运用了典型的小说艺术形式。(4)错位法中的"美、真错位",已如前所述。当然还有还原法、比较法等。没有方法的自觉,解读此文,不仅可能浅尝辄止,而且可能南辕北辙。

教学上回避不了它"逆水上移"的科学性问题。这是综合性学习和合作学习的好材料,可以激发思维,但不能脱离专业知识,最简捷的办法就是以沙玉清或加周魁一的权威解释,作为判定结果的依据,也可以请地理科等专业老师指导。笔者也是外行,前文所据知识的解释也许是错误的,也许他人有更新更科学的解释。最重要的,应把此文作为小说来读,探讨此文的得失,甚至可以尝试进行改写。

第六章
创建艺术形式规范新范畴

　　改革开放之初的 20 世纪 70 年代末和 80 年代初,孙绍振边给大学生们上课,边在构思、创建其《文学创作论》。我们在第一章中说过,孙先生致力于构建的,是能指导创作实践的文学理论。这理论的关键是能揭示创作奥秘。于是,创作论就同时成为解读理论。在第四章里又指出,其中,艺术形式规范知识解读法是基本解读方法,因为各文体的艺术形式及其知识是文学语言学科区别于一切其他学科的根本标志。第四章里还说,孙绍振是如何创建能揭示创作奥秘的艺术形式规范新范畴的,我们将在本章中做介绍。

　　孙绍振为什么从某种意义上,特别重视艺术形式规范? 我们留待第七章"建构本土文学理论的卓越探索"章再予探讨。

第一节　拓荒性的理论建构

　　当年,是思想解放、意气风发、百废待兴的年代。第一,主流的文学理论领域,理论仍旧贫瘠,仍然只有五十年代从苏联引进的、无法或难以揭示创作奥秘的文学理论。第二,当年,西方文论大量涌入,一方面,带来了文学理论的蓬勃生机,使当时的"文论进入了一个可能是五四以来最为繁荣的时期",另一方面,由于当时引进的西方文论,"除少数例外","比之传统的主流文论并不更重视艺术本身的奥秘",它们是"文化价值第一,甚至唯一",致使"文学形象作为一种艺术文本,它的特点、规律依然是一片模糊。"① 第三,于是就同时出现了像孙绍振这样力求改变这一状况的探索者。孙绍振当时如何思考,以何种思想方法指导自己的探索,我们将在第七章中再予介绍。这里只说,就艺术形式规范方面,孙绍振无疑是最早最系统探索其新范畴的学者。

　　改革开放前以及改革开放后的 80 年代初中期,我们的文学理论教材主要采用苏联学术界的体系和观点。据文艺学的著名学者代迅的研究,50 年代翻译出版的苏联文学理论著作主要有五种,其中影响最大的是季莫菲耶夫的《文学原理》(查良铮译);50 年代自己出版的文学理论教科书有霍松林的《文艺学概论》及冉欲达、刘衍文、李树谦等分别著述的共四种,它们虽"力图增加一些中国文论与中国文学方面的例证",但和上述几种苏联文艺理论教科书在概念范畴等诸方面"都有极为明显的理论渊源关系",并且在当时"全面学习苏联"的氛围中,"其享有的权威性和传播的广泛性均远不及上述几种前

---

① 　详见孙绍振:《文学解读基础》前言一,福建教育出版社 2017 年版,第 1—2 页。

苏联文艺学教材";另有巴人、蒋孔阳、吴调公分别著述的文学理论书籍,一方面"和前苏联文论也有渊源关系",另方面在一些具体问题的论述上和"流行观点相左,因而受到冷落或批判","未能产生较大影响";我们自己编写并产生了广泛影响的文艺理论教科书主要是 1963 年、1964 年出版,1978 年根据教育部的要求修订,作为高校文艺理论教材重版的、以群主编的《文学的基本原理》上、下两册,以及 60 年代完成初稿、1979 年出版的蔡仪主编的《文学概论》。代迅认为,以群、蔡仪两书,在体例构架上都体现了独立探索,但"仍然是 50 年代教科书的延续,只是更趋于完善化和定型化,总体上仍未超出前苏联文艺理论教科书体系的范围";并且认为,"尽管自 80 年代以来,对这个体系的不满和批评之声日渐滋长,各式各样的文艺理论教科书频频出现,但总的来看,仍属这个体系内的局部修补"。① 代迅的论文发表于 1999 年,这个看法,一方面有点悲观,他大概没有把实际教学中大量的"口头探索"计算在内,也没有看到像孙绍振《文学创作论》这样的超前探索;另一方面,正从一个角度,说明了孙绍振创建的艺术形式规范的诸多新范畴是拓荒性的。

　　仅以我们将重点论及的小说情节理论为例。季莫菲耶夫的《文学原理》的说法,情节"是展示个性的工具";"情节的基础:生活冲突的反映";完整的情节是:破题(冲突的背景)、开端、发展、顶点(决定性的冲突,运动的最高峰)、终结。这是查良铮的译法(他译作者为季摩菲耶夫)。② 20 世纪 70 年代末至 80 年代中期(甚或更迟),以以群、蔡仪的教科书为代表的主流文学理论界,情节理论就是季莫菲耶夫的,不过把它们说成(或者说译成):情节是性格的发展史、成长史、变化史;情节是对矛盾冲突的组织(或展开);完整的情节是:序幕(或背景)、开端、发展、高潮、结局。③ 而孙绍振的《文学创作论》(课堂讲授始于 80 年代初,成稿于 1984 年,出版于 1986 年),则以源自亚里士多德和福斯特,并作出了自己的系统发展的情节因果和性格因果理论实现了对季氏旧情节理论的超越。90 年代初开始,高校许多文学理论教材也纷纷以福斯特著名的"王后死于伤心"的情节因果说为情节理论的主导面,并揉入季氏理论的部分内容,又引入了西方其他叙事学的理论。如 1992 年由高教出

---

① 详见代迅:《世纪回眸:前苏联文论与中国》,《潍坊高等专科学校学报》1999 年第 1 期。
② 详见季摩菲耶夫:《文学原理》,查良铮译,平明出版社 1955 年版,第 199—205 页。
③ 详见蔡仪:《文学概论》,人民文学出版社 1979 年版,第 154—158 页;郑国铨等:《文学理论》中国人民大学出版社 1981 年版,第 112—116 页。

版社初版的高师院校的主要教材、童庆炳主编的《文学理论教程》，修订版后记称道：这是一本"大家普遍认为""摆脱了50年代前苏联旧教材的范式"的"'换代'教材"。其情节部分，首先引入了福斯特的因果说，做了阐释，而后得出结论："情节是按照因果逻辑组织起来的一系列事件。"接着阐述了情节也"要求在事件的发展中表现出人物行为的矛盾冲突，由此而揭示人物命运的变化过程。"继而又指出人物和情节的关系有两种情况，一种是"人物本身见不出完整的、活生生的性格"，人物"不过是为了构造情节而设置的（称为情节发展中的行动元）"，一种是"许多现实主义作品中，情节则是展现人物性格的手段"。这里，情节表现矛盾冲突，揭示人物命运变化，展现人物的性格，均源自季氏的情节理论。由此，又介绍了亚里士多德、黑格尔、金圣叹、李渔等东西方文论的各执一端的"情节中心说"和"性格中心说"，著者对此则不置可否。接着，又延伸阐述了主要源自西方文论的行动元、角色、表层结构、深层结构、人物的行动逻辑等等相关理论。① 人民文学出版社2000年出版、作为高校文科教材使用的顾祖钊的《文学原理新释》，内容与童著大同小异，另详细介绍了普罗普、布雷蒙、格雷马斯等人的叙事模式理论。② 我们将看到，孙绍振的"情节因果——性格因果"说，不仅远早于他们，全方位超越了季氏情节论，更重要的是，内容既没有那么复杂，又更为丰富，既吸纳了包括季氏理论在内的西方文论的有益成分，又着重从创作、解读实践出发，以自身提炼、发展的成分为主，是环环相扣、有机统一的崭新的"情节范畴"论。

孙绍振在小说、散文、诗歌方面的诸多形式规范新说，均有如是特点。

孙绍振创建形式新范畴的工作，贯穿他创作论到解读学的数十年学术研究中，至今仍笔耕不辍，不断完善有关术语。因为出发于创作论，出发于指导创作，加上孙先生接触的实践样本十分丰富，完整解读的作品就逾600篇（部），并仍在解读，所以文学各文体内部具体而微的形式规范，孙先生大部分都做过探讨，并多有创新，因而有关孙绍振解读的理论中值得一说的微观规范就太多了，我们只能择其要者，略说一二，详细可看其《文学创作论》（1986）、《文学性讲演录》（2006）、《文学文本解读学》（2015）、《文学解读基础》（2017）等专著。

---

① 童庆炳主编：《文学理论教程》（第2版），高等教育出版社1998年版，第305—313页。
② 顾祖钊：《文学原理新释》，人民文学出版社2000年版，第291—298页。

第二节　小说艺术形式规范的若干新范畴

主要介绍情节因果——性格因果、打出常轨（打出常规、越出常轨）、拉开距离——情感逆行。

一、情节因果——性格因果

孙绍振首先分析了《世说新语》中的"宋定伯捉鬼"与"周处除害"二则故事。前者只说了一个不怕鬼的宋定伯，为什么不怕鬼？故事中没有回答，没有原因。后者讲了原因，即周处因不能忍受被乡亲当做"一害"，于是幡然改过，由市井无赖变为了除害英雄。孙绍振说，从通俗词源学的角度，两种以上的感情中间的关节才叫情节，前者只有一种，后者有两个以上层次的情感才谈得上情节；从福斯特的说法，后者由结果层次进入了原因层次，故事就进化为小说的情节了。① 接着，引述了福斯特《小说面面观》这段话：

> 我们曾给故事下过这样的定义：它是按照时间顺序来叙述事件的。情节同样要叙述事件，只不过特别强调因果关系罢了。如"国王死了，不

---

① 本节"情节因果—性格因果"的引文及注释分三种：1. 笔者转述的孙绍振论述，主要引自孙绍振：《文学创作论》第九章第三、四、五节，春风文艺出版社 1987 年版；孙绍振：《文学解读基础》，第三十六讲、三十七讲，福建教育出版社 2017 年版；正文中以"孙绍振分析""孙绍振解释和阐发""孙绍振指出""孙绍振说"等表述，以及从上下文语境可看出为孙绍振之论述，以上，均不另加详注（后文中凡转述孙绍振论述者，均如此处理，不另说明）。2. 直接引文及部分孙绍振观点，注明了具体出处；3、孙绍振原注的，注明了孙原注。

久王后也死去",便是故事;而"国王死了,不久王后也因伤心而死",则是情节。虽然情节中也有时间顺序,但却被因果关系所掩盖。又例如:"王后死了,原因不详,后来才发现她是因国王去世而悲伤过度致死的。"这也是情节,不过带一点神秘色彩而已。……对于王后已死这件事,如果我们问:"以后呢?"便是故事,要是问:"什么原因",则是情节。①

重要的,不在他可能是最早将福斯特这一重要而著名的因果论引入文学理论教科书的,而是孙绍振下述的系列诠释和拓展的有机统一、精辟清晰。它包括以下四个方面。

（一）指出福斯特这一因果情节论来源于亚里士多德著名的因果论,与此相关的还有亚氏的突转说、可然律,由此构成小说形式规范的一个主要特征——情节一体化

情节一体化,即情节内在统一达到了高度的完整性、有机性。

孙绍振首先引述了亚里士多德《诗学》第九章中有关因果律的这段著名论断:

> 如果一桩桩事情是意外的发生而彼此间又有因果关系,那就最能〔更能〕产生这样的（按:引起恐惧与怜悯之情）效果。这样的事件比自然发生,即偶然发生的事件更为惊人。②

孙绍振根据亚里士多德《诗学》原著中的丰富内容,对此做了如下解释和阐发:（1）情节在相同方向上的延续,则很难构成对人物心理的新方面感知,因而需要亚里士多德说的"突转",即情节"转向相反的方向",读者对"相反方向"的"发现",就对人物心理有了新的方面的认识,而这突转带来的发现,就是亚里士多德说的"意外"。（2）"突转"愈是出乎意料,"发现"引起的"不随意注意"就越是集中、专注,也就是偶然的随机性也就愈强,而绝对的偶然性和随机性则易失去逻辑性,不可能使发现在情感层次上递进、深化,亦即没有一定规律,恐惧、怜悯等情感效果就减弱,并减弱"发现"向人物心理纵深的挺进。（3）正因为这样,愈是意外的发现,愈是需要必然或可然（可能

---

① 孙原注:福斯特:《小说面面观》,苏炳文译,花城出版社 1984 年版,第 75—76 页。
② 孙原注:亚里士多德、贺拉斯:《诗学·诗艺》,罗念生、杨周翰译,人民文学出版社 1962 年版,第 31 页。

性)①,即亚里士多德说的"彼此间又有因果关系"来调节,以便使随机性与逻辑性达到必要的平衡;用亚里士多德的原话,就是一桩桩事件的连续是"意外发生的",是惊人的,但如果把这些意外的事件用因果关系(必然或可然)联系起来,反而能"更惊人",也就是效果更强烈;无疑,不能一味必然,那将使惊奇消失。

为了更好理解这是文学艺术的基本规律,孙绍振还引述了前人的诸多名论。如狄德罗把这种"联系"规定为"异常与正常"的平衡:

> 很好,加油吧!堆砌吧,在稀奇古怪的情景之上再堆砌上稀奇古怪的情景吧,我同意。不可否认,你的故事无疑会叫人拍案惊奇,但是请不要忘记,你必须用许多正常的事件来补足,来扶持你的奇异之处。而我所重视的正是这些正常的事件。②

又说:

> 重要的一点是做到奇异而不失为逼真。③

这就是刘勰在《文心雕龙》中所说的"酌奇不失其真,华而不堕其实",以及苏东坡著名的"反常合道"论。

孙绍振总结性地指出:(1)读者的阅读心理,既有对正常的必然性(或可能性)的期待,又有对异常的随机性偶然性的发现和惊奇。(2)一切情节都是在必然与偶然、期待与发现的反复运行中,在多个交叉点上形成、发展的。过分的异常偶然,不能导致"发现"向人物心理纵深推进,过分的正常必然,又使发现和惊奇完全消失。(3)孙绍振又引述亚里士多德在《诗学》第十六章中说的:"一切'发现'中最好的是从情节本身产生的,通过合乎可然律的事件中而引起观众惊奇的'发现'"④,认为,不管是多么异常、偶然,只要在"可然律",也

---

①　必然、可然,又称必然律、可然律。可然律即指可能发生的。亚里士多德的《诗学》中二者经常是连用的。如:《第十章》中:"但'发现'与'突转'必须由情节的结构中产生出来,成为前事的必然或可然的结果。"《第十五章》中:"某种'性格'的人物说某一句话,作某一件事,须合乎必然律或可然律。"引文见伍蠡甫、胡经之主编:《西方文艺理论名著选编》上卷,北京大学出版社1985年版,第63、73页。

②　孙原注:狄德罗:《狄德罗美学论文选》,张冠尧等译,人民文学出版社1984年版,第164页。

③　孙原注:狄德罗:《论戏剧艺术》,出处同上。

④　孙原注:亚里士多德、贺拉斯:《诗学·诗艺》,罗念生、杨周翰译,人民文学出版社1962年版,第55页。

就是在可能性上达到统一,就能在审美的价值和认识的价值上同步深化了。

最后,孙绍振对亚里士多德和福斯特"因果论"的贡献的评价是:

> 把因果性、可能性、必然性引进情节,在小说形式的胚胎发育史上有
> 划阶段的意义。它对小说审美规范的形成起了伟大的作用,这个作用集
> 中表现在形式的一体化上。有了因果性的故事,作为一种形式,它的各个
> 部分的联系不再是按时间、空间序列的表面相随的关系,而是情感结构上
> 的有机联系。从此,小说作为一种艺术形式具备了不同于任何生活形式
> 的特殊性,那就是它已成为一种普遍形式,它已具备了形式审美规范的一
> 个主要特征——高度的内在的统一性。[①]

福斯特生动、简明地表述了亚里士多德的情节因果论,但亚氏因果论的内
涵是丰富严密的、多层次的,甚至是复杂的,孙绍振不仅作出了清晰的梳理和
诠释,而且把它作为形式规范的新范畴(或者说是对旧情节范畴的改造和超
越),做了阐发。

以下的内容,既是孙先生的继续阐发,更是孙先生综合文本创作、解读实
践及其他相关理论,作出的创新性拓展。

(二)环环紧扣、精致严密是情节规范的具体内涵,是情节艺术的自觉追求

孙绍振指出:由于因果链的作用,小说形象的完整性空前地提高了。一切
效果都集中到原因与结果的逻辑过程中来了。在因果链以外的都为形式的统
一性所不容。不与链锁发生联系,在情节中都将成为赘疣,而在因果链以内的
任何重复的部分都因导致注意松懈而被省略。小说的审美规范在一条线索上
凝聚起来了,一切结果都是有原因的。而没有原因的结局是不美的,没有结局
的原因也是不美的。

孙绍振说,亚里士多德把情节分成两个部分,从开头到转入顺境(或逆
境)之前都叫"结",其余部分叫"解",为什么"结"要有那么大的篇幅? 就
是因为要把隐含原因的矛盾冲突、展开的过程拉长,才有戏可唱。贾宝玉与林
黛玉结不成婚,原因是什么,要有很长的过程来展现。祥林嫂死了,为什么必
然走向死,有很长的过程。总之,原因与结果之间的关系变成一种很精致的关

---

① 孙绍振:《文学创作论》,春风文艺出版社 1987 年版,第 669 页。

系,只有原因与结果精致地统一,结才能被解开。

孙绍振又指出,诗歌也需要统一的焦点,但除了叙事诗,诗不会写得很长,不容易枝蔓,而小说的内容复杂得多,篇幅大得多,小说特别需要一体化,不能在统一性上有任何枝蔓。

接着,孙先生强调了情节规范的下述五点:

1. 情节因果规范的精密性,渗透到每一个细节

这精密性不但表现在人物关系、心灵关系上,而且渗透到人物与环境的关系,乃至每一个细节中。不但没有原因的结果不成情节,而且缺乏精致的精彩的原因的结果也不能构成可信的情节。不但在因果链以外的成分是破坏统一性的,连对因果链不起作用的细节道具都可能影响效果的统一集中和主要特征的突出。契诃夫说,如果你在小说第一节中把枪挂在墙上,那么到第三节或第四节就得把子弹放出去,如果不准备放出去,这支枪就没有在墙上出现的充分理由。在小说情节中,任何一种道具,任何一个人物的习惯、口头禅、心理特性,任何一种风俗的特征,都要受因果律的严密逻辑制约。古代中国就把这种情节艺术称为环环紧扣。

2. 情节因果规范的严密性在历史发展过程中达到因果二重性,上一环节的结果同时又是下一环节的原因,以实现效果层层递增

情节的形式规范不但排斥偶然的孤悬成分,而且排斥因果非二重性的成分,因为非二重性的因果造成因果链的松弛。就像狄德罗说的:"假使主要情节首先结束,那么余下的一个将无所依附"①。如果故事没有结束,只要让上一个结果同时成为原因,任何细节就都可以出现,否则,就没有存在的理由。这样,才能使情节越来越紧张,越来越紧凑,越来越严密。

3. 因果律的运用越来越趋自觉化,自发的不严密的手法被逐渐淘汰,而严密的手法被逐步创造出来,并很快地自觉普及化

在不自觉阶段,通常用补叙来说明原因,后来逐渐被伏笔插曲取代。正如金圣叹在评点《水浒》中"武松打虎"时,反复提醒读者注意他手中拿的哨棒那样,因为到打虎时,这条哨棒要断掉,有了这样的结果才导致用拳头打死老虎的另一结果。而毛宗岗在评点《三国演义》时已明确提出要有"伏笔":"《三国》一书有来年下种,先时伏着之妙,善圃者投种于地,待时而发,善弈者

---

① 孙原注:狄德罗:《狄德罗美学论文选》,张冠尧等译,人民文学出版社 1984 年版,第 143 页。

下一闲着于数十着之前,而其应在数十着之后,文章叙事之法亦犹是而已。"①
这与契诃夫所述先挂枪后放枪如出一辙。

4. 原因和结果要两极分化,形成反向运动

要构成情节,必然要有原因与结果在方向上的背离,如果没有因果反向,
没有造成一种向相反方向运动的过程,就没有情节;如果同情反感没有造成两
极分化,也就不可能向意外的结果突转,也就不能产生对更深层次的原因的发
现。对此,孙绍振举了好几个例子。如有一篇土耳其小说,写一个老人天天早
上起来上邮电局去探问有没有他儿子的来信,路上人们小心地向他问候,但是他
从来没有拿到一封信。作者先把这个当作一个结果加以充分的渲染,然后逐步
向读者透露:他儿子早已战死了。原因有了,小说也就结束了。一方面是老人在
主观上是那样满怀热望,百折不挠,另一方面是热望必然落空的严峻冷酷现实。
奇异的结果是由奇异的感情造成的。作家把这两个极点放在读者面前,把人物
非理性的情感放在两极的空白点中,而读者在受到这两极的强刺激之后,就用自
己被激活了的想象去补充了,膨胀了,甚至溢出了两极之间的空白。再如科尼向
托尔斯泰讲了一个故事:妓女萨利亚入狱后一个贵族青年向她求婚。托尔斯泰
听到这个故事以后,过了些日子,写信请科尼让他写成小说,因为这里有因果两
极分化的广阔天地。又如,元杂剧李行道的《灰栏记》的高潮是包公断案。矛
盾焦点集中在谁是合法继承人(一个孩子)的母亲。包公巧妙地在地上画一个
灰栏,令两个女人分别向两边拽孩子,谁能把他拽出栏外谁便是母亲。双方各不
相让。其结果是亲生母亲不忍孩子受苦,放手了。包公据此断定放手的是真母
亲。这个具有因果两极分化、反向运动的细节飞渡关山在法国文学和德国文学
中获得了不同的生命。如布莱希特的《高加索灰栏记》中借用了这个细节:法
官仍用灰栏判定真假母亲。最后的宣判恰恰相反:判定一心为争夺财产继承
权的"生母"败诉,尽心尽力为孩子牺牲的"养母"胜诉。

**5. 情节的一体化是以结局为中心的一体化,但有时结局并不是重要的,甚至
不完整,重要的是导致结局的必然趋向**

情节一体化实际上是以高潮为中心的一体化,在高潮以前,一切成为奔赴
高潮的原因,在高潮以后都成为高潮的结果。孙绍振说明,以上当然是指传统

---

① 　孙原注:陈曦仲等辑校:《三国演义会评本》,北京大学出版社 1986 年版,第 15—16 页。

小说的情节规范，到了后现代，出现了打破因果链的小说，但这些前卫探索的艺术价值尚有待证明。

孙绍振又说，对于读者心理来说，最重要的似乎是结果，但是在创作过程中，作者对原因的巧妙布局、苦心经营无疑是更为重要的。而对于志在揭示其创作奥秘的解读者，对这些造成结果的原因的用心探索，同样尤为重要。第四章艺术形式法中的"因果法"里所介绍的孙先生对《项链》的解读，对《我的叔叔于勒》的解读，就是典型的揭示它们自觉追求这一环环紧扣、精致严密的形式规范。我们当时还引用了孙先生类似的其他术语，如针脚绵密、天衣无缝等等，并且命名它为"写法因果"。

重要的是，从孙绍振上述环环紧扣、精致严密的情节规范所及五点看，我们应当特别强调的是：（1）写法因果决不是跟内容无关，艺术形式规范天生就包含了对内容的安排，而且首先是对内容的安排。如上述五点中所及的人物关系、心灵关系、人物情感（如土耳其小说中的母亲、《灰栏记》中的母亲）、社会价值判断（如《灰栏记》中的包公、法官），如《项链》中玛蒂尔德的自尊，《我的叔叔于勒》中的无情、有情、同情等，都是内容的精致严密的安排。（2）反过来，导致结果的"原因"就绝不仅仅指内容，必然包含一切细节、伏笔、插曲等等的形成最后结果的"造因"，如《项链》中的珠宝店卖出了这个真盒子却没有卖出配套的真项链，如玛蒂尔德还项链时，佛来思节夫人并未打开盒子检查项链真假等等，莫不如是严丝合缝的伏笔"造因"。（3）经典作品均出现了因果反向运动：《项链》中玛蒂尔德渴望出人头地的虚荣心，带来的是丢失项链的灾难结果；含辛茹苦还债务、赔项链，结局却是假项链；而假项链又是没料到的某种意义上对主人公后十年诚信、勇敢面对生活的"补偿"。《我的叔叔于勒》中于勒的哥哥嫂嫂把全部发财希望寄托在于勒身上，结果不仅成泡影，而且又遇上了沦为乞丐的穷亲戚；穷亲戚心想再也不敢打扰哥嫂，到家门口了，只敢呆在轮船上，不料其兄嫂则一门心思躲避不及。（4）这又都是原因产生结果，结果又成为新原因，又带来后一新结果的典型的因果二重性，典型的越来越紧张，越来越紧凑，越来越严密的情节布局。（5）上述小说情节中的所有人物，不仅有性格鲜明的主人公，而且有并无活生生性格的、但于情节发展不可或缺的次要人物，如《项链》中的教育部长、珠宝店老板，《我的叔叔于勒》中的女儿、女婿、船长。前述文学理论教材中花了那么多笔墨介绍的不无复杂的"行动元",不是统统可以归到孙绍振说的,任何细节都受因果律严密逻辑制约的情节一体化,或者更简明的环环紧扣艺术中?

源于亚里士多德的情节因果律,在孙绍振这里大大细化了,拓展了,操作化了,形成了既包含了季莫菲耶夫旧情节范畴的合理元素(如情节中的矛盾冲突、情节与人物的关系等),又大为超越它的情节规范的新范畴。

对福斯特的"王后死于伤心说"则更是明显的发展。当然,这里应当指出,福斯特对"写法因果"同样是重视的,我们一开头所引述的福斯特那段话,其中几句,人民文学出版社 2009 年版的《小说面面观》是这样翻译的:"……我们还可以说:'王后死了,谁都不知道是什么缘故,后来才发现她是因国王之死死于心碎。'这非但是个情节,里面还加了个谜团,这种形式就具有了高度发展的潜能。它暂时将时序悬置一旁,在不逾矩的情况下跟故事拉开了最大的距离。"这段话的后文中还有如下的强调:"一部结构高度严密的小说,其中描写的事件往往必然是相互关联、互为因果的";"谜团对情节而言必不可少,而没有脑子则无法欣赏其中的奥妙";"它需要谜团,不过这些谜团在后文中一定要解决;……小说家……成竹在胸,泰然自若地高踞于他的作品之上,在这里投下一束光,在那里又盖上一顶帽儿,为了达至最佳效果……"[1] 当然,福斯特主要说的是谜团,无论就丰富性、系统性,还是就量和质,都难以和孙绍振的体系性的情节因果律、情节规范新范畴相比。

(三)孙绍振解读《林教头风雪山神庙》[2],是站在创作的角度,揭示那环环紧扣、针脚绵密的情节因果安排的典例

孙绍振说,金圣叹可能是当时最有评论才华、很有艺术眼光的学者了,但在此章中,多少有点看走了眼,他反复强调"火"的好处,确实,火也要紧,文中有关火的伏笔,证明不是林冲失火,而是起火另有原因。但火在情节中是果,因是什么呢?情节中的因最重要的就是雪。孙绍振又指出,让陆虞候当面向林冲自述自己烧死林冲的阴谋,那几乎是不可能的,那么,就要让他们背靠背"见面"。见面的地点安排在古庙。为了让林冲先看到古庙,于是就安排一场越下越大的大风雪,大到把草厅压倒(前文又早有交代,那草厅本已毁坏得

---

[1] 福斯特:《小说面面观》,冯涛译,人民文学出版社 2009 年版,第 74—76、85 页。

[2] 详见孙绍振:《经典小说解读》,上海教育出版社 2016 年版,第 76—79 页。

摇摇欲坠,林冲还心想天晴了要来修修),那就要安排林冲此时要出去,否则,林冲被倒塌的草厅压死,情节就无以为继。为了让林冲出去,就要安排林冲去沽酒,为了让林冲去沽酒,就要先交代,原本看守草料场的老军人告诉他,附近有可沽酒的市井,又因为雪大,为御寒,林冲就去沽酒,在沽酒的路上,就安排他看见了这座古庙。回来见草厅倒塌,于是就来到这座古庙借宿。文中前头又早有伏笔(不是事后的补叙),方圆周边除了草料场,只有这座古庙。因此,草厅倒塌后,林冲才不得不来到这古庙,陆虞候三位放火歹徒,要看结果,也不得不来到这古庙。双方"相会"于古庙,才有隔门偷听,知悉全部阴谋的情节之果。

沿着孙先生这个解读路径,我们还可以发现如下针脚绵密的细节:(1)关于放火,文中就一句交代"小人直爬入墙里去,四下草堆上点了十来个火把",这表明,可以很合理地做如下推测:其一,放火者是直接翻墙而入,未走正门,不知大门已上锁,内中已无人,否则放火就无意义了;其二,放火者并未先到草厅去查看,不知草堆后面的正厅早被大雪压到,林冲可能早已不在,放火亦无意义,而是一翻进墙就点火,草堆起大火后,更不可能跑去大火包围中的内厅去看,而是当即退出。更妙的是:草料场的布局结构(即最外一圈是围墙,第二圈是草堆,正厅位于最内最中心位置)前文又早有交代,所以放火者翻墙而入后,只看到最外圈的草堆,而没有看到草堆后面倒塌的草厅,这些都是早有伏笔的"前因"而不是事后的"补叙"。(2)鲁迅在《中国小说史略》中,比较了几个《水浒传》本子,认为100回本好于115回本,120回本则类同于100回本,并比较了前两个版本,所举之例就是林冲雪中沽酒这一段。鲁迅说100回本"惟于文辞,乃大有增删,几乎改观,除去恶诗,增益骈语;描写亦愈入细微,如述林冲雪中行沽一节,即多于百十五回本者至一倍余",接下去,就大篇幅的引述了100回本和115回本"林冲雪中行沽一节"的各自原文。我们对照一下,就会发现,除了鲁迅极为赞赏的多了好几处"那雪正下得紧"外,还有,出门去沽酒时,100回本有"把两扇草场门反拽上,锁了,带了钥匙,信步投东",而115回本无此"锁了"等文字,而为"便把花枪挑了酒葫芦出来,信步投东"。我们按照鲁迅的比较,把两个版本的原文再找来对照,发现第二次出门去古庙时,亦如是,100回本为"把被卷了,花枪挑着酒葫芦,依旧把门拽上锁了,望那庙来",而115回本则是"将被卷了,挑着酒葫芦并牛肉,来到庙里"。门有锁还是没锁,是大不一样的,否则,按115回本,放火者假设从大门口走过,看见门只是关着,未见上锁,自然以为林冲还在屋内;而一百回本门锁了,证明放火者未经过大门口,而是直接翻墙而入的,不知林冲可能已外出。此外,对金圣叹"腰斩"《水浒》的 71 回本,鲁迅也肯定了"惟字句亦小有佳处",我们对照一下此回,确有这样改得更严密的,如说到三歹徒来到古庙,欲推门时,一百回本说,门推不开,"林冲靠住了",金圣叹 71 回本改为:"石头靠住了",显然,前者可能引起歧义,以为林冲紧挨在大门背后,如是,则歹徒推门时会有人体反弹的感觉,知道门后有人,后面的偷听就不可能有了。① 为了更清楚理解上述的分析,我们不妨将 115 回本有关文字节录如下:

> (林冲)来到庙里,把门掩上,并无邻舍,又没庙祝。林冲将酒肉放在香桌上,把葫芦冷酒来吃。只听得外面爗爗剥剥爆响,林冲出门外看时,草场里火起,便入去拿枪出门。听得前面有人说话来,林冲伏在庙里听时,是三个脚步响,直投庙里来推门,却被林冲靠住了。三个立在庙檐下看火。一个说道:"这计好么?"一个应曰:"端的亏管营、差拨用心。"一个说:"四下草堆放起火来,却走那里去?便逃得性命,烧了草场,也该死罪。"(115 回本)

第一,115 回本那差拨只说"四下草堆放起火来",没有说翻墙,那三人就可能经过门口,若是,门又无交代是否上锁,若锁了,就没戏了;若无锁,又可能进入先察看,那看到草厅已倒塌,也没戏了。关键就是要给人未走正门的最大可能推测,用 100 回本现在这样的写法:"小人直爬入墙里去,四下草堆上点了十来个火把",就可做上述推测了。第二,115 回本,前无搬来石头靠门的交代,后面说"林冲伏在庙里听时,是三个脚步响,直投庙里来推门,却被林冲靠住了",又几乎是坐实林冲用身子去靠门的。现在 100 回本有交代搬来石头顶住门,金圣叹又再改成外面三人推门时,"石头靠住了",就严密了。(3)我们把孙先生关于针脚绵密、天衣无缝之重要及其解读《林教头风雪山神庙》部分告诉研究生,学生们亦按这个解读路径去思考,又有新发现,说"信步投东"是很重要的,表明酒店和古庙都在草料场以东,而小说中前文又有交代,草料场在沧州城"东门外十五里",这样,陆虞候等作案者往东走,实施其阴谋,林冲此时正往东走去古庙投宿,否则,双方相对而行,是极可能碰上的。胡适说,《水浒传》是经过了四五百年的演变修改,才成就了今天这样的经典。我们正

---

① 　本段有关鲁迅的引文、观点见《鲁迅全集》第九卷,人民文学出版社 2005 年版,第 147—152 页。

应该用"环环紧扣、精致严密"这一传统经典作品的情节规范、情节因果律，去解读、细读《林教头风雪山神庙》，知道那笔笔细节，尤其是大雪，都是最后"隔门偷听"这一情节之果的"造因"。

前文特别强调，写法因果、艺术形式规范天生首先就是对内容的安排，而小说内容中最重要的无缘是人物性格。而林冲性格由此发生突变，孙先生的解读更是精彩。几乎各解读都没有把这个节选，延伸到后文林冲投宿柴进庄园的那一段。孙绍振指出：第一，林冲偷听到阴谋，这一笔，可以说是压死骆驼的最后一根稻草，长期积聚的愤恨和屈辱，瞬间爆发，心理被彻底打出常轨，这个温文尔雅、逆来顺受的英雄，化作了尽情杀戮的屠夫。第二，一个高级军官成了杀人犯，心理该有多么大的震撼，但是，林冲竟毫无慌乱之感，杀完陆虞候等人后，所作的事都很有程序，格外从容，把三人的人头一一割下，提入庙内放到供桌上，而且镇静到还有闲心"将葫芦里的冷酒都吃尽了"。孙称赞这是古代中国传统小说叙述的大手笔。第三，特别是，离开山神庙走到一个庄子（柴进庄园），向庄人讨酒喝，遭到拒绝时，突然变得暴躁起来，把一众庄人都赶打跑了，这个杀人时都无比镇静、没有暴躁，竟然此时向不相干的庄人无理暴躁起来，这说明，林冲憋在心里的怨怒是多么深重。孙绍振总结说，这个出场时手执扇子、温文尔雅、一直来都忍心吞气、逆来顺受的高级军官，甚至解差受指示要结果了他，他还是忍住，劝救他的鲁智深放过解差的心存幻想者，这个时候，似乎变成了另外一个人，正因为是另外一个人，才显得更是林冲，他内心被压抑得越苦，爆发出来的力量越强，人物内心越有立体感。

这就涉及我们后文要重点介绍的，孙绍振"情节一体化"所及之"精彩内容"和"性格因果"的问题。

（四）精致情节的精彩原因，首要在精彩内容

情节因果的原因，首先无疑是内容。前文中引述到的孙绍振这句话："缺乏精致的精彩的原因的结果也不能构成可信的情节"[①]，这个精彩原因，首要者就是精彩内容。这就是我们在第四章的因果法里，对应于"写法因果"，提出的"内容因果"。这个内容之因，上述"第二点"已涉及，重点案例《林教头

---

① 孙绍振：《文学创作论》，春风文艺出版社 1987 年版，第 669 页。

风雪山神庙》解读亦涉及，但未展开介绍。现着重介绍孙绍振所发展、所强调的内容之因。

1. 必须是非常深刻的社会或心理的原因

孙绍振在引述完福斯特的"王后死于伤心"说后，认为如此简单的原因，还不能算是小说，至少不能算是比较像样的小说。孙绍振历次就此紧接着说过的话语有："王后为什么悲哀致死呢，原来太子不是他生的，而是另一个王妃生的，而这个王妃素来遭受她迫害"（原因比较复杂、深刻了）；"国王死了，王后也死了，什么原因，因为得了癌症。这样的因果，很符合充足理由律，但是算不上小说"；"情节不能只是异常古怪，像武侠小说或言情小说，都很异常，人们相爱、相恨都说不出什么非常深刻的社会或心理的原因，不客气地说，是胡编乱造。"①

2. 精彩小说的因果，应该是极其特殊、不可重复的情感因果

孙绍振说："要成为精彩的小说，其因果应该是极其特殊、不可重复的情感因果。"又说："在多样的可能因果中，应该用什么标准来选择最优的一组因果呢？多种纷繁的因果大致可以分为三类：一是实用价值因果，二是科学认识因果，三是情感审美因果。前二者都是以理性的普遍性为特点的，后者是非理性的，不可重复的。前二者在生活中占据着优势，而艺术家的任务就是要把受到理性和实用因果压抑、窒息的审美情感因果解放出来"；艺术所关注的是人的情感，"必须把其情感的因果放在最核心的地位"，"就是审美因果超越实用和理性因果。"② 关于文学要表现的是审美价值、情感价值，而不是实用价值、科学价值，这在第四章的错位法、错位理论部分已经讲得很充分，不再赘述。

3. 精彩小说的审美因果"在超越了理性因果以后，在另一个层次上又回归于更深刻的理性因果"③

前文第四章关键词语法里，讨论"大家仍然叫她祥林嫂"这句话时，我们说，婆婆可以把她随便改嫁他人，改嫁了，仍然只承认第一个丈夫的合法性，"大家仍然叫她祥林嫂"，这都是夫权加族权对妇女的双重压迫，而且，所有

---

① 孙绍振：《文学创作论》，春风文艺出版社 1987 年版，第 666 页；《文学性讲演录》，广西师范大学出版社 2006 年版，第 411 页；《文学解读基础》，福建教育出版社 2017 年版，第 380、382 页。

② 孙绍振：《文学解读基础》，福建教育出版社 2017 年版，第 380、384 页。

③ 同上书，第 394 页。

人,包括祥林嫂自己都觉得这理所当然,都麻木了,这已经触及很深刻的社会理性,具有很深刻的思想了。但这还不是最深刻的。最深刻的就是,孙绍振指出的,这压在妇女头上的"几座权利大山"是互相矛盾的,极其荒谬野蛮的。孙绍振分析道:封建社会,女子从一而终,一旦嫁与一个男人,就永恒属于他,丈夫死了,只能作为"未亡人"而等待死亡,这是夫权,这是社会普遍的"公理",她改嫁给另一个男人了,"大家仍然叫她祥林嫂",自动化的共同反应,根深蒂固以至于此。这已经够悲惨了,但这还只是问题的一面。问题的另一面是,祥林嫂遵循夫权,死不改嫁,可是婆婆却公然违反她的意志,把她卖掉,这明显是有悖于夫权的事,但又还有一个族权原则:儿子是父母的财产,儿子的"未亡人"自然归于父母,因而婆婆有权出卖媳妇,这样的族权与夫权公然矛盾、荒谬的现象,却又是整个社会普遍认可的(这就是鲁四老爷的"可恶……然而……"的含义之一),更可悲的是,祥林嫂的改嫁又是不洁的,又不能为社会所认可,因此又不能"端福礼",包括神圣的神权也一样认可这个荒谬,一样矛盾地处理这个矛盾的事实,把她锯成两半,所有的罪孽都加在一个最底层的弱女子身上。祥林嫂生不能作为一个平等的奴仆,死不能成为一个完整的鬼,她受的精神刺激太强烈了,精神太痛苦了,她主要不是死于物质的贫困,而是精神的痛楚、崩溃,她原先还是很健壮的身体,在这样的精神打击下迅速崩溃了。这还不是最悲惨的。最悲惨、最深刻的因果是,孙先生指出,"造成物质贫困和精神痛楚的原因竟是自相矛盾的、狗屁不通的封建礼教",特别是,"在一个受害的弱女子的如此可同情的悲剧面前,居然没有一个人,包括和她同命运的柳妈以及一般群众,对她表示一点同情,更没有任何人对如此荒谬的封建礼教表现出一点愤怒,有的只是冷漠。很显然,在这背后有悲剧的理性的原因:群众对封建礼教的麻木。正因为如此,改造中国人的灵魂才显得特别重要。这正是鲁迅作为一个伟大的启蒙主义者的思想特点。"①

所以,好小说的最深层都是有思想的,都是隐含理性思考,乃至深刻的理性思考的。杜十娘愤怒的情感背后是对没有责任感的负心男子的社会现象的深刻批判,《麦琪的礼物》的年青夫妇最有情的背后是最触动人们的对真挚爱情的思考。《红楼梦》的宝黛爱情以及一系列悲欢离合的情感背后,更是鲁

---

① 孙绍振:《文学解读基础》,福建教育出版社 2017 年版,第 394—395 页。

迅所言的"悲凉之雾,遍被华林,然呼吸而领会之者,独宝玉而已"①的深刻洞察。乃至像散文《背影》,感人的父子情背后是对知恩感恩话题的深入思考。

4.好的情节是性格因果

孙绍振说:"小说发展成熟的标志是性格,好的情节不是一般的因果,而是性格的因果。"②性格一方面是内容的问题,当它以一个个具体的有性格的人物"装进"情节时,它是内容,而且是最重要的内容。所以,我们在第四章的"因果法"介绍解读案例时,都把性格造成的结果归入"内容因果"中。另一方面,它经过千百年的艺术实践、历史发展,它又成为了一种艺术表现形式。孙绍振由此发展、构建了一个"性格因果律"及传统小说的"性格审美规范"。以下专列一大点叙述。

（五）"性格因果律"和"性格审美规范"要点

其内容远比情节因果律丰富,在《文学创作论》中,情节只占一节四小节,而性格占两节23小节。参照孙绍振《文学解读基础》和《文学性讲演录》中的情况,这里只简要介绍四点:

1.从宿命因果走向情感因果,从形象的类型化走向情感的个性化

孙绍振指出,这是历史发展过程的产物。古代的中外作品,最初追求的情节一体化都有着非常强的必然性,甚至使必然达到了一种不可逃避的程度。他举了古希腊的悲剧就是所谓的命运悲剧,如《俄狄浦斯王》,无论主人公怎么躲避,都逃不了杀父娶母的结局。又举了古代中国的许多作品。如钱彩的《说岳全传》,岳飞的前身是如来佛身边的大鹏鸟,一次如来讲座时,一只修炼成精的蝙蝠放了一个臭屁,被巡座的大鹏鸟啄死了,其魂下界投胎,后来就是秦桧的妻子。如来因大鹏鸟随便杀生,罚其下凡。于是就有了后来岳飞被秦桧夫妇陷害的故事。连北宋的"靖康之难"都与上界的某一孽缘有关。《水浒传》的一百零八将是三十六天罡星和七十二地煞星的转世,《红楼梦》的宝黛是神瑛侍者和绛珠仙子的转世,都是类似现象。当然,读者是被岳飞的精忠报国、梁山好汉的替天行道、《红楼梦》的宝黛爱情打动的,这就是孙绍振说的,在文学艺术的发展历程中,宿命因果逐步让位于情感因果的结果。形象

---

① 《鲁迅全集》第九卷,人民文学出版社2005年版,第239页。

② 孙绍振:《文学解读基础》,福建教育出版社2017年版,第396页。

类型化向个性化的转变也一样,作家的情感逻辑让位给人物的情感逻辑,情节因果最终取决于作品中人物的情感逻辑。

2. 情感是性格抉择的结果

亚里士多德《诗学》中说,性格就是人物的抉择,说人物如果一点都不表示取向,则其无性格,所以性格就是抉择。孙绍振补充说,如果选择的是实用价值,这个人物也往往无性格,如人物选择对自己不利的,无实用价值的情感,明明不利,还要坚持,这就有戏了,有个性可欣赏了。孙绍振最常举的就是鲁迅最为赞赏的《三国演义》中关羽的性格,"义勇之概,时时如见",特别是华容道放走曹操一段,明知是违背了立下的军令状,有杀头之罪,但关羽还是出于义气,把曹操放走了,这就是情感价值超越了实用价值,有性格了,或者说是性格决定了这个情节因果。这样,情节问题,就转变为了性格问题。当然,这是情节的主要方面而言的,作品中所有性格加起来,不能完全切割全部情节,而如前所述,作品中所有非性格的成分、细节都是因果链中的必不可少之环,因此,我们是就主要方面而言的。但有这一条就够了,传统经典小说的情节因果实际就是性格因果,什么样的性格就将产生什么样的结果。玛蒂尔德的自尊性格,就产生了她的悲喜剧。武松的声誉高于一切的性格就产生了他打死老虎的结果。《芦花荡》老头子极强的自信自尊性格就产生了不用枪就消灭了十几个日本鬼子的神奇结果。

3. 性格的逻辑起点——人物的一点着迷,以及随之而来的一系列变异了的感觉知觉

孙绍振进一步指出,要找到构成人物性格的逻辑性首先得找到人物性格的逻辑起点。一切情感的变异性和统一性都是从这个起点上产生的,正是在这个起点上有着决定人物性格发育、生长、衰亡的胚胎;决定着"在着迷点作用下变异了的一系列的感觉和知觉,以至想象、语言、思维、动机、回忆";作家如果"找不到人物特异的感知系统,人物仍然是个幽灵,读者无从感知人物内心的情感的奇观"[1]。孙绍振举例说,巴尔扎克笔下,写了那么多贪财好色之徒,但是没有两个人是相同的,因为人物的感情逻辑的着迷点是不同的,同样是贪财,老葛朗台的着迷点是"毫不掩饰的贪恋",临终弥留之际,看见神父的金十字架,就企图扑上去,结果这样大的动作,送了他的命,这就是他连死亡也弃之一边的变异了

---

[1]　孙绍振:《文学创作论》,春风文艺出版社 1987 年版,第 701 页。

财迷的感觉。而同样是巴尔扎克笔下的贪婪之徒高布赛克，其着迷点是不愿意露财的"财迷"，他掉了金币，人家捡起还他，他宁可当场否认。孙绍振总结的"性格审美规范"是：任何小说中有生命的人物，总是在感情的某一个点上，进入着迷的幻想境界，如痴如醉。当然，并不是在一切问题上都着迷，只是在一点上痴迷，《红楼梦》把贾宝玉称之为"情痴"，就是说他在感情上痴迷，当然也不是在一切感情上痴迷，只在最核心最关键的一点上痴迷。贾宝玉就在对待女孩子上痴迷，在别的问题上并不痴迷，在女孩中也不是同样痴迷，而是在某一点上特别痴迷。所谓"痴迷"就是不合理性、不现实，在现实的痛击下不易更改，有非常强大的稳定性和一贯性，并且由此产生他们变异了感觉知觉。正是宝玉的"情痴"和林黛玉的"痴情"，这二个"一点着迷"，碰在一起，一切感知都跟别人不一样，都变异得很不合情理，都老是无端自我折磨。还有，孙绍振说的杜十娘要求的是纯粹的感情，一旦怀疑被证实，感情掺了假，她就毫不犹豫让自己和珠宝一起毁灭，也正是在"纯粹感情"上的一点着迷，产生了这种异于世俗的思维、行动的奇观。还有，孙绍振关于祥林嫂死因的分析，首先的决定的当然是她所处的社会，是三个不讲理：夫权不讲理、族权不讲理、神权也不讲理，祥林嫂的悲剧就是这三重荒谬而又野蛮的封建礼教带来的。而被损害最深的祥林嫂自己也中毒甚深，当柳妈告诉她要锯成两半时，她只有恐怖，她非常虔诚地相信了，不惜花两年的工钱去捐门槛，她以为已经赎罪了，可以敬神了，可是端起福礼，却被鲁四奶奶礼貌地制止了，她像被"炮烙"似的缩回了手。在主人家看来，祥林嫂寡妇再嫁的原罪是没有办法改变的，这对祥林嫂是致命的精神打击，从此记忆力衰退，丢三忘四，身体日渐不行，最后被辞退，流落街头，整日恍恍惚惚，询问鬼神的有无。孙绍振指出，换个别人，不端福礼就不端了，可是祥林嫂中毒竟那么深，相信自己有罪，自我折磨、自我摧残到这样的程度。孙绍振认为，鲁迅的深邃就在于，祥林嫂不仅死于别人脑袋里的封建礼教观念，而且死于自己头脑中的封建礼教观念。[①] 这实际上也是主人公的一点着迷，"哀其不幸，怒其不争"、中毒甚深的典型，导致如此极端的自我崩溃的感觉感知。包括我们第二章中提到的莫言《透明的红萝卜》里黑孩子奇异的红萝卜的美丽幻觉，孙绍振指出，这是黑孩子从小遭受虐待、冷漠，现在遇到了近在身边的小石

---

①　孙绍振有关《杜十娘怒沉百宝箱》及《祝福》的分析，参见孙绍振：《经典小说解读》中的本文解读，上海教育出版社 2016 年版。

匠和恋人对他的朴素的关切,使他潜意识中有了一种美好的情绪,那红萝卜的美丽幻觉正是他深深潜藏的不可言喻的美好情绪的外化。这同样是对"温暖关切"的一点着迷所产生的奇异、变异感觉。

4. 性格审美规范对情节审美规范的冲击,性格因果高于情节因果,情节对性格的积极作用

这一大点带有某种总结性,孙绍振就二者关系主要谈了如下几点:(1)性格审美规范逐步形成以后,性格的因果性就以极大的优势君临情节因果;情节因果从属于性格因果,情节的原因成了表面的原因,性格的原因成了情节原因的原因,情节的果也成了表面的果,是性格的果造成了情节的果,所以高尔基说情节是"各种不同性格、典型成长的历史",情节的功能完全服从于刻画性格的需要(例如《项链》,全部情节就是为了刻画玛蒂尔德的自尊性格)。(2)情节的推演不但不能与性格的展开发生矛盾,而且不能与性格的展开游离,不管是矛盾还是游离都会破坏小说形象的统一性和性格逻辑的一贯性,导致形象整体的破碎和性格逻辑的断裂(例如《文学创作论》《文学文本解读学》中多次提到的托尔斯泰、肖洛霍夫对草稿的反复修改,目的就在于此。又如前面介绍的古人对《水浒传》的一而再,再而三的修改)。(3)性格的审美规范越趋向成熟,情节的重要性越是降低。19 世纪现实主义文学在塑造性格上获得空前辉煌的成就以后,那些单纯以情节取胜,或者性格的展示赶不上情节发展的速度的小说,在艺术上就逐渐衰落了,时到 19 世纪,任何小说家如果不用性格武装情节,就不能不在艺术上走向没落,而到了 20 世纪以后那些现代武侠传奇甚至某些推理小说(包括金庸的小说),都不能不落到严肃文学的审美水平线以下去了。(4)这是因为构成情节的关键是"突转",也就是向相反方向、相反的两极转化,就是让人物越出常轨,在动荡中检测人物心灵黑箱的奥秘,寻求那情感深处的因果关系。情感决定了人物的外在动作,而不是外在动作决定了人物情感的特征。对于性格来说重要的并不是动作,而是推动这个动作的隐秘情感(例如声誉至上,使武松继续上山)。对于情节来说,只要这个动作的"果"能成为产生另一动作的"因",使情节因果链得以延续就成(例如武松继续上山成为遇上老虎,打死老虎的因,情节因果链没有断裂)。情节的因果性如果不与性格的因果性交融,就只有在生活和心灵的表面层次上滑行。(5)这自然不是说情节在展示性格时完全是消极的、被动的。其一,情节的反复突转为性格向纵深层次突进提供了条件,每一次突转都为性格向新的层次深入提供了可能性。在情节与性格高度统一的作品中,情节的推演与性格的深化是同步的。正是因为这样,好故事才如此难得,一旦出现就反复被运用(例如前面提到的《灰栏记》)。其二,情节对性格的作用主要表现在强化递增和深化拓展两个方面。比如《卖油郎独占花魁》,卖油郎秦钟的要求很低,只要求见花魁女一次,但代价很大,得付出他积累了多年的资金。这已经是强化的了。但是见了,偏偏又逢花魁大醉,这样,效果就强化递增了。然而秦钟并不因此从世俗功利观念出发去占有她,而是尊重她,这样,情节的强化导致了性格逻辑的极化。又如《武松打虎》,一些事态从情节上讲是微量递增的,但从性格上看却是巨量的拓广和深化。他不顾店家劝阻仍要上山,看到阳谷县的告示,证明山上确有虎,他想到过回头,但又怕被店家耻笑(须吃他耻笑,难以转去),为了保全面子,不顾生命危险往前走。这是武松性格上一个新层次,派生的因(告示)并没有起到动作上回头的作用,对于动作不起多大作用的被淹没的原因,对于性格却有极大的价值。接下去,当他走下岗子遇到猎户伪装的老虎时,并没有表现出任何超人的气概,而是胆怯起来了,这下子完了!这就拓广了武松的情感世界,显示了一种在勇气上超人,在情感上如常人的双重特征,这双重因子的交织就构成武松的情感逻辑、性格特征。

前文说过,孙绍振就性格范畴的内容,仅《文学创作论》中就远不止这些,何况还有 20 多年后在《文学性讲演录》和《文学解读基础》中的不断发展,要较完整介绍,需另列"性格审美规范"一节,这里,主要就其与情节的关系,重点介绍了一些内容。但就上述四点及本大点全部内容看,我们可以得出:

第一,孙绍振既不是亚里士多德的"情节中心",也不是黑格尔的"性格中心",并且不是其他文学理论教科书不置可否的"无中心",而是"情节因果—性格因果"二者结合、重心在性格,服务于性格的小说艺术形式规范的崭新范畴。其内涵已明显超越了其理论源头的亚里士多德和福斯特的情节因果论。

第二,对于季莫菲耶夫的旧情节理论,既吸纳了它的合理元素,包括引入了季氏也着重引用的高尔基关于情节与性格关系的观点,更是坚决抛弃了"开端、发展、高潮、结局""情节是性格发展史"的貌似简明,实质流于表象、囿于机械的理论。孙绍振指出,早在 19 世纪下半叶,以契诃夫、莫泊桑、都德为代表的短篇小说家,就废弃了这种古典式的全过程的程序;五四时期,胡适就在《论短篇小说》中作了理论的总结,说所谓短篇小说,犹如树的"横截面",是"用最经济的文学手段,描写事实中的最精彩的一段,或一方面,而能使人充分满意的文章。"孙绍振又说,鲁迅有时走得更远,他的《狂人日记》几乎取消了情节,而《故乡》和《孔乙己》则几乎谈不上情节的高潮。① 确如孙先生所言,《狂人日记》就像今天讲的意识流;《孔乙己》主要就是三个有关孔乙己的几乎平行的场面,第一个场面——"孔乙己是这样的使人快活,可是没有他,别人也便这么过。"——甚至是最重要的。因此,主要是,创作和解读的重点都不是去划分什么阶段,而是都要找那结果之因,尤其是性格这一因中之因。情节可以无发展地突如其来,像孙绍振经常介绍的契诃夫的《苦恼》,一个孤独的老人不停地对周边的人和一匹小马倾诉他心中的苦恼。可以一开篇就是高潮的临界点,如同样是孙绍振经常介绍的契诃夫的《万卡》,一个想念爷爷的苦难的童工,写完给爷爷的信,信封上写道:"乡下爷爷收",故事就结束了。爷爷是收不到的,孩子是不知道的,这如叫"结局"就无力、无感了,这就是高潮,是于表现孩子的性格、展现社会悲剧的一角、激起读者无限的悲悯,都是瞬间而来的高潮。再说中学里最常入选的莫泊桑两篇小说,其中《我的叔叔于勒》,可以说,见到于勒之时,是暴露兄嫂无情个性的高潮,而《项链》,得知假项链,在情节上是高潮,而就主人公的性格而言,高潮应是丢失项链后,一个勇于面对灾难的新的玛蒂尔德出现的那一刻。更不用说莫言的《透明的红萝卜》,小说中有三个片段都很重要、很关键,一个是美丽的红萝卜的幻觉一幕,一个是黑孩子扑上去扳倒既在决斗中违规,又"垄断"了菊子姑娘情感的小石匠的一幕,一个是师傅们、朋友们人去楼空,菊子眼睛受重伤,朋友们个个心灵受重创,整个工地一片压抑,黑孩自己躲在黑暗一隅哭泣的一幕,你说那个是情节的高潮? 实际上都是黑孩子独特情感的高峰体验。这种本质上是传统现实主义,但运用了类似魔幻现实主义手法(但莫言明言:他创作这些时,对福克纳、马尔克斯毫无所知,影响他却有孙绍振——详见拙作第二章),几乎平行展现的"性格因果"片段。《红高粱》中更突出、更复杂,小说的主干情节是伏击战,但是,"我奶奶""我爷爷"的独特性格、独特情感逻辑,更多寄寓在不断穿插、闪回、闪前的无数个呈现主人公爱情悲喜剧的片段中。这样的例子举不胜举。

第三,孙绍振的"情节因果 -- 性格因果"新形式规范,不像一些文学理论

---

① 以上见孙绍振、孙彦君:《文学文本解读学》,北京大学出版社 2015 年版,第 288 页。

体系,在抛弃苏联旧情节理论的同时,又引入一大堆当代西方文论术语,不说其食洋不化,也是杂陈生疏,而孙绍振是自己建构起一套有机统一的话语体系。

第四,孙绍振的"情节因果—性格因果"形式规范理论,主要是就传统作品,尤其是经典小说而言的。孙绍振对后现代小说的形式规范,亦有探索成果,可见其《文学创作论》《文学性讲演录》《文学解读基础》《文学文本解读学》中的相关部分。

最值得推荐的案例,是孙绍振一系列经典人物的个案解读,如曹操、诸葛亮、关羽、猪八戒、贾宝玉、林黛玉、王熙凤、薛宝钗、繁漪、周朴园、祥林嫂、孔乙己、阿Q、安娜·卡列尼娜、玛蒂尔德、别里科夫、娜塔莎……以及一系列古今中外小说名篇的解读,其"情节因果——性格因果"理论在个中有详尽展现。[①]

二、打出常轨（打出常规、越出常轨）

和上述"情节因果—性格因果"一样,"打出常轨"作为塑造、刻画人物的小说艺术的形式规范研究,贯穿孙绍振《文学创作论》时期到《文学文本解读学》时期的数十年学术工作中,其理论内涵不断发展,完善。最初以"越出常轨"命名,在1984年完稿的《文学创作论》中,与此有关的理论涵盖两大节14小节,其中,至少有13个学术点与此有关。2006年的《文学性讲演录》和2017年的《文学解读基础》（是为《文学性讲演录》的修订版）,以"打出常轨"命名,重点阐述者未超过五点。2015年的《文学文本解读学》,重点阐述者未超过三点。后两个时期在结构、内涵、表述、案例上,都有更为精致的发展,乃至明显的发展,如都用"打出"取代"越出",这就更符合是从创作角度揭示、命名的,特别是《文学文本解读学》中又把后文将谈的"拉开距离—情感逆行"亦归到打出常规[②]范畴内,从学术的集中严密、有机统一上,更科学了。这个情况,后文再予说明。

---

①　可查找相关篇目解读的孙绍振各种解读专辑,或从孙绍振的《文学创作论》《文学性讲演录》《文学解读基础》《文学文本解读学》等专著中查阅。又,近期出版的《经典小说解读》（上海教育出版社2016年版）和《演说〈红楼〉〈三国〉〈雷雨〉之魅》（福建教育出版社2017年版）是孙绍振小说解读较集中的两个专辑本。

②　2015年《文学文本解读学》以打出常规命名,但其2017年的《文学解读基础》又以打出常轨命名,一般以后定者命名,加之"常轨"更有人物运动之感。

亦和上一节（"情节因果—性格因果"）做法一样，以一书为主，参照他著，着重阐述一些内容，只是为主者是《文学文本解读学》，而不是上节那样是《文学创作论》。主要从两个方面介绍打出常轨（打出常规、越出常轨）。

（一）依据

1. 科学依据

孙绍振认为 [①]，从某种意义上说，小说家考察人，研究人的感情结构，与自然科学家研究物质的结构并不是没有共通之处的。小说家不满足于对人物感情作静态的宣泄，自然科学家也不满足对客观物质做静止的考察。英国科学家何非说，科学研究的工作就是设法走到事物的极端，而观察它有无特别现象的工作。弗朗西斯·培根说，正如在社会中每个人的能力总是在最容易发生动荡的情况下，而不是在其他情况下发挥出来，所以同样隐蔽在自然界中的事情，只有在技术的挑衅下，才会暴露出来。孙绍振认为，小说家在以下三点与科学家是一致的，（1）"以技术的挑衅"，打破感情结构的稳定常态；（2）使感情处于某种"极端"状况；（3）捕捉那稳定常态以外的"特殊情况"，发现隐蔽在感情结构深处的秘密，不过小说家不能像科学家那样给他的研究对象加温，加压，通电，而是用一种生活的变故，迫使人物进入极端的、不正常的生活，以打破其感情深层结构的稳态。

孙绍振又从心理学的角度指出：（1）人的感情是一个很复杂的世界，它有它的表层和深层，有着人物本身所意识到的层次和连人物本身也意识不到的层次。处于表层是比较容易被感知的，处于深层和无意识层的情感是不易显现的，只有在强刺激作用下才可能由沉睡状态变为活跃状态，由微妙的内在波动化为强烈的外在表现。处于意识表层的情感，本来是很容易被认知的，但是由于环境、人际关系、个性的作用，人很少是把自己一切感情都像火一样地公开的，除了小孩子，绝大多数人都对自己的感情加以抑制和虚饰，尽量不让感情的火焰燃烧，至多只让它冒烟，有时甚至连烟都不冒。要在社会中正常地生活，就得

---

① 本大点"打出常轨"的注释分三种：1. 笔者转述的孙绍振论述，主要引自孙绍振：《文学创作论》第九章第二节，春风文艺出版社 1987 年版；孙绍振、孙彦君：《文学文本解读学》第九章第四节，北京大学出版社 2015 年版；孙绍振：《文学解读基础》第三十五讲，福建教育出版社 2017 年版。2. 直接引文及部分孙绍振观点，注明了具体出处。3. 孙绍振原注的，注明了孙原注。

让感情受理性的抑制。人从幼年就开始学习用理性控制感情,长期的被控制,被抑制,被窒息,使得一部分感情死亡了,一部分感情沉睡了,一部分处于被歪曲状态。只有强刺激才能唤醒、激活。(2)弗洛伊德甚至认为正是处于无意识领域中的成分决定了人的意识。孙绍振据此指出,那深深埋藏在意识结构深层,甚至无意识层中的情感,往往是更深刻的,对人更起决定作用的,叙事的特点就是它不仅直接抒发现成的感情,而且在矛盾冲突中去冲击意识和情感的深层结构,使深层结构失去稳定的常态,迫使感情从深层结构中解放出来,把人物放在变化的环境和动荡的命运中考察人物的感情结构的各个层次的复杂性。

2. 作家创作经验的依据

孙绍振引述的有:(1)佐拉提出的“实验小说”的理论,并以《贝姨》为例,说明巴尔扎克的方法是“通过情况和环境的加工修改”,好像用“试剂法分析感情”一样,作出一份人物的“实验报告”。[①] 有人说川端康成的方法是把人物放在试管中的方法,孙绍振说,其实,发明权在佐拉。(2)莱辛在《汉堡剧评》中说:“没有伪装,不成性格。”[②] 孙绍振认为,话虽说得绝了一点,但是有相对的合理性。张洁在《沉重的翅膀》中也说:“人是多面体的,而有些侧面,非在必要的时候是不会看到的。”(3)张贤亮在《绿化树》中引述了俄罗斯作家阿·托尔斯泰在《苦难的历程》第二部《一九一八》题记中说的话:“在清水里泡三次,在血水里浴三次,在碱水里煮三次。”

孙绍振认为,文学是人以感情为核心的包括感觉表层和智性深层的动态变幻艺术,小说中人与人的关系,就是让人的表层瓦解和深层暴露。

这些,就是打出常轨形式规范的理论依据、权威依据,尤其是佐拉的“试剂分析感情”,孙绍振最常提及。当然,最主要的依据是大量作品本身。

(二)各种形态的打出常轨

孙绍振在各个时期阐释的打出常轨,大体有下列形态:

1. 打出常轨后的第二情境、第二境遇,最常见的是逆境,一般是极端的,并且往往连续多次,甚至放在相反的两极中“考验”人物

孙绍振最常举的例子就是佐拉提到的巴尔扎克的《贝姨》:于洛男爵极端

---

① 孙原注,伍蠡甫主编:《西方文论选》(下),上海译文出版社 1979 年版,第 251 页。

② 孙原注,莱辛:《汉堡剧评》,张黎译,上海译文出版社 1981 年版,第 296 页。

好色,可是他的夫人对他却非常忠贞。暴发户勾引她,被拒绝了。于洛不争气,引诱下属华莱里做情妇。这就非常极端了,妻子忠于丈夫,丈夫却非常花心。华莱里表面上跟他好,暗里又和自己的老公联合起来捉奸,强迫于洛提拔她老公为科长,而且要赔钱。于洛为了赔钱,只好派一个亲戚到非洲去做生意,结果亏了20万法郎。如果不补上亏空,作为一个贵族,于洛就要被逮捕,这是很丢脸面子的事。他的妻子乃走向一个极端:救他。为了要弄20万法郎,乃图委身于被她拒绝过的暴发户,没想到暴发户已有了新情人,拒绝了她。丈夫的荒淫无耻是一个极端,妻子以贵族身份委身平民暴发户又是一个极端。第三个极端是,本来是个好色之徒的暴发户,对于洛夫人垂涎三尺,现在却拒绝了她。于洛在渡过了难关后从家里溜走了,去和一个小女子同居,夫人把她找回来,原谅了他。于洛又穷又无所作为。第四个极端是,妻子发现于洛和厨房女工在睡觉,而且对女工说夫人身体不好,将来总有一天要女工当男爵夫人。这个夫人果然病体缠身,临终前和丈夫说了一句话:"你不久以后,就有了一位新男爵夫人了。"

孙绍振说:"这样的情节结构就是一层一层地推向极端,把人物推出了心理正常轨道,在常规之外,揭示表面难以发现的秘密。这种办法不仅在《贝姨》里运用,巴尔扎克的全部小说几乎脱离不了这种以极端情境层层逼迫、层层深挖的方法。严格地说,这也不是巴尔扎克的特殊嗜好,许多小说家都不自觉地遵循着这个规范。不管佐拉还是梅里美,不管狄更斯还是马克·吐温,不管曹雪芹还是川端康成,都不约而同地在这样一个无形无声的磁力线诱导下展开天才的想象。"[1]

《红楼梦》里尤三姐之死、尤二姐之死、晴雯之死、贾瑞之死,等等,都有类似的极端境遇,都通过打出常轨,揭示了主人公或刚烈,或懦弱,或正大,或卑微的内心世界,以及相关人物的心灵秘密。

孙绍振指出,《水浒》的逼上梁山之"逼"就是反复打出常轨,其中最有代表性的就是林冲。先是让顶头上司的儿子,调戏他老婆,再让他中计误闯白虎堂遭流放,接着让他在野猪林差一点被公差暗害。但是,几次被打到极端境遇,林冲的心态并未改变,直到高太尉派陆虞候他们又来烧草料场,要他的命,林冲的心态才在这最极端的境遇下,显出英雄本色,义无反顾,大开杀戒,从此变成另外一个人。最后,在决定梁山命运上,又和李逵一样坚决反对接受招安。最复杂的是宋江,一共有造反信件泄密、杀阎婆惜、上江州法场、动摇回家、再上梁山五

---

[1]　孙绍振、孙彦君:《文学文本解读学》,北京大学出版社 2015 年版,第 300 页。

次被打出常轨。孙绍振分析了他内心显露出的七个层次的矛盾。

祥林嫂也是，二次死丈夫，被强迫再嫁，儿子又被狼叼走，遭世人疏远，被东家辞退，捐了门槛也不许端福礼，到阴间可能被锯成两半，没有人能回答她的疑问，反复的极端逆境的折磨，让她最后精神崩溃，走向死亡，同时，也揭示了她中礼教毒害甚深的麻木的心。

2.关键是前提条件的充分和氛围浓度的饱和，达到了这个条件，一次极端逆境，只调动一个因子，就足以让主人公暴露心灵的秘密

孙绍振常举之例都德的《最后一课》就是这样。小孩佛朗西原来非常厌恶法语，但后来把他推到一个极端，也就是一种不可逆的情境——这是最后一课，从此以后不能再学法语了——他就突然觉得法语非常可爱，希望上课的时间越长越好。虽然只是一个事变，但这样一个极端逆境足够了，平常潜在的对母语的热爱就充分显现出来了。

《项链》也是这样，就一件事，丢失项链，付出了十年青春的代价。为什么非要借项链不可？因为虚荣心作祟。为什么会丢？可能舞会上过于出风头，过于得意忘形，过于忘乎所以，过于关注自己形象，在离开舞场前后仍沉浸于忘情中，未注意身上项链有极大关系。但丢失后，考验出了一个诚信勇敢、面对现实的新玛蒂尔德。就是孙绍振说的，项链的"功能"就如佐拉所说的用"试剂法分析感情"中的一个"试剂"，把人物内心潜在的另一面品质揭示出来了。

一次逆境的例子并不在少数，如一个意外情况的出现，孙绍振举到的例子就有：屠格涅夫《贵族之家》里恋爱的主人公，原传已死的妻子突然死而复活，《简爱》里男女主人公的婚姻由于发现男方还有一个疯了的妻子而中断，从良后杜十娘正满怀新生活的希望跟随李甲回家，却突然遭到孙富的破坏；又如一次环境的改变，孙绍振说，光把人送到荒岛上去，世界文学史上就发生过不下五次。但同样只调动了一个因子，出现了一个逆境，条件充分与否，氛围浓度饱和与否，结局却大不一样。孙绍振介绍了一对典型的例子：

屠格涅夫的《木木》和莫泊桑的《珂珂特小姐》，写的都是下层劳动者养了心爱的狗，引起主人的不满，被迫将狗淹死的故事。莫泊桑在结尾处写车夫弗朗索瓦在河中发现了狗的尸体，疯了。而屠格涅夫只写了农奴盖拉新不辞而别，离开了莫斯科。两者都是心爱的狗被淹死这一逆境，车夫疯了，动作的激烈程度显然强过不辞而别。然而就其动人程度，疯了，远远不及大踏步地不

告而别的强。《珂珂特小姐》在莫泊桑的小说中并非杰作,而屠格涅夫的《木木》却成了世界短篇小说中的经典性作品。原因就在车夫弗朗索瓦性格的质变缺乏充分的前承条件,后续效果的产生也缺乏氛围的浓度。

为了达到后续效果的充分必然性,屠格涅夫设置了一系列的前承条件:一,盖拉新是个又聋又哑的大力士;二,他无法用语言表达自己对女佣人的爱情,而喜怒无常的女主人却把女佣人随便嫁给了一个酒鬼;三,受到了这样的精神打击以后,他才养了一条狗,这条狗成了他唯一的乐趣,唯一的感情寄托。可这条狗在无意中打扰了女主人,女主人两次严令杀死这条狗。盖拉新最后并没有反抗女主人的命令,但在执行以后,不能用语言表述他的痛苦和反抗,却用坚决的行动表达他不能忍受这样的心灵摧残。屠格涅夫设置了一系列的前承条件,使这一无声的反叛成为充分必然的结果,盖拉新不能说话的生理缺陷更是加深了他的孤独感和压抑情绪。《珂珂特小姐》中,除了弗朗索瓦对狗的爱以外,没有更复杂更深刻的原因,莫泊桑并没有明确地强化珂珂特小姐(狗名)在弗朗索瓦感情中不可替代的地位和特殊的感情,因而他后来疯狂的氛围是不够饱和的,读者的情绪也没有激活到相应的强度,因而结局的可信性就比较差。虽然疯了的后果更严重,但动人的程度却不及哑巴的举动。

孙绍振由此认为:"可见,艺术效果并不完全取决于结局的强烈程度,更重要的是取决结果的必然程度,而决定结局的必然性的不是结局的本身,而是前提条件的充分程度和造成结局的氛围的饱和程度。"①

正是这样的原因,上举反复多次打出常轨的,目的就是为了达到前承条件的充分,氛围浓度的饱和。

3. 极端顺境情况

与上述多数是逆境的情况相反,也有极端顺境的,同样可以使表层心理结构瓦解,暴露出人的内心隐秘来。

孙绍振所举最著名例子就是马克·吐温的《百万英镑》:平白无故给一个一文不名、衣衫褴褛的青年一张一百万英镑的钞票,但找不开,不好用,有了这张不好用的大钞,这个贫穷的美国青年就到处受欢迎了,爱情的天使也降临了。孙绍振说,这就像炸弹一样,把人生中最卑俗、最势利眼和最纯洁的爱情,都从灵魂深处爆炸到生活的表层。又说,当巴尔扎克让他的人物为夺取财产

---

① 孙绍振:《文学创作论》,春风文艺出版社 1987 年版,第 660 页。

而丧尽良心,受尽苦难时,马克·吐温却常常把意外的好运、巨额的财产轻易地放在他的人物面前,结果并不是给人物立即带来幸福,相反把人物弄得手足无措,哭笑不得,他笔下的人物,处于顺境中受的精神折腾似乎比逆境中更多。

孙绍振认为,马克·吐温的风格足以说明,顺境比之逆境对于人物心灵的检验有着完全同等的重要性,而在喜剧风格的作品中,也许顺境比逆境更有情节操作价值。

孙绍振还认为,古代中国的经典小说中,很少有人物是来自于顺境,并且能够表现出深刻性格的。他说,可能唯一的例外就是《三国演义·捉放曹》中关羽华容道放走曹操。这是胜券在握的买卖,关羽却终于网开一面,让曹操死里逃生,这释放的就是关羽心灵深处的"义",就是我们前面提到的鲁迅极赞赏的关羽"义勇之概,时时如见"。孙绍振书里出现的例子中,有顺境之味的应当还有《范进中举》。范进中举后,送银子的有了,送房产的有了,送食送穿的也有了,连送丫鬟、佣人的都有了。当得知这一切都是属于自己时,范母因高兴过度死了,这就是顺境生变,它无情地暴露了人物心里的鄙俗。

4.逆境、顺境交错等复杂形态

实际上,上文最后所举几例都有点复杂。关羽的顺境,并不像《百万英镑》那样是完全之顺境,曹操的出现,对他又是一个难题,难题就是逆境,所以他几度犹豫,最后长叹一声才放走曹操。但正因为如此,更加生动揭示了关羽"义重如山"至把兴汉大业置之脑后的独特性格、独特情感逻辑。《范进中举》更是顺逆交错、悲喜交织的复杂境遇,先是范进屡试不第,悲催到任由胡屠户辱骂的下下人境地;后是一朝中举,又喜极而疯,是悲是喜,无由判断;再是复原后,前呼后拥,胡屠户更是一派奴颜婢膝。这个故事的复杂更在于,不仅揭示了主人公科举制度下的极端变态心理,更重要的是借此揭露了周边的胡屠户、张乡绅的极端势利。所以,孙绍振是把它作为从一个极端走向另一个极端的对立两极的典型例子。

《项链》其实也不是单纯的逆境。小说开篇可说是一个顺境,天天幻想过上上流社会生活的玛蒂尔德,突然接到教育部长的舞会请柬,又果然成了当晚的舞会皇后,这当是瞬间的极端顺境,福兮祸所伏,才导致了后来的悲剧。不过,故事的重心在丢失项链。

孙绍振着重提到的莫泊桑另一篇差不多同样手法,但真假相反的《珠宝》,对立两极的转换更为复杂。开篇男主人公郎丹娶了位似乎完美无缺的妻子,沉浸于幸福中,这是顺境。六年后,妻子突然离世,他痛不欲生,这是逆境。后来发现妻子留下的一大堆本以为是假的珠宝,不仅全是真的,而且不言而喻是做别人情妇的所"得",他天旋地转,昏厥过去,竟毫无所知戴了六年绿帽子,这极端羞耻,使他精神受到了极大的打击,这无疑是极端逆境。后来,郎丹不顾羞耻,把全部珠宝兑换为法郎,获得了一笔巨额财产,并开始挥霍起来。这结局,究竟是极端顺境(巨额财产)?还是极端逆境(如此寡廉鲜耻)?不管是什么,这才更像是"在清水里泡三次,在碱水里煮三次","以技术的挑衅",用佐拉的"试剂法分析感情",在写一份人物心灵的"实验报告"。

还有一种情况是,人物一出场就是极端逆境,像孔乙己。相较于他人,他生活在非常态,相较于自己,这极端贫困早已是他的常规生活。所以,他的基本性格、内心情感的基本状态,早已由"本小说"之前的科举失败,跌入困顿的逆境中得以成型。另一方面,他来到咸亨酒店,这是一个新环境,他被众人当着笑料,毫不顾及其尊严,任意拿他取笑,这可以说是精神上的更为难堪的极端逆境。如此检验出的孔乙己的精神世界,就是孙绍振指出的,毫无招架之力地死死维护着自己残存的读书人的最后一点可怜的自尊。如此坠入精神困境的作用,孙绍振认为更重要的是,周边人的毫无同情心,连这一点可怜的自尊都把它给彻底摧毁,更可悲的是,作出这些恶意行径的人们又丝毫没有感觉到自己的恶意,一整个冷漠的社会。所以,这检验的,恐怕更主要是社会的普遍人性了。

又如,契诃夫的《万卡》《苦恼》,也是人物一出场就是面临逆境,就被打出常轨,只是并未写其他人对此的反应,而主要是借此暴露主人公心灵世界。

所以,如《孔乙己》《范进中举》《祝福》《百万英镑》等,又是一种独特的第二情境,周边人、看客对主人公的或悲或喜的境遇变化的反应,甚至是更为重要的瓦解人们的"面具",暴露人们的隐秘深层情感的"试剂",如孙绍振指出的,"艺术家的才气主要表现在于让这个动因引起种种的连锁反应"[1]。

孙绍振指出,还有一种情况,把人打出常轨后,人还是那样子,境遇反复越出常轨,而感情却一直保持常态不变。他举例说,如阿Q愈是遭受凌辱、迫害、愈是麻木,哪怕死到临头了,还是麻木,还是想出风头,还为那个圆圈画得不够圆而遗憾;如契诃夫笔下的宝贝儿,不管换了多少不同的丈夫或情人,也永远以丈夫(情人)的爱好和语言为自己的爱好和语言,永远没有自己的语言和

---

① 孙绍振:《文学创作论》,春风文艺出版社1987年版,第656页。

爱好,这些越出常轨与保持常态,对比越鲜明,人物的心灵就越显得深刻。

5. 将变未变的"引而不发"

境遇最终未改变,但人物的内部情感已发生变化。

孙绍振举朱苏进的《引而不发》中篇小说为例。小说写的是几十年没有战争的军队,忽然有了消息要作好准备开赴前线,于是各种年龄、经历、性格的军官、士兵内外关系都动荡起来,都越出了常轨,一系列多层次的越出常轨集中在一个焦点上。但是后来又来了命令,开赴前线的决定已经取消,于是一切又恢复了常态,多种多样的心理越出常轨的目的达到了,行动上是不是要相应地越出常轨就显得很不重要了。可以越出,也可以不越出。行动不越出,而心理却越出了,这就叫"引而不发"。

这种引而不发,也属于孙绍振指出的假定性熔炉。例如孙绍振举著名的《南柯太守传》,作者把人物放在假定的梦境中去检验,让一个仕途失意、功名之心未灭的人在梦境中再度飞黄腾达一番,看他有什么结果。结果是一顿小米饭还没有煮熟,短暂的梦幻已使主人公大彻大悟了宦海沉浮的虚无。孙绍振认为,这种虚幻情境的设置无疑是很成功的,它在一个短暂的时间里浓缩了一个人半生的体验,这样虚拟的想象的集中和奇特,表现了艺术家的魄力。尽管整个小说创作,整个这种打出常轨艺术形式都可以说是假定性熔炉,此类南柯一梦是更具体的假定性熔炉。引而不发,亦有此类功能。

孙绍振说:"现代小说不同于古典小说之处就在这种外在行动与内在心理的不平衡。古典小说,特别是传奇小说,内在的心理与外在的动作往往是同步运行的,近代、现代小说,则常常突出二者的矛盾,感情与行为之间不平衡,或虚假的统一,有助于透视心灵的潜在动作。"[1] 这实际上是打出常轨形式范畴中一个更具体的小说艺术形式规范,于创作和解读都有具体的方法论意义。

6. 并不极端的逆境、顺境

只要越出常轨,达到了显露人物心灵秘密的充分条件和饱和浓度,哪怕较小的变动,也一样达到效果。

打出常轨,孙绍振说:"也不一定要象施耐庵、罗贯中、莎士比亚、雨果、大仲马、卡夫卡那样,使情势进入超现实境界,大起大落,乃至让天上神仙,地下鬼魂突然介入,或者让半打以上的人死去,鲜血横流,也可以象契诃夫、詹姆

---

[1]　孙绍振:《文学创作论》,春风文艺出版社 1987 年版,第 645 页。

斯、伍尔芙那样,让人物在日常生活中越出常轨。问题不在于情节是否大起大落,而在于是否让人物从无可选择的第一境遇转入有较大选择性的第二境遇,到了非常态的第二境遇中,不管有没有神仙、灾难、变故,灵魂深处的潜在性能就都有泄露的可能了。"①

古代作品如《三国演义》中的《三顾茅庐》,刘备一而再,再而三,就是无法与孔明见面,这算越出常轨了,但与前面所举的那些灾难性的事件比,小巫见大巫了,跟大起大落都不沾边。但其饱和度已足够了,已考验出了刘备的诚心和气量,也检验出了张飞的急性子。

当代许多散文化的小说,变化甚至更为微量。如孙犁的《山地回忆》,故事是讲一位八路军战士和一位山村女孩子一家的美好友谊和交往。起因是两人在河边的一次口角。口角,当然是越出常轨了,但口角的实质程度一点不严重,而且双方很快都有自我调整,尤其是那挑起口角的女孩子的快人快语、不无狡黠的率真性格,很快把这场口角变为了友好对话。但正是这个越出常轨的小冲突,展示了这位女孩子的独特个性;更是鲜明展现了战争年代军民双方感情深厚的独特背景,正如孙绍振指出的,女孩子越是敢于吵架,越说明军民双方感情的深厚,也就是,不管我怎么气你,我拿稳了,你就是奈何我不得②;还微妙显示了女孩子对男战士特有的、虽非恋情的温情。

顺便说及,许多散文都实际有类似的越出常轨的现象,当然,第二情境的变化程度比小说小得多,但同样是通过打出常轨,显露人物的性格、情感、思想。如《背影》,就是要让父亲越出常轨,以如此年纪,如此身躯(体胖、臃肿),如此艰难(上下月台),甚至如此不安全(就是当今人说的违反交通规则爬铁道),去做一件如此不必要(买橘子)、不应该(要买也应儿子去)之事,父爱才真切感人,笨拙的父爱特点才鲜明。甚至如《荷塘月色》,朱自清也要有自己说的"超出平常的自己,什么都可以不想",搁置日常的生活烦恼,"又什么都可以想",处于一种越出常轨的"独处的妙处",才能如此既心境宁静,又任意想象,写出那静、雅、幽之美的荷塘月色,想象出"刚出浴的美人"的句子去形容洁白的荷花。

---

①　孙绍振:《文学创作论》,春风文艺出版社 1987 年版,第 654 页。

②　《山地回忆》解读,见孙绍振主编:《义务教育课程标准实验教科书 语文教师教学用书》九年级上册,北京师范大学出版社 2007 年版,第 379—382 页。

7. 偶然性意外突转

不管是极端境遇，还是波动不大的变化，偶然性、意外突转是这种艺术形式中常用手法之一。

孙绍振总结性地说："在小说中，作家常常依赖种种偶然事变，因而有那么多巧合，那么多冤家路窄，那么多误会。在唐宋传奇中，一再出现离魂（死而复生）的奇迹，从《天方夜谭》到古代中国的民间故事一再出现天赐的财宝，《十日谈》有那么多天真的少女遇到了淫邪的教士，《水浒传》中有那么多的善良百姓遇上了贪赃枉法的官吏，西方小说中有那么多谋杀、决斗、遗产的争夺、暴发和破产，这一切都不过是为了把人物推出正常生活轨道以外，使他们的表层情感结构瓦解"①，使人物的内心奥秘被发现。

三、拉开距离——情感逆行

一般而言，小说是讲两个和两个以上人物关系的。"拉开距离"就是关于两个和两个以上人物关系的表现艺术、形式规范。20 世纪 80 年代初期的《文学创作论》中已明确提出并阐述了拉开距离论，并且与他已产生的错位理论结合了起来。80 年代末和 90 年代初，孙绍振在有关论著、讲座中，进一步结合自己 80 年代中期全面推出的错位理论，并引入俄国形式主义的恋爱关系二元错位模式，进一步发展、完善了自己的拉开距离论。后来，又把苏联的"情感逆行"说引入这一形式规范中。2006 年出版的面向大学教学使用的《文学性讲演录》，已简要介绍了上述"拉开距离—情感逆行"论的主要内容。2015 年出版的《文学文本解读学》则从广度、深度做了比较全面的总结和发展，并从立足本土、立足实践，批判地吸收西方文论的角度做了有关说明。下述介绍，主要以《文学文本解读学》中的内容为主，并结合其早期的研究，介绍两个方面。

（一）理论要点

1. 人际距离和感情距离越成反比，形象也就越生动

这是孙绍振最早提出的拉开距离论的主要基础。孙绍振根据大量作品

---

① 孙绍振：《文学创作论》，春风文艺出版社 1987 年版，第 644 页。

事实,指出:"从创作实践上看,小说家在经营他的形象时,往往遵循着这样一个二律背反的原则,那就是一方面把人际关系拉近,一方面把心理差距拉开。人际关系距离的缩小,有利于心理差距拉开。所以,一般的说,在小说中感情发生冲突,往往是在兄弟、父子、同学、战友、夫妻之间,或者曾经是志同道合,或者曾经是患难与共,或者有过共同的回忆,或者将有同样美好的未来,然而恰恰在这样的人之间,在同样一件事情上暴露了他们之间的心理差距越来越大。"① 并就此强调了两点:(1)在共同情境中拉开心理差距。小说形象的基本特征是在同一情势、同一对象、同一关头,特别是在统一抉择中,凝聚起不同人物包含着多重错位和复合层次的感情。在量上,层次越多越好。从质上讲,错位幅度越大越好。为了使之显出心理的内在的感情的差距,就要像如前所述的在人际关系上接近,越近就越有利于强化差距。简言之,就是找寻一个共同的情境或对象,把这当作在有限范围内的心理试剂,来检测不同对象的心理差距。因此,共同情境或对象往往就成为小说形象细胞的核心,在有情节的小说中就是"情节核心"。(2)内在差距会反映为外在动作的差距,但内在差距是基础,一般处于主导的决定性的地位。外在差距有时候甚至很小。

还必须说明的是,对立双方,如前述的林冲与高太尉、陆虞候的矛盾冲突,梁山好汉与贪官污吏的斗争冲突,不属于这个范畴,在孙绍振的理论话语里,这些"敌对方"属于主人公的逆境,后面的环境理论还会说明。

2. 心心相印是诗,心心相错才是小说,这就是不同的文体有不同的形式规范

前文说过,这里探讨的是两个及两个以上人物的关系,如是单个人物,如《项链》等,就用前面的打出常规暴露其潜在心态去分析。

如果两个或两个以上人物,没有出现外部施加他们的环境变化,他们之间也没有矛盾冲突,那就是诗或者散文,许多以"我们"的口吻所写的诗,正是这样的作品;如果他们之间也出现了矛盾冲突,那实际是,一方对另一方构成了变化的境遇,这同样可以用前面的打出常轨去解读。

那么,不是单个人物,又被打出常轨,孙绍振认为,如果人物内心的变异

① 孙绍振:《文学创作论》,春风文艺出版社 1987 年版,第 616 页。本节"拉开距离"的注释分三种:1.笔者转述的孙绍振论述,主要引自孙绍振:《文学创作论》第九章第一节,春风文艺出版社 1987 年版;孙绍振、孙彦君:《文学文本解读学》第九章第六节,北京大学出版社 2015 年版;孙绍振:《文学解读基础》第三十四讲,福建教育出版社 2017 年版。2.直接引文及部分孙绍振观点,注明了具体出处。3.孙绍振原注的,注明了孙原注。

是同样的,如《长恨歌》中遭遇杀戮的杨玉环和无能为力的李隆基,感情变异是同值的,统一的,就成为浪漫的抒情诗。但是,在小说《杨太真外传》和戏曲《长生殿》中,打出常轨的人物之间的感情,发生了错位。错位就是在同一情感结构之中的人物,拉开了情与感的距离,但又没有分裂。如李隆基和杨玉环,两个人吵架了,分开了,但是又很想念,又和好了。因此,孙绍振就把拉开距离归到了打出常轨的范畴内,指出这属于打出常轨的功能中的一种——在第二情境下,人物之间拉开了距离,但没有分裂,只是错位。

这个分类,的确是更为严密、科学的。

一些似乎特殊的作品,也可以解释。比如《麦琪的礼物》,男女主人公也可以说进入了第二情境,如果理解为双方没有冲突、没有矛盾,这实际上表现的是一个人,夫妇同质,一对经济极端困窘的年青夫妇遇上了圣诞节,要送礼物(第二情境),考验出了他们共同的高尚品质。这实际用的是前面的打出常轨理论,把他们当做一个人。你要作为两个人,也可以,那就是面临第二情境,其行为的实用功利是互相冲突的,就好比共同用餐后双方争着要付款一样,表面是拉开了距离的,但更反衬出双方背后共同的、未断裂的部分——奉献本质。甚至也可以理解为:是两个人,其情感变异像《长恨歌》里的杨玉环、李隆基那样,是同值的,统一的,那就把它理解为是浪漫的诗化小说,其实,《麦琪的礼物》确实很有点像浪漫的抒情诗。当然,按第一、二种处理是更好的。

还必须说明,本大点和上述大点所讨论的,孙绍振都强调通常仅限于传统的现实主义、浪漫主义作品,至于探索性很强的现代派的小说,孙绍振在《文学文本解读学》和早期的《文学创作论》中都有另列专门章节介绍,如"情节:现代派——荒谬性因果""魔幻现实主义"等等。

还有,孙绍振所提出的这个"拉开距离"(包括前面的打出常轨),应当说,涵盖了绝大部分传统小说。有没有遗漏?不能排除。但可以用《文学文本解读学》第三章里介绍的"临时定义"研究方法,解决遗漏问题。这就是,提出一个概念、命名,从归纳法的角度,应当穷尽所有的现象,但事实上又不可能穷尽一切,孙绍振引入了普列汉诺夫的"临时定义"研究方法,即从已见到的现象中,先给一个"临时定义",亦即"准定义",以后再根据事实现象,逐步对定义进行修正完善。事实上,我们前头介绍的孙绍振不同时期的"拉开距离"论,就是一个逐步发展完善的研究现象。

3. 黑格尔的"性格"说和"不同情境显示"说

孙绍振引入了黑格尔对长篇叙事作品中的人物个性是统一的"整体性"的著名命题——黑格尔说:"这种整体就是具有具体的心灵性的及其主体性的人,就是人的完整的个性,也就是性格。"① 孙绍振根据黑格尔的理论解释说,这种个性/性格,又不是单调的、抽象的,而是丰富的,"充满生气的总和",而这种丰富性又并不是在常态下能表现出来的。孙绍振介绍说,黑格尔以希腊史诗为例说"阿喀琉斯是个最年轻的英雄,但是他一方面有年轻人的力量,另一方面也有人的一些其他品质。"这种其他的品质如何才能得以表现呢? 黑格尔认为:

> 荷马借助各种不同的情境把他的这种多方面的性格都提示出来了。②

孙绍振根据荷马《伊利亚特》中阿喀琉斯故事的具体内容,解释道:"同一的情境是常规情境,而'不同的情境'乃是超越常规的情境;把人物打出了常规,多方面的性格才能显示出来。"③ 孙绍振认为,单个人物如此,多个人物则更是如此,更因他们原本的丰富性,在第二情境下,显出不同的特性而拉开距离。

4. "情节、性格、环境"三要素理论新解

孙绍振对传统的小说三要素理论进行了改造,认为"情节产生于人物心理距离的扩大,性格也依赖于人物心理拉开距离的趋势,而环境则是把人物心理打出常轨,构成拉开距离的条件。在一定限度内,人物心理(感知、情感、语言、动机、行为等)拉开的距离越大,其艺术感染力越强;人物心理的距离越小,其感染力越弱;当人物之间的心理距离等于零时,小说不是变成诗,就是走向结束或者宣告失败了。"④ 我们换句话来理解,即人物心理距离越大,双方冲突越厉害,小说的情节就越为复杂,各自的性格特征越鲜明越不相同,人物所处的环境(第二境遇)越为极端,逆境就是越为恶劣,顺境就是越为优渥,对人的诱惑力越大。

5. 拉开距离的本质是人物错位,是心心相错

孙绍振认为:小说艺术最忌心心相印,心心相印,不但毫无性格可言,就是连情节也无从发展。个性全在心心相错之中。错位,不是对立,而是部分心理重合,部分拉开距离。如果是爱情小说,错位就是闹别扭、摩擦,难以言表……但

---

① 孙原注:黑格尔《美学》第一卷,朱光潜译,商务印书馆1981年版,第300页。
② 同上书,第302页。
③ 孙绍振、孙彦君:《文学文本解读学》,北京大学出版社2015年版,第309页。
④ 同上。

是,还是相爱,就是"恨"也是爱得深的结果,虽然这种爱也许是潜在的,甚至连主人公自己都不一定意识到的。如果是非爱情小说,就是在仍有某种共同目的、任务、利益……(任一种或多种)的前提下,双方矛盾,甚至冲突严重,或意见相左,或意气不投,或性格不合,或沟通不畅,或抢功摆好,或"瑜亮情结"……

6. 引入并改造俄国形式主义的恋爱关系二元错位模式

早在 20 世纪 90 年代初,孙绍振出版的《怎样写小说》中就引入俄国形式主义者斯克洛夫斯基在《故事和小说的构成》中提出的下列著名的"A、B 论":

> 故事需要的是不顺利的爱情。例如当 A 爱上 B, B 觉得她并不爱 A;而 B 爱上 A 时, A 却觉得不爱 B 了。…可见故事不仅须要有作用,而且需要有反作用,有某种不一致。①

在《文学文本解读学》中,孙绍振一方面对此做了充分肯定,指出这说的就是心心相错,认为这正是小说的艺术生命所在,在古今中外的成熟小说中可以得到广泛的印证,那些越是写得好的爱情小说,男女主人公往往越是陷于互相折磨的恶性循环中;认为这可能是俄国形式主义理论中最有价值的一点,如果可以替之作出范畴概括的话,可以用"二元错位"来表述。另一方面,孙绍振又用东西方经典文本进行严格比照,指出了这一"二元错位"模式的几个方面的缺失,并且作出了重要的发展:(1)属于上述"二元错位"爱情模式的如俄国形式主义者用来举例的普希金的《叶普盖尼·奥涅金》以及托尔斯泰的《安娜·卡列尼娜》,而实际上,就爱情而言,往往不是二元,还有一个第三者,甚至是多元,是 A、B+C……这第三者或是小人,或是三角(或多角)恋爱(孙指出,斯氏的 A–B 不同步,对 A 用情不够的情况,概括得不够全面,还有一种情况是:A 爱上 B, B 也可能爱上了 A,但此时可能出现了 C, A 有可能爱上了 C,也可能动摇于 B 与 C 之间。在这样的错位结构中,人物的心理无疑更加复杂丰富。这就是所谓的三角恋爱),或是家庭、社会的干扰,或是好心办坏事,或是爱情喜剧需要的"红娘"……(2)类似的感情错位并不是恋爱小说独有的,而是一切情节性小说的普遍规律。在叙事和戏剧结构中,处于亲密情感结构之中的人物要有不同的个性,要拉开距离,盟友、同志、亲人一定要在一定条件

---

① 孙原注,斯克洛夫斯基:《故事和小说的构成》,见乔治·艾略特等《小说的艺术》,社会科学文献出版社 1999 年版,第 86 页。

下分化，也有 A、B+C……的关系，这 C，或是处理 A、B 关系的畸轻畸重者，或是孙绍振称为的"中介反照人物"。

7. 引入"情感逆行"说

孙绍振说："作家要让作品有震撼力，就要让人物的命运和读者的同情发生逆差。读者越是同情，作家越是要折磨他。人物的命运越是和读者的希望有反差，就越是有阅读的吸引力。苏联文艺理论家称之为'情感逆行'。"[1] 孙绍振认为，这是作家利用读者阅读心理的一个"秘密"。因此，拉开距离与情感逆行往往相伴而生，如影随形，成为一个重要的形式规范、艺术表现手段。

（二）代表性案例

这里主要摘录孙绍振《文学文本解读学》（为主）及《文学解读基础》中，阐释经其改造、发展的"A、B+C……"错位模式时分析的文本。并根据孙绍振的理论，另分析一些文本。

1."A、B"二元错位

《安娜·卡列尼娜》中，安娜·卡列尼娜起初并不爱渥伦斯基，渥伦斯基拼命追求，等到安娜爱上他后，却发现渥伦斯基并不完全把她放在心上，于是自杀了。

2. 小人挑拨，"外恶性"小人

曹雪芹在《红楼梦》开头所批判的"假拟出男女二人名姓，又必旁出一小人其间拨乱"[2]。由于小人拨乱造成男女双方的情感错位，可以称之为"外恶性"错位。这种错位模式，如莎士比亚的经典《奥赛罗》即是；由于小人亚戈的挑拨，奥赛罗的误会，奥赛罗和黛斯特蒙娜心理错位达到极限，导致奥赛罗掐死了自己心爱的妻子。

3. 三角恋爱

巴金的《家》中，觉新和梅相爱甚深，然而不能结合。觉新和瑞珏结婚后，二人也甚相爱。但觉新由于梅的存在，与瑞珏有错位。梅与觉新之间则由于瑞珏的存在也有错位。梅与瑞珏在爱情上虽有矛盾，但在相处之间却互有好感，这也是一种错位。觉新沉溺于瑞珏的温存抚爱之中，又不能忘情于梅，他对梅的追寻和询问，得到的只是梅的回避，这更是一种错位。觉新的形象被有些评论家称

---

①　孙原注，维戈茨基：《艺术心理学》，上海文艺出版社 1985 年版，第 137—138 页。

②　孙原注，冯其庸：《脂砚斋重评石头记汇校》第一回，北京图书馆出版社 2008 年版。

为"世界性的典型",其特点是当他内心的动机与对外部环境矛盾屈从的时候,他总是在行为上扼杀自己内心的动机,然而在许多场合又杀而不死,还在行为上表现出来,结果是他的动机经过多层次的变异,变得畸形而扭曲。这种扭曲了的动机就注定他总是与他喜爱的,应该保护的人之间拉开心理错位的距离。

4. 家庭干预

所举为宝黛爱情。首先要说明,爱情小说中最常见的男女主角二元错位,明明相爱极深,却无端闹别扭、闹摩擦、自我折磨、自寻烦恼、使小性子、难以言表,等等,孙绍振最常举例者就是宝黛爱情,主要是指林黛玉。但孙绍振认为,它的经典还不在这里,而是家长制婚姻带来的悲剧。他分析说:在经典作品中,造成爱的错位,并不完全由主人公的情感决定,同时还要由婚姻关系决定,最典型的是《红楼梦》。林黛玉、贾宝玉和薛宝钗的关系,并不是 A — B — C 的三角关系。这个"C"是家庭。林黛玉把薛宝钗当作假想敌是一时的误会,到了四十五回,林黛玉向薛宝钗有过剖白:"你素日待人,固然是极好的,然我最是个多心的人,只当你心里藏奸,往日竟是我错了。"[1] 误会已经消解。林与贾的悲剧并不是薛的积极介入造成的,薛得知有金玉良缘之说后,并没有表现出嫉妒,而是"越发没意思起来",对宝玉是主动回避的。[2] 林贾相爱的悲剧是由于与家长制婚姻(父母之命,媒妁之言)不能兼容,爱情的错位的深层原因,乃是婚姻的错位。宝钗眼见贾宝玉为林黛玉发疯,对自己并没有感情,还是服从家长的安排成为他的妻子。《红楼梦》的悲剧是有爱情的没有婚姻,有婚姻的却没有爱情,如此这般的双重错位构成了《红楼梦》深邃的艺术感染力。

5. 好心办坏事

《白蛇传》中,白娘子和许仙发生矛盾,断桥相会,即将重归于好之时,小青却出于义愤,要杀了许仙。

6. 爱情喜剧里的"红娘"

《西厢记》里,红娘先为莺莺传诗简,约了张生来,莺莺临时害羞反悔,一本正经呵斥张生,并说"有贼",要扭送到老夫人那里去。红娘看穿了他们"一个怒发,一个无言,一个变了卦,一个悄悄冥冥,一个絮絮答答",一面表面上责备、调侃张生,一面又替张生说情,莺莺遂顺水推舟,放走了张生。金圣叹极为赞赏

---

[1]　孙原注,冯其庸:《脂砚斋重评石头记汇校》第四十五回,北京图书馆出版社 2008 年版。

[2]　孙原注,冯其庸:《脂砚斋重评石头记汇校》第二十八回,北京图书馆出版社 2008 年版。

《西厢记·赖简》，说："红娘既不失轻，又不失重，分明一位极滑脱问官。红娘此时一边出豁张生，正是一边出豁双文（莺莺）也。"孙绍振认为，金圣叹的评点，道破了这场心理和语言错位的喜剧性，插入一个红娘，是作者天才的设计。

7. 事不凑巧、难以沟通、多元错位、多方"干扰"的悲剧

根据孙先生的多元错位说（"A、B+C……"），试对沈从文的《边城》做一分析。

翠翠和傩送，各自心中一直有对方，但至故事末了，始终互相不知道对方的确切态度。这跟翠翠特别的羞怯，不仅不敢主动追求，反而有意躲避，几度造成爷爷、傩送各方面的误解有关。跟翠翠的爷爷老船夫，一心想帮孙女，但既不太懂少男少女的心思，又不善言辞沟通，基本上是帮倒忙有关。跟这是场三角恋爱，傩送和哥哥同时爱上了翠翠，哥哥知道竞争不过弟弟，主动离家，不幸弱水身亡，傩送自觉情义上对不起哥哥，又觉得此事也因老船夫说话弯弯曲曲所至，一直心中块垒难消有关。跟傩送和他父亲船总顺顺，多少有点居高临下，不太体谅底层人的难处，不耐烦与老船夫沟通有关。也或许，跟任何人的行事方式都无关，而只是一种社会人生现象，如或因某种偶然，沟通不顺，或因当时沟通不顺，事后时过境迁，再难沟通起来。总之，在这样方方面面都错位逆行的情况下，顺顺终于确定与门当户对的王团总家联姻。傩送心中仍有翠翠，与父亲大吵一番，赌气外出办差去了。按当地风俗，儿辈自己可以选择对象，顺顺也是豪爽之人，但也不是很情愿"间接把第一个儿子弄死的女孩子，又来作第二个儿子的媳妇"。总之，傩送的婚事实际仍在未定之中。但王团总方面的人却有意把它当做定局隐约透露给了翠翠爷爷。爷爷急火攻心，病倒了，又立马抱病去找顺顺问明。但他们之间的交流方式和心中纠结一如既往。小说写道：顺顺此时的心理活动是"二老（傩送）当真欢喜翠翠，翠翠又爱二老，他也并不反对这种爱怨纠缠的婚姻。但不知怎么的，……船总想起家庭间的近事，以为全与这老而好事的船夫有关。虽不见诸形色，心中却有个疙瘩。"于是，顺顺不让老船夫再开口了，就语气略粗的说道："伯伯，算了吧……你的意思我全明白，你是好意。可是我也求你明白我的意思，我以为我们只应当谈点自己分上的事情，不适宜于想那些年青人的门路了。"船总顺顺心口不一，并没有把他实际也会同意儿子与翠翠结亲的意思说出来。但老船夫遭这一闷拳后，回去后病情立刻恶化，又逢当夜风雨大作，凌晨，爷爷过世。后来，顺顺的有关表态和安排，表明有意接纳翠翠做儿媳妇,以弥补过去的一切。但各方又都认为,需最后看傩送态度。但是,傩送出走后,一直没有回来,小说结尾说:"这个人也许永远不回来了,也许明天回来!"这个故事,不仅是爱情悲剧,也是不无伤感的乡情、亲情。全部主观原因,就是方方面面的错位,各种各样"第三者"的干扰。

8."三打白骨精"为什么成为经典

在整个《西游记》九九八十一难中,那些师徒四人同心协力的情节,读者印象不深,因为不管多大的危机,师徒四人心理都没有任何错位。"三打白骨精"为什么成为经典呢? 就是因为,由于女性的出现,本来相当统一的心理关系失去平衡,师徒们对同一对象的感知、情绪、思维发生分化。白骨精在孙悟空的眼中是一个邪恶的妖精,在唐僧眼中是一个善良的妇女,而在猪八戒眼中则是一个颇具魅力的女性,他的内心长期遭到抑制的性意识萌动了。由于感知错位,就产生了不同的情感、动机和行为。孙悟空一棒子把白骨精打死,如果唐僧竖起大拇指大加赞赏:好得很! 那就没有心理错位可言,也就没有性格可言,没有戏了。正是由于感知的错位,造成了情感、动机、语言、行为的分化,而且发生了连锁反应,使错位幅度层层递增。猪八戒出于对女性的爱好,挑拨孙悟空和唐僧的关系,以致孙悟空被唐僧开除了。这时,猪八戒、孙悟空和唐僧的个性才有足够的反差,性格才有了深度。

如果猪八戒完全同情孙悟空,或者与唐僧的感觉完全一致,那样只可能有诗意,对于小说来说,猪八戒之所以有艺术生命,就是因为他的感知和情感既不同于孙悟空,也不同于唐僧。在对待白骨精的问题上,猪八戒有他自己的潜在动机。一是,他的性意识;二是他感到平时老受孙悟空欺压,此时正好乘机刁难他一下。这种刁难并不纯系恶意报复,其中还包含着猪八戒意识不到的愚蠢。他与孙悟空为难,并非出于对唐僧取经事业的忠诚。他那猪耳朵中藏着二分银子,随时随地都准备在取经队伍散伙时,当作路费回到高老庄去当女婿。这种潜在的深层动机,在常规状态下,是朦胧的,由于性意识的刺激,猪八戒就和孙悟空、唐僧的想象、判断,乃至思维和行为逻辑发生了错位。而且这种与唐僧、孙悟空错位的感知和情感还相当饱和,相当强烈。

在关系越是亲密的人物之间洞察潜在的动机,反差就越是深邃。

9.瑜亮情结和中间反照人物

关于《三国演义·草船借箭》及"三气周瑜",第一章"生成机制说"中已做基本介绍。总的就是：周瑜这个好人，这个英雄，是为着自己的智谋优越感而活的，于是不断和诸葛亮拉开距离，斗来斗去，诸葛亮又处处棋高一着，最后，周瑜一旦确信自己不如盟友多智，就活不成了。临死之时，留下了名言"既生瑜，何生亮"，揭示了人类妒忌心理的特点：近距离，有现成的可比性。草船借箭和借东风，这两个超现实的假定，把军事三角的斗争变成了敌我友三方的多妒、多智、多疑的心理三角错位，也就把斗智变成斗气，把战争的实用理性升华为审美价值。

鲁肃，被孙绍振称为"中间反照人物"，也就是另一个"A、B+C"三角中的"C"。他的存在，对瑜、亮之间的拉开距离、错位互动不可或缺。孙绍振是这样解读的：

> 瑜亮关系之精彩，除了大敌当前的制约以外，在小说的人物错位的丰富上，作者在他们中间安排了一个鲁肃。这个人物看来是多余的，但是，由于增加了错位，显得非常重要。在历史上，鲁肃这个人很有战略眼光，联刘抗曹就是他首倡的。他个子高大，挺帅的，而且有高超武功。家里很有钱，也挺慷慨，曾经把家里粮食一半捐给周瑜练兵。（《三国志·鲁肃传》）而《三国演义》把他塑造成忠厚老实、心地宽厚的长者，其实赤壁战时，他才36岁。（小说中）他是周瑜忠实的部下，但是，不主张周瑜杀害诸葛亮，他和周瑜的心理是错位的，他是诸葛亮的朋友，在长远战略上，他也知道，打败了曹操，诸葛亮会成为东吴的敌人，但是，在眼前，他竭力保护诸葛亮，心态和诸葛亮也是错位的。……从鲁肃的双重错位心态中，观照出周瑜和孔明的错位，这就构成了复合的多重错位。这里，就显示出小说艺术的一种规律，复合错位不但比之单调的敌对，而且比单一的错位要精彩。①

孙绍振的解读告诉我们，如果不是好心的鲁肃的私下协助，诸葛亮也无法实施借箭奇计；如果不是忠实的鲁肃的如实禀报，周瑜的嫉妒心理也许会少受些刺激；正是这位"中间反照人物"C角促成了孔明多智、周瑜多妒的互动。

---

① 孙绍振：《演说〈红楼〉〈三国〉〈雷雨〉之魅》，福建教育出版社2017年版，第287—288页。原文为演讲稿实录，个别字，如"啊""的"及现场的反应如"笑声"等，有删改。

第三节　散文艺术形式规范的"审智"新范畴

作为《文学创作论》中的重要组成部分,散文艺术形式审美规范,自然也是全面建构于创作论中的。在尔后的数十年中,散文艺术形式的多个方面,孙绍振都有学术建树,但最重要的,或者说,散文艺术形式规范研究的凝结点,就是"审智"。关于审智方面的研究成果,不仅是孙先生散文研究方面最重要的成果,而且是孙先生文学作品艺术形式规范研究中最重要、最具原创性、最有影响的成果之一。孙先生发表于《当代作家评论》2009 年第 1 期,后又为《新华文摘》2009 年第 9 期转载的《世纪视野中的当代散文》,被学界认为是总结改革开放三十年散文创作及散文研究成就的最有分量的学术论文之一。论文中,最主要的,就是关于审智范畴的研究。

因此,本节主要就介绍散文艺术形式规范中的审智范畴。

一、审智研究的发展历程

孙绍振会在学术界率先提出散文艺术的审智范畴,并对审智作出全方位的阐述,不是突如其来的,早在《文学创作论》时期就有关于与众不同的审智元素的散文研究,一直发展到《文学文本解读学》时期的百年散文研究,前后可分四个时期。

（一）《文学创作论》时期

20 世纪 80 年代初,在散文的抒情性占绝对优势的年代,孙绍振就一直对散文的"审智"功能保持着别于他人的清醒认识。当时,他用"理性""思辨性""趣""思"等指称它。

1. 对古代散文的理性成分十分肯定

在 1986 年出版的《文学创作论》的散文部分,孙绍振首先谈到古代散文,并且,一方面指出它在古代中国的文学领域中享有比诗歌、小说显赫得多的正宗地位,另一方面又指出其主要的文学成就,就是成功融入了理性成分,他用"载道""思辨""思想""逻辑思辨""议论"等指称之,后来 2000 年出修订版时,有关处能以"审智"取代的,均已取代,可见,其当初的本意实质就是后来的审智。如:"散文,在中国古典文学史上,有着比诗歌、小说显赫得多的地位,这一点和西欧、北美和俄罗斯的文学史是不同的";"散文在中国古典文学史上的地位是正统的,因为它是一种'载道'的工具";"散文,作为一种传达工具,它起初首先不是为了审美,而是为了思辨和记实。它在传达某种哲学、思想、历史、事实的过程中发挥着功能(修订版此句改为:它在传达某种哲学、历史的过程中发挥着"审智"的功能),审美感情的传达是从属性的。甚至到了唐宋以后,乃至明清之际,主要散文作家的作品仍然有大量属于逻辑思辨的性质,政治的、思想的、伦理的评述仍然是散文的主体";"作为一种传达工具,散文有它的实用价值,这就使它具有了思辨和记实的(修订版将"思辨和记实的"改为"审智")功能。因而它与议论和记实结下了不解之缘。"①

最典型的,莫过于他对名垂千古的经典名篇,做了如下描画:

即使在文学性得到充分发挥的时候,它的记实性和它的思辨性也常常表现得非常突出。

它的思辨性,使它拥有大量逻辑思辨的手段。那些本来与形象的构成相矛盾的议论,那些抽象的概念化成分在散文中往往占很重要的地位。这在中国古典散文中早已如此。有许多经典性的名篇之所以流传,不但由于它精致地描述了情景,有鲜明的形象性,而且也由于作者就事实和形

---

① 孙绍振:《文学创作论》,春风文艺出版社 1987 年版,第 541—543 页。

象作了非常深刻的理性发挥,提出了深邃的见解,全文（修订版删去"全文"两字）焕发着理性的光辉。苏东坡的《石钟山记》和王安石的《游褒禅山记》都是就事论理的著名篇章。如果没有那些事理的发挥,那些精辟的议论,光凭文章所记之事,本来是不见得有什么精彩之处的。不以形象的辉煌摄动读者感情,而以深邃的理性（修订版改"理性"为"智性"）掣动读者的智能,这样的作品（修订版删去"这样的作品"）只有在散文中才可能成为历史的名篇。①

如果是古典文学的学者,对古代名篇中的理性给予如此清醒的本质肯定②,这并不奇怪,重要的是,当时的现当代散文概念,就是后文要提到的,孙绍振指出的,弱化甚至排斥智性（理性）的。正是有着这个清醒的认识,后来孙先生的研究,才将古代名篇智性为主与当代散文因智性突围这两大不可回避的历史事实统一了起来,实现了散文审美规范、形式规范的"审智"突围。

2. 在纲领性、概括性的提法中加上理性成分

当时,"形散神不散"是散文的最基本概括,是散文的纲领。对于这个"神"是什么,基本共识就是"情"。但孙绍振在当时以情为纲、甚至惟情是纲的几乎一边倒的提法中,尽量渗入理性成分。

如在讨论到这个标记散文形象内在统一性的"神"的内涵时,孙绍振说:"从形象的本体来看,情感与趣味的独特性决定了散文的感染力,从文章的结构来说,情感与趣味的统一程度决定了散文的结构的完整性。"他当时的结论是:

情趣的统一性是散文内在的凝聚力。

散文中的情趣处于纲领性地位。③

再如,在抒情性散文部分,他提出了"理和趣的统一",即理趣。他说:

在散文中抒情与在诗中的抒情的最大的不同可能就是散文不但有情

---

① 孙绍振:《文学创作论》,春风文艺出版社 1987 年版,第 543—544 页。

② 如胡云翼称《前赤壁赋》"议论风生""理意透辟",王水照称《游褒禅山记》"是一篇通过记游而说理的散文",等等。见朱东润主编:《中国历代文学作品选》中编第二册（上海古籍出版社 1980 年版）、《中华活页文选（合订本五）》（上海古籍出版社 1979 年版）、王水照:《宋代散文选注》（上海古籍出版社 1978 年版）中相关篇目题解、说明。

③ 孙绍振:《文学创作论》,春风文艺出版社 1987 年版,第 560—561 页。

而且有趣,不但有情趣而且有理趣。

孙绍振当时举了孙犁《猫鼠的故事》的结尾:

> 城狐社鼠,自古并称。其实,狐之为害,远不及鼠。鼠形体小,而繁殖众,又密迩人事,投之则忌器,药之恐误伤,遂使此蕞尔细物,子孙繁衍,为害无止境。幼年在农村,闻父老言,捕田鼠缝闭其肛门,纵入家鼠洞内,可尽除家鼠。但做此种手术,易被咬伤手指,终于未曾实验。

孙绍振说,这个结尾亦庄亦谐,由于"理的渗入,使散文的趣味变得深刻起来",又说:"只有弄清了这种理趣与诗情的区别才算真正懂得了散文审美规范的壶奥。"并且认为,古代散文在这方面有深厚的传统,许多经典名篇都与哲理的升华联系在一起,"能在散文中把哲理与趣味充分溶合起来,正是散文家艺术才华的表现"。

由于理与趣的结合,难度比较大,他说,更多的是情与趣的结合,并且说:"散文的上乘常是情趣交融的。"孙绍振举的例子就是他当年最欣赏的散文之一:张洁的《伊伯》。文章说,作者那时到过福建,大师傅伊伯服务态度非常好,因为她是北方人,认准她不吃蒜头便活不下去,尽管她三番五次说过她是例外,伊伯或许认为她是客气,每次依然固执地按他的理论办事。作者不忍心他的理论破产,每餐饭总是硬着头皮吃一瓣蒜。当伊伯看到他的理论被证实后,总是像个孩子似的开心地笑了。显然,这个情趣的"趣"里,有着某种有趣的"理"。

从上述孙犁之例的"理趣"和张洁之例的"情趣"里实有"理"看,孙先生当时提出的处于纲领性地位的情趣之"趣",目的就是以"理性"纠偏,就是不断提醒他后来统称为"智性"在散文中重要的,乃至是核心的地位。2000年《文学创作论》的修订版,孙绍振就全部从审智的角度,对相关部分进行了改写(见后文)。①

又如叙事性散文部分,提出了"情思一体化"的概念。孙绍振指出,像《背影》这样有焦点(外在情节一体化),其内在的情(父子情)与思(懂得感恩、知恩)也是一体化,这样的散文比较少,多数是外在各部分是随机性累积、叠加的,这时,它的一体化,靠的就是情思。比如,他举到的鲁迅《朝花夕

---

① 以上理趣、情趣部分的引例、引文、转述,见孙绍振:《文学创作论》,春风文艺出版社1987年版,第604—608页。

拾》的绝大部分叙事篇章均如此。如《从百草园到三味书屋》，其"思"就是对儿童自由自在天性的肯定;《阿长与〈山海经〉》，其"思"就是要重视对弱者需求的关注，就是作者对小人物，哪怕他有一点优长，都给予赞誉的人生态度，就是作者博大的人道主义情怀。①

以上表明，孙绍振后来的审智范畴的深入研究，在早期就有相当的学术基础。

（二）幽默理论研究与实践，及散文创作时期

严格讲，这不是一个时间的概念，而是内容上的。20 世纪 80 年代末、90 年代初开始，孙绍振介入了幽默创作及其理论研究。孙先生介入这一研究，亦是如同介入语文教育一样，起于偶然，拿楼肇明的话，就是其一贯风格，"乘兴而为，随机而行"。但其实有内在的必然性。这就是，80 年代初中期，小说、诗歌都盛况空前，人气极旺，读者很多，而散文，由于抒情性为主的影响，抒情美文的追求，格局小，隔膜多，无病呻吟者比比皆是。散文总体不好看，是当时无法回避的事实。散文在自发地寻找出路，余秋雨轰动一时的文化大散文、学者散文是其中之一，幽默散文、幽默作品是另一条路。这另一条路就找上了孙先生这位公认的幽默大师。

幽默是智性、智慧的艺术，这是其本质。孙绍振说是"讲歪理的艺术"。懂得正理，才懂得歪理。而且，还要加一层转换，由正变歪;再加一层转换，主要用于口语交际场合，即兴发挥，过时即无效。这二层的转换，对智性、智慧，或叫机智的要求无疑更高。所以它本质上是智商的问题，常有人说，幽默是天生的，大约就天生在这里。由于这是即兴性的，幽默还有一层要求，心态的自由、自信，这孙先生有着重强调。大约孙先生出于谦虚，不太去强调智慧、智商，而强调心态，重要原因也是面对当时竞争激烈、普遍浮躁的现实。心态自由、自信，属于情商、意志力，所以，有些当"头"的人，地位使他比较放得开，可能激发他潜在的智性、智慧、智商，来一个幽默。但这只是可能，他如果不懂幽默的意义，他的自由、自信就变成另一种强势。

总之，就智性、智慧、智商而言，幽默属于审智的变形。

幽默虽然天生的成分较高，它也是可以学习、提高的，这就需要研究。所以，当时央视就请孙先生去做了轰动一时的"幽默漫谈""幽默二十讲"，既有调节社会生活的目的，也有普及大众的意思。随后，又有人请孙先生出书，于是，一

---

① 见孙绍振:《文学创作论》，春风文艺出版社 1987 年版，第 610—611 页。

发不可收拾，孙先生前后有幽默著述《漫话幽默谈吐》《幽默心理和幽默逻辑》《幽默学全书》《孙绍振幽默文集（三卷本）》等多种幽默著作，又在《文学评论》《文艺理论研究》《新华文摘》等等刊物发表了多篇幽默理论的著名论文。

当时，总有人很奇怪的问，孙绍振这个新诗理论旗手，这位文艺理论的著名学者，怎么跑去研究幽默了呢？答案就在这里，他的幽默实践与研究，本质上是审智，是文艺学的审美价值理论大范畴的一个独特分支，是特殊时期催生的。孙绍振为文艺理论开拓了这个独特的研究领域，填补了这方面的许多空白。

孙绍振幽默方面的许多著述，实际上是文学创作，反过来，他的大量散文，实际上是幽默散文。什么《美女危险论》，什么《"妈妈"政府》，看题目就逗了。孙先生著名的《演说经典之美》，是东南大学艺术学院的演讲集，你从序言开始，一直翻看下去，差不多会从头笑到尾。这方面的具体内容，众所周知，就不多说了。

和介入语文教育一样，幽默研究是实践之需"逼迫"孙先生投入，是他文艺理论研究领域旗下的本行学术工作，特殊的讲，是我们今天专门讨论的审智范畴的孙先生一个重要的学术研究阶段。因此，我们看到，孙绍振后来的散文理论方面，必定有"亚审丑——幽默散文"等内容。①

（三）学者智性散文研究时期

孙绍振的不少学术研究，就像当年语文高考题急需变革，促使孙先生首次涉足语文教育，写出了炮轰语文高考的著名论文一样，是实践之需，是时代呼喊；又像改革开放之初的朦胧诗讨论，孙绍振成为著名的"三崛起"之一那样，不仅因时代呼喊，且因论战之"邀请"。此次新世纪前后，孙绍振深入介入学者智性散文研究，情形一样。这当然是最属于孙绍振本职专业的研究工作，但触发点是关于余秋雨散文的论战。孙绍振自然不是仅研究余秋雨一个人的散文，而是当时出现的一批富含智性元素的学者散文。如前所述，我们当代散文由来已久的式微，太需要散文的变革了。这个时候，余秋雨出现了。余秋雨无疑是有明显缺憾的，就我们文学领域而言（不涉及作者个人的其他问题），余文中的硬伤，以及余秋雨不接受批评的态度（后者恐怕更重要），是主要的两大问题。但是，当余秋雨充满智性的、引人遐思、可读性极强、形式焕然一新的大散文接二连三

---

① 本大点所涉及的转述内容、引文参见孙绍振：《幽默心理和幽默逻辑》自序、楼肇明序、第一章、第二章，首都经济贸易大学出版社2009年版。

出现的时候,海峡两岸的中国读者界轰动了。笔者当年的印象是,余秋雨每出一篇,大家就争相传阅一篇。那时没有网络,就是纸质本传来借去,有的是《收获》杂志上的,有的是《新华文摘》上的,《新华文摘》大约每发一篇都替他转载。那真是个渴求的年代。笔者当年上过课的学生,不一定看过别的散文,但余秋雨的散文,几乎都看过,或者都知道。不太关心、不太知道学术界有关余氏论争、盗版问题的青少年学子,注意的就是文章好不好看,他们潜意识里最好看的文章恐怕就是可以径直仿效的。笔者有将近十年的时间,参加语文高考评阅卷工作,看到的最大量的作文就是"余式"表达,杂文不像杂文,议论不像议论,也够不上文学散文,八百字内,有那么一点思考,旁征博引,用讲究文采的语言串起来,其最亮点就是在这基础上冒出一两句颇有点哲理意味的好句子。一个人的文章,绝大多数的读者爱读,甚至仿效,读、写的效果都出现了,还能怎样?当然,学生们阅读、仿效的很可能还有其他的散文,这就是我们接着要说的两点。

其一,后文将介绍的孙绍振研究表明,余秋雨文章走红后,一大批年青的和不太年青的追随者的散文竞相出现了(孙绍振语),散文开始好看了,仅就有无读者这一最基本点而言,现今的当代散文业绩已超过当代诗歌,这是可以肯定的。能改变一个时代的创作状态,即使今天把余秋雨"打倒"了,历史也无法抹去这一记录。其二,更重要的是,理论工作者应当研究这一重要的文学实践现象,总结、阐发出有关的规律,用以推动以后的文学实践和文学研究。这是理论家们责无旁贷的工作。正是因为这样,孙绍振介入了论战,发表了多篇论文,最短的,可能是《为余秋雨一辩》(载孙绍振《挑剔文坛》福建人民出版社 2001 年版);最重要的,应该是《余秋雨现象:从审美到审智的断桥——论余秋雨在中国当代散文史上的地位》(《当代作家评论》2000 年第 5 期)。批评的话和肯定的话,都说了,如"可惜的是余秋雨讳疾忌医,这涉及人格问题,实在令人遗憾","余秋雨热已成不争的事实","余秋雨为当代散文作出了历史性贡献,这是举世公认的","错误虽然不可否认,但并不损害余秋雨散文的艺术成就"[1],等等。

这一时期,孙绍振还研究了南帆等许多人的智性散文、审智散文。

这是孙绍振提炼出审智范畴的最关键阶段的学术研究工作。后文将就有关内容展开介绍。

这一时期,海峡文艺出版社 2000 年出版了孙绍振《文学创作论》的修订

---

[1] 引文均出自正文本段中提到的孙绍振两篇有关余秋雨的文章。

版,修订版将散文部分原有的"抒情性散文""叙事性散文"两节删去,改成"审美——抒情散文(包含"激情和智性""冷峻和审丑"等)""亚审丑——幽默散文""审智——学者散文"三节。

(四)总结改革开放三十年散文成就、总结近百年现当代散文成就,及《文学文本解读学》时期

这是 2007 年至 2015 年间开展的散文研究工作,是形成审智范畴的最重要阶段的学术研究工作。其中,最重要的论著是《世纪视野中的当代散文》,发表于《当代作家评论》2009 年第 1 期,又载于《新华文摘》2009 年第 9 期;《审美、审丑、审智:百年散文理论探微与经典重读》,广东人民出版社 2014 年出版;《文学文本解读学》第十章"以直接概括冲击贫乏的散文理论——建构现代散文理论基础"。

其中,对周作人"叙事与抒情""美文"为主的散文理论,进行了深入的批判,这可以说是孙绍振散文理论研究中最重要的一项工作,也是最终确立审智范畴的最重要的学术研究。

上述有关审智方面的内容,后文将具体介绍。

以上四个时期,孙先生开展的散文理论研究,内容当然远不止审智一项,但审智无疑是最重要的。

二、百年散文理论探微,审智的缺失,审智的回归与突围

本大点介绍的内容,主要直接从孙绍振有关论著(出版单位、发表刊物见前)中综合摘要。这些论著包括:(1)《审美、审丑、审智:百年散文理论探微与经典重读》第三章"世纪视野中的大陆散文"、第四章"从诗化到审智的台湾散文"、第五章"幽默"、第六章"'真情实感'论的漏洞"、第七章"余秋雨:从审美到审智的断桥";(2)《文学文本解读学》第十章"以直接概括冲击贫乏的散文理论——建构现代散文理论基础";(3)《世纪视野中的当代散文》;(4)《余秋雨现象:从审美到审智的断桥——论余秋雨在中国当代散文史上的地位》。

孙绍振说,对于文学文本解读学的建构,最为艰巨的可能是散文。又说,除了从历史的发展中直接归纳,进行原创性的建构以外别无选择。

我们从孙绍振下述的归纳、分析、建构中,可以看到,其重点和难点就是审

智的缺失之因、审智的回归与突围之路。

（一）审智的缺失，源于周作人

1. 抒情性散文文体的历史选择

（1）周作人确立散文文体时，从西方找来的立论依据，明显倾向于主情。

在现代散文作为一种文体被提出来之前，我国文学史上，也不存在一种叫做散文的文体。按姚鼐《古文辞类纂》，它是相对于词赋类的，形式很丰富：论辩类、序跋类、奏议类、书说类、赠序类、诏令类、传状类、碑志类、杂记类、箴铭类，显然包含了文学性和非文学性，抒情和智性两个方面。五四时期周作人要提倡一种文学性散文，他在《美文》中，把这一点说得很清楚，后来被我们称为散文的文学形式，在他那个时候的"国语文学里，还不曾见有这类的文章"[1]。为这个世界上的最年青的，甚至还没有成型的文学体裁确立一个规矩（或者规范），气魄是很大的，也是很冒险的，留下偏颇甚至混乱，也许不可避免。从字面上看，周作人立论的根据在西方。他说，外国有一种所谓"论文"大致可以分成两类，第一类是"批评的""学术性的"。对于这一类，他没有再加以细分，其实是把 essay 和 treatise，或者 dissertation 都包含在内了。而另一类则是"美文"，这是周作人发明的一个汉语词语，肯定就是 belles lettres 的翻译。他给这类文章，规定了"叙事与抒情"的特征，相当于今天审美性的散文。周氏倾向于 belles littres（美文），但是，又把它归入"论文"一类，说"他的条件，同一切文学作品一样，只是真实简明便好"[2]。这说明，他有点动摇，觉得应该把主智的 essay 囊括进来。可是他的题目又是"美文"。显然，在理论上一直摇摆在主智的 essay 和主情的 belles littres 之间。只是在具体行文中，他又明显倾向于主情的 belles littres。

（2）周作人"否定桐城派，推崇公安派"的贡献和留下的无穷后患。

周作人的主张号称来自西方，但是，西方的文论并不足以支持他作出主情的决策。1928 年，他在《燕知草·跋》中明确宣言晚明的"公安派"是"现在中国新散文的源流"[3]。实际就是他心目中新散文的楷模。推动他作出如此坚定论断的，可能有两个原因：一是他的艺术趣味，具体表现在他对公安派

---

① 孙原注：《美文》，《晨报》副刊 1921 年 6 月 6 日，又见俞元桂主编：《中国现代散文理论》，广西人民出版社 1984 年版，第 3 页。

② 同上。

③ 孙原注，俞元桂主编：《中国现代散文理论》，广西人民出版社 1984 年版，第 433 页。

性灵小品的执着。"叙事与抒情"和"真实简明"都不是西方 essay 和 belles littres 的特点,而是他所热爱的公安派的风格。二是促使他作出这样的论断还有一个更为深刻的历史原因,即对桐城派的厌弃。五四当年,先驱们对晚清占统治地位的桐城派散文极其厌恶,骂他们是"桐城谬种"。桐城派是强调文以载道的,虽然并不排斥抒情叙事,但却是以智性的议论为主的。他们以追随先秦两汉和唐宋八家为务。这对于强调"人的文学"为宗旨的周作人来说,理所当然地遭到厌弃。首先,文以载道,正统理学,是五四新文学运动的革命对象,与个性解放可谓迎头相撞。其次,这个流派规定的文章体制和规范也与追求文体解放的潮流相悖。既然桐城派遭到厌恶,周作人就从被遗忘了几百年的明末公安派找到了经典源头,说散文应该像公安派"独抒性灵"①。以"抒情叙事"为主就是这样来的。以个人化的情感解放为鹄的,文章须有个我在,直至语丝派兴起的时候,还是散文家的共识;于是"义理"的智性为主的文章格局,和旧体诗词一样被当作形式的镣铐无情地加以摒弃。周作文此文虽然很短,只 1000 多字,但是,却成为我国现代散文理论的经典。周作人这个带着个性解放性质的理论,至少在最初的一二十年,产生了冲决罗网的效果,最突出的是,大大解放了我国现代散文的创造力。但是,问题的另外一方面是,长期都忽略了智性,给我国现代散文留下了无穷的后患。

周作人把桐城派散文的糟粕和精华一起抛弃了。其所选择的"独抒性灵"的公安派,提倡文章"不拘格套",其文以自然率真为尚,自然也有其历史的重大贡献。但,缺乏智性的制约,就是袁氏兄弟也难免滥情倾向。此派文章往往被论者称"小品",不但是指其规模,而且指其境界,而自秦汉以来的传统散文则显然是思想情感宏大的"大品"。我国现代散文沦为抒情"小品",或者如鲁迅所忧虑的"小摆式",缺乏思想容量的宏大高贵精神品位,周作人难辞其咎。

(3)现代散文的封闭式发展。

虽然周作人的散文写作与他狭隘的散文理论背道而驰,但是,周作人历史的权威性②,却把我国现代散文领上了封闭性的道路,除了对自己传统散文的封

---

① 孙原注:1928 年,周作人在《燕知草·跋》中明确宣言晚明的"公安派"是"现在中国新散文的源流"。

② 斯诺 1933 年 2 月 21 日以书面形式向鲁迅提出了 36 个问题,鲁迅一一做了回答。当回答"最好的散文作家是谁"时,鲁迅列了五位:周作人、林语堂、周树人(鲁迅)、陈独秀、梁启超。(材料转引自 2014 年第 3 期《辽海散文》)此可佐证周作人在现代散文中的影响。

闭,还有对世界文学形式和潮流的封闭。我国现代文学诸多形式基本向西方开放后,现代新诗诞生了。话剧整个是从西方移植过来的。现代短篇小说受到西方的影响,摆脱了章回体形式,追求胡适提倡的"生活的横断面"结构。诗歌、小说、戏剧和世界文学接轨造成了一种奇特的文化历史景观。几乎每个大作家背后都有一个师承的大家,鲁迅背后有安德烈夫、契诃夫,茅盾背后有佐拉,巴金后面有托尔斯泰等等。诗歌更明显,郭沫若背后有惠特曼、海涅、泰戈尔,戴望舒背后有波特来尔,等等。就流派而言,也是一样,新诗的浪漫派、象征派、现代派、后现代派,小说的自然主义、现实主义、社会主义现实主义、魔幻现实主义、意识流,等等,此起彼伏,走马灯似的追随西方流派,其更新速度之快,追踪之紧,可能是世界之最。但是散文家没有追随西方,虽然也有一些英国散文的幽默的影响,但总体来说,散文是关门的,封闭的。从五四到 21 世纪, 90 多年来,散文没有流派更迭的纷纭景观,这大概因为是西方也没有。我国现代散文家背后也没有外国大家的旗号,我国散文史上的公安派这样的"小家"给人以廖化当先锋的感觉。但是,封闭也不是一无是处,第一个十年取得巨大成就,毕竟成为当时思想解放、人的解放、人的文学有力的一翼。但是,不可否认,理论上的幼稚和混乱,可以说是我国散文特有的基因残缺(这种基因残缺,在我国现代小说、诗歌中是不可想象的),这就导致了散文隐藏着阵发性的文体危机。

（4）这不是周作人一个人的选择,而是一种历史的选择。

周作人凭着有限的西方文学阅读经验,又从明人性灵小品中,抽了二者之间最大公约数,首先把散文作为一个独立的文学文体,和理性的"论文"分开;其次,在文学中,又和诗歌和小说分立起来;再次,在智性与情感的矛盾中,选择了抒情。后来王统照提出"纯散文"（pure prose）的口号,也是沿着这条思路。接着胡梦华（搬用了自厨川白村论 essay 的说法）提倡"絮语散文"（familiar essay）,强调的是"不同凡响的美的文学""抒情诗人的缠绵的情感""人格动静的描画""人格色彩的渲染""个人的主观""非正式的"。这里的关键词是"美的文学""抒情诗人的缠绵的情感"。其次是"非正式的",相对于正式的而言。在英语里正式的"formal",就比较理性了,非正式的 informal,就是不拘形式的,思路比较自由、感情比较亲切的。1928 年,周作人为俞平伯的散文集《杂拌儿》作跋,就用"絮语散文"的观念来阐释"论文",认为其特点是"不专说理叙事,而以抒情分子为主"。在他编选《中国新文学大系·散文一集》时还明确宣布:"议论文照例不选。"的确他所选的几乎全是抒情性质的散文。

以上表明,有两点不可忽略:第一,这不是周作人一个人的选择,而是一种历史的选择。第二,这仅仅是理论上的选择,与实践有相通的一面,又有错位的一面。先驱们的选择是:建构一种地地道道的中国式的散文文体。

2. 片面选择所留下的三个漏洞

这样的选择和总结,只能是理论上的自圆其说,在实践上,却留下了三个不大不小的漏洞:第一,就是鲁迅的杂感式散文,充满了议论,好像在审美抒情美文里无处存生。究竟算不算散文呢?如果按西方的 essay 准则,是天经地义的essay。但,作为抒情叙事的散文,却难以自圆其说,以致长期众说纷纭,莫衷一是。为了成全散文的抒情的叙事特性观念,不得已而求其次,硬把鲁迅式的杂感从散文中分离出来,命名为"杂文",作为一种文体,迅速得到广泛的认可。但是,留下一个悖论:鲁迅式的杂文算不算文学,算不算散文呢?如果算,则另立这样的文体,实属多余;如果不属文学,为何又写进现代文学史?第二,就是在五四散文中(如鲁迅的《朝花夕拾》),也并不是只有抒情和叙事,还有幽默,而幽默是无法归入抒情之中的。这一点要等到十多年后,郁达夫在《中国新文学大系·散文二集》的《导言》来弥补。这种片面的理论建构,造成的后遗症,直到80 年代林非的"真情实感论",仍然阴魂未散。这一命名的第三个漏洞,那就是它掩盖了历史和传承的跛脚。周作人只认定明人性灵小品为现代散文的源头,排斥了唐宋八大家和先秦诸子,事实上就是排挤了智性在散文的合法地位。这个漏洞,在并不很久以后,就引起了反思。钟敬文在《试谈小品文》中,就提出了散文"有两个主要的元素,便是情绪与智慧",情绪是"湛醇的情绪",而智慧则是"超越的智慧"。也许当时的钟敬文的权威性不够,似乎并没有引起重视。1933 年,郁达夫接着提出,"散文是偏重在智的方面的"。同样也没有得到重视。这么宝贵的理性感悟,居然石沉大海,充分说明我国散文意识的不清醒。等到七八十年后又有人加以反思。余光中说:"认定散文的正宗是晚明小品,却忘却了中国散文的至境还有韩潮澎湃,苏海茫茫,忘了更早,还有庄子的超逸、孟子的担当、司马迁的跌宕恣肆。"(《余光中散文选集》(一),时代文艺出版社 1997年版,第 5 页)。在余光中先生看来,周作人所确定的现代散文规范,其实就是抒情"小品",而大海似的我国古典散文则是智性的"大品"。这主要是从思想容量的宏大和精神品位的高贵讲的,其实,就是西方的随笔,不管是蒙田的、还是培根的都不仅仅是小品,而且有相当多的"大品",罗梭的《瓦尔登湖》,不但是篇幅上,而且在情思和哲理的恢宏,是小家子气的小品所望尘莫及的。所有这一切,导致了智性(审智)话语失去了合法性,其消极后果就是五四散文的小品化,除极个别作品(如鲁迅的《魏晋风度及文章与药及酒的关系》)外,思想容量博大,气势恢宏的散文绝无仅有,这当然造成散文舒舒服服的"内伤",最明显的就是,鲁迅杂文在现当代文学史上长达50多年,在大陆危峰孤悬,追随者队伍零落,至今只剩下邵燕祥、周国平等。散文的这种偏废,除了社会政治原因以外,其文体的原因,要等80多年,才从文体观念上,开始作历史的和逻辑的清算。

回过头来看,中国大陆现代散文的这种背离智性,单纯强调审美抒情的取向,显然是一个片面的选择,注定了中国大陆现当代散文在文体自觉上的极度不清醒,一方面,迷信抒情,一度甚至把散文当作诗,走向极端,产生滥情、矫情;另一方面又一度轻浮地放弃抒情,把散文弄成通讯报告。在这样盲目的情况下,流派的不自觉就是必然的了。和诗歌、小说追随世界文学流派的更迭形成对照,散文落伍于诗歌小说的审智潮流长达数十年,甚至在新时期还徘徊十年以上,才作出调整,追赶上了从审美到审智的历史潮流。

(二)曲折的探索之路

1. 杨朔模式的意义与枷锁

三四十年前,大陆认同的散文旗帜,就是杨朔、刘白羽和秦牧。他们的作品所凝聚的成就,带着那个时代主流意识形态的强烈色彩,充满已经为历史所否决的政治观念的图解。今天的读者看来,难免有不堪卒读的篇章,这主要是历史的局限,不能完全归咎于个人。值得分析的倒是,杨朔在散文艺术上提出了富有时代意义的观念,那就是他在《东风第一枝》的《跋》所总结出来的:把散文都当作诗来写。这个说法一出,迅速风行天下,成为20世纪50年代末到60年代中期散文的艺术纲领。在那颂歌和战歌的刚性情调一统天下的局面中,杨朔散文多少追求某种个人的软性情调,口语、俗语和文雅的书面语言结合,情致随着语气的曲折,作微妙的变化,对于当时的散文应该说是一个很大的进步。但是,他的语言并没有得到充分的重视,倒是他反复运用从具体事物、人物升华为普遍的政治、道德象征的构思,成为一时的模式。在今天看来,这实在是散文的枷锁,比之周作人的叙事抒情论更加狭隘;可是,在当时可是一种令人兴奋的艺术解放。

对杨朔模式开始反思,加以批判,始于 20 世纪 80 年代中后期,只是限于杨朔而已,缺乏历史的回顾和前瞻。对杨朔模式背后流布于散文领域中的滥情,熟视无睹。对于同时在诗歌和小说中,轰轰烈烈地进行着的对滥情的声讨毫无感应。

2."真情实感论"的漏洞

就在这样的背景下,散文领域里出现了林非先生的"真情实感论"。这个"理论",雄踞大陆散文文坛至今,直到 21 世纪初还当作颠扑不破的真理,被反复引用,甚至还编入了种种教材。其中包括三个关键词,一个是"真",从巴金的"说真话"中来,一个是"情",从杨朔的诗化抒情中来。林非先生自己加进去的,唯有一个"实"字,恰恰是这个"实"字,漏洞最大。楼肇明先生早就尖锐指出真情实感并不是散文的特点,甚至不是文学的特点,泼妇骂街也有真情实感,但并不就是散文。……不论从心理学,还是从文艺学,抑或从语义学来说,不论是指导散文创作,还是解读经典散文,真情实感论都是非常粗疏的。因为这"实"还会与"记实"之"实"混淆。范仲淹写《岳阳楼记》,根本就没有到过当地,《岳阳楼记》中的洞庭湖还不如说是他想象的"虚感"。大凡散文于写作之时,都是回忆或者预想,其间必有排除和优选,按文体准则,在想象中进行重组、添加,就是作家的情致,也要在散文感知结构中发生变异。真情与其说是实感,不如说是在与"虚感"的冲突中建构起来的。真情的原生状态是若隐若现,若浮若沉,电光火石,瞬息即逝,似虚而实,似真而幻,外部的实感,由于深情的冲击,变成想象的虚感,要抓住它,语词上给以命名,"想象的虚感"才能变成"语言的实感"。

3.幽默散文在两岸

周作人和郁达夫分别提出五四散文两大艺术主流,就是抒情和幽默,一如散文的两个翅膀。也许今天的读者会发生疑问,为什么幽默却被遗忘了整整40 年? 其实,这并非咄咄怪事。早在 20 世纪 40 年代,幽默就和杂文一起被当作并不适合"表现新的新群众的时代"。幽默散文大师林语堂、梁实秋,被扣上了反动资产文人的帽子,批得声名狼藉。身在大陆的钱钟书、王了一(王力)则长期封笔缄默。幸而,到了改革开放后,政治形势大为改观,在商业大潮中,社会公关迫切需求,对于幽默普遍有饥渴之感。钱钟书的幽默散文因为《围城》电视剧的成功,引起了读者极大的惊异。王力先生虽然已经过世,他的《龙虫并雕斋琐语》的再版,严肃学者内心的谐趣,不能不使读者惊叹。再加上两岸关系的解冻,台港地区幽默散文如潮水般涌入,余光中、柏杨、李敖、颜元叔、王鼎钧、梁锡华、思果、吴望尧、林今开、夏元瑜等的幽默散文,可以用长驱直入来形容,台湾地区作家幽默散文被广泛重复印行。广西一家出版社甚至出版了台湾地区幽默散文赏析的系列丛书。可以毫不夸张地说,90年代初期,在中国大陆掀起了一股幽默的热潮。安然在作家出版社的"幽默丛书"的"代总序"中这样说:"克服滥情的办法有两种,一是冷峻的智性,但是这比较艰难……二是幽默。本来现代散文,就有着深厚的幽默传统。""从90年代以来……(大陆)幽默散文已经达到了艺术上丰收的高潮,王小波的深邃而佯庸,贾平凹大智若愚的豁达,刘亮程似乎冷寂的平静,鲍尔吉·原野的急智和悲悯,舒婷善良的挖苦,于坚的深刻的反讽,自我调侃中的愤激,孙绍振的悖谬术,歪理歪推中有深刻的文化思考,在荒谬中见深刻,可谓异彩纷呈,风姿各异。"

4. 情智交融的幽默散文

1933年,幽默散文发生论争,郁达夫写了《文学上的智性价值》。提出散文幽默需"以先诉于智,而后动及情绪者,方为上乘"。长期以来,幽默和智性之间的矛盾,没有得到起码的分析,关键原因在于,幽默逻辑的"不一致"(incomgruity)原则,超越了理性逻辑的同一律,幽默逻辑的思维在二重"错位"逻辑轨道上运行,作智性的深化有比较大的难度。正是因为这样,林语堂、梁实秋、舒婷的抒情性幽默限制了思想深度,而追求智性的深邃,南帆、周国平、邵燕祥就不能不牺牲幽默和抒情。因为抒情和幽默都需要热情,至少是温情,而智性是和冷峻联系在一起的。以思想的深刻见长的学者散文,在逻辑上是比较严正的,态度是比较"酷"的,很少是幽默的。钱钟书把幽默的荒谬感和古今中外经典的阐释结合得水乳交融,构成了例外。值得庆幸的是,例外并不是唯一的。在钱钟书搁笔近40年之后出现的王小波,却与郁达夫50年前的对于幽默散文"'情''智'合致"的期望不谋而合。在大陆当代抒情散文过分轻浮,幽默散文又缺乏思想深度的时候,他竖起了睿智与幽默结合、情理交融、谐趣与智趣统一的旗帜。

(三)智性、审智的回归与突围

1. 学者散文和余秋雨:从审美到审智的桥梁

(1)阴差阳错的"智性"转机。

周作人强调散文以抒情叙事为主,而郁达夫主张"散文是偏重在智的方面的。"本该两种风格平分秋色,但实际上却是智性长期遭到冷落。抒情的、诗化的潮流声势浩大,智性的追求则凤毛麟角。从 20 世纪 50 年代到 80 年代中期,虽然也产生过刘再复《读沧海》那样情理交融的鸿篇巨制,但是,局限于抒情的小品式细流可以说是愈演愈烈。可到了 90 年代,却阴差阳错出现了转机。90 年代是中国大陆严肃文学遭受严峻考验的时期,纸质传媒纷纷为娱乐新闻占据,小说诗歌几乎从所有报刊中撤退,唯一的例外是散文。虽有些报刊的版面无声的消失,或者大量压缩,但是在一些正统报刊上,甚至在像《南方都市报》这样的市民报纸上,仍然占有一席之地。这种情况,不但在内地,就是在香港的《星岛日报》和台湾的《联合报》上也并不稀罕。这就为一大批学者和颇具学者素养的作家、艺术家涌入提供了园地,他们不满足于把幽默和抒情限定在日常生活中,追求把幽默和抒情与民族文化历史的探索结合起来。学者散文、文化散文、大文化散文,审智散文,众多的趋向智性的命名不约而同地超越了诗性的抒情。庞大的作者队伍水平难免良莠不齐。在这里,当然南帆、余秋雨是两面旗帜。旗下人马浩荡,盛况空前。

（2）"人文山水"的智性话语。

余秋雨的出现之所以引起如此强烈的反响,就是因为他为当代散文开拓了一个新的艺术天地,提供了一种广阔的视野,从文化历史的画卷中展示文化人格的深度,开拓了想象的新天地。要做到这一点,就必须挣脱流行的自然景观的赞叹的现成话语,更新话语的内涵。其山水散文在自然景观面前不像抒情审美散文那样一味被动描述,赞叹,而是,精选有限特征,结合与之相联系的人文景观的有限特征,进行双向的互动阐释,他就这样创造了一种"人文山水"的智性话语。正是通过山水和人文,余秋雨实现了他的话语更新。在他以前有谁能想象,不去渲染西湖风景,倒说西湖的水波中溶入了道家、儒家、佛家的意识,西湖把深奥的教义和感官的享乐结合在一起,如此深厚的智性和他充满情感的话语结合起来,就给余秋雨的散文带来了一种特殊阅读效应:那就是既有审美的激情,又趋向于审智的冷峻。

余光中在《散文的知性和感性》一文中纵论古今散文名篇时,相当推崇余秋雨的《文化苦旅》,认为"比梁实秋、钱钟书晚出三十多年的余秋雨,把知性融入感性,举重若轻,衣袂飘然走过了他的《文化苦旅》。"并摘引了余秋雨《三峡》中关于"诗情与战火"的一段文字。余光中在文中还就"知性"解释说："散文的知性该是智慧的自然洋溢,而非博学的刻意炫夸。"①

（3）大开大合的智性概括。

那些给余秋雨带来巨大声誉的最成功的散文,有一个共同的特点,就是其构思不像流行的散文小品那样,以单纯的追随对象取胜,而是以大开大合的智性概括气魄取胜。他的智性概括力,使他能把看来是毫无联系的多元的（八竿子打不着的）故事、景物,联系成一个统一的主导"意象"。如果纯用抒情,没有什么人会想得出来,把满清一代的历史集中在承德山庄的意象上："它像一张背椅,在这上面休息过一个疲惫的王朝。"这个意象中固然有抒情的成分,但是更主要的是思想的魄力。抓住这个意象,余秋雨把纷繁的历史文化信息,以他强大的智力划分成两个方面,而且交织起来。一是,清王朝的统治者的文化人格,从雍容大度、强悍开明,到懦弱狭隘;二是,在承德山庄和颐和园的意象对比中,把汉族知识分子从对于清王朝的拼死抵拒,到王国维的"殉清"凝聚成一体,从而揭示出潜在量非常深邃的规律:在历史大变动时期,知识分子悲剧命运的根源是"文化认同的滞后"（《一个王朝的背影》）。几乎每写一篇较大规模的散文,都是对余秋雨的智性和才情的一大考验。他最害怕的就是,丰富而不能统一,也就是他所说的"滞塞",或者强行统一,就叫"搓捏",通俗一点说,也就是牵强。有时,才高如余秋雨,也未能免俗,显得有点牵强,例如用"女性文明"和"回头一笑",来笼括海南上千年的历史文化。这也是他自己常常引以为戒的。

（4）历史关头的突围,通向审智彼岸的桥墩。

从某种意义上讲,余秋雨是生逢其时,这就是说,他在中国大陆当代散文陷于抒情审美,落伍于诗歌、小说、戏剧的审智的历史关头,对抒情的封闭性进行了历史的突围。他的功绩,就是从审美的此岸架设了一座通向审智的桥梁,但是这座桥是座断桥,他不可能放弃审美和诗的激情,去追随罗兰·巴尔特《艾菲尔铁塔》、博尔赫斯的《沙之书》营造不动情感的后现代的智性,他更不是南帆,不可能撇开情趣,更无法把无情的理性变为艺术的可感性。因而他只能把现代散文,把南帆、也斯、林耀德、林彧和罗兰·巴尔特、博尔赫斯当作彼岸美好的风景来观看,同时也为在气质上和才华上能达到彼岸的勇士提供已经达到河心的桥墩。

---

①　本小段内容引自 1994 年 7 月 24 日《羊城晚报》（又见《新华文摘》1994 年第 10 期;栾梅建《余秋雨评传》,当代世界出版社 2001 年版）。

（5）追随者如过江之鲫，批判文章铺天盖地。

受到余秋雨的艺术成就的吸引，一系列不乏才华的作家，如过江之鲫，成为他的追随者。非常吊诡的是，追随余秋雨思想和才力不逮者，频频获奖，溢美有加，冠盖相倾，有权则灵，而余秋雨却在长达数年的时间遭受到惨烈的围剿，长城内外，大江南北，大大小小的报刊上批判文章铺天盖地，其用语之恶毒，逻辑之野蛮，痞气与冬烘气竞逐，传媒与意气合谋，最为严峻的时候，把余秋雨的散文和妓女的"口红"和"避孕套"联系在一起，甚至"审判"余秋雨，罪名是"文化杀手"，"败坏"了中国散文。一时间，一种"世人皆欲杀"的氛围赫然笼罩在余秋雨头上。传媒批评的商业恶性炒作的凶险的潜规则，余秋雨所谓的"小人"作祟，再加上余氏的某些人格弱点，都是原因，但是，更重要的原因，则是某些有识者对散文艺术历史发展的滞后的焦虑。

（6）前卫评论家的焦虑情绪，忽视了其可贵的本土性原创。

文学发展到 20 世纪中期，在西方，放逐抒情，成为前卫潮流；在中国大陆，在其他艺术形式中，超越情感的智性的旗号，层出不穷，流派更迭，花样翻新，大有把西方二百年文学流派史浓缩在几十年中之势，特别是诗歌，早在五四时期就有了象征派，20 年代就有了现代派，新时期又有朦胧诗、后新潮、非非民间立场和知识分子写作，等等。而散文却一味浪漫，到了 90 年代，仍然没有突围的动静，连个现代派的风声都没有。余秋雨作为旗手，虽有智性，然而抒情，而且是激情却有泛滥之势，值得庆幸的是，他对于自己的某种滥情和矫情，并不经常容情，随着创作经验的积累，理性的、冷峻的成分显著增加，出现了像《酒公墓》《信客》那样的冷峻叙述，而这恰恰是用了许多韩石山先生非常反感的"小说笔法"。出于滞后的焦虑，一些前卫评论家，尤其是在理论上和艺术有前瞻性修养的，不能克制情绪，一见余秋雨比较抒情的句子，就觉得浪漫得可恶。不仅一些篇章存在的滥情趋向，还有前文说到的硬伤问题及其不接受批评的态度，还有前文未说到的有关"小人"问题上不无愤世嫉俗的批判等，正如前文所言，余秋雨无疑是有明显缺憾的。但其实，对余秋雨持严厉批判态度的智者，如果能对余秋雨的某些人格弱点和文章缺憾有所宽容，从散文与西方流派的关系来看，就可能发现他超越任何外来流派的横向移植，提供了最可贵的本土性的原创，而在树立文化自信的今天，这是颇有意义的。

2. 南帆:"审智"散文的历史性崛起

虽然余秋雨取得了对抒情诗化封闭性的突破,然而,他的抒情成分仍然很强,距离郁达夫的"散文是偏重在智的方面的"还有很大的距离。对余秋雨来说,完全摆脱抒情诗化,几乎等于失语。这说明,散文走向智性,是有难度的。南帆在20世纪90年代所开拓的,正是在中国大陆当代散文史上横空出世的"审智"的世界,在这个世界里,营造了南帆式的话语和特殊的逻辑。除了由于他个人的才华,还因为他的历史渊源几乎与所有的现代散文家不同,他既不是来自明人小品的性灵,也不是英国的幽默,而是从法国人罗兰·巴尔特和福柯那里继承了"话语颠覆"和"思想突围",把理性话语加以脱胎换骨,转化为审智话语。

南帆和余秋雨的关注点本来是两个世界,但后来,南帆开始关注历史。他不像余秋雨那样从历史人物中获得诗情与智性神圣的交融,他冷峻地质疑神圣中有被歪曲了的,被遮蔽了的。他以彻底的话语解构和建构的精神来对待一切历史的成说。在《戊戌年的铡刀》中,他并不像一些追随余秋雨的散文家那样,把全部热情用在林旭这个烈士的大义凛然上。也许在他看来,文章如果这样写,就没有什么散文的智性了。南帆更感兴趣的是,历史的主导价值如何掩盖了复杂的真相:一旦从林旭身上发现了历史定案存在着遮蔽,他就有了审智驰骋的空间。

这里,南帆所开拓的审智世界,正是余秋雨可望而不可即的彼岸。如果南帆像余秋雨那样,有众多的追随者,则中国大陆当代散文落伍于诗歌小说和戏剧的审智潮流历史,有望终止。但是,追随南帆(一如追随刘亮程)难度太大,因为追随余氏可以将就现成观念与历史资源,而追随南帆的艺术前提却是从感知到智性在话语颠覆中突围。这不但需要才情,而且需要在世界文论的前沿游刃有余的智力。

3. 开一代大情大智交融的文风

从这里可以看出,以南帆、余秋雨为代表的当代学者散文、大文化散文,以强大的审智,登上散文文体建构的制高点;弥补了现代散文偏向于审美与幽默的不足,中国现代散文某种程度上的小品化的局限一举突破。当代散文的审智,并没有选择鲁迅式的社会文明批判,充当政治"感应的神经,攻守的手足",而是独辟蹊径,从民族文化人格入手,以雄视古今的恢宏气度,驱遣历史文献,指点文化精英,从时间和空间的超大跨度作原创性的深层概括,作思想的突围和话语的重构,胸罗万象,笔走龙蛇,开一代大情大智交融的文风。在思想、情感的容量和话语的新异上,实实在在地开拓了一代文风,改变了与余光中念念不忘的"中国散文的至境"——"韩潮澎湃,苏海茫茫""庄子的超逸""孟子的担当、司马迁的跌宕恣肆"——完全脱轨的历史。

4. 从诗化到审智的台湾散文

(1)台湾地区散文抒情的多元诗化,成就高出大陆抒情文。

从 20 世纪 60 年代起,台湾地区散文的文体意识开始复苏。余光中追求"以诗为文",发表《剪掉散文的辫子》,大有"散"文革"命"的豪气。台湾地区以多元的个人化抒情为特征。在大陆,诗化抒情却以一元为特征,抒情的大前提,叫做"抒人民之情",是人民大众的"大我",而作家的自我,则不属于人民大众,是应该自我取缔的"小我",没有自我表现的合法性。而台港地区的诗化散文一任自我张扬,成为潮流。到了 70 年代,张晓风、琦君、王鼎钧、艾雯、林海音和余光中的文化怀乡堪称异彩纷呈,诗化散文蔚为大观。从总体成就上来说,六七十年代的台湾地区的抒情散文不论其艺术个性自觉还是散文的文体自觉和话语独创均高出大陆散文。就诗性抒情来说,台湾地区散文家追求立意、想象的出奇制胜,在这一点上,杨朔、刘白羽、秦牧至少在想象力和才情上难以望其项背。在台湾地区散文中,诗情并不是简单狭隘的群体意识形态的升华,而是个体的精神和文体形式的猝然遇合,其风华各异,呈现某种云蒸霞蔚,万途竞萌的盛况,在话语更新上,莫不以语不惊人死不休为务。

(2)台湾地区散文中的种种审智。

张晓风的全部散文作品,均可看作是一种诗性思维。琦君曾经受业于大陆宋词泰斗夏承涛,其散文中,时有诗词韵味。王鼎钧长于叙事,又长于在寓言中蕴含哲理性格言。楼肇明在《穿越台湾散文五十年》一文中认为他比余光中"受中国传统民族文化和中国古典文学传统的熏陶更深,加之宗教哲学的濡染","超越了寓言的道德训诫","在有关人性善恶、美丑,有关创造毁灭的形而上学的命题"上"达到极高的境界"。而余光中的散文,则除此之外,还多了一层,那就是他的学术底蕴,他不但是以诗为文,而且是以学为文,难能可贵的是,他的学养,他的智能,没有像大陆一些才力不济的人士那样,知识和抒情如油与水之不相融,流于"滥智",而余氏则是化学为诗,浑然一体,情智交融,羚羊挂角,无迹可寻。他学贯古今中西,一旦有所感,就迅猛集中到某一细微的生命感觉中,使之成为散文的主导意象。

（3）自觉抵制滥情,自觉提出"思想的支持"。

台湾地区散文在复兴之际,取得如此高度的成就,有一个原因是不可忽略的,那就是在散文文体上的自觉。早在20世纪60年代初期,余光中先生就对"滥情"有过批判性的反思。在《剪掉散文的辫子》中,把"滥情"称之为"花花公子的散文"。他在《缪斯的左右手——诗与散文的比较》中这样说:"许多拼命学诗的抒情散文,一往情深,通篇感性,背后缺乏思想的支持,乃沦为滥情滥感。"台湾地区散文长期没有陷入滥情的俗套,与对滥情进行苛刻的批评时,又提出"思想的支持"有关。

5. 审美、审"丑"、审智:殊途同归;两岸散文的互动与合流

（1）台湾地区散文对大陆的强烈冲击。

台湾地区散文对大陆的冲击,最早开始于20世纪80年代,最强的是幽默散文。一方面是梁实秋、林语堂幽默散文的大量印行,另一方面则是李敖、柏杨,当然还有余光中等幽默散文空前的广泛传播,造成了强烈的冲击。这种冲击,主要在于习惯于感情美化的读者发现原来不抒情,不美化自我,相反"丑化"自我,也别有一番精彩。

（2）两岸散文在审智、审丑上的合流。

大陆和台湾地区散文,分离了40年,在艺术上平行发展,却在90年代以后,构成了合流的态势。其美学追求不但越过了五四时期周作人推崇的晚明的抒情审美散文,也越过了郁达夫所说的英国幽默的境界。他们选择的不是情感的价值,而是拒绝情感的价值,以无情的、甚至恶毒的眼光解构美好对象。他们的追求的就是从审美走向不带括号的审丑。他们是有开拓性的:散文艺术不一定要用感情来打动读者,冷峻地从感觉越过感情,直接深入智慧、进行审智、审丑,同样也可以震撼人心。

（3）把传统文化资源和西方的理念结合起来,天地更加广阔。

台湾地区先锋诗歌的最前卫,从余光中到洛夫,已经掀起回归传统的热潮,而且取得了成就。现代派前卫诗人之所以回归传统,是因为痛切地意识到单纯横向移植,拒绝民族传统,无疑是画地为牢,把传统文化资源和西方的理念结合起来,天地难道不是更加广阔? 在这方面,五四散文先驱的道路,很值得深思。周作人引进西方的"美文"时,找到了晚明性灵散文为依托。林语堂引进英国幽默时,也找到了郑板桥、李笠翁、金圣叹、金农、袁枚,把他们当成

"现代散文的祖宗。"就是鲁迅杂文据王瑶先生研究,也有魏晋散文为前导。而余光中娴熟地驾驭西方现代派诗歌的技巧,只有和古典诗歌和散文技巧相融合才发出了光彩。张晓风、琦君、王鼎钧的散文,流露出深厚的古典文学的熏陶,使他们的才华得以充分发挥。

（4）在诗性与智性交融中让西方思维模式在中华文化话语土壤中生根——余秋雨在台湾地区引起强烈反响的原因。

当然单纯的横向移植也许并不是完全没有前途。叶维廉在《闲谈散文艺术》中就认为"受西洋文学洗礼的一些散文家","语言的技巧上,确富于创造性"。应该说,他们的"语言技巧",似乎还处在实验的过程中,历史的检验可能还需要更大的耐心。比如,林耀德的代表作《铜梦》,由十个小节组成;《尸体》,由当下和过往的历史对话。但是,在庞大的结构中,段落之间没有任何联系。"从开头到结局的时间之流,由纵向改换成横向的、无涯无际的平面,作者不企图复活某一段立体的历史,也并不仅仅旨在解释一种时代精神,碎块与碎块之间恰如一面碎裂成七八块的镜面,重新拼接了起来……没有一个统一的透视的焦点,每一破碎镜面上的映像都是主题,各自为政,自行其是,而又游离在互相补充,彼此呼应之间。"（楼肇明:《穿越台湾散文五十年》下,《海南师范学院学报（社会科学版）》2004 年第 6 期）这样构思的根据,就是西方解构主义文论的无中心理念。但是,无中心与读者阅读心理有矛盾,连续性、因果性,是读者"无意注意"（不由自主的注意）自发集中的规律,废除连续性和因果性,用什么来维持读者的自发的,而不是强制的"无意注意"？不能解决这个问题,成为意识流小说昙花一现的根本原因。现代派散文如果不能解决这个问题,就不能到达艺术的新大陆。这就难怪目前获得广泛认可的,是另一路散文家,他们的现代意识,并没有以付出废除"无意注意"的连续性和因果性的代价,他们力图在诗性与智性交融中让西方思维模式,在中华文化话语土壤中生根,用中国话语同化甚至颠覆西方观念。大陆的大文化散文的浩大声势就是这样酿成的,这正是台港地区和海外华文现代派散文所缺乏的。余秋雨在台湾地区引起那么强烈的反响,甚至比在大陆还早,个中原因很值得深思。

孙绍振先生以上的原创性的归纳、建构表明:智性、审智,是孙先生关注的重点,是他从散文的百年流变中重点梳理出的最主要艺术形式规范,也是孙先生着力创建的散文艺术形式新范畴,是散文继续发展的最重要艺术表现形式。

第四节 诗歌艺术形式规范的若干范畴

孙绍振先生的文学理论研究,最早是以诗歌研究称誉文坛的。早在上世纪八十年代,提出的许多形式规范,就令人耳目一新。本节介绍的孙先生的这些形式规范内涵,现在仍然焕发出强劲的生命力。下述内容,主要源自孙先生《文学性讲演录》《文学创作论》有关诗歌的部分(绝句部分,来源另有说明),并结合笔者自己的理解,加以综述,恕不一一说明。①

一、意象构成

一切文学作品中主客观结合形成的感性画面都可从广义上把它看成意象。如《岳阳楼记》景观的宏大气象就是为表达作者的宏大情志服务的,客体为主体服务,这是构成一切意象的基本规律。诗歌作为抒情性的意象,一方面既符合上述的基本规律,即诗中的客观对象特征服从于作者的情感特征,另一方面又有自己的独特规律,即它的客观对象特征一般是一种概括的特征,情感、思绪的特征才是一种特殊的特征(亦即特殊情思)。贺知章的《咏柳》不问是乡村的柳还是城中的柳,不问是那一片柳叶,柳叶的细叶状特征是概括的,也不问是哪一天、哪一地的春风,"二月春风似剪刀"即春风吹绿大地的特征是概括的,

---

① 本节第一至第六大点的综述,主要根据孙绍振:《文学性讲演录》,第三单元,广西师范大学出版社 2006 年版;参考孙绍振:《文学创作论》第七章,春风文艺出版社 1987 年版。笔者综述的主要内容最早见于赖瑞云主编:《文本解读与语文教学新论》,北京师范大学出版社 2013 年版,第209—211页。

这细叶状特征和"二月春风似剪刀"的特征是服从于诗人对春天到来的喜悦心境、对早春之美的惊叹之情这个特殊情思特征的。舒婷的《致橡树》也不论是冬天的还是春天的橡树、木棉,橡树、木棉各自独立生长的特征是概括的,是为了服从诗人要表达的女性独立自主的、不依傍男性的爱情观这个独特情思的。当然,如果是叙事诗,概括性会减弱,客观对象的个别特征会强化,如《木兰辞》中的木兰;叙事性越强,个别特征越突出,《孔雀东南飞》的叙事性更强,刘兰芝的个性特征就比木兰更鲜明更丰富;甚至绝句的最后二句成流水句式,用于叙事时,也会出现特殊对象,如"东风不与周郎便,铜雀春深锁二乔"。

二、意象创新、更新、陌生化、殊异感

好的意象应是别人没有用过的,不重复他人,这叫意象的创新、更新。"二月春风似剪刀"、《致橡树》的意象都是创新的。首先是象的更新,其次是意的更新,《致橡树》二者都具备了;"二月春风似剪刀"主要是象的更新。意象的创新、更新也是意象的陌生化,也称反常化、奇特化,带来殊异感、异常感。但陌生化、殊异感又不能离开语言的相近、相似、相反等自动化联想规律,否则,读者难以接受,这也就是所谓"陌生感 * 熟悉感"的美感规律。"二月春风似剪刀"不能似菜刀,只能似剪刀,才与"裁剪"的相近语义发生自动联想,或者说有人们熟悉的裁剪现象相协和,进而与新春的美丽细叶联系起来。经典的创新意象,会产生陌生感与熟悉感都达到最大值的效果,如李白的"春风知别苦,不遣柳条青"。折柳送别是自古以来诗中的经典意象,也是古人非常熟悉的送别情感的表达,诗人借助柳条尚未返青的自然现象,说春风也知道离别之苦,不让柳条返青了,这个意象是前无古人的,全新的,完全出乎人们意料,但它又与人们最熟悉的送别情感联系在一起,因而成了新经典。

三、意象的高度凝聚或高度铺张,并都要求所表现的 情感、情绪的高度集中

诗歌的意象表现会走两个极端,一是意象高度凝聚在一个细小的点上;二是意象高度地铺张、扩展,它的凝聚和铺张程度都超过散文。高度凝聚,《诗品》

称为"万取一收"，即观察对象是无限的，但写进诗里却极其有限。"前村深雪里，昨夜一枝开"（唐·齐己）就比"昨夜数枝开"好，说"一枝红杏出墙来"而不说"数枝红杏出墙来"，道理都在这里。李瑛用"历史打着绑腿进入北京"来表现人民解放军进入北京城，道理也在这里。不仅上述写实性的意象是如此，前面所举的譬喻性的意象，"二月春风似剪刀"、木棉和橡树、"不遣柳条青"等也是意象的凝聚。另一种写法是意象的铺张，《木兰辞》写买马，"东市买骏马，西市买鞍鞯，南市买辔头，北市买长鞭"，写行军是"旦辞爷娘去，暮宿黄河边……旦辞爷娘去，暮至黑山头……"意象繁复。又如毛泽东《沁园春·雪》"北国风光，千里冰封，万里雪飘，……山舞银蛇，原驰蜡象，……"从天到地，从山到河，写尽了，只在表现雪白一片的世界（白雪皑皑的世界也可用凝聚法表现，如"忽如一夜春风来，千树万树梨花开"，只用树木枝头盖满了雪一个景观就够了）。意象高度凝聚自然是情感情绪的高度集中，意象高度铺张，举四为一，也一样要求情感情绪的高度集中，如《木兰辞》的买马集中表现了主人公替父从军的自豪感、兴奋感、洋洋得意之感，《沁园春·雪》集中体现了诗人豪迈、雄健的气概。又有高度凝聚和高度铺张同时发生的，如舒婷《致橡树》，一方面高度凝聚在木棉、橡树，甚至就是高度凝聚在代作女性的"木棉"上，另一方面又反复铺陈，"如果我爱你——/绝不像攀援的凌霄花，/借你的高枝炫耀自己；/如果我爱你——/绝不像……/也不止像……/也不止像/甚至日光，/甚至春雨……"同时无论凝聚和铺张都集中表现了诗人独立自主、高贵纯正的爱情观。又如她的《祖国啊，我亲爱的祖国》也是如此，干瘪的稻穗、失修的路基、熏黑的矿灯、破旧的老水车等等分别是高度凝聚的意象，而全诗一连串类似意象的出现又是铺张。古诗中早有此现象，如马致远的《天净沙·秋思》用一连串的类似意象的叠加来集中表现愁苦之情是铺陈，而枯藤、老树、昏鸦、古道、西风、瘦马等又分别是以细小之点表现对秋天的整个感觉的高度凝聚的意象；不过，这不同于《致橡树》的铺陈中的凝聚乃只凝聚于一个意象——木棉。

四、意境

不仅意象叠加、意象组合，意象之间有机统一，而且一切意象之间互相照应，互相补充，互相渗透，构成一种情感、思想、意味、感觉和景象充分融和的无处不在、若有若无、不着痕迹、不可句摘、非常微妙的"场"。这"场"不在文字上，又在话语中。陶潜《饮酒》其五"结庐在人境，而无车马喧。问君何能尔，心远地自偏。采菊东篱下，悠然见南山。山气日夕佳，飞鸟相与还。此中有真意，欲辨已忘言"是意境的典范，一种悠然自在、"无心"之自由的"场"无处不在，却又若有若无，"欲辨已忘言"。此意境说，可能是孙先生最有创造性的举重若轻的概念，可以以《饮酒》为基准，评点、分析其他诗歌意境的有否和高下。

五、以智性为底蕴

康德、李泽厚的美感理论为：美感是判断在先，愉悦在后的心理活动，而判断是以认识、理解为主，包含感知、情感、想象在内的诸因素复杂和谐运动的结果，即审美和美感的最高境界是认识、理解、智慧带来的愉悦感。文学中，小说尤其经典小说这方面的表现最为人熟悉，没有思想深度的小说很难称得上是好小说，这一点几乎是不言而喻。散文、诗歌亦如是，孙绍振就此做过很多论述。散文的智性、审智见前。就诗而言，孙绍振引证的内容如下：自亚里士多德以来，人们都说诗是最接近哲学的，普列汉诺夫认为情感不能没有思想，华兹华斯提出过诗的"合情合理"说和创作时的"沉思"说，西方诗歌强调情理交融，台湾地区诗人有"灵视"说，即诗人的视感觉是带着思考、思想、智慧的感觉。总之，好诗是有思想的，是以智性为底蕴的，深刻的感情必然是与审智联系在一起的。舒婷《致橡树》所传达的爱情观就是新颖独特的思想："我必须是你近旁的一株木棉，／作为树的形象和你站在一起"；《祖国啊，我亲爱的祖国》更是洋溢着对祖国坎坷命运和新时代到来的深刻思考。余光中的"乡愁是一方矮矮的坟墓／我在外头／母亲在里头"，情感深处的两岸不能统一的悲剧深思已经有点惊心动魄了。"故国不堪回首明月中"（李后主）、"南朝四百八十寺，多少楼台烟雨中"（杜牧）不仅感伤的情调使读者动容，沧桑变迁的历史思考更令人深思。"天生我材必有用，千金散尽还复来"（李白）、"抬头望明月，低头思故乡"（李白）、"烽火连三月，家书抵万金"（杜甫），李、杜的许多诗歌都不仅是情感的经典，而且是对生活社会现象的精辟的智性概括。苏轼的《赤壁怀古》则通篇亦情亦思，乃得意人生、失意人生的高度概括、千古绝唱。

以智性为底蕴，就是孙绍振指出的，表层是感觉，深一层是情感，更深一层是智性、理性、思想。确有不少诗歌只到达情感一层,或者智性一层很弱。而上举各诗则是三层皆有,情理交融式,且情感的强度与智性、思想的强度差不多等量齐观。也有不少情理交融诗,智性的一层已明显强过情感,如"生子当如孙仲谋"(辛弃疾)、"东风不与周郎便,铜雀春深锁二乔"(杜牧)、"春色满园关不住,一枝红杏出墙来"(叶绍翁)、"会当凌绝顶,一览众山小"(杜甫)。当代就出现了许多越过情感,由感觉直达智性、理性层的哲理诗,如卞之琳的《断章》、顾城的《远和近》等,乃至出现了如北岛、洛夫等人的意象奇特、思想深邃、语言晦涩的纯智性诗歌。

以智性为底蕴,第一,无智性纯情感的不会是最好的诗歌,但也不是无情感纯智性的就最好,而是只要有智性作底蕴,无论情理交融式还是纯智性式都好。第二,思想不是赤裸裸喊出来的,一切文学都要通过感觉、感性呈现,这是文学和科学著作的根本区别。包括一些直抒胸臆者,那里也有形象;孙绍振引黄药眠的说法,指出这是作者对自己以往经验的再感知,凡成功者说明其经验的普遍意义,能接通读者经验,让读者幻化出自己经验过的形象,此即所谓"人生经验通感"。第三,读者同样要有智性才能感悟、解读智性之诗,当代北岛、洛夫等一些纯智性名作,更是迫使读者调动更多的智性才能解读其中的奥秘。

六、其他

一是对比,这是诗歌常有的手法,实际上就是通过反差,使意象丰富,并互为衬托,使各意象突出。如柳宗元《江雪》"千山鸟飞绝,万径人踪灭。孤舟蓑笠翁,独钓寒江雪。"如无孤舟独钓,只是单调的一片"白无",而有了独钓,"白无"和独钓都突出了。与对比有关就是微妙反差、微妙转化的手法,这是一种渐渐的过渡,不经意的转化,感觉和品味会显得更为精致和持久,如《再别康桥》中间五节从夕阳到夜晚就是这样微妙反差、转化的。

二是无理而妙,实际就是前面多次讲过的错位美。"早知潮有信,嫁与弄潮儿",这是情感逻辑,与实用逻辑是相矛盾的,怎么能因此嫁给弄潮儿呢(无理)?但曲折表现的情感逻辑不光是动人的,也是闺怨妇女的合理诉求。"有的人活着, / 他已经死了;/ 有的人死了, / 他还活着。"也是这样的无理而妙。

三是意象并列、意象叠加,是古代中国诗歌的创造,意象之间没有任何关联词汇,关系的空白由读者填空,如前面所举马致远《秋思》。

四是传统的诗歌还有节奏感、押韵等音乐性问题可供分析,还有结构的层次感、物是人非模式,这后两点讲绝句时再谈。

五是当代诗歌,孙绍振指出,还有后现代诗人采用戏拟等20多种独特的修辞手法,在语言的游戏中深藏意图和灼灼锋芒。如伊沙运用戏拟所写的《中国诗歌问题考察报告》"同志们 / 中国的问题是农民 / 中国的诗歌问题也是农民 /……问题的严重性在于 / 他们种植的作物 / 天堂不收,欲人不食。"了解这些手法对于指导课外诗歌鉴赏有帮助。

六是当代诗歌还有语言的变异手法,入选中学的一些作品已有体现。

七、绝句艺术表现形式的重要特征 ①

关于绝句的艺术表现形式的研究,孙绍振从 1980 年的第一篇有关论文《论绝句的结构》(载《榕树文学丛刊》1980 年第 2 辑)开始,断断续续研究了近 30 年, 2007 年在《文学遗产》第 1 期发表的长篇论文《论李白〈下江陵〉》中,就绝句表现形式特征做了比较系统的论述,随后又在东南大学艺术学院做了系统讲授, 2009 年在其《演说经典之美》一书中做了五万多字的详细阐述。孙绍振指出,元代杨载在《诗法家数·绝句》中第一个谈到绝句的奥妙:"绝句之法,要婉曲回环,删芜就简,句绝意不绝,多以第三句为主,而第四句发之, ……承接之间,开与合相关,反与正相依,顺与逆相应……宛转变化工夫,全在第三句,若于此转变得好,则第四句如顺流之舟矣。"其后,数百年间亦偶有类似杨载的论述,但都不过数句,没有系统展开和深入发展。孙绍振做了系统的开拓发展,提出了不少新的要素、特征,用现代文艺理论给予了解释,举出了大量的例证,并以英、俄诗歌进行了比较论证。此处,做一些择要介绍,其中一些形式特征前面章节也有说及。

> 两个黄鹂鸣翠柳,一行白鹭上青天。
>
> 窗含西岭千秋雪,门泊东吴万里船。(杜甫)

---

① 本大点的综述,主要根据孙绍振:《论李白〈下江陵〉》,《文学遗产》2007 年第 1 期;孙绍振:《演说经典之美》,福建教育出版社 2009 年版,第 212—276 页。笔者综述的主要内容最早见于赖瑞云主编:《文本解读与语文教学新论》,北京师范大学出版社 2013 年版,第 217—219 页。

千里莺啼绿映红,水村山郭酒旗风。

南朝四百八十寺,多少楼台烟雨中。（杜牧）

回乐烽前沙似雪,受降城外月如霜。

不知何处吹芦管,一夜征人尽望乡。（李益）

碧玉妆成一树高,万条垂下绿丝绦。

不知细叶谁裁出,二月春风似剪刀。（贺知章）

千里黄云白日曛,北风吹雁雪纷纷。

莫愁前路无知己,天下谁人不识君。（高适）

渭城朝雨浥轻尘,客舍青青柳色新。

劝君更尽一杯酒,西出阳关无故人。（王维）

秦时明月汉时关,万里长征人未还。

但使龙城飞将在,不教胡马度阴山。（王昌龄）

烟笼寒水月笼沙,夜泊秦淮近酒家。

商女不知亡国恨,隔江犹唱《后庭花》。（杜牧）

京口瓜洲一水间,钟山只隔数重山。

春风又绿江南岸,明月何时照我还。（王安石）

白日依山尽,黄河入海流。

欲穷千里目,更上一层楼。（王之涣）

应怜屐齿印苍台,小扣柴扉久不开。

春色满园关不住,一枝红杏出墙来。（叶绍翁）

春眠不觉晓,处处闻啼鸟。

夜来风雨声,花落知多少。（孟浩然）

（一）基本特征（与杜甫两个黄鹂对比）

绝句的第三句的转折（更准确应是"宛转"）和第三、第四句的流水句式,以及由此形成最后一句的"高潮",是绝句形式特征的奥秘所在。多数的绝句,如上举杜牧至孟浩然的十一首,形式上都与杜甫的"两个黄鹂"不同。杜甫那首四句的结构形式、语气都一样,虽每一句的意象、意蕴之间有关联,但各句的独立性较强,每一句都是一个独立的画面,全诗对仗很工整、很整齐,但全诗给人比较拘谨且结尾向内收拢之感。而杜牧等十一首,第三句语气出现了转折变化,第三、四两句语气语义串联相属,形成流水句式,明显与前二句不同,全诗给人有变化、较自由,有高潮,且结尾呈开放之感。其中,杜牧至王之涣九首,一、二句的各自的独立性也相对较强,类似于杜甫的,但像杜甫那样对仗工整的,只有李益、王之涣二首;最后二首,孟浩然的头二句也是流水句式,和李白的《下江陵》一样(朝辞白帝彩云间,千里江陵一日还;两岸猿声啼不住,轻舟已过万重山),叶绍翁的头二句是句意倒装的流水句式。总体而言,像杜甫那样似律诗的中间两联的严谨对仗的句式结构,且各句的独立画面感很强的绝句,很少,多数如杜牧等十一首,总的比较自由,但第三、四两句形成一种语气转折且为流水句式且最后形成高峰的表现模式。

(二)具体特征

其一,往往最后一句形成“高潮”“高峰”“兴奋点”,或称为“结果”;关键又是第三句的转折(逆转或顺转),使第四句得以升华、跳跃。

其二,语气、结构形式出现了“转折”和“流水句式”的变化,使全诗不单调,不呆板。

(1)统一中有变化(绝句的最大统一就是只有四句,每句字数一样,或七或五以及具有最基本的节奏、押韵),既是艺术的基本特点,又是诗人心灵活跃的表现,乃至是一些具体情感表现的需要,如先前分析过的《下江陵》,就是李白要表现其十分喜悦、奔放心情而采取了这种更为自由的绝句形式。

(2)总的变化特点多数如杜牧(二首)、贺知章、高适、王维、王昌龄、王安石等七首,既有绝句格律的韵味,又有更多一点随机自在之美,少数另有其式,如,王之涣前二句是对仗的,李益不仅前二句对仗,且前二句和后二句的表现形式反差较大,对比较鲜明,有一种形式美;《下江陵》《春晓》一方面是都为流水句式,形式上另有一种统一感,另一方面全为流水句式又使全诗更为自由,但也因少了对仗的韵味而不易写好;叶绍翁虽全为流水句式,但头二句是倒装的,又自有其变化之妙;又有岑参的“火山五月行人少,看君马去疾如鸟。都护行营太白西,角声一动胡天晓”,前二句虽为流水句式,但语义的串联相属并不那么明显,相反后二句倒是相对独立的画面,其变化之妙是在前三句都是视觉形象,最后一句突然转为听觉(也是一种转折形式),犹如银幕上的画外音;还有王昌龄的“琵琶起舞换新声,总是关山旧别情。撩乱边愁听不尽,高高秋月照长城”,

结构形式、变化特点全如岑参,不同在前三句为听觉,最后一句突变为视觉,犹如音乐背景下推出的特写镜头。总之,变化的形式又有种种不同。

其三,层次加深了,有层次才有立体结构,全诗意蕴才更为丰厚。如果像杜甫的"两个黄鹂",每句的形式结构全部一样,每句之间的关系都是并列的,就给人一种无变化的平面感。有变化就有起伏,有落差,有梯度,形成不同层次,立体结构就出现了。首先,第三、四句与第一、二句的语气、结构形式明显不同,这是绝句内部最明显的分为二个层次的结构特点。其次,流水句式的前后二句的形式不一样(不对仗),亦形成变化的层次感。再次,转折(宛转)打破了原来的并列关系,亦带来微妙的层次感。同时,层次之间又不是断裂的,第三句的"转折(宛转)"、流水句式的"流水"就是它们之间的关联。我们读读这些诗句,明显感到它们意味变化了,丰富了,厚实了。

其四,流水句式把两句串联起来,字数增加一倍,叙事、议理功能会得到较明显增强,寄寓在叙事、议理中的抒情效果也会得到强化,起到了七个字、五个字的单句起不到的作用。诉说、思考重大历史事件的"南朝四百八十寺,多少楼台烟雨中"是这样;表述人生悲欢离合的"劝君更尽一杯酒,西出阳关无故人"也是这样。李白的《下江陵》就像一篇记游速写,高兴的心情尽情抒发;叶绍翁的《游园不值》简直是微型小说,哲理意味又充满其中。

其五,流水句式又造成开放结构,篇末有延伸、拓展、意犹未尽之感。比如,在怀古诗中,物是人非模式的绝句,像刘禹锡的"朱雀桥边野草花,乌衣巷口夕阳斜。旧时王谢堂前燕,飞入寻常百姓家",语短义长,绵长的沧桑感尤其明显。

其六,绝句的流水句式里还常运用疑问等非肯定语气,这些非肯定语气,更能表现活跃的情绪,更便于转入抒发主观情感,更能激活读者的联想、想象、思考,更有诗的韵味。孙绍振在演讲中,经常把下列的诗句进行改动,一改,上述的意味几乎荡然无存,让听众充分领略了绝句的奥妙:

> 不知何处吹芦管,一夜征人尽望乡。
> 但闻处处吹芦管,一夜征人尽望乡。
>
> 不知细叶谁裁出,二月春风似剪刀。
> 心知细叶它裁出,二月春风似剪刀。

> 莫愁前路无知己，天下谁人不识君。
> 人言前路多知己，天下有人尽识君。
>
> 春风又绿江南岸，明月何时照我还。
> 春风又绿江南岸，明月及时照我还。

（三）绝句优点

绝句的这些特点、优点，王国维甚至因此提出了绝句优于律诗论，即他在《人间词话》定稿 59 则说的："近体诗体制，以五、七言绝句为最尊，律诗次之，排律最下，盖此体于寄兴言情，两无所当，殆有韵之骈体文耳。"[①] 认为律诗尤其是排律的过多句子受到格律的制约，比之绝句，更大限制了思想的自由表达，束缚了情感的尽情抒发。

绝句的上述研究、揭示表明，发展成熟的艺术样式的形式特征是明显的，用以指导、帮助解读、分析作品的效果也是明显的；还表明，更为具体的微观的艺术样式的表现特征的研究工作大有可为，还有许多规律等待人们去发现。

本章仅是对孙绍振小说、散文、诗歌艺术形式规范、表现特征方面所作研究的有侧重的介绍。窃以为，和孙绍振创立的系列解读方法体系一样，形式规范的研究和新范畴的创建，是孙绍振建构本土特色文艺学的卓越探索的最重要成果之一。

---

① 转引自滕咸惠译评：《人间词话》，吉林文史出版社 1999 年版，第 93 页。

第七章
建构本土文学理论的
卓越探索

　　前几章的介绍已经表明,孙绍振先生从创建《文学创作论》开始,就一直在从事建构本土文学理论的探索。不久前,孙先生又在《光明日报》上发表了《医治学术"哑巴"病 创造中国文论新话语》的重要论文,随即就被 2017 年第 17 期的《新华文摘》作为重点文章全文转载。在该文中,孙绍振分别就"一味'以西律中'不可取""要分析,要批判""西方文论也有致命伤""重审传统文论的有效性""创造新话语自有章法"等多个方面,进行了他一贯风格的雄辩阐述。文章所呈现的广阔视野、重要命题、明晰判断、丰富资源,足以见这是孙先生长期探索实践的喷薄一发。

　　本章就若干方面,试做梳理。总体而言,孙绍振是以"实践是检验真理的唯一标准",以及他早年研读马克思《资本论》等经典著作,从中掌握的"矛盾的辩证统一""逻辑和历史的统一""从高级形态回顾低级形态""从最普通、最常见的细胞形态入手(例如《资本论》从商品入手,解读学从文本入手)""归纳法为主,结合演绎法""临时定义""直接从第一手文本进行原创概括"等研究方法,分别不同情况对待东西方文论,重审文学理论的重要命题,填补文论研究的空白领域,构建独创性的文论话语,并大量运用于实践,不断检验、修正、完善理论话语。我们试就"一、分析性吸收外域文论,重构相关理论""二、批判西方文论极端观点,自创相关理论""三、激活古代文论,插上起飞的翅膀"等三个方面做些介绍。

　　必须说明的是,改革开放后 90 年代出现的一批文学理论教科书(如童庆炳的《文学理论教程》),也有类似上述三方面的对旧文学理论的改造,总的情况,虽不像代迅所言的"仍属这个体系(指五十年代引入的苏联旧文学理论体系)内的局部修补"[①],但变革的幅度、食洋而化的效度、原创的程度,就上一章提到的情节理论而言,似有继续一展身手的空间,但下文不就此展开讨论,而仅探讨孙绍振的探索。

---

　　①　见代迅:《世纪回眸:前苏联文论与中国》,《潍坊高等专科学校学报》1999 年第 1 期。

第一节 分析性吸收外域文论，重构相关理论

这主要指那些具有积极因素，或者虽有积极因素但仍存在缺憾，甚至缺憾更多但仍有积极意义的外域文论。对这类理论，孙绍振吸纳其积极因素，改造发展为创作、解读实践所需的新理论。前面章节已经介绍过的如:(1)亚里士多德和福斯特的情节因果律，及亚里士多德的突转理论等。(2)俄国形式主义者斯克洛夫斯基的二元错位"A、B"爱情模式、苏联维戈茨基的"情感逆行"说、法国佐拉的"试剂分析法"，等等。(3)苏联季莫菲耶夫的情节理论，虽欠缺较大，但仍有其合理部分，包括其中包含的高尔基有关性格、情节的理论等。(4)康德的"美是无功利的快感"理论。(5)黑格尔的性格理论;以及黑格尔与亚里士多德各持一端的性格中心、情节中心理论，等等。

下文主要介绍孙绍振对康德美善关系的应用与超越;感觉、情感、智性三层说与康德的审美判断;分别对待黑格尔、康德、席勒的形式理论，发展自身的形式理论。

一、对康德美善关系的应用与超越

在第四章介绍错位法时，就美善错位，指出"实用的善"是孙绍振根据创作、解读实践，创造性提出的范畴。

康德在《判断力批判》第 1 节到第 5 节（关于美的分析部分）里，提出了美感是无功利的快感的著名论断①。康德解释说，喜欢不喜欢巴黎的小食店，爱不爱一座美丽的宫殿，一座小茅屋住得舒适不舒适，都与物质的、利害的欲求有关，这种满足欲求产生的快感带着个人的偏爱，因此无普遍的可传达性（拙著第四章里，用喝酒作比，有人喝多，有人喝少，有人不喝，某一人酒量无普遍可传达性）；而美感具有普遍的可传达性，我认为美的，别人也会认为美，因此稍许的欲求、偏爱都不行，美是完全无利害关系的愉悦感。在这个意义上，康德的美就是纯粹美、纯形式的美，如花卉、图案、语言文字的表现力等，它们引起的愉悦快感具有普遍的可传达性，人同此心，心同此理（朱光潜语）。在第 5 节中，康德又对"快适、美、善"三种愉快（此为宗白华译法，朱光潜译为"愉快、美、善"三种快感）进行了比较：一种是生理官能方面引起的，宗白华译为快适，李泽厚用喝杯啤酒的愉快具指它。另一种是"受理性规律驱使我们去欲求的对象"（这是宗白华的译法，朱光潜译为"由理性法则强加于我们，因而引起行动意志的对象"），受理性制约，按理性的要求，实践了善的行为产生的愉快；李泽厚用做件好事的快乐，即道德的快感具指它。康德认为这两种愉快，都有利害关系、功利的考虑，前者是生理官能利诱我们去做，后者是"理性方面的利害感强迫我们"（此为宗白华译文，朱光潜译为"由一种理性的利益迫使我们"）去实践，所以，都不是美感。第三种是恩爱（此为朱光潜译法，也译为喜爱，宗白华译为惠爱，李泽厚译为情感，都冠以了"自由"两字）引起的愉快，既无官能之利诱（如情人实际上不如"西施"，但情人眼里出西施），亦无理性之压力（如非父母之命、非世俗计较、非政治联姻的自由恋爱），那是

---

①　康德类似表述的原文有多处，比较重要的是该书第 2 节标题："那规定鉴赏判断（按：即我们说的审美判断）的快感是没有任何利害关系的"（引自康德著，《判断力批判》上卷，宗白华译，商务印书馆 1963 年版，2016 年印刷，第 34 页）。又，本大点引文及注释分三种：1. 笔者转述及引述的康德论述、研究者译文及有关观点，主要引自上述宗白华译《判断力批判》上卷有关部分，伍蠡甫、胡经之主编、北京大学出版社 1986 年版《西方文艺理论名著选编》康德部分，朱光潜著、北京大学出版社 2002 年版《西方美学史》"康德"章，宗白华著、上海人民出版社 1981 年版《美学散步》中的"康德美学思想述评"，李泽厚著、安徽文艺出版社 1999 年版《美学三书》中的"美学四讲"，孙绍振和孙彦君著、北京大学出版社 2015 年版《文学文本解读学》第六章第三节，孙绍振著、华中师范大学出版社 2000 年版《审美价值结构与情感逻辑》自序及《论审美价值结构及其升值和贬值运动》一文，恕不对具体出处一一注明；2. 部分直接引文及部分有关观点，注明了具体出处；3. 孙绍振原注的，注明了孙原注。

美感。我们前面章节多次举到的《麦琪的礼物》年青夫妇的爱情、《杜十娘怒沉百宝箱》杜十娘追求的情感、《背影》里父亲的父爱，就是这第三种的无利害计较的属于美感的恩爱情感。注意：按以上康德第 5 节所述，这些审美情感就与理性行为无关，与道德的善（道德也是一种理性行为）亦无关。

康德在《判断力批判》第 59 节（关于自然美部分）里，又提出了美是道德的象征（此为宗白华、李泽厚译法，朱光潜译为"道德精神的象征"）的著名论断。宗白华译此节标题为"论美作为道德性的象征"，在此节结论部分，译文为"现在我说，美是道德的象征"，康德接着说：只有在这个意义上，"美使人愉快并提出人人同意的要求，在这种场合人的心情同时自觉到一定程度的醇化（宗也曾译为"高贵化"）和昂扬，超越着单纯对于感官印象的愉快接受"，又认为，这对每个人是自然的，也要求每个人作为义务。这观念，不是康德心血来潮，偶尔提及，而几乎贯穿《判断力批判》始终。一是第 16 节论及依存美（宗白华译为附庸美）时。因为纯粹美，如花卉美那样的自然美、形式美，抽象出来的图案美，是很少的，语言文字那样单独抽象出来的美是不存在的，这些形式美绝大多数和内容依附在一起，如说一个男人、女人的美，一部文学作品、一幅绘画的美，都是形式美与内容美结合在一起，这个结合，美感是增值的。宗白华有关的译文是这样的："鉴赏因审美的愉快和理智的愉快相结合而有所增值""是鉴赏（即审美）和理性的统一""美和善的统一"。注意，这里用的"善"与前面段提到的"善"，内涵是一致的，都是指道德的善；用的"理性""理智"亦与前面段说的"理性规律""理性方面的利害感"的"理性"含义是一样的，指经过利益平衡、合理计算的有目的的理性行为，而不是自由、随意的行为。为什么有"善"和"理性"两个概念？（当然是康德原文中就有的。至于翻译成什么，是另一码事，只要同一译者，前后所指一致就行），这我们后文再分析。二是在第 17 节谈到依存美中的理想美，或叫美的理想时，谈到人性的目的"只能在人的形体上见出，在人的形体上，道德是理想精神的表现，离开了这种道德精神，对象就不能既是普遍地又是正确地给人快感"，并且把美的形体叫着"统治着人内心的那些道德观念的可以眼见的表现"。这是朱光潜的译文。朱光潜继续说，康德举出慈祥、纯洁、刚强、宁静（宗白华译为：温良、纯洁、坚强、静穆）这些人体美，就是体现康德说的"人性目的"的"理想的美"。朱光潜解释说，只有这样的人体美，才是康德要求的

"美的理想"，才能达到康德要求的"理想的美"；并认为，按照康德的观念，真正的美，从道德观念看，也是"完善"的。从这里，我们可以看出，形式美（人体美）、内容美（人性的目的）、道德的善，三者统一了。三是在第23节至29节"崇高的分析"部分，李泽厚指出，康德强调道德是崇高的基础，认为康德正是在这个意义上说"美是道德的象征"，并引康德的话说，面对崇高对象，"把感情提升到了顶端，那种感情的本身才是崇高——我们说它崇高，是因为心灵这时被激动起来，抛开感觉，而去体会更高的符合目的性的观念"。李泽厚举例说，高级的艺术作品，如陀思妥耶夫斯基的小说、贝多芬的音乐、著名的建筑，会产生崇高的美感，乃至康德说的狂涛巨浪、险峰峻岭，在有文化教养的观赏者那里，一样能引起悦志悦神的美感，激起整个生命的全部投入。朱光潜也认为，道德精神的象征，在康德"崇高的分析"部分，也一样体现。

这样就出现了明显的矛盾。朱光潜、宗白华、李泽厚都认为，康德前面说美与道德的善无关，后面却大谈特谈美与道德的善是一致的，都认为是明显的矛盾（对康德在第5节中谈到的这种愉快，朱光潜、宗白华、李泽厚都译为"善"，从他们上下文看，这个"善"指的就是道德的善。只是宗白华似另有考虑，此亦留待下文再说）。不过朱光潜解释为，也并不矛盾，认为前面康德为方便研究，把美抽象出来，独立分析研究，在纯粹状态下，美与欲求功利无关，而事实上，这样独立性、超然性的纯粹美、纯粹形式的美是假想，它必须和其他功能结合才能发挥作用，也就是理想美必然不是纯粹的，而只能是依存美，和内容美结合在一起的美，所以，康德表面上似前后矛盾，实际上还是说得通。当然，坚持认为康德前后矛盾的学者（这在学界是绝大多数），并不为此犯难，认为康德美学体系有矛盾是很正常的，甚至正是其客观唯心主义世界观的必然结果；并认为，康德毕竟后面认识到了美善统一，美与道德之善相谐和，这就够了，也就是，康德著作中的更为强调的部分，与我们本来的结论就是美善统一、真善美三者统一是一致的。

然而，两个明摆着的关键问题却没有解决：第一，既然明摆着有这个与道德善既不一致又一致的显而易见的矛盾。要不康德有错，前面那个"不一致"是错误的，或者说，康德这个"善"的概念是混乱的，总之，我们研究者应当把它指出来。要不，康德没错，康德前面说的"善"，不是指后来说的"道德的善"，人们把它弄错了，康德只是没有解决好这两个"善"怎么统一的问题，而后人就应当去解决。但康德的研究者，似乎从未考虑这些问题。第二，康德在此明确提出的恩爱、情感之愉快的美的行为，与上述善行不兼容的更重要原因是此善行出于理性考虑（即文中强调的受理性利害感、理性利益强迫下的行为，理性规律、理性法则驱使下去欲求的对象），而美并不考虑这些理性，那么，是否干脆将这"善"从道德的善中划出，另列一个理性之善、实用之善？我们再看看康德原文中还有对这三种愉快者的描述，这另以划分的必要性就更突出了。康德认为，官能欲求愉快者乃"无理性的动物"，善"一般只对具有理性的人才有效"，而美"只适用于动物性的又具有理性的生灵（即人）"（宗、朱译文类似）。美行者的所谓动物性，是在理性制约下，显然不是指食色欲求，而是指非理性的情感行为乃至情绪化的行为，如杜十娘怒沉百宝箱又投江自沉，《麦琪的礼物》的年青夫妇不想想万一对方也像自己一样把最宝贵的东西（金发、表链）卖了，就贸然行动，《背影》的父亲不让腿脚更灵便的儿子去买橘子⋯⋯无数文学作品的主人公正是这样"无理而妙"的极端情感化典型（即使实际生活中也不乏其例），然而主人公的行为又符合、彰显了最高的道德之善。显然，要不将善分为两类，要不将另一个善归为实用理性，这自相矛盾不就解决了？

应当是，康德没有错，康德分别看到了美的两种特质（既与实用理性不一致，又与道德的善一致），也看到了两种"善"（两种理性行为）；但康德又有明显的不足，并未将它们统一起来。众多康德研究者只取其与道德统一的一面，而对康德有关美的另一特质或视而不见，或如朱光潜、宗白华、李泽厚这样的美学大家，只是解决了问题的一半（见后）。全部问题的实质就在这里。

孙绍振用美善错位解决了。这既是对康德美善关系论的应用与超越，也是对其他相关研究的超越。孙绍振解决之路既可说是另辟蹊径，又可说是学术研究之正道。

第一，立足文本解读实践，主要从文学现象中归纳，而不是从理论到理论的纯演绎研究。孙先生在早期致力于文学创作论研究时，对大量作品的深入解读分析，使其发现了文学作品中如上举《杜十娘怒沉百宝箱》《麦琪的礼物》《背影》这样美善错位的普遍现象。孙先生从作品中总结的现象是："生活对于人生并不是只有真和善的理性价值，而有着真善美三种价值的。这个价值观念的分化对于文本解读有着十分重大的意义。"孙先生在2000年出版的《审美价值结构与情感逻辑》中回顾自己的学术道路，说是在北大的学生时代,受到朱光潜先生《一棵古松的三种态度》中的审美价值、实用价值、认识价值三者分化观点的影响,因而对当时流行的"文学＝生活"的观点特别反感,这似乎给我们的感觉是:孙绍振是先有理论,后有实践。其实,我们在第一章中,已详细介绍了他《文学创作论·后记》中阐述的心路历程,他当年(学生时代)对文学作品如饥似渴阅读,深深为作品中的艺术奥秘所震撼所沉迷,渴望理论能为其揭示奥秘,但当时的理论均使其大失所望。孙先生后来在《审美价值结构与情感逻辑》中又补充说,朱光潜先生当时因政治原因不能讲授文学理论,而"大学生"孙绍振是私下自读了许多朱先生的著作,其中《一棵古松的三种态度》一文是朱先生对他的最大冲击。这说明什么呢?正说明当年的孙先生是先有实践,先有对大量作品艺术奥秘的比较深刻敏锐的感悟,或者说自发的解读实践,才会在众多的文学理论中,包括当年极权威的苏联文学理论中,独独钟情于朱光潜的理论。总之,实践为主,归纳为主,这是孙绍振的学术正道。至于康德的理论,更是丰富的作品分析实践之后的事了。①

第二,孙绍振是在其 1987 年由人民文学出版社出版的《美的结构》一书中将他长期酝酿的真善美错位理论撰写成书的。同样据他《审美价值结构与情感逻辑》一书中的介绍,当时,他应邀以其已完稿的《文学创作论》内容做了一次讲座,听讲的人民文学出版社的一位编辑对他说,你的学术思想是康德的,并代表出版社向他约稿,希望他把这一学术思想写成一本书。他听后大吃一惊,于是才下决心认真啃读艰深的康德。于是,《美的结构》中已重点引入了宗白华翻译的、1987 年由商务印书馆出版的康德的《判断力批判》中有关"美是无功利的快感"等主要观点。当时,孙先生对善的内涵,一开始就把它分为两种,用了两个概念,一是"实用价值"(即后来所称的"实用的善"),二是"道德的善",并且前者使用得更多,是重点。② 这一开始,就与其他许多研究者有很大的不同,其他研究者不仅不分,且将善都归为"道德",不存在"实用"之善一说。其原因,仍然是上述的孙先生首先的、主要的,是源于实践,源

---

① 以上介绍参见孙绍振:《审美价值结构与情感逻辑》自序,华中师范大学出版社 2000 年版。该段中的引文见孙绍振、孙彦君:《文学文本解读学》,北京大学出版社 2015 年版,第 188 页。

② 见孙绍振:《审美价值结构与情感逻辑》,《论审美价值结构及其升值和贬值运动》"第一至第七部分",华中师范大学出版社 2000 年版,第 117—138 页。从文中大量的主要举例为"无理而妙""白居易《长恨歌》唐明皇、杨贵妃的绝对爱情""武松因怕被店家耻笑而硬着头皮上山"等超越实用价值之例,说明其当年论述的重心就在后来称为"实用的善"方面。

于归纳为主的结果,所以,孙绍振一出手就抓到了起飞的翅膀。

第三,引入朱光潜介绍康德理论的《我们对于一棵古松的三种态度——实用的、科学的、美感的》一文,诞生了孙绍振"实用的善"的范畴。由于有上面所介绍的这些基础,孙绍振对朱光潜先生这篇文章的提炼,就与众不同。

（1）孙绍振先引述了朱光潜文章：

> ……你所知觉到的只是一棵做某事用值几多钱的木料。我也脱离不了我的植物学家的心习,我所知觉到的只是一棵叶为针状、果为球状、四季常青的显花植物。我们的朋友——画家——什么事都不管,只管审美,他所知觉到的只是一棵苍翠劲拔的古树。我们三人的反应态度也不一致。你心里盘算它是宜于架屋或是制器,思量怎样去买它,砍它,运它。我把它归到某类某科里去,注意它和其它松树的异点,思量它何以活得这样老。我们的朋友却不这样东想西想,他只在聚精会神地观赏它的苍翠的颜色,它的盘屈如龙蛇的线纹以及它的昂然高举、不受屈挠的气概。[1]

接着,孙先生总结道:"这里画家的价值,不同于植物学家的求真（科学的）,也不同于木材商的求善（实用的）,和二者的理性追求不同,画家追求的是情感的、假定的。"[2]对于最关键的木材商的态度,他用"实用的求善"来指称,并且不是仅仅此处有此词,而是类似的用语有一串。如"实用的善""实用理性""理性的和实用的价值""实用价值""功利的善"等,其中,"实用理性"用了五次。对举的"道德的善"也用了二次。这清楚表明,孙绍振将善分为两类,一是道德的善,二是实用的善或实用理性。这一实用的善、实用理性就与前文所说的康德《判断力批判》第5节中提出的"此善行出于理性考虑,受理性利害感、理性利益强迫,受理性规律、理性法则驱使"完全对接上了。那么,作品中的审美,既与道德的善一致（没有断裂）,又与实用的善不一致的美善错位也就这样完全对应自洽了。我们第四章中介绍错位法时提到的,按社会的理性、实用理性处理,凡事都应努力争取双赢、共同发展,务实处置,实现利益最大化,按此,杜十娘就应拿出珠宝,还清孙富的钱,狠狠教育李甲一番,再欢欢喜喜把家还,《背影》父亲就应既真诚表达父爱之情,又最终同意儿子

---

[1]　孙原regex,朱光潜:《朱光潜美学文集》第一卷,上海文艺出版社1981年版,第448页。

[2]　孙绍振、孙彦君:《文学文本解读学》,北京大学出版社2015年版,第189页。

去买橘子——说的就是康德所指的非审美的"受理性规律、理性法则驱使"的行为。自然,审美行为者,特别是文学作品的主人公,是不这样做的,他们情感第一,他们不考虑怎么合算,他们非理性,他们就是要"无理而妙"。

（2）孙绍振不仅一般性地指出了朱先生三种价值的划分来自于康德并照例转述了康德原观点:"康德说,审美情感（有人译作"情趣判断"）是'非逻辑的''非实用的'"[①],而且特别地引述了王国维更早就此的介绍。孙绍振引述王国维,笔者认为,一方面是说明,这是学术大家皆极重视的康德名论、学术传承,因为文中孙先生还指出了康德的学说"经过克罗齐的阐释,进一步发扬光大。朱先生这个树的例子,就是从克氏那里演化来的";另一方面是回答为什么王国维名气更大、更早引入,影响却远不如朱光潜,原因是表述"没有朱光潜那样生动"[②];再一方面是王国维将对应"善"者,称为"意志",而不像他人,不是称为"道德",就是称为"实用",似乎这值得思考。孙绍振所引王国维原话是:

> ……精神之能力中,又分为三部,知力、情感及意志是也。对此三者,而有真善美之理想,真者,知力之理想;美者,情感之理想;善者,意志之理想也……[③]

也就是说,"意志"一词,表明这不得不遵循、这必须克服阻力的"理性"意味更突出了。或者说,至少这突出"理性"的"意志",更符合康德原书第5节里"善"之本意。

（3）同样,朱光潜的文章,不仅是更通俗生动,而且也做了自己理解的处理:其一是朱文的副标题是"——实用的、科学的、美感的",而不是"——道德的、科学的、美感的",表明其对康德第5节解读的重心亦在实用理性（实用的善）;其二,我们再读读朱文中所描述的木材商人的有关两段话:

> 你所知觉到的只是一棵做某事用值几多钱的木料。
> 你心里盘算它是宜于架屋或是制器,思量怎样去买它,砍它,运它。

可以说,这既包含了功利的欲求,也包含了如何更合算的实用理性的考虑、理

---

① 孙原注,康德:《判断力批判》,宗白华译,商务印书馆1987年版,第39页。
② 孙绍振、孙彦君:《文学文本解读学》,北京大学出版社2015年版,第189页。
③ 孙原注,王国维:《论教育之宗旨》,《教育世界》1906年第1期。

性法则的驱动,这显然跟道德的善无关,只是朱先生没有用"实用的善"指称它,所以我前文说,美学大家们只是解决了问题的一半,换成孙先生常用的话语,就是"断桥",通向彼岸的断桥。朱先生做了一半,孙先生重新接上、架设,完成了将康德的善分为道德的善、实用的善两类善的学术建构。

其实,宗白华、李泽厚亦有类似的半截工程。宗白华在其《康德美学思想述评》中,讨论到《判断力批判》第 5 节时,反复出现了"有益"和"善"两个概念。他说:"有益即是某物对某一事一物好。善却与此相反,它是在本身好,这就是只是为了自身的原因、自身的目的而实现,进行的。有益的是工具,善是目的,并且是最后的目的。……有益的作为手段、工具,善作为终极目的,前者是间接的,后者是直接的。康德说:'善是那由于理性的媒介通过单纯的概念令人满意的。我们称呼某一些东西为了什么事好(有益的),它只是作为手段令人愉快的,另一种是在自身好,这是自身令人愉快满意的。'善不仅是实践方面的。且进一步是道德的愉快。"① 显然,他似乎有意把康德第 5 节里的"实用的有益",与"道德的善"作出区分(从宗白华所引康德文,这似乎也是康德本意),不过,宗白华既含混其词,没有说清楚,又没有把这两者再统归为"善"。李泽厚也有类似区分,他总的说法是,真是合规律性,善是合目的性,除了指这合目的性主要为众所周知的道德之善外,他还说过,它的合目的性是"符合社会需要、实践目的"②,这同样应属实用理性,而不是道德的善。李泽厚是将有关的二类都统到"善"的名下了,但未作出"实用的善"的命名,并且也未展开专论此事,不知李先生是否真是此意,还是笔者之臆测。

现在,孙先生清楚地做了命名,做了分类,又统一于"善"的旗下。唯一还需论证的是,"善"是否具有这一词义?《现代汉语规范词典》的"善"的第六义项就是"办好,做好,如善始善终,善后"。《汉语大字典》的第一义项更明确:"完好;美好,圆满;吉祥,共同满足"。这都不是从道德角度,而是从实用理性角度说的,如我们前面有关章节提到的很理性地考虑问题,很经济地处理实务,谋求双赢、共赢,你好、我好、大家好。任继愈主编的《中国哲学史(四)》(人民出版社 1979 年版,第 108 页)也说:"合规律发展的'欲'就是'善'"这同样包含了实用理性在内。词汇意义,还可从积淀于人们生活中的

---

① 宗白华:《美学散步》,上海人民出版社 1981 年版、2004 年印刷,第 256 页。
② 李泽厚:《美学三书》,安徽文艺出版社 1999 年版,第 480、486 页。

语义去考察。如网上流行如下说法:"总体宏观地说,在最广时间范围内符合最大多数人的目的(最大最终目的)即'善';在最广时间范围内被证明对最大最终目的有利的目的被称为是'善心';在最广时间范围内被证明对最大最终目的有利的行为被称为是'善行'。"这些,无不包含孙绍振指出的"实用的善"。总之,"善"可如此赋予实用理性的意义,是无需怀疑了。

孙先生解决了康德研究中的一大难题。

更重要的是,在这样的学术地基上,在彼岸的学术工地上,孙绍振超越他的前辈,创建起了崭新的"错位美"理论的学术大厦。这确是功德无量的学术事业。

最重要的,孙先生在《美的结构》中,对真善美三者的"错位"关系作出的如下命意:

> 既非完全统一,或者只有量的差异,亦非完全脱离,而是交错的三个圆圈,部分重合,部分分离。在不完全脱离的前提下,错位的幅度越大,审美价值越高,反之错位幅度越小,则审美价值越小,而完全重合则趋近于零。①

其重要性在于对读写实践的重要指导意义。于创作而言,在不完全脱离的前提下,敢于拉开美、善距离,拉开美、真距离。于解读而言,要善于发现那些错位幅度特别大的真善美错位现象,而不是像传统的分析观,只关注真善美三者的统一,只有前者,才能揭示作品真正的情感价值、审美价值。

就此,孙绍振还进一步指出:"一般说来,由于人类生存和繁衍的压力太大,因而,在人类的心理中,在人类的自发的价值取向中,理性的和实用的价值往往占着压倒的优势。"接着,他引述了马克思的著名论断:

> 任何一种对象……对我的意义都以我的感觉的限度为限。②

又说:"正是因为这样,马克思才反复强调'人的本质'的'丰富性、主体性,人的感性的丰富性,如有音乐感的耳朵,能够欣赏形式美的眼睛'③,而人要达到'成为人的享受的,即确证自己是人的本质力量',能欣赏美的耳朵和眼睛,

---

① 孙原注,见孙绍振:《美的结构》,人民文学出版社 1987 年版;又见孙绍振:《审美价值结构与情感逻辑》,华中师大出版社 2000 年版,第 126 页。

② 孙原注,马克思:《1844 年经济学哲学手稿》,人民出版社 1985 年版,第 83 页。

③ 同上。

不能光凭主体自发性,还要经过自我的重新创造。"也就是要"激起读者的文学感",要培养读者"审美价值超越功利的善和科学的真"的良好艺术感觉。孙先生认为,"从这个意义上说……放任中学生自发主体的'自主创新'的解读,实在是近乎蒙昧。"①

孙先生真善美错位的内容,自然远不止这些。本节仅仅是从来自康德又超越康德的有关方面,侧重做了上述介绍。

二、感觉、情感、智性三层说与康德的审美判断

这主要涉及智性、审智问题。如前面各有关章节介绍的,孙绍振一向重视作品中的智性、审智,不管小说、诗歌、散文均如是。

散文的审智突围,是孙绍振最重要、最有影响的学术成果之一,这在前面已专节介绍过。

小说,不仅是智性、审智,而且要有思想,这在一般人的认识里是不言而喻、无需讨论的问题,但我们也特殊地介绍过孙绍振这方面的研究,这就是孙绍振特别重视的因果律。因果律中,更重要的是性格因果,是内容之因,"必须是非常深刻的社会或心理的原因","精彩小说的审美因果……在另一个层次上又回归于更深刻的理性因果","好小说的最深层都是有思想的,都是隐含理性思考,乃至深刻的理性思考",我们在讨论到小说的艺术形式规范时,都着重介绍过孙绍振特别强调的上述这些观念,并且举过孙绍振分析的《祝福》等著名案例。

诗歌,这一最抒情的文体,孙绍振的理论也是以智性为底蕴,并且提出了"表层是感觉,深一层是情感,更深一层是智性、理性、思想"的三层说。这在诗歌形式规范中也已介绍过。本大点要重点讨论的就是这三层说。因为,它与康德的审美判断有重要的关联。

第一,要说明的是,三层说不是限于诗歌的,一切文学作品,没有思想,就没有深度,而赤裸裸地表达情感、思想的,又都难奏效,按照孙绍振经常援用的心理学的说法,情感是黑暗的感觉,没有经过外部五官感觉是难以呈现的。所

---

① 上述几处孙绍振言论引文见孙绍振、孙彦君:《文学文本解读学》,北京大学出版社 2015 年版,第 190—191 页。

以,小说、散文,既是更具思想深度的,其表层又同样是由感觉组成的故事、画面,只是组成情况更复杂而已。但诗歌是最抒情的文体,往往就可能直接抒情,喷发而出,结果在两方面都失手,既不重视往智性、思想方面深思、凝练,又不注重感觉的呈现。所以拿诗歌说事,某种意义,更具代表性。比如,连诗歌都离不开智性(当然是好诗歌)了,更不用说小说、散文了。当然,孙绍振最早在《文学创作论》中提出三层说时,主要是针对那些以为诗歌只要抒情就够了的人们提出的,而这样的人,当时几乎触目皆是,现在也好不到哪里去,因为,这很可能属于文学启蒙的问题。从上述这些考虑看,诗歌三层说,实际上应为文学三层说。

第二,我们讨论的重点是智性。不然,就《文学创作论》中,诗歌三层说涉及的感觉、情感问题就一大堆了,我们不做这种全面性的介绍。何况,拙作第二章,因讨论内容的需要,已实际介绍过诗歌的感觉理论。

第三,诗歌三层说,我们主要采用 2006 年出版的《文学性讲演录》及 2017 年修订版的《文学解读基础》。早在《文学创作论》中,孙绍振就是以专节(第七章第三节"诗的感受的三个层次")全面阐述了三层说的内容,拙作第六章中的诗歌形式规范部分专门介绍的"以智性为底蕴"的内容,包括所提到的华兹华斯等名人名论,几乎都是《文学创作论》第七章第三节中原有的。后来出版的《文学性讲演录》(包括修订版《文学解读基础》)的诗歌部分,主要内容基本相同,但一些关键提法有发展,比如第三层,《文学创作论》提为"理性",《文学性讲演录》及《文学解读基础》提为"智性";一些关键元素如康德的审美判断是新出现的,而这正是我们今天要重点介绍的。说明这些,一是表明,三层说是孙绍振的一贯思想,原创成果;二是说明,孙绍振的三层说既与康德、黑格尔关于"理性"的重要思想息息相通,尤其是与康德的审美判断论不谋而合,我们就有理由相信,我们可以建构起不亚于西方文论的本土特色的文学理论。

下文,就据上述考虑,介绍、阐述两方面内容。

(一)孙绍振有关诗歌(文学)三层说及重视智性的主要表述 [①]

---

①　本大点内容,主要引自孙绍振:《文学性讲演录》第二十三讲、二十四讲,广西师范大学出版社 2006 年版;并参考孙绍振:《文学解读基础》第二十三讲,福建教育出版社 2017 年版;孙绍振、孙彦君:《文学文本解读学》第十五章中的"新诗第一个十年的流派更迭",北京大学出版社 2015 年版。表述时,有做必要的综合、调整,个别例子为笔者另举。

其一，诗歌的情感是诗歌艺术的核心，核心以上是感觉，核心以下是深层次的智性。情感上面是人的最为表面的感觉、感知，深入一个层次就是情感，而在情感的深处就是智性，或者更深邃一些，是理性。分开来说，是三层，总起来说，是不可分割的三位一体。

其二，自亚里士多德以来，人们都说诗是最接近哲学的，因诗的概括力很强，又有一个复杂的多层次结构，它的表层是感觉，中层是感情，深层活跃着智性。这种智性又不是简单的在感觉背后，而是通过感情牵制着感觉，三者互相制约，互相导致变异。比如，杜牧的《江南春》，诗人对历史变迁的深刻又并不消极、希望留住美好的思考，产生了诗人既赞美春天又伤时感世的复杂微妙的情怀。这一独特的情感，使实际上不可能千里范围都看见、听见的美好春景瞬间汇聚到诗人眼前（千里莺啼绿映红），眼前的寺庙又幻化为"南朝四百八十寺，多少楼台烟雨中"。而这些由实景到虚景、虚实交混的想象画面，又加深了诗人，也加深了读者对现实与历史规律的深邃思考。

其三，普利汉诺夫批评说，情感不能没有思想。这批评有道理，但光有思想也不能成为艺术，应把思想作为情感的深层基础，但不能让思想赤裸裸地嚷出来，而是把它和情感、感觉联系在一起，叫智性，而不叫思想，目的就是以免混淆。

其四，有深厚的感情，也有肤浅的感情，深厚的感情是与人的价值观念、智性、思想联系在一起的。在新诗出现于现代文学史的第一个十年，郭沫若从华兹华斯那里接受了"强烈感情的自然流露"的主张，写出了拓荒性的、开一代诗风的石破天惊的《凤凰涅槃》，这里不仅有强烈情感，更有情感背后冲击旧罗网、高扬个性解放的变革社会的深刻思考，以及他超越现实的独特想象。后来郭沫若把这问题简单化了，一味主张情感的宣泄，诗就变粗糙了。鲁迅就不主张激动得不得了时写诗的。其实，华兹华斯还有从宁静中凝神、审思、沉思，以及"合情合理"，即情理交融的写诗主张。这个问题，直到闻一多、徐志摩、戴望舒等等出现后，才逐步得到改变。

其五，王安石的"春风又绿江南岸"，不仅是"又绿"比"又过""又入""又满"更能被直接感觉感知，而且表现了诗人美化家乡感情，并且还有对故乡的思念，与"明月何时照我还"一联系，还有深层的思考。这就是华兹华斯说的"沉思"，康德说的"情趣判断"（这是朱光潜的译法，宗白华译为"鉴赏判断"；鉴赏和判断都表明，这里有理性因素）。这一切说明：（1）情感是有深浅之别的,深刻的情感是有智性的思想作为基础的;艺术的感情必须是深刻的感情,而深邃的感情就有智性的成分。余光中的《乡愁》,就不光有感情,还有非常深刻的智性。"长大后 / 乡愁是一张窄窄的船票 / 我在这头 / 新娘在那头",这不仅有情感,而且有思想,两岸未能统一的思考。"后来啊 / 乡愁是一方矮矮的坟墓 / 我在外头 / 母亲在里头",这个两岸未能统一的悲剧沉思,已经有点惊心动魄了。所以在审美的范畴中,必须加上审智。纯粹的感觉和感情是肤浅的,深刻的感情不是纯粹的感情,它渗透着思想。(2)但艺术又不能简单等同于思想、思考,如果余光中《乡愁》只是表现思念、思想,可能就不够动人,它是把感情和智性、思考结合在一起,既表现了民族分裂的痛苦情感,又表现了期盼两岸能够统一的深层思考。(3)但纯粹的思维又是抽象的,思想和情感都要靠感觉来表现,像蔡其矫说的形象思维是一种躯体思维。身体怎么思维,就是郭风讲的五官开放,用感觉来思维;就是台湾诗人说的"灵视",心灵的透视,也就是不那么肤浅,视觉是带着思考的,带着感情和智慧的,又符合艺术规范,不是赤裸裸的呈现,而是通过感觉。像余光中的《乡愁》,凝聚在邮票、船票、坟墓、海峡上。这就是别林斯基说的"对真理的直感",既要找到这种深度,又要找到这种感觉、感情,既要让它深入到智性的层次,又要通过意象表现出来。(4)孙绍振又指出,外部感觉不是唯一法门,如李白著名的"弃我去者,昨日之日不可留;乱我心者,今日之日多烦忧",就是直接抒情,直抒胸臆。孙绍振引黄药眠的说法,指出这是一种内部感觉,我自己感觉我的感觉,是作者对自己以往经验的再感觉,通过这种内部感觉,进入中层的情感和深层的智性。

其六"诗的专职在抒情"成了落伍的观念,一切好诗就是开头说的三层,三位一体。20世纪的现代派诗人都强调抽象智性的作用,都以一种深层的哲学文化理念为内核,诗变得更难懂,也变得更深刻了,迫使读者调动更多的智性去理解。大众歌曲仍然要抒情,但现代派的精英诗歌要超越抒情,但它不是不要感性,只是放逐感情,像台湾地区现代派诗人20世纪五六十年代提出的,让感觉直抵智性深层。到了当代,冷峻的智性诗歌成为主流了,80年代初出现的朦胧诗,有一部分智性比较深邃的,许多读者读不懂,就连比较好懂的舒婷的诗歌,当年也有人看不懂,但多少年过去后,现在许多人都看懂了。另一方面,全世界的诗歌都出现了两种形态的分化,一是通俗歌曲的听众无限得多,出现狂热的追星族;二是严肃的精英文化的后新潮诗歌,读者非常少,这些诗歌中的好诗,智性深度和语言艺术的突破,都取得了非常高的水准,但的确又存在非常晦涩的问题,如想象和联想的途径太过曲折,这样的变革,是不是唯一的道路?都值得思考。

(二)与康德"审美判断"的关系 ①

其一,上述第5点提到康德的"情趣判断"时,孙绍振有注明:这是朱光潜的译法,宗白华译为"鉴赏判断";笔者进一步解释:鉴赏和判断都表明,这里有理性因素。朱光潜为什么叫情趣判断(孙先生说,朱光潜坚持这样翻译)?大约,对康德的纯粹形式美,对应者宜为"趣",对康德《判断力批判》第5节提出的恩爱情感,对应者应为"情"。如是这样,审美就包含了它们,审美也包含了鉴赏,现在一般就说成审美判断,李泽厚就是这样的译法。

其二,为什么叫判断?就是上一节提到的,有普遍可传达性。朱光潜解释说,同一感觉的可共享性叫做主观的普遍可传达性,也就是估计我觉得美的,可以推及到其他人,人同此心,心同此理。李泽厚更是认为,康德这个独特的命名,有深刻的道理。李泽厚解释说,总的就是审美要求其有一种人人承认的普遍必然的有效性质,不能是因人而异的官能性快感(如口味),因此审美虽然也是个体的、主观的、感性的,但可普遍传达(参见上一节内容),如同逻辑判断那样,有普遍的必然性,对每个人都必须有效,如同理性认识一样,因此把它叫做"审美判断"(也可称为"审美认识");但它不是概念,它是通过感性传达的,但这感性中积淀了理性,所以具有普遍性。这感性中积淀着理性,指出这一点特别重要,我们前面举例的《乡愁》,那邮票、船票、坟墓、海峡,分处两边的人,是感性的,但积淀了乡愁的深思,所以引起广泛共鸣,这就是审美判断、审美认识。所以,孙绍振在举完王安石的诗的深层有思考之后,说:"这就是华兹华斯说的'沉思',康德说的'情趣判断'(鉴赏判断)。这一切说明情感是有深浅之别的,而深刻的情感是有智性的思想作为基础的。"也就是隐

---

① 本大点引文及注释分两种:1.笔者转述及引述的康德论述、研究者译文及有关观点,主要引自李泽厚著、安徽文艺出版社1999年版《美学三书》中的"美学四讲"中的"美""美感""艺术"三讲,朱光潜著、北京大学出版社2002年版《西方美学史》"康德"章,康德著、宗白华译、商务印书馆1963年版2016年印刷《判断力批判》上卷第9节及第5节,伍蠡甫、胡经之主编、北京大学出版社1986年版《西方文艺理论名著选编》中的康德《判断力批判》第9节、第5节,孙绍振著、广西师范大学出版社2006年版《文学性讲演录》第二十三讲,恕不对具体出处一一注明。2.部分直接引文及部分有关观点,注明了具体出处。

含着的智性思考越深刻,引起的共鸣就越广泛。孙绍振就是在这个诗歌(文学)的深层有智性的角度上,引入康德的审美判断的。孙绍振的诗歌三层说与康德审美判断的关系,简单的说,就是上述这些。这已足可看出,孙绍振从解读实践中得出其结论,与康德审美判断不谋而合。

其三,如果复杂说呢? 则更能看出孙绍振三层说与康德审美判断在深层本质上的息息相通。这就关系到康德《判断力批判》第9节关于判断在先、快感在后的论述,以及康德、黑格尔"美是理念的感性显现"的论断。由于康德原著的艰深、艰涩,我们采用李泽厚《美学三书》中的解释(兼及他人解释),介绍康德的有关说法。

(1)康德认为审美中最重要的心理功能是理解力(宗白华译为"悟性";朱光潜译为"知解力";李泽厚译为"理解力",简称理解,也译为知性)和想象力(各家译同,均简称为想象)。李泽厚认为,康德这个论断,至今仍然深刻和准确。前面说过,审美有普遍的可传达性,类似于逻辑判断,类似于理性认识,但逻辑判断、理性认识是靠知识的,而审美不依赖于任何知识概念,这是审美活动和科学活动的根本区别。审美是一种感性直觉活动,它的类似于知识的认识作用,就靠溶解在感性直觉中的理解力。李泽厚说,人类经过长期的发展、积累,人类的感官中已经积淀了许多社会理性的东西,包括先在的知识,构成了理解力这一心理功能。所以,人类的五官区别于动物,是人化的器官,尤其是眼睛(视觉)和耳朵(听觉),"改造"得最好。李泽厚举出了一些非常经典的现象,说明感官、感性活动中这个理解力的作用和重要,说明审美中是先有判断(也就是认识),然后才有快感。比如,开头人们看不懂电影的特写镜头、倒叙镜头、慢镜头,据说,非洲的一些土著人现在(是20世纪80年代的"现在")还看不懂;又如,我们许多人不像许多西方人那样会欣赏交响乐;许多西方人也不会欣赏我们的京剧;还有,马克思在著名的《1844年经济学哲学手稿》中说过的"有音乐感的耳朵""能感受形式美的眼睛""对于没有音乐感的耳朵说来,最美的音乐也毫无意义"[①];还举了"池塘两边树不同画法"的著名例子,说大人按"透视法"画,有立体感,但在小孩看来,树跑到池

---

① 《马克思恩格斯全集》第四十二卷,第125页,转自纪怀民等:《马克思主义文艺论著选讲》,人民大学出版社1982年版,第2页。

塘里去了,画错了,因而小孩将下方这条池塘边线上的树画到边线的再下方,

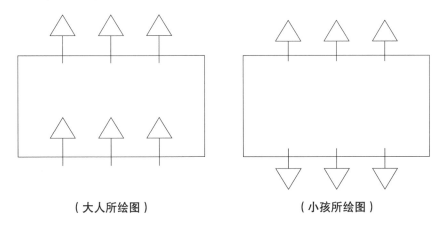

（大人所绘图）　　　　　　　　　　　（小孩所绘图）

小孩以为这才是真实的,殊不知却成了怪异的平面图,反而失去了真实感。这些,都是感官、感性活动中的理解力有问题,他产生不了这种"判断"和"认识",无法带来那种快感,所以说是判断在先,快感在后,理解力是核心。实际上,每一个体感性中积淀的理解力都高下有别,评论家、导演的感性直觉就比我们一般读者、观众更能直达本质,获得作品中更多快感。《文心雕龙·知音》说"夫唯深识鉴奥,必欢然内怿"[1],指的也是这一现象。李泽厚又指出,这"判断在先,快感在后"的先后,间隔是很短的,是当下即得的,这理解力是融化在审美活动中的,是水中之盐,有味无痕。

（2）李泽厚认为,虽然理解、想象是审美判断中最重要的功能,但康德仅提理解、想象两种功能,太少,太理性化。实际上,审美是多因素的复杂心理交织运动的结果,这些心理因素包括感觉（感知）、情感、理解、想象以及情绪、心境、性格（甚至包括弗罗伊德说的欲望的变相呈现）……。这些心理因素交织,产生了某种对生活、社会、人物的认识判断。当然,最重要的是理解,这是诸因素中最具理性的最高级的认识成分。感觉（感知）则是低级的认识成分,它和情感一样又都是非理性的认识成分。而想象确是第二重要的,诸因素中,可能除了情绪外,绝大多数都是常数,而想象是最大的变数,它使审美活动既视通万里、思接千载,又变动不居、朦胧多义。于是,这些常数加变数,互相影响、牵制、促进,就形成了审美判断中的某种既确定又不确定的认识,这就是古代

---

[1]　郭绍虞:《中国历代文论选》,上海古籍出版社 1979 年版,第 300 页。

文论所谓的"只可意会不可言传""可解不可解""可喻不可喻""羚羊挂角，无迹可寻"。李泽厚总结道：

> 审美感受经常是朦胧而多义，但它同时又异常细致而精确。这是不同于逻辑思维的另一种非语言所能传述的心理感受的精确。在艺术作品中，经常可以看到，一字之差、半拍之慢（快）、一笔之误，便有天壤之别。正是审美感受这种复杂而精确的数学结构使它不同于日常经验，把人从日常生活中似乎拉了出来，以获得不同于现实习惯的新感受、新体验和新经验。①

李泽厚将康德的上述审美判断称为"变项很多的数学方程式"，化为如下"公式"：审美＝判断（认识）＋快感；判断（认识）＝感知（审感）、情感（审情）、理解（审智）……（以上为常数）＋想象（变数）。如下所示：

感性（审感、审情）	智性（审智）	
感知、情感	理解	＋想象（情绪等）
（性格、趣味、意愿、思想等）	变数	＋快感
常数		
判断（类似于理性认识；常数＋变数）		
审美		

（3）李泽厚认为，这样的审美判断、形象思维，就有了科学研究不能替代的认识功能。它比概念的认识总是更丰富些，广阔些；艺术家们所感受、所捕捉、所描述的，欣赏者们所感动、所领悟、所赞赏的，经常是那些已经出现在生活和艺术中却还不能或没有为概念所掌握和理解的现象、事物、情感、思想……艺术能作为时代生活的晴雨表，走在理论认识的前面，也正如此。

（4）作为审美判断中最重要的心理功能——理解，李泽厚认为它最主要

---

① 李泽厚：《美学三书》，安徽文艺出版社 1999 年版，第 530—531 页。下文的"数学方程式"等亦见该书 530 页，图为笔者据书中之意另绘。

的是两层含义：第一，知悉相关艺术的形式规范，创作者和欣赏者都一样，越熟悉，审美效果越好。大而言之，是熟知艺术的假定性；小而言之，是具体到某某手法有什么作用，某某曲调是悲凉还是热烈，等等。第二，等同于认识（朱光潜说，康德有时就称为认识功能），但这是渗透到感知、情感、想象等诸因素，并与它们融为一体的某种非确定与确定相结合的认识。

（5）康德说，判断在先，快感在后，是解决审美判断区别于官能的、个体的、功利的快感的关键（朱光潜译为钥匙）。朱、宗、李诸先生都认为这的确非常关键，最主要就是它蕴含了一个"理性认识"，我所以愉快是因我对对象的把握，不过是以感性的、主观的、确定与不确定相结合的形态呈现，它具有不同于科学认识，但一样对人类具有重大意义的独特认识活动。而这一切，无论有多么复杂、飘忽，理解，亦即智性，是最关键最重要的。在这样的意义上，可以说，"判断在先"是康德著名的——

審美意象是一种理性观念的最完满的感性显现 ①

的集中体现。

其四，由上观之，智性（理解）是最深层最具决定性的，但又是非常复杂、多因素互相影响的交织互动结果，其中，感觉（感知）、情感、理解（智性）是三个最基本的常态心理功能。这个时候，我们回顾孙先生差不多40年前，20世纪80年代初，主要依凭解读实践独立得出的"表层是感觉，中层是感情，深层活跃着智性。这种智性又不是简单的在感觉背后，而是通过感情牵制着感觉，三者互相制约，互相导致变异"的诗歌（文学）三层说，不是天才之见，也是与天才们（康德及其研究大家）的高度契合。

---

① 引自朱光潜：《西方美学史》"康德"章，北京大学出版社2002年版，第391页；康德原话为："借助想象力，追踪理性，力求达到一种'最高度'，使这些事物获得在自然中找到的那样完满的感性显现。"亦为朱光潜所译，见上书第390页。又，黑格尔在康德基础上，提出了"美就是理念的感性显现"的著名论断，亦为朱光潜所译，见上书第467页。但据孙绍振的研究，康德《判断力批判》中，我们所译的审美价值，实际康德原著中原来指情感价值，并没有包括他后来说的以及黑格尔说的"理念"，这当然是康德最初的一个欠缺，故孙绍振以审智补救之（见其《文学文本解读学》第72页注1）。也因此，上页表格，笔者亦试将其对应感知、情感者，称为"审感""审情"。

三、分别对待黑格尔、康德、席勒的形式理论，发展自身的形式理论

　　上一章艺术形式章的开头说，为什么从某种意义上，孙绍振特别重视艺术形式规范？我们留待"建构本土文学理论"章再予探讨。其实，艺术形式章已经回答了一半。该章在有侧重地介绍完孙绍振在小说、散文、诗歌艺术形式规范方面的几个重点内容后，在结尾说：形式规范的研究和新范畴的创建，是孙绍振建构本土特色文艺学的卓越探索的最重要成果之一。现在，就顺着这个结尾的话，侧重孙绍振对黑格尔、康德、席勒形式理论的不同处置，发展自身形式理论的情况，做几点强调和补充。①

（一）对黑格尔"内容决定形式"的质疑，对其中积极因素的肯定

　　黑格尔的"内容决定形式"，是长久以来人们最熟悉的内容、形式关系说的权威理论，但孙绍振予以了质疑。孙绍振多次指出，大多学人囿于此说，把形式的特殊功能排除在学术视野之外。② 孙绍振反其道而行之，从 20 世纪 80 年代创建文学创作论，着手研究文学各文体艺术形式开始，就从几个方面给予了理论上和实践上的解构。

　　第一，指出内容决定形式，实质是哲学家的思维，讲的实际是主观与客观统一的问题，无数的研究者，包括许多名人，都一直在这主客观二者关系上兜圈子。主客观统一，只能统一于真，不可能统一于美，对此，他举例说，五四前期的作家，包括鲁迅，早就有了生活，但并没有写出现代小说，直到接触了西方现代小说，掌握了现代小说，如短篇小说的横断面结构，才一发不可收拾地创造了如《孔乙己》那样具有崭新形式的大批现代小说。所以，即使主客观结

---

　　① 本大点引文和注释分三种：1. 有关概述、转述综合自孙绍振、孙彦君：《文学文本解读学》，北京大学出版社 2015 年版，第 210—216 页；孙绍振：《文论危机与文本的有效解读》第三部分，《中国社会科学》2012 年第 5 期；孙绍振：《审美价值结构与情感逻辑》中《论审美价值结构及其升值和贬值运动》第六至第十部分，华中师范大学出版社 2000 年版。2. 部分引文注明了具体出处。3. 孙绍振原注的，注明了孙原注。

　　② 见孙绍振：《文论危机与文本的有效解读》第三部分，《中国社会科学》2012 年第 5 期；孙绍振、孙彦君：《文学文本解读学》，北京大学出版社 2015 年版，第 211 页。

合了,甚至按孙绍振的理论,客观对象特征与主观情感特征遇合了,也还只是形象的胚胎,没有形式就不能投胎成形,哪怕是真情实感,也可能是死胎。因此,要有艺术家的思维,而不是用哲学家的思维去思考文学,这是其一。其二,即使哲学的思维,二元对立的思维模式也是简单化的、平面化的。他以当年三个世界的划分,胜过了两个对立阵营的划分为例,说明立体的、多元的、交叉层次的结构比平面的、二元的、单一层次的结构要好。又以《老子》的"道生一,一生二,二生三,三生万物,万物归一"的三分法,说明面对复杂的事物,推出第三维的重要。由此,形式这一第三维是构建三维立体结构的文学作品不可或缺的。其三,孙绍振后来进一步发展了形式理论,指出在文学形象中,主观、客观并不能直接相互发生关系,而是同时与规范形式发生关系,才能统一为文学形象的有机结构。主观与客观直接发生关系,只能是哲学。哲学之外的任何一个学科,任何一种社会现象,都应有一个第三维,才能化胎成形。比如政治,同样面对主客观关系,在研究完了二者关系后,是取武装斗争的形式,还是走议会道路,确定了某种政治形式,政治才成为现实,实际上,在研究的时候,第三维就介入了。事实上,任何一项政策、一份文件的产生,都有一个具体形式与主客观发生联系。不存在第三维的主客观关系,是抽象的,只属于哲学。只有充分揭示主观、客观受到形式的规范、制约、变异和衍生的规律,文学理论才能从哲学美学中独立出来,而不至成为哲学的,或者是美学的附庸。

第二,孙绍振又指出,黑格尔的内容决定形式论,实际指的是原生形式。也就是,作者总要取一定的表现形式,写出他的作品,是诗还是文,是长还是短,由内容决定。每一或文或诗,或长或短,都是一次性的。是粗糙还是精美,可否供别人仿效,都因人而异,因此,撰写《文学创作论》时,孙绍振为"公共性"的形式,创立了规范形式这个概念。并指出了规范形式与原生形式五点明显的不同:(1)原生形式是天然的,而规范形式是人为创造的。(2)原生形式随生随灭,仅服务于一次性的内容,而规范形式常常是千年积累才从草创走向成熟,因而是长期稳定的,不断重复的。(3)因而规范形式与内容可以分离,具有独立性,在某些形式中(如律诗绝句,如西方戏剧的三一律),还是严密规格化的。(4)原生形式无限多样,而规范形式极其有限,连同亚形式一起,也只有诗歌、小说、散文、戏剧等等不超过十种(当然,每一形式的内部规范要求是丰富多样的)。(5)规范形式经过漫长的历史过程的积淀,成为某种历史水准的载体,例如从古体诗到近体诗就耗费了长达四百年。没有这种规范,人类的审美活动,只能一代一代从零开始,有了规范形式,历代的审美活动才能从历史的水平线上起飞。这样的规范形式,不但不是如黑格尔所说是为内容决定的,反而可以征服内容,消灭内容,预期内容,强迫内容变异,衍生出新内容的,而个体性的原生形式一般并不具备上述优势。

第三,肯定了黑格尔"内容决定形式"观点中的积极因素,此见有关席勒的第2点。

(二)康德的"形式"是抽象的形式

康德重视形式,康德的最基本的美就是形式的美。但是康德的形式是为哲学、美学研究抽象出的形式,不是具体的某一艺术品种的形式。康德的《判断力批判》不是为文学形式撰写的,书中几乎没有具体分析一部作品,无非是像"一首诗可以很可喜和优雅,但它没有精神。一个故事很精确和整齐,但没有精神"(49节)这样笼统说说而已。孙绍振充分吸取了康德形式美所包含的美是无功利的快感的基本思想,为其真善美错位理论投下了重要的理论基石。而文学的具体形式规范,只能从其他的形式理论中继承发展,以及从实践中原创构建。

(三)对席勒形式论的理解、发挥和创造性运用

席勒是最重视形式的了,上述的规范形式"可以征服内容,消灭内容,预期内容,强迫内容变异,衍生出新内容"就与席勒的形式观有很大关系。席勒"通过形式消灭素材"[①]这句名言,孙绍振不止一次引用过,并作出了自己的理解、发挥和创造性运用。

孙先生早在20世纪80年代就表述了上述观点,如1987年版的《文学创作论》和《美的结构》中就有过这样的论述:

> 一般地说,内容和形式是矛盾的统一体,相互矛盾,又相互依存。但是,文学的规范形式有的时候可以"扼杀内容",同时又可以让内容得到

---

① 孙原注:席勒的原话是:"艺术大师的独特艺术秘密就是在于,他要通过形式消灭素材";见席勒:《美育书简》,中国文联出版公司1984年版,第114页;我(孙绍振)的理解是,形式会让感性和理性得到和谐、协同的发展。(按,徐恒醇译为"征服素材""消融素材",见伍蠡甫、胡经之主编:《西方文艺理论名著选编》上卷,北京大学出版社1986年版,第499页。)

最自由的表现。形式可以强迫内容就范。同样的内容到了散文里可以这样写,到了诗歌里再这样写就没有诗意了,一定要强制性地改变它,才有诗意。人物的命运和结局,不完全是由作家的感受,也不完全是由生活决定的,它同时是由形式决定的,也就是说,形式是一种规范,有形式的约束、形式的诱导。①

孙先生举过很多例子。如他说,魏钢焰的散文《忆铁人》中写到王铁人一段话:"如果没有革命的炉火,我还不是毛矿一块;如果没有毛泽东思想点卤,我还不是浆水一碗",这仅仅在散文里才有审美价值,如果写成诗:"毛泽东思想是盐卤,我是一碗豆腐浆",那就不成诗了。又举例说,在《长恨歌》中唐明皇和杨贵妃的恋爱是绝对的,二者自始至终心心相印。"在天愿为比翼鸟,在地愿为连理枝","天长地久有时尽,此恨绵绵无绝期",超越时空而永恒。这显然是由诗歌的强化、极化逻辑向形而上的境界生成的结果。如果是戏剧,它预期生成的导向就不同,那就是要有戏剧性,要让相爱的人不能那么心心相印,而要让他们的情感发生"错位",或者叫做"心心相错",那才有戏看。在洪升的戏剧《长生殿》里,杨贵妃和唐明皇爱得昏天黑地,又几回闹矛盾,李隆基也不像《长恨歌》中那么爱情专一。杨贵妃醋性大发,大吵大闹,唐明皇忍无可忍,把她赶回家去,赶回去后又难过了,又把她请回来。杨贵妃一共吃两次醋,被赶回去两次,两次情感"错位",这才有戏。这些内容,并不全是素材提供的,而是戏剧形式的预期生成的。

另一方面,孙绍振从早期研究至今,又一直既充分注意到黑格尔观点的积极因素,又对席勒观点保持清醒认识。他认为,内容决定形式,并非绝对没有道理。形式的稳定性、有限性和内容的不断变幻、无限丰富是一对矛盾。内容是最活跃的因素,不断冲击着规范形式,虽然形式有规范作用,但是,已有的规范形式又有限,比之生活的广度和心灵的深度,又是可怜的。在内容的冲击下,也不能不开放,不能不随着历史的发展而不断被突破,被更新。同时,孙先生说,就像闻一多说过的,形式又有无限度的弹性,变得出无穷花样,装得进无限内容。也就是说,形式可以变革,适应内容的冲击。孙先生认为,从宏观的意义上,内容仍然在最高最后的命运上,决定着形式规范的命运,形式不是在

---

① 孙绍振、孙彦君:《文学文本解读学》,北京大学出版社 2015 年版,第 214 页。孙原注:见孙绍振:《文学创作论》,春风文艺出版社 1987 年版,第 324—344 页;又见孙绍振:《美的结构》,人民文学出版社 1987 年版,第 44 页。

封闭中被淘汰,就是在开放中获得新的生命。从这个意义上说,内容最后还是决定形式的。20世纪90年代,散文形式的重大变革,就是最近的重大例子(详见第六章第三节)。

(四)在形式理论的探讨和形式规范范畴的构建上,孙绍振同样表现了他的理论勇气,表现了他立足实践、立足作品、立足本土的创新性探索精神

黑格尔的"内容决定形式"的权威影响不是一般的,长期以来,几乎无人另作他想。面对黑格尔等哲学大师的主客观二元论,孙绍振说:"睿智如朱光潜、李泽厚、高尔泰都未能超越二元对立的思维模式"[①]。但是,孙绍振按他先从作品上感觉,放回到创作实践里思考的一贯风格,对这样的决定论产生了怀疑。当年,20世纪80年代初,形式理论的遗产,除了黑格尔等大师的,几乎就是苏联的,自己的古代文论在现代理论话语里,只能当配角。而正如我们在第一章以及后来的有关章节多次提到的,孙绍振对当时的苏联文学理论模式脱离创作实践(同样也就脱离解读实践)的严重弊端是十分警惕的。但是,孙绍振又并非挟经验以自重,他对理论十分虔诚敬重,他的论著话语的理论色彩,向来是鲜明的,也十分前沿,甚至不无"洋"气。套一句行话,就是实事求是对待前人的理论积累。不仅如上所述,他分别不同情况,认真对待黑格尔、康德、席勒有关的形式理论,如前面章节所述,从实践出发借鉴亚里士多德等人的情节理论,而且,他早期的《文学创作论》,有关艺术形式的许多概念、术语,是从苏联的文学理论体系及五六十年代国内学人的相关理论书籍、教科书中"移植"的。孙先生并不拒绝前人的有效学术积累。

作为从创作论切入,开始从事文学理论的探索,又明确宣言要创立能指导创作的理论,孙绍振建构的文学理论体系就必须比一般的文学理论著作给予艺术形式更大的篇幅。这首先的一点,他无疑做到了。其《文学创作论》差不多三分之二的篇幅是阐述形式的,总体不下40万字,至少在当年,甚至是至今,国内,包括大陆、台湾两岸学术界,无一文学理论书籍、教材有此巨量的关于文学形式的著述。而且,这还主要涉及他比较熟悉的诗歌、散文、小说部分。更重要的是,既然形式理论那么重要,又不满意于之前的理论体系,他就必须

---

① 孙绍振、孙彦君:《文学文本解读学》,北京大学出版社2015年版,第211页。

进行大量的学术重构,开展许多原创性研究,这一点,孙先生也无愧当年的初衷。我们第六章介绍的以及本章中提到的"诗歌三层说"等,并非是他创建的形式规范新范畴的全部,但已足可见其立足实践、立足作品、立足本土的创新性探索精神,足可见其投入的巨大而艰辛的学术工作量。

特别值得一提的是,孙先生是从创作论介入的,而"无意"间与解读学接轨了,并且二者高度融合,一体两面,他本为解读而创设的解读方法体系,实质上也是文学艺术形式规范知识的一个特殊部分,而这些,无论是质和量,都堪称空前。此部分内容,我们在第四、第五章中已做梳理和介绍。因此,笔者在第六章结尾会说,孙绍振有关形式规范的研究和新范畴的创建,与其创立的系列解读方法体系,都是孙绍振建构本土特色文艺学的卓越探索的最重要成果之一。据孙先生2015年检视学术界同类研究所做的介绍,亦可旁证此点。①

孙绍振并不仅仅停留在具体的形式规范范畴知识的构建上,他还进行了形式理论学术层面的深入探索。最早于1986年出版的《文学创作论》第六章第2节,首次提出了形式规范的范畴及其作用的系统学术构建。1988年发表于《文艺理论研究》第3期的《审美价值的错位结构》论文又对此作了做一步的发挥。2012年发表于《中国社会科学》第5期的《文论危机与文本的有效解读》论文,在上述两论著的基础上,对审美规范形式再做了更系统深入的阐释,并首次提出了许多新观点:如形式的局限性;形式与内容的可分离性,形式对历史审美经验的可重复性积累的功能;主体特征和客体特征并非直接发生关系,而是同时与规范形式发生关系,等等。2015年出版的《文学文本解读学》又对上述学术观点进行了更准确的表述。

总之,无论西方学术大师,还是外域文论,在艺术形式的研究方面,由于它对创作、解读的系统性的重要作用,孙绍振更是表现了实践第一、科学对待,致力建构本土特色文学理论的探索精神。

---

① 孙原注(见其《文学文本解读学》第48页):创作论,据我有限的涉猎只有两部:一是杜书瀛的《文学原理—创作论》(80年代初版,2005年中国大百科出版社重版)。另一是孙绍振的《文学创作论》,1987(实为1986)年春风文艺出版社出版;海峡文艺出版社21世纪多次再版;另外韩国学术情报出版社2009年出版八卷本《孙绍振文集》,将此书列入第六、第七卷。此外诗歌和散文均有少量创作论专著,如骆寒超的《新诗创作论》,和张国俊的《艺术散文创作论》(中国社会科学出版社2011年版)。解读学,据我有限的涉猎,龙协涛先生所作《文学阅读学》(北京大学出版社2004年版),最接近文学文本解读学,可惜并不着眼于文学文本解读的有效性,而是追随西方文论所谓作者中心、文本中心、读者中心之说,并未提出文本解读学的理论建构和操作方法。

第二节 批判西方文论的极端观点，自创相关理论

好走极端是当代西方文论的一大特点。当代西方学术界有论战的传统、土壤和市场，一方面，琳琅满目的学术论争有利于其学术繁荣，丰富思想，乃至碰撞出真知灼见，另一方面，为论战之需，标新立异，极端之见，又触目皆是。20世纪八九十年代改革开放后，正如孙绍振指出的，大规模引进西方文论，冲击了过去机械唯物论和狭隘功利论的封闭性，僵化的文学理论获得生机，呈现兴旺局面，短短30多年间，实现"弯道超车"，不觉进入世界文论的前沿，其业绩无疑将在我国文学理论史上留下光辉的一页；但同时，由于引进的规模空前宏大，产生的问题也特别触目。孙绍振认为最明显的问题就是，处于弱势的本土话语几乎为西方强势话语淹没，失去了主体性，产生了钱中文先生、曹顺庆先生等所指出的一旦离开了西方文论话语，就几乎没办法说话的学术"哑巴"的"失语"现象。其次，在具有不言自明的神圣性与权威性，散发着魅惑力的西方文论面前，不少学人心甘情愿地顺从，对他们明明是武断、绝对、霸道，甚至是文字游戏的观点，不敢否定，明明是流派更迭过速的西方文论背景下，流派创立者也已自我纠偏的偏见，仍奉若神明。孙绍振举俄国形式主义的极端陌生化为例，斯克洛夫斯基晚年看到绝对强调陌生化的弊端，乃多有反思，反复承认早年的错误，但孙先生检索我们有关陌生化的论文3000多篇，没有一篇是对陌生化作系统批判的。①

---

① 以上详见孙绍振：《医治学术"哑巴"病 创造中国文论新话语》，《光明日报》2017年7月3日；又载《新华文摘》2017年第17期。

批判是有的,西方文论蜂拥而入的初年,许多引入者,一般都会同时指出他们的偏颇,但一般也是不痛不痒,在急需理论血液改变我们"贫血"学术界的当年,对那些极端化观点的清场是不彻底的。早前很多年,孙绍振就一篇又一篇发表文章,对西方当代文论中的读者中心(读者决定)论、理论与文本解读无关论、极端陌生化论、极端的"意图谬误"论、新批评机械单一的"反讽"论等极端论调,进行了毫不留情的深入批判。本节主要介绍孙先生对读者中心(读者决定)论、理论与文本解读无关论及相关问题的批判。对其他问题的批判,可阅读其《文学文本解读学》有关章节,该书中已就这些情况进行了系统梳理。

读者中心(读者决定)论、理论与文本解读无关论,是性质相同的两个问题,后者比前者,问题更严重。《文学文本解读学》前后,孙绍振就此发表的比较重要的论文至少有十几篇,包含此内容的有关著作也有好几部,《文学文本解读学》专著中也有比较系统的阐述,涉及的内容比较深广。笔者在孙先生指导下,参与了前一个问题的有关研究,下文就结合笔者的有关研究,介绍孙先生的一些主要观点。

一、批判读者中心论(读者决定论),创立唯一性解读论

对 20 世纪八九十年代一度影响甚广的读者中心论,孙绍振一直有清醒的认识。早期学界倡导多元解读,孙先生十分肯定,这对改变过去僵化的理论思维,无疑功莫大焉,他曾在批判当年语文考卷僵化的客观题时,就引用过多元解读的观点。但对后来过度的多元观,他持明显的批判态度。这源于孙绍振的文学创作论是以作品为中心建构的,大量而坚实的解读实践,使他深知读者中心论是荒谬的,读者无论怎么重要,都重要不过文本自身,也重要不过作者。但当时,孙先生忙于发展和传播他最重要的创作论及错位理论,接着又关注散文明显落后小说、诗歌创作的现状,先是投身于与此相关的幽默作品创作实践、幽默理论研究,后是 90 年代散文创作出现大变革时,更是把重点转向了为建构审智理论的散文研究。21 世纪初,孙先生介入语文课改,对当时受读者中心论(读者决定论)影响,不少课堂上出现脱离文本,任意解读,放弃教师的主导作用,不敢教育引导学生的所谓平等对话现象,甚为吃惊。这可以说是孙先生开始认真批判读者中心论(读者决定论)的肇因。从此,就一发不可收拾。

（一）关于多元有界观

当时，孙先生带领团队编写初中语文课标实验教材，多次明确批评了上述错误。根据孙先生的意见，笔者正在撰写的《混沌阅读》一书中提出了"多元有界"的阅读观点。这个提法的理论依据，除了孙先生的上述意见外，笔者研读了朱立元的《当代西方文艺理论》以及相关的西方文论著述，认为朱立元对西方当代文论中的读者理论的梳理和看法是比较准确的。他指认的读者中心是指研究的重心转移到了读者接受，并不是另一些西方文论的研究者说的以读者的接受为判定作品的依据，西方读者理论中的不少代表性人物还是比较重视文本的，但其中一部分走向了绝对相对主义。朱立元同时批判了这个绝对相对主义。也就是说，学界（包括语文界）流传的本质为"读者决定论"，亦即绝对相对主义的读者中心论，已经有断章取义和为我所需的性质了。笔者还研读了童庆炳的《文学理论教程》，童著中的"社会共通性"（即有界）以及下述这段话："即在正常情况下，不论如何异变，总会含有'第一文本'潜在意义的某种因素，而不会是无中生有。比如尽管'一千个读者有一千个哈姆雷特'，但在这一千个读者中，所了解到的毕竟还是哈姆雷特，而不会是别的什么人"①，很有说服力。但应把"某种因素"删去，否则，他只要沾点边就可以，他仍然可以任意乱读，同时，文字也太长，不易记住传诵，于是笔者在 2003 年版《混沌阅读》中转述时删改为"多元解读不是乱读。'一千个读者有一千个哈姆雷特'，不管怎么还是哈姆雷特，不应把他读成李尔王。"②2003 年孙绍振先生为拙作《混沌阅读》作书评，肯定了这一研究，并把上段话提炼为：

> 一千个哈姆雷特还是哈姆雷特。

并以此为标题，发表于 6 月 14 日《福建日报》和 7 月 11 日《文汇读书周刊》上。由于孙先生所修改的这一命名的精炼，才恰好和"一千个读者有一千个哈姆雷特"形成形象对应，起了巧妙的纠偏作用，以及孙先生的权威，多元有界的这一简洁形象表述，产生了广泛影响。后来孙先生在其许多论著中，包括他发表于《中国社会科学》的著名论文《文论危机与文学文本的有效解读》

---

① 童庆炳：《文学理论教程》，高等教育出版社 1998 年版，第 430 页。
② 赖瑞云：《混沌阅读》，福建教育出版社 2010 年版，第 286 页。

中一再引述这一观点，并简单地归到作者名下，这一方面说明孙先生对之重视，另一方面，肯定他人，扶持后学，是孙先生一贯的风格。孙先生这方面的事例太多了。如，某某的学术观点启发了他，这是某某提供的资料，这是某某的研究成果，包括研究生在内，他都一一介绍清楚。但是，笔者恰恰需要订正，上述观点、命名（特别是"一千个哈姆雷特还是哈姆雷特"的形象命名），本质上是孙先生的学术见解，至少也是孙先生指导下的研究工作，或者说是在孙绍振、朱立元、童庆炳等学术大家的观点基础上的研究工作。总之，对"多元有界（一千个哈姆雷特还是哈姆雷特）"研究工作的指导、肯定与宣传，是孙先生对读者决定论的一次特殊方式的批判。

（二）关于姚斯、德里达

西方读者理论当年对我们影响最大的，一是接受美学，其第一代表人物是姚斯；二是解构主义的代表人物德里达。孙绍振在《文学文本解读学》中，既指出了国人对他们正确一面的忽略、误解，又指出了他们的偏颇以及国人对他们片面性的夸大。这又跟笔者的研究有关，包括对笔者研究的肯定以及纠正了笔者研究中的疏漏。

1. 先说明笔者的研究

2011年，笔者就多元有界涉及的西方文论著述正在做进一步的研读，孙先生嘱咐我就此写篇文章交与《语文学习》杂志。笔者后来的研读心得陆续整理成了多篇文稿。一篇题为《多元有界与文本中心》发表于2011年第12期的《语文学习》，一篇概述接受美学二位代表人物姚斯、伊瑟尔的文稿，收录进了拙作《文本解读与语文教学新论》（北京师范大学出版社2013年版），一篇四万字的阐述整个西方读者理论、题为《"读者中心"论的事实真相与实践检验》和一篇二万多字专论姚斯代表作《文学史作为向文学理论的挑战》、题为《正本清源，还〈挑战〉本来面目》的文稿，收入了拙作《文本解读与多元有界》（人民出版社2015年版），一篇题为《寻找相对最像的"哈姆雷特"》发表于2015年5月16日《光明日报》，一篇题为《"多元有界"的有关理论和实践操作》发表于《新教师》2017年第3期。现将《光明日报》上的有关内容摘要如下：

第一，西方读者理论中影响最大的是接受美学，其代表人物姚斯与任意解读最相关的观点是:他受伽达默尔影响所强调的"没有接受者的积极参与,一部文学作品的历史生命是不可想象的"。国内有人把它形象地推进一步:斧头不用无异于一块石头,作品不读等于一堆废纸。于是,读者决定了作品存在的"读者中心"的错误影响就这样产生了。但是,他们忘记了:世界上所有的东西不用都无异于一块石头,然而要用的时候,石头怎能当斧头? 斧头又怎能当电脑? 废纸更不能当作品,《水浒传》也不能代作《红楼梦》读,某一读者的阅读体会更不能代替作品本身。事物的根本属性与它的附属功能是不能混淆的。手机、水杯必要时都可以把它当石头扔人,但不能把它们原有的根本属性改变为石头。

　　第二,姚斯的理论中始终没有说要以读者的接受作为阐释作品的主要依据,因为姚斯在其代表作中就清醒地指出存在片面的、简单的、肤浅的理解,明确批评了法国社会曾出现过的普遍不看好《包法利夫人》的错误接受现象(此例是其代表作中最多次被提到,并且占篇幅最大的实例)。其代表作中还专列一节明确论述要避免纯主观心理的任意理解的可怕的心理主义陷阱。正是因为注意到了读者接受的"时代局限性"和主观任意性,因此,姚斯代表作中著名的"文学史就是接受史"是这样表述的:"第一个读者的理解将在一代又一代的接受之链上被充实和丰富,一部作品的历史意义就是在这过程中得以确定,它的审美价值也是在这过程中得以证实(或译为'阐明')。"在这里,作品只是一部,是固定的、"完美"的,只是其"完美"的意义要在历史的长河中不断被发现;而读者是无数的、不固定的,每一接受都是不完美的,无数不完美的"接受"的无限叠加使之趋近于作品的"完美"。在这里,不是作品指向接受,而是接受指向作品。不管姚斯是否有意,他说出了读者与作品的辩证关系:没有接受,作品不能最后"现实化";但单个读者的接受理解还不能等于作品的全部,只有代代相承的接受链才有望几近于作品本身。既如此,判定作品意义的依据只能是作品本身,正如胡经之所言:接受美学"还较为重视文学文本。"也正如此,任一接受都有提高、修正之必要,更不用说,要对错误接受纠偏;同时,任一接受都可能是对另一接受的局限的弥补,也正是在这意义上,姚斯的"接受美学"重视"多元解读",重视研究读者的接受是很有意义的,但绝非是鼓励任意解读的"读者中心"论。

第三,接受美学的另一代表人物伊瑟尔的观点很集中,其多元解读与文本制约是同时发生的。他提出文本只是一个未确定的"召唤结构",认为文本"空白"中确存某种意向,但作品有意不言明,召唤读者去言明,并希望读者完全按照文本召唤实现一切潜在的可能,但个体读者只能实现一部分可能,所以读者的多元反应成为必然,读者的自我提高成为必要。即这空白并非一张白纸,而是有"物"在图,有暗示,齐白石"虾"图之空白应为水,虽然可以想象成各种各样的水,而徐悲鸿"马"图之空白就一般不应为水。

第四,接受美学之前对他们影响最大的英伽登等人,无论怎么强调读者的不可或缺作用,文本仍然是他们的主要依据或至少不敢抛开文本制约。英伽登反复强调:作品有"空白"的图式化结构既为阅读提供了想象的自由,又为阅读提供了基本的限制。英伽登最反对的就是主观随意性的理解,他称为"奇思怪想"。他说如果这样,"就使彻底的无政府主义合法化了。"伽达默尔说得更多的甚至是作品视界对读者视界的制约,是倾听文本的"诉说",是扩大导致正确理解的"真前见",剔除导致错误理解的"伪前见"。萨特的观点可用一句话概括:阅读是自由的行为,更是负责任的行为;在展现自己阅读自由时,更要展现别人创作的自由。

第五,接受美学之后的读者反应批评,确较为主观但影响小,且其基本成员可称为"共同论"。霍兰形象地说,在悬崖边的路上行车,离边缘远点是共同反应,但年青人可能胆大点,年老者可能更靠内。而费什等都没有把裁决权交给个体读者,而给予了他们各有命名的"阅读共同体"。而一般而言,多数人的阅读接受、反应,正如鲁迅所言:"读者所推见的人物,却并不一定和作者设想的相同……不过那性格、言动,一定有些类似,大致不差,恰如将法文翻成了俄文一样。要不然,文学这东西就没有普遍性了。"这就是文学阅读背后的"看不见的手",不管他们愿意不愿意,共同体背后的决定者乃是文本。

第六,对我国读者影响较大的德里达及其解构主义,穷究文本,质疑他人对文本的"成论",但不改变、瓦解文本,因而既是人的能动性的更大发挥,又是更自觉更艰苦地指向文本;由穷究原初意义而可能造成的文本意义的消解,并非其初衷。朱立元说,德里达就多次强调应以文本为阅读和批评的中心,而不是单向的胡思乱想、随心所欲的阐释。德里达2001年来华所作的20几场报告中,反复辨析别人对他的误解,当时网民就说,听后很震撼,其实我们对德里达一直是误解的。

　　第七,走得比较远的布鲁姆的误读论以及类似的巴特的"可写文本",实际讲的是创作。因写作所需或为获得某种启发而创新思考的阅读,不是寻求文本"真相"的解读,它完全可以只取文本中一点而生发联想,这是另一个"存在"的命名问题,不属于本文探讨的内容。至于有人将其与解读混淆,走向了任意读解,姚斯当时就进行了批判。

2. 孙绍振先生的研究

　　孙先生在《文学文本解读学》的第四章中,首先肯定了笔者这方面的研究,引述了类似上述内容的相关文句,并指出,姚斯"尊重文本的合理因素却为我国学人忽略了",国内"藐视文本,把读者主体临驾于文本主体之上"者"往往打着德里达的旗号,这可能是片面的,德里达自己却坚定地认为自己把文本当作'圣书'的"。[①] 其次,强调了姚斯、德里达的片面性错误。这后一方面,笔者当时的研究是有欠缺和疏忽的。

　　第一,孙绍振指出"姚斯的理论不无矛盾,既强调读者中心,文本不能是'超时代的',又并不否认文本(管弦乐谱)则是超越时代的、不变的存在"[②]。姚斯此段话的原文是:"一部文学作品并不是独立自足的,对每个时代每一位读者都提供同样图景的客体。它并不是一座文碑独白式地展示自身的超时代的本质,而更像是一本管弦乐谱,不断在它的读者中激起新的回响。"[③] 姚斯这段话,是当年强调多元解读,特别是好走极端者最喜引用的语录之一,因为这句"不断激起新的回响"成了多元解读的形象证词。笔者当年的研究,主要是发现姚斯原文中的这段话实际并未说完,他接着阐述了一大段话,大意是,文本要创造能够理解文本的对话者,文本具有"独一无二的历史性与艺术特性"[④],而"艺术特性"是姚文中的一个特殊概念,因为姚斯特别推崇俄国形式主义,对作品中的艺术形式特别看重,换句话说,由于这个"独一无二艺术个性"的强调,姚斯说的对话者要理解文本,还不是一般性的,而是特别地强调"新回响不应乱响"。所以认为和前面引述的"接受链"一样,姚斯是看到文

---

① 孙绍振、孙彦君:《文学文本解读学》,北京大学出版社 2015 年版,第 131、136 页。

② 同上书,第 131 页。

③ 蒋孔阳:《二十世纪西方美学名著选·下》,复旦大学出版社 1988 年版,第 477 页。

④ 同上。

本的制约作用,承认文本的独立存在的。但是,姚斯的确是矛盾的,正如孙先生指出的,他明明说了文本没有"超时代的本质",而且做了个形象比喻——文本不是独立永在的"文碑"。姚斯整篇文章实际都隐含一个矛盾,他的向文本无限逼近的接受链,是对文本客观独立存在的承认,而他的"文学史就是接受史"之说,又偏移到读者决定论了。因为,文学史和社会史不一样。人类社会由人组建,人亡政息,世代更迭,当年的人没有了,留下的文字历史是否完全是那个实在社会的反映? 已无法用当年的实在社会来检验了,只能靠人类积累起来的历史学知识和对历史规律的认识去相对找到比较客观的答案。而文学史却不同,它的作品还在,而且永在。不管接受再纷繁,再自称正确,都只能由作品本身作最后的确证。所以,文学史只能是作品本身的历史,不过它的最后确证,的确永无止境。把文学史说成就是"接受史",显然是性质变了,把现实的认识当成最后的认识,把不得不对你局限的承认,当成对你局限的忽略。尽管姚斯在其代表作全文中,反复强调作品自身的重要,但文中隐含的"接受史"和"逼近作品的接受链"二者的矛盾是抹不去的。姚斯也许知道这个矛盾,也许不知道,也许困惑于此不能自拔,原因只有一个,他要高扬读者,这个魔咒使他写就了那篇不无矛盾的《挑战》。在姚斯方面,这正是前面指出的,西方当代文论为论战之需,好走极端的反映。在国人方面,当年引入时,为冲击僵化思维,又迷信西方文论,结果就出现了如孙绍振分析的,一方面是对姚斯尊重文本的合理因素忽略了,另一方面是自觉不自觉地,"国人在接受的时候,又将其片面性扩大了"[①]。在笔者方面,为了强调当年"对姚斯尊重文本的合理因素的忽略",却对其文章中不可否认的矛盾视而不见,至少是忽略了,这种遮蔽,正是下文要提到的研究者之心"所秉之偏也"。孙绍振则是全面看待,特别是由此才能较有说服力地回答,为何当年人们从姚斯接受美学那里受到的主要影响,是"读者重要",甚至是"读者决定",原因就是姚斯的代表作的确自相矛盾,矛盾的另一面,"接受"书写"历史","接受"决定"历史"的那一面,被当时需要它的人们紧紧抓住了。

　　第二,笔者对德里达研究的欠缺疏忽则更为明显。德里达也有矛盾两面,情况也更为复杂。德里达承认文本自身的独立存在,重视,甚至是很重视对文本本身的研究。其代表作之一《延异》(也译作"异延"),就是从文本本身,

---

① 　孙绍振、孙彦君:《文学文本解读学》,北京大学出版社 2015 年版,第 134 页。

不断研究、分析、解析其延伸出的与本文文面意义有差异的意义,类似于我们说的"言外之意"。德里达尤其看重那些无法用语词表达的,难以言说、不可言说的,有点类似于我们古代文论说的"书不尽言,言不尽意"的"延异"。其导向的一次比一次更为幽深曲折的解构世界,包括着两方面的意义:一方面,表明每一次的阅读都是似曾相识的新经验,永无到达本真世界的可能,亦即可理解为永远逼近真理而无法最后到达真理。①跟这有关的就是,德里达的二类阅读中的重复性阅读。这类重复性阅读,正如孙绍振所言,"似乎致力于对文本的客观解释、复述,说明,承认文本的客观存在"②。另一方面,就可能导致无中心,导致虽然来自文本,却是边缘化阅读的结果,虽然本意是出发于文本,结果却消解了文本。以上方面,德里达的主观意愿是重视文本的,如前文提及的朱立元所言"以文本为阅读和批评的中心,而不是单向的胡思乱想、随心所欲的阐释",即使导致无中心的解读,也不是他的初衷、本意。他的穷究文本就是反对读者单向的胡思乱想。他创造的术语,如"不在场的在场""踪迹",指向的就是在场,就是文本,如他在华演讲时举例的,手机,有制作者的踪迹,但制作者是不在场的(手机上没有制作者),也就是他的研究对象是揭示手机、文本背后的东西。但是,我们当年引入后,国人更注意其消解中心,消解文本的解构功能,成为当年"读者决定论"互为犄角的两路大军。他重视文本的一面被人忽略了。正如此,笔者特别突出了德里达重视文本的一面,引入了朱立元的观点,引入了德里达在华反复辨析别人对他的误解的20多场演讲。而孙绍振突出了德里达的片面性,一是指出他即使是重复性阅读,也"并不把作品当作文学,而是从意识形态的角度评述的";二是指出德里达二类阅读中还有一类叫批评性阅读,"则根本不像是阅读文本,而是一任读者对文本的'重写'。他自己就重写过卢梭的《论语言的起源》,读者脱离文本的自由就相当惊人,从某种意义上就不是阅读而是写作。"③的确,德里达批评性阅读的那种"读者决定论"对我们当年的负面影响是更大的,笔者当时没有指出,是很大的疏忽。歌德说过:"谬误容易发现的,因为一眼可见,并且容易改正。真理则难于发现,因为深藏其中,不是人人

---

① 　以上有关德里达的,参见朱立元:《当代西方文艺理论》,华东师范大学出版社 1997 年版,第 308—312 页。

② 　孙绍振、孙彦君:《文学文本解读学》,北京大学出版社 2015 年版,第 136 页。

③ 　同上。

都能看出。"① 即使德里达批评性阅读不是在"写作",也不是科学的解读观,攻其一点,不及其余,是远比穷究文本,追逼真理,轻松易得得多的。

第三,笔者注意到了西方读者理论家的一些自我纠偏,但没有注意、强调仍然存在的一些突出问题,甚至是整体上仍然存在的问题。但孙先生注意到了这种复杂情况。比如,后期的姚斯,很不赞同罗兰·巴特的"复数文本"和"互文性"(或译为"多文本""文本交汇性"),批评说:"多文本理论及其'文本交汇性'的提出,是作为意义可能性毫无限制的、任意的生产,作为专断解释毫无限制的、任意的生产",他相信文学阐释学的原则是与此相反的。② 他为此专门研究了一个诗歌文本的多元解读现象,发现不同的审美感受、不同的意义阐释,包括排斥他人的各种具体化之间仍有"一致的解释","并不互相矛盾";他说:"这一令人惊异的发现,将导致如下结论:即使'多元的文本'本身也在第一种阅读水平的范围内,给予感性理解以统一的审美方向。"③ 笔者在前述的有关文稿中着重提到了姚斯的这一自我纠偏。对此,孙先生则更全面地说:"应该指出的是,虽然姚斯是清醒的,但是读者中心论在德里达、伊格尔顿、乔纳森·卡勒等权威的鼓吹下,从否定文本到否定文学之论,仍然风靡全球,酿成了文学理论的空前危机。"同时,孙先生又指出:"姚斯是有局限的,首先,他对康德的审美价值论似乎并不重视,没有充分的阐释;其次,他认为读者可能'专断解释毫无限制的、任意的生产',但他并没有像新批评那样把普遍存在的读者以感性印象(主义)的偏颇,提升到'感受谬误'④的学术范畴,而是直截了当地指出读者的感受中包含着谬误,诗歌价值可能因而遭到歪曲。"⑤ 这就是说,一是姚斯的自我纠偏没能改变西方读者理论界的大局,二是姚斯仍有局限。又如,"理论热"之后,西方有出现反思和回归文本的思考,如伊格尔顿在 2003 年出版的《理论之后》中,提出了"很多真理是绝对的",如说"这鱼尝着有点坏了"就是"真的";"承认《李尔王》不止一种含义,并不等

---

① 李复威、范桥主编:《世界文豪妙论宝库》,中国广播电视出版社 1992 年版,第 240 页。

② 见周宪译、姚斯:《文学与阐释学》,胡经之、张首映《西方二十世纪文论选(三)》,中国社会科学出版社 1989 年版,第 367 页。

③ 同上书,第 368 页。

④ 孙原注:这个观念最初由 Wimsatt 在 *The Sewanee Review*(1949)第一次明确,于 1954 年收入 Wimsatt' 的论文集 *The Verbal Icon*(1954)。

⑤ 孙绍振、孙彦君:《文学文本解读学》,北京大学出版社 2015 年版,第 132 页。

于宣称《李尔王》什么含义都有"；"作品的真正的含义，既不刻在石头上，也不是放任自流的；既不是专制主义的，又不是自由放任的"，等等。① 同样在前述有关文稿中，笔者引述了这些变化，但是，正如孙先生指出的，伊格尔顿又是积极鼓吹否定文学存在的理论家（见后文第二部分），这是非常矛盾的现象。

总之，孙先生的研究不是孤立地研究一个理论家、一个观点，而总是把他（它），如姚斯，放在理论大环境中去分析，比较，这也是笔者研究中的欠缺。

更重要的是，我们自己学界，要有清醒、坚定的认识，这就是后文要着重介绍的，孙先生如何建构起自己的理论，以抵御、批判荒谬的读者决定论。

（三）引入皮亚杰理论和《周易》等古代文论，说明读者的局限

孙绍振在《文学文本解读学》第五章第一节中认为，读者决定论，之所以经不起实践的检验，是人的心理的局限性决定的。孙绍振分别以皮亚杰理论和《周易》等古代文论作出论证。

孙绍振引入皮亚杰的发生认识论，按此理论，外部信息，只有与固有的心理图式（scheme）相通，才能被同化（assimilation），人才有反应，否则就视而不见，听而不闻，感而不觉。② 孙绍振举了多年前一个著名的实验案例。42 名心理学家在西德哥廷根开会，突然两个人破门而入。一个黑人持枪追赶一个白人。接着厮打起来，一声枪响，一声惨叫，两人追逐而去。前后经过只有 20 秒钟，另有高速摄影机记录。事后 42 名专家描述所见，没有一个人全部答对，只有一个人错误在 10% 以下，14 个人错误达到 20%—40%，12 人错误为 40%—50%，13 人错误在 50% 以上。有的简直是一派胡言。③ 也就是主体没有心理预期，往往就一无所知。

孙绍振又列举了古代文论中的类似观点。如《周易·系辞上》曰："仁者见之谓之仁，知者见之谓之知。"黄宗羲在《明儒学案》中引的王阳明"仁者见仁，知者见知，释者所以为释，老者所以为老"④。张翼献在《读易记》中加以发挥说："唯其所禀之各异，是以所见之各偏。仁者见仁而不见知，知者见知而

---

① ［英］伊格尔顿《理论之后》，商正译，商务印书馆 2009 年版，第 93、100 页。
② 孙原注，皮亚杰：《发生认识论原理》，商务印书馆 1985 年版，第 60 页。
③ 孙原注，参阅孙绍振：《文学创作论》，海峡文艺出版社 2007 年版，第 56 页。
④ 孙原注：《四库全书·传记类·总录之属·明儒学案·卷十》，上海人民出版社 2000 年版。

不见仁。"① 李光地在《榕村四书说》更进一步点明此乃人性之局限:"智者见智,仁者见仁,所禀之偏也。"② 预期是仁,就不能看到智,预期是智,就不能看到仁。预期就是心理的预结构,也是感官的选择性,感知只对预期开放,其余则是封闭。预期中没有的,明明存在,硬是看不见。相反,心理图式已有的,外界没有,却可能活见鬼。孙绍振说,著名的郑人失斧故事——斧头丢了,怀疑是邻居偷了,观察邻居,越看越像,斧头找到了,再去观察邻居,越看越不像小偷,就是活见鬼的典型。

孙绍振这两方面的例证说明:第一,主观的局限性是难免的,克服的办法只有回到事实本身。解读就是回到文本本身不断检验,永远可能有局限,就永远修正,不断调整,向真理逼近。第二,再次说明,建构本土特色文学理论,不是一概拒绝外来理论,不管东西方理论,凡是科学的,都应该取来为我所用。

(四)提出唯一性解读论及多个"一元"论、祭坛说

孙绍振在最近十年的批判西方文论错误的"读者中心论""读者决定论"时,最早提出与之相对的口号是"文本中心"(此可详见孙绍振《批判与探寻:文本中心的突围和建构》,山东教育出版社2012年版)。随后,孙绍振作出了更为彻底的发展,在《文学文本解读学》第一章的第二节和第二章提出了唯一性解读的根本原则,与此相关的有多个"一元"论和祭坛说。在第四章里又就此问题做了进一步的阐述。主要观点有:

1. 理论的普遍性并不直接包含文本的特殊性,普遍的观念与特殊的文本永远不等值

就如苹果的属性永远多于水果一样,特殊性总是大于普遍性,形象总是大于理念,普遍真理即使再深刻,也并不包含整个特殊,它只是包含特殊的一部分。因此,用理论作为大前提,然后用演绎法,去解读作品,很可能是缘木求鱼。因为运用理论时,可能受这个理论的遮蔽,只看到了文本的某一方面,可能要有多个理论互相补充、纠偏;光理论还不行,要立足文本自身,要有自己的体悟;光体悟也不行,要在理论与文本、与解读实践的反复结合、"搏斗"中,

---

① 孙原注:《四库全书·易类·读易纪闻·卷五·第五章》,上海人民出版社2000年版。
② 孙原注:《四库全书·四书类·榕村四书说·中庸章段》,上海人民出版社2000年版。

个案文本的唯一性解读才可能相对得出。① 孙绍振花了上万字举陶渊明《饮酒（其五）》的解读为例。如说：王国维的"一切景语皆情语"，当然有关，但王国维说的是一般情感、抽象情感，不是个案文本的独一无二的个性情感。《饮酒》的个性情感就是"无心"，无心才"心远地自偏"，才"而无车马喧"。这"无心"是怎么得出的？在孙绍振的解读中，他是联系到陶渊明的《归去来兮辞》中"云无心而出岫，鸟倦飞而知还"得出"无心"的。这运用的是知人论世方法。但如你仅仅只有这个"知人论世"，你查找的"陶渊明"，不一定会找到这二句，不一定是那个"无心"的"陶渊明"。而之所以联系到这些，又在于孙绍振自己体悟时，特别注意到后面几句诗句。他是这样描述的："飞鸟相与还"亦如此，日落而还，天天如此，不在乎是否有欣赏的目光，甚至不关注是否值得自我欣赏。这一"无心之自由"的"真意"正欲辨析，诗人却马上把话语全部忘记了（欲辨已忘言），可见诗人无心之自由是多么强大，即使自己都不能战胜。一旦想费劲用语言来表达，就是有心了，就破坏了自然、自由、自如的心态，就连动脑筋言说一下，也可能破坏了这个真意。就是连语言表述的压力都没有。② 孙绍振这个体悟，又隐含他有关非陌生化的分析理论（参见第五章第二节）以及解读的三层法（参见第四章第二节），即从看似极平常的语句中发现冰山下蕴藏的深层底蕴。还涉及他的意境理论（参见第六章诗歌部分），即意境是一个无处不在的"场"，《饮酒》的"无心"是无处不在的，而世人一般只孤立地注意了最有名的"悠然见南山"和最显见的"心远地自偏"，没有把全诗贯通起来，发现此"无心之自由"在"飞鸟相与还"及"欲辨已忘言"中还更为重要。但这些理论已融化在孙绍振的解读实践自觉行为中，又不能机械地用理论方法去肢解式解读，而一切都应在个案文本的解读实践中依文本实情，努力追寻唯一性解读。

2. 作家的唯一性和作品的唯一性

第一，认为西方当代文论当前所宣扬的文化价值，同过去宣扬阶级论一样，只注意普遍性，而忽视了个性，"最大的缺陷就是普遍性压倒了作家的唯

---

① 　详见孙绍振、孙彦君：《文学文本解读学》，北京大学出版社 2015 年版，第 70—75 页。

② 　《饮酒》解读见孙绍振、孙彦君：《文学文本解读学》，北京大学出版社 2015 年版，第 78—82 页。"飞鸟相与还"几句描述，综合了《文学文本解读学》第 81 页及孙绍振：《月迷津渡——古典诗词个案微观分析》，上海教育出版社 2012 年版，第 199 页。

一性,而一般的作家论的缺陷则是遮蔽了作品的唯一性。"孙绍振引述钱锺书的话:"作者人殊,一人所作,复随时地而殊;一时一地之篇章,复因体制而殊;一体之制,复以称题当务而殊。"① 并解释说,体制即体裁,称题当务指针对性和立意命题。接着又对钱先生的话做了补充,说,反过来,一个作家写出来的文章如果差不多都是一个样子,那就注定了要失败,故文学的生命在于求新避同。孙先生举了郁达夫著名的《故都的秋》与作者同时期的《我撞上了秋天》相比的例子。二者情调完全不同。《故都的秋》着意写"清、静、悲凉之美",与古代不同,古代诗人沉浸在悲愁之中,在读者看来诗人的忧愁是美的,可对诗人本身却并不具有正面价值,但在《故都的秋》中,秋天的悲凉、衰败、死亡本身就是美好的,诗人沉浸其中,并不怎么悲苦,而是一种审美享受,是人生的一种高雅的境界。这有西方的唯美主义以丑为美、以死亡为美的痕迹,还有日本文学传统中的"幽玄美""物哀美"的影响,即苦闷、忧郁、悲哀,一切不如意的事,才是使人感受最深的。而《我撞上了秋天》写的是清丽的、诗意的美,基调是欢乐的,幸福的。原因是和爱情有关的,因为他已经"不同已往","我已经不孤单了","随着房间人数的变化",暗示、透露出一种爱情的幸福感,心里有一种"可爱的灵气",不但人是美好的,而且连小狗都是生动的,世俗的小吃也是富于诗意的,洋溢着充满灵气的调皮幸福感。②

第二,孙绍振又引入了古代文论的避、犯理论。即《三国演义》的评论家毛宗岗提出的,在同一作品中,出现同类的事件,如果写法相同、相近,叫做"犯";如果同中有异,就是不犯,叫做"避"。毛宗岗把这种同中有异,"犯"而善"避"形容为"同树异枝""同枝异叶""同叶异花","同花异果"。他引述毛宗岗举《三国演义》同样样写火攻等,"吕布有濮阳之火,曹操有乌巢之火,周郎有赤壁之火,陆逊有猇亭之火……前后曾有丝毫相犯否? 甚者孟获之擒有七,祁山之出有六,中原之伐有九:求其一字之相犯而不可得,妙哉,文乎!"③ 孙绍振认为,《红楼梦》所写的少女之死,更有独一无二的性质;鲁迅写的八种死亡,也无一相同的;而《西游记》中九九八十一难中大多数犯了重复

---

① 孙原注,钱锺书:《管锥编》,中华书局 1986 年版,第 1390 页。

② 本点概述内容详见孙绍振、孙彦君:《文学文本解读学》,北京大学出版社 2015 年版,第 83—89 页。

③ 孙原注,朱一玄、刘毓忱编:《三国演义资料汇编》,南开大学出版社 2005 年版,第 260 页。

之弊,只有三打白骨精等少数情节"避"得精彩;巴金的《春》《秋》也多有与《家》重复之处;刘绍棠的青年时代的作品与壮年作品,所"犯"更多,常常有自我模仿之痕迹。①

第三,因此,孙绍振批判了西方文论的"作者已死"和"意图谬误",举出《岳阳楼记》和《醉翁亭记》都是作家的创作意图实现了,是"意图无误""意图升华"。在这样的基础上,孙绍振提出,作家的唯一性和作品的唯一性观点,并且认为,古代文论的"知人论世"说是更有意义的,当然,最主要还是作品。孙绍振经常说,"在作家、读者和文本三个主体中,占据稳定地位的,甚至是不朽的,应该是经典文本。作家可以死亡,读者也一代又一代地更迭,而经典文本作为实体却是永恒的。人们可以不管《红楼梦》《三国演义》《水浒传》的作者,不了解荷马、莎士比亚的生平,不知道这些经典在解读、接受的历史过程中,产生过多少不同的解读和分析,照样为其艺术形象所感染。"② 按孙绍振更简洁的口头说法,就是文本中心,就是文本第一性(在作品、作者、读者三者关系中),作者第一性(在作者、读者关系中)。那么,解读就应是追寻唯一性解读。

3. 多个"一元"论

这个观点比唯一性解读更早提出,是在《语文学习》2009 年第 8 期上,以《多元解读和一元层层深入》中提出和阐述的。是比多元有界的提法更为彻底、到位的文本中心观。总的就是,多元中每一元,不应是零碎的解读片段,而是一贯到底的逻辑系统的层层深入,指向文本核心。孙先生从多个方面做了阐释。

第一,批判巴特宣布的所谓"作者死亡"论。孙绍振指出,巴特虽然没有宣布文本已死,但是,在后现代的话语中,没有确定的(所谓"本质主义"的)文本,一切文本注定要被不同读者文化价值所"延异",所以巴特宣布读者时代到来,读者决定论产生了绝对的、恶性的"多元解读"的横流。

第二,更重要的是,提醒学界,朱自清很早就对多元解读有精辟的见解。他说,可惜,国人对自己学术前辈接受西方文论的经验居然也没有起码的了解。孙绍振接着指出,朱自清先生早在 20 世纪 40 年代就接触了美国新批评燕卜荪的诗歌"多义"(原著为 *Seven Types of Ambiguity*, 出版于 1930 年, 今译

---

① 本点概述的内容详见孙绍振、孙彦君:《文学文本解读学》,北京大学出版社 2015 年版,第 90—91 页。

② 同上书,第 137—149 页,引文见第 165 页。

为《朦胧的七种类型》),但是,朱自清先生结合传统的"诗无达诂",春秋赋《诗》的断章取义,和后世诗话主观"穿凿"的历史教训,指出"多义当以切合为准","必须贯通上下文或全篇的才算数。"[①] 朱自清这个切合文本且贯通全文的"多义"观,是孙绍振多个"一元"论很重要的理论源头。

第三,指出读者主体性有自发和自觉、系统和混乱、肤浅和深邃之分。相对于自发的、混乱的、肤浅的主体性,自觉的、系统的、深邃的一元化的主体正是读者提升的目标,五花八门的吉光片羽的感想,并不是多元化,而是无序化。

第四,又指出,文本自身是有机的系统性为特点的,文章的信息是有序的、相互联系的、处于统一的层次中,进入文本分析的层次,就是要把全部复杂的、分散的乃至矛盾部分统合起来,使之在逻辑上有序化,这就是最起码的一元化。

第五,从思维质量上说,孙绍振认为,单一观念的一贯到底比之多种观念的罗列更重要。

第六,于是孙先生提出:所谓的元,通俗地说,就是系统性。所谓多元,也就是多个的系统性的解读。每个一元,都是以系统的、统一的、层层深入,贯彻到底为特征的。因而,大而化之的感想,七零八落的论断,不成为一元,更不成其为多元,而只是多个片面的、即兴感觉的混乱碰撞。

孙绍振以李商隐《锦瑟》解读为例。"锦瑟无端五十弦,一弦一柱思华年"。琴瑟本来是美的,饰锦的琴瑟是更美的,美好的乐曲令人想起美好"华年",不是双倍的美好吗? 然而,美好的乐曲却引出了相反的心情。原因是沉淀在内心的郁闷本是平静的,可是一经锦瑟撩拨起当年的回忆,就有一种不堪回首的感觉了。本来奏乐逗引郁闷,应该怪弹奏者的,可是,却怪琴瑟"无端",为什么要有这么多弦,要有这么丰富的曲调呢? 美好的记忆,不堪回首。弦、柱越多,越是伤心。"庄生晓梦迷蝴蝶",像庄子梦见蝴蝶,不知道是蝴蝶梦见庄周,还是庄周梦见蝴蝶那样,也就是过去的欢乐不知是真是假,这就更令人伤心。"望帝春心托杜鹃",这个典故的意思是:蜀国君主望帝让帝位予臣子,死去化为杜鹃鸟,杜鹃鸟暮春啼鸣,其声哀凄,伤感春去。用在这里,可以说,悲悼青春年华的逝去,从而将回忆的凄凉加以美化。沧海月明,鲛人织丝,泣泪成珠,将珠泪置于沧海明月之下,以几近透明的背景显示悲凄的纯净。

---

① 孙原注,朱自清:《诗多义举例》,《朱自清全集》第 3 卷,江苏教育出版社 1992 年版,第 217 页。

周汝昌先生分析说:意思就是望帝春心的性质就是一种"复杂难言的怅惘之怀"①。周先生的说法还有发挥的余地:其特点就是:其一,隐藏得很密,是说不出来的。从性质上来说,藏得密就是因为遗恨很深。其二,隐含着不可挽回,不能改变的憾恨。其三,为什么要藏得那么密? 就是因为不能说,说不出。用"蓝田日暖玉生烟"来形容,这个比喻在诗学上有名,就是可望而不可即,可以远观却不可近察,也就是朦朦胧胧地感觉,它确乎存在,然而细致审视,却无可探寻。"此情可待成追忆,只是当时已惘然",把自相矛盾的情思推向了高潮。先是说"此情可待",可以等待,就是眼下不行,日后有希望,但是又说"成追忆",那就是只有追忆的份儿。长期以为可待,而等待的结果变成了回忆。等待越久,希望越渺茫。虽然如此,应该还有"当时",但是,"当时"就已经(知道)是"惘然"的,没有希望的希望,把感情(其实是恋情)写得这样缠绵而绝望,在唐诗中,可能是李商隐独有的境界。孙绍振说的恋情,是指"望帝春心托杜鹃",有典故云:"蜀王望帝,淫其相臣鳖灵妻亡去,一说,以惭死"②,化为子规鸟,滴血为杜鹃花。杜鹃啼血隐含的不仅是绝望而且是不能明言的恋情,"春心"是不可公开的恋情,说出来会"惭死"的,所以是当时就知道是没有希望的"惘然"之情。而这个典故,孙绍振说,是被许多注家忽略了的《子规藏器》引杨雄《蜀王本纪》里的。这也说明,唯一性解读离不开专业化解读。③

这就是解读上,逻辑系统的"一元"解读。

多个一元,可以以孙绍振、钱理群、王富仁同题解读《我的叔叔于勒》为例。

孙绍振的解读,第四章介绍艺术形式知识分析法中的因果法时,已介绍。主要内容是,于勒、于勒兄嫂、"我"这三方要会面,不会面无以言"兄嫂无情""'我'的同情",于勒仍有情。小说巧妙地设计了一个近在咫尺的英属哲尔赛岛,"是穷人们最理想的游玩圣地",让兄嫂一家可以出国。而于勒思念故土,却又无钱回国,是法国船长好心把他带回祖国,但到了家门口,不敢上岸,不愿回去见亲人,因为他自觉有愧于兄嫂。于是,船上的"突然"会面、巧遇顺理成章。

---

① 　孙原注:《唐诗鉴赏辞典》,上海辞书出版社 1983 年版,第 1127 页。

② 　孙原注:《四库全书·子部·杂家类·杂考之属·通雅·卷四十五》,上海人民出版社 2000 年版。

③ 　上述六点详见孙绍振、孙彦君:《文学文本解读学》,北京大学出版社 2015 年版,第 149—151 页;《锦瑟》解读,同上书,第 158—160 页。

　　钱理群则引入了原文的头尾解读了"我"的同情。小说开头说,一个又穷又老的乞丐向行人乞讨,约瑟夫(即文中的"我")给了老乞丐五法郎的银币。见约瑟夫给乞丐那么多钱,他的同伴感到很奇怪。于是,约瑟夫就讲了他叔叔于勒的故事。讲完故事后,小说还有一个结尾,即约瑟夫说:"此后我再也没有见过我父亲的弟弟。以后您还会看到我有时候要拿一个五法郎的银币给要饭的,其缘故就在此。"至此,我们才恍然大悟——同情不幸的人,把少年时代的同情心保留到成年,表现了"同情一切不幸者"的伟大的人道主义,是小说的主题之一。

　　王富仁主要是解读了于勒的"有情",认为兄嫂之"无情",谁都能看出。于勒之"有情",多被人忽视。他认为,于勒挥霍掉遗产,连属于哥嫂的那份遗产也挥霍了,自然是位浪荡子。但于勒不是"没良心的",他自觉感到有愧,去美洲之后发了点财即写信告慰兄嫂,表示会赔偿,表示怀念亲人。破产后的又一封信,实际很感人,于勒隐瞒了破产真相,为的是不让哥哥嫂嫂担心,又以为哥嫂仍然在怀念他,因此写封信以释思念,表示他赚了钱之后一定会回来和哥嫂一起过好日子。最重要的是,于勒彻底穷困潦倒后,呆在来往于法国与哲尔赛岛之间的船上,都到家门口了,就是不敢再跨出一步,不敢再回到哥嫂身边,如船长转述的:"他不愿回到他们身边,因为他欠了他们的钱。"这就是于勒之"有愧"、"有情",还有良心,而不是他哥嫂想象的"又回来吃我们"、"重新拖累我们"的流氓无赖。王富仁认为,这与其兄嫂形成了鲜明的对照,也折射出了故事的叙述者——少年"我"的同情心。王富仁还特别注意到了题目("我的叔叔于勒")和"我"与叔叔见面时心里默念的那三句同义反复的话("这是我的叔叔,父亲的弟弟,我的亲叔叔。")所表现出的充满情感的意味。①

　　三位学者的解读,都是有自洽逻辑的系统性"一元"。当然,从全面性来说,孙绍振更系统全面,是主题、写法都解读到了,揭示了莫泊桑的写作技巧,读出了更隐秘的,又是最关键最大的表现形式的秘密,否则故事就根本不可能发生。

4. 祭坛说

　　孙绍振于 2009 年在泉州召开的由福建省语文学会与全国"中语会"举办的"首届文本解读研讨会"上,提出了"经典文本的解读是时代智慧的祭坛"

---

① 　见钱理群、孙绍振、王富仁:《解读语文》中该篇解读,福建人民出版社 2010 年版。

之说。祭坛就是要牺牲,要奉献。

　　面对唯一性解读,《文学文本解读学》第五章的末了,孙绍振指出,每一文本的分析都是对智能的一次挑战。他认为,解读的深化并不如某些权威教育理论家所许诺的那样,只要主体的自信就可以畅通无阻了。解读主体并不是想开放就开放的。一般读者,封闭占有惯性的优势,文本中的崭新形象,往往被其固有的心理预期同化了。聪明的读者,则由于开放性占优势,迅速被文本中的生动信息所震动,但是,敏捷是自发的,电光火石,瞬息即逝的,而心理预期的封闭性则是惯性地自动化的,仍然有可能被遮蔽。即使开放性十分自觉,也还要和文本的表层的、显性的感性连续性搏斗,才有可能向隐性的深层胜利进军。即使如此,进军并不能保证百战百胜,相反,前赴后继的牺牲,为后来者换取山穷水尽,柳暗花明的提示,是为无数解读历史所证明的事实。孙绍振总结性地说:

　　　　说不尽的莎士比亚,说不尽的普希金,说不尽的鲁迅,说不尽的《红楼梦》,说不尽的《背影》《再别康桥》。就在这前仆后继的过程中,经典文本才成为每一个时代智慧的祭坛,通过这个祭坛,人类文明以创新的心理图式向固有的图式挑战。每一个经典文本的解读史,都是一种在崎岖的险峰上永不停息的智慧的长征,目的就是向文本主体结构无限地挺进。[①]

孙绍振从上述四个方面,阐明了唯一性解读是文本解读无可逃避的成功之道,并以此有力批判了读者决定论。

　　有感于这个问题对端正读者阅读经典的态度的重要性,孙绍振还撰写了《抵近经典作品的精神世界》一文,2018年6月19日的《人民日报》刊载了孙绍振这篇文章。文章最后发人深省地指出:

　　　　哲学家克罗齐有言:"要了解但丁,我们必须把自己提升到但丁的水准。"诚哉,斯言! 阅读是一项提升精神价值和艺术品位的系统工程,是将自己从普通读者提高到艺术审美、审智的经典境界的过程,而绝对的读

---

　　①　引文及本点内容见孙绍振、孙彦君:《文学文本解读学》,北京大学出版社2015年版,第178页。孙绍振说过,祭坛说最早是周扬提出的。但周扬当时是从创作的角度说:经典文本是时代智慧的祭坛。而孙绍振进一步发展为,经典文本的解读是时代智慧的祭坛。这个命题的发展,本身就是时代智者智慧奉献、累积的结果。

者中心论与无准则的多元解读则刚好相反,实质上是将但丁拉低到读者自发的、放任的原生状态。东吴弄珠客在《金瓶梅·序》中说:"读《金瓶梅》而生怜悯心者,菩萨也;生畏惧心者,君子也。"这其实是要求读者,不仅仅要提高到作者水准,而且要超越作者的局限性,读者无疑要与自己的原生精神品位作无声的搏斗。东吴弄珠客接着还说,读《金瓶梅》"生欢喜心者,小人也;生效法心者,禽兽也。"如果没有搏斗,不去体会作者的本意,一味放任精神自流,则有可能走向相反的极端:堕落,与作品中的负面内容、精神糟粕同流合污。

由此观之,阅读尤其是经典阅读,抵近作者的精神世界并非易事,它常常需要经历与诸多干扰因素的艰苦较量。在这个意义上说,经典阅读就是一场与自己的"搏斗"。

5. 混沌学的解释 ①

笔者试以混沌理论就上述有关问题作出自然科学的说明。混沌理论认为混沌现象有一个最重要特征,即聚集与发散特征。一方面,混沌系统的所有（每一）运动轨线——市场上就是每一顾客的购买行为,阅读上就是每一读者的阅读、解读行为——都将进入吸引子内。即从宏观上看,存在吸引中心,所有运动轨线都向这吸引中心,向某一特定范围聚集。换句话说,混沌系统存在确定性,存在秩序,这个确定性、这个秩序

混沌象征图

就是吸引子把运动轨线吸引和束缚在吸引中心周围,吸引和束缚在特定范围内。——市场上的吸引中心即经济规律的看不见的手,紧俏商品、价廉物美商品把顾客紧紧抓住;文学作品阅读即作品的艺术奥秘、创作奥秘、"人人心中有,个个笔下无"之秘妙（吸引中心）,使读者沉迷、自失其中,使解读徘徊于它的周围。

---

① 本大点中有关混沌学（混沌理论）主要引自笔者拙著:《混沌阅读》第六章,福建教育出版社2003 年初版、2010 第2 版。

　　另一方面,进入吸引子后,由于各运动轨线对初始值（自身个性）的高度依赖、高度敏感（即"顽强"表现其个性）,又使各运动轨线互相分开。即从微观上看,在吸引子内部各轨线又不是聚集、靠拢,而是发散、分离,这就是吸引子的所谓"奇异"现象。换句话说,混沌系统存在不稳定性,系统内部各运动轨线活跃易变,表现出似乎混乱、无序的现象。——市场上的最后购买结果的五花八门,不可精确预测;阅读上的最后收获、解读上的最后表述,没有一个读者是完完全全一模一样的。

　　关键是初始值,亦称初始条件、初始状态,即进入者原有个性、特性、习惯,如一个顾客的购买习性,很精明、很糊涂、很挑剔、很随便、斤斤计较、出手大方,萝卜青菜各有所爱,以及购物条件,腰包很鼓还是囊中羞涩;一个读者的阅读个性、解读个性,如水平差异、经验积累、解读角度习惯不同,等等。初始值,表明他只能凭借这个进入市场时的原有习性和条件开始其购买行为;他只能凭借现有的水平、习惯开始他的文本解读,这就叫高度依赖。

　　为什么又叫高度敏感? 这是更重要的。作品如果越吸引人,艺术奥秘、艺术内核越迷人,越是向这迷人的奥秘、内核聚集,读者的潜能就将被高度激发,就越想说点什么,个性就越想充分表现。每一读者的个性表现得越充分,结果,读者与读者之间的解读状态的区分就越明显,发散就越厉害,这就是主动形成的多元。即越是聚集越可能发散,越是向艺术奥秘靠拢就越可能出现多元,这就是奇异吸引子的最大奇异之处。

　　上述混沌象征图表明,混沌系统的吸引中心是一个独立的存在,它不是运动轨线,它是它自身,决定其状态的是它自身（例如商品,例如作品）,而不是各运动轨线（例如购买行为,例如解读行为）,否则,中心就无数个,中心就自相矛盾而不复存在。决定各运动轨线的是其自身的初始值即个性。所以,读者只能决定读者自己的解读状态,决定自身的解读离艺术内核这一吸引中心有多近（远）,并无资格决定那个独立自在的作品及其艺术内核。

　　上述混沌图还表明,有的轨线离中心近,有的离中心远,而且,按混沌理论,混沌图是立体的而不是平面的,各运动轨线的差异就更为复杂,不仅是角度不同,而且是水平有高下。离中心越近者,就越是孙绍振说的那个"元",最是"元"者就是作品艺术内核自身,换句话说,"最后"的最靠近内核的解读轨线就与作品几乎重叠,几乎合二而一,但,永远不会完全重叠,一者是总有溢出作品的读者之解,二者是总有某些艺术内核（特别是如《红楼梦》这样的艺术经典）可能是读者永远无法破译的,这就是"说不尽的莎士比亚"的迷人魅力,也正是唯有唯一性解读才能确保向艺术内核的进军。而离中心（艺术内核）越远者,对艺术内核的表征就越表面、片面,不过是多少沾了点艺术内核之边。孙绍振解读《锦瑟》时,列了前人的八种解读,如咏物说、国祚兴衰说、色空说、闺情说、悼念亡妻说、怀念令狐楚家青衣说、与女道士秘密恋情说、自伤迟暮说等。这些解读,孙绍振认为,都有一定的合理性,但都偏于一隅,甚至是猜谜,也就是一条与艺术内核有距离的轨线。而孙绍振的解读是直面文本第一手资料的系统分析,为最靠近内核的轨线。孙绍振认为,"从文本全面分析出发,特别是把那个对下级的妻子的恋情,不能公开的,没有希望,以惭而死的典故弄清（按,指前面分析中提到的"望帝春心托杜鹃"的杨雄《蜀王本纪》典故）,再加上我国古典诗话中"痴"的范畴作理论基础,至少还比八九个猜谜式的印象（即上述八说）要有说服力得多,至少有道理得多。"①又如,孙绍振、钱理群、王富仁解读《我的叔叔于勒》,一方面,充分证明了前述的混沌理论的"高度敏感"规律,他们一个个都充分展示自己的解读水平,结果就呈现出三种角度、侧重点截然不同,但又都指向内核（无情、有情、同情）的精彩解读;另一方面,与一般的读者比,三人的解读无疑是更靠近内核的轨线,而三解读中,又是孙绍振的最靠近,最有资格称为唯一性"元"解读。

混沌理论又表明,混沌系统、混沌图是动态的,各轨线会互相借鉴,尤其被最佳轨线吸引,向最靠近中心的轨线"学习",靠拢,相对最佳的轨线也会吸纳其他轨线的优点,或者是它的不同于自己的角度,或者是它在某一点上胜于自己的解读之长。也许正是在这个意义上,钱理群、孙绍振、王富仁合著了《解读语文》,将《我的叔叔于勒》等数十篇课文的三人的不同解读汇聚一堂。我们还看到《文学文本解读学》中的孙绍振的大量解读案例,几乎都很注意吸纳他人的解读成果,或多或少,视情而定,就《锦瑟》解读,他就吸纳了周汝昌之解,又发展了周解。混沌系统、混沌图的动态,又是分时期的,当年,叶圣陶的《背影》解读是最好的,半个多世纪内,几乎所有的解读轨线都向他靠拢,

① 　上述八说及引文见孙绍振、孙彦君:《文学文本解读学》,北京大学出版社 2015 年版,第 159—161 页。

都就叶圣陶一个说法。新世纪以来,孙绍振的解读应是相对最佳的 [①],大量解读轨线又向孙氏解读靠拢。总体而言,孙式解读轨线群比之叶式解读轨线群更靠近《背影》艺术核心。也许,孙氏解读就是前面说的几乎与作品重叠的最佳轨线,也许将来会出现超越它的进一步向《背影》艺术内核靠拢的新解读轨线群。如此发展下去,最后的解读就是几乎(只能是几乎)回到作品内核的"元"点,在"元"点周边不断波动。不过就长篇经典而言,这最后的时刻,可能遥遥无期。

二、揭示西方"理论与文本解读无关"的现象, 批判西方的"理论与文本解读无关"论, 倡导建构本土特色文学理论

　　文学理论基本不做具体文本的完整分析是世界性的问题。这里不是指例证分析,作为证明其观点的例证分析是大量存在的。具体文本的完整分析,就是前文孙绍振说的个案文本的唯一性系统性解读。文学理论在个案文本的唯一性解读上的低效和无效也是世界性的。分析个案文本的工作是留给文学评论去做的。而文学评论一般是分析成品,加之受上位理论超验演绎及热衷于哲学文化社会思考的影响,因而往往其分析在揭示最重要的创作奥秘上,成效不高,这个问题的负面影响,我们后文再谈。孙绍振在撰写《文学创作论》时,就意识到这个问题的严重,其创作论已别于其他理论著作,已出现许多个案文本(尤其是短篇诗文)的完整性、唯一性解读。志在揭示创作奥秘,更是孙绍振别于那些流行分析的鲜明特点。介入语文课改,从事文学文本解读学建设的 20 来年,孙先生尤其感受到这一问题是所有问题的症结所在。读者决定论、读者中心论,实际上就是理论把解读权让渡给了读者,理论不管,由你读者自己解决。孙先生经常说,中学的问题出在大学,大学的问题出在理论,文

---

　　① 孙绍振有关《背影》解读,前面章节多次大略提到,《文学文本解读学》第 75 页孙绍振概述为:"这里的关键是,对父亲关爱的拒绝是公然的,被感动流泪,却是偷偷的,赶紧擦干了,不让他看到,这才是文章的唯一性:父亲爱儿子,不管儿子如何反应,都是一如既往,而儿子爱父亲,爱得很惭愧,爱得很内疚。如此深厚的亲子之爱,是有隔膜的。这正是朱自清的亲子之爱和冰心不同的地方,也是其艺术生命力不朽的原因。短短一篇散文,不足两千字,居然花了 80 年的时间,还只能算是接近了个案文本唯一性的解读。"

学理论如此,其源盖出于当代西方文论。孙先生在许多文章中对此做过深入分析,《文学文本解读学》的序言、绪论中,孙绍振做了一个全面的梳理。下文,主要根据孙先生这个梳理,以及参照有关著述,结合笔者的体会,介绍孙先生就此的有关研究。①

当然,西方文论所存在的上述问题,国内外都有学者提出过质疑,进行了研究,当代西方文论界也有学者在反思纠偏,这些,我们后文一并说明。

(一)西方"理论与文本解读无关"总的情况

孙绍振指出,20世纪40年代,韦勒克和沃伦在《文学理论》第四部引言中指出"文学研究的合情合理的出发点是解释和分析作品本身",但"多数学者在遇到要对文学作品作实际分析和评价时,便会陷入一种令人吃惊的、一筹莫展的境地"。此后50年,西方文论走马灯似的更新,形势并未改观,李欧梵先生在"全球文艺理论二十一世纪论坛"的演讲中给予了形象而尖锐的描述:西方文论流派纷纭,本为攻打文本而来,其旗号纷飞,各擅其胜:结构主义、解构主义、现象学、读者反应,更有新马、新批评、新历史主义、女性主义等不一而足,各路人马"在城堡前混战起来,各露其招,互相残杀,人仰马翻","待尘埃落定后,众英雄不禁大失惊,文本城堡竟然屹立无恙,理论破而城堡在"。李先生这段话,原文很长,孙先生提炼为此段简洁表述后,不止一次在有关论著和有关讲座中做过介绍。

可以佐证李先生、孙先生之论的是,金元浦2004年与俄罗斯的塔马尔钦科等文学理论家的一场对话。这场对话最主要的内容就是对深受苏联文艺社会学的影响而普遍忽视文本分析的文学理论教育提出的批评。"对话"认为文学的研究和文学的教学,最重要的就是对于具体文本的分析。"对话"针对教学还特别强调,文本分析不是用来作理论学习的例证,世界上没有一个作家的作品是用来给人们作例证的,展示文本分析的范例是不够的,重要的是,让学生进行分析文本的实践,分析一个个活生生的文本本身。针对这种普遍的欠

---

① 本大点以下概述(含有关引文)主要见孙绍振《文学文本解读学》序言、绪论及第3次印刷前言,参照孙绍振《文学的坚守与理论的突围》(人民出版社2015年版)等有关论著及胡经之《西方文艺理论名著教程》《西方二十世纪文论选》、伍蠡甫《西方文艺理论名著选编》、朱立元《当代西方文艺理论》《二十世纪西方文论选》等有关西方文论论著。除少部分比较重要的引述及笔者另引文有注出处外,一般不另做注释。

缺,塔马尔钦科当时就致力构建重视分析具体文本的文学理论。①"对话"的看法,与孙先生、李先生不谋而合。

（二）西方"理论与文本解读无关"具体情况

孙绍振指出了三点:

第一,20世纪西方当代文论的理论家们,多数是以文本分析起家的,比如,德里达论乔伊斯的《尤利西斯》,卡夫卡的《在法的门前》,罗兰·巴特论《追忆似水年华》《萨拉辛》,德·曼论卢梭的《忏悔录》,米勒评《德伯家的苔丝》,布鲁姆评博尔赫斯等,"但他们微观的细读往往指向宏观的角度演绎出理论",也就是用这些分析做他们理论建构的例证。如德里达用两万多字的篇幅论卡夫卡仅有八百来字的《在法的门前》,进行了超验的演绎和后结构主义的"延异"书写(或译"异延",参见前文"批判读者决定论"部分)。"其主旨不在文学文本的个案审美的唯一性"。他们的目的,就是为了论战而建构理论,为了建构理论而找文本例证,他们的任务就是驰骋于理论的疆场。

第二,当代西方文论上述特点和弊端,源远流长,西方文论的主流传统就是超验的理论演绎、思辨与建构。

古希腊罗马时期,柏拉图的理念(理式)世界第一性,现实世界第二性,艺术世界第三性,艺术是摹本的摹本,就是典型的超验思维。最好是亚里士多德,还有贺拉斯,倾向于经验之美。

中世纪的黑暗年代,就是宗教超验,讨论针尖上能站多少个天使,就是著名的例子。这个脱离实践的超验思辨绵延一千多年,对后世影响巨大。

文艺复兴、启蒙运动时期,情况有所好转,主要是对古希腊罗马学术思想的复兴、创新,尤其是对亚里士多德、贺拉斯的继承、发展。

到了近代即19世纪,西方近代美学哲学奠基者康德的超验思辨是理论的主流形态,尽管期间遭到重视或者源于实践的费尔巴哈、施莱尔马赫、别林斯基、车尔尼雪夫斯基等等的理论(如感性实践理念、现实主义文论、"美是生活"),包括马克思主义文论实践第一性观念的批判、反拨,但是,康德式的超验的哲学美学、形而上学思辨,一直是西方文论的普遍追求、主流形态。一直发

---

① 见〔俄〕塔马尔钦科、金元浦、〔俄〕伊苏波夫:《关于"俄罗斯当代文代理与中国文论研究"的对话》,《中华读书报》2004年10月27日。

展到当代西方文论。

根本上,其历史根源就是长期的美学化、哲学化倾向。孙绍振说,1920 年,宗白华就在其《美学与艺术略谈》中指出:

> 以前的美学大都是附属于一个哲学家的哲学系统内,他里面"美"的概念是个形而上学的概念,是从那个哲学家的宇宙观念里面分析演绎出来。

其具体表现是:

偏重理论演绎,忽视经验归纳,和保持演绎、归纳(更重归纳)二者"必要张力"的西方自然科学理论很不同。

以概括和抽象为荣为务,以牺牲个体文本的特殊性为代价,美国解构主义批评家乔纳森·卡勒说:"对文学作品的最有力的和适宜的读解,或许是把作品看成各种哲学姿态,从作品对待支持着它们的各种哲学对立的方式中抽取出涵意来。"也就是说,文本只是其思辨、演绎的例证。

从概念(定义)出发,沉迷于从概念到概念的演绎,越是向抽象的高度、广度升华,越是形而上,与文学文本距离越远,越被认为有学术价值。理论空转,自我循环,自我消费,成了它们的基本特点。

这种状况、这种与文本唯一性、特殊性的矛盾,在当代即 20 世纪下半叶至 21 世纪前后变得更加尖锐。近十几年虽有变化,有反思,但多数人仍一如既往。

最尖端者甚至宣称文学实体并不存在。主要表现又有两种:

其一,执着于从定义出发,定义不及,就认为不是文学。这个极端观点也潜移默化影响了我们的文学观,如上一章的散文部分举到的周作人之论。按周作人在《美文》中为散文所作的只有"叙事与抒情""真实简明"的定性,"这样的简陋的定义就把鲁迅的随笔式的智性散文排除了,莫名其妙地把它打入散文的另册,给了一个全世界文学史都没有的文体名称:'杂文'。实际上是把世界散文以智性为主流遮蔽了。这就造成了现代散文长期在抒情叙事之间徘徊"的落后现状。

其二,当文学不断变动的内涵一时难以概括出定义,便宣称作为外延的文学不存在;或者说,文学的定义今后不知要变成什么样子,也许未来某一天,连莎士比亚都不被认为是文学。如英国文艺理论家特里·伊格尔顿的《二十世纪西方文学理论》号称"文学理论",却在著述中否定文学的存在;美国学者乔纳森·卡勒的《文学理论导论》则公然宣称文学理论不能解决文学本身的问题。孙绍振所举的最新例证就是，美国解构主义耶鲁四君子之一的希利斯·米勒，2015年《致张江的第二封信》说：

> 您问我是否相信有一套"系统完整的批评方法，可以为一般文学批评提供具有普遍意义的指导"，我的回答是，在西方有很多套此类批评方法存在，其中也包括解构主义，但是，没有一套方法能提供"普遍的指导意义"。……因此，我的结论是，理论与阅读之间是不相容的。①

如果说，过去的超验演绎并没有那么坦然表达理论与文本解读无关，那么，伊格尔顿、乔纳森·卡勒、希利斯·米勒都对理论与文本解读无关，表达得很是坦然。

　　甚至，理论无力解决文学文本的个案分析，甚至在美国流行"理论死了""理论终结了"后的当代，理论就"转而研究新的对象，如电影、电视、广告、大众文化、日常生活等"。孙绍振讽刺说："我的猫虽然不能抓住老鼠，它代替了狗看门，也是好样的。可是，这样的猫还能算是好猫吗？不会打仗的部队可以去屯田，而且庄稼种得很出色，但上了战场就望风披靡，能算是精锐之师吗？对于文学理论的这种现状，除了用'危机'，很难用任何其它话语来来概括，这样的危机对两千多年来西方文学理论来说如果不敢说绝后的，至少可以说是空前的。"

　　第三，实际情况又是复杂的。

　　（1）孙绍振认为，西方文论背后所表现出的智商可以列入当代最高档次，在文化价值和意识形态方面，包括哲学思辨、思想创新、社会批判等等方面，他们发挥到极致，这些是西方文论的强项，这可能是世界的共识。这一理论强势，使理论贫弱的包括两岸学人在内的我国学界甘拜下风，尤其是大陆学界，数十年来，潮水般引入和运用，既极大地促进了思想的解放、理论的发展，又在澄明的同时，形成了遮蔽，"国人囿于对强势文化的迷信，至今尾随他们的错误的思路作疲惫的追踪。"另外，当代西方文论介入思想文化哲学界，介入社会批判是最为积极的，既促进了20世纪的社会进步，也带来负面影响。这些负面影响，如极端化的批判和消解中心所带来的无政府主义，一度时期，国人对此也是不够警惕的。

---

　　① 见《文学评论》2015年第4期，又见孙绍振、孙彦君：《文学文本解读学》第3次印刷前言。

（2）文学涉及四个方面：世界（社会）、作家、作品、读者，西方对这四者研究的有关理论引入我国的当年，亦因前述的"甘拜下风"，未就它们对创作、解读的不同作用，做很好的辨析。

根据伍蠡甫、胡经之、朱立元、孙绍振等学者的研究及有关的西方文论著述，西方文论上述四者研究的大体情况是：

①漫长的古代、近代，简言之，一是四者均有涉及，但主要是研究文学与社会的关系，文学反映社会什么，有什么功用，不过不像当代那么深细；二是古代的亚里士多德和近代的康德等不仅研究文学与社会的关系，还涉及更接近艺术奥秘的深刻问题。大体情况如下：

古希腊罗马时期：柏拉图主要讲文艺与社会的关系，既涉及作品的创作（作品是社会的反映），又涉及作品的社会功用。亚里士多德是全面的，其文论主要是作品中心论，并且涉及艺术形式规范。亚氏又是作家论，既涉及创作论、解读学，又谈文学的社会功用。亚氏的《诗学》是至今光芒不减的文论名著。贺拉斯也注重作品本身，属于作品中心论，又包含文学的社会功用，著名的寓教于乐就是他提出的。

文艺复兴和启蒙运动时期：是对中世纪黑暗时期的反拨，各方面对古希腊罗马时期的理论都有继承和发展，但也有偏执，如分不清美善之别，如过于机械的三一律等。

19世纪近代：浪漫主义主要是作家中心、作家论，涉及创作论（作家的创作心理）；现实主义主要是研究文艺与社会的关系，也涉及创作论（社会对创作的影响，包括反映论）和功用论（作品对社会所起的作用，包括对社会的批判，如批判现实主义）；但康德、黑格尔、马恩等等的真善美关系已涉及四者比较深刻的问题；还有歌德、席勒等也有与众不同的观念，因他们的理论对20世纪当代西方文论的重大影响，故留待后文再说。

②20世纪及新世纪初当代西方文论，先仍是19世纪延续而来的作家中心（"中心"主要指研究重心，但也涉及解读思想），后转移至作品中心，再后转移至读者中心，又再转移至社会—文化系统、后现代系统，又出现反思和回归。

作家中心（涉及创作论），包括象征主义和意象派、表现主义（直觉—表现论）、精神分析批评、直觉主义与意识流等。

作品中心（涉及艺术形式规范），包括俄国形式主义、英美（美国）新批评、法国结构主义等。

读者中心（涉及读者决定论），包括解释（阐释）学、接受美学、美国读者反应批评等。

社会—文化系统、后现代系统等，实际就是"社会中心"，包括后结构主义和解构主义、西方马克思主义、女权主义批评、后现代主义、新历史主义、后殖民主义；以及前述的世纪之交出现的向文本阅读告别，向电影、电视、广告、大众文化、日常生活（审美泛化、日常生活审美化）的转移。

③19世纪和20世纪间，有好些特别重要的理论流派，情况比较复杂，或其内涵跨界，或其影响跨时代，或其承先启后，分跨两个时期。如：

德国古典美学诸大家涉及各方面又各有侧重，如康德和黑格尔关于真善美，关于主客观关系的论述与世界、作家、作品、读者四者都有关，康德最有名的是"美是完全无利害观念（无功利）的快感"、美是"无目的的合目的性"，黑格尔是"美是理念的感性显现"；又如，席勒偏重作家论，偏重形式（形式消融内容）；再如歌德，是以大作家的创作经验为基础建构其文论的。他们对后世的影响一直存在。

胡塞尔、英伽登的现象学，海德格尔、萨特的存在主义文论，是涉及多方面的哲学文论。英伽登和萨特又都是读者理论、接受美学的前驱，但前者更侧重作品，是作品中心向读者理论的过渡，后者更侧重作家和作家意图的实现。海德格尔是解构主义的前驱，但重视创作论和作家创作过程。

马克思主义文论涉及各方面，但主要是文艺与社会关系，包括美与真的关系，主客观关系，文艺的社会功用，实践第一性。马克思主义的经典理论家也涉及一些具体观念，如性格、环境、作家的创作、文学的特性等，但总的比较宏观。后代的继承者走向细化，出现了苏联机械反映论的文艺社会学，违背了经典马列文论的初衷。

解构主义同时也是读者理论，既有极端相对主义的读者中心论；也有仍强调应以文本为阅读和批评的中心，但又因穷究文本而消解文本，因"重写"文本而脱离文本的情况复杂的德里达。

以上是总的状况，大体的分类，实际是互相交叉、重叠、多重身份，国内分类也不一，总的甚至可说是眼花缭乱。

上述四者研究中，虽然任一研究对创作和解读实践都是有帮助的，但无论是创作的角度还是解读的角度，作品研究当是最重要的，但我们当年接受时，并未进行很好的辨析。如,尽管伍蠡甫、胡经之、朱立元等等西方文论研究的著名学者,一再告诫,应警惕西方读者理论中的绝对相对主义,但相当一段时间,在实际的接受领域,读者中心论、读者决定论的风头远盖过了作品研究。

（3）以上是西方文论的总状况,实际上在更具体的方面,西方文论与文本解读的关系以及对我们的影响,情况更为复杂的,大体有如下几点:

①上位理论与下位理论脱节。上述转移主要是理论（可称为上位理论）研究重心的转移,而作品批评、评论界（可称为下位理论、应用理论）,无论东西方,仍是作家作品研究,尤其是以作品研究为主的,也就是作品批评、评论界还是比较符合创作、解读实际的,可见,总体上看,上位理论与下位理论也是有相当程度的脱节,尤其在 20 世纪当代。

②对于理论脱离文本解读的状况,西方理论界也不时有批评和反思。如上世纪四十年代,韦勒克的批评（见前）。如近十几年"理论热"之后的反思,包括美国的爱德华·赛义德"回到文学文本,回到艺术,才是理论发展的征途。"包括欧美俄正在建构旨在分析文学作品的理论体系,如前述的金、塔对话中俄罗斯正在出现的分析文本的理论建构,如俄罗斯瓦列里·秋帕的《艺术分析·文学学分析导论》和瓦·叶·哈利泽夫《文学学导论》,如美国迈克尔·莱恩的《文学作品的多重解读》、法国帕斯卡尔·卡山诺娃的《文学世界共和国》、英国的彼得·威德森的《文学》等。①

但是,这些批评和反思,并未根本上改变当代西方文论沉迷理论思辨的主流状况,我国学界对于数十年来涌入的这些当代西方文论,也尚未进行很好的辨析、清理。

③当代西方文论在文本解读的根本问题上没有起多大作用。

当代西方文论较少如韦勒克和沃伦的《文学理论》、伊格尔顿 1983 年的《文学原理引论》、苏联季莫菲耶夫的《文学原理》那样整体性阐述文学理论的,多数是就某种观念的深入阐发。就多数的某种观点而言,多好走极端,正负面均有,其中一部分,原来的命名较好又翻译得较好的,加上国内学界因需出发,而做了选择性引进处理的,实践界就记住了;又其中一部分,甚至很精彩,如"期待视野"等。但总的是在文本解读的根本问题上没有起多大作用,

① 本段材料、引文见［俄］瓦·叶·哈利泽夫:《文学学导论》总序,周启超等译,北京大学出版社 2006 年版,第 6、15、17 页。

主要原因两方面：

一方面，或本身缺憾明显，或艰涩难懂难读（术语、文化、表述习惯、翻译等等多方面原因），有的所起作用是负面的，有的没有起作用。

另一方面，更重要的，当代西方文论基本上是研究"成品"，而不是研究创作过程。

孙绍振认为，文学理论有两个实践基础，一是作品，尤其是经典作品；二是海量的个案文本的唯一性解读实践；有两个理论基础：创作论、解读学，其中，解读学又应当以创作论为基础。我们重温一下第一章引述的孙绍振的"生成机制说"（见孙绍振、孙彦君：《文学文本解读学》绪论，下文简称孙著绪论）：

> 创作实践，尤其是经典文本的创作实践是一个过程，艺术的深邃奥秘并不存在于经典显性的表层，而是在反复提炼的过程中。过程决定结果，决定性质和功能，高于结果，一切事物的性质在结果中显现的是很表面的，很片面的，而在其生成的过程中则是很深刻的，很全面的。最终成果对其生成过程是一种遮蔽，正如水果对其从种子、枝芽、花朵生长过程具有遮蔽性一样，这在自然、社会、思想、文学中是普遍规律。对于文学来说，文本生成以后，其生成机制，其艺术奥秘蜕化为隐性的、潜在的密码。从隐秘的生成过程中去探寻艺术的奥秘，是进入有效解读之门。

研究过程的才是创作论。仅仅研究最后结果的不是创作论。但是——

第一，当代西方文论，特别是属于社会、读者系统的理论，由于如前所述的建构宏观理论的目的，因此基本上是从作品的最后结果、现成物即孙绍振说的"成品"入手分析作品的，也就是它不是创作论，也并非创作论基础上建构的解读学。

第二，创作论，西方文论有人涉足、重视，但未在当代西方文论领域成为主流。重视者，孙绍振所举之例如亚里士多德的《诗学》、福斯特的《小说面面观》；如克罗齐的"要了解但丁，我们必须把自己提升到但丁的水准"，海德格尔的作品"只有在创作过程中才能为我们所把握，在这一事实的强迫下，我们不得不深入领会艺术家的活动，以便达到艺术作品的本源"，英伽登的"必须在一定程度上和作者一道创作"，伊瑟尔"作家有意不言明，召唤读者去言明"，克罗齐的"变为诗人，才能鉴赏诗"，瓦莱里的"像作家本人创作时那样理解作品是必不可少的"；还有，作家中心时期的象征主义（创作是抽象与形

象、理性与感性、意识与潜意识结合的产物）、意象主义（内意外象，意是理性
与感情的复合物）、表现主义（直觉是溶解了一切概念、理性的直觉，李泽厚解
释，是盐与盐水的关系，如无充分完满的直觉就不能表现）、精神分析批评（创
作是作家未能实现之事的补偿、创作是作家的潜意识外显）、意识流；还有，前
面第一章提到的苏俄的草稿与定稿的比较研究……①

西方这些创作论，或者被 20 世纪西方文论的哲学的、社会的、文化的思辨
思潮淹没了（如此淹没，是当代西方文论领域本有的状况，还是当年引进时有
意无意产生的问题，需另做研讨），或者只是一个观念，不系统、不完整。当然，
因为它们都是构建创作论以及创作论为基础的解读学的源泉，尽管吉光片羽，
孙绍振在其著述中都尽量引用，这在前面有关章节已阐述。

第三，作家论有研究创作过程，但作家论不能代替创作论。孙著中提到不
少著名的作家论，如别林斯基对果戈理小说的深邃评论，杜勃洛留波夫对奥斯特
洛夫斯基《大雷雨》的评论，如西方对莎士比亚、拜伦、雪莱、华滋华斯、柯罗列
奇的研究，都是文学评论史的经典，但他认为，就具体作品是一次电光火石般的
心灵探险而言，这些作家论都没有被其著作当做选项。所谓电光火石般的心灵
探险，即孙著绪论中认为的，作家的创作往往是朱自清说的"一刹那"：

> ……这正午的一刹那，是最可爱的一刹那，便是是现在。事情已过，追想
> 是无用的，事情未来，预想也是无用的；只有在事情正来的时候，我们可以把
> 捉它，发展它，改正它，补充它，使它健全、谐和，成为完满的一段落，一历程。

也就是王国维说的"须臾之物"：

> 夫境界之呈于吾心而见于外物者，皆须臾之物，唯诗人能以此须臾之
> 物镌诸不朽之文字，使读者自得之，遂觉诗人之言，字字为我心中所欲言，
> 而又非我之所能自言，此大诗人之秘妙也。

金圣叹说的"灵眼灵手"：

---

① 英伽登、伊瑟尔言论见赖瑞云：《文本解读与多元有界》"读者中心论的事实真相"部分，人民
出版社 2015 年版；象征主义、意象主义、表现主义、精神分析批评、意识流等见朱立元：《当代西方文艺
理论》各相关章节，高等教育出版社 1998 年版。

> 文章最妙处的是此一刻被灵眼觑见，便于此一刻放灵手捉住，盖于略前一刻亦不见，略后一刻便亦不见，恰恰不知何故，欲于此一刻忽然觑见，若不捉住，便更寻不出。今西厢记若干文字，皆是作者于不知何一刻中，灵眼忽然觑见，便疾捉住，因而直传到今。细思万千年以来，知他有何限妙文，已被觑见，欲不曾捉得住，遂总付之泥牛入海，永无消息。

歌德说的"瞬间显现"：

> 奥秘不可测的东西在一瞬间的生动的显现。

苏轼说的：

> 作诗火急追亡逋，清景一失后难摹。①

第四，西方文论欠缺海量的或者说足够数量的个案文本的分析。一是建构创作论必须有足够数量的代表性作品的生成过程的个案分析。如前所述，按孙绍振的研究，解读学与创作论是一块硬币的两面，真正的解读学必须以创作论为基础，也就是同样需要足量的个案文本生成过程的个案分析。二是，解读学不仅仅是创作论，它还包括"最好"读者的解读，这就是所谓作品思想大于作家的思想，作者未必然，读者未必不然，需要解读出一些作品中固有的作家也没有意识到的深刻、精彩的意蕴。总之，要有海量或者足够数量的个案文本的唯一性解读案例作为基础。但孙著绪论指出：

> 西方理论家们大都为学院派（按：也有如歌德、萨特、瓦莱里、叶芝等是著名作家，所以是大都），缺乏创作才能和起码的创作体验已经是先天不足，对文学创作论的漠视，使其基础更加薄弱。本来，这种缺失，可以文学文本个案的海量解读弥补，但是，学院派培养理论家的途径，却不是对经典文学文本的大量的、系统的解读，而是把最大限度的精力奉献给五花八门的文学理论（知识谱系）的疏理。

至于作品生成过程的个案分析，如前所述，当代西方文论基本阙如，写进他们

---

① 王国维、金圣叹、歌德、苏轼言论见赖瑞云：《文本解读与语文教学新论》第二章第一、二节，北京师范大学出版社 2013 年版。

文论中的案例,不仅只是证明其观点的任意取点的例证,而且大都不是从创作角度、创作过程去解读的。什么样的解读才是生成过程的个案分析呢? 我们第一章举过的孙绍振所分析的《孔明借箭》是从《三国志》的原生故事经过作家的改造、创新,使本来简单的斗智故事,变成了深刻得多的多妒、多智、多疑性格冲突的经典,创造了著名的表现深层微妙人性的艺术经典"瑜亮情结",就是这样的生成过程的个案分析。它必须通过还原法、小说艺术形式规范分析法、专业化(历史文献)解读法,才能揭示这一创作过程,揭示这一创作奥秘。

综上所述,韦勒克和沃伦忧虑的"一筹莫展",李欧梵先生批评的"理论破而城堡在",孙先生指出的"其源盖出于当代西方文论",基本如此。

(三)古代中国的文论传统和当代有关问题,倡导建构本土特色文学理论

孙著绪论指出:

> 我国古典文学权威理论和西方文论最大的不同,一是以《文心雕龙》为代表的创作论为核心,二是,诗话词话、小说、戏曲评点,以文本解读学为基础。朱熹将《诗经》三百余篇每一篇都作了解读(文选评点从朱熹始),才写出《诗集传》,金圣叹对整部《水浒》作了评点、删节改写才提出了"性格范畴",清代沈雄和贺裳、吴乔解读了大量的诗词才提出了抒情的"无理而妙"说,……在情与理的矛盾这一点上,我国十七世纪的古典诗论领先于英国浪漫主义诗论一百年以上。

类似这样以文本解读为基础,建构自己文艺观的,还有王国维的《人间词话》、鲁迅的《中国小说史略》《中国小说的历史的变迁》、叶圣陶的《文章例话》、朱自清的《文言读本》等。孙先生还多次说到,鲁迅、朱自清过早离世,叶圣陶后来行政工作缠身,又未再从事此类学术工作。接续古代的优良传统,建构我们本土特色的文学理论,历史地落到了当今学人的身上。但是,孙著绪论又接着指出:

> 可惜的是,我们不是从这样的宝库中进行发掘,建构中国学派的文学解读学,反而用西方美学去硬套,好像不上升到美学就不是学问。可是,越是上升到美学,越带形而上的性质,越是超验,就越是脱离文学文本的有效解读。
>
> 不论中国还是西方,似乎都陷入一种不言而喻的预设:文学理论只能

宏观的、概括的理论，文学理论越是发达，文本解读越是无效，甚至是"误效"，这就造成一种印象，文学理论在解读文本方面的无效，甚至负作用是理所当然和命中注定的。……最严重的后果是，……不仅在文学文本解读时满足于从论点到例证的模式，更为严峻的是，造成从定义出发否定文学的存在。

此外，如前所述，作品批评、评论界和上位的文学理论是不同的，他们是以作品为研究中心，或者以作家作品为研究中心的，他们并未与文本解读脱节，文学作品的现当代评论分析文章，数十年来也一直存在。所以，在孙绍振、钱理群等介入语文界的文本解读前，新课改前，几乎每一篇中学课文，都可找到鉴赏、评析资料。它们虽然几乎均有可取之处，甚至也有颇精彩的，但是，同样地，多数不是从创作角度，对创作过程的解读，而是孙绍振指出的，是对成品的解读，致力于唯一性个案文本解读的也不多，令人拍案叫绝的精彩分析更少见。因而，即使许多分析资料也收入了教参，但当时一线中学教师都不太爱看。所以，过去的中学教学问题才会如此严重，如此低效。

与上述问题相关，尚未完全考证，但值得探讨的情况是：欧美中学的母语教育教材，其课本构件虽然也是一篇篇作品，但多数主要着眼于实用语言教育，也就是，课文成为语言教育的例文，对作品任意解体取点（知识点、语言教学点、语法例证点），无害其实用语言教育大目标。课文虽也承载人文教育任务，但同样可以任取一点，为人文教育作证。苏俄中学的俄语教育，历来是延续大学教育的模式，是大学文学教育、语言教育的下放、压缩、简本，即由文学史＋作家作品（这是文学教育部分）＋语法教育。他们的写作是另设一块，甚至如美国，口语交际独立一门。他们虽然也有因文学理论不重视文本分析带来的解读能力欠缺，近十几年的反思，也包含了解决中学教育存在的文本分析问题（如前述的金元浦与俄罗斯专家的对话，就明确涉及中学教学），但是，因他们的中学母语教育是分科型的，语法教学又远比我们重要，所以，欧美俄的中学教育，个案文本解读的重要性，没有我们那么突出。而我们是文章大国，自古课本就是文选型，语文教育是综合型，阅读、写作、语言、人文，集于一身，汉语又是独特的意合语言，语法远无俄语、英语等西方语言复杂和重要，而教学生写就一篇漂亮的文章，教学上把一篇课文讲解得令学生醍醐灌顶，刮目相看，比什么都重要。自古就有《古文观止》那样的评点型（即古代的解读）

文选教材。因此,个案文本的唯一性解读,在我们的国土,太重要了。用学术的语言,就是早年倪文锦、王荣生在《语文教育展望》里说的作品的原汁原味阅读的"定篇"功能,虽然,据他们研究,西方母语教育,作品的定篇教学也是第一位的,但恐怕,我们是第一中的第一。

无论是现实教育大业的急迫需要,还是填补世界文学理论领域的这一重大空白,都告诉我们,开创和建构文本解读学是当今文学理论建设的具有重大意义的学术工作。孙著绪论还说了两点独特的原因:

一是前面提到的祭坛说。现在,我们把它放在建构文本解读学的角度,意义又不一般。孙绍振说:"要把潜在的密码由隐性变为显性,化为有序的话语,是需要微观的原创性的,这恰恰是文学文本解读学的核心。这是一种相当艰深的专业,有时个人毕生的精力是不够的,往往要一代又一代的读者把自己的智慧奉献上经典文本解读的历史祭坛。正是因为这样,才有说不尽的莎士比亚,说不尽的《红楼梦》,说不尽的普希金,说不尽的鲁迅。"也就是说,解放这一艰难个体劳动的唯一办法,就是从理论上给予彻底解决,创生文本解读学,撰写文本解读理论专著。

二是独立学科说。孙绍振指出:"文本解读的无效和低效不完全是理论家的弱智,而是人们对文学理论寄于它所不能承载的期待。文学文本解读和文学理论虽然有联系,但是,也有重大的区别。从某种意义上说,乃是一门学科的两个分支。"也就是说,把文本解读学这个学科创立起来,不仅有孙绍振的《文学文本解读学》这第一部的专著,还应当像一般文学理论那样,产生一批各有特色、各有侧重的文本解读学专著。

当然,这是侧重建构文本解读学的角度说的。按前文所述的孙先生的全部观点,一般文学理论都急需改造、创新;改造、创新的重点,就是包含把创作论部分变成真正能指导创作的理论,把一般性的接受部分,变为以唯一性解读为基础的解读学。孙绍振倡导建构本土特色文学理论,就是在上述"重点"上,我们自古有传统,有资源,我们的新文学理论首先是能包含这些本土特色的崭新解读学。孙绍振如何从本国古代文论中汲取营养,继承,创新,为构建本土特色的解读学和文学理论,我们下一节阐述。

第三节　激活古代文论，插上起飞的翅膀

无论《文学创作论》，还是《文学文本解读学》，孙绍振都引证了许多古代文论，在《文学遗产》刊物上，孙绍振还发表过多篇有关古代经典诗文的解读论文，古典文论是孙绍振支撑、建构其理论学说的重要理论资源。本节主要以陈一琴先生选辑、孙绍振先生评说的《聚讼诗话词话》为例，介绍孙先生在《聚讼诗话词话》中的80篇评说，如何阐述了古代文论许多源于实践、胜于西方的卓见。

一、陈一琴选辑、孙绍振评说的《聚讼诗话词话》简介

（一）珠联璧合的学术合作

正如孙先生在该书前言中说的，陈一琴先生"潜心古典诗话词话，积学储宝，凡数十年不倦"。笔者学生时代，20世纪80年代初，就对此有深刻印象。当时就古典文学和文艺理论有关问题去请教一琴先生，只见先生积书满架，坐拥书城，侃侃而谈。一琴先生上我们唐代文学课，讲台上总有一堆古籍今著，先生不时旁征博引，娓娓道来，至今我还保存着的课本——朱东润的《中国历代文学作品选》的唐诗部分，还记满着先生给我们引证的古今诗论。当年学校里只有一家书店，凡新书一到，书店总是第一个通知一琴先生。后来先生担任师大副校长、校长十数年，和书店的这种默契，一直持续着。购书储宝，潜心研读，是他工作之余的一大爱好。先生当年在师大学报发表的古代诗论上、下两篇论文，孙先生经常说，至今还是古代诗论研究领域最好的论文之一。一琴

先生撰写好《聚讼诗话词话》书稿后,特邀老友孙绍振先生于其书中的每题选辑之后撰写评说。这本由陈一琴选辑、孙绍振评说的《聚讼诗话词话》,全书 64 万字(上海三联书店本;台湾万卷楼本为 80 万字)。陈一琴的选辑部分引录的著述包括诗话、词话、笔记资料及诗词批语、解释共五百余种。书中介绍:所引论著往往版本诸多,卷次、文字各有差异,作者之间互引,彼此更时有异文、讹误或增删,即使今人点校本,从文字到标点亦有不同。作者需从中确定一种版本,再按理论争辩、案例歧解、问题讨论分上中下三编,又再细分为 80 题,确定每题的主题命名,每题编选入的名言名论均有数十条,全书数千条,其学术工作量的宏大繁重,可想而知。孙绍振每题后写一篇评说,都不是三言两语,而于纷纭聚讼甚至针锋相对的争论之中,发掘其与今日建构本土理论的关联,其间确定是非,引经据典,古今中外,广有所及,或长或短,皆是论文一篇,大大小小 80 篇,其学术劳作亦为非常之举。书成出版后,福建师大老中文系的教师们,先睹为快后,纷纷称誉,这真是珠联璧合的学术合作。

(二)早熟的文论硕果

全面介绍《聚讼》,非本节能胜任。本节试就"无理而妙"部分,略谈一二。[①] 也先就"无理而妙"做一概述。

孙绍振认为,清代是古代诗论的大发展时期,此时期,我国诗论对世界诗论有两大贡献,一个就是无理而妙,另一个是"诗酒文饭"。

在《聚讼》中,陈一琴先生把无理而妙分列在二题中,一是中编案例歧解部分的"无理而妙者:'嫁东风'之类",一是上编理论争辩部分的"名言之理与诗家之理"。前一题中最重要的就是学界熟知的吴乔、贺裳之论,学人耳熟能详的"早知潮有信,嫁与弄潮儿"。后一题是无理而妙理论的历史发展的梳理。看完一琴先生该题的选辑、梳理,我们外行人会大吃一惊,原来无理而妙并非吴乔的发明,源头乃严羽,中间经过许多人,贺裳、吴乔当然是一个高潮,是给其形象命名,使其插翅传播的大功臣,而更大的高潮,从理论本质来说是真正的高潮,拿孙绍振的话就是"真正的突破""更大的突破""不同凡响

---

① 本节除另有注释的引文外,转述、概述的内容、引文、古代诗论资料,主要源自陈一琴选辑、孙绍振评说《聚讼诗话词话》代前言、凡例、"名言之理与诗家之理"及"无理而妙者:'嫁东风'之类"中陈一琴选辑诗论资料、孙绍振评说,上海三联书店 2012 年版。恕不一一注明页码。

的大突破"（孙先生一连用了三个突破），是叶燮。看了孙先生的评说分析，会更为惊讶，叶燮之论不仅在时间上早于康德约 100 年，更重要是在理论本质上——而这理论，可说是文学真正的本质之论，是现当代美学的核心之论——超越了康德，超越了至今纷繁复杂、莫衷是一的当代西方文论。并且该理论源头的严羽与康德相似的核心观点，那就不知早出多少个世纪了。

古代文论的最大特点之一就是孙绍振说的，在千年的争辩中所形成的历史积累、传承，"堪称一大世界非物质文化遗产"。我们应当从这未间断的历史发展中，获得最重要的启发，就是接续上这个宝贵的学术传承，激活这个非常珍贵的早熟成果，给我们自己插上起飞的翅膀，这是我们有希望超越西方文论的信心所在。

二、"无理而妙"诗论的历史演进，对康德理论的超越

现在我们就具体看看无理而妙理论的历史发展。

《聚讼》中关系最大的"名言之理与诗家之理"题中，名言名论共 45 条，次之"无理而妙者：'嫁东风'之类"题中共 25 条，按孙绍振的评说分析，最重要关联者为严羽等七人（相关的自然是陈一琴先生的精心选辑编排——后论问题均与此有关，恕不一一说明）。

（一）严羽（约 1192—1197）

情与理矛盾这个世界性课题，按孙先生的说法"要从严羽算起"，"到了严羽，二者的矛盾才充分揭开"，也就是首创者是严羽。严羽之论如下：

· 夫诗有别才，非关书也；诗有别趣，非关理也。然非多读书，多穷理，则不能极其至。所谓不涉理路，不落言筌者，上也。诗者，吟咏情性也。盛唐诸人惟在兴趣，羚羊挂角，无迹可求。故其妙处透彻玲珑，不可凑泊，如空中之音，相中之色，水中之月，镜中之象，言有尽而意无穷。（宋·严羽《沧浪诗话·诗辨》）

· 诗有词理意兴。南朝人尚词而病于理；本朝人尚理而病于意兴；唐人尚意兴而理在其中；汉魏之诗，词理意兴，无迹可求。（又《沧浪诗话·诗评》）

严羽之论包含着丰富的信息。孙绍振一共揭示了七点（有标序号者五点），其中，与本节侧重探讨的与西方文论的关系最密切相关的是两点：一是"非关理也"和"不涉理路"。孙先生说："诗与理的矛盾极端到毫不相干的程度（非关理也）"，"诗的兴趣，'不涉理路'，也就是不遵循理性逻辑"。七八百年之后的十八世纪末，康德才在《判断力批判》中提出审美的"非逻辑性"命题。二是"然非多读书，多穷理，则不能极其至。"孙先生指出："不读书不'穷理'，又不能达到其最高层次。这里的'穷理'，很值得注意，不是一般的明理，要把道理'穷'尽了，真正弄通了，才能达到'极其至'的最高的境界。从这个意义上来说，诗又不是表面上与'理'无关，'理'是它的最初根源，也是它的最高境界。"这比康德以及更后面的黑格尔都最为重视之一的"美是理念的感性显现"，同样是早得多了，而且说得那么明确，那么肯定。以上两个命题，都是我们前面章节反复提到的孙绍振创作论和文本解读学中最重要之一的"智性"以及"思想不能赤裸裸表达"的早期古代版。

情、理、词（语言）关系如何处理最好，严羽有参照标准，举出了正反面的例证，这就是孙绍振根据上引严羽之论第二条阐发的："只有把'理'融入'意兴'（情致激发）之中，才能达到唐诗那样的'词理意兴'的高度统一。更高的典范，则是汉魏古诗，语言、情致和'理'水乳交融到没有分别的程度。"也就是严羽最推崇的，就是人们比较熟悉的"言有尽而意无穷""无迹可求""不落言筌"。

正如孙绍振指出的，上述严羽的"理"，"显然有多重意涵。最表层的'理'，就是他在下文中指出的'近代诸公''以文字为诗，以才学为诗，以议论为诗'，流于'末流者，叫噪怒张'至'骂詈为诗'。从这个意义上说，严羽针对的是宋朝的诗风。① 但是，严羽的理的意涵，并不局限于此。他显然还把理作为诗歌的历史发展过程中一个重要因素加以考虑，从这个意义上说，'理'在诗中，并不绝对是消极因素，其积极性与消极性是随史沉浮的。"所以，上引第一条严羽之论才会"一方面是理与情的矛盾，被严羽说得很绝。另一方面，理与情的统一，又说得很肯定"。

因而，正如孙绍振批评的，严羽"把这个'理'的多重意涵，说得太感性，在

---

① 　孙原注：钟秀观《我生斋诗话》卷一引严羽的话后评论说："沧浪斯言亦为宋人以议论为诗者对症发药。"见郭绍虞：《严沧浪诗话校释》，人民文学出版社1993年版，第27页。

概念上有些交叉,带着禅宗的直觉主义,并未把问题说得很透彻",也就是,他在直觉上、例证上,两个"理"有区分,但是在理论概念上没有彻底区分清晰,然而,"他的直觉很独到,很深刻,因而情与理的关系就成为日后众说纷纭的一大课题。"直到后面将提到的王夫之理论上"才有所进展",叶燮才"比较彻底"解决。

(二)李梦阳(1472—1530)

李梦阳之论如下:

> 夫诗比兴错杂,假物以神变者也。虽言不测之妙,感触突发,流动情思,故其气柔厚,其声悠扬,其言切而不迫,故歌之心畅,而闻之者动也。宋人主理,作理语,于是薄风云月露,一切铲去不为。又作诗话教人,人不复知诗矣。诗何尝无理,专作理语,何不作文而诗为邪?今人有作性气诗,辄自贤于"穿花蛱蝶,点水蜻蜓"[1]等句,此何异痴人前说梦也!即以理言,则所谓深深欸欸者何物邪?诗云:"鸢飞戾天,鱼跃于渊。"[2],又何说也?(明·李梦阳《李梦阳诗话》)
>
> 〔1〕即杜甫《曲江二首》(其二)诗句:穿花蛱蝶深深见,点水蜻蜓欸欸飞。
>
> 〔2〕《诗·大雅·旱麓》诗句。

孙绍振指出,明代的李梦阳"认为理与情矛盾,问题出在'作理语',纯粹说理,只是个表达问题……他漫不经心地点到了体裁:'诗何尝无理,专作理语,何不作文而诗为邪?'诗是不能没有理的,但是,一味说理,还不如作散文来得痛快。"

(三)张时为(明末清初,生卒年不详)

张时为之论如下:

> 诗有诗人之诗,有儒者之诗。诗人之诗,主于适情,以山水烟月莺花草树为料;儒者之诗,主于明理,以讲习克治天人体用为料。试以诗人之诗言之,彼其取料之法有二:一曰幽事,一曰幻旨。幽事者,皆目前所阅之境,久为人所习而未觉者。自我言之,而后恍然以为诚如是,如"茶烟开瓦雪,鹤迹上潭水"[1]之类是也。幻旨者,本为理所未有,自我约略举似

焉,而若或以为然,执而言之,则固有所不通,谭子所谓"不通得妙",如"残阳过远水,落叶满疏钟"〔2〕之类是也。(明·张时为《张时为诗话》)

〔1〕唐郑巢《送琇上人》诗句。

〔2〕唐张祜《题万道人禅房》诗句。

孙绍振认为,"张时为有了一些发展,他把诗人之理与儒者之理对立起来分析:'诗有诗人之诗,有儒者之诗。诗人之诗,主于适情……儒者之诗,主于明理。'又说,'诗人之诗''取料之法'中有'幻旨':'本为理所未有,自我约略举似焉,而若或以为然,执而言之,则固有所不通,谭子所谓"不通得妙"。'这就涉及诗中之理最根本的特点,就是按非诗之观念来看是'不通'的,然而'不通得妙'。不通,是按逻辑来说的,可是按诗来说,则是'适情'的极致。"也就是说,"旨"就是"理","幻"就是变异,如"早知潮有信,嫁与弄潮儿","嫁与弄潮儿"是不通的,不合逻辑的,但切望情人守信是合理的,是失望情感的极致,不过以不合逻辑的"嫁与弄潮儿"的变异方式表达罢了。或者说,这"幻"就是后面叶燮说的"幽渺"深邃、难以捉摸之"理",总之,诗人之理不同于儒者之理、逻辑之理;与严羽比,确实在理性概念上分清两个理方面,往前走了一步。

(四)贺裳(明末清初,生卒年不详)和吴乔(1611—1695)

孙绍振指出,诗论在清代获得大发展。《聚讼》的"无理而妙者:'嫁东风'之类"题中所辑赞同严羽意见的名言名论就有 20 多条。孙绍振又指出:"清方观贞在《辍耕录》中所说的'无理而妙',本是贺裳在《载酒园诗话》、《皱水轩词筌》中提出的。吴乔《围炉诗话》还概述贺的话道:'理岂可废乎?其无理而妙者,如"早知潮有信,嫁与弄潮儿",但是于理多一曲折耳。'"

贺裳、吴乔之论如下:

·诗又有以无理而妙者,如李益"早知潮有信,嫁与弄潮儿",此可以理求乎?然自是妙语。至如义山"八骏日行三万里,穆王何事不重来",则又无理之理,更进一层。总之诗不可执一而论。(清·贺裳《载酒园诗话》卷一)

·唐李益词曰:"(即《江南词》,同上引,略)"子野《一丛花》末句云"沈恨细思,不如桃杏,犹解嫁春风"。此皆无理而妙,吾亦不敢定为所见略同,然较之"寒鸦数点"〔1〕,则略无痕迹矣。(又《皱水轩词筌》)

　　〔1〕宋秦观《满庭芳》词句:斜阳外,寒鸦万点,流水绕孤村。万,一作"数"。

　　·余友贺黄公(贺裳字)曰:"严沧浪谓'诗有别趣,非关理也',而理实未尝碍诗之妙。如元次山《舂陵行》、孟东野《游子吟》等,直是《六经》鼓吹,理岂可废乎? 其无理而妙者,如'早知潮有信,嫁与弄潮儿',但是于理多一曲折耳。"乔谓唐诗有理,而非宋人诗话所谓理;唐诗有词,而非宋人诗话所谓词。(清·吴乔《围炉诗话》卷一)

　　(按:此则标点似欠妥。查《载酒园诗话》,吴乔系概述贺裳论说,并非直引原文。"于理多一曲折"一语,当为吴对贺"更进一层"说之阐发。)

孙绍振阐释道:"这里所说的'无理而妙'之'理',是与人情相对立的理,即所谓'实用理性'、'名言之理'"(参见下文"王夫之"条);"什么叫做'诗不可执一而论'?"就是"不要以为道理只有一种。许多诗词,从一方面看,似乎是'荒唐'的,是'无理'的,而从另一方面来看,又是有理的,不但有理而且是'妙理',很生动的";"为什么是生动之'妙理'呢?"吴乔"一语点破:'无理之理'是唐诗的'理',和宋人诗话所谓的'理'不是一回事。这就是说,那宋人的理,是所谓'名言之理'即抽象教条的理;而这里的'理'则是合乎人情之理,是诗家之理,是一种间接的理,和一般的实用理性不同";"因为嫁给商人,行踪不定,所以常常误了她的期待。因为船夫归期有信,所以还不如嫁给他。这仅仅是表面的原因,即通常之理。在这原因背后,还有原因的原因。为什么发出这样的极端的幽怨呢? 因为期盼之切。而这种期盼之切、之深,则是一种激愤。从字面上讲,不如嫁给船夫,是直接的、实用因果关系,而期盼的原因其性质则是爱之深,是隐含在这个直接原因深处的。这就造成了因果层次的转折,也就是所谓'于理多一曲折耳'。"

　　由于贺裳、吴乔以生动、形象的"无理而妙"命名传播了严羽的诗论观,前述20多条支持严羽的名言名论,大多都是对无理而妙的阐释和发挥,如沈雄的"愈无理则愈入妙""词家所谓无理而入妙,非深于情者不辨。"

　　孙绍振还进一步指出:无理而有情的理论,产生在17世纪的我国,西方直到20世纪初,才由新批评的理论家正面提出相似的观念,如理查兹的"逻辑的非关联性"、布鲁克的"非逻辑性"。

孙绍振又指出:"然而后世支持严羽的一派,把严羽的思想简单化了。贺裳甚至也极端到把元结的《春陵行》、孟郊的《游子吟》,当作'《六经》鼓吹'来说明'理原不足以碍诗之妙',诗与理之间没有障碍。这又把矛盾全部回避了。"

贺裳的"理原不足以碍诗"论如下:

"诗有别趣,非关理也"。然理原不足以碍诗之妙,如元次山(唐元结字)《春陵行》、孟东野《游子吟》、韩退之《拘幽操》、李公垂(唐李绅字)《悯农》诗,真是《六经》鼓吹。乐天(唐白居易字)与微之(唐元稹字)书曰:"文章合为时而著,歌诗合为事而作。"然其生平所负,如《哭孔戡》诸诗,终不谐于众口。此又所谓"言之无文,行之不远"。故必理与辞相辅而行,乃为善耳,非理可尽废也。

……

论诗虽不可以理拘执,然太背理则亦不堪。

(清·贺裳《载酒园诗话》卷一)

当然,孙绍振指的是"贺裳甚至极端"时出现的问题。贺裳似乎是矛盾的,他还是认为宋人诗学存在有碍诗的理,吴乔亦如是。下面是他们有关的言论:

·诗虽不宜苟作,然必字字牵入道理,则诗道之厄也。吾选晦翁(宋朱熹,号晦庵)诗,惟取多兴趣者。(清·贺裳《载酒园诗话·宋》)

·乔谓唐诗有理,而非宋人诗话所谓理;唐诗有词,而非宋人诗话所谓词。……又如张籍辞李司空辟诗[1],考亭(宋朱熹晚年号)嫌其"感君缠绵意,系在红罗襦"。若无此一折,即浅直无情,是为以理碍诗之妙者也。(清·吴乔《围炉诗话》卷一)

〔1〕唐张籍《节妇吟寄东平李司空师道》:君知妾有夫,赠妾双明珠。感君缠绵意,系在红罗襦。妾家高楼连苑起,良人执戟明光里。知君用心如日月,事夫誓拟同生死。还君明珠双泪垂,何不相逢未嫁时。宋洪迈《容斋三笔》载:张籍在他镇幕府,郓帅李师古又以书币辟之,籍却而不纳,而作《节妇吟》一章寄之。

此外,上述孙绍振所说"名言之理""实用理性",源自于下述的王夫之。

（五）王夫之（1619—1692）

王夫之之论如下：

· （评西晋司马彪《杂诗》）[1] 王敬美谓："诗有妙悟，非关理也。"非谓无理有诗，正不得以名言之理相求耳[2]。且如飞蓬何首可搔？而不妨云"搔首"，以理求之。讵不蹭蹬？（清·王夫之《古诗评选》卷四）

〔1〕《杂诗》：百草应节生，含气有深浅。秋蓬独何辜，飘飘随风转。长飙一飞薄，吹我之四远。搔首望故株，邈然无由返。

〔2〕戴鸿森《姜斋诗话笺注》：旧时代很少人在实际上如此灵活广泛的理解，一说"理"，便意味着道学先生的伦理公式，或者社会上居统治地位的道德教训，便是所谓"名言之理"，船山（王夫之，晚年屏居石船山，人尊称之）认为"正不得"以之"相求"。

· ……故经生之理，不关诗理，犹浪子之情无当诗情。（清·王夫之《古诗评选》卷五）

孙绍振认为："问题到了王夫之才有所进展：'非谓无理有诗，正不得以名言之理相求耳。'这可能是在中国诗话史上第一次正面提出，诗中之理，与'名言'之理的矛盾。所谓'名言'之理，今人戴鸿森在《姜斋诗话笺注》中说，就是'道学先生的伦理公式'。这就是严羽所指的'近代诸公'的'议论为诗'，并没有太多新意。但是，王夫之进一步正面提出：'经生之理，不关诗理。'这个'经生之理'之说却是很深刻的，实际上已经接近了实用理性不同于审美抒情的边缘，很可惜这个天才的感觉没有发挥下去。但是，他多少对'理'作了具有基本范畴性质的分析。当然，这仅仅是从反面说，'经生之理'不是诗理，诗家之理究竟是什么样子的呢？王夫之并没有意识到要正面确定其内涵。"

孙绍振认为："把这个问题说得比较透彻的是叶燮"。

（六）叶燮（1627—1703）

叶燮之论如下：

然子但知可言可执之理之为理，而抑知名言所绝之理之为至理乎？子但知有是事之为事，而抑知无是事之为凡事之所出乎？可言之理，人人能言之，又安在诗人之言之！可征之事，人人能述之，又安在诗人之述之！必有不可言之理，不可述之事，遇之于默会意象之表，而理与事无不灿然于前者也。今试举杜甫集中一二名句，为子晰而剖之，以见其概，可乎？

如《玄元皇帝庙作》"碧瓦初寒外"句[1]……又《宿左省作》"月傍九霄多"句[2]……又《夔州雨湿不得上岸作》"晨钟云外湿"句[3]……又《摩诃池泛舟作》"高城秋自落"句[4]……以上偶举杜集四语，若以俗儒之眼观之：以言乎理，理于何通？以言乎事，事于何有？所谓言语道断，思维路绝；然其中之理，至虚而实，至渺而近，灼然心目之间，殆如鸢飞鱼跃之昭著也。理既昭矣，尚得无其事乎？

古人妙于事理之句，如此极多；姑举此四语，以例其余耳。其更有事所必无者，偶举唐人一二语：如"蜀道之难，难于上青天"[5]，"似将海水添宫漏"[6]，"春风不度玉门关"[7]，"天若有情天亦老"[8]，"玉颜不及寒鸦色"[9]等句，如此者何止盈千累万！决不能有其事，实为情至之语。夫情必依乎理；情得然后理真。情理交至，事尚不得耶！要之作诗者，实写理事情，可以言言，可以解解，即为俗儒之作。唯不可名言之理，不可施见之事，不可径达之情，则幽渺以为理，想象以为事，惝恍以为情，方为理至事至情至之语。此岂俗儒耳目心思界分中所有哉！则余之为此三语者，非腐也，非僻也，非锢也。得此意而通之，宁独学诗，无适而不可矣。

（清·叶燮《原诗》内篇下）

〔1〕杜甫《冬日洛城北谒玄元皇帝庙》诗句：碧瓦初寒外，金茎一气旁。

〔2〕又《春宿左省》诗句：星临万户动，月傍九霄多。

〔3〕又《船下夔州郭宿雨湿不得上岸别王十二判官》诗句：晨钟云外湿，胜地石堂烟。

〔4〕又《晚秋陪严郑公摩诃池泛舟》诗句：高城秋自落，杂树晚相迷。

〔5〕李白《蜀道难》诗句。

〔6〕唐李益《宫怨》诗句：似将海水添宫漏，共滴长门一夜长。

〔7〕唐王之涣《凉州词》诗句：羌笛何须怨杨柳，春风不度玉门关。

〔8〕唐李贺《金铜仙人辞汉歌》诗句：衰兰送客咸阳道，天若有情天亦老。

〔9〕唐王昌龄《长信秋词五首》（其三）诗句：玉颜不及寒鸦色，犹带昭阳日影来。

孙绍振用三个突破来评说叶燮之论。第一个突破是"诗家之理"就是那些"名言所绝之理"即"不可言之理"。"这种于世俗看来,无理的、不通的'理'之所以动人,就因为是'情至之语',因为感情深挚。"这个情理关系,其实前面已经出现过了,如"无理而妙""愈无理则愈入妙""词家所谓无理而入妙,非深于情者不辨"等等"无理而有情"说,表达的都是类似的观点。所以,孙绍振说,古典诗论在情与理的矛盾上,"在叶燮这里,又一次有了突破的希望。"

第一个突破其实是为第二个突破做铺垫的,因为第二个突破在理论上提出了新范畴。所以孙先生说:"如果说这一点(指上述第一突破)还不算特别警策的话,真正的突破,乃是下面'情得然后理真'这个论断。他和严羽等最大的不同是,在分析情与理的矛盾时,引进了一个新范畴,那就是'真'。这个真,是'理真',然而这个'理真'却是由'情得'来决定的,因为'情得',不通之理转化为'妙'理。从世俗之理看来,不合理,是不真的,但只要感情是真的,就是'妙'的。而那些一看就觉得很通的,用很明白的语言表达的,不难理解的,所谓'可以言言,可以解解',倒反是'俗儒之作'。"

然而,上述两点,都不是孙绍振认为最重要的,即使提出了"真"的新范畴,因为无理而妙之类都表达了类似意思。所以,孙先生认为第三个突破才是不同凡响的。他说:"如果说,光是讲情'真'为无理转化为'妙'理的条件,还不能算很大的理论突破的话,那么接下来的论述就更不同凡响了。他说诗歌中往往表达某种'不可名言之理,不可施见之事,不可径达之情',从不可言到可言,从不施见到可见,从不可径达到撼人心魄,条件是什么呢?他的答案是:'幽渺以为理,想象以为事,惝恍以为情,方为理至事至情至之语。'"

孙绍振紧接着说叶燮"在诗学上提出三分法,一是理,二是事,三是情。三者是分离的,唯一可以将之统一起来的,是一个新的范畴'想象'。正是这种'想象'的'事'把'幽渺'的变成有'理','惝恍'的、不可感知的'情'变得生动。情与事的矛盾,情与理的矛盾,是要通过想象的途径来解决的,想象能把情理在'事'中结合起来。"

叶燮这个突破,孙绍振这个阐释,太重要了。"似将海水添宫漏,共滴长门一夜长"(《宫怨》),孙绍振指出,"宫娥在寂寞中等待,不管多么漫长,不可能像把大海的水都添到计时的宫漏中那样",这就是想象出的变异之"事",正是这个想象的事,亦即艺术形象、意象,如孙先生所言"不过是强调那种永远没有尽头不可忍受的期待",这就把宫娥的怨情与皇宫无人性的残酷（理）结合在一起了。也就是,把不可言说的"幽渺"之"理","惝恍"之"情",通过这个想象之事（形象）展现了,亦即依凭这个想象之事,"其中之理,至虚而实,至渺而近,灼然心目之间"。叶燮所举其他名句无不是这个道理。

表层是感觉,深层是情感,最深一层是智性,无论是诗,还是小说、散文,最好的作品都是这样。我们在前面章节中已经反复介绍过孙先生的这个基本观念。叶燮的三分法,说的也是这个道理。

康德的1790年出版的《判断力批判》第9节也是讲了"3+1"四者关系的,他的审美判断包含情感,所以朱光潜译为情感判断;相对于这里说的"事",宗白华译为"表象",朱光潜译为"形象";大体相当于"理"者,宗白华译为"悟性",朱光潜译为"知解力",李泽厚译为"理解力",但康德显然侧重于人的能力的角度,与我们这里说的客观的理,还有些区别;想象则都一样。但是,康德的想象的作用显然不如叶燮说得好。宗白华是这样翻译的:

> 赖它（表象）而达到一般认识——这个表象就必须具有想象力,以便把多样的直观集合起来,也必须有悟性,以便概念的统一性把诸表象统一起来。[①]

朱光潜译为:

> 反映一个对象的形象显现,如果要成为认识的来源,就要涉及想象力和知解力。想象力把多种感性观照综合起来,知解力则用来把多种形象显现统一起来。[②]

朱光潜还加以注释:

> 想象力形成形象显现或具体意象。知解力综合许多具体意象成为抽象概念（逻辑的）或典型（艺术的集中化和概念化）。

叶燮的想象是想象出一个现实中所无之事,难于上青天、海水添宫漏、春风不

---

① 康德:《判断力批判》上卷第9节,宗白华译,商务印书馆1963年版, 2016年印刷,第49页。
② 朱光潜:《西方美学史》"康德"章,北京大学出版社2002年版,第356页。下引文同。

度玉门关,等等,就是孙绍振说的"假定情境"。而康德的想象,不管怎么翻译,只是指把各种直观现象综合起来,统整起来,似乎包含了一点叶燮、孙绍振的意思,但显然不明确,很勉强。朱光潜的"想象力形成形象显现或具体意象",是包含了虚构之意,但这是朱光潜的意思,为康德补台之意是不言而喻的,即便如此,也没有叶燮"想象"概念所指的虚构本无之事、变异之事的含义。康德原文就是不明确,所以李泽厚就干脆自己发挥:想象是一个变数。

总之,叶燮早于康德差不多一个世纪,不仅提出了想象,而且想象的作用(虚构),比康德的"集合直观",说得到位多了,完全符合全部文学作品的表现规律,与今天文学理论完全无缝接轨。而想象、虚构,孙绍振说的假定情境、美真错位,是文学能成为文学的至关重要的关键。而且,叶燮不是从天而降的,是至少从严羽开始,历经几百年积累、传承、发展,走到叶燮,发生质变,出现这非同凡响大突破。

还有"文饭诗酒"这一世界性的贡献。还有许多虽然有各种欠缺,但都可能蕴含吉光片羽,乃至重大理论命题的文论观。古人无疑有种种局限,古代文论无疑有概念漂移、过于玄妙等缺憾,继承、批判、发展、创新,应该是今人对待一切文化遗产的科学态度,就像孙绍振先生,既吸纳了古人的无理而妙丰富了他的错位范畴,又提出了从"违反充足理由律""自相矛盾关系""突破辩证逻辑"等去发展无理而妙这一古老范畴。

我们决不抱残守缺,固步自封,我们一如既往是面向世界的开放的态度、虚心的态度,但正如孙先生经常说的,像文本解读,西方文论无所作为、放弃作为的地方,正是我们大有作为,大有用武之地的时候。在建构本土特色文本解读学方面,我们尤其无需妄自菲薄,我们古人的传统就是文本中心,就是解读传统,就是与创作实践紧密结合,有许多的珍宝等待我们去发掘,让飞天袖间的花朵落到地面,让千年的古莲重放异彩,在今天这个需要文化自信的新时代,我们应该像孙先生那样,秉持"古为今用,洋为中用"的好传统,共同建构我们的本土文学理论。

第四节　投身建构本土文学理论的卓越实践

　　整个第七章都是阐述孙绍振建构本土文学理论的卓越探索,整部拙作也都是围绕这方面的内容展开的。本节仅就几个实践方面的事实加以介绍,并且主要围绕建构文本解读学的话题,而且集中到为其《文学文本解读学》的诞生,孙先生所作的几个重点实践。

　　同样应当说明的是,批判西方文论,倡导建设本土理论,乃至建设文本解读学,也不仅仅就孙先生一人。如20世纪90年代中期,钱中文等一大批学者发起并持续多年的"中国古代文论的现代转换"学术讨论;如21世纪初童庆炳出版的《中国古代文论的现代意义》等专著;如近年张江对西方文论的批判,张江的《理论中心论——从没有文学的"文学理论"说起》《作者之死》等论文;如许多高校的学者从未间断的建构本土文艺学的学术探索;如新课改后,钱理群等大批大学专家介入中学文本解读的实践活动;甚至如新课改前夕,施蛰存等学者提议:应由最权威的一批学者,选择最必读的一批经典,分析出最需掌握的内容,不俯就任何学生,成为他们的"必学"①,等等,都是卓越探索的林中响箭。而孙绍振先生,无疑是意识最自觉、投入最多、成果最丰硕的人之一。

　　下文,勾勒其几个重点实践:

---

　　① 　施蛰存等的"必学"论见王丽编:《中国语文教育忧思录》,教育科学出版社1998年版,第88页;倪文锦、欧阳汝颖主编:《语文教育展望》,华东师范大学出版社2002年版,第222页。

一、双峰并峙的两部学术专著

1987 年的《文学创作论》和 2015 年的《文学文本解读学》，是孙绍振两部以实践为第一性的双峰并峙的学术专著。

（一）《文学创作论》

孙绍振早期的《文学创作论》，是后来建构文本解读学，著述《文学文本解读学》的重要基础。《文学创作论》的鲜明特点之一就是有数百个解读案例，与常见的理论书籍截然不同。孙先生以此书稿在解放军艺术学院给军旅作家们上课，获得了极高评价，莫言后来多次在公开场合表达了孙先生的课留给他的深刻印象，孙先生的理论对他创作的直接帮助。这些，我们在第二章已做详细介绍。其实践的量、质、效果，都可以说是罕见的。

（二）《文学文本解读学》

《文学文本解读学》的个案文本完整解读案例，是其实践第一这一重大研究特色的一道独特风景线，是理论著述融入案例的开创性崭新模式。最鲜明的是，该书中个案文本完整解读（即本章第一节阐述的单一作品的系统解读、立足创作的唯一性解读，将"元"贯彻到底的非零碎、非片面、非断章取义的解读）案例高达 69 例，其他并非三言两语、同样涉及作品重要问题的解读案例还有 70 多例，至于顺手拈来、不着痕迹，行云流水穿插其间的例证则难于计数。其保留并发展了《文学创作论》海量般鲜活案例的研究特征，其继续发扬化理论为形象、化艰深为活泼的极强可读性的一贯风格，倒在其次，最重要的是其下述主要实践特征：

1. 与西方理论的过度超验，截然相反

孙绍振对当代西方文论一直以来的最根本批评，就是他们的过度超验。他们脱离了最根本的创作实践，不仅例子少，单一，并且不是理论从实践中来，相反却头脚倒置，从文本中任意取证、甚至断章取义为其观点服务，而且发展到从概念到概念、热衷生造术语、沉迷文字游戏、以令人却步为荣的恶性风气。最严重者不仅与创作无关，而且坦然承认与阅读无缘。清除这样沉疴有

年的病毒,必须下猛药。于是,我们看到了《文学文本解读学》里海量的完整文本的唯一性解读案例。而其目的只有一个:不管属于何种文体、处于何种观点下,这 69+70 多例,就论证一句话:解读就是揭示创作奥秘。更重要的,不管是"完整唯一解读"还是"揭示创作奥秘",都不是孙绍振的先验概念。介入语文课改之初,孙先生根本没有想到要去建构什么解读学,他出于"愤怒"和"技痒",甚至是"被动"地应中学一线教学之需,接二连三、应接不暇写解读。一线就需要他这样的解读,而不需要高深莫测的"洋概念"。大量的解读实践,使他与先前的创作论贯通起来,使他与批判西方文论联系了起来,使他产生了建构文本解读学和改造"病入膏肓"上位理论的宏愿。因此,无论从批判百弊丛生的当代西方文论,还是解决一线实践的渴求,这个"海量完整唯一解读"及"创作奥秘唯一核心"都是典型的马克思主义"从实践中来,到实践中去"的产物。

2. 改变了过去局部形态使用例证的理论著述模式,创建的新模式或许存在的缺憾

过去局部例证模式有一暗藏大漏洞,就是诡辩,表面上,什么观点,我都可以逻辑自洽,旁征博引,就是所谓的自圆其说,实际上,它可能是任意取例(当然不是所有此种风格的著述都如此,其《文学创作论》既有完整的唯一性解读案例,也有局部例证,但它通过比别的理论专著多得多的案例以及经典案例,尽可能对片面性作了规避)。现在,《文学文本解读学》力求"海量完整唯一性",不能说,它的归纳证明举全了,但按该书第三章引用到的普利汉诺夫的"临时定义法",这已经足够了,比那有意断章取义,强过一百倍。过去那种模式还有一个大麻烦,就是纸上谈兵,学了有关理论,面对完整作品的分析,尤其是中学一线课堂翘首以望的学生读者,你的苍白诡辩是无法打动他的,只有你唯一性揭秘才能使他怦然心动,无论是钱梦龙式的巧妙讨论,还是于漪式的精彩体验,甚或是黄玉峰式的滔滔不绝,都一样,他们的成功都在唯一性揭秘。今天的"海量完整唯一解读",即使你不能一下子运用背后蕴含的解读方法,但正如学法学、学律师的案例,学医科的病例,学自然科学的实验典例,这些自然形态的完整样式,可以直接仿效甚至直接照搬,不仅当场见效,且举一反三,积久见功,理论方法就可能豁然开朗了。这实在是文学理论回归科学大家庭的一次重要变局。

或许,现在篇幅颇大的"海量完整解读案例"与理论表述部分的风格融洽(尽管孙先生的生花妙笔已使读者处于风格的"忘川"),可能不如历经百年演进的局部例证型文学理论(包括孙先生早期的《文学创作论》)那么无缝对接,这或许可视为《文学文本解读学》著述的缺憾。此外,书中的一些例子是孙先生以往的解读中举过的,在一个自洽的学说体系中,经典例证是反复使用好,还是换新的好,实际各有利弊,这是可以讨论的。但是,像任何新生事物一样,它必将在成长过程中,不断完善,必将披荆斩棘,去芜存菁,蓬勃生长。

二、洛阳纸贵与听众爆满——原汁原味的实践检验

(一)畅销的解读专辑

孙绍振完整解读的作品至少600篇(部),其中完整解读的中学课文近500篇,全部是他称之为个案文本的唯一性解读,都是从创作角度切入的解"写"解读。21世纪以来,出版的解读专辑12部。20世纪80年代以来,另出版的20多部学术专著(其中,21世纪以来出版学术专著15部),每部都包含许多解读案例,其中,又多数都是唯一性解读。孙先生所有著作、论文所涉及的被他解读的作品至少有八九百篇(部)。真正是海量解读,海量实践。而且,孙绍振的书,无论是解读专辑,还是学术专著,大都是洛阳纸贵的畅销书,最多者,重印23次(《名作细读》)。如此卓越的解读实践,堪称并世无双。

(二)听众爆满的讲座、评课

孙绍振是最常被各地语文界邀请去做文本解读讲座及即席评点中小学现场教学的大腕学者之一了,近20年来,不下于四五百场,且常常听众爆满,掌声、笑声不绝。我们第三章已对此做了介绍。这里要强调的是其实践意义。这是最鲜活的原汁原味的实践检验。如果十几次乃至数十次,都不一定能说明什么,如果是制度性的安排(如是教师的职责)更没有什么,他是数百次,完全出于邀请者的自愿。如果是仰慕孙先生的演讲技巧,邀请来做学术报告就得了,不,许许多多是请去即席评点中学现场教学。明明知道孙先生不太管你什么教学方法,但照请不误,这只能说明,他们要的就是文本解读。如果中

学请去,没话说,但小学语文界照样有人请,而且阅读孙先生解读专辑的,更是大有人在。而孙先生解读专辑所解读的作品主要就古典诗词与小学有关,但这些诗词,孙先生都解读得很深,或许他们可以深入浅出,或许他们主要就是学习解读的理念与方法。谁说大学专家的解读和理论不能照搬到中学呢?我们第五章里提到的运用替换法教学的小学名师窦桂梅、王崧舟,就是孙先生的粉丝。我们常说,实践是检验真理的唯一标准,这大概就是最好的检验了。

三、最具独特意义的实践:孙绍振主编的两套中学语文教材

一套是北师大版课标初中语文实验教材六册。2002 年开始编写,2005 年至 2019 年在甘肃、山东、山西、河南、湖南(早期曾在北京、黑龙江)有关地市实验区使用。

另一套是与台湾地区学者孙剑秋教授共同担任主编(孙绍振为第一主编)的两岸合编《高中国文》六册。2014 年至 2019 年,历经五年,编写完稿,并同时逐册在台湾地区出版发行。第一、二册作为正式教材,进入了台湾地区中学的使用目录。后四册,由于台湾地区当局轮替后,无法进入其正式使用目录,但台湾地区许多中学老师以辅助教材的方式,继续使用本合编教材。为方便他们使用,并体现中华文化博大精深、源远流长,2021 年又将《高中国文》中的古代作品按时代排序、另以组编修订为《中华文学经典文本教材》在台出版发行。

这两套 12 册近 400 课文的解读,都是孙先生亲自撰写的。这些解读无疑都是唯一性、完整性解读。前面第三章,我们曾部分介绍过孙先生主编的两套教材。下面,再分别补充介绍两套教材在实践角度上是如何体现和检验孙绍振的解读理念的。

(一)北师大版初中教材

1. 比较法及单元课文组合

前面第五章已介绍过比较法,指出比较法强调的是普及性。孙先生考虑这个方法比较合适介绍给中学生。因此,该教材六册 36 个单元,所有单元的课文都用比较组合,这是两岸其他版本语文教材均无的鲜明特色。看看下列五个单元:

光光看这些单元组合里的课文题目,就会觉得它们之间在题材、主题、文体上有鲜明的异同点,而且很有趣,形象地展示了思维、解读的一个基本方法。在甘肃等五省实验区使用十几年来,一致反映这是最鲜明、易懂,又可操作的方法。

2.练习(讨论)题

孙绍振对课文的解读是给老师看的,故收入教参,名曰"主编导读"。练习讨论题是提供给学生的,但要将孙绍振主编的解读观点简约地转化为练习。这同样是北师大版实验教材的主要特色。先看看下面三篇课文的部分练习设计:

《背影》(七上册)

一、(略)

二、(略)

三、作者说:"我父亲待我的许多好处,特别是《背影》里所叙的那一回,想起来跟在眼前一样一般无二。我这篇文只是写实。"想想看:这"写实"是否也融入了作者的主观情感。请讨论:

1. 父亲的身材、衣着,儿子自然早已熟知,"我"和父亲也相处多日,为什么不如实按先后顺序一开头就交代,而要等到过铁道、爬月台时才写出他肥胖的身子、臃肿的穿戴?

2. 送行中父亲说过许多话,为什么不如实一一引出,而引述的只有那四句?

3. 既然不必像照相一样实录,为了歌颂父爱,是否可以把父亲攀爬月台的动作写得更富诗情画意、更潇洒,把他的办事说话写得更漂亮,把他的形象、穿戴写得更帅气些?

《曹刿论战》(八下册)

一、文章是重在"论"还是重在"战"?是叙述为主还是议论为主?

二、细读全文,探究下列问题。

1. 从哪句话可看出,鲁庄公对克敌制胜的谜底并不清楚?

2. 既不清楚,鲁庄公又为什么对曹刿言听计从?

3. 最后才亮出"谜底"有什么好处?

4. "一鼓作气,再而衰,三而竭。"你是否同意曹刿的分析?为什么?

《社戏》（九下册）

一、为什么说"偷来"的豆是最好吃的？"我"说第二天的豆不如昨夜的豆好吃，是对六一公公行为的否定吗？为什么？

二、小说里的"我"一共看过三回戏，是否因为赵庄那夜的戏比北京戏园子的两回戏好看一些，所以说"也不再看到那夜似的好戏了"？

三、小说如何表现在北京戏园子里和在赵庄看戏时那些不耐烦的感觉？这两种不耐烦有什么不同？

四、以往《社戏》选入教材时，曾把北京戏园子看戏那部分删去。是删去好还是保留好？为什么？

这样的题目，有趣味、有想头、富有挑战性，又并非过难。不仅对准了其主脑（叶圣陶语）、其"极要紧极精彩处"（鲁迅语），而且体现了孙绍振的解读。

《背影》的孙先生解读，前面有关章节已多次介绍过，对对看，就一目了然。《曹刿论战》《社戏》的孙先生解读，分别收录在孙绍振《孙绍振解读经典散文》（中华书局 2015 年版）和《经典小说解读》（上海教育出版社 2016 年版）专辑中，《社戏》解读的最核心要点（即第一题），前面第四章介绍美善错位时，也有收入。其实，从题目去推想，也大体可以看出孙先生解读这两篇的要点。

更重要的，还隐含了孙先生的解读方法。《背影》的前两个小题主要是还原法，也是错位法中的美真错位。第三小题，主要是错位法中的美善错位，即如果父亲很潇洒、很帅气，说话办事很漂亮很能干，那活该他去买橘子，可文中的父亲很笨拙，从功利实用的角度，就不如儿子去买，而父亲一定要自己去买，越如此越表现了父爱的情感之美，这就是美与善的错位。《曹刿论战》主要是矛盾法，以为是战，其实是论，以为是议论文，其实是记叙文；正是既不清楚又言听计从的矛盾中，可以分析出鲁庄公与曹刿二人的思想、性格。《社戏》前三题是错位法中的美善错位，第四题是比较法。

最重要的是，这三篇的练习都旨在揭示创作奥秘，而且多数题目就是在问：为什么这么写，而不那样写？

类似这样的练习设计，在整部教材中占了大部分。

尤其值得一提的是，近几年，部编教材（统编教材）取代各实验教材后，前者吸纳了后者经过实验证明的不少好做法。这就是部编本总主编温儒敏说的,部编教材"既要继承原来人教版教材的比较成熟可行的部分,包括选文和内容设计,又要吸收其他版本养分,超越人教版教材。"①以部编本中的《社戏》为例,其"预习"引述了再也没有吃过那夜似的好豆、看过那夜似的好戏的著名结尾,问作者为什么这样写,要求带着这个问题通读全文,了解课文主要内容;其练习三问:"豆是很普通的豆,戏也是令'我'昏昏欲睡的戏,但是'我'最后却说是'好豆''好戏',对此你是怎样理解的?"练习五要求阅读小说前半部分,问其表达了怎样的情思。借鉴、吸纳了孙绍振主编的北师大版《社戏》的练习是很明显的。

3.阅读方法能力导引

这实际讲的就是文本解读方法,但给中学生,不能那么学术化,因此改为"阅读方法能力导引"。主编孙绍振考虑每二个单元写一则短文,分别置于各册的一、三、五单元,一共 18 则。各则短文目录如下（括号内数字为单元序号）:

七上:(1)如何"精读";(3)在"比较"中体悟作品特点;(5)如何"比较"

七下:(1)名家读书三步法;(3)三步法的关键:分析;(5)朗读默读与分析

八上:(1)略读浏览跳读;(3)不应该那么写（词语的推敲和替换）;(5)应该这么写（对象的还原与比较）

八下:(1)新异的情趣和理趣;(3)强烈的情感和平静的情感;(5)先秦散文的精彩对话

九上:(1)把握诗歌的想象;(3)最不实用与最有情;(5)领悟话中之话

九下:(1)环环紧扣与横断面;(3)"死去"与"因伤心而死";(5)提出问题分析问题得出结论

既有常用的一般阅读方法,又有孙绍振解读方法体系中一些最重要、最基本的方法。循序渐进,由浅入深,到了后面几册,就可以出现一些术语,如福斯特小

---

① 温儒敏:《谈"部编本"语文教材的编写背景、总体特色和七个创新点》,引自 www.sohu.com/a/329066353_8037...– 快照 – 搜狐。

说情节因果律的"死去"与"因伤心而死",包括"解读"这个词也可以出现了。并且在短文中尽可能以课文里的故事为例,深入浅出向学生介绍有关知识方法理论。现录两则短文于后:

最不实用与最有情

把握、分析文学作品中的内在"矛盾",就可能打开通向艺术奥秘的大门。

第一单元的《项链》中,玛蒂尔德丢失项链后,为信守承诺四处借债,又艰苦奋斗十年,还清所有债务。这时她已由一个小康之家的美丽少妇变成了一个老态尽显、穷苦的劳动妇女,而她的朋友福雷斯蒂埃太太却依旧年轻、美丽。当年她如果还一条假项链,就不必受那么多苦,但她没有这样做。这从实用价值来说,于她是很不利的,但从情感价值来说,她的诚信、勇敢、坚强是令人钦佩的。该单元中邵燕祥的诗里说:"假如生活重新开头,/我的旅伴,我的朋友——/依然是一条风雨的长途,/依然不知疲倦地奔走","还要唱那永远唱不完的歌",这更是显而易见的实用价值与情感价值的矛盾。在文学作品中,没有实用价值的,往往却富有情感价值和审美价值。抓住这些内在矛盾,就可能揭示出文学作品的思想内涵和艺术魅力。

小说、诗歌如此,散文同样如此。本单元《醉翁亭记》中欧阳修说:"醉翁之意不在酒,在乎山水之间也。"作者之意不在于满足实用需求的酒,而在于不拘身份、礼法与平民百姓共饮同欢的快乐。范仲淹的《岳阳楼记》更是唱响了最不实用却最有情的动人之歌。他说"先天下之忧而忧,后天下之乐而乐",要等到天下人都快乐,他才能快乐。这几乎是遥遥无期的,也意味着他准备一辈子忧国忧民。这于他而言可说是最不实用的,却是最动人的情感抒发。它表现了作者对自己人格的期许。冰心在《谈生命》中说:"生命中不是永远快乐,也不是永远痛苦,快乐和痛苦是相生相成的。""在快乐中我们要感谢生命,在痛苦中我们也要感谢生命。快乐固然兴奋,苦痛又何尝不美丽?"从实用性来说,痛苦是负面的,为什么感谢它呢?因为痛苦也是一种情感的、生命的体验。故范仲淹几乎是永无休止地"忧",也是一种美丽,是一种崇高的人生体验。

这一道理,我们将在本单元的"'写作·口语交际'综合实践"和下一单元的《麦琪的礼物》中,再次获得体悟。

"死去"与"因伤心而死"

解读小说,要分清故事和情节的不同。福斯特在《小说面面观》中说,故事和情节不同,故事是按照时间顺序叙述事件,情节同样要叙述事件,只不过特别强调因果关系罢了。如"国王死了,不久王后也死去",这是故事;而"国王死了,不久王后也因伤心而死",则是情节。这个说法须要补充,如果是科学上的因果,如王后死于癌症,则还不能算是小说的情节。只有王后死于情感的原因,而且不是一般的情感,而是特殊的情感、动人的情感,才是小说的、艺术的情节。在七年级下册的《最后一课》中,一个不爱学习母语法语的孩子,突然变得异常热爱法语了。原因就在于这是最后一课,从此以后,他再也不能学习母语了。这个原因很深刻,揭示了孩子内心深处对母语无限热爱的动人情感。本册第一单元的《范进中举》中,胡屠户起初公开用种种粗暴的语言当面侮辱范进,原因是范进穷困潦倒。后来范进中举,喜极而疯。为了救治其疯病,众人请胡屠户打范进一记耳光,吓唬范进说根本没有中举。胡屠户却不敢了。原因是,他认为举人是天上的文曲星下凡,打不得。待到不得已打得范进清醒了,他却害怕得手都弯不过来了,以为是天上的菩萨对他的惩罚。原因的原因是胡屠夫的势利、鄙俗。这样的因果是情感性质的,又是很特殊的,所以是小说的精彩情节。试用上述的情感因果关系分析第一、第二单元读过的小说,并指导今后的小说阅读。

以上三方面内容,都约略体现了孙绍振文本解读的理念与方法,进入实验区后,反响很好,许多师生都感到获得了读书、写作上的一种升华。孙绍振后来建构的《文学文本解读学》,就是这样从实践中来,又回到实践中去的反复考验中,从这些本土实验检验中,逐步形成的。

(二)两岸合编教材

1. 比较法及单元课文组合

同样把比较这一最基本的思维方法,介绍给学生,也按这个理念构成各册的单元组合。同时,又根据台湾地区高中课本的编排习惯,括号内的单元标题(如"学习之道")没有出现在学生课本中,只出现在《教师手册》里。但学

生接触课文后,自然会看出相邻课文之间的内在关联。现将合编本的第一册、第二册的目录列于下文:

课 \ 册	第一册	第二册
第一课	师说（学习之道）	我的书斋（锺理和）（处世之道）
第二课	伤仲永（学习之道）	项脊轩志（处世之道）
第三课	故都的秋（郁达夫）（夏秋之歌）	题画诗：竹石；潍县署中画竹（郑板桥）（处世之道）
第四课	再别康桥（徐志摩）（夏秋之歌）	爱情诗选：等你在雨中（余光中）；错误（郑愁予）（爱之歌）
第五课	髻（琦君）（人间真情）	啊,船长,我的船长（惠特曼）（爱之歌）
第六课	给母亲梳头发（林文月）（人间真情）	范进中举（悲悯人生）
第七课	廉耻（人生取舍）	孔乙己（鲁迅）（悲悯人生）
第八课	左忠毅公轶事（人生取舍）	出师表（陈情说理）
第九课	岳阳楼记（志向境界）	陈情表（陈情说理）
第十课	醉翁亭记（志向境界）	晚游六桥待月记（人生别趣）
第十一课	论语选：侍坐章（志向境界）	孟子选：义利之辨（人生态度）
第十二课	乐府诗选：陌上桑（人生智慧）	诗经选：蒹葭（在水一方）
第十三课	世说新语选：绝妙好辞、智解曹谜、咏絮之才（人生智慧）	桃花源记（在水一方）
第十四课	下棋（梁实秋）（人生智慧）	

2. 主编解读与解读资料的互补结合

我们在第三章及前面的有关章节中介绍过,大陆教材突出文本解读,是文本中心,台湾地区教材同样重视解读,但主要以孟子的知人论世之法解读课文,重在作者,是作者中心,这两个中心应该结合起来,解读才更全面,并且应以文本中心为第一中心,才更符合客观规律。尤其是孙绍振以文本为第一中心,以揭示创作奥秘为第一要务的解读又极富特色,且深受台湾教师的欢迎,而台湾教材以资料丰富见长,这是文本解读最重要方法之一的"专业化解读"的充分展示,两岸教材的这两个优势结合起来,就形成了优势共享、优势互补。合编教材尤其应该实现以上的互补结合,以促进两岸语文教育教学的融合发展。合编教材的《教师手册》《教师用书》就是这样编写的,具体做法就是围绕主编解读,查证有关资料,组合大量有关资料,作出丰富有效的、乃至生动有趣的教学设计。看过尤其是使用过这套教材的两岸老师,都对之称誉有加。

现将合编第一册中《醉翁亭记》的孙绍振解读中对该文最有名的"二十一个'也'字"的解读及其有关资料展示如下:

(1)孙绍振撰写的"主编解读",题为《"也"字之妙与醉翁之乐》,现以概述、转述的方式介绍其中要点如下:

21个"也"字是本篇最突出的特色。过去的评论基本上是在其作为语气助词、作为赋体入散所带来的抒情性、音乐性上做文章,无非是赞叹它强化了文章的节奏感和抒情气氛,营造了舒缓的文气,使全篇越发显得回旋宛转,一唱三叹,朗朗上口;强化了文章咏叹的韵味,宛如诗歌一样,有类似押韵的美感,能拉长语调,仿佛饮酒吟哦一般,等等。但是,使文章带来这种效果的,不仅在这21个"也"字,本篇中出现的25个"而"字,18个"者"字,10个"乐"字,9个"太守",实际上它们共同作用,使文章产生了这种韵律之美。然而,给读者印象最深的是"也"字,原因何在呢? 再者,"也"字的抒情韵味是其他古代散文也有的,并非本篇独有。作者另一篇《纵囚论》也用了许多"也"字,据朱东润《中国历代文学作品选》所言,首开连用"也"字之端的是王禹偁的《黄冈竹楼记》,但这些作品都仅是强化了抒情、音乐韵味而已,并无本篇给人的别致独特感觉。张中行指出这是具有解释断定语气的说明句,王水照也说这是说明句,但都只一句简单的话;贾德民说"……者,……也"是倒文句式,给人先有悬念,后顿然冰释的感觉,但其他方面没有多说(均见后文资料)。本主编解读首次详尽分析了这21个"也"字的独特妙处:

其一,最主要是揭示了这种以"……者, ……也"为主的判断、说明句式是二分式的问答结构,带着提问和回答、说明、揭示的意味。这种问答结构,"望之蔚然而深秀者,琅琊也",在心理上先是惊异,是感觉的耸动(望之蔚然而深秀者),而后是回答、揭示、说明(琅琊也),而如果按一般的描写,写成"琅琊山,蔚然而深秀",没有了这个"问答"的意味,没有了这个惊异、发现、提示、揭示的过程,那就是呆板的流水账了。

其二,这种"也"句式的重重复复,这种连续的"问答"和不断的"发现",还提示了景观的目不暇接和思绪的源源不断。

其三,这个"也"字还是一种肯定的、明快的语气,先是观而察之,继而是肯定的心态和语气,是一种自信确信的情感。如"仁者,爱人"是中性的,改为"仁者，爱人也"，就显得肯定、自信了；"太守谓谁？庐陵欧阳修也"就蕴含了鲜明的自豪、自得情感。

其四，同样指出了它的抒情效果，但做了独特的分析。如一开篇指出本篇第一句不能直截了当地读成："环滁皆山也"，而应读成："环滁……皆山也……"，才能与后文连续出现的"……者，……也"构成贯穿到底的统一语调，并且指出这种"也"字句的语气情绪具有抒情的生命，特别是当"也"成套组成一种结构的时候，其功能就大大超出其数量之和，即从结构的系统性原理揭示了《醉翁亭记》抒情性特别强的原因。而且反复强调这种"也"字句式，不仅有抒情，还同时有判断、说明、描写，还有"无理"之抒情与有理之智性说明的相互渗透。

其五，21个"也"字句不显得啰嗦、单调，其原因是：①如前所述是一连串的问答、惊异、发现、说明，所问所答内容自然是不一样的，重复的句式没有重复的内容，表现的是目不暇接，相反是，一连串的心理惊异、源源不断的思绪是值得重复的。②文章并没有停留在绝对统一的句法上，总体统一的句式中不断穿插着微小的变化，全篇以"……者……也"判断、说明句为主，但时有无"者"句打破这种统一句型。③更主要是在同样的句型结构中，内涵不断变化、演进、深化。开头是远视、大全景（琅琊），接着是近观的中景（酿泉），再下来是身临其境的近景（醉翁亭）；更重要的是又从客观景色的描述，转入到最主要的主体角色游人之乐、醉翁之乐的不断深入的说明。这就是许多评论一致提到的"层层递进"之美。

（2）有关资料。

·朱翌《猗觉寮杂记》卷上云：

《醉翁亭记》终始用"也"字结句，议者或纷纷，不知古有此例。《易·杂卦》一篇，终始用"也"字。《庄子·大宗师》自"不自适其适"至"皆物之情"，皆用"也"字。以是知前辈文格不可妄议。

·王楙《野客丛书》卷二十七云：

欧公作滁州《醉翁亭记》，自首至尾，多用"也"字。人谓此体创见，欧公前此未闻。仆谓前辈为文，必有所祖。又观钱公辅作《越州井仪堂记》，亦是此体，如其末云："问其办之岁月，则嘉祐五年二月十七日也。问其作之主人，则太宁刁公景纯也。问其常所往来而共乐者，通判沈君兴宗也。谁其文之？晋陵钱公辅也。"其机抒甚与欧记同。此体盖出于《周易·杂卦》一篇。

·陈继儒《太平清话》卷四云：

欧阳《醉翁亭》用"也"字，王荆公《度支郎中葛公墓铭》亦皆用"也"字，不知谁相师，然皆出于《孙武子》十三篇。

·吴楚材、吴调侯《古文观止》卷十云：

通篇共用二十个"也"字，逐层脱卸，逐步顿跌，句句是记山水，却句句是记亭，句句是记太守。似散非散，似排非排，文家之创调也。

·张中行《古文选读》（中国青年出版社 1964 年版）：

另一个特点是说明句特别多。连用"……（者），……也"的句式，也就是用解释断定的语气一贯到底。本文一共用了二十个"也"字，这样一再重复，读起来觉得在回环往复之中有勒有放，格调很别致，还略带些咏叹的意味。这种格调在古文中是很少见的。

·王水照：《宋代散文选注》（上海古籍出版社 1978 年版）"《醉翁亭记》说明"：

全文都用说明句，以二十一个"也"字结尾，虽然不免稍有故作姿态的痕迹，但营造成了一种一唱三叹的吟咏句调，加上句子的整齐而又变化，音调的响亮而又和谐，使这篇散文特别宜于朗诵。

·贾德民《谈〈醉翁亭记〉》（《文史知识》1982 年第 12 期）：

《醉翁亭记》还大量采用倒文的形式。宋人陈骙《文则》中说："倒言而不失其言者，言之妙也；倒文而不失其文者，文之妙也。文有倒句之法，知者罕矣。"《醉翁亭记》中状写的部分常置于主语之前，如先是"望之蔚然而深秀者，"然后才是被形容的主体："琅琊也"。先是"醉能同其乐，醒能述以文者"，而后才出现"太守也"。象这样的倒文句式，文中比比皆是。这种形式的运用，使行文摆脱了常见的叙述方式，把描写山水、人物情态的分句突出在首要位置，极尽雕绘之能，让读者产生一种急于知道被描述的主体的悬念和热望。随着"也"字的到来,主体悠然而出,悬念顿然冰释。如此循环,一篇短文竟平中见山,意趣横生。读者除却迫不及待地诵读下去,没有其它选择。可见倒文形式的运用,也是造成《醉翁亭记》传诵不衰的颇为微妙的一个原因。

·朱东润:《中国历代文学作品选》(上海古籍出版社 2002 年版)中编第二册"《醉翁亭记》题解":

> 语言骈散兼行,音调和谐。全篇用了二十一个"也"字,是文赋的一种新形式(王禹偁的《黄冈竹楼记》开了连用"也"字之端)。

·吴小如:《我对〈醉翁亭记〉的几点看法》(《名作欣赏》1982 年第 2 期):

> 他以史官笔法做为开头的布局,以《诗》、《骚》的虚词用法(他改用了适于散文的"也"字)做为贯穿始终的线索,以画龙点睛的手法做为巧妙的结尾,这就更使得章法完整,层次起伏,声色体段,各臻佳妙。

以上资料,或说明了《醉翁亭记》连用"也"字有所祖,有所借鉴;或称赞连用"也"字的一唱三叹、回环往复之中有勒有放等等好处;或认为这是说明句式;或指出"……者,……也"是倒文句式,给人先有悬念,后顿然冰释的感觉。这些资料,既证明了主编解读的正确性,也丰富了主编解读的内容。

本主编解读则对它的好处做了比较详细的分析,特别是揭示出了连用"也"字的二分式问答结构是该篇最重要的独创特色,这既是主编解读对以上所有解读精彩之处的传承,更是一种超越。

合编本的《教师手册》中的《醉翁亭记》有关资料(含主编解读、作者生平、相关资料、教学设计等等)共五六万字,以上仅是一小部分,当然是核心的部分。合编教材的《教师手册》都是类似于此篇,以主编解读与丰富的相关资料的组合为主,它使文本解读更有水平、更有深度,有专业性,有说服力。台湾教学,正式课文篇数较少,课时相对较充足,像《醉翁亭记》这样,一般可上五或六课时,所以,有条件充分使用好这一结合两岸教材优势的文本解读资源。

孙绍振任第一主编的这套合编教材,也以实践事实再次说明,建构别于当代西方文论的我们自己特色的文本解读学,具有广阔的用武之地。

第五节　实践性与辩证法的紧密结合与自觉运用

　　马克思说过这样的名言："人的思维是否具有客观的真理性，这并不是一个理论的问题，而是一个实践的问题。人应该在实践中证明自己思维的真理性，以及自己思维的现实性和力量，亦即自己思维的此岸性。关于离开实践的思维是否具有现实性的争论，是一个纯粹经院哲学的问题。"①马克思这一著名论断，孙绍振多次在自己的论著中引用过。孙绍振坚信，唯有实践才是最权威的。因此在建构本土特色文学理论，创建文本解读学的历程中，孙绍振首先投入的也是做得最多的，就是大量的实践。前面章节就孙绍振先生理论结合实践的几个重点方面所作的简要介绍，已充分印证了这一点。

　　就实践方面，尽管前面章节已经说了很多，还值得补充的是，孙绍振不仅有对600多篇（部）作品完整解读的实践案例，而且有数量可观的文学创作。他是著名的散文家，有《面对陌生人》《美女危险论》等七部脍炙人口的散文集；其实，正如第六章第三节所说的他的大量散文差不多都是幽默散文那样，孙先生的《幽默逻辑揭秘》等12部幽默文集里大多数篇章也是痛快淋漓、令

---

①　马克思：《关于费尔巴哈的提纲》，中共中央马克思、恩格斯、列宁、斯大林著作编译局：《马克思恩格斯选集》第一卷，人民出版社1995年版，第55页。

人捧腹的散文。① 他还有不少精彩的小说和诗歌。孙先生解读理论的这一重
要基础,正可借重朱光潜先生论述歌德美学的独特价值时所说的名论来表述,
这就是——"和一般的美学家从哲学系统和概念出发不同,歌德的美学言论全
是创作实践与对各门艺术的深刻体会的总结。"② 我们一般人,能在一定解读实
践上对解读观念说点浅见陋识,已颇不容易亦颇有成就感,而孙先生是双重的
丰富实践,直达最后一里路的创作实践。理论能如此,是够幸福的了。

　　不仅如此,不仅是坚持实践第一性,孙绍振还坚持实践性与辩证法的紧密
结合与自觉运用,而这正是马克思主义哲学的精髓。不仅本章中介绍的孙绍
振对西方文论、古代文论的研究是这样,前面章节中有关解读方法的建构、形
式范畴的探讨,孙绍振也是这样,尤其是他的大量解读实践案例,处处可看到
他对文本内部矛盾的深入揭示和精辟分析。实践性与辩证法的紧密结合与自
觉运用,可以说是孙先生建构本土文学理论卓越探索中的基本武器。

　　就自觉运用辩证法并与实践性紧密结合方面,在此更有必要做点重要补充。

　　孙绍振先生在 2020 年 11 月 1 日的《华侨大学报》上发表了他《我的华
侨大学十年》,文中主要介绍了他学习马克思主义哲学的经历与收获。

　　孙先生是 20 世纪 60 年代初至 70 年代初在华侨大学任教的。由于各种特
殊的原因,孙先生说他意外地拥有了大量的自由阅读时间,加上华大图书馆丰
富的藏书,他说"这段时间成了我超长的学术营养期,我在哲学、经济学和历
史方面读了许多原著。"说自己"阅读的超出专业范围的名著可能是当代所
有博士生所不能想象的。"孙先生当时尤其下苦工研读了马克思主义的哲学
元典。他说:"上世纪六十年代初,毛泽东批评学界、政治界'形而上学猖獗',
我就很注意辩证法的钻研,怀着改造世界观和方法论的虔诚,系统阅读马列经
典和西方哲学史。"孙先生介绍说,"恩格斯的《费尔马哈和德国古典哲学的
终结》,读了不下十遍才马马虎虎读懂了。……列宁的《哲学笔记》给我印象
太深了,列宁说,马克思没有写过辩证逻辑,辩证逻辑全在他的《资本论》中。

---

　　① 　孙绍振的七部散文集为:《面对陌生人》《美女危险论》《满脸苍蝇》《灵魂的喜剧》《愧对书
斋》《孙绍振演讲体散文》;12 部幽默文集为:《幽默答辩五十法》《你会幽默吗?》《幽默逻辑揭秘》
《幽默学全书》《幽默谈吐 50 要诀》《幽默口才操典:中外幽默理论与技巧系统整合》《孙绍振幽默文
集》(三卷本)《幽默基本原理》《幽默谈吐的自我训练》《漫话幽默谈吐》《幽默心理和幽默逻辑》
《口吐莲花:幽默自我训练 50 法》(引自汪文顶等主编、社会科学文献出版社 2016 年版《孙绍振诗学思
想研究文集》所载冀爱莲《孙绍振著作年表》2015 年止的统计及冀爱莲 2019 年 6 月底前的补充资料)。
　　② 　朱光潜:《西方美学史》(第 2 版),人民文学出版社 1979 年版,第 401 页。

我就去钻研《资本论》。他不仅研读了《资本论》，还读了当时有关《资本论》的不少权威著作。他说："《毛泽东选集》四卷本。我从第一个字读到最后一个注解，来来回回读了四五遍。加上此前我还读过毛泽东的《唯物辩证法纲要》十讲，体悟到毛泽东思想的精华，乃是实践论和矛盾论；每一门科学研究的对象，乃是特殊矛盾。"孙绍振说他"华大十年"读马列经典的收获就是"我在哲学上有了坚定的立场"。说自己后来"写《文学创作论》，就是专门抓住文学理论的特殊性。马克思研究资本主义，以商品为细胞形态作为逻辑起点，分析其内在矛盾和对立面转化，得出资本主义必然产生和必然走向反面。我就以形象细胞（意象）作为逻辑起点，从内在矛盾和外部条件的转化作螺旋式上升，把文学形象的种种问题统一在有机的系统中，达到马克思所说的逻辑和历史的统一，写成了六十多万字的《文学创作论》。"实际上，当然不止《文学创作论》，孙绍振先生后来的一系列研究，大量论著，海量的文本解读案例，都注意自觉运用实践论和矛盾论两大武器，坚持以实践为第一性，坚持实践性与辩证法的紧密结合。阐述这方面的详细情况，已不是拙著能胜任的了。[1]

第七章仅仅是对孙绍振先生"建构本土文学理论卓越探索"的粗浅勾勒。《文学创作论》《文学文本解读学》也只是孙先生建构本土文学理论进程中的重要探索，它是现在进行时，而不是过去时，《文学文本解读学》的内容之一，就是呼吁人们共同为此重大工程添砖加瓦。

最近十年，孙绍振在《中国社会科学》《人民日报》《光明日报》《新华文摘》等接二连三发文批判当代西方文论迷失于概念演绎，在创作实践、阅读实践面前无效的重大弊端，尤其是发表于 2018 年 3 月 20 日的《人民日报》上的《文学批评"西方霸权"的终结》一文中，在揭示"西方文学理论和批评的霸权已经坍塌""甚至有人声称'理论已经死了'"[2] 的同时，孙先生指出："在西

---

[1] 本节引述和转述的孙绍振有关表述，均见孙绍振：《我的华侨大学十年》，《华侨大学报》2020 年 11 月 1 日。

[2] 这是孙绍振在其《文学文本解读学》序言中，历数了伊格尔顿的《二十世纪文学》、乔纳森·卡勒的《文学理论导论》，这些号称"文学理论"的专著竟坦然宣称文学实体并不存在的同时，接着说："美国一位文学理论刊物的编辑 W. J. T. 米彻尔更是坦言：'现在美国有一种流行的说法，理论死了，已经终结了。关于理论再也没有什么可说了。'"孙原注：［美］W. J. T. 米彻尔：《理论死了之后》，李平译，载文化研究网站，2004 年 7 月 26 日。以上见孙绍振、孙彦君：《文学文本解读学》序言，北京大学出版社 2015 年版，第 2 页。

方理论宣称自己已经失败之时,建构文学理论和批评的中国学派的历史机遇摆在我们面前。"①

这确是重要的历史机遇,也是重要的历史责任。我们无疑应继续开放,吸纳一切文明成果,仅就着力批判当代西方文论弊端的孙绍振先生,如前文各相关章节所述,他吸纳的西方理论的先进成果就琳琅满目,如康德、黑格尔、席勒、歌德、亚里士多德、福斯特、克罗齐、海德格尔等大家的有关理论,但我们更应该看到孙先生提出这一课题,倡导这一本土建构的重要意义。我们有与创作实践紧密联系的古代文论的丰厚资源,有从厚重文学创作传统中形成的具有中国精神的艺术形式规范,有实践第一性并与矛盾辩证法紧密结合的马克思主义文论的强大优势,还有拙著各有关章节已经介绍的孙绍振文学创作论那样面向创作实践,其中有关观点影响了莫言等著名作家、有关方法更为广大一线教师所实践的本土文论的成功探索,还有许许多多正在奋斗求索的人们,我们有理由畅想中国学派文学理论的灿烂明天。

孙先生发表于《光明日报》的文章说:"理论的民族创造性、原创性、亚原创性,不能指望成就于一时。这是需要几代人共同努力才能完成的重要课题。"② 我们应当有这样的自信和自豪:我们将是这一宏伟工程的继往开来的一代! 祝福我们自己吧!

---

① 孙绍振:《文学批评"西方霸权"的终结》,《人民日报》2018 年 3 月 20 日。
② 孙绍振:《医治学术"哑巴"病 创造中国文论新话语》,《光明日报》2017 年 7 月 3 日。

附：解读及解读教学案例索引

【说明】

（1）下述文本解读或文本解读教学案例，或详或略，不一而论。观点例证性的例子，一般未收入。（2）括号内数字为案例首次出现时的页码。（3）少数名句以引号标明。

《世说新语·咏絮之才》（12）;《孔明借箭借东风》（15）;《背影》（16）;《江南春》（16）;《外套》（20）;《隆中对》（20）;《透明的红萝卜》（37）;《红高粱》（67）;《野种》（73）;《孔乙己》（129）;《雨巷》（129）;《桃花源记》（142）;《愚公移山》（150）;《赤壁赋》（155）;《中国石拱桥》（158）;《死海不死》（158）;《卖油翁》（159）;《将进酒》（159）;《再别康桥》（164）;《项脊轩志》（165）;《陌上桑》（165）;《题画诗·竹石》（166）;《早发白帝城（下江陵）》（179）;《我三十万大军顺利南渡长江》（180）;"数峰清苦,商略黄昏雨"（183）;《项链》（185）;《我的叔叔于勒》（187）;《荆轲刺秦王》（188）《岳阳楼记》（189）;《杜十娘怒沉百宝箱》（196）;《麦琪的礼物》（196）;《武松打虎》（201）;《社戏》（202）;《春》（205）;《赤壁怀古》（211）;《记念刘和珍君》（211）;《祝福》（214）;《林黛玉进贾府》（215）;《故都的秋》（220）;《美丽的小兴安岭》（223）;《范进中举》（224）;"谁知盘中餐"（225）;《荷花》（225）;《驿路梨花》（226）;《阿房宫赋》（226）;《装在套子里的人》（227）;

后 记

拙著于 2017 年 12 月，被列入"福建师范大学文学院精品入台工程"和"福建师范大学文学院百年学术论丛第四辑"，由台湾万卷楼图书股份有限公司（万卷楼）出版，2018 年 9 月重印。为方便大陆读者查阅、指正，在福建师范大学文学院和人民出版社支持下，现出版简体字版，书名也由台湾版的《孙绍振解读学简释》改为现今的《孙绍振〈文学文本解读学〉简释》。

时隔四年半，孙绍振先生在文学文本解读学的理论研究及实践上都有新的成果，笔者的相关研究也有一些新进展，同时在有关问题上也发现新材料，初版（台湾版）的部分表述、注释也需要更严密些，所以，简体字版也实际是修订版，与初版比，有不少增删改动。

孙绍振先生是著名的文艺理论家，著述宏富，涉及文艺学众多领域，贡献卓著，近几年，他领衔的团队获首批"全国高校黄大年式教师团队"称号，他主编的两部语文教材（台湾版两岸合编高中教材、北师大版初中实验教材）成为福建师范大学文学院获首届"全国教材建设先进集体"的主要成果之一，该院申报的"孙绍振中国语言文学拔尖学生培养基地 2.0"获教育部批准设立。拙著显然无力对孙先生的贡献和著述作全面研究，即使文学文本解读学以及有关语文教育方面，所述亦不全面，像任何事物一样，孙绍振有关文本解读的理论也当有尚待完善之处，但拙著亦未做进一步探讨。

《简释》中的部分内容曾以单篇论文发表或首见于笔者其他拙著，融入本书体系后，或结构或内容或表述有所变化、增减，其中，较完整形态出现的，一般注明了原出处，便于读者查检，其余恕不一一说明。

拙著的探讨，也是一家之说，必然存在诸多问题，敬请读者批评指正。

作者

2023 年 4 月

　　4月，拙著修改部分已经四次核校，准备提交出版社，责编詹素娟老师提醒我，是否全书有再看一遍？想到人民社的严谨风格，稍作犹豫，即在处理其他事件的同时，着手看稿。9月初，通读完全书，果然发现二十多处错漏。然而，仅这不到半年的时间内，孙先生又在文本解读方面，推出了多项新成果。再修改到拙著正文中，时间又将往后推，只好借"后记"稍作介绍。一是孙先生在主持一项国家社科重点项目及主编两岸合编初中古代诗歌选读教材中，将自己多年来思考研究的唐诗、宋词、元曲艺术形式特点、优点，尤其是胜过西方诗歌的优点方面的新见解作了精辟阐述、介绍。二是发表了近四万字的《文本细读的十重层次分析》的长篇论文，其中有许多新内容、新提法、解读新案例是"孙著"中过去没有的。三是针对近年语文界热点的"大单元／大概念"讨论，在《语文建设》连发了五篇论文，引起了轰动，参与讨论者，无论赞成与否，都首提87岁高龄的孙先生。赞成者居多，有温儒敏、王荣生、黄厚江、程翔等著名学者、特级教师。作为可能调动教与学积极性的新方法，孙先生赞同对"大单元教学"按《课程方案》所提出的进行"探索"，并认为"大单元／大概念""有其内在的合理内核"，可以弥补"单篇文本分析确有的局限"，但孙先生的核心观点是"不管采用什么样的方式，语文教学的基础乃是一篇篇的经典文本"，乃是力求阅读、研读出经典文本的"立国之本、立人之本、立论之本"。这里，借用陈思和先生的一个比喻，表示对孙绍振先生具有根本意义的观点的响应。陈先生的比喻是，文学作品就像夜空中的星星，没有了星星，神秘、迷人夜空中的其余一切，文学史、文学研究、文学教学及其方法等都无从谈起。

　　虽然，校书如扫落叶，修改永无止境，然而，确要感谢责编詹素娟老师的督促，不仅弥补了新发现的疏漏，更重要的是，"意外"地增加了孙绍振先生文本解读研究方面的重要新成果，尽管是极为简单的几句交代。

作者

2023 年 9 月补记